U0077412

【臺灣現當代作家研究資料彙編】67

子敏

國立台灣文學館
出版

部長序

從歷史的角度檢視特定時代的文學表現，當代作家及作品往往是研究的重心；而完整的臺灣文學史之建構，更有賴全面與紮實的作家及作品研究。臺灣文學自荷蘭時代、明鄭、清領、日治、及至戰後，行過漫長的時光甬道，在諸多文學先輩和前行者的耕耘之下，其所累積的成果和能量實已相當可觀；而白話文學運動所造就的新文學萌芽，更讓現當代文學作品源源不絕地誕生，作家們的精彩表現有目共睹。相應於此，如何盤整研究資源、提升無論是專業學者或一般大眾資料查找的便利性，也就格外重要。

由國立臺灣文學館規畫、籌編的《臺灣現當代作家研究資料彙編》，即可說是對上述問題的最好回應。本計畫自 2010 年開始啟動，五年多來，已然為臺灣文學史及相關研究打下厚重扎實的基礎。臺文館不僅細心詳實地為作家編選創作生涯中的重要紀錄，在每一冊圖書中收錄豐富的作家照片、手稿影像，並編寫小傳、年表，再由學有專精的學者撰寫研究綜述、選刊重要評論文章，最後還附有評論資料目錄。經過長久的累積和努力，今年，已進入第六個年頭，即將完成總共 80 位作家的研究資料彙編。在本階段所出版的作家，包括詹冰、高陽、子敏、齊邦媛、趙滋蕃、蕭白、彭歌、杜潘芳格、錦連、蓉子、向明、張默、於梨華、葉笛、葉維廉、東方白共 16 位，俱為夙負盛名的重量級作者，相信必能有助於臺灣文學的推廣與研究的深化。

這套全方位的臺灣現當代文學工具書，完整呈現了臺灣作家的存在樣貌、歷史地位與影響及截至目前的相關研究成果，同時也清晰地勾勒出臺灣文學一路走來的變貌與軌跡，不但極具概覽性，亦能揭示當下的臺灣文學研究現況並指引未來研究路徑，可說是認識臺灣作家與臺灣文學發展的重要讀本依據，相信必能為臺灣文學研究奠定益加厚實的根基；懇請海內外關心及研究臺灣文學之各界方家不吝指正，以匯聚更多參與及持續前行的能量。

文化部部長 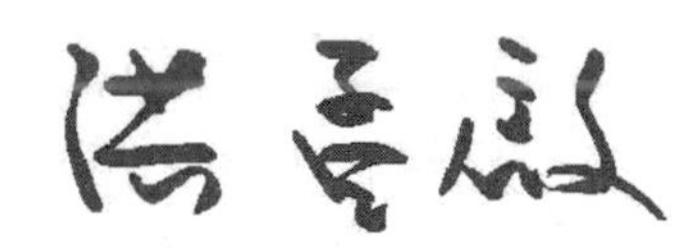

館長序

時光荏苒，「臺灣現當代作家研究資料彙編」第五階段已接近尾聲，16 冊圖書的出版，意味著這個深耕多年的計畫，又往前邁進一步，締造了新的里程碑。

「臺灣現當代作家研究資料彙編計畫」乃是以「臺灣現當代作家評論資料目錄」（2004～2009 年）為基礎，由其中所收錄的 310 位作家、十餘萬筆研究評論資料延展而來。為了厚實臺灣文學史料的根基，國立臺灣文學館組織了精實的顧問群與編輯團隊，從作家的出生年代、創作數量、研究現況……等元素進行綜合考量，精選出 100 位作家，聘請最適合的專家學者替每位作家完成一本研究資料彙編。圖書內容包括作家生平重要影像、文學活動照片、手稿或文物影像、作家小傳、作品目錄和提要、文學年表；另有主編撰寫的作家研究綜述，再從龐雜的評論資料中挑選具有代表性的評論文章，並附上完整的作家評論資料目錄。這套叢書不僅對文學研究者而言是詳實齊全的文獻寶庫，同時也為一般讀者開啟平易可親的文學之窗，讓大家可以從不同角度、多面向地認識一位作家的創作、生平與歷史地位。

本計畫自 2010 年啟動，截至目前為止，以將近六年的時間，完成了 80 位臺灣重量級作家的研究資料彙編，在本階段將與讀者見面的有詹冰、高陽、子敏、齊邦媛、趙滋蕃、蕭白、彭歌、杜潘芳格、錦連、蓉子、向明、張默、於梨華、葉笛、葉維廉、東方白共16人。這是一場充滿挑戰的馬拉松，過程漫長艱辛，卻也積聚並見證了臺灣文學創作與研究的能量。為了將這部優質的出版品推介給廣大的讀者，發揮其更大的影響力，臺文館於 2015 年 8 月接續推動「臺灣文學開講——臺灣現當代作家研究資料彙編行銷推廣閱讀計畫」，透過講座與踏查，結合文學閱讀、專家講述、土地探訪，以顯影作家創作與生活的痕跡，歡迎所有的朋友與我們一同認識作家、樂讀文學、親炙臺灣的土地，也請各界不吝給予我們批評、指教。

國立臺灣文學館館長 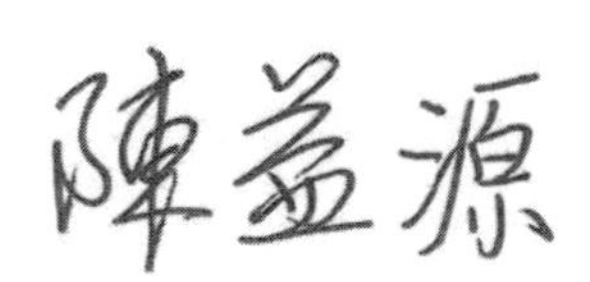

編序

◎封德屏

緣起

1995 年 10 月 25 日，在臺灣師範大學教育大樓的 201 室，一場以「面對臺灣文學」為題的座談會，在座諸位學者分別就臺灣文學的定義、發展、研究，以及文學史的寫法等，提出宏文高論，而時任國家圖書館編纂張錦郎的「臺灣文學需要什麼樣的工具書」，輕鬆幽默的言詞，鞭辟入裡的思維，更贏得在座者的共鳴。

張先生以一個圖書館工作人員自謙，認真專業地為臺灣這幾十年來究竟出版了多少有關臺灣文學的工具書，做地毯式的調查和多方面的訪問。同時條理分明地針對研究者、學生，列出了十項工具書的類型，哪些是現在亟需的，哪些是現在就可以做的，哪些是未來一步一步累積可以達成的，分別做了專業的建議及討論。

當時的文建會二處科長游淑靜，參與了整個座談會，會後她劍及履及的開始了文學工具書的委託工作，從 1996 年的《臺灣文學年鑑》起始，一年一本的編下去，一直到現在，保存延續了臺灣文學發展的基本樣貌。接著是《中華民國作家作品目錄》的新編，《臺灣文壇大事紀要》的續編，補助國家圖書館「當代文學史料影像全文系統」的建置，這些工具書、資料庫的接續完成，至少在當時對臺灣文學的研究，做到一些輔助的功能。

2003 年 10 月，籌備多年的「臺灣文學館」正式開幕運轉。同年五月《文訊》改隸「財團法人台灣文學發展基金會」，為了發揮更大的動能，開始更積極、更有效率地將過去累積至今持續在做的文學史料整理出來，讓豐厚的文藝資源與更多人共享。

於是再次的請教張錦郎先生，張先生認為文學書目、作家作品目錄、文學年鑑、文學辭典皆已完成或正在進行，現在重點應該放在有關「臺灣現當代作家評論資料目錄」的編輯工作上。

很幸運的，這個計畫的發想得到當時臺灣文學館林瑞明館長的支持，於是緊鑼密鼓的展開一切準備工作：籌組編輯團隊、召開顧問會議、擬定工作手冊、撰寫計畫書等等。

張錦郎先生花了許多時間編訂工作手冊，每一位作家的評論資料目錄分為：

（一）生平資料：可分作者自述，旁人論述及訪談，文學獎的紀錄。

（二）作品評論資料：可分作品綜論，單行本作品評論，其他作品（包括單篇作品）評論，與其他作家比較等。

此外，對重要評論加以摘要解說，譬如專書、專輯、學術會議論文集或學位論文等，凡臺灣以外地區之報刊及出版社，於書名或報刊後加註，如中國大陸、香港、新加坡等。此外，資料蒐集範圍除臺灣外，也兼及中國大陸、香港、新加坡、日本、韓國及歐美等地資料，除利用國內蒐集管道外，同時委託當地學者或研究者，擔任資料蒐集工作。

清楚記得，時任顧問的學者專家們，都十分高興這個專案的啟動，但確定收錄哪些作家名單時，也有不同的思考及看法。經過充分的討論後，終於取得基本的共識：除以一般的「文學成就」為觀察及考量作家的標準外，並以研究的迫切性與資料獲得之難易度為綜合考量。譬如說，在第一階段時，作家的選擇除文學成就外，先考量迫切性及研究性，迫切性是指已故又是日治時期臺籍作家為優先，研究性是指作品已出土或已譯成中文為優先。若是作品不少而評論少，或作品評論皆少，可暫時不考慮。此外，還要稍微顧及文類的均衡等等。基本的共識達成後，顧問群共同挑選出 310 位作家，從鄭坤五、賴和、陳虛谷以降，一直到吳錦發、陳黎、蘇偉貞，共分三個階段進行。

「臺灣現當代作家評論資料目錄」專案計畫，自 2004 年 4 月開始，至 2009 年 10 月結束，分三個階段歷時五年六個月，共發現、搜尋、記錄了十餘萬筆作家評論資料。共經歷了三位專職研究助理，近三十位兼任研究助理。這些研究助理從開始熟悉體例，到學習如何尋找資料，是一條漫長卻實用的學習過程。

接續

「臺灣現當代作家評論資料目錄」的專案完成，當代重要作家的研究，更可以在這個基礎上，開出亮麗的花朵。於是就有了「臺灣現當代作家研究資料彙編暨資料庫建置計畫」的誕生。為了便於查詢與應用，資料庫的完成勢在必行，而除了資料庫的建置外，這個計畫再從 310 位作家中精選 50 位，每人彙編一本研究資料，內容有作家圖片集，包括生平重要影像、文學活動照片、手稿及文物，小傳、作品目錄及提要、文學年表。另外每本書分別聘請一位最適當的學者或研究者負責編選，除了負責撰寫八千至一萬字的作家研究綜述外，再從龐雜的評論資料中挑選具有代表性的評論文章，平均 12～14 萬字，最後再附該作家的評論資料目錄，以期完整呈現該作家的生平、創作、研究概況，其歷史地位與影響。

第一部分除資料庫的建置外，50 位作家 50 本資料彙編（平均頁數 400～500 頁），分三個階段完成，自 2010 年 3 月開始至 2013 年 12 月，共費時 3 年 9 個月。因為內容充實，體例完整，各界反應俱佳，第二部分的 50 位作家，接著在 2014 年元月展開，第一階段出版了 14 本，此次第二階段計畫出版 16 本，預計在 2016 年 3 月完成。

首先，工作小組必須掌握每位編選者進度這件事，就是極大的挑戰。於是編輯小組在等待編選者閱讀選文的同時，開始蒐集整理作家生平照片、手稿，重編作家年表，重寫作家小傳，尋找作家出版品的正確版本、版次，重新撰寫提要。這是一個極其複雜的工程。還好這些年培養訓練出幾位日漸成熟的專案助理，在《文訊》編輯部同仁的協助之下，讓整個專案延續了一貫的品質及進度。

成果

雖然過程是如此艱辛，如此一言難盡，可是終究看到豐美的成果。每位編選者雖然忙碌，但面對自己負責的作家資料彙編，卻是一貫地認真堅持。他們每人必須面對上千或數百筆作家評論資料，挑選重要或關鍵性的評論文章，全面閱讀，然後依照編選原則，挑選評論文章。助理們此時不僅提供老師們所需要的支援，統計字數，最重要的是得找到各篇選文作者，取得同意轉載的授權。在起初進度流程初估時，我們錯估了此項工作的難度，因為許多評論文章，發表至今已有數十年的光景，部分作者行蹤難查，還得輾轉透過出版社、學校、服務單位，尋得蛛絲馬跡，再鍥而不捨地追蹤。有了前面的血淚教訓，日後關於授權方面，我們更是如臨深淵、如履薄冰，希望不要重蹈覆轍，在面對授權作業時更是戰戰兢兢，不敢懈怠。

除了挑選評論文章煞費苦心外，每個作家生平重要照片，我們也是採高標準的方式去蒐集，過世作家家屬、友人、研究者或是當初出版著作的出版社，都是我們徵詢的對象。認真誠懇而禮貌的態度，讓我們獲得許多從未出土的資料及照片，也贏得了許多珍貴的友誼。許多作家都協助提供照片手稿等相關資料，已不在世的作家，其家屬及友人在編輯過程中，也給予我們許多協助及鼓勵，藉由這個機會，與他們一起回憶、欣賞他們親人或父祖、前輩，可敬可愛的文學人生。此外，還有許多作家及研究者，熱心地幫忙我們尋找難以聯繫的授權者，辨識因年代久遠而難以記錄年代、地點、事件的作家照片，釐清文學年表資料及作家作品的版本問題，我們從他們身上學習到更多史料研究可貴的精神及經驗。

但如何在規定的時間內，完成每個階段資料彙編的編輯出版工作，對工作小組來說，確實是一大考驗。每一冊的主編老師，都是目前國內現當代臺灣文學教學及研究的重要人物，因此都十分忙碌。每一本的責任編輯，必須在這一年多的時間內，與他們所負責資料彙編的主角——傳主及主編老師，共生共榮。從作家作品的收集及整理開始，必須要掌握該作家所有出版的作品，以及盡量收集不同出版社的版本；整理作家年表，除了作家、研究者已撰述好的年表外，也必須再從訪談、自傳、評論目錄，從作品出版等線索，再作比對及增刪。再來就是緊盯每位把「研究綜述」放在所有進度最後一關的主編們，每隔一段時間提醒他們，或順便把新增的評論目錄寄給他們（每隔一段時間就有新的相關論文或學位論文出現），讓他們隨時與他們所主編的這本書，產生聯想，希望有助於「研究綜述」撰寫的進度。

在每個艱辛漫長的歲月中，因等待、因其他人力無法抗拒的因素，衍伸出來的問題，層出不窮，更有許多是始料未及的。譬如，每本書的選文，主編老師本來已經選好了，也經過授權了，為了抓緊時間，負責編輯的助理們甚至連順序、頁碼都排好了，就等主編老師的大作了，這時主編突然發現有新的文章、新的資料產生：再增加兩三篇選文吧！為了達到更好更完備的目標，工作小組當然全力以赴，聯絡，授權，打字，校對，重編順序等等工作，再度展開。

此次第二部分第二階段共需完成的 16 位作家研究資料彙編，年齡層較上兩個階段已年輕許多，因此到最後的疑難雜症，還有連主編或研究者都不太清楚的部分，譬如年表中的某一件事、某一個年代、某一篇文章、某一個得獎記錄，作家本人絕對是一個最好的諮詢對象，對解決某些問題來說，這是一個好的線索，但既然看了，關心了，參與了，就可能有不同的看法，選文、年表、照片，甚至是我們整本書的體例，於是又是一場翻天覆地的大更動，對整本書的品質來說，應該是好的，但對經過多次琢磨、修改已進入完稿階段的編輯團隊來說，這不啻是一大挑戰。

1990 年開始，各地縣市文化中心（文化局），對在地作家作品集的整理出版，以及臺灣文學館成立後對日治時期作家以迄當代重要作家全集的編纂，對臺灣文學之作家研究，也有了很好的促進作用。如《楊逵全集》、《林亨泰全集》、《鍾肇政全集》、《張文環全集》、《呂赫若日記》、《張秀亞全集》、《葉石濤全集》、《龍瑛宗全集》、《葉笛全集》、《鍾理和全集》、《錦連全集》、《楊雲萍全集》、《鍾鐵民全集》等，如雨後春筍般持續展開。

經過近二十年的努力，臺灣文學的研究與出版，也到了可以驗收或檢討成果的階段。這個說法，當然不是要停下腳步，而是可以從「臺灣現當代作家評論資料目錄」所呈現的 310 位作家、10 萬筆資料中去檢視。檢視的標的，除了從作家作品的質量、時代意義及代表性去衡量外、也可以從作家的世代、性別、文類中，去挖掘有待開墾及努力之處。因此這套「臺灣現當代作家研究資料彙編」，大部分的編選者除了概述作家的研究面向外，均有些觀察與建議。希望就已然的研究成果中，去發現不足與缺憾，研究者可以在這些不足與缺憾之處下功夫，而盡量避免在相同議題上重複。當然這都需要經過一段時間去發現、去彌補、去重建，因此，有關臺灣文學的調查、研究與論述，就格外顯得重要了。

期待

感謝臺灣文學館持續推動這兩個專案的進行。「臺灣現當代作家評論資料目錄」的完成，呈現的是臺灣文學研究的總體成果；「臺灣現當代作家研究資料彙編」的出版，則是呈現成果中最精華最優質的一面，同時對未來臺灣文學的研究面向與路徑，作最好的建議。我們可以很清楚的體會，這是一條綿長優美的臺灣文學接力賽，我們十分榮幸能參與其中，更珍惜在傳承接力的過程，與我們相遇的每一個人，每一件讓我們真心感動的事。我們更期待這個接力賽，能有更多人加入。誠如張恆豪所說「從高音獨唱到多元交響」，這是每一個人所期待的。

編輯體例

一、本書編選之目的，為呈現子敏生平、著作及研究成果，以作為臺灣文學相關研究、教學之參考資料。

二、全書共五輯，各輯內容及體例說明如下：

輯一：圖片集。選刊作家各個時期的生活或參與文學活動的照片、著作書影、手稿（包括創作、日記、書信）、文物。

輯二：生平及作品，包括三部分：

1.小傳：主要內容包括作家本名、重要筆名，生卒年月日，籍貫，及創作風格、文學成就等。

2.作品目錄及提要：依照作品文類（論述、詩、散文、小說、劇本、報導文學、傳記、日記、書信、兒童文學、合集）及出版順序，並撰寫提要。不收錄作家翻譯或編選之作品。

3.文學年表：考訂作家生平所進行的文學創作、文學活動相關之記要，依年月順序繫之。

輯三：研究綜述。綜論作家作品研究的概況，並展現研究成果與價值的論文。

輯四：重要文章選刊。選收國內外具代表性的相關研究論文及報導。

輯五：研究評論資料目錄。收錄至 2016 年 1 月底止，有關研究、論述臺灣現當代作家生平和作品評論文獻。語文以中文為主，兼及日文和英文資料。所收文獻資料，以臺灣出版為主，酌收中國大陸、香港、日本和歐美國家的出版品。內容包含三部分：

1.「作家生平、作品評論專書與學位論文」下分為專書與學位論文。

2.「作家生平資料篇目」下分為「自述」、「他述」、「訪談」、「年表」、「其他」。

3.「作品評論篇目」下分為「綜論」、「分論」、「作品評論目錄、索引」、「其他」。

目次

【輯五】研究評論資料目錄

輯一◎圖片集

影像◎手稿◎文物

1946年8月，時年22歲的子敏寄回廈門老家給母親和弟妹的個人照，攝於臺北博愛路照相館。（子敏提供）

1952年，就讀臺灣省立師範學院（今臺灣師範大學）國語專修科的子敏（二排右一）隨教授赴臺北地區的中學進行參訪。（子敏提供）

1956年，子敏與鄭秀枝（左）的結婚照。（文訊文藝資料中心）

1963年春節，與國語日報社工作同仁於新年團拜合影。左起：夏祖湘、子敏、何凡、朱傳譽、佚名、柯劍星。（子敏提供）

1963年7月5日，子敏的廣播劇集《一顆紅寶石》獲教育部審定為年度優良兒童讀物第三名，由教育部長黃季陸頒贈獎狀。左起：子敏、洪炎秋、黃季陸、朱傳譽。右圖為子敏與獎狀合影。（子敏提供）

1967年，喜歡小動物的子敏與他養的狗「赫丘里斯」。（子敏提供）

1968年，子敏畢業於淡江大學英國語文學系，全家於畢業典禮留影。左起：三女林瑋、長女林櫻、子敏、鄭秀枝、次女林琪。（子敏提供）

1960年代，子敏與同事一起打桌球，後立者為何凡。（子敏提供）

1970年代，應臺灣省國民學校教師研習會主任陳梅生之邀，與文友一同擔任「兒童讀物寫作研究班」講師。左起：趙友培、潘人木、子敏、林海音。（文訊文藝資料中心）

1970年，與報社同仁合影於臺中東海大學。左起：梁容若夫婦、劉博輝、何凡、子敏、、王天昌。（子敏提供）

1970年，子敏全家福。左起：子敏（手抱林瑋）、鄭秀枝、林櫻、林琪。（子敏提供）

1975年，擔任國語日報社出版部經理的子敏與出版品合影。（子敏提供）

約1976年，子敏攝於自家書房。（子敏提供）

1978年12月，子敏與國語日報社董事長何容（中）、李劍南（右）合影。（子敏提供）

1980年代，子敏與吳宏一（左）、沈謙（右）共同擔任林煥彰創辦的「布穀鳥童詩獎」評審，合影於評審會議。（文訊文藝資料中心）

1980年代，子敏攝於明星照相館，爾後出書常使用這張照片。（子敏提供）

1985年8月6日，《童詩五家》作者應釜山兒童文學協會之邀，赴韓國參訪並舉辦詩畫展覽，釜山兒童文學協會後出版《中華民國現代童詩選》一書，紀念此次交流成果。前排左起：韓國兒童文學家宣勇夫婦；後排左起：子敏、林武憲、林煥彰、杜榮琛、謝武彰。（林武憲提供）

1985年10月6日，時任中華民國兒童文學學會理事長的子敏（樹枝上右三）與會員同遊九份山城，是學會首次舉辦「兒童文學之旅」的大合照。（中華民國兒童文學學會提供）

1986年6月，應邀擔任統一企業舉辦的第一屆童詩創作比賽評審委員，與全體評審及工作人員合影於臺南大飯店。前排左起：杜榮琛、謝新福、黃雙春、馬景賢、子敏、佚名、陳玉珠、徐守濤；中排左起：佚名、謝武彰、洪中周、佚名、林武憲、傅林統、藍祥雲、陳木城（後）、王萬清、佚名；後排左起：周廷奎、戴書訓、林加春、佚名、林仙龍。（文訊文藝資料中心）

1990年11月，應邀擔任全國語文競賽的評審，與其他評審作家同遊花蓮太魯閣。左起：子敏、白萩、葉日松、黃武忠、上官予。（子敏提供）

1989年11月27日，子敏隨華語文教育學會訪問美國，赴舊金山拜訪謝冰瑩（左）。（子敏提供）

1992年3月15日，子敏與馬景賢（左）合影於南投阿里山姊妹潭。（子敏提供）

1992年5月11日，應邀出席臺北《民生報》、河南海燕出版社、北京《東方少年》雜誌社聯合舉辦的「1992年海峽兩岸少年小說、童話徵文新聞發布會」，與大陸兒童文學作家合影於北京建國飯店。左起：陳模、李昆純（後）、李玲、常瑞（後）、子敏、孫幼軍（後）、金波。（子敏提供）

1995年1月，子敏與李潼（左）、林煥彰（右）應邀赴上海出席第三屆亞洲兒童文學大會。（祝建太提供）

1997年，子敏推嬰兒車帶外孫女彤彤在公園散步。（林瑋提供）

1998年10月24日，子敏（後排中）與前來參觀國語日報社的一群小朋友合影。（子敏提供）

2003年10月18日，子敏獲行政院新聞局金鼎獎首屆終身成就獎。（子敏提供）

2003年11月22～23日，應邀出席「兒童文學資深作家陳千武先生及其同輩作家作品研討會」，並擔任第一場論文發表會主持人。左起：陳木城、林武憲、游珮芸、馬景賢、子敏、陳千武、詹冰、趙天儀、邱各容、陳明台。（林武憲提供）

2003年，子敏為桌球友誼賽開球。熱愛桌球的子敏一直保持每週打兩次球的習慣。（子敏提供）

2005年，子敏自國語日報社董事長兼發行人職務退休前夕，於辦公室留影。（林瑋提供）

2006年6月，與兒童文學作家、插畫家等兒童文學愛好者於中華民國兒童文學學會年會大合照，攝於臺北酒泉街會址。前排左起：李公元、劉宗銘、陳木城、林安世、蔡孟嫺、嚴淑女、廖燕玲（手抱其女）、區敬蘊；二排左起：陳立民、王金選、林怡慧、林瑋、曹俊彥、林建緯；三排左起：陳玉金、馬景賢、鄭明進（後）、子敏、林哲皜（前）、林煥彰、馮季眉、沙永玲、周慧珠（前）、林文茜、方素珍、李素卿、余治瑩、何綺華；四排左起：嚴凱信、張又然、鍾偉明、張曉萍。（林瑋提供）

2007年9月1日，應邀出席講義雜誌社舉辦的第八屆「大師寫作心得饗宴」，分享寫作心得。左起：柴松林、司馬中原、余光中、子敏、林獻章。（國立臺灣文學館提供）

2008年8月8日，子敏參觀好友鄭明進的畫展，與貝果（左）、鄭明進（中）合影。（林瑋提供）

2010年10月2日，子敏出席臺北市文化局主辦、文訊雜誌社承辦的「小太陽依然如此溫暖——林良爺爺與兒童文學」人文講座，與主持人桂文亞（右）合影於臺北紀州庵文學森林。（文訊文藝資料中心）

2011年8月，子敏《小太陽》獲選為臺北市立圖書館文學類「臺北之書」，接受市長郝龍斌（左）頒獎。（子敏提供）

2011年12月13日，獲公益信託星雲大師教育基金第一屆全球華文文學星雲特別獎，於頒獎典禮致詞。左起：楊渡、曾淑賢、許耿修、吳伯雄、子敏、星雲大師、李瑞騰、何寄澎、黃碧端。（公益信託星雲大師教育基金提供）

2012年9月28日，子敏與《小太陽》動畫導演邱立偉（右）合影。（林瑋提供）

2012年10月6日，子敏出席國語日報社舉辦的「林良爺爺88生日快樂暨新書發表會」，插畫家好友趙國宗（左）贈送手繪瓷盤作為生日禮物。（林瑋提供）

2013年1月12日，子敏應邀為教育廣播電臺錄製「為臺灣文學朗讀」節目，朗讀〈小太陽〉、〈小電視人〉二篇作品。（林瑋提供）

2013年9月16日，中國海峽兩岸兒童文學研究會邀集文友一同演出布袋戲，為子敏慶祝90歲生日。左起：方素珍、林煥彰、子敏。（林瑋提供）

2013年10月25日，出席國語日報社65週年社慶活動「三代閱讀情．百年教育心」。左起：林瑋、馬景賢、馬念先（後）、子敏、陳素真。（林瑋提供）

2013年12月14日，子敏應邀出席國語日報社舉辦的第12屆兒童文學牧笛獎頒獎典禮，與曹俊彥（左）合影。（林瑋提供）

2014年8月13日，子敏應邀擔任第38屆金鼎獎頒獎人，與東年（右）攝於典禮會場。（林瑋提供）

2014年9月5日，子敏與三女林瑋（左）應邀擔任由上海商業儲蓄銀行文教基金會與紀州庵文學森林共同主辦的「我們的文學夢」系列講座的主講人，講題為「生活與工作，處處是文學」，攝於臺北紀州庵文學森林。（文訊文藝資料中心）

2014年12月14日，應公共電視臺節目「聽偶說故事」之邀，接受趙自強專訪，談論說故事的技巧，於國語日報社一樓書店合影。左起：關葳、趙自強、子敏、林瑋。（林瑋提供）

2014年12月，子敏（前排左五）、鄭秀枝（前排左四）、林瑋（前排左三）前往臺北中山堂觀賞由「AMcreative安徒生和莫札特的創意」劇場演出的《小太陽：一個家的音樂劇》，與製作人林奕君（前排左二）、導演單承矩（二排右二）、音樂總監劉新誠（前排左一）等全體工作團隊合影。（林瑋提供）

2015年3月28日，子敏應邀出席中華文化總會於臺北賓館舉辦的「2015年新春文薈」活動，與邱傑（左）、傅林統（右）合影。（林瑋提供）

2015年11月12日，因長期獻力兒童文學，潛心編纂《國語日報》，文學成就豐碩，獲頒二等景星勳章。左起：陳勝福、董陽孜、子敏、齊邦媛、總統馬英九、黃俊雄、朱宗慶、吳興國、劉若瑀。（林瑋提供）

彼此並不陌生的引力，
來自彼此心中的小太陽。
為一個和諧的家織錦，
為一個和諧的人生織錦，
在陽光下，
也在月光下。

武憲學弟
美麗小姐 結婚紀念

子敏 敬賀
64.4.16.

1975年4月16日，子敏將自己的作品書名轉化為祝賀文字，致林武憲結婚賀詞手跡。（林武憲提供）

No. 1

為了沈思
——讀「空山雲影」

子敏

獲得七十三年文學類優良圖書金鼎獎的「空山雲影」，是林白出版社的出版品。這是一本小品散文集。書中的自序「山居人語」，只有二百字。八十二篇散文小品，每篇也只有五百字。雖不必一定是「極短篇」，但是也夠短的了。另一個特色是篇篇都有插畫，那是作者自己的手筆。插畫用毛筆繪製，用筆簡省，生動有情趣。

北市福州街十號·國語日報社·林良
孔雀牌
(12×25)

1985年2月，子敏發表於《文訊》第16期〈為了沉思——讀《空山雲影》〉手稿。（文訊文藝資料中心）

No. 1

我的婚禮

林良

我結婚那一年（民國四十五年），我們的國民所得大約是兩百多美元。那是一個儉樸的時代，街上只有三輪車，沒有計程車，全台灣的轎車不到五千輛。我們的結婚禮車，是到一家汽車行租來的黑色轎車。那時候的年輕人，都很重視結婚要有一輛禮車，禮車上要披紅布。

除了禮車以外，另一件受新人重視的事情是拍結婚照。這一點現代人都很能了解，因為現代的新人對這一點更加重視。現代的新人為這件事[illegible]跟照像館的攝影師忙[illegible]一

(12×25)

1988年10月，子敏發表於《文訊》第38期「作家結婚照」專題〈我的婚禮〉手稿。（文訊文藝資料中心）

李潼：

冬至日的新書發表會很具特色，朋友們都很欣賞。會中的食物：麻油雞酒，風味特佳，紅湯圓的甜度，很對我的口味。

我細心看舞獅，每當獅子人立，獅頭昂起的時候，舞者高舉雙臂，自胸部以下都是人的打扮。如果舞者能穿綴滿獅毛的胸衣，看起來就更加生動逼真了。不知道台灣的"獅把"，有沒有人想到這一點。從前我在老家廈門看舞獅，也有這樣的感想。

看到十六大冊的《台灣的兒女》，我真是吃驚，很欽佩你的毅力以及你所蘊含的寫作能量。接到圖神寄來的贈書以後，我發現十六本書各有各的寫法，每一本書都付出一番心血，令我讚嘆不已。

照理說，如果以記事為主，就像擺起一局棋，人物成為一顆一顆的棋子。如果以寫人為主，才像小說。你寫的是令人感動的人物，所以這十六本書很值得看。

文學是不會死的。

平安快樂！

林良謹啟
88-12-29

1999年12月29日，子敏致李潼函，讚賞李潼為新作《臺灣的兒女》付出的心血與其蘊含的創作能量。（國立臺灣文學館提供）

2008年，子敏致曹俊彥鼠年手繪賀年卡。（林瑋提供）

（計3頁）

1

永遠的探索
——《現代爸爸》第三個版本的序
．林良

《現代爸爸》是我的一本散文集，也是一本「爸爸書」。這本書的特色是真誠談論一個男人該怎樣做好家庭裏的重要角色「爸爸」，因此引起了爸爸讀者、媽媽讀者的關切。

這本書在一九九〇年交由「好書出版社」發行，是第一個版本。我曾經為這個版本寫了一篇序〈追求兩代關係的和諧〉，也用這句話勉勵天下的爸爸。

2

這個版本印行了四刷以後，因為好書出版社的創業同仁一一離開，這本乏人照顧的書就改由富有朝氣的麥田出版公司接手發行。麥田接手以後，重新校閱全書，製作新的封面，成為這本書的第二個版本。我也為這第二個版本寫了一篇序〈「爸爸」角色的轉型〉，提醒讀者，爸爸已經不再是以大家族為靠山的那個「一家之主」了。

今年，二〇一五年，麥田在印製第五刷的時候，再次校閱全書，製作新封面，成為這本書的第三個版本。現在，我又為這個版本寫了這篇序〈永遠的探索〉，說明了這本書的基本精神，同時也為日後的回憶留個紀念。

這個新版本有一個小變動，就是作者署名的改變。我的散文集，作者署名一向都用我的筆名「子敏」，不用我

3

的本名「林良」。因此常有讀者把「子敏」和「林良」當成兩個人。這個新版本的作者署名，直接改用「林良」本名，目的是避免讀者再有「兩個人」的困擾。

前面提到的那兩篇不同版本的序文，都附印在本書的卷首，希望爸爸讀者們都能一讀，相信一定會對本書有更多的了解，引發更濃的興趣。

能夠屢屢為一本二十多年前出版的書撰寫新版本的序文，是一件很愉快的事情。我在這裏，祝福所有的爸爸讀者，都能為「怎樣做個好爸爸」找到適合自己的答案。

2015年，子敏為新版《現代爸爸》所寫的序文〈永遠的探索——《現代爸爸》第三個版本的序〉手稿。（子敏提供）

2015年11月12日，獲總統馬英九頒授二等景星勳章。（林瑋提供）

2003年，林耀堂所繪之子敏肖像，此作品為林耀堂於臺北文化總會舉辦的「相遇．文學．畫面2003林耀堂個展」中，48幅臺灣當代作家數位版畫畫像之一。（林耀堂提供）

國語日報　NO 1

為瑋瑋寫的

斯諾過生日

白狐狸狗斯諾，
要過兩歲生日。
牠好像也知道，
這是一個大日子。

我們買了小蛋糕，
還有兩根小蠟燭。
唱着生日快樂歌，
高高興興來慶祝。

燭火搖晃很好看，
味道一定也很好。
湊上鼻子聞聞看，
燙得斯諾哀哀叫。

國語日報　NO 2

斯諾斯諾原諒我，
兩根蠟燭我拔掉。
安心吃吃小蛋糕，
你說這樣好不好？

※

子敏兒童詩〈斯諾過生日〉手稿。（子敏提供）

國語日報　NO 1

．兒童生活詩

不要怕考試

後天是星期一，
老師要考試。
東東晚上睡不好，
白天飯也不想吃。

媽媽告訴他，
考試不可怕。
考試只是想知道，
你書讀得好不好。

拿出課本看一遍，
先替自己做準備：
把不懂的都弄懂，
把不會的都弄會。

國語日報　NO 2

知道老師要考你，
你先考考你自己。
考試考你你來吧，
考試根本不可怕。

#

子敏兒童詩〈不要怕考試〉手稿。（子敏提供）

子敏手繪插圖〈九官鳥〉。（子敏提供）

子敏手繪插圖〈水上市場〉。（子敏提供）

子敏手繪插圖〈深坑豆腐〉。（子敏提供）

子敏手繪插圖〈遊西湖〉。（子敏提供）

輯二◎生平及作品

小傳◎作品◎年表

小傳

子敏（1924～）

子敏，男，本名林良，另有筆名子安、路俉、克山等，籍貫福建同安，1924年10月10日生，1946年來臺。

淡江文理學院（今淡江大學）英國語文學系畢業。曾任小學教師、記者、編輯、廣播節目主持人、《小學生》半月刊主編、中華民國兒童文學學會第一屆理事長，歷任國語日報社主編、編譯主任、出版部經理、社長、發行人兼董事長，2005 年退休，從事報業、出版工作長達 56 年。曾獲中華兒童叢書最佳寫作獎、中國語文獎章、兒童讀物金書獎、中山學術文化基金會文藝創作獎、中興文藝獎、信誼基金會兒童文學特別貢獻獎、國家文藝獎兒童文學特別貢獻獎、楊喚兒童文學獎兒童文學特殊貢獻獎、金鼎獎終身成就獎、金鼎獎兒少類圖書類最佳著作人獎、2011 年臺北之書、全球華文文學星雲特別獎、國家文藝獎、金鼎獎兒童及少年圖書獎人文類獎、二等景星勳章。

創作文類以散文、兒童文學為主，兼及論述、翻譯。子敏的散文結構緊密，文章行雲流水，舒卷自如。1964 年，與洪炎秋、何凡共同執筆《國語日報》家庭版「茶話」專欄，開始以筆名「子敏」發表散文，專欄文章集結出版《茶話》十冊，1991 年，「茶話」停刊，子敏續寫「夜窗隨筆」專欄，數十年來筆耕不輟。子敏的散文集以各式主題歸納成冊，《小太陽》、《現代爸爸》題材多取自日常生活經驗，挖掘家庭瑣事的韻味；《和諧人生》、《豐富人生》以幽默又富哲理的文字探索人際關係與生命情懷；《鄉情》以追憶之筆敘寫童年往事；《小方舟》則記錄了喜愛小動物的子敏從牠們身上得到的經驗與體悟。不堆砌華麗的詞藻，堅持以「真實的現代語言」寫作，子敏擅長使用引號產生詞語的新意，亦注重文字的視覺與聽覺效果，使每篇作品在平淡中帶有甘味，數十年來歷久彌新，成為整個世代的共同閱讀經驗。

以本名「林良」創作兒童文學，子敏認為「一個作家為小孩子寫作，是天經地義的事」，長期於《國語日報》「看圖・說話」專欄發表兒童詩，以活潑的國字運用帶來詩意的美感，培養小讀者正確的語言習慣，寓教於樂，作品多選入臺灣、大陸的小學語文教材。1984 年，與文友一同發起、成立中華民國兒童文學學會，並擔任第一屆理事長，舉辦各式活動，推動兒童文學界的國際交流。任職國語日報社期間，促成《兒童文學週刊》創刊、兒童文學牧笛獎成立等，子敏以播種者、領航人的身分帶動臺灣兒童文學的發展，影響深遠。

長年譯介國外兒童文學經典名著，譯作已超過百本，子敏透過《淺語的藝術》、《純真的境界》等書闡述自己的文學觀，林武憲稱他是國內「兒童文學理論的開拓者」。數十年來，「左手寫散文，右手寫兒童文學」，子敏以一顆難能可貴的「童心」，書寫生活情趣及人間百態，成為年輕創作者景仰學習的對象。誠如馮季眉所言：「這個『永遠的孩子』，他用他純真的眼睛看世界，用他的赤子之心感受世界，也用他筆下充滿真善美的文學，回報、滋潤這個世界。」子敏是兒童文學界的「長青樹」，也是臺灣文學界「永遠的小太陽」。

作品目錄及提要

【論述】

國語日報社1976

淺語的藝術

臺北：國語日報社
1976 年 7 月，25 開，248 頁
兒童文學研究叢書

臺北：國語日報社
2000 年 7 月，25 開，338 頁
兒童文學研究 01

臺北：國語日報社
2011 年 10 月，25 開，311 頁
文學講堂 1

國語日報社2000

本書為作者對兒童文學的思索紀錄，探討如何以兒童聽得懂、看得懂的淺顯語言從事文學創作。全書收錄〈不是「一揮而就」〉、〈十九世紀——兒童文學的黎明時代〉、〈兒童文學——淺語的藝術〉等 28 篇。正文前有林良〈一個更廣大的文學世界——《淺語的藝術》的序〉。

2000 年國語日報社版：1976 年國語日報社版修訂本，正文新增〈兒童文學的定義〉。

2011 年國語日報社版：2000 年國語日報社版修訂本，正文刪去〈走出兒童詩的「公式」巷子〉、〈談《兒童文學論著索引》〉二篇，其餘篇名略有修改。附錄林良〈綠池的白鵝〉移至正文後。

國語日報社2011

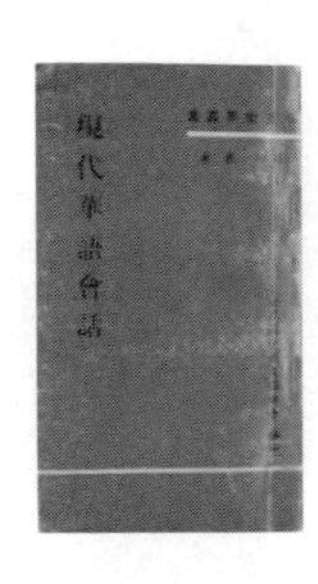

現代華語會話

臺北：世界華文教育協進會
1981 年 12 月，40 開，131 頁
華文世界叢書二〇〇一

本書集結作者發表於《華文世界》季刊專欄文章，以十種不同的語言性質提供現代人平實親切的說話方式。全書收錄〈打招呼〉、〈問〉、〈買〉等十篇。

華語說話基本練習

臺北：世界華文教育協進會
1981 年 12 月，40 開，100 頁
華文世界叢書二〇〇二

本書集結作者發表於《華文世界》季刊專欄文章，各篇以一句話做為主題，搭配大量「熟讀練習」，表現華語的各種語言現象。全書收錄〈我吃飯〉、〈火車開了〉、〈小安是一個學生〉等十篇。

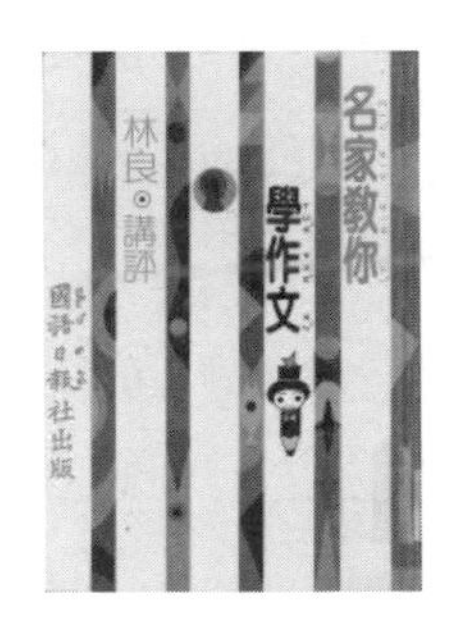

名家教你學作文

臺北：國語日報社
1993 年 3 月，25 開，230 頁

本書列舉撰寫作文的各項要點，並搭配國小學生的作文進行解說。全書收錄〈內容要讓人讀了覺得自然。〉、〈寫遊記，要點明地點。〉、〈具體有力的描寫，才能使人留下深刻的印象〉、〈有的文章，用原來的題目不合適，可以考慮改換題目。〉、〈文章的最後一段，和前面的材料有關，就可以給人圓滿的感覺。〉等 100 篇。正文前有林良〈一個好的開始〉。

林良爺爺談作文：作文預備起！

臺北：城邦文化公司・快樂學
2008 年 9 月，21x20 公分，102 頁

本書透過文章與圖片的帶讀，配合說、寫、讀、聽、抄、想、觀察七個作文的基礎訓練，幫助小朋友建立良好的語文能力和表達技巧。全書計有：1.第一講：「上課了！」；2.第二講：「我手寫我口」；3.第三講：「四項練習」；4.第四講：「我家不養狗」四章。正文前有〈作文是怎麼一回事呢？〉、「使用說明」。

純真的境界

臺北：國語日報社
2011 年 10 月，25 開，219 頁
文學講堂 2

本書集結《國語日報》「漫談兒童文學」專欄文章，探討古今中外的兒童文學作家與作品。全書分「給孩子的文學」、「等待一個故事」、「創造童話偶像」、「走進孩子的純真世界」四章，收錄〈一個新時代〉、〈兒童也需要文學〉、〈認識兒童文學〉、〈為童話下定義〉等 45 篇。正文前有林良〈找回自己的童心〉。

更廣大的世界

臺北：國語日報社
2012 年 10 月，25 開，315 頁
文學講堂 3

本書從兒童文學的性質、創作、發展、推廣等部分進行整體思考與論述。全書分「不斷進化的兒童文學」、「兒童文學創作」、「兒童文學的推廣」三部分，收錄〈兒童讀物之語文寫作研究〉、〈兒童文學的藝術價值〉、〈兒童文學的多向發展〉等 15 篇。正文前有林文寶〈執著與敬重〉、林良〈更廣大的世界〉。

小東西的趣味

臺北：國語日報社
2012 年 10 月，25 開，285 頁
文學講堂 4

本書以兒童文學的兒歌、童詩、謎語等「小東西」作為引子，延伸探討童話、散文、小說等各種兒童文學創作文類。全書分「小東西」、「童話」、「小說、散文、外國兒童讀物」三部分，收錄〈也該創作小東西——談兒歌、繞口令、謎語、小故事〉、〈詩、童詩、兒歌〉、〈談兒童詩的寫作〉等 15 篇。正文前有林文寶〈執著與敬重〉、林良〈小東西的趣味〉。

【散文】

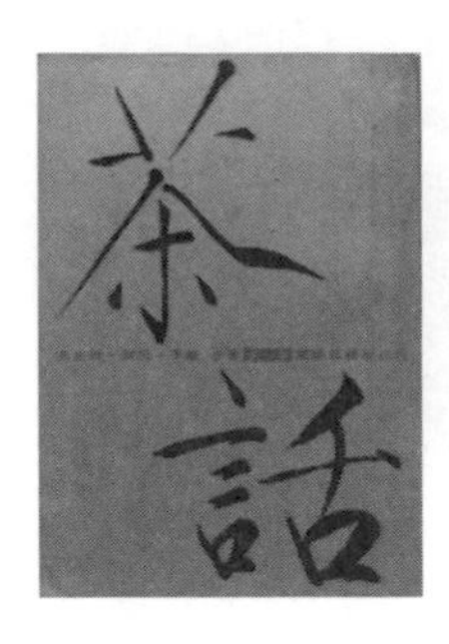

茶話（第一集）（與何凡、洪炎秋合著）

臺北：國語日報社
1966 年 11 月，32 開，249 頁

本書集結《國語日報》家庭版「茶話」專欄文章。全書收錄何凡 23 篇，洪炎秋 16 篇，子敏〈飯桌上念經〉、〈傳宗接代〉、〈敬畏太太〉、〈美滿家庭的三害〉等 47 篇。正文前有何凡〈前記〉。

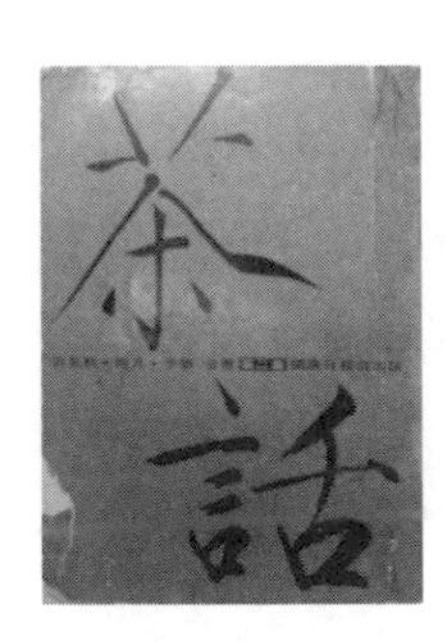

茶話（第二集）（與何凡、洪炎秋合著）

臺北：國語日報社
1967 年 3 月，32 開，249 頁

本書集結《國語日報》家庭版「茶話」專欄文章。全書收錄何凡 16 篇，洪炎秋 12 篇，子敏〈談「服裝心理」〉、〈「四月四日爸爸」〉、〈打衣服的算盤〉等 23 篇。正文前有何凡〈前記〉。

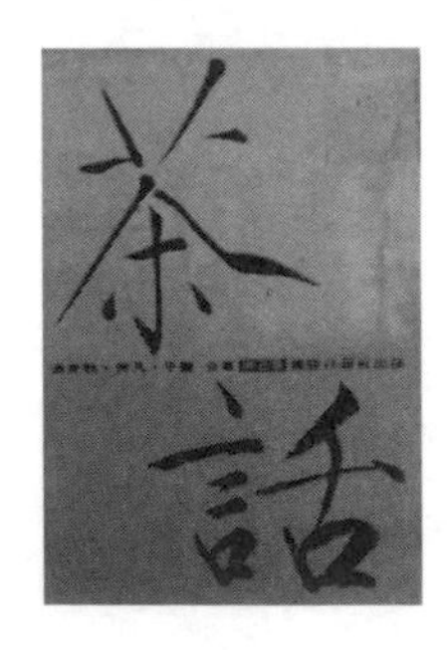

茶話（第三集）（與何凡、洪炎秋合著）

臺北：國語日報社
1967 年 10 月，32 開，250 頁

本書集結《國語日報》家庭版「茶話」專欄文章。全書收錄何凡 21 篇，洪炎秋 6 篇，子敏〈晚睡和早起〉、〈交通應變教育〉、〈談「孩子吵架」〉等 23 篇。正文前有何凡〈前記〉。

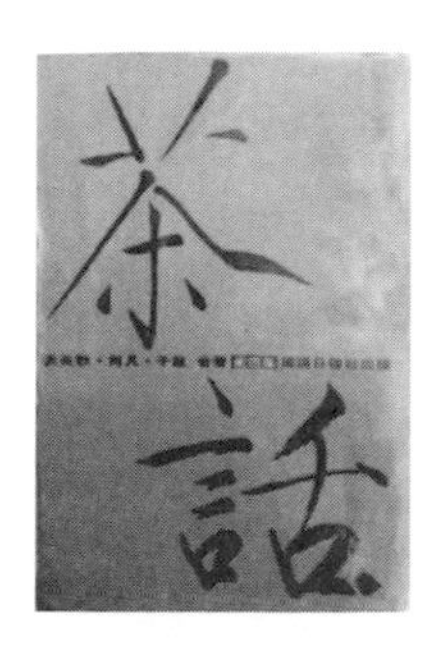

茶話（第四集）（與何凡、洪炎秋合著）

臺北：國語日報社
1968 年 3 月，32 開，221 頁

本書集結《國語日報》家庭版「茶話」專欄文章。全書收錄何凡 16 篇，洪炎秋 4 篇，子敏〈機器和忙錄〉、〈防盜狂想曲〉、〈大門和小偷〉等 20 篇。正文前有何凡〈前記〉。

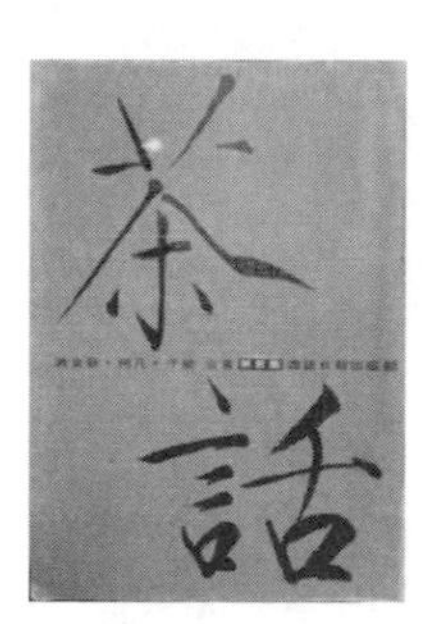

茶話（第五集）（與何凡、洪炎秋合著）

臺北：國語日報社
1968 年 9 月，32 開，255 頁

本書集結《國語日報》家庭版「茶話」專欄文章。全書收錄洪炎秋 9 篇，何凡 9 篇，子敏〈論星期三〉、〈論星期四〉、〈論星期五〉等 17 篇。正文前有何凡〈前記〉。

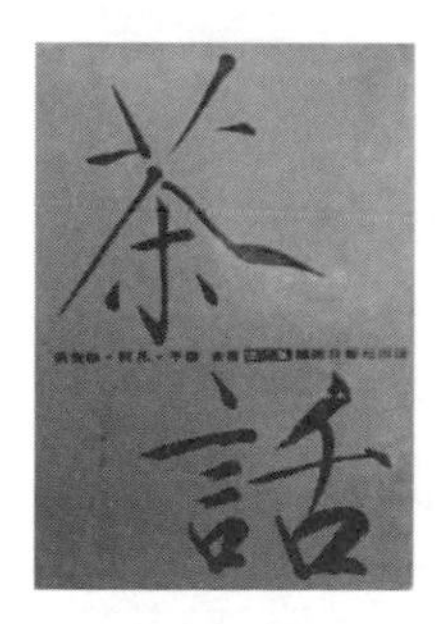

茶話（第六集）（與何凡、洪炎秋合著）

臺北：國語日報社
1969 年 7 月，32 開，252 頁

本書集結《國語日報》家庭版「茶話」專欄文章。全書收錄何凡 17 篇，洪炎秋 4 篇，子敏〈五月節雜感〉、〈「三心」教育〉、〈忙爸爸的心緒〉等 24 篇。正文前有何凡〈前記〉。

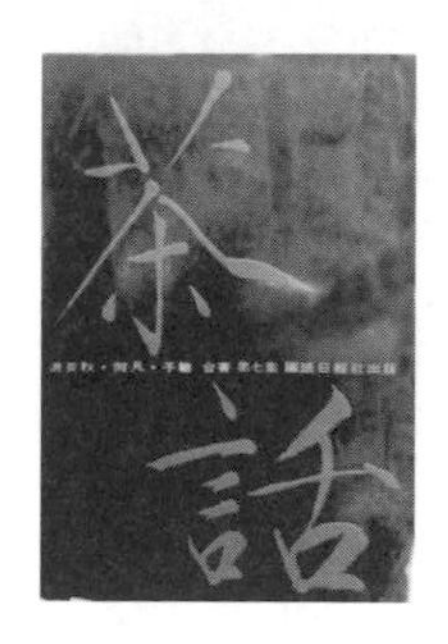

茶話（第七集）（與何凡、洪炎秋合著）

臺北：國語日報社
1970 年 2 月，32 開，253 頁

本書集結《國語日報》家庭版「茶話」專欄文章。全書收錄何凡 15 篇，洪炎秋 2 篇，子敏〈瑋瑋和書〉、〈家裡的狗〉、〈薄冰〉等 28 篇。正文前有何凡〈前記〉。

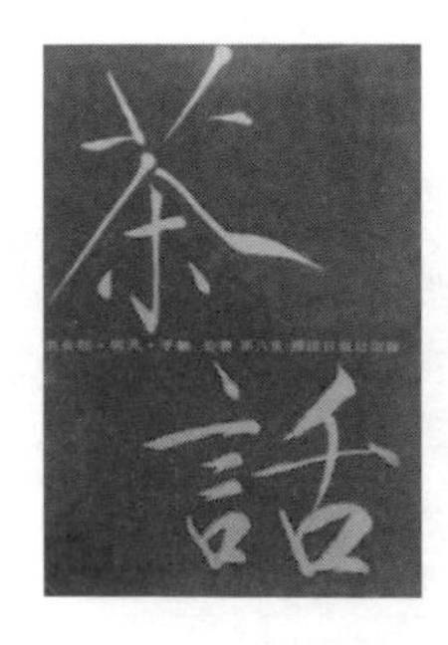

茶話（第八集）（與何凡、洪炎秋合著）
臺北：國語日報社
1970 年 7 月，32 開，250 頁

本書集結《國語日報》家庭版「茶話」專欄文章。全書收錄何凡 11 篇，洪炎秋 3 篇，子敏〈我的「國語觀」〉、〈漫談「成功」〉、〈寫信事件〉等 28 篇。正文前有何凡〈前記〉。

茶話（第九集）（與何凡、洪炎秋合著）
臺北：國語日報社
1971 年 1 月，32 開，249 頁

本書集結《國語日報》家庭版「茶話」專欄文章。全書收錄何凡 19 篇，洪炎秋 1 篇，子敏〈填表〉、〈「拋頭露面人」〉、〈散步過年〉等 25 篇。正文前有何凡〈前記〉。

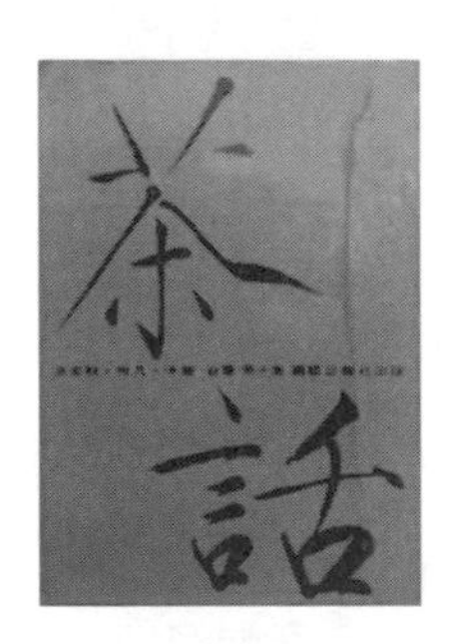

茶話（第十集）（與何凡、洪炎秋合著）
臺北：國語日報社
1971 年 10 月，32 開，249 頁

本書集結《國語日報》家庭版「茶話」專欄文章。全書收錄何凡 4 篇，洪炎秋 1 篇，子敏〈遛狗〉、〈深人的淺語〉、〈過節〉、〈「詩的語言」〉等 33 篇。

純文學出版社1972

純文學出版社1983

麥田出版公司 1997

湖北少年兒童 2006

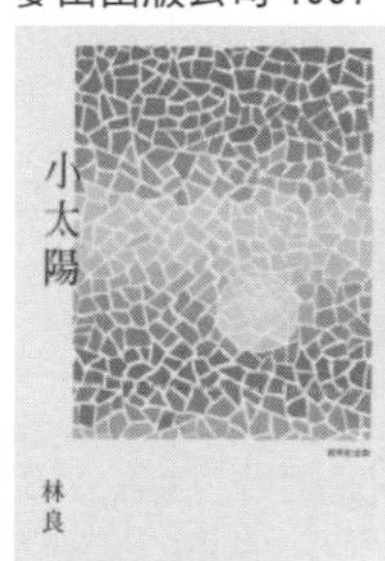
麥田出版 2011

福建少年兒童 2014

麥田出版 2015

小太陽

臺北：純文學出版社
1972 年 4 月，32 開，250 頁
純文學叢書 46

臺北：純文學出版社
1983 年 6 月，32 開，287 頁
純文學叢書 46

臺北：麥田出版公司
1997 年 1 月，25 開，261 頁
子敏作品集 1

武漢：湖北少年兒童出版社
2006 年 1 月，25 開，316 頁
百年百部中國兒童文學經典書系

臺北：麥田出版，城邦文化公司
2011 年 9 月，25 開，302 頁
林良作品集 09

福州：福建少年兒童出版社
2014 年 7 月，25 頁，269 頁
臺灣兒童文學館・林良美文書坊

臺北：麥田出版，城邦文化公司
2015 年 4 月，25 開，302 頁
林良作品集 01

本書為作者第一本個人散文集，集結 1956～1970 年間發表於《聯合報》與《國語日報》以家庭生活為主題的文章，以細膩柔軟的筆觸、溫和寬廣的胸襟書寫一家五口的日常生活經驗。全書收錄〈一間房的家〉、〈小太陽〉、〈霸道的兩歲〉、〈家裡的詩〉等 44 篇。正文前有子敏〈大男人寫「家」——《小太陽》的序〉。

1983 年純文學版：正文與 1972 年純文學版同。正文前新增作者家庭照、子敏〈由照片看歲月——《小太陽》重排前言〉。

1997 年麥田版：全書分「小太陽」、「家裡的畫壇」、「到金山去」、「寂寞的球」、「焚燒的年代」五卷，正文與 1972 年純文學版同。正文前刪去子敏〈大男人寫「家」——《小太陽》的序〉，新增子敏〈《小太陽》的故事——《小太陽》第三個版本序〉。

2006 年湖北少年兒童版：正文與 1983 年純文學版同。正文後新增作家手稿與照片數張、「主要著作目錄」、「本書獲獎紀錄」、簡宛〈《小太陽》裡愛的世界〉。
2011 年麥田版：正文與 1997 年麥田版同。正文前刪去子敏〈《小太陽》的故事——《小太陽》第三個版本序〉，新增孫小英〈印象中的林良先生〉、林良〈為《小太陽》作生日〉，正文後新增附錄「林良重要文學作品年表」（鍾欣純、賴雯琪整理）。
2014 年福建少年兒童版：正文與 2011 年麥田版同，正文後刪去「林良重要文學作品年表」。
2015 年麥田版：正文與 2011 年麥田版同。

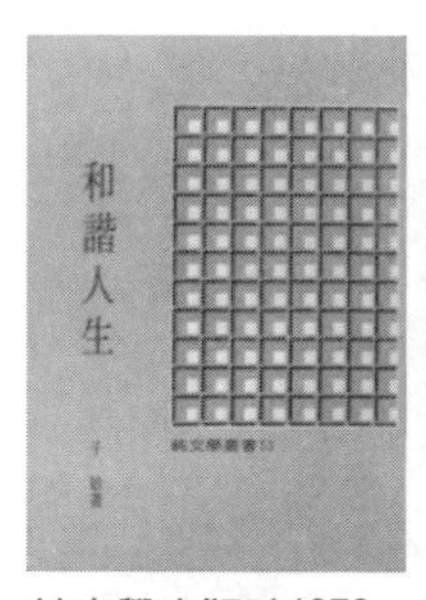

純文學出版社1973

純文學出版社1985

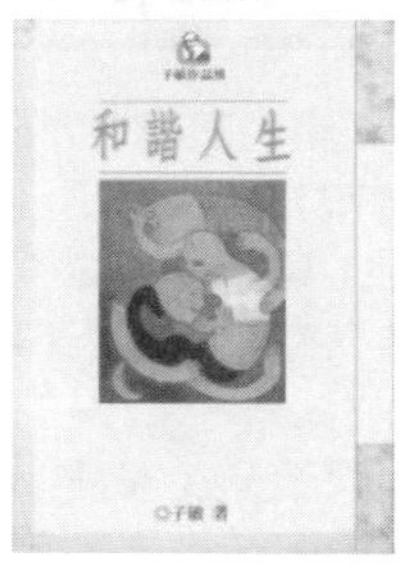

麥田出版公司 1997

麥田出版 2014

和諧人生

臺北：純文學出版社
1973 年 12 月，32 開，245 頁
純文學叢書 53

臺北：純文學出版社
1985 年 10 月，32 開，277 頁
純文學叢書 53

臺北：麥田出版公司
1997 年 4 月，25 開，245 頁
子敏作品集 2

臺北：麥田出版，城邦文化公司
2014 年 8 月，25 開，271 頁
林良作品集 02

本書集結《國語日報》家庭版「茶話」專欄文章，以各式主題闡述「和諧的人際關係」之於快樂人生的重要性。全書收錄〈談「活著」〉、〈談「死」〉、〈再談「它」一次〉、〈談「缺陷」〉等 44 篇。正文前有子敏〈不「嚴肅」的論文——《和諧人生》的序〉。

1985 年純文學版：正文與 1973 年純文學版同。正文前新增子敏〈輕鬆的人生論文——序《和諧人生》重排本〉。
1997 年麥田版：全書分「今天和明天」、「塑造『自己』」、「忍耐的科學」、「快樂的人」四卷，正文與 1985 年純文學版同。正文前新增子敏〈好想法帶來好日子——《和諧人生》第三個版本序〉。
2014 年麥田版：正文與 1997 年麥田版同。正文前新增林良〈《和諧人生》新版序〉。

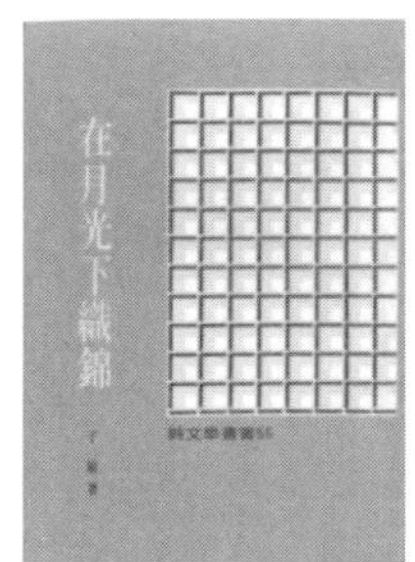
純文學出版社1974

麥田出版公司 1997

在月光下織錦

臺北：純文學出版社
1974年5月，32開，239頁
純文學叢書55

臺北：麥田出版公司
1997年6月，25開，255頁
子敏作品集3

臺北：麥田出版，城邦文化公司
2015年6月，25開，270頁
林良作品集03

麥田出版 2015

全書收錄〈水〉、〈風景〉、〈划船〉、〈燒開水〉等44篇。正文前有子敏〈另外一種苦行僧——《在月光下織錦》的序〉。
1997年麥田版：更名為《月光下織錦》。全書分「我的〇〇七」、「另外一種遊歷」、「書河岸上」、「深夜三友」四卷，正文與1974年純文學版同。正文前新增子敏〈當彼此都心靜——序麥田版《月光下織錦》〉。
2015年麥田版：正文與1997年麥田版同。正文前新增林良〈《月光下織錦》新版序〉。

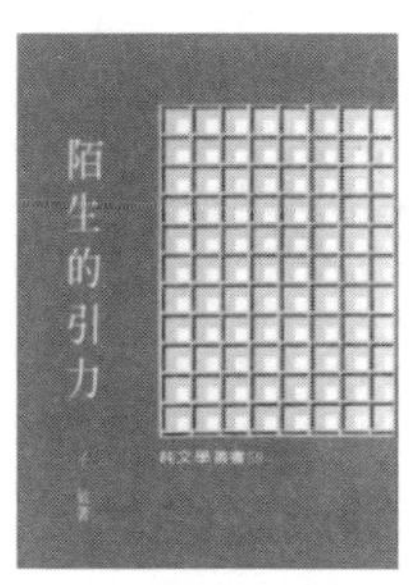
純文學出版社1975

麥田出版公司 1997

陌生的引力

臺北：純文學出版社
1975年1月，32開，243頁
純文學叢書59

臺北：麥田出版公司
1997年9月，25開，267頁
子敏作品集4

臺北：麥田出版，城邦文化公司
2015年6月，25開，280頁
林良作品集04

麥田出版 2015

本書透過作者的文學經驗漫談，提倡作家運用真實的現代語言進行寫作。全書收錄〈我的「國語觀」〉、〈深人的淺語〉、〈陌生的引力〉、〈論三島由紀夫〉等40篇。正文前有子敏〈新鮮多汁的水蜜桃——《陌生的引力》的序〉。
1997年麥田版：全書分「深人的淺語」、「作家跟語言」、「文學裡的意味」、「我和詩」四卷，正文與1975年純文學版同。正文前新增子敏〈我的文學筆記——《陌生的引力》第二個版本序〉。

2015 年麥田版：正文與 1997 年麥田版同。正文前新增林良〈《陌生的引力》新版序〉。

幼獅文化 1977

幼獅文化 1995

認識自己

臺北：幼獅文化公司
1977 年 10 月，25 開，105 頁
幼獅少年叢書 1

臺北：幼獅文化公司
1995 年 6 月，25 開，135 頁
智慧文庫

本書帶領少年讀者認識自己在人群中的定位，藉此學習人與人之間的相處之道。全書收錄〈認識父母〉、〈認識自己〉、〈認識家庭〉等 11 篇。正文前有〈幼獅少年叢書發刊緣起〉、子敏〈獻給少年的書——《認識自己》序〉。
1995 年幼獅文化版：正文與 1977 年版同。正文前刪去〈幼獅少年叢書發刊緣起〉。

純文學出版社1975

純文學出版社1997

鄉情

臺北：好書出版社
1982 年 3 月，32 開，279 頁

臺北：麥田出版公司
1997 年 12 月，25 開，287 頁
子敏作品集 5

臺北：麥田出版，城邦文化公司
2015 年 7 月，25 開，301 頁
林良作品集 05

麥田出版 2015

本書以追憶之筆，敘寫作者於廈門的童年往事，懷念故鄉人情。全書收錄〈離鄉〉、〈家族〉、〈舅爺〉、〈海水叔公〉等 40 篇。正文前有子敏〈永遠不消失——《鄉情》的序〉。
1997 年麥田版：全書分「離鄉」、「牧羊人」、「穿輪鞋的孩子」、「想起那個島」四卷，正文與 1982 年好書版同。正文前新增子敏〈山川歲月兩隔離——《鄉情》第三個版本的序〉。
2015 年麥田版：正文與 1997 年麥田版同。正文前新增林良〈《鄉情》新版本的序〉。

好書出版社1985

黎明文化公司 1986

麥田出版公司 1997

麥田出版 2015

豐富人生

臺北：好書出版社
1985 年 7 月，32 開，281 頁

臺北：黎明文化公司
1986 年 10 月，32 開，281 頁

臺北：麥田出版公司
1997 年 1 月，25 開，239 頁
子敏作品集 6

臺北：麥田出版，城邦文化公司
2015 年 7 月，25 開，249 頁
林良作品集 06

本書文章以「說故事」的形式，探討「自我建設」之於人生的價值與意義。全書分「楔子」、「自立境」、「追求境」、「淑世境」、「結論」五部分，收錄〈我是「心」〉、〈人比人〉、〈「平凡」的高貴含義〉、〈朋友〉等 31 篇。正文前有子敏〈說故事的論文——《豐富人生》的序〉。

1986 年黎明版：與 1985 年好書版同。
1997 年麥田版：正文與 1985 年好書版同。正文前新增子敏〈人人可以思考人生——《豐富人生》第二個版本序〉。
2015 年麥田版：正文與 1997 年麥田版同。正文前新增林良〈《豐富人生》新版本的序〉。

茶話選讀（與何凡合著）

臺北：國語日報語文中心
1984 年 11 月，25 開，223 頁

本書輯選《茶話》第一集裡面 500 字左右的文章作為教材，各篇配合生字、生詞、諺語的解釋，加上語文訓練的相關題目，讓外籍學生學以致用的練習中文。全書收錄何凡 2 篇，子敏〈飯桌上念經〉、〈一個空房間〉、〈欣賞家〉等 18 篇。正文前有〈編者的話〉，正文後有「新詞索引」。

正中書局 1985

正中書局 2003

快樂少年

臺北：正中書局
1985 年 10 月，25 開，122 頁
自強愛國叢書

臺北：正中書局
2003 年 7 月，25 開，150 頁

本書藉由說故事的方式，啟發少年讀者透過「包容」、達到「和諧」、成為一個「快樂少年」的動力來源。全書收錄〈「我」和別人〉、〈父親和母親〉、〈兄弟和姊妹〉等 18 篇。正文前有林良〈獻給家長和老師〉。
2003 年正中書局版：正文與 1985 年正中書局版同。正文前新增林良〈為一本書換新裝——《快樂少年》新版序〉。

好書出版社1987

麥田出版社1998

小方舟

臺北：好書出版社
1987 年 6 月，32 開，235 頁

臺北：麥田出版公司
1998 年 3 月，25 開，223 頁
子敏作品集 7

臺北：麥田出版，城邦文化公司
2015 年 8 月，25 開，220 頁
林良作品集 07

麥田出版 2015

本書記錄作者與 13 種不同動物的親近與觀察所產生的情感與體悟。全書收錄〈郭先生的雞〉、〈帶路雞〉、〈斯諾上醫院〉、〈斯諾的「過繼」〉等 30 篇。正文前有子敏〈人生旅伴——《小方舟》的序〉、「子敏的圖畫」、「《小方舟》動物分類索引」。
1998 年麥田版：全書分「招待小狗」、「斯努彼的故事」、「我和鵝」三卷，正文與 1987 年好書版同。正文前新增子敏〈進入動物的世界——《小方舟》第二個版本序〉，〈人生旅伴——《小方舟》的序〉更名為〈人生旅伴——《小方舟》的原序〉，「《小方舟》動物分類索引」移至正文後。
2015 年麥田版：正文與 1998 年麥田版同。正文前新增林良〈我的動物散文——《小方舟》第三個版本的序〉。

好書出版社1987

麥田出版社1998

現代爸爸

臺北：好書出版社
1990 年 7 月，32 開，238 頁

臺北：麥田出版公司
1998 年 5 月，25 開，201 頁
子敏作品集 8

臺北：麥田出版，城邦文化公司
2015 年 8 月，25 開，207 頁
林良作品集 08

麥田出版 2015

本書探討現代社會「爸爸」角色的轉型，並以接近小說筆法敘寫「好好先生」的爸爸故事，刻畫現代爸爸內心掙扎至開悟的變化過程，以期創造和諧的親子關係。全書收錄〈我是一個爸爸〉、〈爸爸是〉、〈爸爸這種職業〉、〈第二個童年〉等 30 篇。正文前有子敏〈追求兩代關係的和諧——《現代爸爸》的序〉。
1997 年麥田版：全書分「父親這一行」、「爸爸故事」二卷，正文與 1990 年好書版同。正文前新增子敏〈「爸爸」角色的轉型——《現代爸爸》第二個版本序〉。
2015 年麥田版：正文與 1998 年麥田版同。正文前新增林良〈永遠的探索——《現代爸爸》第三個版本的序〉。

耕耘者的果樹園——林良先生序文選集／中國海峽兩岸兒童文學研究會編

臺北：業強出版社
1993 年 10 月，新 25 開，283 頁

本書為作者七十大壽時，文友為其蒐羅曾經撰寫過的序文集結成冊，以誌慶賀。全書分「兒童文學」、「成人文學（散文類）」二部分，收錄〈《兒童讀物研究》序——談談這本書的誕生和性質〉、〈《童話研究》序——對這本書誕生經過的親切回味〉、〈耕耘者的果樹園——介紹《兒童文學創作選評》〉、〈一個更廣大的文學世界——《淺語的藝術》序〉、〈為兒童詩勾輪廓——《兒童詩的理論與發展》序〉等 71 篇。正文前有作者部分著作書影，林良〈寫序生涯〉、張湘君〈「有味兒」的美品珍品——談林良的序〉，正文後有謝武彰〈後記〉。

國語日報社 1996

國語日報社 2010

福建少年兒童 2014

國語日報社 2015

林良的散文

臺北：國語日報社
1996 年 6 月，25 開，146 頁
散文 02

臺北：國語日報社
2010 年 3 月，25 開，146 頁
林良書房 5

福州：福建少年兒童出版社
2014 年 7 月，25 開，124 頁
臺灣兒童文學館・林良美文書坊

臺北：國語日報社
2014 年 9 月，25 開，210 頁
林良書房 05

本書透過溫馨感人的生活經歷與童年往事抒發人生哲理，每篇文章皆收錄作家引讀文字。全書分「離家的心情」、「含有水分子的作品」、「喝一杯原味高湯」、「溫馨的滋味兒」、「難忘的景物」、「一段美好的歲月」、「描寫動態的典範」、「不說教的勵志」、「好書不厭百回讀」、「把複雜變成簡單」十部分，收錄〈想家〉、〈看海〉、〈坐輪渡〉、〈倒爬滑梯〉等 35 篇。正文前有樂茝軍〈享受「分享」〉。
2010 年國語日報社版：與 1996 年國語日報社版同。
2014 年福建少年兒童版：與 1996 年國語日報社版同。
2014 年國語日報社版：更名為《雨天的心晴：林良給青少年的 55 個愛的鼓勵》，正文改分為「我的小時候」、「美好小時光」、「一個人」、「雨天和陰天」、「我的人生態度」五部分，各篇排序有所更改，「我的人生態度」收錄〈鑄造自己的成長幣〉、〈總有第一回〉、〈為新經驗雀躍〉等 20 篇新文章。

彤彤

臺北：國語日報社
2002 年 8 月，25 開，177 頁
親子叢書 12

本書以活潑的寫實筆法，記敘作者與外孫女彤彤的互動情事。全書收錄〈彤彤的手語〉、〈彤彤說話〉、〈禮貌〉等 28 篇。正文前有子敏〈第三童年——序《彤彤》〉。

格林文化 2003

格林文化 2011

格林文化 2009

格林文化 2009

福建少年兒童 2015

小太陽（繪本版）／岳宣圖

臺北：格林文化公司
2003 年 10 月，20.6×20.6 公分，83 頁

臺北：格林文化公司
2009 年 7 月、2009 年 8 月，25 開，79 頁、87 頁

臺北：格林文化公司
2011 年 1 月，20.6×20.6 公分，83 頁

福州：福建少年兒童出版社
2015 年 1 月，21.6×21.6 公分，81 頁
臺灣兒童文學館・林良美文書坊

本書選輯《小太陽》部分文章，搭配插畫製成繪本。全書收錄〈小太陽〉、〈一間房的家〉、〈送別赫邱里斯〉等 8 篇。正文前有林良〈序——永遠的小太陽〉。
2009 年格林文化版：分《小太陽（兒童版）》、《老三的地方》二冊，文字改為直式排版並加上注音符號，正文與 2003 年版同。《老三的地方》正文前新增〈導讀——超越世代的必讀名作〉，正文後新增〈思考橋梁——動動腦・想一想・看一看〉。
2011 年格林文化版：本書為《小太陽》入選臺北一城一書文學類作品首選之再版，正文與 2003 年版同。
2015 年福建少年兒童版：正文與 2003 年格林文化版同。

林良的私房畫

臺北：臺灣麥克公司
2005 年 6 月，20.5×17 公分，135 頁

本書集結作者於《國語日報》「夜窗隨筆」專欄手繪插圖，各幅皆以短文說明創作緣由。全書分「旅遊心・寫意情」、「畫人像、談人情」、「生活文學・文學生活」三部分，收錄〈為「感覺」拍照〉、〈深坑豆腐〉、〈華陶窯〉、〈桃花源〉、〈上海少年兒童圖書館〉等 50 篇。正文前有林良〈林良說畫——我曾經像一個畫家〉、方素珍〈好友說畫——珍藏林良〉、林瑋〈女兒說畫——從填色開始的畫畫遊戲〉、彤彤〈孫女說畫——外公陪我畫畫〉，正文後有〈文如其人的林良〉。

人生二十講／林良、林瑋、黃正勇圖
臺北：國語日報社
2006 年 2 月，新 25 開，〔21 頁〕
林良書房 01

全書收錄〈何妨樂觀〉、〈多看書〉、〈和書作朋友〉等 20 篇。正文前有「林良紀要」。

國語日報社 2006

福建少年兒童 2014

早安豆漿店
臺北：國語日報社
2006 年 4 月，25 開，222 頁
林良書房 2

福州：福建少年兒童出版社
2014 年 7 月，25 開，166 頁
臺灣兒童文學館・林良美文書坊

臺北：國語日報社
2015 年 10 月，25 開，221 頁
林良書房

國語日報社 2015

本書集結守約、專注、關懷、說好話、有計畫等美德故事，各篇皆有「心靈悄悄話」討論該則故事的中心思想，提倡良好的智慧生活態度。全書收錄〈週末計畫〉、〈同班同學〉、〈黃金葛〉、〈野草〉等 31 篇。正文前有林良〈閱讀故事，親近美德〉。
2014 年福建少年兒童版：正文與 2006 年國語日報社版同。
2015 年國語日報社版：書名新增副標「林良給青少年的 31 種智慧態度處方」，全書分「計畫」、「改變」、「陽光是我」三部分，正文各篇排序與篇名有所更改。

國語日報社 2006

福建少年兒童 2014

會走路的人
臺北：國語日報社
2006 年 4 月，25 開，223 頁
林良書房 3

福州：福建少年兒童出版社
2014 年 7 月，25 開，166 頁
臺灣兒童文學館・林良美文書坊

臺北：國語日報社
2015 年 10 月，25 開，204 頁
林良書房

國語日報社 2015

本書集結負責、耐心、寬恕、好習慣、不慌張等美德故事，各篇皆有「心靈悄悄話」討論該則故事的中心思想，宣揚人格美質。全書收錄〈兩條魚〉、〈餅乾鐵盒〉、〈記事冊故事〉、〈磐石心〉等 30 篇。正文前有林良〈千里之行，始於足下〉。

2014 年福建少年兒童版：正文與 2006 年國語日報社版同。

2015 年國語日報社版：書名新增副標「林良給青少年的 30 個品格打造計畫」，全書分「靜心」、「練習」、「一步一步的走」三部分，正文各篇排序與篇名有所更改。

與鴿子海鷗約會——林良精選集／吳嘉鴻圖

臺北：九歌出版社
2011 年 7 月，25 開，197 頁
新世紀少兒文學家 8

全書收錄〈海的孩子〉、〈母親的智慧〉、〈舅爺〉等 18 篇。正文前有林文寶〈編選前言〉、林文寶〈推薦林良：書寫美好的人生故事〉、林良〈與小讀者談心：我喜歡小孩，也喜歡寫作〉，正文後附錄「林良重要文學著作一覽表」。

永遠的孩子

臺北：國語日報社
2013 年 8 月，25 開，334 頁

本書精選作者於《國語日報》的「夜窗隨筆」專欄中書寫的童年、親人系列文章。全書分「幸福的開端」、「老家・童年」、「十三歲」、「十九歲」四部分，收錄〈這樣的幸福〉、〈父親對我的教育〉、〈化學爸爸〉、〈地球和月亮〉、〈父親的另一面〉等 80 篇。正文前有馮季眉〈文學情・赤子心〉，正文後有林良〈後記〉。

【劇本】

一顆紅寶石（兒童廣播劇第一集）
臺北：小學生雜誌社
1962 年 10 月，32 開，116 頁
小學生叢書

本書集結作者發表於 1956 年 4 月～1957 年 4 月《小學生》雜誌的兒童廣播劇，以人與人之間的愛、家庭和學校生活的樂趣為主題，讓兒童熟悉語言中各種廣泛活潑的運用方式。全書收錄〈溪水裡的朋友〉、〈媽媽出遠門〉、〈忘了自己〉等 20 篇。

【傳記】

國父的童年／廖未林圖
臺北：小學生雜誌社
1965 年 11 月，32 開，126 頁

本書為紀念國父孫中山先生百年誕辰，記述其童年時代每個階段的生活。全書計有：1.一個偉大的平民；2.家鄉；3.家裡的人等七章。正文前有徐曾淵〈我們的獻禮——代序〉，正文後有〈國父頌〉。

太平洋之王：庫克船長／羅伯英潘（Robert Ingpen）圖
臺北：格林文化公司
1998 年 9 月，23.5x33.5 公分，〔28 頁〕
Great Names

本書描述英國探險家、航海家詹姆斯庫克三次遠航的冒險故事。

聖雄：甘地／羅伯英潘（Robert Ingpen）圖

臺北：格林文化公司
2000 年 12 月，23.5x33.5 公分，〔32 頁〕
Great Names

本書描述民族英雄甘地一生為印度人爭取人權、提倡和平思想的奮鬥歷程。

人道之光：史懷哲／隆格（Massimiliano Longo）圖

臺北：格林文化公司
2002 年 8 月，23.5x33.5 公分，〔32 頁〕
Great Names

本書描述史懷哲醫生前往非洲行醫，並透過募款、演說，將畢生心力奉獻給病人的故事。

【兒童文學】

寶島出版社 1957

幼翔文化 1999

舅舅照像／林顯模圖

臺北：寶島出版社
1957 年 3 月，32 開，16 頁
小學國語課外讀物

花蓮：幼翔文化出版社
1999 年 10 月，19.2×23.7 公分，〔24 頁〕
歡喜圖畫書系列 3
（洪義男圖）

本書為作者第一本兒童文學作品，是臺灣省國語推行委員會為推廣小孩子認識國字所編印的小學國語課外讀物——《寶島文庫》中的 12 冊之一，內容描寫舅舅為小文、小狗兒、小妹妹、爸爸拍照的各種情形。
1999 年幼翔文化版：正文與 1957 年寶島出版社版同。

有趣的故事

臺北：語文出版社
1959 年 8 月

今查無藏本。

看圖・說話（第一集）

臺北：國語日報社
1962 年 1 月，32 開，30 頁

本書集結《國語日報》專欄「看圖・說話」的作品。全書收錄〈白鵝的毛白得像雪〉、〈媽媽叫小貓咪去捉老鼠〉、〈叮鈴鈴〉、〈動物園裡〉等 30 篇。正文前有何容〈序言〉，正文後有林良〈給小讀者〉。

看圖・說話（第二集）

臺北：國語日報社
1962 年 1 月，32 開，30 頁

本書集結《國語日報》專欄「看圖・說話」的作品。全書收錄〈大白鵝吃青草〉、〈大象很和氣〉、〈叮鈴叮鈴〉、〈哥哥畫了一隻大孔雀〉等 30 篇。正文前有何容〈序言〉，正文後有林良〈給小讀者〉。

看圖・說話（第三集）

臺北：國語日報社
1962 年 12 月，32 開，30 頁

本書集結《國語日報》專欄「看圖・說話」的作品。全書收錄〈白馬三十匹〉、〈胖伯伯戴眼鏡〉、〈胖哥兒倆愛打架〉、〈批批拍〉等 30 篇。正文前有何容〈序言〉，正文後有林良〈給小讀者〉。

臺灣省教育廳 1965

信誼基金 2008

我要大公雞／趙國宗圖

臺中：臺灣省教育廳
1965 年 9 月，18×20.5 公分，36 頁
中華兒童叢書

臺北：信誼基金出版社
2008 年 2 月，20×21 公分，35 頁
寶寶閱讀列車・藍色月臺

臺北：信誼基金出版社
2015 年 1 月，20×21 公分，24 頁
我的語文小書包

信誼基金 2015

本書為臺灣第一本自製繪本，以童詩韻味的文字敘述胖胖與一隻大公雞相遇的故事。
2008 年信誼基金版：正文與 1965 年臺灣省教育廳版同。
2015 年信誼基金版：正文內容略有刪修。

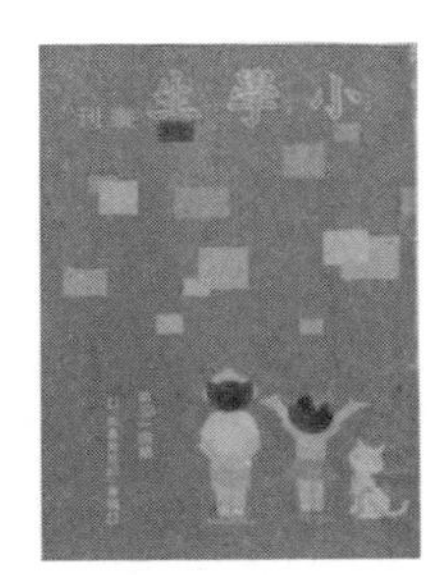

哪裏最好玩／陳海虹、劉興欽圖

臺北：小學生畫刊社
1966 年 3 月，14.5×20 公分，36 頁

本書為《小學生畫刊》第 314 期專號，藉由一群小朋友各別介紹自己家鄉最好玩的地方，細數臺灣各地的風景名勝。正文後有〈編者的話〉。

東方出版社 1987

兒女英雄傳／藍傳源圖

臺北：東方出版社
1966 年 4 月，25 開，294 頁

臺北：東方出版社
1987 年 9 月，25 開，265 頁
東方少年古典小說精選系列 9

1966 年東方出版社版：今查無藏本。
本書為林良改寫，保留原書 40 回中較精彩的前 20 回，藉由刻劃女英雄十三妹的內心情緒演變，傳達「化解仇恨」、「發揚仁愛」、「激勵正義感」等主題思想。正文前有〈有情有義的女豪傑——十三妹〉。

臺灣省教育廳 1966

國語日報社 2008

小鴨鴨回家／陳英武圖

臺中：臺灣省教育廳
1966 年 5 月，18x21 公分，36 頁

臺北：國語日報社
2008 年 9 月，21x20.5 公分，40 頁
林良童心
（陳慧縝圖）

本書以童話形式敘述小鴨鴨魯莽遇險的故事，讓親子共同學習孩子的「安全教育」。
2008 年國語日報社版：正文與 1966 年臺灣省教育廳版同。正文後新增〈童心想一想〉、林良〈貼心說一說〉、曹俊彥〈用心看一看〉、〈開心唱一唱〉。

大年夜飯／童叟圖
臺北：小學生雜誌社
1966 年 5 月，14.5×20 公分，32 頁

本書為《小學生畫刊》第 317 期特載，描述知足的安安在除夕夜帶領不快樂的孩子們享受一頓最特別的大年夜飯。

小啾啾再見／吳昊圖
臺北：小學生雜誌社
1966 年 5 月，14.5×20 公分，32 頁

本書為《小學生畫刊》第 318 期特載，描述英英與麻雀「小啾啾」相處的故事。

芸芸的綠花／梁白波圖
臺北：小學生雜誌社
1966 年 9 月，14.5×20 公分，32 頁

本書為《小學生畫刊》第 326 期特載，描述孝順的芸芸如何悉心照顧車禍受傷的父親，並種出夢想中的「綠色的花」。

看圖・說話（第四集）
臺北：國語日報社
1968 年 4 月，32 開，30 頁

本書集結《國語日報》專欄「看圖・說話」的作品。全書收錄〈爸爸媽媽我要表演了〉、〈爸爸你看〉、〈爸爸你快來看〉、〈媽媽回頭見〉等 30 篇。正文前有何容〈序言〉，正文後有林良〈給小讀者〉。

看圖・說話（第五集）

臺北：國語日報社
1968 年 4 月，32 開，30 頁

本書集結《國語日報》專欄「看圖・說話」的作品。全書收錄〈爸爸喜歡玩兒保齡球〉、〈大師傅〉、〈大樹上〉、〈大煙囪〉等 30 篇。正文前有何容〈序言〉，正文後有林良〈給小讀者〉。

看圖・說話（第六集）

臺北：國語日報社
1968 年 4 月，32 開，30 頁

本書集結《國語日報》專欄「看圖・說話」的作品。全書收錄〈爸爸，媽媽〉、〈餅乾人〉、〈法國的巴黎市〉、〈弟弟力氣比我大〉等 30 篇。正文前有何容〈序言〉，正文後有林良〈給小讀者〉。

看圖・說話（第七集）

臺北：國語日報社
1968 年 4 月，32 開，30 頁

本書集結《國語日報》專欄「看圖・說話」的作品。全書收錄〈媽媽給洋娃娃做新衣〉、〈媽媽去買布〉、〈明天是星期日〉、〈飛機快起飛了〉等 30 篇。正文前有何容〈序言〉，正文後有林良〈給小讀者〉。

看圖・說話（第八集）

臺北：國語日報社
1968 年 4 月，32 開，30 頁

本書集結《國語日報》專欄「看圖・說話」的作品。全書收錄〈爸爸的帽子很大〉、〈北風跟太陽〉、〈媽媽會裁衣服〉、〈媽媽再見〉等 30 篇。正文前有何容〈序言〉，正文後有林良〈給小讀者〉。

看圖・說話（第九集）
臺北：國語日報社
1968 年 4 月，32 開，30 頁

本書集結《國語日報》專欄「看圖・說話」的作品。全書收錄〈爬得越高〉、〈妹妹你來看我畫〉、〈冬天到了〉、〈他們把木頭箱子當作船〉等 30 篇。正文前有何容〈序言〉，正文後有林良〈給小讀者〉。

看圖・說話（第十集）
臺北：國語日報社
1968 年 4 月，32 開，30 頁

本書集結《國語日報》專欄「看圖・說話」的作品。全書收錄〈爸爸下班回家〉、〈媽媽帶我去逛街〉、〈風來了〉、〈大提琴〉等 30 篇。正文前有何容〈序言〉，正文後有林良〈給小讀者〉。

會說話的鳥／林友竹圖
臺中：臺灣省教育廳
1968 年 6 月，18×21 公分，32 頁
中華兒童叢書

本書介紹八哥、鸚鵡、秦吉了等數種會學人類說話的鳥類。

動物和我／賴宏基等圖
臺中：臺灣省教育廳
1968 年 6 月，17.5×20.5 公分，36 頁
中華兒童叢書

本書以兒童的口吻描述對公雞、火雞、鴿子等 16 種動物的互動感受。

未來的故事／趙澤修圖

臺北：臺灣省教育廳
1969 年 2 月，18x20.5 公分，32 頁
中華兒童叢書

本書以未來的科技生活為背景，敘述安安在星期天與朋友一同出遊的故事。

臺灣省教育廳 1969

國語日報社 2008

影子和我／高山嵐圖

臺中：臺灣省教育廳
1969 年 2 月，17.5x20 公分，32 頁
中華兒童叢書

臺北：國語日報社
2008 年 4 月，21x20.5 公分，40 頁
林良童心
（梁淑玲圖）

本書敘寫影子呈現的不同風貌，引導孩子發現更多生活中的樂趣。
2008 年國語日報社版：正文與 1969 年臺灣省教育廳版同。正文後新增〈童心想一想〉、林良〈貼心說一說〉、曹俊彥〈用心看一看〉、〈開心唱一唱〉。

臺灣省教育廳 1969

國語日報社 2008

從小事情看天氣／林友竹圖

臺中：臺灣省教育廳
1969 年 6 月，18x20.5 公分，36 頁
中華兒童叢書

臺北：國語日報社
2008 年 8 月，21x20.5 公分，40 頁
林良童心
（蔡兆倫圖）

本書以童詩語句書寫前人觀察天氣變化所累積的經驗。
2008 年國語日報社版：正文與 1969 年臺灣省教育廳版同。正文後新增〈童心想一想〉、林良〈貼心說一說〉、曹俊彥〈用心看一看〉、〈開心唱一唱〉。

臺灣省教育廳 1969

國語日報社 2008

福建少年兒童 2015

小琪的房間／陳壽美圖

臺中：臺灣省教育廳
1969 年 9 月 18×20.5 公分，36 頁
中華兒童叢書

臺北：國語日報社
2008 年 2 月，21×20.5 公分，40 頁
林良童心
（莊姿萍圖）

福州：福建少年兒童出版社
2015 年 4 月，22.5×21 公分，40 頁
臺灣兒童文學館‧林良童心繪本 2

本書透過小琪學會整理自己房間的故事，說明靠自己爭取「榮譽」的可貴，讓孩子養成整潔的好習慣。

2008 年國語日報社版：正文與 1969 年臺灣省教育廳版同。正文後新增〈童心想一想〉、林良〈貼心說一說〉、曹俊彥〈用心看一看〉、〈開心唱一唱〉。

2015 福建少年兒童版：正文與 2008 年國語日報社版同。

看圖‧說話（第十一集）

臺北：國語日報社
1970 年 4 月，32 開，30 頁

本書集結《國語日報》專欄「看圖‧說話」的作品。全書收錄〈媽媽〉、〈打冰球〉、〈大木頭〉、〈大家都喜歡花兒〉等 30 篇。正文前有何容〈序言〉，正文後有林良〈給小讀者〉。

看圖‧說話（第十二集）

臺北：國語日報社
1970 年 4 月，32 開，30 頁

本書集結《國語日報》專欄「看圖‧說話」的作品。全書收錄〈爸爸〉、〈爸爸看我射箭〉、〈媽媽忙〉、〈母牛在草地上吃青草〉等 30 篇。正文前有何容〈序言〉，正文後有林良〈給小讀者〉。

看圖・說話（第十三集）

臺北：國語日報社
1970年4月，32開，30頁

本書集結《國語日報》專欄「看圖・說話」的作品。全書收錄〈爸爸〉、〈爸爸帶我們去爬山〉、〈保齡球真吵人〉、〈ㄆㄨㄆㄨㄆㄨ〉等30篇。正文前有何容〈序言〉，正文後有林良〈給小讀者〉。

看圖・說話（第十四集）

臺北：國語日報社
1970年4月，32開，30頁

本書集結《國語日報》專欄「看圖・說話」的作品。全書收錄〈爸爸釣到一條大魚〉、〈爸爸現在不戴這頂帽子了〉、〈明天是媽媽的生日〉、〈飛機飛〉等30篇。正文前有何容〈序言〉，正文後有林良〈給小讀者〉。

看圖・說話（第十五集）

臺北：國語日報社
1970年4月，32開，30頁

本書集結《國語日報》專欄「看圖・說話」的作品。全書收錄〈爸爸媽媽看我溜冰〉、〈爸爸會騎馬〉、〈爸爸射箭給我看〉、〈大姐二姐〉等30篇。正文前有何容〈序言〉，正文後有林良〈給小讀者〉。

看圖・說話（第十六集）

臺北：國語日報社
1970年4月，32開，30頁

本書集結《國語日報》專欄「看圖・說話」的作品。全書收錄〈媽媽〉、〈媽媽買了兩個洋娃娃〉、〈媽媽戴小珍珠去買東西〉、〈滿地的葉子〉等30篇。正文前有何容〈序言〉，正文後有林良〈給小讀者〉。

看圖・說話（第十七集）

臺北：國語日報社
1970 年 4 月，32 開，30 頁

本書集結《國語日報》專欄「看圖・說話」的作品。全書收錄〈爸爸〉、〈爸爸的頭髮很整齊〉、〈爸爸是弟弟的〉、〈布兔子〉等 30 篇。正文前有何容〈序言〉，正文後有林良〈給小讀者〉。

看圖・說話（第十八集）

臺北：國語日報社
1970 年 4 月，32 開，30 頁

本書集結《國語日報》專欄「看圖・說話」的作品。全書收錄〈媽媽帶我們去買東西〉、〈媽媽您下班了〉、〈大姐〉、〈袋鼠〉等 30 篇。正文前有何容〈序言〉，正文後有林良〈給小讀者〉。

看圖・說話（第十九集）

臺北：國語日報社
1968 年 4 月，32 開，30 頁

本書集結《國語日報》專欄「看圖・說話」的作品。全書收錄〈別人的洋娃娃很漂亮〉、〈冰激淋誰都愛吃〉、〈媽媽給小珍珠三樣禮物〉、〈媽媽我錯了〉等 30 篇。正文前有何容〈序言〉，正文後有林良〈給小讀者〉。

看圖・說話（第二十集）

臺北：國語日報社
1968 年 4 月，32 開，30 頁

本書集結《國語日報》專欄「看圖・說話」的作品。全書收錄〈媽媽這是洗過的衣服〉、〈媽媽今天是您的生日〉、〈貓頭鷹〉、〈大母雞〉等 30 篇。正文前有何容〈序言〉，正文後有林良〈給小讀者〉。

聯合國兒童基金會和你
臺中：臺灣省教育廳
1970 年 6 月，17.5×20.5 公分，40 頁

本書介紹聯合國兒童基金會的成立宗旨，以及它在各個國家與臺灣發揮的作用和影響。

看圖・說話（第二十一集）
臺北：國語日報社
1971 年 6 月，32 開，30 頁

本書集結《國語日報》專欄「看圖・說話」的作品。全書收錄〈爸爸，明天見〉、〈冰箱裡樣樣有〉、〈不是鏟子〉、〈媽媽的手〉等 30 篇。正文前有何容〈序言〉，正文後有林良〈給小讀者〉。

看圖・說話（第二十二集）
臺北：國語日報社
1971 年 6 月，32 開，30 頁

本書集結《國語日報》專欄「看圖・說話」的作品。全書收錄〈大象〉、〈太陽白天亮〉、〈你將來長大要做甚麼〉、〈拐棍糖〉等 30 篇。正文前有何容〈序言〉，正文後有林良〈給小讀者〉。

看圖・說話（第二十三集）
臺北：國語日報社
1971 年 6 月，32 開，30 頁

本書集結《國語日報》專欄「看圖・說話」的作品。全書收錄〈爸爸一個人坐在客廳裡看電視〉、〈半夜了〉、〈噴射機〉、〈媽媽〉等 30 篇。正文前有何容〈序言〉，正文後有林良〈給小讀者〉。

看圖・說話（第二十四集）
臺北：國語日報社
1971 年 6 月，32 開，30 頁

本書集結《國語日報》專欄「看圖・說話」的作品。全書收錄〈餅乾人〉、〈媽媽〉、〈大蘋果香〉、〈大公雞〉等 30 篇。正文前有何容〈序言〉，正文後有林良〈給小讀者〉。

看圖・說話（第二十五集）
臺北：國語日報社
1971 年 6 月，32 開，30 頁

本書集結《國語日報》專欄「看圖・說話」的作品。全書收錄〈爸爸，我害怕〉、〈媽媽彈琴〉、〈賣肥皂泡〉、〈大白狗〉等 30 篇。正文前有何容〈序言〉，正文後有林良〈給小讀者〉。

看圖・說話（第二十六集）
臺北：國語日報社
1971 年 6 月，32 開，30 頁

本書集結《國語日報》專欄「看圖・說話」的作品。全書收錄〈爸爸做了一套新西服〉、〈葡萄〉、〈貓咪，貓咪，你過來〉、〈貓咪，你很淘氣〉等 30 篇。正文前有何容〈序言〉，正文後有林良〈給小讀者〉。

看圖・說話（第二十七集）
臺北：國語日報社
1971 年 6 月，32 開，30 頁

本書集結《國語日報》專欄「看圖・說話」的作品。全書收錄〈布娃娃〉、〈馬戲團來了〉、〈馬呀〉、〈風吹白雲〉等 30 篇。正文前有何容〈序言〉，正文後有林良〈給小讀者〉。

看圖・說話（第二十八集）

臺北：國語日報社
1971 年 6 月，32 開，30 頁

本書集結《國語日報》專欄「看圖・說話」的作品。全書收錄〈爸爸〉、〈大狗〉、〈大象是個大胖子〉、〈弟弟有一部羊車〉等 30 篇。正文前有何容〈序言〉，正文後有林良〈給小讀者〉。

看圖・說話（第二十九集）

臺北：國語日報社
1971 年 6 月，32 開，30 頁

本書集結《國語日報》專欄「看圖・說話」的作品。全書收錄〈爸爸〉、〈大火雞雄糾糾的走來走去〉、〈大野狼肚子餓〉、〈大羊〉等 30 篇。正文前有何容〈序言〉，正文後有林良〈給小讀者〉。

看圖・說話（第三十集）

臺北：國語日報社
1971 年 6 月，32 開，30 頁

本書集結《國語日報》專欄「看圖・說話」的作品。全書收錄〈爸爸、媽媽都說我騎車騎得好〉、〈白兔，白兔快出來〉、〈大白鵝很神氣〉、〈大象〉等 30 篇。正文前有何容〈序言〉，正文後有林良〈給小讀者〉。

臺灣省教育廳 1969

國語日報社 2008

彩虹街／王碩圖

臺中：臺灣省教育廳
1971 年 10 月，18x20.5 公分，32 頁
中華兒童叢書

臺北：國語日報社
2008 年 2 月，21x20.5 公分，40 頁
林良童心
（廖建宏圖）

福州：福建少年兒童出版社
2015 年 4 月，22.5x21 公分，40 頁
臺灣兒童文學館・林良童心繪本 2

福建少年兒童 2015

本書以童話形式敘述顏料三原色——黃、藍、紅——相互調合變化的顏色常識。
2008 年國語日報社版：正文與 1971 年臺灣省教育廳版同。正文後新增〈童心想一想〉、林良〈貼心說一說〉、曹俊彥〈用心看一看〉、〈開心唱一唱〉。
2015 福建少年兒童版：正文與 2008 年國語日報社版同。

臺灣省教育廳 1971

國語日報社 2008

福建少年兒童 2015

小圓圓跟小方方／蔡思益圖

臺中：臺灣省教育廳
1971 年 10 月，18×20.5 公分，36 頁
中華兒童叢書

臺北：國語日報社
2008 年 4 月，21×20.5 公分，40 頁
林良童心
（林宗賢圖）

福州：福建少年兒童出版社
2015 年 4 月，22.5×21 公分，40 頁
臺灣兒童文學館‧林良童心繪本 2

本書以童話形式敘述小圓圓和小方方四處比較外形的過程，帶領孩子認識物品的「形狀」。
2008 年國語日報社版：正文與 1971 年臺灣省教育廳版同。正文後新增〈童心想一想〉、林良〈貼心說一說〉、曹俊彥〈用心看一看〉、〈開心唱一唱〉。
2015 福建少年兒童版：正文與 2008 年國語日報社版同。

臺灣省教育廳 1971

麥田出版公司 1997

爸爸的十六封信／呂游銘圖

臺中：臺灣省教育廳
1971 年 11 月，18×20.5 公分，72 頁
中華兒童叢書

臺北：國語日報社
2006 年 7 月，25 開，126 頁
林良書房 4

福州：福建少年兒童出版社
2014 年 7 月，25 開，138 頁
臺灣兒童文學館‧林良美文書坊

福建少年兒童 2014

國語日報社 2015

臺北：國語日報社
2015 年 10 月，25 開，172 頁
林良書房 04

本書以爸爸的角度親切長談，剖析青少年孩童在生活中面臨的問題與困惑，開拓其多元的思考空間。全書收錄〈第一封信——為什麼大家不裡我？〉、〈第二封信——專心的人是活神仙〉、〈第三封信——「樂觀」使你萬事如意〉等 16 篇。正文前有櫻櫻〈為什麼會有這十六封信〉。

2006 年國語日報社版：正文與 1971 年臺灣省教育廳版同。正文前新增林良〈孩子也會想事情——《爸爸的十六封信》新版序〉、林櫻〈《爸爸的十六封信》與我——寫於新版〉，正文後新增附錄林良〈我與《爸爸的十六封信》〉、林櫻〈我的爸爸〉、林琪〈我所認識的爸爸〉、林瑋〈爸爸這個人〉。

2014 年福建少年兒童版：正文與 2006 年國語日報社版同。正文後新增林文寶〈林良與《爸爸的十六封信》〉、「林良重要文學作品年表」（鍾欣純、賴雯琪、林瑋整理）。

2015 年國語日報社版：書名新增副標「獻給會思想的你」，正文與 2014 年福建少年兒童版同。正文後刪去「林良重要文學作品年表」。

臺灣省教育廳 1969

國語日報社 2008

今天早晨真熱鬧／郭吉雄圖

臺中：臺灣省教育廳
1971 年 12 月，18×20.5 公分，36 頁
中華兒童叢書

臺北：國語日報社
2008 年 2 月，21×20.5 公分，40 頁
林良童心
（謝佳玲圖）

本書以農村生活為背景，描寫農村小孩每天早上聽到的 15 種不同的聲音，讓孩子學習「描寫聲音的語言」以及欣賞生活樂趣的能力。

2008 年國語日報社版：更名為《今天早上真熱鬧》，正文與 1971 年臺灣省教育廳版同。正文後新增〈童心想一想〉、林良〈貼心說一說〉、曹俊彥〈用心看一看〉、〈開心唱一唱〉。

我的書（第一集）——鳥獸蟲魚

臺北：國語日報社
1972 年 4 月，17×19 公分，24 頁
幼稚園小寶寶讀物

本書是以動物為主題，讓小寶寶看圖、認字、學國語的填色圖畫書。正文前有林良〈介紹「我的書」〉。

我的書（第二集）——水果蔬菜

臺北：國語日報社
1972 年 4 月，17×19 公分，24 頁
幼稚園小寶寶讀物

本書是以水果、蔬菜為主題，讓小寶寶看圖、認字、學國語的填色圖畫書。正文前有林良〈介紹「我的書」〉。

我的書（第三集）——花草樹木

臺北：國語日報社
1972 年 4 月，17×19 公分，24 頁
幼稚園小寶寶讀物

本書是以植物為主題，讓小寶寶看圖、認字、學國語的填色圖畫書。正文前有林良〈介紹「我的書」〉。

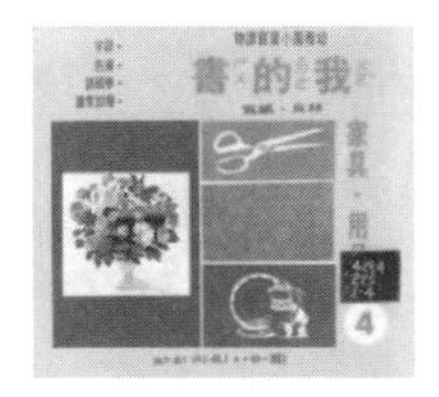

我的書（第四集）——家具・用品

臺北：國語日報社
1972 年 4 月，17×19 公分，24 頁
幼稚園小寶寶讀物

本書是以家用品為主題，讓小寶寶看圖、認字、學國語的填色圖畫書。正文前有林良〈介紹「我的書」〉。

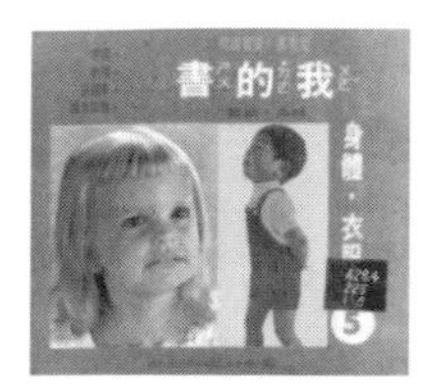

我的書（第五集）——身體・衣服

臺北：國語日報社
1972 年 4 月，17×19 公分，24 頁
幼稚園小寶寶讀物

本書是以身體、衣服為主題，讓小寶寶看圖、認字、學國語的填色圖畫書。正文前有林良〈介紹「我的書」〉。

我的書（第六集）——建築・車輛

臺北：國語日報社
1972 年 4 月，17×19 公分，24 頁
幼稚園小寶寶讀物

本書是以建築、車輛為主題，讓小寶寶看圖、認字、學國語的填色圖畫書。正文前有林良〈介紹「我的書」〉。

我的書（第七集）——天空・氣候

臺北：國語日報社
1972 年 4 月，17×19 公分，24 頁
幼稚園小寶寶讀物

本書是以自然天候為主題，讓小寶寶看圖、認字、學國語的填色圖畫書。正文前有林良〈介紹「我的書」〉。

我的書（第八集）——親人・職業

臺北：國語日報社
1972 年 4 月，17×19 公分，24 頁
幼稚園小寶寶讀物

本書是以人物為主題，讓小寶寶看圖、認字、學國語的填色圖畫書。正文前有林良〈介紹「我的書」〉。

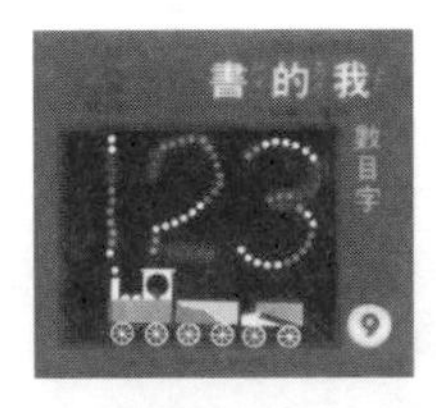

我的書（第九集）——數目字

臺北：國語日報社
1972 年 4 月，17×19 公分，24 頁
幼稚園小寶寶讀物

本書是以數字為主題，讓小寶寶看圖、認字、學國語的填色圖畫書。正文前有林良〈介紹「我的書」〉。

我的書（第十集）——注音符號

臺北：國語日報社
1972 年 4 月，17×19 公分，24 頁
幼稚園小寶寶讀物

本書是以注音符號為主題，讓小寶寶看圖、認字、學國語的填色圖畫書。正文前有林良〈介紹「我的書」〉。

一條繩子／曾謀賢圖

臺中：臺灣省社會處
1973 年 6 月，24.5x24.5 公分，19 頁
中華幼兒叢書

本書藉由一條繩子變化成的各種形狀，帶領讀者認識各種形狀的名稱與相似的代表物。

信誼基金 2006

小紅鞋／趙國宗圖

臺中：臺灣省社會處
1973 年 12 月，24.5x24.5 公分，19 頁
中華幼兒叢書

臺北：信誼基金出版社
2006 年 6 月，24.5x24.5 公分，19 頁

1973 年臺灣省社會處版：今查無藏本。
本書以擬人化的口吻，表現瑋瑋的「小紅鞋」在不同的對待方式下產生的情緒反應，希望孩子感同身受、愛惜身邊的物品。正文後有〈給爸爸媽媽的話〉、〈作者介紹——林良〉、〈繪者介紹——趙國宗〉。

草和人／郭玉吉圖

臺中：臺灣省教育廳
1974 年 7 月，18×20.5 公分，76 頁
中華兒童叢書

本書從草的外觀、功能性、價值等部分描述草對人類與自然環境的密切關係。全書計有：1.說說「草」；2.甚麼是「草」？；3.世界到處都有「草」等十章。

臺灣省教育廳 1974

國語日報社 2008

我有兩條腿／江士鐘圖

臺中：臺灣省教育廳
1974 年 7 月，17.5×20.5 公分，36 頁
中華兒童叢書

臺北：國語日報社
2008 年 2 月，21×20.5 公分，40 頁
林良童心
（黃郁欽圖）

本書以自問自答與趣味聯想的形式，帶領孩子認識十個基本「數字」，介紹「加法」和「減法」。
2008 年國語日報社版：正文與 1974 年臺灣省教育廳版同。正文後新增〈童心想一想〉、林良〈貼心說一說〉、曹俊彥〈用心看一看〉、〈開心唱一唱〉。

家／邱清剛圖

臺中：臺灣省社會處
1974 年 8 月，24.5×24.5 公分，19 頁
中華幼兒叢書

本書描述各種動物的家，藉此引導幼童觀察其他動物不同的生活型態，培養其愛家的觀念。

大爬山家

臺北：國語日報附設出版部
1974 年 8 月，18.5×12.8 公分，〔6 頁〕
我的故事集

本書註明「林良改寫」，敘述大爬山家大犄角如何拯救困在山上的淘氣牛。

大偵探

臺北：國語日報附設出版部
1974 年 8 月，18.5×12.8 公分，〔6 頁〕
我的故事集

本書註明「林良改寫」，敘述聰明的大偵探咕咕運用機智抓住大強盜和壞老鼠的故事。

大將軍

臺北：國語日報附設出版部
1974 年 8 月，18.5×12.8 公分，〔6 頁〕
我的故事集

本書註明「林良改寫」，敘述威風的大將軍虎虎遇到一個老伯伯告訴他一件預言後所發生的故事。

大攝影家

臺北：國語日報附設出版部
1974 年 8 月，18.5×12.8 公分，〔6 頁〕
我的故事集

本書註明「林良改寫」，敘述大攝影家拍攝獅子電影的故事。

小船夫

臺北：國語日報附設出版部
1974 年 8 月，18.5×12.8 公分，〔6 頁〕
我的故事集

本書註明「林良改寫」，敘述見義勇為的小船夫布布用牠的西瓜船送新娘去教堂結婚的故事。

快樂的探長

臺北：國語日報附設出版部
1974 年 8 月，18.5×12.8 公分，〔6 頁〕
我的故事集

本書註明「林良改寫」，敘述全世界最有名的探長大耳朵在生日前一天搭火車趕往太陽城所發生的故事。

油漆師父

臺北：國語日報附設出版部
1974 年 8 月，18.5×12.8 公分，〔6 頁〕
我的故事集

本書註明「林良改寫」，描述兩個油漆師父「糊裏糊塗」和「馬馬虎虎」為豬伯母的家漆油漆的故事。

大爬山家

臺北：國語日報附設出版部
1974 年 8 月，18.5×12.8 公分，〔6 頁〕
我的故事集

本書註明「林良改寫」，敘述勇敢的黃金鎮警長小浣熊把大塊頭跟大尾巴兩個流氓關進監獄的故事。

船長伯伯

臺北：國語日報附設出版部
1974 年 8 月，18.5×12.8 公分，〔6 頁〕
我的故事集

本書註明「林良改寫」，敘述船長貓伯伯與釣魚的豬叔叔發生的故事。

警察伯伯

臺北：國語日報附設出版部
1974 年 8 月，18.5×12.8 公分，〔6 頁〕
我的故事集

本書註明「林良改寫」，藉由警察伯伯的告誡敘述小孩子應該要遵守的生活規範。

國語日報附設出版部 1975（上）

國語日報附設出版部 1975（下）

國語日報社 1990

國語日報社 2003

福建少年兒童 2014

國語日報社 2015

懷念——一隻狗的回憶錄（上、下）

臺北：國語日報附設出版部
1975 年 4 月，40 開，301 頁
兒童文學創作叢書

臺北：國語日報社
1990 年 2 月，25 開，293 頁
文學創作叢書

臺北：國語日報社
2003 年 1 月，25 開，398 頁
少年文庫 12

福州：福建少年兒童出版社
2014 年 7 月，25 開，224 頁
臺灣兒童文學館・林良美文書坊

臺北：國語日報社
2015 年 12 月，25 開，269 頁
林良書房 06

本書為作者為小讀者寫的《小太陽》兒童版，分上、下冊，以白狐狸狗「斯諾」第一人稱視角寫作，敘述與人類家庭一同生活所發生的各種故事。全書計有：1.我的名字叫「斯諾」；2.我的「家」；3.我的「日子」等 21 章。正文前有林良〈送給孩子一隻狗——《懷念》的序〉。

1990 年國語日報社版：更名為《懷念——一隻狗的故事》，正文與 1975 年國語日報附設出版部版同。正文前新增「作者介紹」。

2003 年國語日報社版：更名為《我是一隻狐狸狗》，正文與 1975 年國語日報附設出版部版同。正文前新增林良〈《我是一隻狐狸狗》序文——為《懷念》的第三個版本而作〉。

2014 年福建少年兒童版：正文與 2003 年國語日報社版同。

2015 年國語日報社版：正文與 2003 年國語日報社版同。

我愛小狗

臺北：國語日報附設出版部
1975 年 4 月，32 開，30 頁
我會讀書・第一輯第一冊

本書以童詩韻味的文字書寫小狗的各種舉動。正文前有何容〈介紹「我會讀書」〉，正文後有林良〈給小朋友〉。

白兔・貓・老鼠

臺北：國語日報附設出版部
1975 年 4 月，32 開，30 頁
我會讀書・第一輯第二冊

本書以童詩韻味的文字書寫白兔、貓、老鼠、松鼠四種動物。正文前有何容〈介紹「我會讀書」〉，正文後有林良〈給小朋友〉。

馬・牛・羊

臺北：國語日報附設出版部
1975 年 4 月，32 開，30 頁
我會讀書・第一輯第三冊

本書以童詩韻味的文字書寫馬、牛、羊等五種動物。正文前有何容〈介紹「我會讀書」〉，正文後有林良〈給小朋友〉。

大象・獅子

臺北：國語日報附設出版部
1975 年 4 月，32 開，30 頁
我會讀書・第一輯第四冊

本書以童詩韻味的文字書寫大象、獅子、老虎等 15 種動物。正文前有何容〈介紹「我會讀書」〉，正文後有林良〈給小朋友〉。

雞・鴨・鵝

臺北：國語日報附設出版部
1975 年 4 月，32 開，30 頁
我會讀書・第一輯第五冊

本書以童詩韻味的文字書寫雞、鴨、鵝三種動物。正文前有何容〈介紹「我會讀書」〉，正文後有林良〈給小朋友〉。

小鳥・大鳥

臺北：國語日報附設出版部
1975 年 4 月，32 開，30 頁
我會讀書・第一輯第六冊

本書以童詩韻味的文字書寫各種鳥類。正文前有何容〈介紹「我會讀書」〉，正文後有林良〈給小朋友〉。

蝸牛・烏龜

臺北：國語日報附設出版部
1975 年 4 月，32 開，30 頁
我會讀書・第一輯第七冊

本書以童詩韻味的文字書寫蝸牛、烏龜、鱷魚等十種動物。正文前有何容〈介紹「我會讀書」〉，正文後有林良〈給小朋友〉。

人

臺北：國語日報附設出版部
1975 年 4 月，32 開，30 頁
我會讀書・第一輯第八冊

本書以童詩韻味的文字書寫「小珍珠」的爸爸、媽媽、兄弟姊妹以及其他生活中所遇到的「人」。正文前有何容〈介紹「我會讀書」〉，正文後有林良〈給小朋友〉。

好吃的．好玩的

臺北：國語日報附設出版部
1975 年 4 月，32 開，30 頁
我會讀書．第一輯第九冊

本書以童詩韻味的文字書寫各種食物與玩具。正文前有何容〈介紹「我會讀書」〉，正文後有林良〈給小朋友〉。

花．海

臺北：國語日報附設出版部
1975 年 4 月，32 開，30 頁
我會讀書．第一輯第十冊

本書以童詩韻味的文字書寫種花與在海邊遊玩的樂趣。正文前有何容〈介紹「我會讀書」〉，正文後有林良〈給小朋友〉。

黃人白人黑人／呂游銘圖

臺中：臺灣省教育廳
1975 年 4 月，18×20.5 公分，52 頁
中華兒童叢書

本書以科學的角度，討論各個地方不同人種的起源與流變。

小時候／王碩圖

臺中：臺灣省教育廳
1975 年 9 月，17.5×20.5 公分，36 頁
中華兒童叢書

本書以「我」為敘事者，講述看火車、踏浪、滾鐵環、穿爸爸的大衣服等小時候玩耍的趣事。

臺灣省教育廳 1971

信誼基金 2008

信誼基金 2016

兩朵白雲／趙國宗圖

臺中：臺灣省教育廳
1975 年 9 月，18×20.5 公分，〔38 頁〕
中華兒童叢書

臺北：信誼基金出版社
2008 年 2 月，20×21 公分，35 頁
寶寶閱讀列車・紫色月臺

臺北：信誼基金出版社
2016 年 2 月，20×21 公分，24 頁
我的自然小書包

本書以排比式的童詩語句描述「白白」、「茫茫」兩朵白雲在天空中玩耍、變化成各種形狀的模樣。
2008 年信誼基金版：正文與 1975 年臺灣省教育廳版同。
2016 年信誼基金版：正文內容略有刪修。

大白鵝高高／呂游銘圖

臺中：臺灣省教育廳
1975 年 9 月，17.5×20.5 公分，36 頁
中華兒童叢書

本書敘述小男孩笛笛與他養的大白鵝高高的故事。

鈴聲叮噹／呂游銘圖

臺中：臺灣省教育廳
1975 年 10 月，18×21 公分，48 頁
中華兒童叢書

本書敘述風鈴、鈴鐺、鐘等各種鈴具的歷史典故與功用。全書計有：1.孩子扶著廳門聽；2.風鈴；3.鐵馬等七章。

將軍出版公司 1975

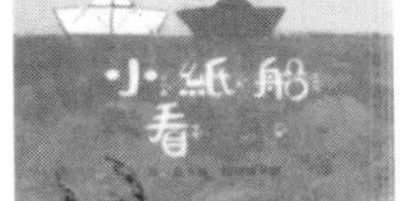

聯合報民生報事業處 2006

聯經出版 2010

福建少年兒童 2013

小紙船看海／鄭明進圖

臺北：將軍出版公司
1975 年 10 月，25 開，45 頁

臺北：聯合報民生報事業處
2006 年 6 月，18x20 公分，〔46 頁〕
林良作品集 1

臺北：聯經出版公司
2010 年 10 月，18x20 公分，〔46 頁〕
林良作品集 1

福州：福建少年兒童出版社
2013 年 7 月，21.5x24 公分，48 頁
臺灣兒童文學館・林良童心繪本 1

本書記敘兩隻紙船在旅行過程中所看到的兩岸風光與大海風情。正文前有〈出版的話——「兒童的心靈，人類的資源」〉、林良〈獻給家長和老師〉。

2006 年聯合報民生報事業處版：正文與 1975 年將軍出版公司版同，正文前刪去〈出版的話——「兒童的心靈，人類的資源」〉、林良〈獻給家長和老師〉，正文後新增「摺紙船」、林良〈關於這本書〉。

2010 年聯經版：正文與 2006 年聯合報民生報事業處版同。

2013 年福建少年兒童版：與 2006 年聯合報民生報事業處版同。

將軍出版公司 1976

聯合報民生報事業處 2006

聯經出版 2010

福建少年兒童 2013

小動物兒歌集／鄭明進圖

臺北：將軍出版公司
1976 年 4 月，25 開，45 頁

臺北：聯合報民生報事業處
2006 年 6 月，18x20 公分，47 頁
林良作品集 2

臺北：聯經出版公司
2010 年 10 月，18x20 公分，47 頁
林良作品集 2

福州：福建少年兒童出版社
2013 年 7 月，21.5x24 公分，45 頁
臺灣兒童文學館・林良童心繪本 1

本書以小動物為主題創作兒歌，使幼兒學習語言並獲得小動物有關的知識。全書收錄〈青蛙〉、〈蜻蜓〉、〈蜜蜂〉等 20 首。

正文前有〈出版的話——「兒童的心靈，人類的資源」〉、林良〈獻給家長和老師〉。
2006 年聯合報民生報事業處版：正文與 1976 年將軍出版公司版同，正文前刪去〈出版的話——「兒童的心靈，人類的資源」〉、林良〈獻給家長和老師〉，正文後新增林良〈關於這本書〉。
2010 年聯經版：與 2006 年聯合報民生報事業處版同。
2013 年福建少年兒童版：與 2006 年聯合報民生報事業處版同。

黑貓黑・白狗白／陳雄圖
臺北：國語日報附設出版部
1976 年 4 月，17.5×19.5 公分，47 頁
小朋友叢書

本書以白狐狸狗和大黑貓替換身上的毛色為主題創作兒歌，讓小孩子在鑑賞文學的同時，嘗試進行兒歌的創作。正文前有林良〈介紹這本書——獻給家長和老師〉。

國語日報附設出版部 1976

國語日報社 2008

福建少年兒童 2015

金魚一號・金魚二號／陳雄圖
臺北：國語日報附設出版部
1976 年 4 月，17.5×19 公分，47 頁
小朋友叢書

臺北：國語日報社
2008 年 9 月，21×20.5 公分，40 頁
林良童心
（郝洛玟圖）

福州：福建少年兒童出版社
2015 年 4 月，22.5×21 公分，40 頁
臺灣兒童文學館・林良童心繪本 2

本書藉由爸爸探索金魚一號、金魚二號的相同、相異處，培養孩子「觀察」與「想像」的能力。正文前有林良〈介紹這本書——獻給家長和老師〉。
2008 年國語日報社版：正文與 1976 年國語日報附設出版部版同。正文前刪去林良〈介紹這本書——獻給家長和老師〉，正文後新增〈童心想一想〉、林良〈貼心說一說〉、曹俊彥〈用心看一看〉、〈開心唱一唱〉。
2015 福建少年兒童版：正文與 2008 年國語日報社版同。

第二隻鵝／梁丹卉圖

臺中：臺灣省教育廳
1976 年 11 月，17.5×21.5 公分，52 頁
中華兒童叢書

本書以短篇小說的形式，敘述弟弟將一隻小鵝飼養為大白鵝的故事。

小木船上岸／呂游銘圖

臺中：臺灣省教育廳
1976 年 12 月，18×21 公分，36 頁
中華兒童叢書

本書描述一艘小木船隨著小男孩的言語形容，上岸進行了一趟精神旅行的故事。

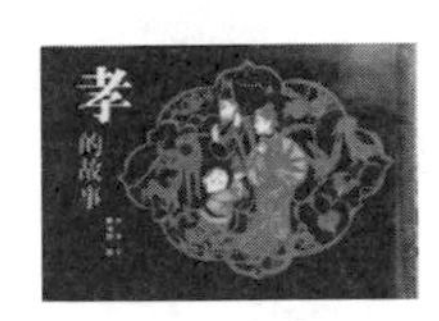

孝的故事／曹俊彥圖

臺北：行政院青輔會
1978 年 1 月，19×13 公分，27 頁

本書為行政院青輔會於農曆新年為僑居海外的小朋友印製的春節禮物，藉書中的孝行美德，發揚我國的民族精神。全書收錄〈會說話的鹿——郯子的故事〉、〈黑桑葚和紅桑葚——蔡順的故事〉、〈我是母親的眼睛——崔沔的故事〉四篇。

臺灣省教育廳 1978

國語日報社 2008

福建少年兒童 2015

汪小小學畫／吳昊圖

臺中：臺灣省教育廳
1978 年 6 月，18×21 公分，36 頁
中華兒童叢書

臺北：國語日報社
2008 年 4 月，21×20.5 公分，40 頁
林良童心
（余麗婷圖）

福州：福建少年兒童出版社
2015 年 4 月，22.5×21 公分，40 頁
臺灣兒童文學館・林良童心繪本 2

本書敘述汪小小遭到綁架與得救的故事，讓孩子學習保護自己的方法。
2008 年國語日報社版：正文與 1978 年臺

灣省教育廳版同。正文後新增〈童心想一想〉、林良〈貼心說一說〉、曹俊彥〈用心看一看〉、〈開心唱一唱〉。
2015 福建少年兒童版：正文與 2008 年國語日報社版同。

信誼基金 1978

信誼基金 1999

媽媽／趙國宗圖

臺北：信誼基金出版社
1978 年 7 月，19×17 公分，34 頁
幼幼圖書 1001

臺北：信誼基金出版社
1999 年 11 月，15×13.5 公分，32 頁
（馬文龍譯）

本書敘述狗、貓、人等各種動物與「媽媽」的往來互動，藉此讓孩子認識「媽媽」。正文前有〈給媽媽的話〉。
1999 年信誼基金版：正文新增英文對照。

老師的節日／曹俊彥圖、吳國賢英譯

臺北：世界華文教育協進會
1978 年 10 月，19×19 公分，〔25 頁〕
華文幼童讀物

本書為中英文對照本，藉由教師節的祭孔活動，描述中國人的孔子的尊崇以及學生對師長的敬愛。

雙十節

臺北：世界華文教育協進會
1978 年 10 月

今查無藏本。

國語日報附設出版部 1978

國語日報社 2000

屈原的故事／陳雄圖

臺北：國語日報附設出版部
1978 年 12 月，18x20.5 公分，〔33 頁〕
中國民間節日故事

臺北：國語日報社
2000 年 3 月，16 開，〔40 頁〕
中國民俗節日故事 06
（連世震圖）

本書敘寫戰國時代的楚國大臣屈原一生的故事。正文前有林良〈介紹「中國民間節日故事」〉。
2000 年國語日報社版：更名為《流浪詩人》，正文與 1978 年國語日報附設出版部版同。正文前刪去林良〈介紹「中國民間節日故事」〉，正文後新增〈飛舟競渡祭忠魂〉、〈五月五日慶端午〉。

國語日報附設出版部 1979

國語日報社 1999

吳剛砍桂樹的故事／吳昊圖

臺北：國語日報附設出版部
1979 年 4 月，18×20.5 公分，〔33 頁〕
中國民間節日故事

臺北：國語日報社
1999 年 9 月，16 開，〔40 頁〕
中國民俗節日故事 15
（龔雲鵬圖）

本書敘寫缺乏耐心的吳剛前往月亮砍桂樹的歷程。正文前有林良〈介紹「中國民間節日故事」〉。
1999 年國語日報社版：更名為《吳剛砍桂樹》，正文與 1979 年國語日報附設出版部版同。正文前刪去林良〈介紹「中國民間節日故事」〉，正文後新增〈吃吃喝喝慶中秋〉、〈月的歇後語，越說越有趣〉。

我有一隻狐狸狗／陳裕堂圖

臺北：書評書目出版社
1974 年 4 月，17.5×20.5 公分，〔28 頁〕
書評書目叢書之四〇三

本書為第五屆洪建全兒童文學創作獎投稿作品，獲圖話故事組第一名，描述安安經由養白狐狸狗的過程，逐漸成為一個耐心、勤勞、真正愛狗的好孩子。正文前有洪簡靜惠〈前言——為孩子們寫作〉。

我會讀

臺北：快樂兒童漫畫週刊社
1979 年 6 月，19×8 公分，48 頁
快樂兒童叢書之 2

本書為童詩集。全書收錄〈母雞〉、〈生日禮物〉、〈老虎〉、〈小鳥〉等 48 首。

十個故事：交通安全教育補充讀物／曹俊彥圖

臺北：國立編譯館
1979 年 6 月，18×21 公分，59 頁

本書藉由交通方面的十個故事，讓小朋友主動思考如何避免意外事故發生，各篇皆有「你應該知道的事情」補充相關安全知識。全書分「人」、「道路」、「交通工具」等三部分，收錄〈我沒有錯（走路的故事）〉、〈飛出來的孩子（道路的故事）〉、〈梅花一號（高速公路的故事）〉等十篇。

過新年／曹俊彥圖

臺北：世界華文教育協進會
1979 年 10 月，18.5×17 公分，〔24 頁〕
華文兒童叢書 1001

本書描述大掃除、貼春聯、年夜飯、發紅包等過年活動，讓海外的小讀者理解現代中國人的過年方式，培養對祖國的敬愛與民族的感情。正文前有〈介紹這本書〉，正文後有張希文〈我們的獻禮〉。

清明節／吳昊圖

臺北：世界華文教育協進會
1979 年 10 月，18.5×17 公分，〔24 頁〕
華文兒童叢書 1002

本書藉由安安參與掃墓的過程，介紹清明節的主要活動與其意義。正文前有〈介紹這本書〉，正文後有張希文〈我們的獻禮〉。

端午節／洪義男圖

臺北：世界華文教育協進會
1979 年 10 月，18.5×17 公分，〔24 頁〕
華文兒童叢書 1003

本書藉由敘述香袋、菖蒲、包粽子、賽龍船等端午節相關習俗，介紹該節日的由來與古代民間的夏天衛生活動。正文前有〈介紹這本書〉，正文後有張希文〈我們的獻禮〉。

中秋節／陳雄圖

臺北：世界華文教育協進會
1979 年 10 月，18.5×17 公分，〔24 頁〕
華文兒童叢書 1004

本書描述吃柚子、吃月餅、賞月等中秋節活動，並討論吳剛砍桂樹、嫦娥奔月、玉兔搗藥、阿姆斯壯登上月球等與月亮相關的故事。正文前有〈介紹這本書〉，正文後有張希文〈我們的獻禮〉。

信誼基金 1980

信誼基金 1999

爸爸／趙國宗圖

臺北：信誼基金出版社
1980 年 8 月，19×17 公分，30 頁
幼幼讀書 1012

臺北：信誼基金出版社
1999 年 11 月，14.2×13.7 公分，30 頁
（馬文龍譯）

本書透過小孩子與「爸爸」的互動，揭示爸爸在家庭生活中扮演的角色。正文後有〈給媽媽的話〉。
1999 年信誼基金版：正文新增英文對照。正文後新增李坤珊〈導讀——寓真情與無限於平凡之中〉。

家具會議／曹俊彥圖

臺中：臺灣省教育廳
1981 年 6 月，17.5×20.5 公分，44 頁
中華兒童叢書

本書描述一個不愛乾淨的男主人家中的家具自動自發的進行一場大掃除，讓主人明白希望日子過的舒服就要勤加維護整潔的道理。全書計有：1.大垃圾箱；2.大會議；3.大計畫等六章。

貓狗叫門／朱海翔圖

臺中：臺灣省教育廳
1981 年 6 月，18×20.5 公分，76 頁
中華兒童叢書

本書以小說形式敘述琪琪、瑋瑋兩姊妹將流浪貓狗帶回家養發生的故事。全書計有：1.地下室；2.廚房；3.橫巷等七章。

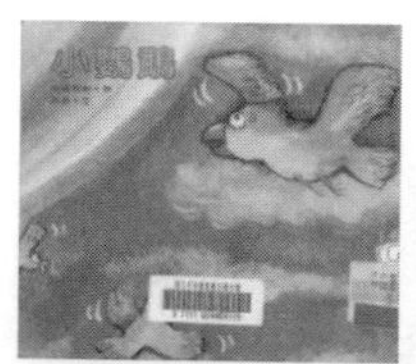
信誼基金 1965

信誼基金 2008

信誼基金 2015

小鸚鵡／矢崎芳則圖

臺北：信誼基金出版社
1982 年 8 月，19×17 公分，24 頁

臺北：信誼基金出版社
2008 年 2 月，20×21 公分，24 頁
幼幼閱讀列車‧紫色月臺

臺北：信誼基金出版社
2015 年 1 月，20×21 公分，24 頁
我的故事小書包

本書描述衣服上的鸚鵡印畫突然擁有生命，飛出衣服之外遨遊天際的故事。正文後有〈給爸爸媽媽的話〉。

2008 年信誼基金版：正文與 1982 年版同。

2015 年信誼基金版：正文與 1982 年版同。

日本這個國家

臺北：國立編譯館
1984 年 12 月，18×20 公分，59 頁
日本侵華史實小叢書 1

本書介紹日本的地理、歷史等國家概況，以及長年吸收中國文化的發展成果。全書計有：1.為什麼要寫這本書；2.日本的地理；3.日本的歷史等十章。正文前有熊先舉〈序言〉、〈前面的話〉。

你幾歲？／趙國宗圖

臺北：信誼基金出版社
1985 年 1 月，21.9×20.4 公分，24 頁
幼幼語文系列 003

本書以兒歌問答形式，引導幼兒進行語言練習、體會文字的活潑與音韻的美。正文後有〈給爸爸媽媽的話〉。

晶晶幼童教育 1985

聯合報民生報事業處 2006

聯經出版 2010

福建少年兒童 2013

愛的故事／丁水良圖

香港：晶晶幼童教育出版社
1985 年 4 月，19×25 公分，53 頁

臺北：聯合報民生報事業處
2006 年 8 月，18×20 公分，〔34 頁〕
林良作品集 3
（何雲姿圖）

臺北：聯經出版公司
2010 年 10 月，18×20 公分，〔34 頁〕
林良作品集 3

福州：福建少年兒童出版社
2013 年 7 月，21.5×24 公分，34 頁
臺灣兒童文學館·林良童心繪本 1

本書敘寫善良正直的汪汪一家在某個寒冷冬天發生的故事。正文前有陸趙鈞鴻〈寫在《愛的故事——汪汪的家》之前〉。

2006 年聯合報民生報事業處版：正文與 1985 年晶晶幼童教育版童。正文前刪去陸趙鈞鴻〈寫在《愛的故事——汪汪的家》之前〉，正文後新增林良〈關於這本書〉。
2010 年聯經版：正文與 2006 年聯合報民生報事業處版同。
2013 年福建少年兒童版：與 2006 年聯合報民生報事業處版同。

野心勃勃的日本／周于棟圖

臺北：國立編譯館
1986 年 1 月，17.5×20.3 公分，65 頁
日本侵華史實小叢書 2

本書敘述日本民族自西元 11 世紀起對周邊國家發動的侵略活動。全書計有：1.倭寇的騷擾；2.豐臣秀吉的野心；3.併吞琉球等六章。

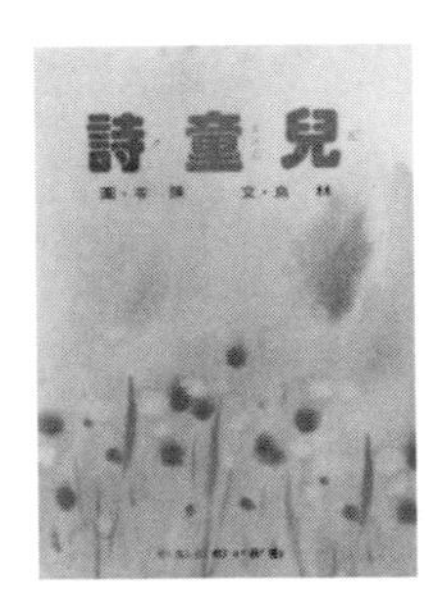

兒童詩／陳苓圖

臺北：國語日報社
1986 年 5 月，19.5×26.7 公分，31 頁

全書收錄〈小船〉、〈蜻蜓〉、〈風鈴〉等 15 首。

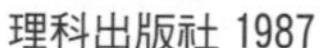
理科出版社 1987

小魯文化 2006

綠池裏的大白鵝／吳昊圖

臺北：理科出版社
1987 年 3 月，21.5x24.5 公分，34 頁
創作兒童圖畫書第一輯 3

臺北：小魯文化公司
2006 年 1 月，28x21.5 公分，45 頁
繪本時間 50
（陳美燕圖）

本書藉由兩隻白鵝的故事，發揚「心懷好意」、「欣賞他人優點」的美德。正文後有馬景賢、鄭明進〈本書賞析〉。
2006 年小魯文化版：更名為《綠池白鵝》，正文與 1987 年理科出版社版同。正文後刪馬景賢、鄭明進〈本書賞析〉，新增林良〈欣賞別人的優點〉。

瀑布鎮的故事／董大山圖

臺北：國語日報社
1987 年 6 月，21.5x26 公分，29 頁
自然生態保育叢書 01

本書敘寫一個美麗的瀑布經由新聞記者撰文報導後，週遭的環境生態逐漸遭到開發破壞、最終導致瀑布消失的故事。

犀牛坦克車／陳志賢圖

臺北：親親文化公司
1988 年 8 月，22x23 公分，26 頁
親親幼兒圖畫書 2

本書是以動物為主題的兒歌集。全書收錄〈兔子和紅蘿蔔〉、〈小花狗是小跟班〉、〈學學大白鵝〉等 13 首。

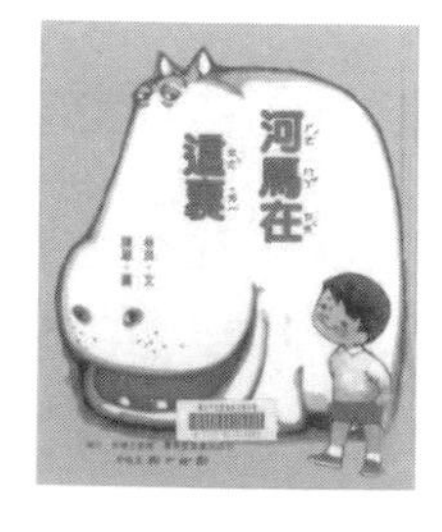

河馬在這裏／陳雄圖

臺北：國語日報社
1988 年 6 月，21.5x26 公分，29 頁
自然生態保育叢書 06

本書藉由動物園裡的河馬回答小男孩對該動物的種種疑問，介紹河馬之餘亦闡揚愛惜生物、保護大自然的重要。

從水牛到鐵牛／張哲銘圖

臺北：行政院農委會
1992 年 6 月，22x26.5 公分，27 頁
田園之春叢書

本書以爺爺和爸爸為敘述角色，分別介紹早期農業以水牛、犁、耙等工具為主的耕作方式，以及逐漸演變為耕耘機、曳引機、收割機等善用機器的現代農業工作模式。

田家風景／陳麗雅圖

臺北：行政院農委會
1993 年 6 月，22x26.5 公分，〔26 頁〕
田園之春叢書

本書以抒情筆調，書寫田園生活的特有景緻。

林良的詩／陳雄圖

臺北：國語日報社
1993 年 10 月，19.5x21 公分，89 頁

本書為兒童詩集。全書分「城市裡的日子」、「鄰家的小孩」、「詩神」、「一杯茶」、「金魚」、「等待牽牛花」、「田園」七部分，收錄〈城市裡的日子〉、〈金星〉、〈廚房〉、〈聽〉等 38 篇。正文前有陳義芝〈紅塵無礙，自在自得——林良先生寫詩印象〉。

水景／鄭明進圖

臺北：行政院農委會
1994 年 6 月，22x26.5 公分，28 頁
田園之春叢書

本書描寫瀑布、河流、水潭等各種不同的水景特有的景緻與韻味。

稻草人／鄭明進圖

臺北：行政院農委會
1994 年 6 月，22x26.5 公分，〔26 頁〕
田園之春叢書

本書敘述一個愛偷懶的稻草人懺悔改過、認真盡責地守護稻田的故事。

茶葉故事／陳鳳觀圖

臺北：行政院農委會
1994 年 6 月，22x26.5 公分，〔26 頁〕
田園之春叢書

本書概述茶葉從生長到飲用的生產過程。

扣釦子／郭國書繪圖、設計、製作

臺北：臺灣省教育廳
1994 年 6 月，21.6x30.5 公分，〔21 頁〕
中華幼兒圖話書

本書帶領幼兒認識衣服上不同種類的釦子。正文前有陳英豪〈廳長的話〉，正文後有〈給老師和家長的話〉。

我會打電話／藍采瑛圖

臺北：光復書店
1994 年 8 月，21.5x24.8 公分，29 頁
幼幼成長圖畫書 4

本書敘述媽媽教導珍珍學會「打電話」的過程。

笑／徐雯圖

臺北：光復書局
1994 年 8 月，21.5×24.5 公分，32 頁
幼兒成長圖畫書——心理成長 2

本書以花朵、月亮、太陽等天候與景物比喻小孩子笑與不笑的模樣，說明可愛的笑容是令人開心的來源。

新農具／劉宗銘圖

臺北：行政院農委會
1995 年 6 月，22×26.5 公分，〔26 頁〕
田園之春叢書

本書對比早期農業工具與現代農業新農具的工作方式，介紹新農具的便利性與高效率。

偷牛的人・猴子扔豆子／曹俊彥圖

臺北：佛光文化公司
1995 年 11 月，16 開，〔34 頁〕
童話漫畫叢書——百喻經圖畫書 11

本書白話文字改寫《百喻經》中〈偷犛牛喻〉、〈獼猴把豆喻〉兩則故事。正文前有鄭石岩〈代序——憶童年讀百喻〉，正文後有周淨慧〈編輯手記——一點心意〉。

鄉土小吃／劉伯樂圖

臺北：行政院農委會
1996 年 9 月，22×26.5 公分，27 頁
田園之春叢書

本書以食物口感、製作過程、販賣環境等不同角度個別介紹貢丸、蚵仔煎、肉羹等 13 種道地的臺灣小吃。

國語日報社 1997

國語日報社 2009

福建少年兒童 2015

林良的看圖說話／林鴻堯、瑋瑋、徐建國、徐景彥、賴美雲、小羊、蔡兆倫圖

臺北：國語日報社
1997 年 7 月，19×20.5 公分，107 頁

臺北：國語日報社
2009 年 6 月，18.8×20.2 公分，107 頁

福州：福建少年兒童出版社
2015 年 3 月，21×23 公分，109 頁

本書以圖畫搭配兒歌的形式，奠定幼兒讀者文字和語言的學習基礎。全書收錄〈博美狗〉、〈白鷺鷥〉、〈白鴿〉、〈白文鳥〉、〈斑馬〉等 100 篇。正文前有林良〈有圖的兒歌・有圖的童詩〉。

2009 年國語日報社版：更名為《看圖說話・樹葉船》。內容與 1997 年國語日報社版同。

2015 年福建少年兒童版：正文與 2009 年國語日報社版同。

農家的一天／鍾易真圖

臺北：行政院農委會
1997 年 9 月，22x26.5 公分，27 頁
田園之春叢書

本書描寫小女孩阿珍全家七口一天的生活概況。

鱷魚橋／鍾偉明圖

臺北：臺灣麥克公司
1998 年 2 月，22.3x25.5 公分，〔32 頁〕
創作兒歌

本書為兒歌集。全書收錄〈樹葉船〉、〈白文鳥〉、〈黑和白〉等 15 首。正文後有〈給爸爸媽媽的話〉。

費長房學仙／李蓁圖

臺北：國語日報社
2000 年 2 月，16 開，〔40 頁〕
中國民俗節日故事 18

本書藉由仙人費長房與其弟子桓景的故事，敘述重陽節的典故。正文後有〈登高賞菊九月九〉、〈東籬把酒醉黃花〉。

兔小弟遊臺灣／仉桂芳圖；林瑋撰文

臺北：國語日報社
2000 年 10 月，16 開，110 頁
快樂學習叢書 5

本書以童詩方式敘述來自月宮的兔小弟遊覽臺灣的經歷與各地的美麗景色，每首詩皆配合「兔小弟筆記」介紹該地點的相關知識。全書收錄〈月宮寶寶〉、〈美麗的荷花池〉、〈壯麗的建築〉、〈大玫瑰園〉、〈美麗的陽明山〉等 52 篇。

芋頭／林麗琪圖

臺北：行政院農委會
2000 年 12 月，22x26.5 公分，28 頁
田園之春叢書

本書詳加介紹芋頭的食用價值、植物外觀、生長特性、種植地區等相關知識。

大牛哥快樂過生活／鍾偉明圖

臺北：聯經出版公司
2002 年 10 月，25 開，39 頁
Let's Read 讀讀樂 1【語文類・低年級】

本書以兒童詩的形式書寫大牛哥帶領學生體驗各種生活中的樂趣。全書收錄〈吃飽想睡覺〉、〈寵物〉、〈花和草〉等 14 首。正文後有〈給孩子〉、〈一起玩・一起學〉、〈給家長〉、〈老師的教學運用〉、〈一起玩・一起學參考答案〉。

聯合報民生報事業處 2006

聯經出版 2010

福建少年兒童 2013

我要一個家／張化瑋圖

臺北：聯合報民生報事業處
2006 年 8 月，18x20 公分，〔42 頁〕
林良作品集 4

臺北：聯經出版公司
2010 年 10 月，18x20 公分，〔42 頁〕
林良作品集 4

福州：福建少年兒童出版社
2013 年 7 月，21.5x24 公分，42 頁
臺灣兒童文學館・林良童心繪本 1

本書描述沒有家的流浪狗「哀哀」對「家」的渴望、尋找「家」的故事。正文後有林良〈關於這本書〉。

2010 年聯經版：與 2006 年聯合報民生報事業處版同。

2013 年福建少年兒童版：與 2006 年聯合報民生報事業處版同。

牛墟／鄭明進圖

臺北：青林國際出版公司
2007 年 11 月，28.5×21.5 公分，32 頁
南瀛之美・圖畫書系列

本書以臺灣農村的牛墟市場為主題，詳述牛隻的交易方式與買賣狀況，以及牛墟所衍伸的農村民情。

林良爺爺寫童年／洪義男圖

臺北：幼獅文化公司
2008 年 8 月，21×19 公分，91 頁
新 High 兒童故事館 2

本書記敘作者的成長歷程中所遭遇的故事以及跟家人的相處情形，藉由對童年的認真審視引導年輕讀者獲得更多發現與領悟。全書收錄〈滾鐵環時代〉、〈車頭燈〉、〈最美味的一餐〉等 5 篇。正文前有林良〈童年是人格成長的一個起點〉、林良〈通往童心世界的橋梁〉、林良〈很高興你能得到這本書〉、洪義男〈對自己有「期許」又怕不盡理想〉。

國語日報社 2009

福建少年兒童 2015

看圖說話・青蛙歌團／陳麗雅等圖

臺北：國語日報社
2009 年 6 月，18.8×20.2 公分，91 頁

福州：福建少年兒童出版社
2015 年 3 月，21×23 公分，89 頁
臺灣兒童文學館・林良看圖說話

本書集結《國語日報》「看圖說話」的篇章，以圖畫搭配兒歌的形式，奠定幼兒讀者文字和語言的學習基礎。全書收錄〈含羞草〉、〈餵〉、〈寶寶睡覺〉、〈學媽媽〉、〈洗澡〉等 64 篇。正文前有林良〈有圖的兒歌・有圖的童詩〉、林良〈獻給「學習閱讀的孩子」〉。
2015 年福建少年兒童版：正文與 2009 年國語日報社版同。

國語日報社 2009

福建少年兒童 2015

看圖說話・月球火車／劉伯樂等圖

臺北：國語日報社
2009 年 6 月，18.8×20.2 公分，91 頁

福州：福建少年兒童出版社
2015 年 3 月，21×23 公分，89 頁
臺灣兒童文學館・林良看圖說話

本書集結《國語日報》「看圖說話」的篇章，以圖畫搭配兒歌的形式，奠定幼兒讀者文字和語言的學習基礎。全書收錄〈家燕〉、〈爸爸〉、〈小媽媽〉、〈雙胞胎〉、〈拍照〉等 64 篇。正文前有林良〈有圖的兒歌・有圖的童詩〉、林良〈獻給「學習閱讀的孩子」〉。
2015 年福建少年兒童版：正文與 2009 年國語日報社版同。

蝸牛強強／曹俊彥圖

臺北：螢火蟲出版社
2010 年 2 月，24×24 公分，〔36 頁〕

本書藉由蝸牛「強強」參加動物運動大會的故事，讓小朋友學習思考失敗、面對失敗，進而獲得正面積極的經驗。正文後有林良〈天地萬物，各有特性〉、曹俊彥〈一個難題，許多趣味〉。

林良爺爺你請說／曹俊彥圖

臺北：幼獅文化公司
2010 年 6 月，21.1×18.9 公分，88 頁
新 High 兒童故事館 4

本書以各種生活事物為主題，配合作者的成長歷程，記錄社會發展的軌跡，讓孩子們可以進一步了解大人的生活歷史。全書收錄〈看電視〉、〈電影與我〉、〈腳踏車與我〉等六篇。正文前有林良〈這本書的誕生〉、林良〈生活書寫樂趣多〉、林良〈六個生活故事〉、曹俊彥〈經驗的綜合體〉。

爸爸：一個爸爸的故事／連威龍圖

臺北：斑馬文創公司
2010 年 7 月，25×25 公分，〔32 頁〕

本書描述對冷漠的爸爸感到不諒解的家珍，經由爸爸的發言而改觀、認同，重新與爸爸親近的故事。

中秋博狀元餅／連威龍圖

金門：金門縣文化局
2010 年 10 月，21.5×30 公分，〔40 頁〕

本書敘述中秋節博狀元餅的習俗由來以及遊戲進行的過程。正文後有延伸閱讀〈民族英雄鄭成功小檔案〉、〈我是小小狀元〉、〈我是博餅達人〉。

給史努比的信／錢茵圖

臺北：麥田出版
2011 年 3 月，25 開，159 頁
林良爺爺說故事 01

本書精選《小方舟》的篇章，全文注音並加上插圖，增加少年讀者的閱讀機會。全書收錄〈給史努比的信〉、〈螞蟻軍團〉、〈金魚一號〉等十篇。正文前有林良〈介紹《給史努比的信》——寫給小朋友的序〉。

媽媽：一個媽媽的故事／張哲銘圖

臺北：斑馬文創公司
2011 年 4 月，25×25 公分，〔29 頁〕

本書透過一位節儉的媽媽拉拔單親小孩長大的過程，描寫兩人藉由溝通相互了解，找到和諧與幸福的生活。

國語日報社 2011

福建少年兒童 2014

林良爺爺的 30 封信／玻璃魚圖

臺北：國語日報社
2011 年 10 月，25 開，187 頁
林良書房 01

福州：福建少年兒童出版社
2014 年 7 月，25 開，156 頁
臺灣兒童文學館‧林良美文書坊

本書集結《小作家》月刊「給彤彤的信」專欄文章，以國小升上國中的小朋友做為談話對象，用親切的文字在小朋友面對新環境時提供冷靜的分析與適當的建議。全書分「這本書的由來」、「序曲‧進入國中」、「談人際關係」、「談功課」、「談時間規畫」、「談寫作與閱讀」、「談生活習慣」、「做好迎向高中的準備」八部分，收錄〈第 1 封信——希望這本書對你們有一些幫助〉、〈第 2 封信——為自己讀書〉、〈第 3 封信——認識新同學〉、〈第 4 封信——跟老師親近〉等 30 篇。
2014 年福建少年兒童版：正文與 2011 年國語日報社版同。

我喜歡／貝果圖
臺北：國語日報社
2012 年 12 月，18 開，181 頁
詩歌館 2

本書為兒童詩歌繪本，書寫孩子的家庭、學校等生活內容，以及與大自然的親近和對人的觀察。全書分「可愛的家」、「出去玩耍」、「上學放學」、「新年許願」四部分，收錄〈早起的祕密〉、〈發現鳥窩〉、〈看油桐花〉、〈捏陶土〉、〈熱心幫助人〉等 80 首。正文前有林良〈希望大家喜歡這本書〉、貝果〈兩個小男孩〉。

月餅裡的祕密（與蔡惠光合著）／曹俊彥、龔雲鵬圖
臺北：國語日報社
2012 年 12 月，17×22 公分，105 頁
節日故事・中秋

本書收錄蔡惠光〈月餅裡的祕密〉、林良〈吳剛砍桂樹〉二篇。正文前有李豐楙〈中秋節的由來及民間習俗〉，正文後附錄〈認識二十四節氣〉。

林良爺爺憶兒時／鄭明進圖
臺北：幼獅文化公司
2013 年 5 月，21×19 公分，91 頁
故事館 7

本書集結作者回憶往事書寫的主題式文章。全書收錄〈外公外公〉、〈三個外國人〉、〈南瓜糕與蘿蔔糕〉等五篇。正文前有林良〈五篇散文・多少往事〉、鄭明進〈我畫了不一樣的「插畫」〉。

今天真好！ ／貝果圖
臺北：國語日報社
2013 年 12 月，18 開，157 頁

本書為兒童詩歌繪本，鼓勵小朋友用正面的態度和勇氣迎接每一個到來的今天。全書分「Spring・今天，說謝謝」、「Summer・今天，好新鮮」、「Autumn・今天，我期待」、「Winter・今天・真美好」四部分，收錄〈賞花不摘花〉、〈營養午餐吃光光〉、〈早起說謝謝〉、〈向鄰居打招呼〉、〈跳繩長高〉等 66 首。正文前有林良〈用心迎接每一個「今天」〉、貝果〈有林良爺爺的童詩，真好！〉。

蝸牛的風景／雪野主編；劉朱瞳圖

重慶：重慶出版社
2014 年 6 月，18×20.5 公分，72 頁
中國最美的童詩

本書為童詩精選集。全書收錄〈爸爸回家〉、〈路燈〉、〈蝴蝶的外套〉、〈野貓〉等 33 首。正文後有雪野〈童詩，淺語的藝術〉。

嘟嘟～水果列車出發！／鄭明進圖

臺北：維京國際公司
2014 年 10 月，21.5×16 公分，〔28 頁〕

本書為水果童詩集，以文字搭配圖片，帶領小朋友認識水果的特徵與生長情形。全書收錄〈楊桃〉、〈蓮霧〉、〈草莓〉等 12 首。

沙發／趙國宗圖

臺南：國立臺灣文學館
臺北：國語日報社
2015 年 12 月，23.5×23.6 公分，27 頁
臺灣兒童文學叢書 02

本書是國立臺灣文學館為記錄資深兒童文學作家作品及身影，與國語日報社共同出版的繪本叢書之一，精選作者的童詩，並有光碟「臺灣兒童文學作家身影」、「《沙發》作家朗讀」二張。全書收錄〈沙發〉、〈喝下午茶〉、〈等爸爸回家〉等八首。正文前有陳益源〈臺灣兒童文學叢書・紀錄作家珍貴身影〉，正文後有陳玉金〈有味動人的淺語《沙發》〉。

【編著】

七百字故事第一集／童叟圖

臺北：臺灣省國語推行委員會
1957 年 9 月，13×17 公分，60 頁
說話補充教材

本書集結 1954 年 3 月起《國語日報》「兒童」副刊的「七百字故事」文章，故事內容皆經過改寫，文字使用標準國語，富文藝趣味與教育意涵，同時讓小朋友藉由「說故事」達到練習說話的效果。全書收錄楊木譯〈貓頭鷹的大眼睛〉、子華〈叔叔是個「福爾摩斯」〉、文潭〈一隻奇怪的飯籃兒〉、子寧〈做了壞事心不安〉等 30 篇。正文前有〈序言〉，正文後有編者「主角分類索引」、林良〈編後小記〉。

七百字故事第二集／童叟圖

臺北：國語日報社
1959 年 8 月，13×17 公分，61 頁
說話補充教材

本書集結 1954 年 6～10 月《國語日報》「兒童」副刊的「七百字故事」文章。全書收錄武紀紘〈鸚鵡跟人比唱歌兒〉、知日〈國王和蘋果樹〉、李慕發〈青蛙說錯話〉、沈家振〈小華不來上課了〉等 30 篇。正文後有編者「主角分類索引」、林良〈編後小記〉。

七百字故事第三集／童叟圖

臺北：國語日報社
1963 年 11 月，13×17 公分，101 頁

本書集結 1954 年《國語日報》「兒童」副刊的「七百字故事」文章。全書收錄黃允彥〈吃玩具的怪物〉、桂枝〈白麻雀〉、竹友〈兩個小雨點兒〉、鄭昆〈披鹿皮的孩子〉等 50 篇。正文前有梁容若〈序言〉，正文後有編者「主角分類索引」、林良〈編後小記〉。

國語日報社 1982

國語日報社 1986

七百字故事（合訂本）／童叟、陳雄圖

臺北：國語日報社
1982 年 10 月，32 開，263 頁

臺北：國語日報社
1986 年 5 月，25 開，421 頁

本書為《國語日報》「兒童」副刊的「七百字故事」文章合訂本。全書收錄楊木譯〈貓頭鷹的大眼睛〉、子華〈叔叔是個「福爾摩斯」〉、文潭〈一隻奇怪的飯籃兒〉、子寧〈做了壞事心不安〉、文武〈等第二隻兔子〉等 130 篇。正文前有何容〈序言〉，正文後有編者「主角分類索引」。
1986 年國語日報社版：正文與 1982 年版同。

林良爺爺的 700 字故事

臺北：國語日報社
2010 年 3 月，25 開，233 頁
故事館 6

本書為國語日報社《七百字故事》重新精編出版。全書分「傳說故事」、「動物故事」、「歷史故事」、「生活故事」四部分，收錄〈全世界都變成金的〉、〈桃太郎〉、〈國王和蘋果樹〉、〈國王選駙馬〉、〈等待第二隻兔子〉等 69 篇。正文前有林良〈永不嫌老的故事——《七百字故事》的故事〉、何容〈用活的語言寫的故事〉。

文學年表

1924 年	10 月	10 日，生於福建廈門，祖籍福建同安，本名林良。父林慕仁，母吳寶釵。
1926 年	本年	因父親經商，隨父母遷往日本神戶居住。
1929 年	本年	就讀神戶華僑小學附屬幼稚園一學期。
1930 年	本年	因中日關係緊張，戰事一觸即發，父親帶領全家遷回廈門。
1931 年	本年	就讀一所由教會創辦的教堂小學，後轉入廈門大同國小附設幼稚園。
		入廈門大同國小。
1936 年	本年	完成人生第一篇散文〈雨夜〉。
1937 年	本年	畢業於廈門大同國小。
		投考廈門省立十三中學，備取第 13 名。因對日戰爭爆發，舉家遷往鼓浪嶼居住，入鼓浪嶼同文書院就讀。
1938 年	本年	廈門淪陷，為躲避戰火，全家搭英國輪船移往香港、再到越南。
1939 年	本年	舉家遷回鼓浪嶼。
		插班入英華書院二年級。
1942 年	本年	因作文課限定以文言文寫作，卻與三位同學一起以白話作文交卷，受到申斥、評分不及格，向校長據理力爭，日後得以白話體寫作文。
		書寫長篇抒情詩〈桐葉飄零〉與自由體長篇敘事詩〈仙女和牧童〉，發表於級刊《燎原》，勤奮自修國語，充分展現對寫

		作的興趣。
1943 年	本年	舉家遷往漳州居住，任教於崇安鎮中心國小。 詩作〈盧溝橋的獅子〉發表於漳州《閩南新聞・副刊》。
1944 年	夏	父親林慕仁逝世。
	本年	〈狂風暴雨裡的破屋〉發表於漳州《閩南新聞・副刊》。 詩作〈衣破急歸鄉〉、〈詩裡的秋天〉發表於漳州《青年日報・副刊》。
1945 年	本年	中日戰爭結束，舉家遷回廈門。 擔任福建《青年日報》記者及該報「青天」副刊編輯。 〈乘風破浪歸故鄉〉、〈青煙〉發表於廈門《青年日報》。 〈落筆之前〉、〈林蔭道〉發表於廈門《閩南日報・副刊》。 以大海為題材，書寫詩作〈怒海〉、〈海鷗〉、〈漁人的夜話〉等十首發表於廈門《青年日報・副刊》。 短篇小說〈我們是六個〉發表於《青天》文藝月刊，因先前不知道在稿末留下地址，此篇小說為第一次拿到稿費的作品。
1946 年	本年	因國民政府招考國語推行員，隻身前往臺灣，入臺灣省國語推行委員會研究組，負責國語和閩南語的對照研究工作，完成《國臺字音對照錄》一冊。 〈悼〉發表於《國語周刊》，悼念國語工作者陳士駿。
1948 年	10 月	25 日，《國語日報》創刊，擔任兒童版編輯，主編為張雪門，開始為兒童寫作。
1951 年	本年	考入臺灣省立師範學院（今臺灣師範大學）國語專修科。 開始撰寫《國語日報・看圖說話》專欄。 與陳慧、童山、方祖燊於臺灣省立師範學院共組「細流」詩社，發表短詩數首。
1952 年	4 月	13 日，詩作〈新月照車廂〉發表於《公論報・日月潭》第

		925 期。
	本年	畢業於臺灣省立師範學院國語專修科。
1953 年	12 月	2 日，〈「老李，回來！」〉發表於《聯合報・副刊》6 版。
	本年	參加中文版《讀者文摘》翻譯比賽，以〈風雨生信心〉一文獲第二名（第一名從缺），因而受邀為中文版《讀者文摘》翻譯〈善意工廠〉、〈汽車橫渡美洲大陸〉、〈瑞士的雪崩〉三篇文章。
1956 年	本年	與鄭秀枝結婚。
		兼任《小學生半月刊》編輯。
1957 年	3 月	第一本兒童文學作品《舅舅照像》由臺北寶島出版社出版，是臺灣省國語推行委員會為推廣小孩子認識國字所編印的小學國語課外讀物——《寶島文庫》中的 12 冊之一。
	4 月	翻譯兒童文學《大象》，由臺北文星書店出版。
	8 月	10 日，〈放榜〉發表於《中央日報・副刊》7 版。
	9 月	編著兒童文學《七百字故事第一集》，由臺北臺灣省國語推行委員會出版。
	本年	長女林櫻出生。
1959 年	3 月	19 日，〈第二個〉發表於《聯合報》7 版。
	8 月	編著兒童文學《七百字故事第二集》，由臺北國語日報社出版。
		主編兒童文學《有趣的故事》，由臺北語文出版社出版。
	10 月	4 日，〈水為甚麼能滅火？〉發表於《徵信新聞報・兒童樂園》5 版。
	本年	次女林琪出生。
1961 年	本年	任《小學生半月刊》主編，至 1965 年止。
1962 年	1 月	兒童文學《看圖・說話（第一集）》、《看圖・說話（第二集）》，由臺北國語日報社出版。

	4月	〈我和「看圖說話」〉發表於《文星》第54期。
	10月	〈用現代語言寫文章〉發表於《文星》第60期。
		兒童廣播劇本《一顆紅寶石》由臺北小學生雜誌社出版。
	12月	兒童文學《看圖・說話（第三集）》由臺北國語日報社出版。
1963年	1月	編選兒童文學《巨人和小人兒：兒童故事選（二）》，由小學生雜誌社出版。
	7月	兒童廣播劇本《一顆紅寶石》獲教育部審定為年度優良兒童讀物第三名。
		〈談現代語文建設〉發表於《文星》第62期。
	9月	〈發揚但丁精神〉發表於《中國語文》第13卷第3期。
	11月	兒童文學《看圖・說話（第三集）》由臺北國語日報社出版。
		編著兒童文學《七百字故事第三集》，由臺北國語日報社出版。
	本年	考進淡江文理學院（今淡江大學）英國語文學系就讀。
1964年	4月	11日，應邀出席由省立臺北圖書館舉辦的「兒童讀物問題座談會」，由館長王省吾主持、教育部國民教育司幫辦司琦和臺灣省政府教育廳第四科科長陳梅生列席指導，與會者有游彌堅、陳約文、王玉川、徐曾淵、黃得時、蘇尚耀、朱傳譽、張謠華等，此次會議對兒童文學發展及兒童讀物推廣的影響深遠，可視為臺灣兒童文學發展的重要指標之一。
	5月	〈五十巷的孩子們〉發表於《文星》第79期。
	本年	擔任國語日報附設出版部編譯主任，負責兒童讀物出版工作。
		與徐曾淵合編《驚險故事》、《兒童生活》，由臺北小學生雜誌社出版。

1965 年　4 月　與徐曾淵、李畊、蘇尚耀合編《兒童讀物研究》第一輯，由臺北小學生雜誌社出版。

5 月　〈試談白話文的前途——「談邱吉爾的英文」讀後感〉發表於《中國語文》第 16 卷第 5 期。

8 月　應何凡之邀，與洪炎秋、何凡共同執筆《國語日報》家庭版「茶話」專欄，開始用「子敏」當筆名。

9 月　兒童文學《我要大公雞》由臺中臺灣省政府教育廳出版，為首批「兒童讀物小組」推出的《中華兒童叢書》出版品。

11 月　傳記文學《國父的童年》由臺北小學生雜誌社出版。

12 月　主編《小學生畫刊》，至 1966 年 12 月止。

翻譯蘇斯博士（Dr. Seuss）兒童文學《馬家池塘的故事》，由臺北小學生雜誌社出版。

本年　三女林瑋出生。

1966 年　1 月　5 日，翻譯蘇斯博士兒童文學《綠雨點兒》發表於《小學生畫刊》第 309 期。

翻譯莫里斯・桑達克兒童文學《一是小強》，由臺北國語日報社出版。

2 月　翻譯務德利夫人兒童文學《我愛樹》、碧翠斯・雷尼斯（Beatrice Schenk de Regniers）兒童文學《帶個朋友來》，發表於《小學生畫刊》第 311、312 期。

翻譯斯蒂文遜（Robert Louis Stevenson）兒童文學《大衛歷險記》，由臺北國語日報社出版。

3 月　兒童文學《哪裏最好玩》由臺北小學生畫刊社出版。

4 月　4 日，〈《小仙人》序〉發表於《中央日報》6 版。

改寫古典小說《兒女英雄傳》，由臺北東方出版社出版。

5 月　與徐曾淵、蘇尚耀合編《兒童讀物研究第二輯——童話研究》，由臺北小學生雜誌社出版。

兒童文學《小鴨鴨回家》由臺中臺灣省政府教育廳出版。

兒童文學《小啾啾再見》、《大年夜飯》由臺北小學生畫刊社出版。

8月 翻譯約翰・藍斯塔夫（John Langstaff）兒童文學《草原上的動物》，由臺北國語日報附設出版部出版。

9月 兒童文學《芸芸的綠花》由臺北小學生雜誌社出版。

11月 〈談白話文告〉發表於《中國語文》第19卷第5期。

與洪炎秋、何凡合著《茶話（第一集）》，由臺北國語日報社出版。

12月 翻譯維姬妮亞・波頓（Virginia Burton）兒童文學《小房子》，由臺北國語日報附設出版部出版。

本年 主持中國廣播公司「國語閩南語對照教學節目」，至1972年止。

翻譯約翰・藍斯塔夫兒童文學《青蛙先生的婚禮》，由臺北國語日報附設出版部出版。

1967年 1月 〈談離開〉發表於《純文學》第1卷第1期。

3月 與洪炎秋、何凡合著《茶話（第二集）》，由臺北國語日報附設出版部出版。

4月 翻譯威廉・斯大布斯（William Stobbs）兒童文學《小貓凱蒂遊運河》由臺北國語日報附設出版部出版。

10月 與洪炎秋、何凡合著《茶話（第三集）》，由臺北國語日報社出版。

12月 翻譯恩尼斯汀・貝耶（Ernestine Beyer）兒童文學《快樂的動物家庭》，由臺北國語日報附設出版部出版。

本年 翻譯格倫・戴因斯（Glen Dines）兒童文學《造顏色的小孩》，由臺北國語日報附設出版部出版。

1968年 3月 與洪炎秋、何凡合著《茶話（第四集）》，由臺北國語日報社出版。

4月 兒童文學《看圖・說話》（第四～十集）由臺北國語日報社出版。

翻譯藍西・格林（Nancy Green）兒童文學《守財奴的尖頭鞋》，由臺北國語日報附設出版部出版。

6月 兒童文學《會說話的鳥》、《動物和我》由臺中臺灣省政府教育廳出版。

7月 翻譯安徒生（H.C.Andersen）兒童文學《醜小鴨》，由臺北國語日報附設出版部出版。

9月 與洪炎秋、何凡合著《茶話（第五集）》，由臺北國語日報社出版。

12月 翻譯英格・桑堡斯（Inger Sandbergs）兒童文學《小鬼高弗利》，由臺北國語日報附設出版部出版。

本年 畢業於淡江大學英國語文學系。

1969年 2月 兒童文學《未來的故事》、《影子和我》由臺中臺灣省政府教育廳出版。

4月 翻譯維多利亞・林肯（Victoria Lincoln）兒童文學《了不起的孩子》，由臺北國語日報附設出版部出版。

6月 兒童文學《從小事情看天氣》由臺中臺灣省政府教育廳出版。

7月 28日，〈給小讀者〉發表於《聯合報》12版。

與洪炎秋、何凡合著《茶話（第六集）》，由臺北國語日報社出版。

9月 兒童文學《小琪的房間》由臺中臺灣省政府教育廳出版。

12月 翻譯米恩（A.A.Milne）兒童文學《灰驢過生日》，由臺北國語日報附設出版部出版。

1970年 2月 與洪炎秋、何凡合著《茶話（第七集）》，由臺北國語日報社出版。

4月 兒童文學《看圖・說話》(第十一～二十集)由臺北國語日報社出版。

6月 兒童文學《聯合國兒童基金會和你》由臺中臺灣省政府教育廳出版。

7月 與洪炎秋、何凡合著《茶話(第八集)》,由臺北國語日報社出版。

本年 獲中國語文學會「中國語文獎章」。

1971年 1月 與洪炎秋、何凡合著《茶話(第九集)》,由臺北國語日報社出版。

4月 《小琪的房間》獲臺灣省政府教育廳中華兒童叢書最佳寫作獎。

5月 應邀擔任臺灣省政府教育廳兒童讀物寫作研究班講師及寫作分組指導教授。

6月 兒童文學《看圖・說話》(第二十一～三十集)由臺北國語日報社出版。

10月 與洪炎秋、何凡合著《茶話(第十集)》,由臺北國語日報社出版。

兒童文學《彩虹街》、《小圓圓和小方方》由臺中臺灣省政府教育廳出版。

11月 兒童文學《爸爸的十六封信》由臺中臺灣省政府教育廳出版。

12月 兒童文學《今天早晨真熱鬧》由臺中臺灣省政府教育廳出版。

本年 獲聯合國兒童基金會駐華聯絡處「兒童讀物金書獎」。

應臺灣省國民學校教師研習會主任陳梅生之邀,擔任「兒童讀物寫作研究班」講師。

1972 年　1 月　〈優美情操的培養〉發表於《今日兒童》第 2 卷第 1 期。

4 月　《小太陽》由臺北純文學出版社出版。

《我的書》由臺北國語日報社出版。

9 月　〈談白話應用文〉發表於《中國語文》第 31 卷第 3 期。

10 月　〈語言的意味跟節奏〉發表於《中國語文》第 31 卷第 4 期。

〈文學裡的「意味」〉發表於《中國語文》第 31 卷第 5 期。

12 月　翻譯柯萊德・羅伯特・布拉（Clyde Robert Bulla）兒童文學《白烏鴉》，由臺北國語日報附設出版部出版。

本年　擔任國語日報社出版部經理。

1973 年　2 月　〈談白話文的修辭〉發表於《中國語文》第 32 卷第 2 期。

5 月　〈兒童文學的語言問題〉發表於《中國語文》第 32 卷第 5 期。

6 月　兒童文學《一條繩子》由臺中臺灣省社會處出版。

10 月　〈讀古書、寫白話文〉發表於《中國語文》第 33 卷第 5 期。

11 月　《小太陽》獲中山學術文化基金會文藝創作獎。

12 月　《和諧人生》由臺北純文學出版社出版。

兒童文學《小紅鞋》由臺中臺灣省社會處出版。

〈談「白話文教學」〉發表於《中國語文》第 33 卷第 6 期。

1974 年　4 月　翻譯安・蔻佛（Anne Cofver）兒童文學《林肯：愛孩子的美國總統》，由臺北國語日報附設出版部出版。

〈「文學」跟「故事」——談兒童文學跟故事的關係〉發表於《中國語文》第 34 卷第 4 期。

〈談《兒童文學》週刊（馬景賢主編）〉發表於《書評書目》第 12 期。

5 月　《在月光下織錦》由臺北純文學出版社出版。

〈寫貓寫狗——談兒童文學裏的動物〉發表於《中國語文》

第 34 卷第 5 期。

6 月　〈十九世紀——兒童文學的黎明時代〉發表於《中國語文》第 34 卷第 6 期。

7 月　30 日，〈誰是一家之主？〉發表於《中國時報・人間副刊》12 版。

兒童文學《我有兩條腿》、《草和人》由臺中臺灣省政府教育廳出版。

〈「忽然」和「這個時候」——談兒童文學裏的敍述技巧〉發表於《中國語文》第 35 卷第 1 期。

8 月　兒童文學《家》由臺中臺灣省社會處出版。

改寫兒童文學「我的故事集」系列：《大將軍》、《大偵探》、《大爬山家》、《大攝影家》、《小船夫》、《船長伯伯》、《警察伯伯》、《勇敢的警長》、《快樂的探長》、《油漆師父》共十冊，由臺北國語日報社出版。

〈兒童文學——淺語的藝術〉發表於《中國語文》第 35 卷第 2 期。

9 月　17 日，〈又一個兒童文學「年獎」〉發表於《中國時報・人間副刊》12 版。

〈不是「一揮而就」——談為孩子寫書的態度〉發表於《中國語文》第 35 卷第 3 期。

10 月　〈從「詩」到「兒童詩」——漫談兒童詩寫作〉發表於《中國語文》第 35 卷第 4 期。

〈尋找一個故事——談兒童文學裡「故事」的誕生〉發表於《中國語文》第 35 卷第 5 期。

11 月　擔任臺北市「兒童文學研習會」講師。

12 月　〈熟悉的語言、新穎的運用——談兒童文學的翻譯〉發表於《中國語文》第 35 卷第 6 期。

本年　應邀擔任第一屆洪建全兒童文學創作獎評審。

1975年　1月　《陌生的引力》由臺北純文學出版社出版。

〈一個純真的世界——談童話〉發表於《中國語文》第36卷第1期。

2月　〈圖畫裡的世界——談孩子們的「圖書故事」〉發表於《中國語文》第36卷第2期。

〈為孩子忙了一陣子——談第一屆洪建全兒童文學創作獎評選經過〉發表於《書評書目》第22期。

3月　〈孩子不讀的兒童文學傑作——論兒童劇寫作〉發表於《中國語文》第36卷第3期。

〈散文裡的語言〉發表於《中國語文》第36卷第3期。

4月　22日，〈信心橋〉發表於《中國時報・人間副刊》12版。

兒童文學《懷念——一隻狗的回憶錄（上、下）》、「我會讀書」第一輯：《我愛小狗》、《白兔・貓・老鼠》、《馬・牛・羊》、《大象・獅子》、《雞・鴨・鵝》、《小鳥・大鳥》、《蝸牛・烏龜》、《人》、《好吃的・好玩的》、《花・海》，由臺北國語日報附設出版部出版。

兒童文學《黃人白人黑人》由臺中臺灣省政府教育廳出版。

〈精到的閱讀——談兒童文學批評〉發表於《中國語文》第36卷第4期。

5月　〈神話跟兒童文學〉發表於《中國語文》第36卷第5期。

6月　〈兒童散文〉發表於《中國語文》第36卷第6期。

7月　〈童話從那兒來〉發表於《中國語文》第37卷第1期。

8月　25日，應邀出席臺灣省國民學校教師研習會舉辦的「兒童文學寫作研討會」，於會中提出「兒童文學寫作的新方向」的發言。

翻譯康克林（Gladys Conklin）兒童文學《如果我是鳥》，由臺北國語日報附設出版部出版。

〈兒童文學的「純文學」問題〉發表於《中國語文》第 37 卷第 2 期。

9 月 兒童文學《小時候》、《兩朵白雲》、《大白鵝高高》《鈴聲叮噹》由臺中臺灣省政府教育廳出版。

〈兒童文學的文學性〉發表於《國教天地》第 13 期。

〈現代散文人間味〉發表於《幼獅文藝》第 261 期。

10 月 〈搜集足夠的「感受」——兒童文學創作漫談〉發表於《中國語文》第 37 卷第 4 期。

兒童文學《小紙船看海》由臺北將軍出版社出版。

11 月 〈評《小偵探愛彌兒》〉發表於《中國語文》第 37 卷第 5 期。

1976 年 1 月 〈少年小說的任務〉發表於《中國語文》第 38 卷第 1 期。

2 月 〈作者的語言與個性——兒童文學創作的一個問題〉發表於《中國語文》第 38 卷第 2 期。

〈小沙漏〉發表於《明道文藝》第 1 期。

4 月 兒童文學《小動物兒歌集》由臺北將軍出版社出版。

兒童文學《白狗白・黑貓黑》、《金魚一號・金魚二號》由臺北國語日報附設出版部出版。

〈走出兒童詩的公式巷子〉發表於《中國語文》第 38 卷第 4 期。

〈追求「聽覺意義」——談現代社會的語言教育與文學教育〉發表於《中國論壇》第 2 卷第 1 期。

7 月 《淺語的藝術》由臺北國語日報社出版。

9 月 〈一草一木都是文章——談兒童文學的「創作」〉發表於《中國語文》第 39 卷第 3 期。

〈充實的材料不羈的想像——讀《追憶西班牙》〉發表於

《書評書目》第 41 期。

10 月 〈可愛的主題——談兒童文學作品裡的主題〉發表於《中國語文》第 39 卷第 4 期。

〈「科學」跟「人情」的結合——談兒童科學讀物〉發表於《中國語文》第 39 卷第 5 期。

〈心理漫談——認識父母親〉發表於《幼獅少年》第 1 期。

11 月 兒童文學《第二隻鵝》由臺中臺灣省政府教育廳出版。

〈談兒童讀物出版業〉發表於《出版之友》第 1 期。

12 月 兒童文學《小木船上岸》由臺北臺灣省政府教育廳出版。

〈認識自己〉發表於《幼獅少年》第 2 期。

1977 年 1 月 〈《金河王》的失敗〉發表於《中國語文》第 40 卷第 1 期。

〈兒童文學選集——「兒童文學比較文選」〉發表於《中國語文》第 39 卷第 6 期。

〈床邊故事——汪汪的家〉發表於《家庭月刊》第 4 期。

〈認識家庭〉發表於《幼獅少年》第 3 期。

2 月 〈談兒歌、繞口令、謎語、小故事〉發表於《中國語文》第 40 卷第 2 期。

〈認識社會〉發表於《幼獅少年》第 4 期。

3 月 〈出版業的「僧」「粥」問題〉發表於《出版之友》第 2 期。

〈少年文學專輯——少年文學創作〉發表於《幼獅文藝》第 279 期。

〈認識國家〉發表於《幼獅少年》第 5 期。

4 月 〈談兒童詩的寫作〉發表於《中國語文》第 40 卷第 4 期。

〈認識別人〉發表於《幼獅少年》第 6 期。

5 月 〈兒童的十五史〉發表於《中國語文》第 40 卷第 5 期。

〈舐犢情深〉發表於《幼獅少年》第 7 期。

	6月	〈「淘汰律」控制著「搶譯」〉發表於《出版之友》第3期。
	7月	〈認識學校〉發表於《幼獅少年》第9期。
	8月	翻譯賽珍珠（Pearl S. Buck)兒童文學《大浪逃生記》，由臺北國語日報附設出版部出版。 〈認識生活〉發表於《幼獅少年》第10期。
	9月	應邀擔任國立編譯館國小國語教科書編審委員。
	10月	兒童文學《認識自己》由臺北幼獅出版公司出版。 〈認識人生〉發表於《幼獅少年》第12期。
	11月	〈認識責任〉發表於《幼獅少年》第13期。
	12月	13日，〈握筆人的畫像——讀《握筆的人》〉發表於《聯合報》12版。
1978年	1月	9日，〈一年來的散文〉發表於《聯合報》12版。 兒童文學《孝的故事》由臺北行政院青輔會出版。 〈盜印著的意識形態〉發表於《出版之友》第4、5期合刊本。
	2月	〈年糕香〉發表於《幼獅文藝》第290期。
	3月	〈愛護——一個出版新構想〉發表於《出版之友》第6期。 〈懷念董長志先生〉發表於《中國語文》第42卷第3期。
	4月	9日，〈那隻熊〉發表於《聯合報・副刊》12版。 兒童文學《我有一隻狐狸狗》（陳裕堂圖）參加第五屆洪建全兒童文學創作獎，獲圖書故事組第一名。 翻譯碧雅翠絲・波特（Beatrix Potter）兒童文學《香菜阿姨兒歌集》、《松鼠胡來的故事》、《格洛斯特的裁縫》、《老鼠阿斑兒歌集》，由臺北純文學出版社出版。
	6月	兒童文學《汪小小學畫》由臺中臺灣省政府教育廳出版。 〈談兒童散文〉發表於《語文教育通訊》第16期。
	7月	兒童文學《媽媽》由臺北信誼基金出版社出版。

8月 〈荷花放香的時候〉發表於《幼獅文藝》第296期。

10月 兒童文學《雙十節》、《老師的節目》由臺北世界華文教育協進會出版。

〈為學前的孩子選書〉發表於《學前教育》第1卷第7期。

12月 兒童文學《屈原的故事》由臺北國語日報附設出版部出版。

〈暢銷書的條件〉發表於《出版之友》第7、8期合刊本。

1979年 1月 〈小說的條件——談「少年小說」寫作〉發表於《中國語文》第44卷第1期。

〈六十六年的散文〉發表於《文學思潮》第3期。

3月 19日,〈怎樣使新書暢銷〉(易義生筆錄)發表於《民生報》8版。

23日,〈做一個誠實的人〉發表於《民生報》12版。

30日,〈養成快樂的習慣〉發表於《民生報》12版。

〈一本現代化的歷史地圖——談《中國歷史疆域古今對照圖說》〉發表於《出版之友》第10、11期合刊本。

4月 30日,〈做事要有恆心〉發表於《民生報》12版。

兒童文學《吳剛砍桂樹的故事》由臺北國語日報附設出版部出版。

兒童文學《我有一隻狐狸狗》由臺北書評書目出版社出版。

〈為少年寫的小說〉發表於《幼獅文藝》第304期。

5月 5日,〈要常常幫助別人〉發表於《民生報》12版。

22日,〈真正的「臺北人」——讀何凡的《人生於世》〉發表於《國語日報》7版。

〈寫意畫和幾何學作圖——談國字的規格化〉發表於《中國語文》第44卷第5期。

〈少年時光〉發表於《幼獅少年》第31期。

6月 8日,〈懂得支配時間〉發表於《民生報》12版。

兒童文學《十個故事：交通安全教育補充讀物》由臺北國立編譯館出版。

兒童文學《我會讀》由臺北快樂兒童漫畫週刊社出版。

9月 〈幼幼園〉發表於《學前教育》第2卷第6期。

〈他引導我向上〉發表於《幼獅少年》第35期。

10月 兒童文學《我會讀》由臺北快樂兒童漫畫週刊社出版。

兒童文學《過新年》、《清明節》、《端午節》、《中秋節》由臺北世界華文教育協進會出版。

本年 兒童文學《小時候》獲中華兒童叢書第二期金書獎優良寫作獎。

1980年 1月 〈論大部頭書〉發表於《出版界》第1期。

2月 10日，〈春天來了〉發表於《聯合報》12版。

3月 〈選擇自己的方向——談出版的分工〉發表於《出版之友》第12、13期合刊本。

〈文學五論〉發表於《中國語文》第273期。

4月 〈談兒童讀物〉發表於《今日生活》第163期。

5月 〈母親是一門功課〉發表於《學前教育》第3卷第2期。

6月 〈少年書房——講理〉發表於《幼獅少年》第44期。

7月 24日，〈一棵樹不只是一棵樹——為一個愛樹人的散文集寫的序〉發表於《中央日報・副刊》12版。

8月 《爸爸》由臺北信誼基金出版社出版。

9月 〈大廣告主義——談出版事業的廣告負荷〉發表於《出版界》第2期。

10月 〈怎樣做個好爸爸〉發表於《學前教育》第3卷第7期。

12月 〈萬元套書——談大部頭書的經營〉發表於《出版之友》第14、15期合刊本。

〈徒具形式——談文學四體的區分〉發表於《中國語文》第

47 卷第 6 期。

1981 年 1 月 10 日，〈散文的好傾向和壞傾向〉發表於《中國時報‧人間副刊》8 版。

4 月 5 日，〈活潑潑的散文世界〉發表於《中國時報‧人間副刊》8 版。

〈餵〉發表於《學前教育》第 4 卷第 1 期。

〈從種子長成樹——兒童節談我國兒童文學的發展〉發表於《書和人》第 412 期。

5 月 2 日，〈浪花〉發表於《聯合報》8 版。

14 日，〈可愛從哪裡來？〉發表於《聯合報‧萬象》12 版。

22 日，〈純真，你的名字是兒童詩〉發表於《聯合報》8 版。

6 月 兒童文學《家具會議》、《貓狗叫門》由臺中臺灣省政府教育廳出版。

〈出版業不是「倉卒工業」——談「倉卒付梓」〉發表於《出版界》第 3、4 期合刊本。

〈散文——心靈的污染〉發表於《幼獅少年》第 56 期。

7 月 〈散文創作〉發表於《中國語文》第 49 卷第 1 期。

9 月 〈詩的開放，詩的分工〉發表於《中國語文》第 49 卷第 3 期。

10 月 〈大眾傳播在為孩子們做些什麼？〉發表於《張老師月刊》第 8 卷第 4 期。

11 月 〈七十年來我國的兒童文學〉發表於《華文世界》第 25 期。

〈修斯博士和 A. A. 米恩〉發表於《兒童圖書與教育雜誌》第 1 卷第 5 期。

12 月 《現代華語會話》、《華語說話基本練習》由臺北世界華文教育協進會出版。

1982年 2月 22～23日，〈記得當時年紀小——小電影院〉連載於《民生報‧兒童天地》10版。

4月 4日，〈創造中國的童話〉發表於《中央日報》10版。

3月 《鄉情》由臺北好書出版社出版。

〈用「版權頁」培植人才〉發表於《出版之友》第20、21期合刊本。

〈國語淺談：注音符號的編號〉發表於《華文世界》第26期。

6月 〈純真可愛的小詩——獻給兒童詩導師〉發表於《國教輔導》第21卷第8期。

7月 〈「讀者服務中心」的構想〉發表於《出版界》第6、7期合刊本。

〈成人學國語〉發表於《華文世界》第27期。

8月 10日，〈為孩子作畫——兼談董大山的繪畫天地〉發表於《中國時報‧人間副刊》8版。

兒童文學《小鸚鵡》由臺北信誼基金出版社出版。

10月 〈論「倒賬」〉發表於《出版之友》第22、23期合刊本。

編著兒童文學《七百字故事（合訂本）》，由臺北國語日報社出版。

12月 〈我們跟他都看到了〉發表於《幼獅少年》第74期。

1983年 3月 9日，〈挨罵的代課教員〉發表於《中央日報》10版。

〈如果你的書被盜印……——談「著作權人協會」的貢獻〉發表於《出版之友》第24、25期合刊本。

4月 4日，〈為小孩子寫作〉發表於《聯合報》8版。

〈誰能不想親他們一下〉發表於《學前教育》第6卷第1期。

〈生活漫談——孝的表達〉發表於《幼獅少年》第78期。

6月　《小太陽》由臺北純文學出版社再版。

7月　〈生活散記——人緣〉發表於《幼獅少年》第81期。

8月　〈讓小孩子認識詩——《童詩開門》簡介〉發表於《文訊》第2期。

9月　10日，〈兒童文學的現在與未來〉發表於《中央日報》10版。

短篇小說〈雨停了！〉發表於《宇宙光》第113期。

〈讓人知道你——談出版物的傳播媒體〉發表於《出版界》第10期。

〈少年書房——兩位偉大的民族導師〉發表於《幼獅少年》第83期。

10月　〈談香港中文書展〉發表於《出版之友》第26、27期合刊本。

11月　14日，〈為小孩子寫作〉發表於《中央日報》10版。

1984年　3月　26日，〈會爬山的鎖匠〉發表於《民生報》6版。

〈談兒童讀物的出版方向〉發表於《出版之友》第28、29期合刊本。

〈兒童文學創作要進入生活〉發表於《臺灣教育》第399期。

〈生活漫談——對少年的十點建議〉發表於《幼獅少年》第89期。

〈開發「想」的能力：談思考在作文活動上的地位〉發表於《師友月刊》第201期。

4月　4日，應邀出席文訊雜誌社於臺北文苑舉辦的「兒童文學未來的發展座談會」，與張法鶴共同擔任主席，與會者有馬景賢、蔣家語、林鍾隆等，座談文章後刊載於同年5月《文訊》第11期；〈適應現代家庭生活〉發表於《聯合報》15版。

〈你也可以為孩子寫一本書〉發表於《學前教育》第 7 卷第 1 期。

〈兒童讀物之選擇〉發表於《國教世紀》第 19 卷第 10 期。

6 月 〈兒歌和童詩〉發表於《文訊》第 12 期。

7 月 〈聽雨滋味〉發表於《散文季刊》第 3 期。

8 月 20 日，〈談百科全書的編製〉發表於《聯合報》8 版。

9 月 1 日，〈一樣山河異樣情：題黃和英《山河情》〉發表於《書和人》第 500 期。

〈不愛看報紙的人〉發表於《幼獅少年》第 95 期。

10 月 〈一部認真編寫的百科全書：論《幼獅少年百科全書》〉發表於《幼獅文藝》第 370 期。

11 月 12 日，〈讓「故事船」帶孩子進入科學〉發表於《中央日報》11 版。

〈由「書展」到「書集」〉發表於《出版界》第 11、12 期合刊本。

與何凡合著《茶話選讀》，由臺北國語日報語文中心出版。

12 月 23 日，中華民國兒童文學學會成立，任第一屆理事長，至 1986 年。

兒童文學《日本這個國家》由臺北國立編譯館出版。

1985 年 1 月 兒童文學《你幾歲？》由臺北信誼基金出版社出版。

〈兒歌的創作和欣賞〉發表於《學前教育》第 7 卷第 10 期。

2 月 5 日，〈頭髮的故事〉發表於《聯合報》8 版。

〈發刊詞〉發表於《中華民國兒童文學學會會訊》第 1 卷第 1 期。

〈為了沉思——讀《空山雲影》〉發表於《文訊》第 16 期。

4 月 兒童文學《愛的故事》由香港晶晶幼童教育出版社出版。

	5月	5 日，《鄉情》獲臺灣省文藝作家協會「兒童文學類第八屆中興文藝獎章」。
	6月	與林煥彰、林武憲、謝武彰、杜榮琛合著《童詩五家》，由臺北爾雅出版社出版。
	7月	《豐富人生》由臺北好書出版社出版。
	8月	應韓國釜山兒童文學協會邀請，與林煥彰、林武憲、謝武彰、杜榮琛同赴韓國訪問。 〈跳動的沙發〉發表於《學前教育》第 8 卷第 5 期。
	10月	10 日，〈大家一起來愛國〉發表於《民生報》14 版。 《和諧人生》由臺北純文學出版社再版。 兒童文學《快樂少年》由臺北正中書局出版。
	11月	〈我與《爸爸的十六封信》〉發表於《國文天地》第 6 期。
1986年	1月	30 日，〈現代人的「成功書」〉發表於《中央日報・副刊》12 版。 兒童文學《野心勃勃的日本》由臺北國立編譯館出版。
	3月	12 日〈我為什麼要寫作〉發表於《聯合報》8 版。 〈「倒賬」再見！——談書報社為甚麼會倒閉〉發表於《出版之友》第 35、36 期合刊本。
	4月	3 日，〈我國兒童文學的發展〉發表於《中央日報》12 版。 〈為「兒童」詩歌教學定位——序《兒童詩歌的原理與教學》〉發表於《國民教育》第 26 卷第 12 期。
	5月	《兒童詩》由臺北國語日報社出版。 〈我國兒童文學的發展〉發表於《中國語文》第 58 卷第 5 期。
	6月	應邀擔任統一企業舉辦的第一屆童詩創作比賽評審委員。
	7月	〈兒童文學裡的語言問題〉發表於《華文世界》第 41 期。 主編《名家為你選好書——四十八位現代作家對青少年的獻

禮》，由臺北國語日報附設出版部出版。

10月 12 日，〈「童話的專橫」〉發表於《中國時報・人間副刊》8 版。

《豐富人生》由臺北黎明文化公司重新出版。

〈參與國際兒童文學活動的意義〉發表於《中華民國兒童文學學會會訊》第 2 卷第 5 期。

11 月 與林武憲合編《無花城的春天——現代少年文學精選》，由臺北正中書局出版。

12 月 〈科學：一個更豐足的童話世界〉發表於《牛頓雜誌》第 4 卷第 8 期。

1987 年 3 月 兒童文學《綠池裏的大白鵝》由臺北理科出版社出版。

4 月 3 日，〈談兒童讀物的自製〉發表於《聯合報》8 版。

4 日，〈跟孩子有緣的作家——林海音和兒童文學〉發表於《中央日報》10 版。

以中華民國兒童文學學會理事長身分，回應文訊雜誌社發起的「文學目標的追尋——文學社團負責人意見徵詢」，文章發表於《文訊》第 29 期。

〈追尋一個文學的目標：答《文訊月刊》「文學社團負責人意見徵詢」〉發表於《中華民國兒童文學學會會訊》第 3 卷第 2 期。

6 月 《小方舟》由臺北好書出版社出版。

〈少年小說的價值〉發表於《中華民國兒童文學學會會訊》第 3 卷第 3 期。

兒童文學《瀑布鎮的故事》由臺北國語日報社出版。

8 月 〈培養兒童讀物的編輯人〉發表於《中華民國兒童文學學會會訊》第 3 卷第 4 期。

〈漫談翻譯權〉發表於《出版界》第 18 期。

12 月　5 日，〈心靈的暗角〉發表於《中國時報‧人間副刊》8 版。
〈回顧過去、展望將來：一次美好的經驗〉發表於《中華民國兒童文學學會會訊》第 3 卷第 6 期。

1988 年　2 月　〈多樣的獎‧多樣的鼓勵〉發表於《中華民國兒童文學學會會訊》第 4 卷第 1 期。
〈愛就是穩定〉發表於《講義》第 11 期。

4 月　〈好作品和好作家〉發表於《中華民國兒童文學學會會訊》第 4 卷第 2 期。
〈綠色的垃圾車〉發表於《講義》第 13 期。

6 月　兒童文學《河馬在這裏》由臺北國語日報社出版。
〈兒童讀物民族風格的展現〉（林麗娟紀錄）發表於《中華民國兒童文學學會會訊》第 4 卷第 3 期。

7 月　22 日，〈「擺脫時間」的想像——題《美麗的家園》〉發表於《民生報‧兒童天地》22 版。
〈在一點上奮進〉發表於《講義》第 3 卷第 4 期。

8 月　兒童文學《犀牛坦克車》由臺北親親文化公司出版。
〈非計畫出版〉發表於《出版界》第 21 期。

10 月　21 日，〈不愧是一位散文家〉發表於《中國時報‧人間副刊》18 版。
〈我的婚禮〉發表於《文訊》第 38 期「作家結婚照」專題。

1989 年　1 月　〈欣賞生活〉發表於《講義》第 22 期。

3 月　〈出自天性的關懷——母愛如大樹〉發表於《臺灣月刊》第 75 期。

4 月　3 日，〈為孩子寫作〉發表於《聯合報》21 版。

5 月　〈喜乎？憂乎？——「關懷」散文總評〉發表於《臺灣月刊》第 77 期。

6 月　〈我喜歡瘂弦所選擇的跑道〉發表於《文訊》第 44 期。

1990年 2月 兒童文學《懷念——一隻狗的故事》(原《懷念——一隻狗的回憶錄(上、下)》由臺北國語日報社重新出版。

3月 〈閩南語在當代文學作品中的出現方式及對北方方言的若干影響〉發表於《華文世界》第55期。

4月 〈燕子的尾巴〉發表於《幼獅文藝》第436期。

5月 〈談童話〉發表於《東師語文學刊》第3期。

〈生活散記——大家都在做甚麼〉發表於《幼獅少年》第163期。

6月 8日,〈人生就是一種創造〉發表於《中央日報》16版。

〈生活派美語:會議〉發表於《講義》第39期。

7月 《現代爸爸》由臺北好書出版社出版。

1991年 4月 〈卷頭語——兩岸兒童文學交流的意義〉發表於《中華民國兒童文學學會會訊》第7卷第2期。

6月 〈兒童詩的語言〉發表於《華文世界》第60期。

7月 11日,〈在一點上奮進〉發表於《中央日報・副刊》16版。

9月 翻譯夏綠地・左洛托(Charlotte Zolotow)兒童文學《最想聽的話》,由臺北上誼文化公司出版。

11月 〈給要流浪的孩子〉(張瓊方採訪整理)發表於《光華》第16卷第11期。

本年 結束長達約27年的「茶話」專欄,更名為「夜窗隨筆」專欄,持續寫作不輟。

翻譯《琳達的小馬》由臺北國語日報社出版。

1992年 1月 18日,〈燒煤球之日〉發表於《中國時報・人間副刊》27版。

4月 〈演講紀實——蘇斯博士(Dr. Seuss)的兒童世界系列活動之一:蘇斯博士的生平與作品〉發表於《中華民國兒童文學學會會訊》第8卷第2期。

	5 月	3 日，與林海音、馬景賢、潘人木、林煥彰、桂文亞、陳木城等 16 位臺灣兒童文學作家應邀赴北京進行兩岸兒童文學交流。
		4 日，與北京兒童文學作家共同召開「童話研討會」，發表論文〈「童話」定義的探索〉。
		11 日，應邀出席臺北《民生報》、河南海燕出版社、北京《東方少年》雜誌社於北京建國飯店聯合舉辦的「1992 年海峽兩岸少年小說、童話徵文新聞發布會」。
		〈兒童書的大讀者〉發表於《出版界》第 33 期。
	6 月	21 日，〈為感覺拍照〉發表於《聯合報》25 版。
		兒童文學《從水牛到鐵牛》由臺北行政院農委會出版。
	8 月	〈朝風吹過田園〉發表於《中國時報・人間副刊》22、23 版。
	9 月	5 日，〈把心找回來——我們做給孩子看〉（馮鎮怡採訪整理）發表於《聯合報》40 版。
		翻譯葛利費斯（Helen V. Griffith）兒童文學《外公的家》，由臺北信誼基金出版社出版。
	11 月	〈釋懷暖情：孩子是一顆奇異的種子〉發表於《講義》第 68 期。
	本年	翻譯艾德揚（Ed Young）兒童文學《狼婆婆》、雀莉・杜蘭・萊恩兒童文學《討厭黑夜的席奶奶》，由臺北遠流出版公司出版。
1993 年	2 月	翻譯尤倫（Jane Yolen）兒童文學《月下看貓頭鷹》，由臺北上誼文化公司出版。
		翻譯克拉格特・強森（Crockett Johnson）《阿羅房間要掛畫》、《阿羅的童話國》、《阿羅有枝彩色筆》，由上誼文化公司出版。

3月　24 日，〈愛心的結合——兩岸兒童文學交流的省思〉、〈心懷惡念，怎能快活？〉發表於《民生報・兒童天地》31 版。

〈難忘的紅公雞〉發表於《學前教育》第 15 卷第 12 期。

《名家教你學作文》由臺北國語日報社出版。

4月　〈臺灣兒童文學概況〉發表於《出版界》第 36 期。

5月　9 日，〈小有小的用處〉發表於《民生報・兒童天地》44 版。

22 日，〈我們都要學科學〉發表於《民生報・兒童天地》31 版。

6月　23 日，〈吃風景的怪獸——〈不快樂的樹〉欣賞〉發表於《中國時報》22 版。

兒童文學《田家風景》由臺北行政院農委會出版。

〈答編者問〉發表於《中華民國兒童文學學會會訊》第 6 卷第 3 期。

翻譯谷內剛太兒童文學《愛火車的小孩》、米拉・金斯伯（Mirra Ginsburg）兒童文學《太陽晚上到哪兒去了》，由臺北臺灣英文雜誌社出版。

7月　17 日，〈乾淨創造財富〉發表於《中國時報・臺北城》15 版。

〈黃春明童話〉發表於《光華》第 18 卷第 7 期。

8月　7 日，兒童詩〈蝸牛（一）〉、〈蝸牛（二）〉發表於《民生報》31 版。

童詩 13 首收錄於林煥彰主編《借一百隻綿羊：一九九三年海峽兩岸文學選集・臺灣童詩卷》，由臺北民生報社出版。

9月　〈談「忙」〉發表於《講義》第 78 期。

10月　中國海峽兩岸兒童文學研究會編《耕耘者的果樹園——林良先生序文選集》，由臺北業強出版社出版。

中國海峽兩岸兒童文學研究會編《林良和子敏》，由臺北業強出版社出版。

兒童文學《林良的詩》由臺北國語日報社出版。

12 月 〈「吃虧」論〉發表於《講義》第 81 期。

本年 擔任國語日報社發行人兼社長。

獲信誼基金會「兒童文學特別貢獻獎」。

《名家教你寫作文》由臺北國語日報社出版。

翻譯努墨歐夫（Laura Numeroff）兒童文學《如果你給老鼠吃餅乾》，由臺北臺灣英文雜誌社出版。

1994 年 1 月 翻譯安東尼・布朗（Anthony Browne）兒童文學《大猩猩》，由臺北格林文化出版公司出版。

4 月 3 日，〈一場想像力的遊戲〉發表於《中國時報》47 版。

5 月 29 日，〈兒童文學的未來〉發表於《聯合報》37 版。

6 月 兒童文學《水景》、《茶葉故事》、《稻草人》由臺北行政院農委會出版。

兒童文學《扣釦子》由臺中臺灣省政府教育廳出版。

翻譯約翰・伯寧罕（John Burningham）兒童文學《和甘伯伯去遊河》，由臺北臺灣英文雜誌社出版。

7 月 翻譯路易斯・凱洛（Lewis Carroll）兒童文學《尖嘴妖之歌》，由臺北遠流出版公司出版。

翻譯邁可・羅森（Michael Rosen）兒童文學《我們要去捉狗熊》，由臺北臺灣英文雜誌社出版。

8 月 兒童文學《我會打電話》、《笑》由臺北光復書局出版。

翻譯 Cindy West 兒童文學《鴨老爹的大禮物》、《米奇賽單車》、《米奇的魔力花生》，Joan Phillips 兒童文學《唐老鴨的菜園》、《米奇送狗去展覽》、Mary Carey 兒童文學《唐老鴨上電視》、John Phillips 兒童文學《唐老鴨逛玩具店》、Alice

Hughes 兒童文學《米奇的船》，由臺北遠流出版公司出版。

12 月　翻譯約翰・伯寧罕（John Burningham）兒童文學《外公》，由臺北臺灣英文雜誌社出版。

本年　獲文建會國家文藝獎特別貢獻獎。

翻譯謝爾・希爾弗斯坦（Shel Silverstein）兒童文學《失落的一角》、《失落的一角會見大圓滿》，由臺北自立晚報出版。

1995 年　1 月　與李潼、林煥彰等 15 人應邀赴上海出席第三屆亞洲兒童文學大會。

翻譯華盛頓・歐文（Washington Irving）兒童文學《李伯大夢》，由臺北格林文化公司出版。

翻譯歐・亨利（O. Henry）兒童文學《最後一片葉子》，由臺北格林文化公司出版。

2 月　22 日，〈〈窗外〉的破格〉發表於《中央日報・副刊》18 版。

翻譯羅勃・麥羅斯基（Robert McCloskey）兒童文學《夏日海灣》，由臺北國語日報社出版。

4 月　15 日，〈「不安定人生」的意義〉發表於《中央日報・副刊》18 版。

22 日，〈多彩多姿的想像活動〉發表於《中國時報・家庭周刊》47 版。

29 日，〈脫俗有味的童話——我讀《山羊巫師的魔藥》〉發表於《民生報・兒童天地》29 版。

〈「圖畫書創作研習班」講綱摘錄——圖畫書的語言藝術〉發表於《中華民國兒童文學學會會訊》第 11 卷第 4 期。

5 月　17 日，〈散文也可以是微笑的〉發表於《中央日報・副刊》第 18 版。

翻譯艾瑞・卡爾（Eric Carle）兒童文學《拼拼湊湊的變色龍》、《爸爸我要月亮》、《看得見的歌》、《好安靜的蟋蟀》，由臺北信誼基金出版社出版。

6 月 兒童文學《認識自己》由臺北幼獅文化公司重新出版。

兒童文學《新農具》由臺北行政院農委會出版。

翻譯歐・亨利兒童文學《聖誕禮物》，由臺北格林文化公司出版。

7 月 13 日，〈善意的眼睛——在中華民國筆會年會宣讀〉發表於《聯合報》37 版。

8 月 〈小難民〉發表於《幼獅少年》第 226 期。

9 月 〈解除「詩」的困惑：序《兒童詩寫作研究》〉發表於《中華民國兒童文學學會季刊》第 11 卷第 4 期。

11 月 改寫兒童文學《偷牛的人・猴子扔豆子》，由臺北佛光文化公司出版。

〈二弟〉發表於《小作家月刊》第 19 期。

12 月 8 日，〈失土的幼苗——我讀《海角天涯赤子情——小留學生的故事》〉發表於《民生報・少年兒童》42 版。

本年 擔任《國語日報》社董事長兼發行人。

1996 年 1 月 〈子敏的話〉發表於《中國語文》第 78 卷第 1 期。

2 月 〈給孩子美好的精神價值——談「孩子的第一套品德教育文庫」〉發表於《精湛》第 27 期。

3 月 6 日，〈無人世界的訪客——評〈藏北行板〉〉發表於《中央日報・副刊》18 版。

4 月 5 日，〈微觀的散文——評〈荒地有情〉〉發表於《中央日報・副刊》18 版。

〈使年輕父母愧悔交集的一本童話〉發表於《學前教育》第 19 卷第 1 期。

5月　23 日，〈我的啟蒙書——《阿大找快樂》〉發表於《中央日報・副刊》18 版。

〈談〈蘇菲的世界〉〉、〈武松上山打虎，施耐庵寫水滸〉發表於《小作家月刊》第 25 期。

6月　兒童文學《林良的散文》由臺北國語日報社出版。

〈多看好書勤寫作——「全國中小學學生寫作獎贈獎典禮」感言〉發表於《中國語文》第 78 卷第 6 期。

〈大專散文組總評〉發表於《明道文藝》第 243 期。

翻譯紐坎姆（Zita Newcome）兒童文學《娃娃體操》，由臺北臺灣英文雜誌社出版。

翻譯丹頓（Kady MacDonald Denton）兒童文學《大家會喜歡獅子嗎？》，由臺北臺灣英文雜誌社出版。

7月　16 日，〈清澈順暢好文章——全國學生文學獎大專散文總評〉發表於《中央日報・副刊》18 版。

〈地球儀上的思想螞蟻〉發表於《中華民國兒童文學學會季刊》第 12 卷第 2 期。

〈一粒沙〉發表於《講義》第 112 期。

8月　2 日，〈為攝影作品寫散文〉發表於《民生報》39 版。

9月　兒童文學《鄉土小吃》由臺北行政院農委會出版。

〈第一部為少年讀者寫的賽鴿故事——《小白鴿》欣賞〉發表於《中華民國兒童文學學會季刊》第 12 卷第 3 期。

10月　〈讀書破萬卷，下筆如有神〉發表於《中國語文》第 79 卷第 4 期。

11月　〈愛情講義〉發表於《講義》第 116 期。

翻譯提奧多・史東兒童文學《小霍班奇遇記》，由臺北：格林文化出版公司出版。

12月　〈我們的軌跡很「兒童」——記八月的「日本兒童文學之

旅」〉發表於《中華民國兒童文學學會季刊》第 12 卷第 4 期。

翻譯馬逵斯（Gabriel G. Marquz）兒童文學《流光似水》，由臺北臺灣麥克公司出版。

本年 獲楊喚兒童文學獎管理委員會「兒童文學特殊貢獻獎」。

1997 年 1 月 城邦集團「為守住像《小太陽》這種溫暖了這個世代的經典作品」，旗下的麥田出版公司將子敏的散文舊作《小太陽》、《豐富人生》、《和諧人生》、《月光下織錦》、《陌生的引力》、《鄉情》、《小方舟》、《現代爸爸》重新編排、更換開本、製作新封面、並請子敏撰寫新版序文，陸續推出新版。

《小太陽》、《豐富人生》由臺北麥田出版公司重新出版。

2 月 10 日，〈營造溫馨家庭——從書中找答案〉發表於《聯合報》8 版。

〈家裡的詩〉發表於《講義》第 119 期。

翻譯麥羅斯基（Robert McCloskey）兒童文學《莎莎摘漿果》，由臺北國語日報附設出版部出版。

3 月 24 日，〈蘇國雄的故事〉發表於《中華日報・書香文化》15 版。

〈第十屆信誼幼兒文學獎決選會議報告〉發表於《學前教育》第 19 卷第 12 期。

〈簡樸的蘇先生〉（小書蟲整理）發表於《小作家月刊》第 35 期。

4 月 《和諧人生》由臺北麥田出版公司重新出版。

5 月 11 日，〈小偵探破大案——沒有命案的偵探小說一樣迷人〉發表於《中國時報・家庭周報》36 版。

6 月 《月光下織錦》（原《在月光下織錦》）由臺北麥田出版公司重新出版。

		14 日，〈親情到底難割捨——全國學生文學獎高中散文組總評〉發表於《中央日報・副刊》18 版。
		21 日，〈愛是一種勇氣〉發表於《民生報・少年兒童》39 版。
		〈高中散文組總評〉發表於《明道文藝》第 255 期。
		〈認養兒童文學〉發表於《兒童文學家》第 21 期。
	7 月	11 日，〈兒童文學作家的畫像——序《金魚之舞》〉發表於《民生報》39 版。
		兒童文學《林良的看圖說話》由臺北國語日報社出版。
	8 月	11 日，〈別人其實是另一個我〉發表於《經濟日報・企管副刊》29 版。
		翻譯喬絲（Barbara M. Joosse）兒童文學《媽媽，你愛我嗎？》，由臺北：親親文化公司出版。
	9 月	《陌生的引力》由臺北麥田出版公司重新出版。
		兒童文學《農家的一天》由臺北行政院農委會出版。
	11 月	22 日，〈母親的背影〉發表於《中華日報・副刊》16 版。
	12 月	《鄉情》由臺北麥田出版公司重新出版。
	本年	翻譯路易斯・凱洛兒童文學《誰怕尖嘴妖》，由臺北臺灣英文雜誌社出版。
1998 年	1 月	〈讀書的樂趣〉發表於《小作家月刊》第 45 期。
	2 月	19 日，〈愛書人與書的初戀時光⋯⋯父子共享一套書〉發表於《民生報・讀書周刊》34 版。
		《鱷魚橋》由臺北臺灣麥克出版社出版。
	3 月	《小方舟》由臺北麥田出版公司重新出版。
	4 月	24 日，〈「生命之水」有來頭〉發表於《民生報》18 版。
	5 月	《現代爸爸》由臺北麥田出版公司重新出版。
		翻譯馬丁・韋德爾（Martin Waddell）兒童文學《小貓頭

鷹》，由臺北上誼文化公司出版。

6月 3日，出席由城邦出版集團於臺北金石堂信義店舉辦的子敏作品集「舊書新版發表會」，以「老師發表會，會見老朋友」方式，介紹重新出版的八冊散文作品，並與18位北部社區讀書會領導人進行座談。

〈多愁善感富哲思——「高中散文組」總評〉發表於《中央日報》22版。

〈高中散文組總評〉發表於《明道文藝》第267期。

9月 18日，〈鄉下孩子的故事〉發表於《民生報・少年兒童》39版。

傳記文學《太平洋之王——庫克船長》由臺北格林出版社出版。

〈87年兒童文學寫作夏令營開幕講詞〉發表於《中華民國兒童文學學會會訊》第14卷第5期。

10月 翻譯曼弗列德（Manfred Mai）兒童文學《烏鴉愛唱歌》，由臺北格林文化出版公司出版。

〈一個地方〉發表於《小作家月刊》第54期。

〈書與讀物〉發表於《書之旅》第3卷第4期。

11月 〈許諾〉、〈不怕雨的人〉發表於《小作家月刊》第55期。

12月 〈父親和兒子〉、〈謝謝爸爸〉發表於《小作家月刊》第56期。

1999年 1月 翻譯佩特莉霞・麥拉克倫（Patricia MacLachlan）兒童文學《又醜又高的莎拉》，由臺北三之三文化公司出版。

翻譯大衛・柯克（David Kirk）兒童文學《蜘蛛小姐蜜斯絲白德開茶會》，由臺北臺灣麥克公司出版。

〈林良先生年會中的致詞〉發表於《中華民國兒童文學學會會訊》第15卷第1期。

〈因為愛孩子所以有家教〉發表於《學前教育》第 21 卷第 10 期。

〈溫和的反應〉發表於《小作家月刊》第 57 期。

2 月　21 日，〈感人的工筆畫——我讀《草房子》〉發表於《民生報・少年兒童》29 版。

〈二十三點五十分〉發表於《小作家月刊》第 58 期。

3 月　〈同班同學〉發表於《小作家月刊》第 59 期。

4 月　〈小作家俱樂部新春茶會特別報導〉發表於《小作家月刊》第 60 期。

〈一溪和尚〉發表於《小作家月刊》第 60 期。

5 月　7 日，〈《小太陽》的誕生〉發表於《中央日報・副刊》18 版。

〈先生，請等一等！〉發表於《小作家月刊》第 61 期。

6 月　〈餅乾鐵盒〉發表於《小作家月刊》第 62 期。

7 月　翻譯漢斯比爾（Hans de Beer）兒童文學《我是你的好朋友》，由臺北格林文化出版公司出版。

〈《咱去看山》——一本有情趣、寫大自然的文學讀物〉發表於《中華民國兒童文學學會會訊》第 15 卷第 4 期。

〈全國學生文學獎評審委員致辭〉發表於《明道文藝》第 280 期。

〈他不是我兒子〉發表於《小作家月刊》第 63 期。

8 月　翻譯漢斯比爾兒童文學《想看海的小老虎》、《別怕，我在你身邊》，由臺北格林文化出版公司出版。

〈十點開工〉發表於《小作家月刊》第 64 期。

9 月　翻譯佩特莉霞・麥拉克倫兒童文學《雲雀》，由臺北三之三文化公司出版。

〈慢慢消失的人〉發表於《小作家月刊》第 65 期。

		兒童文學《吳剛砍桂樹》（原《吳剛砍桂樹的故事》）由臺北國語日報社重新出版。
	10 月	〈演奏會〉發表於《小作家月刊》第 66 期。
		兒童文學《舅舅照像》由花蓮幼翔文化出版社重新出版。
	11 月	《媽媽 MOMMY》、《爸爸 DADDY》中英文對照本由臺北信誼基金出版社出版。
		〈磬石心〉發表於《小作家月刊》第 67 期。
	12 月	〈街頭電話〉發表於《小作家月刊》第 68 期。
	本年	譯作《又醜又高的莎拉》獲 1999 年好書大家讀最佳少年兒童讀物獎。
2000 年	1 月	〈「潘人木先生和兒童文學——她的編輯風格和她的文學特色〉發表於《中華民國兒童文學學會會訊》第 16 卷第 1 期。
		〈野草〉發表於《小作家月刊》第 69 期。
	2 月	兒童文學《費長房學仙》由臺北國語日報社出版。
		〈千禧年約會〉發表於《小作家月刊》第 70 期。
	3 月	《林良的詩》、《林良的散文》等 10 冊，入選文建會主辦的「臺灣（1945～1998）兒童文學 100」票選活動。
		兒童文學《流浪詩人》（原《屈原的故事》）由臺北國語日報社重新出版。
		〈看〉、〈歲月〉發表於《小作家月刊》第 72 期。
	4 月	翻譯羅倫斯・安荷特（Laurence Anholt）兒童文學《家》，由新竹和英文化出版。
		〈你的朋友很可靠〉發表於《小作家月刊》第 72 期。
	5 月	〈篳路藍縷——「臺灣兒童文學 100」的觀察與感想〉發表於《兒童文學學刊》第 3 期。
		〈兩條魚〉發表於《小作家月刊》第 73 期。

6 月　〈公車悍將〉發表於《小作家月刊》第 74 期。

7 月　修訂《淺語的藝術》，由臺北國語日報社出版。

〈緣〉發表於《小作家月刊》第 75 期。

8 月　兒童文學《聖雄：甘地》由臺北格林文化出版公司出版。

〈記事冊故事〉發表於《小作家月刊》第 76 期。

9 月　〈大圓桌〉發表於《小作家月刊》第 77 期。

10 月　15 日，應邀出席行政院文建會主辦、中華民國兒童文學學會承辦，於臺北市立圖書館總館舉辦的「兒童文學資深作家林良作品研討會」，並於會中自述自己的創作歷程。

兒童文學《兔小弟遊臺灣》由臺北國語日報社出版。

〈放心〉發表於《小作家月刊》第 78 期。

11 月　18 日，〈關於一隻蚊子〉發表於《民生報・少年兒童》38 版。

25 日，〈兒童詩歌組總評——大珠小珠滿玉盤〉發表於《民生報・少年兒童》D6 版。

〈出國〉發表於《小作家月刊》第 79 期。

12 月　2 日，〈評委賞析〉發表於《民生報・少年兒童》D6 版。

15 日，〈家住舊書街〉發表於《中國時報・人間副刊》37 版。

兒童文學《芋頭》由臺北行政院農委會出版。

〈林良先生作品討論會點滴——林良先生的謝辭〉發表於《中華民國兒童文學學會會訊》第 16 卷第 6 期。

〈面談〉發表於《小作家月刊》第 80 期。

傳記文學《聖雄——甘地》由臺北格林文化公司出版。

2001 年　1 月　〈別人的父親〉發表於《小作家月刊》第 81 期。

翻譯安東尼・布朗兒童文學《大手握小手》，由臺北格林文化公司出版。

2 月　〈站上講臺〉發表於《小作家月刊》第 82 期。

翻譯湯米・狄咆勒（Tomie de Paola）兒童文學《費茂大街 26 號》，由臺北三之三文化公司出版。

3 月　〈我的兒童文學偶像〉發表於《中華民國兒童文學學會會訊》第 17 卷第 2 期。

〈三年一開花的兒童文學樹——五朵已結實・一朵正綻放〉發表於《中華民國兒童文學學會會訊》第 17 卷第 2 期。

〈護照在抽屜裡〉發表於《小作家月刊》第 83 期。

4 月　〈國民中小學教科用書編輯之回顧——國語課本二十四年〉發表於《國立編譯館通訊》第 14 卷第 2 期。

〈給我一張紙〉發表於《小作家月刊》第 84 期。

5 月　〈和大家在一起——我的「兒童文學生活」〉發表於《中華民國兒童文學學會會訊》第 17 卷第 3 期。

〈從小白球到小黃球〉發表於《幼獅少年》第 295 期。

〈媽媽回娘家〉、〈會走路的人〉發表於《小作家月刊》第 85 期。

6 月　〈考場〉發表於《小作家月刊》第 86 期。

7 月　〈請上車！〉發表於《小作家月刊》第 87 期。

8 月　25 日，〈生動的真實故事——談林玫伶的《我家開戲院》〉發表於《民生報・少年兒童》D4 版。

翻譯安東尼・布朗兒童文學《雞蛋踢石頭》，由臺北格林文化出版公司出版。

翻譯蘿拉・紐蜜洛美（Laura Numeroff）兒童文學《如果你請豬吃煎餅》，由臺北上誼文化公司出版。

〈暑假正是讀書天〉、〈最後一個〉發表於《小作家月刊》第 88 期。

9 月　〈掛肩袋〉發表於《小作家月刊》第 89 期。

10 月 〈三個饅頭〉發表於《小作家月刊》第 90 期。

11 月 11 日，〈兒童文學名家推薦國語日報語文十書〉、〈用童話闡釋童話・序《和世界一塊兒長大》〉發表於《民生報・少年兒童》A8 版。

〈一碗湯〉發表於《小作家月刊》第 91 期。

12 月 3 日，〈活潑自然具風姿〉發表於《聯合報》37 版。

22 日，〈幫人一把，放人一馬〉發表於《中央日報・副刊》18 版。

〈讓假日幫上一忙〉發表於《小作家月刊》第 92 期。

翻譯培提斯卡（Zdenek Miller）兒童文學《小鼴鼠妙妙做褲子》、《小鼴鼠妙妙過聖誕節》，由臺北青林國際出版公司出版。

翻譯杜斯克擎洛娃（Doskocilova Hana）兒童文學《鼴鼠妙妙和雪人》、《小鼴鼠妙妙扮醫生》，由臺北青林國際出版公司出版。

2002 年 1 月 13 日，〈馬景賢兒歌——風味典雅・題材多樣・少長咸宜〉發表於《民生報・少年兒童》A8 版。

〈「散文」和「兒童散文」〉發表於《小作家月刊》第 93 期。

〈林海音先生和兒童文學〉發表於《中華民國兒童文學學會會訊》第 18 卷第 1 期。

〈老闆請開門〉發表於《小作家月刊》第 93 期。

翻譯蘇斯博士兒童文學《滌凡多福，萬歲》，由臺北經典傳訊文化公司出版。

2 月 〈不再逃避〉發表於《小作家月刊》第 94 期。

3 月 10 日，〈永不停息的筆〉發表於《國語日報・少年文藝》5 版。

〈兩張照片〉發表於《小作家月刊》第 95 期。

4 月 〈春天的顏色〉、〈從花開始〉、〈喝杯咖啡〉發表於《小作家月刊》第 96 期。

〈餞別〉發表於《幼獅少年》第 306 期。

5 月 〈父親在哪裡〉發表於《小作家月刊》第 97 期。

6 月 〈會說話的狗〉發表於《小作家月刊》第 98 期。

7 月 〈和錯字打仗的大師——懷念何容先生〉發表於《小作家月刊》第 99 期。

〈跟明天的作家相遇〉發表於《明道文藝》第 316 期。

〈手錶〉發表於《小作家月刊》第 99 期。

8 月 《彤彤》由臺北國語日報社出版。

〈夢境成真〉發表於《明道文藝》第 317 期。

〈細緻畫家〉發表於《小作家月刊》第 100 期。

傳記文學《人道之光——史懷哲》由臺北格林文化公司出版。

9 月 〈留級生〉發表於《小作家月刊》第 101 期。

10 月 13 日，〈另一角度看人生——序《白柵欄》〉發表於《民生報．少年兒童》A8 版。

兒童文學《大牛哥快樂過生活》由臺北聯經出版公司出版。

〈這都是我該做的〉發表於《小作家月刊》第 102 期。

11 月 10 日，〈不矜不誇的父親文學〉發表於《中國時報．開卷》34 版。

〈祖孫做朋友〉發表於《學前教育》第 25 卷第 8 期。

〈怎麼可以這樣〉發表於《小作家月刊》第 103 期。

12 月 翻譯艾瑞．卡爾（Eric Carle）兒童文學《從頭動到腳》、《你看到我的貓嗎？》、《袋鼠也有媽媽嗎？》，由臺北上誼文化公司出版。

〈尊貴的僕人〉發表於《小作家月刊》第 104 期。

2003 年　1 月　4 日，〈夏承楹和何凡〉發表於《國語日報・書和人》第 969 期。

兒童文學《我是一隻狐狸狗》（原《懷念——一隻狗的回憶錄》）由臺北國語日報社出版。

〈畫眼睛的人〉發表於《小作家月刊》第 105 期。

翻譯愛蓮娜.平瑟斯（Elinor J. Pinczes）兒童文學《100 隻飢餓的螞蟻》，由臺北經典傳訊文化公司出版。

2 月　〈羊的禮讚〉、〈跟爺爺有約〉發表於《小作家月刊》第 106 期。

3 月　〈二三〇公車〉發表於《小作家月刊》第 107 期。

4 月　〈早安豆漿店〉發表於《小作家月刊》第 108 期。

5 月　〈週末計畫〉發表於《小作家月刊》第 109 期。

6 月　22 日，〈素描李潼〉發表於《民生報・少年兒童》A8 版。

〈晚餐〉發表於《小作家月刊》第 110 期。

翻譯艾瑪・奇切斯特・克拉克（Emma Chichester Clark）兒童文學《別再親來親去！》，由臺北青林國際出版公司出版。

翻譯碧莉特・米勒（Birte Muller）兒童文學《皮皮放屁屁》，由臺北三之三文化公司出版。

7 月　兒童文學《快樂少年》由臺北正中書局重新出版。

〈瓷畫十友〉、〈黃金葛〉發表於《小作家月刊》第 111 期。

8 月　〈探望〉發表於《小作家月刊》第 112 期。

9 月　〈機票〉發表於《小作家月刊》第 113 期。

10 月　18 日，獲行政院新聞局金鼎獎首屆終身成就獎。

《小太陽（繪本版）》由臺北格林文化公司出版。

〈一堆衣服〉發表於《小作家月刊》第 114 期。

	11 月	22～23 日，應邀出席中華民國兒童文學學會於靜宜大學主辦的「兒童文學資深作家陳千武先生及其同輩作家作品研討會」，並擔任第一場論文發表會主持人。
		〈一陣風〉發表於《小作家月刊》第 115 期。
	12 月	〈一通電話〉發表於《小作家月刊》第 116 期。
	本年	《我是一隻狐狸狗》獲 2003 年好書大家讀年度最佳少年兒童讀物獎。
2004 年	1 月	翻譯瑪麗・豪葳特（Mary Howitt）兒童文學《蜘蛛和蒼蠅》，由臺北三之三文化公司出版。
		翻譯班・科特（Ben Cort）兒童文學《小豬不會飛！》，由臺北小魯文化公司出版。
		翻譯荷莉・凱勒（Holly Keller）兒童文學《蝴蝶和大雁》，由臺北臺灣東方出版社出版。
		〈何凡二三事〉發表於《印刻文學生活誌》第 5 期。
		〈換貨〉發表於《小作家月刊》第 117 期。
	2 月	〈找事做〉發表於《小作家月刊》第 118 期。
	3 月	〈數位相機〉發表於《小作家月刊》第 119 期。
	4 月	〈父親和我〉發表於《講義》第 35 卷第 1 期。
		〈爬牆〉發表於《小作家月刊》第 120 期。
	5 月	〈少年的文學藝術雜誌——賀《小作家》十週年〉發表於《小作家月刊》第 121 期。
		〈要有自己的味道〉發表於《文訊》第 223 期。
		〈考場〉發表於《小作家月刊》第 121 期。
	6 月	〈第 22 屆全國學生文學獎高中散文組總評〉發表於《明道文藝》第 339 期。
		〈談離開〉發表於《講義》第 207 期。
		〈十本書〉發表於《小作家月刊》第 122 期。

7月 翻譯陶德・帕爾（Todd Parr）兒童文學《家庭大不同》，由臺北上誼文化公司出版。

〈書蟲〉發表於《小作家月刊》第123期。

8月 〈好同伴〉發表於《小作家月刊》第124期。

9月 翻譯貝琦・佛朗哥（Betsy Franco）兒童文學《數學詩》，由臺北三之三文化公司出版。

與李坤珊、鄭明進合譯艾瑞・卡爾兒童文學《艾瑞卡爾我會讀英文遊戲寶盒》，由臺北上誼文化公司出版。

〈仙人潭〉發表於《小作家月刊》第125期。

10月 〈舊信封〉發表於《小作家月刊》第126期。

11月 翻譯邁克・羅森（Michael Rosen）兒童文學《傷心書》，由臺北維京國際公司出版。

〈腳踏車〉發表於《小作家月刊》第127期。

12月 5日，〈談談兒童散文——寫作兒童散文的對象〉發表於《民生報・少年兒童》CS4版。

〈倉庫〉發表於《小作家月刊》第128期。

翻譯艾瑪・奇切斯特・克拉克《別再欺負我！》，由臺北青林國際出版公司出版。

本年 譯作《傷心書》、《蜘蛛和蒼蠅》入選2004年好書大家讀年度最佳少年兒童讀物獎。

2005年 1月 2日，〈給李潼〉發表於《民生報・少年兒童》CS4版。

〈看店〉發表於《小作家月刊》第129期。

2月 〈包裹〉發表於《小作家月刊》第130期。

3月 〈四個同學〉發表於《小作家月刊》第131期。

譯寫安徒生兒童文學《野天鵝》、《人魚公主》，由臺北格林文化出版公司出版。

4月 1日，自國語日報社董事長兼發行人職位榮退，從事報業、出版工作長達 56 年。

〈林叔叔結婚〉發表於《小作家月刊》第 132 期。

5 月 〈談談安徒生〉發表於《全國新書資訊月刊》第 77 期。

〈對鏡子微笑〉發表於《小作家月刊》第 133 期。

6 月 譯寫安徒生兒童文學《國王的新衣》，由臺北格林文化出版公司出版。

《林良的私房畫》由臺北臺灣麥克公司出版。

〈風浪〉發表於《小作家月刊》第 134 期。

7 月 〈林良先生榮退感言〉發表於《中華民國兒童文學學會會訊》第 21 卷第 4 期。

〈唯一的朋友〉發表於《小作家月刊》第 135 期。

8 月 翻譯約翰・科伊（John Coy）兒童文學《兩個老馬鈴薯》，由臺北青林國際出版公司出版。

〈最長的電話〉發表於《小作家月刊》第 136 期。

9 月 〈蓋房子〉發表於《小作家月刊》第 137 期。

10 月 譯寫安徒生兒童文學《拇指姑娘》，由臺北格林文化出版公司出版。

〈失約〉發表於《小作家月刊》第 138 期。

11 月 譯寫安徒生兒童文學《醜小鴨》，由臺北格林文化出版公司出版。

翻譯蘇・威廉斯（Sue Williams）兒童文學《剛才我去散步》，由臺北維京國際公司出版。

翻譯菲利普・胡斯（Phillip Hoose）、漢娜・胡斯（Hannah Hoose）兒童文學《喂，小螞蟻》，由臺北三之三文化公司出版。

〈談談安徒生〉發表於《中華民國兒童文學學會會訊》第 21 卷第 6 期。

〈僕人〉發表於《小作家月刊》第 139 期。

12 月 〈地球儀上的思想螞蟻——談桂文亞的散文〉發表於《兒童文學家》第 35 期。

〈闊別〉發表於《小作家月刊》第 140 期。

2006 年 1 月 兒童文學《綠池白鵝》(原《綠池裏的大白鵝》)由臺北小魯文化公司出版。

譯寫安徒生兒童文學《夜鶯》,由臺北格林文化出版公司出版。

〈女中丈夫潘先生——半生為大人半生為小孩〉、〈寅做卯事〉發表於《小作家月刊》第 141 期。

《小太陽》簡體字版由武漢湖北少年兒童出版社出版。

2 月 《人生二十講》由臺北國語日報社出版。

〈一個花盆〉發表於《小作家月刊》第 142 期。

3 月 翻譯漢斯比爾兒童文學《別怕,我在你身邊》,由臺北格林文化出版公司出版。

〈與我同行〉發表於《小作家月刊》第 143 期。

4 月 《早安豆漿店》、《會走路的人》由臺北國語日報社出版。

〈攻籃〉發表於《小作家月刊》第 144 期。

5 月 譯寫安徒生兒童文學《勇敢的錫兵》,由臺北格林文化出版公司出版。

〈等待〉發表於《小作家月刊》第 145 期。

6 月 兒童文學《小紅鞋》由臺北信誼基金出版社重新出版。

兒童文學《小紙船看海》、《小動物兒歌集》,由臺北聯合報民生報事業處重新出版。

〈看家的人〉發表於《小作家月刊》第 146 期。

7 月 兒童文學《爸爸的十六封信》由臺北國語日報社重新出版。

翻譯法蘭茲・波昂(Franz Bonn)兒童文學《兒童劇場:經

典立體書復刻版》，由臺北青林國際出版公司出版。

〈不愉快的遭遇〉發表於《小作家月刊》第 147 期。

8 月　兒童文學《汪汪的家》、《我要一個家》由臺北聯合報民生報事業處出版。

譯寫安徒生兒童文學《小克勞斯與大克勞斯》，由臺北格林文化出版公司出版。

〈紙鶴〉發表於《小作家月刊》第 148 期。

兒童文學《我要一個家》由臺北聯合報民生報事業處出版。

9 月　28 日，〈和書做朋友——談閱讀和美德培養〉發表於《聯合報》E7 版。

翻譯法里德・卡拉特巴里（Farideh Khalatbaree）兒童文學《小紅球流浪去》，由臺北飛寶國際文化出版。

〈忠實〉、〈可靠的鄰居〉發表於《小作家月刊》第 149 期。

10 月　譯寫安徒生兒童文學《賣火柴的小女孩》，由臺北格林文化出版公司出版。

〈克服沮喪〉、〈李爺爺〉發表於《小作家月刊》第 150 期。

11 月　3 日，〈不對孩子動怒〉發表於《聯合報》E5 版。

翻譯羅勃・巴利（Robert Barry）兒童文學《威洛比先生的耶誕樹》，由臺北親子天下出版。

譯寫安徒生兒童文學《雪后》，由臺北格林文化出版公司出版。

翻譯阿茲拉・喬茲坦尼（Azra Jozdanii）兒童文學《綠褲子、紫上衣》，由臺北飛寶國際文化出版。

〈南海學園的回憶〉（君君採訪整理）發表於《臺北畫刊》第 466 期。

〈服務〉、〈巷子〉發表於《小作家月刊》第 151 期。

12 月　譯作《松鼠胡來的故事》由臺北青林國際出版公司出版。

〈樂觀〉、〈蚵仔麵線〉發表於《小作家月刊》第 152 期。

2007 年 1 月 〈別人，另一個我〉發表於《小作家月刊》第 153 期。

2 月 〈點頭微笑〉發表於《小作家月刊》第 154 期。

3 月 翻譯法里德・卡拉特巴里（Farideh Khalatbaree）兒童文學《小紅裙》，由臺北飛寶國際文化出版。

〈記住別人的名字〉發表於《小作家月刊》第 155 期。

4 月 翻譯迪根・摩斯坦（Mozhgan Moshtagh）兒童文學《我畫的窗子》，由臺北飛寶國際文化出版。

〈認錯和道歉〉發表於《小作家月刊》第 156 期。

5 月 〈生氣和發作〉發表於《小作家月刊》第 157 期。

6 月 翻譯伊莉莎・克勒雯（Elisa Kleven）兒童文學《大獅子和小紅鳥》，由臺北青林國際出版公司出版。

〈容忍的藝術〉發表於《小作家月刊》第 158 期。

7 月 〈良好的回憶〉發表於《小作家月刊》第 159 期。

8 月 〈守信用〉發表於《小作家月刊》第 160 期。

9 月 1 日，與余光中、司馬中原應邀出席講義雜誌社舉辦的第八屆「大師寫作心得饗宴」，分享寫作心得。

譯作《格洛斯特的裁縫》由臺北青林國際出版公司出版。

〈如何拒絕〉發表於《小作家月刊》第 161 期。

10 月 〈北郭先生的手錶〉發表於《小作家月刊》第 162 期。

11 月 兒童文學《牛墟》由臺北青林國際出版公司出版。

翻譯山姆・麥克布雷尼（Sam McBratney）兒童文學《猜猜我有多愛你——春天的故事》、《猜猜我有多愛你——夏天的故事》、《猜猜我有多愛你——秋天的故事》、《猜猜我有多愛你——冬天的故事》，由臺北上誼文化公司出版。

〈情緒的疏導〉發表於《小作家月刊》第 163 期。

12 月 〈傾訴和聆聽〉發表於《小作家月刊》第 164 期。

〈釋懷暖情：兒童書店〉發表於《講義》第 42 卷第 3 期。

2008 年 1 月 〈新年的吉利話〉發表於《小作家月刊》第 165 期。

2 月 16 日，於第 16 屆臺北國際書展童書館舉辦簽書會。

兒童文學《小琪的房間》、《彩虹街》、《今天早上真熱鬧》（原《今天早晨真熱鬧》）、《我有兩條腿》，由臺北國語日報社重新出版。

〈約會〉發表於《小作家月刊》第 166 期。

兒童文學《我要大公雞》、《兩朵白雲》、《小鸚鵡》由臺北信誼基金出版社重新出版。

3 月 翻譯安東尼・布朗兒童文學《大猩猩和小星星》，由臺北格林文化公司出版。

〈促進融洽的人〉發表於《小作家月刊》第 167 期。

4 月 兒童文學《影子和我》、《小圓圓跟小方方》、《汪小小學畫》，由臺北國語日報社重新出版。

〈樂意助人〉發表於《小作家月刊》第 168 期。

5 月 譯作《老鼠阿斑兒歌集》由臺北青林國際出版公司出版。

〈「談得來」和「談不來」〉發表於《小作家月刊》第 169 期。

6 月 〈服裝會說話〉發表於《小作家月刊》第 170 期。

7 月 翻譯琳達・沃夫斯古柏（Linda Wolfsgruber）兒童文學《是狼還是羊？》，由臺北三之三文化公司出版。

〈尊重別人〉發表於《小作家月刊》第 171 期。

8 月 兒童文學《從小事情看天氣》由臺北國語日報社重新出版。

兒童文學《林良爺爺寫童年》由臺北幼獅文化公司出版。

9 月 兒童文學《小鴨鴨回家》、《金魚一號・金魚二號》由臺北國語日報社重新出版。

《林良爺爺談作文：作文預備起！》由臺北城邦文化公司出版。

11月　翻譯瑪達科・卡蘇庫利（Mahdokh Kashkouli）兒童文學《法爾西——一個伊朗男孩的故事》，由臺北飛寶國際文化出版。

本年　《林良爺爺寫童年》獲 2008 好書大家讀年度最佳少年兒童讀物獎（非故事文學組）及中國時報「開卷」好書最佳童書獎。

《從小事情看天氣》獲 2008 好書大家讀年度最佳少年兒童讀物獎（知識性讀物組）。

2009年　6月　兒童文學《看圖說話・樹葉船》（原《林良的看圖說話》）、《看圖說話・青蛙歌團》、《看圖說話・月球火車》由臺北國語日報社出版。

7月　《小太陽（繪本版）》由臺北格林文化公司重排為第一冊《小太陽（兒童版）》出版，第二冊《老三的地方》於 2009 年 8 月出版。

8月　譯作《和甘伯伯去遊河》由臺北阿爾發國際文化公司出版。

9月　翻譯法里德・卡拉特巴里兒童文學《一樣就是一樣？》，由臺北飛寶國際文化出版。

翻譯申惠恩兒童文學《汽車睡覺的一天》，由臺北聯經出版公司出版。

10月　「《小太陽》動畫影集」挑選原書 17 篇文章，由邱立偉執導、郝廣才編劇、動畫創作團隊 studio 2 製作完成，共 13 集，正式於公共電視臺 HiHD 頻道播映。

兒童文學《你幾歲》由臺北信誼基金出版社出版。

翻譯安德麗雅・碧蒂（Andrea Beaty）兒童文學《一個愛建築的男孩》，由臺北三之三文化公司出版。

翻譯威廉・J・班奈特（William J. Bennett）兒童文學《孩子的美德書》，由臺北飛寶國際文化公司出版。

本年 《林良爺爺寫童年》獲第 33 屆金鼎獎兒少類圖書類最佳著作人獎。

2010 年 2 月 兒童文學《蝸牛強強》由臺北螢火蟲出版社出版。

3 月 編著《林良爺爺的 700 字故事》，由臺北國語日報社出版。

翻譯喬・莎克斯丹（Jo Saxton）兒童文學《蝸牛出發了》，由臺北典藏藝術家庭公司出版。

5 月 譯作《外公》由臺北阿爾發國際文化公司出版。

6 月 兒童文學《林良爺爺你請說》由臺北幼獅文化公司出版。

7 月 兒童文學《爸爸：一個爸爸的故事》由臺北斑馬文創公司出版。

8 月 與黎芳合譯培提斯卡兒童文學《小鼴鼠妙妙奇遇記・第 1 輯》，由臺北青林國際出版公司出版。

9 月 翻譯 M. P. 羅伯遜（M .P. Robertson）兒童文學《食物鏈》，由臺北幼獅文化公司出版。

10 月 2 日，出席臺北紀州庵文學森林出席臺北市文化局主辦、文訊雜誌社承辦的「小太陽依然如此溫暖——林良爺爺與兒童文學」人文講座，與主持人桂文亞對談。

「《小太陽》動畫影集」獲第 45 屆金鐘獎動畫節目獎。

兒童文學《小紙船看海》、《小動物兒歌集》、《汪汪的家》、《我要一個家》，由臺北聯經出版公司重新出版。

兒童文學《中秋博狀元餅》由金門縣文化局出版。

翻譯凱義・溫特斯（Kay Winters）兒童文學《愛看書的男孩：亞伯拉罕・林肯》，由臺北維京國際公司出版。

2011 年 3 月 兒童文學《給史努比的信》由臺北麥田出版公司出版。

4 月 《林良爺爺你請說》、《林良爺爺的 700 字故事》獲 2010「好書大家讀」最佳少兒讀物獎。

榮獲「好書大家讀」20 年得獎總數創作者第二名。

兒童文學《媽媽：一個媽媽的故事》由臺北斑馬文創公司出版。

6月 翻譯蒂波拉・安德伍德（Deborah Underwood）兒童文學《顧奶奶和拼圖豬》，由臺北幼獅文化公司出版。

譯作《我們要去捉狗熊》由臺北上誼文化公司出版。

7月 《與鴿子海鷗約會——林良精選集》由臺北九歌出版社出版。

8月 《小太陽》獲選為臺北市立圖書館文學類「臺北之書」。

9月 為慶祝《小太陽》一書40歲生日，《小太陽》經典紀念版由臺北麥田出版公司出版。

10月 《淺語的藝術》、《純真的境界》、《林良爺爺的30封信》由臺北國語日報社出版。

12月 13日，獲公益信託星雲大師教育基金第一屆全球華文文學星雲特別獎。

2012年 6月 應邀將部分手稿捐贈至國家圖書館。

翻譯蒂波拉・安德伍德兒童文學《好安靜的書》，由臺北上誼文化公司出版。

7月 13日，《純真的境界》獲36屆金鼎獎兒童及少年圖書獎人文類獎。

10月 獲國家文化藝術基金會第16屆國家文藝獎。

《更廣大的世界》、《小東西的趣味》由臺北國語日報社出版。

12月 兒童文學《我喜歡》、與蔡惠光合著《月餅裡的祕密》，由臺北國語日報社出版。

翻譯默威・哈迪希（Mwenye Hadithi）兒童文學《懶惰的獅子》，由臺北阿爾發國際文化公司出版。

2013年 1月 12日，與林瑋應邀為教育廣播電臺錄製「為臺灣文學朗讀」節目，朗讀〈小太陽〉、〈小電視人〉二篇作品。

5月 兒童文學《林良爺爺憶兒時》由臺北幼獅文化公司出版。

翻譯湯姆・利希騰赫德（Tom Lichtenheld）兒童文學《小雲朵》，由臺北維京國際公司出版。

7月 翻譯雪莉・達斯基・林克（Sherri Duskey Rinker）兒童文學《晚安，工程車晚安》，由臺北小天下（遠見天下文化公司）出版。

兒童文學《小紙船看海》、《小動物兒歌集》、《汪汪的家》、《我要一個家》簡體字版由福州福建少年兒童出版社出版。

8月 18日，於國語日報社舉辦「《永遠的孩子》新書發表暨簽書會」。

《永遠的孩子》由臺北國語日報社出版。

10月 25日，應邀出席國語日報社65週年社慶茶會「三代閱讀情・百年教育心」。

11月 林瑋《永遠的小太陽》由臺北遠見天下出版公司出版。

12月 兒童文學《今天真好！》由臺北國語日報社出版。

2014年 6月 兒童文學《蝸牛的風景》（雪野主編）由重慶出版社出版。

7月 《小太陽》、《回到童年》（原《林良的散文》）、《早安豆漿店》、《會走路的人》、《我是一隻狐狸狗》、《爸爸的16封信》、《林良爺爺的30封信》簡體字版由福州福建少年兒童出版社出版。

8月 八冊「子敏作品集」散文作品由臺北麥田出版公司全部更換新封面、請子敏撰寫新版序文，以「林良作品集」經典紀念版為名，陸續重新出版。

《和諧人生》由臺北麥田出版公司重新出版。

9月 5日，與林瑋出席由上海商業儲蓄銀行文教基金會與紀州庵文學森林於臺北紀州庵文學森林共同主辦的我們的文學夢系列講座「生活與工作，處處是文學」，談論自己的文學夢，並由林瑋講述家人如何看待他的文學夢。

20 日，海峽兩岸兒童文學研究會、北京師範大學基礎教育合作辦學部兒童閱讀研究中心於北京中國作家協會會議廳共同主辦第三屆海峽兒童閱讀論壇暨林良作品研討會，共計有兩岸兒童文學工作者六十餘人赴會，暢談與子敏的交往經過與其作品所帶來的閱讀經驗。

《雨天的心晴：林良給青少年的 55 個愛的鼓勵》由臺北國語日報社出版。

10 月　兒童文學《嘟嘟～水果列車出發！》由臺北維京國際公司出版。

譯作《格洛斯特的裁縫》（上、下冊）由臺北青林國際出版公司出版。

11 月　翻譯羅勃・巴利（Robert Barry）兒童文學《威洛比先生的神奇樹》（原《威洛比先生的耶誕樹》），由臺北親子天下出版。

12 月　14 日，應公共電視臺節目「聽偶說故事」之邀，接受趙自強專訪，談論說故事的技巧。

19～21 日，《小太陽》由「AMcreative 安徒生和莫札特的創意」劇場改編為音樂劇《小太陽：一個家的音樂劇》（單承矩導演、陳煒智編劇、劉新誠作曲），於臺北中山堂光復廳演出。

翻譯麥克・巴奈特（Mac Barnett）兒童文學《一直一直往下挖》，由臺北親子天下出版。

2015 年　1 月　《小太陽（繪本版）》簡體字版由福州福建少年兒童出版社出版。

兒童文學《我要大公雞》、《小鸚鵡》由臺北信誼基金出版社重新出版。

3月 兒童文學《看圖說話・樹葉船》、《看圖說話・青蛙歌團》、《看圖說話・月球火車》簡體字版由福州福建少年兒童出版社出版。

4月 《小太陽》由臺北麥田出版公司重新出版。
兒童文學《小琪的房間》、《彩虹街》、《小圓圓跟小方方》、《金魚一號・金魚二號》、《汪小小學畫》簡體字版由福州福建少年兒童出版社出版。

6月 《月光下織錦》、《陌生的引力》由臺北麥田出版公司重新出版。

7月 《鄉情》、《豐富人生》由臺北麥田出版公司重新出版。
〈「思想貓的文學書房」展覽專輯——認識桂文亞〉發表於《兒童文學家》第54期。

8月 9日，《小太陽：一個家的音樂劇》於臺北市親子劇場演出。
29日，《小太陽：一個家的音樂劇》於高雄市立社會教育館演出。
《小方舟》、《現代爸爸》由臺北麥田出版公司重新出版。

9月 譯作《太陽晚上到哪兒去了》由臺北上誼文化公司出版。

10月 《早安豆漿店》、《會走路的人》、《爸爸的16封信》由臺北國語日報社重新出版。

11月 12日，因長期獻力兒童文學，潛心編纂《國語日報》，文學成就豐碩，獲頒二等景星勳章。

12月 《小太陽：一個家的音樂劇》於公視HD、SD頻道播出。
兒童文學《沙發》由臺南國立臺灣文學館出版，本書為國立臺灣文學館為記錄資深兒童文學作家作品及身影，與國語日報社共同出版的《臺灣兒童文學叢書》之一。

兒童文學《我是一隻狐狸狗》由臺北國語日報社重新出版。

2016 年　1 月　24 日，與林瑋出席由國立臺灣文學館於臺北齊東詩舍主辦的臺灣兒童文學系列講座，主講「兒童詩歌——林良爺爺的創意與寫作」。

2 月　20 日，與黃郁文、傅林統、趙天儀共同出席由國立臺灣文學館與國語日報社於 2016 臺北國際書展舉辦的「臺灣兒童文學叢書～聽林良爺爺等國寶級作家唸童詩、說故事」活動，朗讀〈等爸爸回家〉、〈白鷺鷥〉二首詩作。

兒童文學《兩朵白雲》由臺北信誼基金出版社重新出版。

參考資料：

- 邱各容，《臺灣兒童文學史》，臺北：五南圖書公司，2005 年 6 月。
- 辛鬱、菩提、管管、張默、張漢良編，〈子敏創作年表〉，《中國當代十大散文家選集》，臺北：源成文化圖書供應社，1977 年 7 月，頁 447—454。
- 高慈敏編，「紀事」，《第十六屆國家文藝獎頒獎典禮專刊》，臺北：財團法人國家文化藝術基金會，2012 年 10 月，頁 56—59。
- 林瑋，「林良大事年表」，《永遠的小太陽：林良》，臺北：遠見天下文化出版公司，2013 年 11 月，頁 210—211。

輯三◎研究綜述

以傑出的作品給「兒童文學」帶來光榮

子敏研究綜述

◎陳信元

前言

子敏本名林良，文壇眾所皆知，子敏寫散文，林良寫兒童文學，幾十年來，讀者也熟悉他以筆名、真名混用「闖蕩文壇」，但在 2015 年，麥田再度出版「林良作品集」，署名全改用本名「林良」避免讀者在閱讀文章時有混淆的困擾。林良從 1948 年進入《國語日報》擔任兒童版編輯，1964 年擔任國語日報附設出版部編譯主任，1966 年，與何凡、洪炎秋在《國語日報》輪流撰寫「茶話」專欄，1972 年擔任國語日報出版部經理，1993 年擔任國語日報社發行人兼社長，1995 年擔任國語日報社董事長兼發行人，直到 2005 年 4 月，自國語日報社董事長兼發行人職位榮退，從事報業、出版工作長達 56 年。評論者大多強調林良是兒童文學作家、散文家、翻譯家、國小語文教育的推手等，實際上，他也是敬業的報人、編輯家、專欄作家、兩岸文學、出版交流熱心的推動者，他在《出版之友》、《出版界》撰寫有關出版的文章，關心兒童讀物出版業、出版業的資源分配、搶譯現象、盜印問題、暢銷書的條件、出版的分工、大部頭書的出版、出版事業的廣告負荷、萬元套書的經營、出版業的「倉卒付梓」，用「版權頁」培植人才、「讀者服務中心」的構想、書業倒賬問題、「著作權人協會」的貢獻、出版物的傳播媒體、談香港書展、兒童讀物的出版方向，從「書展」

到「書集」、翻譯權問題、非計畫出書、兒童書的大讀者、臺灣兒童文學概況等，林良對出版業的反思與建言，卻尚未受到研究者的重視，對林良作品的研究，未免是一大缺憾，希望藉本文拋磚引玉，能夠讓有心的研究者從事相關研究，真實呈現林良做為出版家的貢獻。

兒童文學創作的起步——《看圖說話》

子敏，本名林良，1946 年自廈門隻身前來臺灣，進入臺灣省國語推行委員會研究組。1948 年 10 月 25 日，《國語日報》創立，林良轉到《國語日報》社工作，擔任兒童版編輯，直到 2005 年 4 月 1 日榮退。早期以本名林良為孩子講故事，寫東西，從 1951 年開始撰寫在《國語日報》上的「看圖說話」專欄，至今一直沒有間斷。曾結集出版《看圖說話第一輯》（10 冊）、《看圖說話第二輯》（10 冊）、《看圖說話第三輯》（10 冊）、《林良的看圖說話》（後易名《看圖說話・樹葉船》）、《看圖說話・青蛙歌團》、《看圖說話・月球火車》。兒童文學家林武憲概括「看圖說話」的內容，「多是兒歌、童詩。林良還為兒童寫故事、寫散文、寫廣播劇、寫小說、寫圖畫書、寫科普讀物，不只是寫，還改寫《兒女英雄傳》，翻譯很多外國兒童文學名著。」[1]

1951 年 2 月 20 日，臺灣省政府教育廳創辦《小學生半月刊》，後來分為以中高年級學生為對象的《小學生雜誌》，以低年級學生為對象的《小學生畫刊》。《小學生雜誌》曾編印 21 冊《小學生叢書》，包括林良的廣播劇集《一顆紅寶石》。林良自 1956 年兒童節開始在《小學生雜誌》撰寫小型兒童廣播劇，截至 1962 年，將近 160 篇，1962 年出版的《一顆紅寶石》，共收 20 個小型兒童廣播劇，該劇集是由 1956 年 4 月到 1957 年 4 月一整年的《小學生雜誌》選出的。中華民國兒童文學學會理事長邱各容形容這種小型兒童廣播劇，「播出時間在 15 分鐘左右，很適合國校小型播音室演

[1]林武憲，〈純真的境界——林良一生的探索與追求〉，《第十六屆國家文藝獎頒獎典禮專刊》（臺北：國家文化藝術基金會，2012 年 10 月），頁 42。

播。這些短劇的主題是『愛』和『家庭和學校生活的樂趣』。由於對白完全是流利的現代兒童語言，一來可當廣播劇本用，二來可當短篇兒童故事看。」[2]林良自認為「這一部兒童廣播劇集，事實上就是國民學校『說話』科的補充教材，尤其是『聽』的方面的重要補充教材。」[3]

散文創作——從「茶話」到「夜窗隨筆」專欄

林良在臺灣發表的第一篇散文是〈「老李，回來！」〉，刊登在 1953 年 12 月 2 日《聯合報・副刊》，寫一隻狗和一個工友的情誼。1965 年 8 月，何凡建議在《國語日報》家庭版開闢「茶話」專欄，由何凡、洪炎秋、林良輪流執筆，每人每週交稿一篇。寫了十幾年，何凡、洪炎秋先後退出，只剩下林良一人按時交稿，獨立支持十年，才宣布更名為「夜窗隨筆」。林良在「茶話」專欄裡用「子敏」當筆名，從此之後，他就用「子敏」來發表散文，用本名來寫兒童文學作品。1977 年夏祖麗訪問林良，曾問到「子敏」的筆名由何而來？得到的答案很「天真」。那就是：

> 古人叫「子」什麼的多得很，今人叫「子」什麼的也不少，像他的老上司何容先生字「子祥」，梁容若先生字「子美」，於是他也就挑了一個，取名「子敏」。如今，「子敏」也成了他的字。[4]

1984 年，子敏接受隱地的訪問，不無幽默地回答：「『子敏』實在並不是一個古怪的筆名。／不過，對現代人來說，也許偶然會有『這筆名是不是寫倒了的感覺，彷彿是看到了「子桌」、「子椅」這種顛倒詞兒。』」「人人都認識『子』字，但是偏偏都要問我：『你這個子字是什麼意思？』『子』字是男人的尊稱、美稱、謙稱。『子』字安在語詞的前頭，只可能有一種解

[2]邱各容，《臺灣兒童文學史》（臺北：五南圖書出版公司，2005 年 6 月），頁 83。
[3]林良，〈《一顆紅寶石》序〉，《一顆紅寶石》（臺北：小學生雜誌社，1962 年 10 月）。
[4]夏祖麗，〈在月光下寫小太陽——子敏訪問記〉，收入《握筆的人——當代作家訪問記》（臺北：純文學出版社，1977 年 12 月），頁 1～20。

釋，那就是『小』，因此，『子敏』，就是『小敏』，就像兒童故事裡的『小安』、『小蘭』一樣。／至於為什麼選上一個『敏』字，『敏』有敏捷的意思，又有奮勉的意思，這個字誰能說不好——尤其是我，那麼愛寫稿。」[5]

何凡曾與林良共事 43 年，他引用樂茝軍在〈風格獨特的人〉（載 1993 年 8 月 23 日《中央日報‧副刊》）一文說子敏為文「不疾不徐，娓娓道來」，形容十分恰當。她對子敏的按時交稿頗為感激。文中說：「我要發稿時，稿子一定就已經放在我桌上了，十多年來每週如此，我從不擔心，就像從不擔心每天的日出一樣。」[6]子敏在「茶話」專欄及報紙副刊發表的文章，先後編成《小太陽》、《和諧人生》、《在月光下織錦》、《陌生的引力》、《鄉情》等十多本散文集。另外，自 1966 年 11 月至 1971 年 10 月，子敏與洪炎秋、何凡合著《茶話》共 10 冊。林武憲觀察到子敏的散文集，跟其他作家不同的是，「一般作家大都是文章篇數夠了，就集結出書，他是依主題、題材來編選成冊，效果集中，廣受好評。」[7]林良至今獲獎無數，其中以散文集獲獎的有 1973 年 11 月，《小太陽》獲中山學術文化基金會「文藝創作獎」，1985 年 5 月，《鄉情》獲臺灣省文藝作家協會「兒童文學類第八屆中興文藝獎章」，2012 年 7 月，《純真的境界》獲文化部第 36 屆金鼎獎兒童及少年圖書獎人文類獎。

《小太陽》撰寫時間長達 15 年，首篇〈一間房的家〉發表於 1956 年的《聯合報‧副刊》；末篇〈小蚱蜢〉發表於 1970 年《國語日報》。子敏在本書的序寫到：「這本書的幾篇作品，就是從那五十多萬字裡選出來的，它有四種來源：《聯合報》的「聯合副刊」，《聯合報》的「婦女生活」週刊，《國語日報》的「家庭」版，以及《國語日報》的「茶話」專欄。選文的標準是都要跟我自己的家庭生活有關。一個大男人既然寫起『家』來，當

---

[5]隱地，〈作家與書的故事：子敏〉，《新書月刊》第 13 期（1984 年 10 月），頁 74～76。
[6]何凡，〈子敏七十〉，《聯合報》，1993 年 10 月 3 日，37 版。
[7]林武憲，〈純真的境界——林良一生的探索與追求〉，《第十六屆國家文藝獎頒獎典禮專刊》，頁 42。

然希望有一本書留作紀念。」[8]簡宛在美國伊利諾州讀到《小太陽》，一開始對這本書並沒有抱特別好感，只想比較一向看多了女作家的「身邊瑣事」，也想看看「家」在男人的筆下是如何表現的？但一看下去，馬上就被吸引住了。

> 同樣是寫家，寫孩子，寫現實生活中的點點滴滴，但是作者的幽默感，豁達的心胸，恬淡的人生觀，在紛擾、忙亂的現實裡，畫出了一片樂園，使讀者也分享到他生活中的情趣。[9]

從《小太陽》、《和諧人生》、《在月光下織錦》、《陌生的引力》及「茶話」中所看到子敏寫作材料，幾乎大部分都是來自家庭中的種種小事，孩子、妻子、鄰居、狗……，「以純粹的白話文，風趣又含哲理地道出家中小事，他能把一本『家庭流水帳』化為純正的文學是他寫作中成功的地方。事實上，認得子敏的人都覺得他寫的一點也不假，他對『家』的感受一點也不勉強。因為在真實生活中，他的確是一個很愛家的男人。」[10]就子敏的文筆，簡宛並不認識作者，但她從《小太陽》一書，已和子敏一家人，甚至他的狗都成了朋友。「作者的文筆，不僅幽默風趣，而且生動有力，絲毫沒有抄襲堆砌之感，他的字彙非常豐富，因此運用自如。」[11]簡宛讚賞子敏的形容詞都是自己造的，如〈她〉一文，作者在「社會上」遭遇到慘敗，會若無其事地用電鬍刀刮鬍子，與孩子談天。但反對黨的妻子是精明的，會試探地問他「今天有什麼事嗎？」作者會加以掩飾「沒有哇！我不是很好嗎？」但孩子會用「家語」替作者撐腰，說「媽媽老是把爸爸看成一片

[8]子敏，〈大男人寫「家」——《小太陽》的序〉，《小太陽》（臺北：純文學出版社，1972 年 5 月），頁 4。
[9]簡宛，〈《小太陽》裡愛的世界〉，《書評書目》第 9 期（1974 年 1 月），頁 102。
[10]夏祖麗，〈在月光下寫小太陽——子敏訪問記〉，收入《握筆的人——當代作家訪問記》（臺北：純文學出版社，1977 年 12 月），頁 1～20。
[11]簡宛，〈《小太陽》裡的愛的世界〉，《書評書目》第 9 期，頁 102。

玻璃。」意即是爸爸哪會這般脆弱。同樣的當媽媽在「社會上」遇到慘敗的命運，作者寫道：「這是很值得我高興的。她敗得越慘，對我越有利。」他照例把另一半的問話回敬給她，這回換孩子幫媽媽撐腰，說「爸爸老是把媽媽看成一片玻璃。」後來孩子也學會這一套本領，如果在學校敗得很慘，回家就靜悄悄的閉門讀書，而且還學孔明在城牆上彈琴，低聲呼歌兒；同時對待父母格外仁慈。[12]簡宛評價〈小太陽〉，頗能道出此書的文學價值。

> 〈小太陽〉一書，並非什麼巨著，它的內容只限於家，它的寫法也並未講求什麼複雜的技巧，但是因為寫的是真實的事，又因為作者的愛心和有力的文筆，它可以說秉賦了「真、善、美」的本質，我們並不要每天讀文學名著，讀哲理、聖經，就像我們受不了每天吃大魚大肉一樣，《小太陽》一書，就像「輕粥小菜」，雖沒有魚肉的豐富營養，但是吃了「欲罷不能」，絕不會有油膩倒胃之嫌。[13]

鍾吉雄稱《小太陽》是一本極富情趣幽默的小品文集，能深深吸引著讀者，「他那輕鬆風趣的文辭，使平淡的題材，嫵媚可愛起來，它不致叫人開懷大笑，卻能叫人打從心底發出會心的微笑。」鍾吉雄肯定《小太陽》具有文學價值，也深具教育意義。

> 我說它具有文學價值，是因為它不但是一本極具寫作藝術的散文集，既可讓「老朋友」欣賞，又因多寫兒女純真情態，文句淺近，行文優雅，可做「小朋友」課外閱讀材料，真可說是「老少咸宜」。我說它具有教育意義是因為：它本身便很「兒童文學」，雖說主題平凡，內容通俗，可是卻能夠以最靈妙活潑的文字來表達，所敘述的雖然非常「流水賬」式

[12]原文見子敏，〈她〉，《小太陽》頁 77～78。
[13]簡宛，〈《小太陽》裡的愛的世界〉，《書評書目》第 9 期，頁 105。

的，卻滋味無窮，妙趣橫生，可說是「雅俗共賞」。[14]

林武憲注意到《小太陽》裡，除了那自成一家的特殊風味，也充滿許多妙手拈來的、令人驚喜的句子，他把書裡的修辭技巧，分成 15 類，並逐一舉例說明，15 類依序為：比喻、借代、轉化（比擬、人物化）、協律、倒裝、對比（襯映）、矛盾、創新、排比、複疊和反覆、遞接（層遞）、頂真、連續性的短語、警策（佳句）、相關。[15]黃雅炘則從子敏散文的表現手法和散文的敘述策略來論述子敏散文的藝術性。舉例的文本涵蓋《小太陽》,《和諧人生》、《在月光下織錦》、《陌生的引力》、《鄉情》、《豐富的人生》、《小方舟》、《現代爸爸》。作者分二節介紹，一、「形象生動」，子敏藉由譬喻（比喻）、轉化（擬人）、借代，塑造具體可感的情境。子敏在譬喻的運用上，善用生活化的喻依；善用博喻，以「展開強度聯想之美」；善於利用聲音的譬喻，將抽象的聲音化為文字，掌握聲音之間的共通點，將形象與聲音加以生動結合，轉化包括擬人、擬物，藉由「移情」作用與「內模仿」作用，改變角度，形成新的視野，開展鮮活的情境。借代是指在談話或行文中，放棄通常使用的本名或語句不用，不直接說出要說的事物，另找其他名稱或語句來代替。借代在林良的作品中常扮演畫龍點睛的角色，運用貼切的語詞替代，無須多費筆墨，便能將文意表達的更確切。二、「聲調活潑」，子敏善用類疊、頂真、排比，達到令人驚喜之效果。類疊最能產生句子本身的音樂性，「類字」用以逞能，強調聲音；「疊字」用以描摹神態，渲染氣氛。「類字」，子敏以生活瑣事為主要寫作內容，以孩子為主要描寫對象，孩子學習過程中，身邊簡單的事物，對他們而言都很新鮮，子敏會運用相同動詞的類寫，表現孩子學習的步驟，必須一步一步來，一樣一樣來，需要有耐心。「疊字」，子敏的作品中善用狀聲詞，為文章增添音樂性。其次，將摹聲詞疊用並與比喻相結合，是林良最常用的手

---

[14]鍾吉雄，〈《小太陽》的世界〉，《中國語文篇》第 53 篇第 1 期（1983 年 7 月 1 日），頁 61。
[15]林武憲，〈小太陽的修辭技巧〉，《中國語文》第 33 卷第 4 期（1973 年 10 月），頁 26～33。

法。復次，運用動詞和名詞，發揮強勁、精簡的節奏感，帶出特殊的聲音世界。子敏善用「頂真」於景物的鋪設，使讀者能順著其鏡頭，一鏡到底的掌握畫面。好的頂真能發現人、事、景、物間新的相屬關係，開展出井然有序的意境。「排比」，即三個或三個結構相似的語法，表達出同範圍、同性質的意象，以掌握其形式與結構上的鋪陳關係。子敏在散文中常運用的排比修辭，包含「語詞排比」及「句子排比」兩種類型，語詞排比方式多用於描寫事物，句子排比則用於增強氣勢。子敏將排比用於抒情敘事，擴張想像空間；他也用排比來說理，喜用統一形式，從不同面向進行闡述，增強說理氣勢。[16]

行政院文建會印行的《翰海觀潮》、國家文藝基金管理委員會印行的《心靈饗宴》、《書林采風》、《錦囊開卷》、第十六屆國家文藝獎頒獎典禮專刊等，都曾推介《小太陽》。孟東籬形容《小太陽》是「生活裡的水晶玻璃」，「因為它處處都是光，而且又幾乎是透明的。它的藝術幾乎都是用種種不同程度的光，種種不同程度的透明組合成的。」孟東籬指出子敏的文學藝術有兩個迷人的原因：一是子敏能在塵土和忙亂中長出蓮花，是因為他有一個「肝功能」特別好的「心」，他可以在煩惱的當時或過後不久，就把生活裡「滲」進來的「毒」給解了，解成一池清水，在那裡波光粼粼。另一個迷人的原因，是他非常生動活潑而且恰到好處的「形容詞」或「形容句」。子敏的文學用語是絕不套用「現成的」、「概念化的」用舊了的成語，他每形容一個動作，一件事或一個人，都是用「創造性」的用語，而且創造得非常鮮活，非常生動，非常「具體」，就像讓你活生生看到了一樣。孟東籬讚嘆「子敏是一個語言的魔術師！」[17]

應鳳凰（項青）以英國浪漫主義詩人威廉・華滋華斯（William Wordworth，1770～1850）「簡單的辭藻，平實的文體」套用來形容子敏的

---

[16]黃雅炘，〈林良散文的藝術經營〉，《國文天地》第 25 卷第 4 期（總 292 期）（2009 年 9 月 1 日），頁 30～42。

[17]孟東籬，〈生活裡的水晶玻璃——《小太陽》賞析〉，《聯合文學》第 7 卷第 9 期（總 81 期）（1991 年 7 月 1 日），頁 80～81。

散文；並以「五四」作家楊振聲說朱自清的散文是「風華從樸素出來，幽默從忠厚出來，腴厚從平淡出來」，評論子敏從《小太陽》一系列的散文，可以看到相似的風格。在評介《在月光下織錦》（臺北：純文學出版社，1974 年 5 月）一書，挑出〈燒開水〉一篇，拿來形容子敏特殊的散文風格。她先歸納子敏的散文是「涓涓流水」型的，不是長江大浪的氣勢磅礴；是「苦口婆心」型的，不是尖銳的高聲怒吼。以〈燒開水〉為例：

> 他做的是一件最普通最平實的東西，可是，他做出來就是有那麼一點別致，一點不同；你看他儘寫一些「無聊事」，可是讀起來不會無聊。他專寫一些身邊瑣事，像母親廚房裡的柴米油鹽——可是這些平凡的東西，作出來的幾道菜卻不難吃。
>
> 或者，關鍵就在這一點點「調配的工夫」吧——比如他這樣耐心、細心、用心的運用文字的「火候」。[18]

項青欣賞子敏寫作，像古代的「織錦人」，細心、認真、心中充滿喜悅，他織出來的錦，不是一片很耀目的五彩屏風，而是一幅比較耐人尋味的黑白山水。文章對子敏的散文也有充滿「理解」的批評，如指出如果子敏不是拿「織錦」的心情在寫散文的話，他的作品可能就要流於「白開水似的散文」——淡而無味。「他的苦心，可以在三本散文集中，加得過多的引號上看出來。他多麼想把句子的陳腐意義，化腐朽為神奇；他多麼花心思，想使詞與詞之間，有更新鮮的解釋與安排。但引號太多了，……翻開書頁，一眼望去，『角角』特別多的幾頁——果然頗有『織布』的圖案。」[19]

亮軒對子敏過多的引號，也有一些看法。他認為子敏的引號在《茶話》、《小太陽》、《和諧人生》諸書中，很發揮了引號的味道，不過移來討

---

[18]應鳳凰（筆名項青），〈「織錦」——談子敏的散文〉，《書評書目》第 18 期（1974 年 10 月），頁 53。

[19]同前註，頁 54。

論文學問題，尤其是語言問題，就有點彆扭！《陌生的引力》（臺北：純文學出版社，1975 年 1 月）正是討論文學、語言問題。亮軒指出引號至少給讀者造成了兩種困擾：

> 第一，是「讀」的問題。「任何一種標點符號，至少都會令讀者在讀的時候停頓一下。「　」太多，讀起來便不能順暢，文氣自然受損。在作者方面無非是要表明「　」中的尋常語詞，有其非比尋常的意義，希望讀者特別用心想一想，不要會錯意了。可是大部分「　」中的詞句，就是沒有「　」，相信讀者也能體會得出來。「　」太多，讀起來便不得不步步為營，好不容易一步步挨到篇尾，在精疲力竭之餘，又感到為那些「　」白費了不少力氣。從這一點看，作者未免低估了讀者的感應力。
>
> 第二，是了解的問題。子敏先生創造了一些在「　」中的現代語典……。語典總有較複雜的背景，不論這個典是文言還是白話，讀者一碰到這種另有所指的語典，便不得不思索一下「　」終究竟何所指……。如果對他的文章不太熟悉，記得不太清楚，便只好不求甚解的帶過。這方面，作者又未免高估了讀者。[20]

亮軒提出的兩點，與子敏提倡的白話精神顯然有所依違，亮軒形容「在那麼抒情的筆觸中，接二連三的遭遇到如此的困擾，無異正在興致勃勃的品味一杯好茶，偏偏一再吃到茶葉渣子，是很煞風景的。」對《陌生的引力》亮軒有褒也有批評，他一方稱讚子敏「能用抒情的方式談一談一般人心目中嚴肅的文學問題，沒有對文學由衷的愛好與對生活極度的誠懇，很難辦到。」一方面則為讀者設想，子敏「大多用大題小作的方式處理素材，幾乎每一篇都可以發展成萬字以上的論文，讀者若已經具備了開闊的基礎，讀起來便會因別有領悟而趣味盎然。基於同樣的理由，本書也

[20]亮軒，〈深入淺語——讀《陌生的引力》〉，《書評書目》第 23 期（1975 年 3 月），頁 25～26。

宜於單篇的欣賞，慢慢咀嚼，要是一氣讀完，變成了不折不扣的走馬看花。」[21]

黃武忠以「文學領域的拓寬者」形容子敏的散文，他主要論述子敏的五本散文集：《小太陽》、《和諧的人生》、《在月光下織錦》、《陌生的引力》、《鄉情》。文章以「文如其人」來概括子敏的散文風格，「它的作品醇厚溫馨，充滿著積極與樂觀，而他的人有著中國書生『溫柔敦厚』的本色，進取的臉上寫著和諧，講話慢條斯理，語音略帶磁性，與他的散文一樣有吸引人的地方。」[22]黃武忠舉《鄉情》「具有質樸堅毅、擇善固執，處事明確果斷。」，《小太陽》「具有體貼入微，心思細密的特點。」（頁 8）子敏曾提出「散文人間味」的寫作觀，提倡「有意的拿平凡日常生活做寫作題材，然後以文學的態度來處理這些題材。這個新的發展，往往使散文洋溢動人的人間味。」（頁 16）子敏純熟的文字運用技巧，顯現在他無限開展的藝術、生動要素的掌握、顏色感與音樂節奏感的捕捉，這些都構成子敏的散文特色——白而不俗、淺暢簡練、真情流露、活潑生動。子敏對《聖經》裡兩句有關「愛」的定義，有深刻的體會，也是他散文的核心內容，一是「愛是恆久忍耐」，二是「愛是不輕易發怒」。不輕易發怒使人「和諧」，恆久忍耐教人「體諒涵容」、「和諧」使人生美好，「體諒涵容」會讓人化消極的愁怒為積極進取的動力。因此，說子敏作品中展現美好樂觀的精神，倒不如說他作品裡蘊含著無盡寬廣的「愛」。（頁 12）

2000 年 10 月 15 日，中華民國兒童文學學會承辦「兒童文學資深作家作品研討會——林良先生作品討論會」，林淑芬發表論文〈論林良的兒童散文〉[23]。林良在《淺語的藝術》（臺北：國語日報社，2000 年 7 月修訂版）明確定義「兒童散文」，「指的是為兒童寫作的『文學的散文』。這種散文是

[21]同前註，頁 26。

[22]黃武忠〈文學領域的拓寬者——子敏散文試論〉，《散文季刊》第 3 期（1984 年 7 月 20 日），頁 8。

[23]林淑芬，〈論林良的兒童散文〉，《兒童文學資深作家作品研討會——林良先生作品討論會論文集》，（臺北：行政院文建會，2000 年 10 月 15 日），頁 66～90。

向兒童傳達自己的『動人的人生經驗』，但是作者必須運用兒童能體會的題材，運用能激起兒童心理反應的語言。」（頁 282）所以「兒童散文」不是指兒童自己寫作的散文，「我所提倡的『兒童散文』，是兒童文學作家為兒童寫作的文學的散文」。（頁 284）

林淑芬將林良的散文分為知識散文、敘事散文、說理散文、抒情散文、寫景散文、狀物散文六大類，逐一加以探討，文章就內容與形式兩方面來探討林良的兒童散文特色。林良的兒童散文有兩大主題，一是傳達知識的主題。「林良以有個人風格的說解方式，以文學性高的語言，以有趣的筆調，使得生硬的知識平易近人。」另外有一類以介紹我國傳統節日和有關的歷史人物的兒童散文，來讓兒童對於自己的文化有認同感。二是分享生活經驗的主題。因為兒童的生活經驗不如成人，所以成人的生活經驗與處事方法都是可用兒童散文來表達，如林良的《爸爸的十六封信》，即是父親將自己對於待人處事看法傳達給女兒，期望女兒有所體驗。林良經常描寫生活經驗，呈現生活中對人有所啟發的事件，或有趣的事來啟發讀者。從題材分析，林良的敘事散文篇數最多，其次是知識散文，再者為說理散文、寫景散文，最少的是狀物散文。林良的散文題材大部分來自現今生活的體會與觀察，與童年生活的回憶。大部分散文多從生活取材，從生活經驗中提煉出令人心動的細節或是事件，並為自己的感想加以陳述。

林良兒童散文的形式，可從結構、敘述人稱與語言應用三方面來探討。林淑芬分析出林良兒童散文幾種常用的結構方式：1.陳述事件多以順敘法。「順敘法的應用是依時間的先後，來作陳述先後的依據，讀者可以順著文字的閱讀，明白事件先後與始末。」（頁 82）2.善用並列方式呈現文章內容。「並列方式是將兩段以上的題材或描寫對象呈現文章內容。」（頁 82）3.以三段式組織說理散文。「三段式，即是以開頭呈現問題，中段發展問題，結尾總結問題三大段為文章的組織架構。《爸爸的十六封信》多以這種結構方式呈現。」（頁 83）散文的敘述觀點常有「我」的立場存在，但是以作者是成人的立場傳達感想，有時候讓兒童讀來有距離感。所以作者有時候以自己的身分做為敘述人稱，有時降低年齡以小孩的口吻介紹，讓兒童產生親切感。從林良的兒童散文中可以看出以下幾種類型：1.「我」是作者，2.「我」是兒童，3.「我」是旁觀第三者，4.「我」是動物，「這種以動物的自述方式，作者模擬動物的口氣來敘述，較有趣味。……以動物自述的方式來說明自然生態保育的重要，比用作者身分說明來得有趣多了。」（頁 85）

林良曾對兒童文學作品裡的語言，強調過兩個條件：「第一，那語言必須是『生活裡的真實』。……那語言必須是小讀者接觸得到的，會說會聽的語言。那是因為我們的小讀者正在學習那種語言，而且也只有依賴那種語言來吸收多采多姿的新經驗。」「第二，儘管我們已經尋找到了那種語言——我們的國語，但是我們不能忘了作品奉獻的對象——我們的孩子。我們的孩子只『擁有』這語言的一部分，不是全部。我們必須熟悉孩子擁有的那一部分，我們必須熟悉孩子的『語言世界』。寫作的時候，我們運用的就是『孩子的語言世界』裡的語言。」[24]林良曾經提出兒童散文的語言使用，要善用比喻，善用描寫。林淑芬指出「比喻與描寫可以增加文辭的生動，使得讀者可以更容易了解內容。……用比喻可以讓抽象難懂的觀念變成具象易明瞭，可以讓平淡的事物變得活潑生動，所以林良廣泛使用比喻。」（頁 86）林良十分注重描寫，曾說：「描寫的優點是：不但作者自己看過，也讓讀者看到。」閱讀林良的兒童散文時，在動作、事物的心理活動上都有精采的描寫，「精采的描寫則需要細心的觀察和體會。」（頁 87）林淑芬綜觀林良的兒童散文，「套用他對兒童散文的特質分析：『有為兒童寫作的自覺』，正因如此，林良的兒童散文淺顯讓兒童易懂，讓兒童親近文學、科學，讓兒童在閱讀散文中，可以學習到做人處事的道理，讓兒童可以在閱讀散文中獲得快樂。」（頁 89）林淑芬的文章專門探討兒童散文，黃武忠的文章則針對以子敏為筆名創作的成人散文，但兩文之間頗有共通

[24]林良，〈作者的語言與個性——兒童文學創作上的一個問題〉，《淺語的藝術》（臺北：國語日報社，2000 年 7 月修訂本 1 刷），頁 47～48。

之處，可相互對照。

兒童文學論著《淺語的藝術》

1970 年代是臺灣兒童文學發展歷史上一個關鍵性時期，具有承先啟後的歷史意義。1973 年 11 月，子敏的《小太陽》（臺北：純文學出版社，1972 年 4 月）獲中山文藝獎（散文類），是第一位獲獎的兒童文學作家。1976 年 7 月，林良的兒童文學論著《淺語的藝術》[25]由國語日報社出版，被列為研究兒童文學的基本入門書之一。全書收錄 28 篇文章，正文前有林良的〈一個更廣大的文學世界——《淺語的藝術》的序〉，略謂：這一本書，是他對「兒童文學」的思索的紀錄，這思索是一個「文學的思索」，是在別人看不見的許多孩子的笑容環繞中靜靜進行的。（頁 6），書名《淺語的藝術》，是林良給「兒童文學」所下的定義。他「把那些可愛的孩子，可愛的語言，可愛的故事，可愛的笑容和笑聲，塑成一個定義。」（頁 6）本書談論的範圍涉及兒童文學的發展簡史、兒童文學裡的「純文學」問題、「文學性」的問題、作者的語言與個性、從古典文學談兒童文學裡的說教、動物兒童文學、文學與故事、童話、神話、兒童詩、少年小說、兒童散文、閱讀等。《淺語的藝術》2000 年修訂版新增〈兒童文學的定義〉一文。林良舉出關於兒童文學的論述，一向有兩種不同的態度。第一種態度是：為兒童「選擇」優美的、合適的讀物。這個定義是「廣義」的，那就是「凡是寫兒童的，為兒童寫的，兒童自己寫的，通通是兒童文學——只要它是適合兒童欣賞的。」（頁 270），第二種態度就是不把「兒童樂園」解釋成「兒童自己動手建造的娛樂場所」的態度。「教育」跟「教學活動」是兩個不同的層次。「兒童文學」跟「兒童自己的文學創作」這種教學活動是兩個不同的層次。「兒童自己的文學創作」這種有益的教學活動，不能取代了「兒童文學」。根據這種態度所下的「兒童文學」的定義，就成為：有

---

[25]林良，《淺語的藝術》，臺北：國語日報社，1976 年 7 月初版，2000 年 7 月修訂本 1 版。

「為兒童寫」的自覺，而且適合於兒童欣賞的文學。這是屬於兒童文學的「狹義」，或是「窄門」。（頁 276）

《淺語的藝術》出版後，黎亮就曾譽為「兒童文學寫作的指標」[26]康子瑛則認為本書「是初學兒童文學創作和正在學習兒童文學創作的人，一次難得的學習和參考好書。」[27]洪志明則認為《淺語的藝術》應該是一本不太淺的書籍，因為他不是寫給小朋友看的書，也不是一本文學創作，而是一本專門討論文學技巧的理論，理論怎麼可能淺呢？「用這樣簡單的文字，會寫出高深的道理嗎？」但他發現林良的理論作品，所以會這樣淺白有味，這樣深得人心，應該是他把要求人家表現在文學世界的理想，表現在他的理論世界裡。

> 印象中，理論總是比作品接近教條化的，尤其是大部分的理論，都是在告訴讀者我們該怎樣，不該怎樣，該遵守怎樣的規則，不該遵守怎樣的規則，所以總是給人們一些刻板的印象。……林先生不只是在寫文學作品時，極力的避免使用「教條」似的寫作方式，就是在寫「教條式」的文學理論時，也盡量的使用他自己強調的「有力的刻畫」，來軟化他所提出來的道理，使他所提出來的道理，更容易閱讀。[28]

邱各容在《臺灣兒童文學史》對《淺語的藝術》作出評價：「它是一本從理論中求實際，從實際中獲得經驗，又從經驗中去了解小讀者的書，它真正是『由創作而理論』的書，它給從事兒童文學創作的人指引了一條最新的路線——利用『淺語的藝術』寫作，它給正在從事兒童文學創作的人舉出若干事證來說明為孩子寫作的正確態度。它提供家長選擇選購兒童讀物的

---

[26]黎亮，〈兒童文學寫作的指標〉，《國語日報》「兒童文學週刊」第 227 期，1976 年 8 月 22 日。
[27]康子瑛，〈介紹《淺語的藝術》〉，《國語日報》「兒童文學週刊」第 231 期，1976 年 9 月 19 日。
[28]洪志明，〈淺談《淺語的藝術裡的「淺」》，收入中國海峽兩岸兒童文學研究會編，《林良和子敏》（臺北，業強出版社，1993 年 10 月），頁 90～91。

標準。它更是教師指導學生閱讀課外讀物的方針。」[29]

林守為的〈林良先生兒童文學理論初探〉，是「林良先生作品討論會」的論文，本文主要從林良《淺語的藝術》、林文寶等編《兒童文學論述選集》（臺北：幼獅文化公司，1989 年 5 月）、張雪門等著《兒童讀物研究》（臺北：小學生雜誌社，1965 年 4 月）、林良等著《童詩五家》（臺北：爾雅出版社，1985 年 6 月）取材，整理歸納林良的創作理念。文章中大量引用林良對文學的看法，並將其條理化，不失為系統了解林良文學創作觀的導引入門。文章分別探討：文學的定義、何謂兒童文學、兒童文學的種類及創作理念、兒童文學的藝術價值、對兒童文學工作者的建議。在「文學的定義」，作者歸納出：文學是有思想的、文學是訴諸感覺的、文學是重視技巧的、文學是紮根在知識上的。在「何謂兒童文學」，林良認為：兒童文學是專為兒童創作的、兒童文學必須飽含「文學性」、兒童文學不能只講藝術、兒童文學反映的是「理想人生」、兒童文學是從遊戲中啟發兒童。在「兒童文學的種類及創作理念」，林良認為兒童文學包含散文、兒童詩、故事、童話、小說、戲劇和圖畫書。至於神話和寓言，這是古代人的產品，它們是很好的兒童文學素材，需要經過改寫才能適合兒童閱讀。在「兒童文學的藝術價值」，作者從兒童文學的語言，和兒童文學的趣味性兩方面去分析。林良認為兒童文學的語言藝術，應建立在：現代語言、兒童的真實語言、創新的語言、淺語的藝術。兒童文學的趣味性應建立在：敘述技巧、動物刻畫、文學趣味。在「對兒童文學工作者的建議」，由於兒童文學是特定的文學，它跟成人文學有很大的差距，所以在創作時必然有其限制，林良對作家（兒童詩、童話、小說作家）、翻譯家、批評家都有所建議。作者從對林良文學理論的探索得出結論：林良對兒童文學的創作理念是明確而清楚的，「他不但強調兒童文學必須具備文學的基本要素，同時更處處從兒童讀者的立場出發，追求的是理想的人生，更要求作品應具有遊

[29]邱各容，《臺灣兒童文學史》（臺北：五南圖書出版公司，2005 年 6 月），頁 128。

戲性、趣味性和淺語的藝術，這一切都跟成人文學只追求藝術和反映人生不同」[30]，本論文只從林良部分理論作品去探討，尚未能從創作中去逐一印證。

兒童故事創作

林良在〈文學跟「故事」——談兒童文學跟故事的關係〉（收入《淺語的藝術》，頁 145～156）提出：「兒童文學對『故事』的依賴，顯然要比一般的文學多些。這是因為兒童文學創作不能完全排斥「遊戲」的緣故。兒童文學是『在遊戲中啟發兒童』或『寓文學於故事』。」（頁 151）在另一篇文章〈尋找一個「故事」——談兒童文學裡「故事」的誕生〉（頁 157～166），林良將詩跟散文，叫做「片段的文學形式」；小說跟戲劇就不是。小說跟戲劇，似乎可以叫做「故事文學」。這兩種文學形式都要有「故事」做支架，都是「遊戲性」比較濃厚的文學作品。（頁 159）林良認為「一個兒童文學作家，在寫生活故事、童話、少年小說這種『故事文學』之類，應該花點兒時間在真實的人生中，在真實的社會裡去尋找令人動心的腳色跟令人動心的事件，拿來做他的題材：應該盡量避免由主題出發，然後著手編造一切的那種方式。……我們不應該『編』故事，我們應該去尋找有意味的故事。」（頁 166）

洪文珍〈評林良的兒童故事作品——兼論故事化處理技巧〉[31]主要探討林良的《大白鵝高高》（1971 年）、《汪小小學畫》（1970 年）、《小鴨鴨回家》（1976 年）、《第二隻鵝》（1976 年）、《貓狗叫門》（1981 年）、《金魚一號・金魚二號》（1976 年）、《家具會議》（1981 年）在故事化技巧處理的得失。作者提出故事化的三要素：人物、情節、步度（Pace）。「人物是構成

[30]徐守濤，〈林良先生兒童文學理論初探〉，《兒童文學資深作家作品研討會——林良先生作品討論會論文集》，頁 45～56。

[31]洪文珍〈評林良的兒童文學故事作品——兼論故事化處理技巧〉，臺東師院（今臺東大學）語言教育學系《兒童文學評論集》（臺東：臺東師院語文教育學系，1991 年 1 月），頁 147～167。原載《兒童圖書與教育雜誌》第 1 卷第 5 期（1981 年 11 月）。

故事的主體，故事能否動人，主要決定於人物，因為我們得靠人物來表演。也只有人物寫活了，才能賦予故事與情節以意義和價值。」（頁 155）故事和情節都是小說結構形式之一，作者引用佛斯特和趙滋蕃對兩個術語的詮釋，並引用林良認為故事的含意是：由許多「事情」組成許多事情的有機體。作者認為這種有機的排列應指「情節」，必須把「故事」化作「情節」，方能成為具藝術價值的好作品。（頁 155）「所謂步度（Pace）乃指情節進展的節奏。一般來說，寫給少年看的小說，步度宜快速，讀者年齡越小，步度越快。說給兒童聽的故事，或寫給兒童看的故事，都不宜花太多的時間去描述人物與場景，如果穿插太多的思緒刻畫或冗長的說明，小孩子馬上會出現不安地扭動或跳躍。寫給兒童看的讀物，（尤其是低年級的），更要注意多用動作，少用描繪、說明，這樣的故事的進展才會明快。」（頁 156）

洪文珍分析林良故事化的作品中，能給人深刻印象的人物只有汪小小、大力王五、大白鵝高高。用疊字為人物命名，又與人物的特性相符是林良創造人物的一大特色。對林良的其他故事化作品，作者提出批評意見，如《小鴨鴨回家》，只寫小鴨鴨不聽話，至於他為什麼異於其他的小鴨，林良並未交代，不能予人實感。《金魚一號・金魚二號》對兩條金魚雖已賦予特性，因為出自人物之口，也未能予人深刻的印象。《第二隻鵝》，雖然用不少筆墨描繪未賦予名字的大白鵝的威武，但是這些直接刻畫，也不能予人獨特的感覺。《家具會議》，如能為懶惰的男人取個與懶相符的名字，給讀者的印象會更深刻。作者指出：《第二隻鵝》、《貓狗叫門》這種「因事擇人」寫成的作品，雖然不會是壞作品，但畢竟不易成為藝術價值高的作品。《小鴨鴨回家》、《金魚一號・金魚二號》這一類由主題出發，編造故事，更不易寫成好作品。主要原因是人物寫不活，讀者對作品中安排的故事也不會感興趣。（頁 156～159）

對於林良故事化處理技巧，作者還提出「問題揭示得太晚」及「節奏緩慢」兩個問題。寫給中低年級看的兒童文學作品，絕大部分採簡單情節，曲折與變化不會太大。簡單的情節通常分三部分：首、中、尾三段。

> 在首段中，作家需介紹主要人物，建立時空背景，揭示人物面臨的問題。這些都是讀者進入正式情節之前，所必須強調的事項。到了中段，讀者很清楚的問題癥結的所在，此時作家所要做的是：安排細節，完成最後衝突，故事露出端倪。中段可說是主要解決問題的過程。在尾段，作家交代解決問題的辦法，故事正式結束。
>
> ——頁 159

作者對列舉的八本故事，逐一探討。此處只舉作者對《小鴨鴨回家》一書來說明動物故事的寫作技巧。這本書是寫小鴨鴨不聽媽媽的話，吃了不少苦頭才回到家，放聲大哭，並說：「以後一定聽媽媽的話」。本書教訓意味很濃，沒有新意而且言已盡，「好的作品應含不盡之意於言外，叫人能沉思、回味。」本書問題雖然揭示較早，在最緊張的一刻主人柯大叔突然出現，解決了問題，送牠回家。這神來一筆，卻令人覺得不自然，也不合理，如果在開頭交代柯大叔養了這些鴨子，就不會顯得如此牽強。（頁 160～161）「寫動物要能寫活，必須安排能顯現這種動物習性的事件，並藉機描寫步態與姿態。林良寫《小鴨鴨回家》卻忽略了這一點。另外在問題的設計上，與其一路有驚無險下去，不如設置一個困境，主要人物生命有了安危，更能吸引讀者的注意與關懷。（頁 161）」

在林良少數作品中，出現節奏緩慢的問題，如《第二隻鵝》，全篇只見兩處對話，一段接近一頁的約有四處。由於多用敘述、說明，又想將事情交代清楚，自然段落就長，節奏也緩慢下來。他建議凡與主要人物不相關的皆可省略。洪文珍認為「寫兒童讀物，節奏要求明快，因此宜多用動作來開展情節，描繪個性，盡量刪減不必要的筆墨，也就是少用敘述、說明。而且要避免段落太長。（頁 164～165）。作者在〈結論〉中客觀地指出林良散文與故事的優缺點：

> 林良優美生動、淺顯有致的散文，真是令人由衷的欽佩。用疊字為人物命名，並與其特性相符，林良有獨到之處，但能活在讀者腦中的人物不多。情節的安排與設計是林良較弱的一環，幾乎每部作品都可找到毛病，沒有一部作品會令人拍案叫絕，讚美不已。至於啟發兒童，林良也很注意，但往往過於明白，甚至流於說教，不能達到言有盡而意無窮，叫讀者深思回味不已。
>
> ——頁 166～167

林良的詩創作

徐錦成發表於「林良先生作品討論會」的論文〈現代都市與古典中國——林良詩的兩種面貌〉[32]將林良的詩分為「成人詩」與「兒童詩」，也有選集將「童詩／兒童詩」並列。作者整理林良（或用子敏筆名）出版的詩集，計有《動物和我》（1968 年 8 月）、《今天早晨真熱鬧》（1973 年 8 月），兩書皆由臺灣省政府教育廳所出版。此時期的少作，已出現注重押韻、用字淺顯等特性，在往後林良詩作中仍然顯而易見。1980 年代，林良的詩集出版有《兒童詩》（1985 年 6 月）《林良的詩》（1993 年 10 月）；此外，爾雅出版社出版的《童詩五家》（1985 年 6 月），收入林良 29 首童詩，以及林煥彰、林武憲、謝武彰、杜榮琛等五位詩人的詩作；1993 年 8 月，由林煥彰主編、民生報社出版的《借一百隻綿羊——一九九三年海峽兩岸文學選集‧臺灣童詩卷》，收入林良的童詩 13 首。

徐錦成探討的詩，全部出自《林良的詩》這本詩集，這本書共收錄 38 首詩，並依主題分為七小輯。第一小輯就是「在城市裡的日子」。作者舉出一首描繪都市生活的〈金星〉，高大鵬的評析形容「這首詩是以現代人的眼光和上班族的心情寫天象」，如「抬頭看見金星在／剛發白的東方／金光閃

[32]徐錦成，〈現代都市與古典中國——林良詩的兩種面貌〉，《兒童文學資深作家作品研討會——林良先生作品討論會論文集》，頁 35～44。

閃，／在月亮已經下班／太陽還沒上班的／時刻，在東方的天空值勤。」作者指出形容「日昇月落」的方法有千百種，但都市裡的詩人丟給我們的是「下班」、「上班」、「值勤」這些現代詞彙。如此寫法無疑相當寫實，而在這裡亦不由令人想起，「寫實」作為一種風格，有時確實與「浪漫」難以調和。（頁 38）林良詩的「古典中國」，處處與現代生活實際融為一體，如〈看月〉：「月亮掛在屋簷／像掛在榕樹樹梢／像掛在廣播電臺的／鐵塔尖／一樣美。我們的民族是／一個愛月的民族。／在月色好的日子，我常常推門去看月／像一個唐朝人／在長安。」林良的「看月」，不是在山林、田野，而是在現代都市，所以詩中會出現「廣播電臺的鐵塔尖」這樣的詞彙，但林良「不薄今人愛古人」，所以他會說月亮不管掛在「屋簷」、「榕樹梢」或「廣播電臺的鐵塔尖」都「一樣美」。（頁 40）

蕭蕭在賞析林良〈公共汽車〉時說：「日常生活所見，沒有一項不可入詩，我想這是林良先生信守的原則。」林良的詩經常歌詠都市生活，這當然與他自己生活在臺北這個大都會脫不了干係。林良在〈從「詩」到「兒童詩」——漫談兒童詩寫作〉，曾指出：好的詩人用「不平凡的手法」去運用我們所熟悉的「平凡的真實語言」，一下子使它產生了令人驚喜的效果，也使「平凡的語言」發出迷人的光輝。他使「平凡的語言」充滿了意味，這種能力和技巧是需要相當長的時間來培養的。[33]

林良的古典文學素養顯然是深厚的，因此能「自在自得」地大量運用中國古典詩裡的豐富詞彙典故來成就自己的詩，而古典涵養之於林良，實亦不僅止於令他作詩時能「出口成章而已」，「我常常推門去看月／像一個唐朝人／在長安。」能發此語，顯見詩人與古典早已融為一體，不分你我了。（頁 42）林良在《淺語的藝術》幾篇論詩的文章，對古典詩、現代詩、外國詩，均能隨時引用，並加以評論，可見他的博學，而他也提出：一個理想的兒童詩的作者要有「詩心」，要有「童心」，要有「愛心」。[34]

---

[33]林良，〈從「詩」到「兒童詩」——漫談兒童詩寫作〉，《淺語的藝術》，頁 226。
[34]同前註，頁 227。

夏婉雲〈時間的擾動——從意向性與時間性分析兩首童詩〉[35]，主要利用現象學、存在主義批評，針對「時間本身如何流動或擾亂的過程來討論詹冰的〈插秧〉、林良的〈白鷺鷥〉兩首童詩，並以幾首唐詩與之相對應。未具現象學、存在主義文論基本學養的讀者，恐怕會被許多術語所困惑。意向性（intentionality）是現象學核心概念之一。胡賽爾將「意向性」引入現象學，企圖以此來克服傳統哲學中主體與客體、唯心與唯物的對立，同時他竭力清除這一術語的心理主義色彩，把它納入純粹意識的本質結構，立足於現象學本體論來加以分析。意向性所標明的正是意識活動和意識對象之間相互包容的意向關係，這種關係比主客體對立的關係本原得多。[36]

林良的〈白鷺鷥〉出現兩個版本，一是 1980 年林煥彰編的《童詩百首》（臺北：爾雅出版社），一是陳正治所著《兒童詩寫作研究》（臺北：五南圖書出版公司，1995 年）也選此文討論，但所引的詩外形迥異於《童詩百首》。這首詩原來的形式是「青青山下／綠綠水田／白白的鷺鷥／低低飛。／青青山下／綠綠水田／白白鷺鷥快快飛。」作者以表格形式分析（請參考選文），指出《童詩百首》所收，「低低飛」直排空間較少變化，看不見空間位能的移動。而陳正治引用的版本，「低低飛」第一次出現是直往下落的，每字各佔一行；第二次出現「飛飛飛」呈く型排列。修改後的作品讀起來較慢，飛的畫面是連續性，如影片可以銜接的。第二句呈く型的「飛飛飛」空間產生「擾動」，時間、空間的變化。「時間的三維性（長、寬、高）加上時間的一維性（時間的永恆流逝）成了『四維空間』，可見詩的時間性和意向性的重要，瞬時產生『擾動』、不安後，時間、空間的變化。（頁 51～52）（有關詹冰〈插秧〉，以及詹冰、林良兩首童詩的比較概述，此處從略）」

---

[35]夏婉雲，〈時間的擾動——從意向性與時間性分析兩首童詩〉，《臺灣詩學》學刊 7 號（2006 年 5 月），頁 31～55。

[36]王先霈、王又平主編，《文學理論批評術語彙釋》（北京：高等教育出版社，2006 年 5 月），頁 447。

兒歌創作

林守為編著的《兒童文學》（臺北：五南圖書出版公司，1988 年 7 月），對「兒歌」有下列的定義：「兒歌係指由兒童自己唱成或由成人為兒童唱的一切歌謠，其中一部分是含有意義的，一部分沒有什麼意義，只是隨口趁韻唱出來的。」（頁 224），他分析由成人為兒童唱的有催眠歌、弄兒歌、知識歌。由兒童自己唱的有遊戲歌、滑稽歌、動物歌、計數歌、急口令、各地童謠等。（頁 224～232）林武憲〈林良先生兒歌創作研究〉，亦是「林良先生作品討論會」的論文。他指出林良對兒歌的看法如下：

> 古代的「童謠」，是一種純粹的「成人文學」，現代人心目中的「兒歌」，是指幼小時跟著祖母、母親，或者女性長輩，一句一句學來的「歌仔」，兒歌的傳統，強調對「人生活」的描述。」「對兒歌的最佳形容是：為幼兒寫的有律動、有韻腳，而且含有遊戲性的作品。[37]

對於兒歌創作，林良強調「兒歌的特色是句子簡短、節奏分明，具有押韻的趣味，「特別重視語言的律動，句末的押韻、重疊的趣味，本質上是一種遊戲。」

林良的兒歌，數量眾多，至少有一千首以上，林武憲以 1971 年印行的《看圖說話》第三冊做代表，來研究林良已印行的兒歌集。他從題材、性質、內容、功用，加以整理、歸納，分成幾種典型：1.遊戲的，2.知識的，3.逗趣的，4.教育的，5.抒情的，6.生活的，7.童話的，8.謎語的。林良兒歌的句法，有形式很整齊，用三字句、五字句、六字句、七字句寫成的，也有三四、四五、四六、五六、三七、三五七等混合形式的，也有以多音節與詞來寫作，每行字數不等，長長短短，打破傳統句法格式，沒有規律的

[37]林武憲，〈林良先生兒歌創作研究〉，《兒童文學資深作家作品研討會——林良先生作品討論會文集》，頁 5。

自由式作品。林良兒歌的表現手法，除一般熟知的比喻、擬人、問答、直述的以外，還有：1.反復法，2.排比法，3.對照法，4.回文法，5.借代法，6.倒裝法，7.誇張法，8.層遞法，9.幻想法，10.摹擬法。林良兒歌的主題，主要在傳達「愛」、「美」及其他（如自信、助人、環保、讓孩子自己解決問題等）。林良兒歌的特色：1.風貌多樣，2.語言淺白，風格獨特，3.規模較大，較有深度，4.富有音樂美，5.富有詩意，歌詩難分，6.有情節，有幽默感。

兒童文學的翻譯

林良在〈熟悉的語言，新穎的運用——談兒童文學的翻譯〉[38]參考嚴復的說法，提出翻譯者的三個信條，即「信」、「達」、「雅」。所謂「信」，就是對原書的內容要忠實，尤其是在「有」「無」「是」「非」方面要忠實。所謂「達」，就是要徹底了解原書的內容。翻譯者不僅要懂得外國語言，而且還要「通」他所譯的那本書所屬的那個「知識領域」。所謂「雅」，就是語言要優美。林良認為「雅」字應該用「得體」或「生動」來代替。（頁 287～288）

陳宏淑〈論林良的翻譯觀與兒童觀——以譯作《醜小鴨》為例〉[39]，主要探討林良於 2005 至 2006 年為格林文化出版公司譯寫「安徒生 200 年珍藏繪本」（一套十冊），在其中一本《野天鵝》的導讀中，林良談到自己翻譯安徒生童話繪本的作法：1.重視圖畫的詮釋功能，文字力求口語化；2.適當刪節或改寫，使故事更好看；3.有時需要為了插畫而增添原作中沒有的文字；4.淺化處理民間故事中形象典型化的壞人形象；5.考慮到兒童的處理能力而篩選詞彙，把比較陌生的字眼改為比較熟悉的字眼。作者指出：封面上寫的是林良「譯寫」，而非「翻譯」，這種「譯寫」行為背後或許隱含

[38]林良，〈熟悉的語言，新穎的運用——談兒童文學的翻譯〉，《淺語的藝術》，頁 285～297。
[39]陳宏淑，〈論林良的翻譯觀與兒童觀——以譯作《醜小鴨》為例〉，《國立臺北教育大學語文集刊》第 13 期（2008 年 1 月），頁 1～25。

成人想要「教育」兒童的一種心態。（頁 6）

作者指出林良的「譯寫」，使他下筆變得比較自由，然而自由的譯寫可能破壞原作的整體感。以林良譯寫的《醜小鴨》為例，便出現幾處的邏輯不一致、圖文不一致。

> 「譯寫」看似自由，但其困難在於整部作品必須注意到一致性，譯作的文字風格，內容情節、插圖都要能緊緊相扣，互相搭配，當譯者想要縮短文本或降低文本複雜程度時，文本的整體感可能就會直接受到影響（Shavit 125）。譯者意識到這個層面，才能讓改寫的譯作有完整的新面貌。
>
> ——頁 10～11

此外，從《醜小鴨》可看出林良的譯寫有淺化簡化、添加解釋、迴避尋死情節的傾向。這樣的傾向反映出成人對兒童能力的低估，限制了兒童的潛力與兒童文學翻譯的發展。

結語

林武憲為「第十六屆國家文藝獎頒獎典禮專刊」（2012 年 10 月），撰寫〈純真的境界——林良一生的探索與追求〉，對林良的生平、創作歷程和藝術表現的特殊性、作品的特性及成就等，已有詳細的論述。謹就其多方面的成就，略加陳述：

在文學創作和翻譯方面：林良的兒童文學創作，始於 1951 年開始撰寫《國語日報》「看圖說話」專欄，兒童文學的創作以兒歌、童詩較多，另外有廣播劇、生活故事，科普讀物和圖畫書，類型頗多，近年來屢出新書，多次獲獎，已出版的著作約 200 冊。兒童詩在兩岸都頗獲好評，多次入選各類選集，兒童文學作品《兩朵白雲》、《今天早晨真熱鬧》等編入兩岸小學語文教材。翻譯方面，成績斐然，《又醜又高的沙拉》和《傷心書》、《蜘蛛和蒼蠅》，先後獲得「好書大家讀」1999 年和 2004 年的最佳少兒讀物獎。在現代散文方面，前文已詳述，不再贅言。

在兒童文學的播種和推廣方面：林良長期擔任臺灣省教育廳兒童讀物寫作班指導老師，也為其他縣市及社團講課，培育寫作人才無數。他又參與創立中華民國兒童文學學會，並擔任第一屆理事長，舉辦各種推動臺灣兒童文學發展的活動，終生為推動兒童文學的創作，孜孜不倦，曾榮獲各種獎項的肯定。

在語文教育方面：早年致力推廣國語、閩南語的對照教學，重視母語教育，曾編寫「閩南語說話教材」。林良擔任國立編譯館國小國語教科書編審委員，長達 24 年，實際負責編寫中年級的教材。已有多篇學位論文研究林良兒童文學理念在國小寫作教學的應用。林良常赴各縣市為教師、社會人士講課，推廣兒童文學，也有提倡語文教育的功效。他是兒童文學界的「大家長」、「長青樹」，他的創作與推動兒童文學的貢獻，占有臺灣兒童文學史重要的指標意義。

輯四◎

重要評論文章選刊

作者的語言與個性

兒童文學創作上的一個問題

◎林良

一

兒童文學創作上，是不是容許有作者個性的存在？這是一個令人關心的問題。

在一般的文學創作裡，作者的個性都受到特別的強調。從創作的觀點來看，能自由流露個性的作品，說明了那作者的寫作能力已經達到超出凡庸的境界。從鑑賞的角度來看，能感應作者的個性，證明鑑賞者已經具有相當精純的文學趣味。作者的個性，在文學世界裡是一種「價值」。在文學裡，作者的個性是一種難得的「文學美」。這種情形，在兒童文學世界裡是不是也照樣存在？

這個問題的答案是：「是的！」不過，為什麼？

在兒童文學世界裡，不是特別強調一種「兒童能懂的語言」嗎？如果我們把全部精力都放在製作這種「兒童能懂的語言」上面，顧慮這個，顧慮那個，不停的省察自己寫出來的句子是不是違反了第七個原則，是不是違反了第九個原則，那麼，所謂「作者的個性」早就被這些數不清的原則所割裂了。那結果，不管是十個作者，二十個作者，他們的語言必然的是只有一個樣兒！那些語言都是一個模子印出來的！

有前面這個想法的人，所犯的錯誤是把「語言學習」跟「寫作」看成一件事。他不認為一個作家還必須經過「語言學習」這樣的階段；或者，他認為「語言學習」就叫做「寫作」。

如果我們能把「語言學習」跟「寫作」分開，就可以知道「兒童文學作品裡的語言，都是一個模子印出來的」這句話是不正確的。觀察的時候，錯找了一個不相干的對象，所下的結論必然是錯誤的。

二

學習一種語言，追求的目標恰好就是要「讓自己的語言跟別人的語言，就像是一個模子裡印出來的」。我們所追求的是「跟人相同」。學法語的人，所希望的就是他說的法語跟法國人說的法語完全一樣。

我們談兒童文學作品裡的語言，曾經強調過兩個條件：

那語言必須是「生活裡的真實」。換句話說，那語言必須是真實的語言，是我們的小讀者「生活在那裡面的那個社會」平日所用的語言。再換句話說，那語言必須是小讀者接觸得到的，會說會聽的語言。這是因為我們的小讀者正在學習那種語言，而且也只有依賴那種語言來吸收多采多姿的新經驗。

第二，儘管我們已經尋找到了那種語言，我們的國語，但是我們不能忘了作品奉獻的對象——我們的孩子。我們的孩子只「擁有」這語言的一部分，不是全部。我們必須熟悉孩子擁有的是那一部分，我們必須熟悉孩子的「語言世界」。寫作的時候，我們運用的就是「孩子的語言世界」裡的語言。

這兩個條件所包含的內容，也就是兒童文學作家應該具備的「語言修養」。這個修養，是每一個兒童文學作家在落筆之前就應該具備的。這是創作的「條件」，並不是創作的原則，更不是創作的「方法論」。

一個兒童文學作家，不應該寫出這樣的句子：「今有一人，入人園圃，竊其桃李，眾聞則非之，上為政者得則罰之。」儘管這個句子的內容孩子可能懂，但是這樣的「語言」並不是理想的兒童文學創作裡的語言。這是《墨子・非攻》裡的一句話，所以墨子並不是現代人心目中的兒童文學作家。他不具備兒童文學作家在語言方面的條件。他這種語言，對兒童來說，並不是真實的語言。

一個夠水準的兒童文學作家，不在作品裡寫「經濟困難」或「情緒低落」。他要懂得運用「家裡沒有錢」、「沒有飯吃」、「懶得說話」、「一肚子不高興」這樣的語言來寫作。令人驚訝的是，一個能運用高水準的抽象語詞來編織作品的作家，在兒童文學世界裡給人的印象卻是「不夠水準」。

一個國學根柢深厚，西學修養很好的讀書人，並非不能兼寫兒童文學創作，但是他一定得從頭「學習語言」，他必須熟悉「兒童的語言世界」。

既然所有夠水準的兒童文學作家都應該具備相同的語言條件，那麼，他們的語言不是都要成為「一個模子印出來的」了嗎？

對「語言材料」來說，是的！對「文學創作」來說，不是！只有在一種情況裡，他們的語言才會像是一個模子印出來的，那就是：他們寫作的時候都不用思想。

有一個人做了一個有趣的測驗。他手裡拿著一個眼鏡，挨個兒問四個作家：「我們把這個東西叫眼鏡，對不對？」四個作家都很認真的回答：「對！」他因此下了一個結論，說這四個作家都缺乏個性。

三

日常會話跟文學作品運用的是相同的語言材料，但是運用的態度有很大的不同。

日常會話裡運用語言的態度是「樂與人同」。說話的人寧願自己所說的話跟別人所說的話越像是「一個模子印出來的」越好。

別人向你問路，向你打聽中央圖書館離這兒有多遠。你通常會老老實實的告訴他：「兩公里。」

只有熟人、好朋友向你問路，你才「可能」擺脫某一種「拘束」或「緊張」，擺脫完全實用的態度，用一種使自己愉快或者使彼此愉快的方式來回答。

你不會含有創造意味的回答一個陌生人說：「離這裡有 20 萬公分。」

你也不會回答說：「那是一個遙遠的地方！」

一個作家只有在從事創作的時候才意識到他是自由的，意識到「創造」是他的權利。對於日常生活裡的「語言交換」，他寧願採取老老實實的態度。跟正事不相干的聯想活動，由聯想而引起的想像活動，還有對語言趣味的發覺和挖掘，我們通常都不拿來跟日常生活裡的語言相混。只有在寫文學作品的時候，我們才會有「用不同的態度來運用同一個語言材料」的興致。

用日常生活裡運用語言材料的態度來寫文學作品是不可能的。這是因為文學作品裡不能沒有聯想活動，想像活動，以及對語言趣味的敏銳感應力。

有人認為日常生活裡的語言不該用在文學作品裡。他沒有把話說好。他的意思是：我們在日常生活裡跟在從事文學創作的時候，雖然用的是同一個語言材料，但是我們不該把日常生活裡運用這個語言材料的態度，一成不變的搬到文學作品裡去。如果那樣做的話，我們的作品就會像日常會話那樣沒趣味，沒意味，沒豐富的含義了。

同樣的語言材料，同樣的語言水準，同樣正確的語法，只要加進一個「變數」，就是「不同的運用態度」，那結果是很不相同的。因此，我們也不要迷信只要語言水準夠，寫出來的作品就必然的「也是很好的文學作品」。如果我們採用的是日常生活裡的老老實實的運用語言的態度，那麼那篇作品就「不會是很好的文學作品」。這作品，在語言上，儘管非常正確，但是「沒味兒」。沒有人能忍受「沒味兒的文學作品」。兩個人，都能正確的運用語言來寫作，那個寫得有味兒的是好作家。那個寫得沒味兒的是一個不具備作家條件的人，他不會是一個好作家。

現在我們要說的是：

文學作品裡的「味兒」，不是只有一種。不同的作家釀造不同的「語言味兒」。那「味兒」，就流露出作者的個性來了。

兒童文學作家儘管必須具備一定水準的「語言條件」，但是具備了那

「語言條件」並不等於他的作品就有味兒了。用「樂與人同」的態度來運用語言，儘管那語言非精確，仍然不能算是達到文學作品的要求。文學創作要求那作者不但要「樂與人同」得非常精確，而且還要精確得非常有味兒。

文學作品裡的出色語言，應該是跟日常生活裡的語言「相同得非常不同」,「不同得非常相同」。這才是一個值得追求的目標。這目標就是：使日常語言有味兒。

有人以為只要把語言弄得跟日常語言十分不同，就成為文學的語言了。這是對一個正確的結論的「錯誤的逆溯」。文學的語言跟日常的語言所以會「十分不同」，是因為文學的語言「十分有味兒」。

正確的使用語言，並不等於使語言失去了個性。

四

英國兒童文學作家，寫《柳林中的風聲》的「肯尼塞・格雷罕」，跟美國兒童文學作家，寫《蜘蛛夏洛蒂的網》的「E. B. 懷特」，兩個人使用的都是非常正確的英語。歐美的文學創作有使用真實語言的傳統，而且也追求某種程度的「正確」。這就是說，對於語言的運用，也有某種限制或拘束。但是他們兩個人的「語言」，卻都有明顯的個性——正確得非常有個性。

格雷罕的「正確的語言」是「正確」得句子非常長，長得有時候讀者「一把抓不過來」，不看第二遍總會遺漏點兒東西。他的語言像詩人的語言，有很細膩的刻畫，寫「月亮升上天」這件事寫了一大段，而且第一個句子長到二十九個字。他的細膩的刻畫，使你感染到鄉間可愛的氣氛，使你動心。他寫的對話很真實，句句在日常生活裡都是「可能的話」，但是活潑俏皮，能呈現腳色的個性跟「藏在心中的念頭」。

E. B. 懷特的「正確的語言」卻「正確」得句子非常短，短得像街上的交通標誌，一眼就看懂它的意思。用字是平易的，句子的含義是單純的。他的語言的意味，不像格雷罕那樣含在一個句子裡。格雷罕總是想叫一個單一的句子做相當多的事情。E. B. 懷特派給每一個句子做的事非常少，卻叫許多句子合起來做奇異的事。他的語言使大人、孩子讀了非常愉快，不過並不是空洞的。有一個十歲的孩子讀到《蜘蛛夏洛蒂的網》的結尾，竟哭了起來，跟媽媽說：「媽，夏洛蒂死啦！」

媽媽和氣的說：「是這樣子的嗎？」

孩子氣急敗壞的說：「夏洛蒂死了，你都不難過！」

這兩個作家的語言是有個性的。

如果你的語言顯得沒有個性，不是因為你使用跟人相同的「平凡的語言」，實在是因為你在使用跟別人相同的「平凡的語言」的時候，思想也跟別人一樣的平凡，或者也跟別人一樣的只管說話，根本不思想。

——選自《中國語文》第 38 卷第 2 期，1976 年 2 月

一草一木都是文章

談兒童文學裡的「創作」

◎林良

一

文學裡的創作，就像探索真理似的，需要一個能專注，能長期工作不息的活活潑潑的大腦。

明朝心學大家王陽明先生領悟「致良知」的道理，有一段很動人的過程，恰好可以拿來做「創作」的比喻。他 18 歲的時候，相信許多儒者共信的一句話「眾物有表裡精粗，一草一木，皆具至理」是正確的，因此就去拿了一枝竹子或者一段竹管，靜靜的看，用心的思索。他很可能是人類第一個看竹子看得最用心，而且用心最猛的人。他工作過勞，耗費心血過多，求功的心過切，結果不但一無所得，而且也病倒了。這是第一次生病。

27 歲，他為真理的探索，工作了九年了。他仍然覺得內心的思索是一回事，外界的事物又是一回事，兩樣不能互相契合。用一般的語彙來說，就是他「還沒有把道理想通，想透」。他內心抑鬱，又病倒了。這是第二次生病。這時候，莊子的「知識放棄論」誘惑了他。他有點兒消極，心中有「何苦呢」的感覺，對「養生」的方法發生了興趣。

不過他畢竟不是一個輕易放棄努力的人，仍然是日夜沉思，抓住問題不放。又過了十年，37 歲，一天夜裡，總算領悟到人生的道理，大叫一聲，坐了起來，不能再睡。他的舉動，使跟隨他的人大吃一驚。思想有了頭緒，思想的課程也就比較好安排，他又勤苦的工作了六年，到 43 歲的時候，才完成了「致良知」這學說的體系，認真的傳授學生。

為了一個學說，他前後工作了 26 年，還生了兩場病。剛開始的時候，他一無是處。25 年以後，他成熟了。一顆種子種在地裡 26 年，長成一棵大樹。既是樹，就不會再僅僅是一顆種子。成熟了以後的王陽明先生，成為「生活在真理裡的人」，不再是一個平凡的人了。宇宙間的一切現象，都成了他的道理的一部分，對他來說，都是可以解釋的。這樣的一個人，在物質世界裡跟別人沒有甚麼不同，但是他另有一個宏偉的精神界，是別人不能相比的。那是 26 年的拓荒耕耘的成績。

文學裡的「創作」，情形也完全一樣。

二

有一位文學理論家說：「臺北是值得寫的，西門圓環也是值得寫的。我們應該以現實生活為題材，寫出能反映這個時代的動人作品來。」

他的「理論」是對的，但是他並不知道他所提到的是多艱難的一件事情。提出「美滿的構想」是一般理論家的權利，但是理論家的缺點是不知道創作的艱辛。他只有一般的「合理的想法」，尤其不知道每一部好作品的寫作都是一個獨立的「個案」。一般平庸的文學理論家，總相信一切文學創作都是「大同小異」的。但是一個好的文學理論家，相信的卻是：一切文學創作都是「小同大異」的。

「大同小異」的觀念，使文學創作趨向平庸跟統一，恰好跟藝術創作的基本精神相反。

「小同大異」的觀念，端正了「同」「異」的比例，尊重個性跟特色，這才是藝術創作的真精神，這才是藝術創作的實際情形。

「西門圓環」當然可以寫，而且可以寫得好。但是我們要留心的是，這不是僅僅靠「好文詞」就辦得到的。你必須先假定「寫西門圓環」這個寫作意向，只不過是等於對你提供了一片荒地，你的工作是在這一片荒地上建造一個你自己的西門圓環。把西門圓環寫得跟別人所知道的西門圓環相符合，這只是你整個工作中的一小部分，這只是整個工作的一萬分之一。更要緊的部分是，你要寫出你本來不知道的部分。

自以為對西門圓環懂得很多的人，並不是一個理想的作者。理想的作者是那個雖有「寫西門圓環」的意向，卻認為自己對西門圓環知道得太少的人；因為只有自覺懂得太少，才會想到更深入的去挖掘「真實」的必要。在這種情形之下，西門圓環只不過是王陽明先生手中的那一枝竹子，離創立「致良知」的學說，還有一段非常遙遠的路程。

這個想寫西門圓環的作家，很可能要為西門圓環生第一次病，生第二次病。他也很可能在某一天夜裡忽然大悟，從床上坐了起來，大叫：「我懂了！我總算懂得西門圓環了！」使一家人心驚。從那一天開始，他才算真正進入西門圓環，成為一個生活在西門圓環裡的人，心中有一個「西門圓環世界」。寫西門圓環，就從這個時候開始。

三

西門圓環的北邊兒，是新世界電影院。新世界電影院的樓下，是市立銀行的分行，有一個玻璃辦公廳，行員坐在辦公桌前，可以隔著玻璃看到整個西門圓環的景色。有一位行員，喜歡對時，看看手上的腕錶，看看辦公室的鐘，看看圓形廣場上那座標準鐘，隔著鐵路遠眺「點心世界」樓上那堵牆上的「數字自動報時鐘」。他心裡有事的時候喜歡那個走得最快的鐘，心情好的時候甘願等那走得最慢的鐘走到了時候再下班。

新世界跟真善美兩家電影院有一個共用的通道。通道的兩邊是可愛的小型委託商店。通道的出口，正對著廣場那邊的派出所。通道出口兩邊的人行道上，有許多做小買賣的，常常不自覺的抬眼看看派出所。

新世界電影院正門對面的那一列樓房，挨著天橋那一邊的臺階下，是有名的中國書城。中國書城在地下層，進口的兩邊是喧囂的拍賣商場。拍賣商場常常順手把叫賣的貨物掛在中國書城的門框上。中國書城的管理委員常常開會，為這件事苦惱。這座大樓，並不屬於廣場對面看得見的那個派出所的轄區。

派出所這邊是西門市場的正門。西門市場的二樓是紅樓電影院。市場出口右手正對廣場這一邊有一家咖啡館，每天有許多「圓環人」邀朋友在咖啡館裡談生意。有一位能幹的中年婦人帶著沉默的丈夫，邀兩個年輕人來咖啡館裡詢問到日本觀光該辦的出國手續。一位英俊的警員進來請中年婦人出去一趟，因為中年婦人的店裡有人鬧事，所以邀她出去協同解決一下。

市場出口左手南洋公司走廊的角落裡，有一個出租武俠小說的租書攤。中年的武俠迷，都來這裡租書看，一還就是 20 本，一借就是 20 本，進行的是聲勢浩大的「大量閱讀」。

所有的「圓環人」對生活當然是認真的，某一個圓環人跟另外一個圓環人可能交上了朋友，但是他們自己可能並沒發覺圓環對他們的意義。他們可能完全忽略了居住在圓環四周的每一個人對他們具有意義，經過圓環的每一個人對他們也具有意義。只有一位作家，才能夠把這些小意義組合成大意義，凝成一個深刻的主題。

一位作家要寫西門圓環，就必須「格物致知」似的不斷的「格」西門圓環，一天一天的「格」，一星期一星期的「格」，一個月一個月的「格」，「格」到生第一次病，生第二次病，「格」到有一天，「格」出一個可以讓他鑽進去的洞來，然後他才能夠走進西門圓環的「內部」，生活在心中的「西門圓環世界」裡。

進入這「世界」以後，他還得繼續熬下去，直到有一天，他半夜從床上坐起，大呼：「我懂了！」這才可以動筆去寫。那時候，他描述西門圓環的每一個句子，都會帶著異樣的光彩。那時候，西門圓環才能夠成為「文章」。

僅僅能默記一些佳妙文句，或者僅僅有製作佳妙文句的才能的人，怎麼能寫西門圓環？

文學理論家的「十全十美的構想」，也許能激起作家一個寫作意向。但是一部好作品的完成，文學理論家是不能居功的。叫人流血的人，不能把別人所流的血看成自己的財產。「構想」的價值應該在「構想」的站牌下止步。提供構想的人，應該向作家致敬。

在文學創作上，找「題材」不應該是一件難事，因為一草一木都能成文章。只有找「現成的題材」才是難事，因為天底下的事情都不會那麼巧，沒有那麼多現成的東西好撿。

四

這裡所談的「創作」，是跟「翻譯」相對的。

在兒童文學的世界裡，一直存在著「翻譯」重要，還是「創作」重要的問題。

翻譯當然是重要的，而且永遠是重要的。因為只有透過翻譯，我們才知道外國的兒童文學作家怎麼樣為孩子寫作，他們已經累積下來多少成績，他們有些甚麼新的努力。

當然我們不能永遠做一隻蒐集雞蛋的母雞，我們自己也應該下下蛋。我們應該有「創作」。不過，我們對「創作」的了解，不應該僅僅是「不翻譯」。把「不翻譯」當作就是「創作」，這種態度是錯誤的。

所謂把「不翻譯」當作「創作」，是指「那麼就寫點兒中國東西吧」那種隨隨便便的態度。我們常見的「就寫點兒中國東西吧」的作品是有類型的。最普通的一個類型是寫「苦孩子」，寫「哭戲」：父親是賭博、酗酒、另娶或入獄，母親是給人洗衣服或臥病，孩子是白天讀書夜裡賣肉粽，最後是一場有驚無險的車禍。一方面，我們給孩子一個「愁慘的世界」，肯定了「人生的愁慘」。另外一方面，我們給孩子一個錯誤的觀念，認為文學創作相當於有一定格律的「應用文」寫作，跟活活潑潑的真實人生無關。

「創作」是很重要的，但是我們要有健康的創作態度。我們必須去「格」真實的生活，「格」出滋味來，「格」出意義來，給我們的兒童文學增添一點新鮮的東西。

——選自《中國語文》第 39 卷第 3 期，1976 年 9 月

可愛的主題
談兒童文學作品裡的主題

◎林良

一

所有的文學作品裡都含有一個「主題」。不過，這句話不能看得太死。這是因為文學作品裡的「主題」，並不像論文中的「命題」那麼顯明，而且往往並不包含一個精確的推理過程。文學作品裡的主題，通常都是「隱含」的，要靠讀者去體會的。

根據我們欣賞文學作品的經驗，我們發覺，動人的作品給我們的是一種意味無窮的感受。不過，我們會覺得那感受裡含有某一種值得捕捉的東西。我們在深深受了感動以後，設法要去捕捉那東西。這是一種「知性」的活動。這知性的活動終於使我們捕捉到那東西。那東西就是作品的主題。

文學作品裡的主題，含有雙重性質。它一方面是作者對人生的判斷，一方面又是讀者對作品的判斷。把這兩樣合併在一起來敘述，那麼，作品的主題，就是讀者對「作者的人生判斷」的判斷。這兩種判斷有時候是一致的，有時候是不一致的。如果是一致的，那就是作者表現得夠好，或者讀者體會得夠多。如果兩種判斷並不一致，那就是作者表現得不夠好，或者讀者體會得不夠多。

為甚麼文學作品裡主題的表達要那麼不乾脆？不是不乾脆。這是因為文學作品裡對主題的表達，跟論文裡對主題的表達，採用的是完全不同的方式。

論文是「以理服人」的，仰仗的是精確的推理，它的主題是顯露的。

文學作品是「以情感人」的，作者用自己敏銳的感覺喚醒讀者的感覺。作者相信自己掌握的是比「推理」更有力量的力量，那就是「感動人」的力量，使人「刻骨銘心」的力量。過分顯露的「命題」，恰好是對這「最有力量的力量」的一種破壞。

文學作品使讀者「毫無道理的接受一個道理」。我的意思是說，文學作品並不推理。它動用的是「感動力」。

完全迷信文學理論的人，尤其是那關於「主題」的部分的，往往把作品寫成「軟化了的論文」，原因是他竟動用了他十分外行的「推理力」，放棄了他應該十分內行的「感動力」的緣故。

二

文學作品既然能使讀者「毫無道理的接受一個道理」，那麼，作者在作「人生判斷」的時候自己就應該十分清醒，不能自己也迷迷糊糊的對人生作「毫無道理的判斷」。

對一個具有使讀者「毫無道理的接受一個道理」的力量的作者來說，他應該十分清醒，警惕自己，千萬不要墮落成「使讀者毫無道理的接受一個毫無道理的道理」！

文學是「藝術」，這藝術是「仁術」。因此，作者在作「人生判斷」的時候應該保持清醒，應該十分謹慎，應該有值得人信賴的仁心，不可以憑偶然的衝動，不可以人云亦云，不可以心存「不仁」。

在文學世界裡，「主題」也就是「瀰漫在作品裡的思想」。那也就是作者要讀者接受的東西。一個好作家，應該很誠實的弄清楚那「東西」是甚麼。

在現代文學的世界裡，有許多十分流行，十分受寵的文學主題，我覺得都缺乏一種對人生的基本的「清醒」。這些可笑的主題是：「人生的終極是瘋狂與恐怖」、「人生是荒謬的」、「存在本身就是一個悲劇」、「人性是卑賤的」、「人類是互相吞食的蛇群」、「性是真，真是美，美是善」。尤其是這「性」，在現代文學裡更發展成一種可笑的「過度的關注」。在這種「性主題」的文學作品面前的每一個讀者，都飽受折磨像《紅樓夢》裡那個可憐的「賈瑞」。這大概跟歐美的商業社會有關。對歐美的商業社會來說，20世紀是他們的「性的商業價值的發現」的偉大世紀。儘管「性就是錢」這種卑賤的鑽營會使清醒的人失笑，但是「性商人」對忠厚的作家發出的恫嚇確實具有震懾人心的力量，因此許多沒有主見的老實作家趕緊顫聲跟著唱出「世紀的頌歌」。「性商人」發出的恫嚇是：「只有陽萎跟冷感的人，才怕談性！」（請讀者原諒這粗野的剖析。）

一個清醒的作家應該有勇氣跟「性商人」、「性讀者」、「性現代文學批評家」這樣說：「我有不寫『文學性』的『性』的選擇自由，但是我也不是一個陽萎冷感人！」（請讀者再原諒一次。）

作家對主題的選擇，應該保持百分之百的清醒。

三

在兒童文學世界裡，文學主題的選擇怎麼樣呢？這是特別值得我們深思的。

兒童文學的最主要的特質是「為兒童寫」。我們在寫作的時候，都清醒的知道這是奉獻給小孩子的。因此，兒童文學創作裡對於主題的選擇，更應特別加以重視。

就因為兒童文學創作是為兒童寫的，所以在兒童文學世界裡，對作家的「條件」也特別加重視。那「條件」有「語言的條件」跟「人的條件」。「語言的條件」不談了。「人的條件」指的是那作家是不是「愛小孩子」。如果那作家僅僅是「愛文學」，但是他不具有「童心」的美質，對小孩子也沒有興趣，他就不是一個理想的兒童文學作家。他的筆下，很可能寫出令人「意想不到」的東西來，不僅僅是小孩子沒法子接受，而且根本上就對小孩子有害。一個兒童文學作家，不僅僅是「一般的文學作家」。這一點是值得我們留意的。

對「性」過度關注的北歐國家，曾經有過這樣的理論：兒童閱讀文學作品，是為了適應成人社會。這句看起來並沒有錯誤的話，卻出了毛病。那毛病就出在那位作家心目中的「成人社會」是這樣的「成人社會」：每一個家庭都是「不美滿的婚姻」的櫥窗，丈夫太太都有「外遇」，人人都是為「性」辛苦為「性」忙。這位作家，把這樣的一幅「家庭圖畫」送給小孩子，希望小孩子能適應這樣的「成人社會」，因為這成人社會是「真」的，寫出這「真」，就是「誠懇」，是一種「文學美德」！

我們很容易看出這個作家並不是一個有理想的作家。他把社會的部分看成社會的整體，而且不給人類的理想留餘地。他對於「培養社會的新生力」這種事是一無所知的。換句話說，他所說的「適應」，很可能「極端」到這樣的程度：社會有多糟，我們的孩子也該有多糟！

他的態度也可能是很「客觀」的。他會反對，說：「你說的『社會有多糟』的這個『糟』字，就含有個人的『價值判斷』在內。你不客觀。我所努力的是，『社會是甚麼樣，我就說它是甚麼樣』。我客觀。」他不知道他所說的「客觀」，是「只見黃金不見人」的客觀，事實上仍然是十分「主觀」的。他的客觀植根於自己的喜惡。他的客觀是對他的「有色眼鏡」的客觀。也許，住在他家巷子口的另外一個家庭，就不是像他所描寫的那麼「悲慘」的。

他用「客觀」來掩飾他的喜惡。其實他所關心的，只是現代文學的「風尚」。他不是一個有理想的作家。

一般文學作品對主題的選擇，有較大的自由，因為那些作品都假定它的讀者是「成熟的大人」，所以作者對主題的「表現」也有很大的自由。換句話說，只要那主題是有價值的，那「表現」也就不受拘束了。但是，在兒童文學世界裡，有價值的主題並不享有絕對的「表現」的自由。例如「誠實」的主題，如果用「一個小偷的悔過」來表現，就會成為十分「非兒童文學」的了。為甚麼？因為你向小孩子介紹了「誠實」的同時，也向小孩子介紹了「偷」。兒童文學裡對主題的表現，通常是「正面」的表現，並不遵循一般「成人文學」裡的「正」「反」「合」的過程。

如果我們說，一般成人文學作品的作家，在為作品選擇主題的時候應十分清醒，那麼，兒童文學作家為他的作品選擇主題，更應該十分的清醒。

四

兒童文學創作裡的主題，應該是文學世界裡最可愛的主題。統攝這些可愛的主題的，是我們的祖先不斷發現的「人性中最高貴的質素」，就是「愛」跟「同情」。這些高貴的質素，成為我們所形惜的「抗體」。我們有信心要用它來對抗醜惡。

我們所珍視的「適應」，不是指「同流合汙」。我們所珍視的「適應」是指「對改善過程的適應」。我們並不否認這裡頭含有「價值判斷」，因為我們所追求的恰好是某一種「人生價值」。

對這些主題的表現，也都是正面的，而且「正面」得非常可愛。我們相信這「正面」能夠培養一種適應「改善過程」的能力。

我們選擇「誠實」，捨棄「不欺詐」那樣的反面主題。

我們選擇「欣賞別人的優點」，捨棄「不要妒忌」那樣的反面主題。

我們選擇「愛護動物」，捨棄「不要虐待動物」那樣反面的主題。

我們選擇「孝順」，捨棄「不要忤逆」那樣的反面主題。

兒童文學創作裡的主題都是可愛的主題，正面的主題。因此，兒童文學作品往往也成為「鼓舞成人」的最純真的文學作品。

在兒童文學作品裡，我們讀到大自然的美，雲的美，花的美，海的美，積木的美。

在兒童文學作品裡，我們讀到對人類的愛，對鹿的愛，對樹的愛，對一條小溪的愛。

兒童文學作品往往能改變成人的人生觀，使他重新培養對人生的信心。

兒童文學的可愛，是因為它的主題從一起頭就非常可愛的緣故。

——選自《中國語文》第 39 卷第 4 期，1976 年 10 月

談兒童詩的寫作

◎林良

一

在這篇文章裡，我們最先要探討的是「兒童詩觀念」的接受。

兒童詩是兒童欣賞的詩。無論那詩的作者是一個古代的詩人，還是一個現代的詩人；是一位中國詩人，還是一位外國詩人；是只選擇一般成人做他的讀者而寫作，還是一心只為小孩子創作；自己是一個成年人，或者只不過是一個小孩子；只要是，你認為，大家認為，看起來是那麼適合兒童欣賞的，那就是最廣義的「兒童詩」。

如果你認為，兒童詩必須是兒童自己寫的詩，或者是兒童在教師輔導下寫作的詩，那麼，這就是比較狹義的「兒童詩觀」之一。不過，這種兒童詩觀的內容，仍然還是要被那最廣義的「兒童詩」所包容。

我們在這裡，也要提出一個比較狹義的「兒童詩觀」。這詩觀，是從「兒童文學創作」的觀點來界定的。因為兒童詩的創作是文學創作，所以那作者是一個成熟的，有創作能力的大人。又因為那作品是要讓兒童欣賞的，所以作者必須有為兒童寫作的自覺。

從純粹的「文學創作」的觀點來看，我們只能有這樣的兒童詩觀。至於小孩子在教師輔導下寫出來的作品，至於適合兒童欣賞的古詩、新詩的選輯，都不在我們討論的範圍內。

二

兒童詩觀的確立，兒童詩價值的認定，激動了許多人的寫作熱情，因此也形成了種種的「寫作觀」。最普遍的一種寫作觀是「學習的寫作觀」。

有這種寫作觀的人說：「我要寫兒童詩，我要學習。告訴我，什麼樣的詩才是兒童詩。告訴我那一套規矩，那一套方法，那一套格律。告訴我，或者給我樣品。我要學，我要寫，現在！」

他重視的是什麼樣的詩「是」或者「不是」兒童詩，他「能」或者「不能」寫出那種「叫做」兒童詩的詩來。他似乎並不重視詩的「好」或者「不好」，詩的「精采」或者「不精采」。他願意遵守一切規矩，他希望加入行列。

問題出來兒童詩除了「為孩子寫作」這個原則以外，再也沒有其他的規矩。甚至連「為孩子寫作」也只是說明了作品的精神，也不是形式上的規矩。

因此，有「學習的寫作觀」的人，覺得十分苦惱。他們設法捉住一些比較具體的，屬於形式上的東西來做「兒童詩」的寫作法則，來禁錮自己。

他們可能注意到一般兒童文學創作裡，把自然界的事物現象跟家庭親屬間的稱謂配合在一起，使自然界的事物現象產生了使兒童覺得親切的人情味。例如用「風伯伯」來稱呼風。恰巧，這種常見的寫作習氣也出現在一些兒童詩裡。因此，他們繼續寫雨阿姨、雷爺爺、露珠小妹、松樹公公、電叔叔。他們相信，有這樣的腳色登場的新詩，就是兒童詩。他們確認這種「家屬詩」就是兒童詩。

他們可能注意到，有一些兒童詩採用「明喻」的手法，用兒童世界裡習見的事物來比喻自然界的事物，例如「大榕樹像一個鬍子很長的老公公」、「樹下的小草像一群瘦小淘氣的孩子」。因此，他們繼續寫月亮像什麼，星星像什麼，雨像什麼，風像什麼。這種寫法，在兒童詩裡，就是有名的「像詩」或者「像什麼像什麼」的詩。有一些作者，幾乎確認「像詩」就是「兒童詩」。

跟「像詩」近似的是「是詩」。所謂「是詩」，就是在詩中運用赤裸裸的「隱喻」。例如：「老榕樹是一個鬍子很長的老公公」用的是一個「是」字。在「是」了以後，可以展開敘述，例如「他最怕風，風來的時候，他就沙沙沙沙的抱怨」。有一些作者，確認「是詩」就是兒童詩。

跟「家屬詩」、「像詩」、「是詩」不同的，是老式的「詞藻詩」，例如：

燦爛的旭日照射著洶湧的海洋，
澎湃的波濤傾覆了破敗的漁舟。

這種老式的「詞藻詩」，千百年來已經成為「詩的笑話」。寫這種詩的人，相信詩就是「形容詞」，詩就是「副詞」，詩就是「雙音節動詞」。因此，他寧願犧牲有生命的語言，有力的語言，卻選擇了含混的，沒有生命的詞藻。他拿「太陽照著大海」、「海浪打翻漁船」的鮮明，去交換使人昏昏欲睡的含混。

這種老式的「詞藻詩」對兒童是特別不適宜的。這種詩容易使成人讀者疲倦，當然，更容易使兒童疲倦。不會寫詩的人，最喜歡寫這種詩，根本不知道他是怎麼樣的折磨了讀者。

有「學習的寫作觀」的人，很容易跌落這樣的陷阱。從「心態」上來說，他們甚至請求你指定一個陷阱，好讓他們可以迅速進入禁錮自己的地方。

三

另外一種比較健全的寫作觀，就是「創造的寫作觀」。在兒童詩的世界裡，有「創造的寫作觀」的作者，是最受歡迎的作者。

懷抱著「學習的寫作觀」的作者，最歡迎刻板的規矩，因為他只要能符合刻板規矩的要求，他就可以獲得「詩資格」的審定。可是在詩的世界裡，「詩資格」的審定是毫無意義的。我們追求的目標是：寫出有意味的好詩。

「詩資格」的審定最容易不過，而且那個審定權就握在你自己的手裡。那就是說，一首詩的是不是詩，決定在作者自己的「寫作意向」。如果你「是在那兒寫詩」，那麼，你寫出來的作品自然就是「詩」。這種事情是最明白不過的。只要你有寫詩的「意向」，而且態度相當認真，結果寫出來的是：

一二三，

三二一。

那麼，這就是一首「詩」，一首你的「詩」。毫無疑問的，這首詩可以獲得「詩資格」的審定——只是從另外一個角度來看，這首詩恐怕很難得到「好詩」或者「感人的詩」的讚譽罷了。

懷抱著「創造的寫作觀」的作者，並不認為「詩資格」的審定是一件值得重視的事。他早超越了這個層次。對他來說，在寫作兒童詩之前，有兩件事是他必須經歷的過程。那就是進行自己的探討，建立自己的標準。

所謂「進行自己的探索」，就是靠自己的努力去尋求「兒童詩是什麼？」的答案——我強調的是自己去尋求。他要靠著自己的觀察跟思想，不斷的問自己，當然也可以訪問別人：「兒童詩是什麼？」不管怎麼樣，他必須主動。他這一番探索，目的不是為了寫一篇面面俱到，十分圓滿的「形式論文」。這一番探索是「為寫作而探索」，是為了「行」而求「知」。每一位兒童詩作者，在寫作之前，都應該有一個「自己的兒童詩觀」。哪怕那兒童詩觀僅僅是：「兒童詩就是讓兒童唸起來順口的詩。」也比完全沒有好得多。

「兒童詩就是能替小孩子說出心裡的話的那種詩。」這也是一個兒童詩觀。

「兒童詩是能夠重現兒童生活經驗的詩。」這也是一個兒童詩觀。

他可以把自己想到的附帶條件也加上去：「兒童詩必須很短。」或者：

「兒童詩必須充滿口語的活力。」

一個沒有能力為自己確立一個「兒童詩觀」的作者，也沒有能力從事兒童詩的寫作。

你不要以為你是很喜歡寫兒童詩，而且能把兒童詩寫得很好，只要有人告訴你什麼是兒童詩，向你提出兒童詩的條件——沒有這種事情！你必須有為自己確立一個「自己的兒童詩觀」的能力。

所謂「建立自己的標準」，是指一個作者在寫作以前，對自己那首「還沒有落筆」的兒童詩的形容。

一個作者，在下筆以前，造句子以前，必須有能力這樣形容自己的詩：「我這首詩要寫得讓小孩子讀了，能夠感覺到那座山的美。詩裡的句子，都很容易琅琅上口。我的語言要有一種節奏，那節奏要十分分明，讓小孩子讀了覺得愉快。」

或者說：「我這首詩是一首很動人的詩。我這首詩能使小孩子讀了，體會到母愛的偉大，能夠去愛自己的母親。我有能力做到這一點，我懂得那技巧。」

或者說：「我這首詩要使每一個孩子讀了哈哈大笑。我這首詩能夠讓孩子快樂。」

甚至說：「我這首詩可以不朽。我要把這首詩寫成為中國兒童詩裡的絕唱！」

每一個兒童詩的作者，在寫作之前，都必須有能力為自己建立一個「自己的標準」，讓自己向自己挑戰。不要隨便試寫一首詩，然後拿去請人改一改。也不要隨便試寫一首詩，拿給別人看，說：「我這樣寫行不行？算不算兒童詩？」怎麼可以讓這種事情發生？

凡是不能達到自己的標準的詩，都不要拿去給別人看。拿出去給別人看的，拿出去發表的，都應該是迎接自己對自己的挑戰，而且獲得了完全勝利的作品。

這樣的「寫作觀」，就是創造的寫作觀。

四

詩的創作都是一樣的：自己的詩觀，自己的標準，自己的努力，自己的作品。

「俗俗」的詩觀，低低的標準，「懶懶」的努力，那收獲必然是平平的作品。這是我們應該警惕的。

中國的新詩，發展到目前的階段，已經完全擺脫了「公式」——一種自由的「沒有公定格律」的詩。不必希望或者期待「新格律」的誕生，「公定格律的時代」永遠不會再來。如果你認為一種「十六行體」，每首四段，每段四行，每行 13 個字，而且隔行押韻的詩體，是如何的完美，如何的可以靈活運用，那麼，你自己就去寫那種「十六行體」吧。你用不著費心說明種種的理由，希望詩人們來開會，來立法，來一致遵行，來公定，對不對？因為別人也許要寫每首三段，每段三行，每行九個字的詩，而且也寫得很好，對不對？

中國的新詩沒有公式，沒有公定格律，但是對詩的作者來說，一首詩的「私式」，一首詩的「私定格律」還是存在的。中國新詩的格律是「私有財產」制的。換句話說，中國的新詩把「格律」列入「創造的範圍」。哪一個詩人不歡迎這樣？兒童詩也一樣，兒童詩也是沒有公定格律的。

建立自己的兒童詩觀，樹立自己的標準，接受自己的挑戰，長期的，有恆的寫自己的詩，把「自己的詩」貢獻給兒童詩園，這就是兒童詩作者努力的方向。

詩寫得平凡，詩寫得不自然，用不著心焦，因為長期的努力會使我們體會得更多，戰勝自己對自己的挑戰，產生自己的特色。像課業似的模仿的作品，卻是不值得寫的。

——選自《中國語文》第 40 卷第 4 期，1977 年 4 月

談兒童散文

◎林良

我計畫以下列的五個重點，把我平日對「兒童散文」的思考，說出來跟大家互相交換：

一、兒童文學的特質——聽的文學。

二、兒童散文的定義。

三、兒童散文的精神傳統。

四、兒童散文和知識的結合。

五、兒童散文的題材和創作。

一、兒童文學的特質——聽的文學

兒童在認得文字以前，或者認字不多的階段，他們的日常生活語言已經相當豐富，足夠和父母親談天。他們用聽覺去辨別意義，「以耳代目」。因為這個緣故，兒童文學先天上具有「聽的文學」的特質。

我們所熟悉的演說稿、朗誦詩、劇本對白，先天上都具有跟兒童文學相近的特質，是一種聽的文學，文學作品，能夠兼顧到「聽覺意義」的，通常都更容易被傳誦而成為國民文學的一部分。

兒童傾向於通過耳朵去接受意義，通過聽覺去進行想像。因為這個緣故，幼兒文學及一般的兒童文學作品，作者都有一種「潛在作業」，那就是關心作品的聽覺意義。

以唐代詩人韓愈的〈石鼓歌〉為例。它的第一、二句：「張生手持石鼓文，勸我試作石鼓歌。」聽覺意義相當清晰。讀到後來的「蒐于岐陽騁雄俊，萬里禽獸皆遮羅。鐫功勒成告萬世，鑿石作鼓隳嵯峨。」刻意雕飾，聽覺意義反倒模糊了。

我們記得古人詩句，都是以淺語寫作的詩句，那生動鮮明，令人難忘。例如：「海上生明月，天涯共此時。」；例如：「黃鶴一去不復返，白雲千載空悠悠。」；例如：「嘈嘈切切錯雜彈，大珠小珠落玉盤。」可見兒童文學作家以淺語寫作，並不意謂文學的死亡。

為兒童寫散文，要善用比喻，善用描寫，刺激兒童的想像，期待兒童的反應和共鳴。不必炫學的動用生澀的、難懂的、艱深的詞藻，盡量避免阻隔了自己跟小讀者之間的相互感應。

運用兒童聽得懂的、感受得到的語言，或者說，運用生動的淺語為孩子寫散文，應該是兒童散文的一個特色，也是兒童文學的一個特色。

二、兒童散文的定義

下定義是一件很困難的事情。為科學的事實下定義已經很難，為文學的事實下定義更難。

「兒童散文」這個概念，必須交代的是「散文」這個概念和「兒童的」這個形容。

西方文學，往往把詩、散文、小說、戲劇，稱為文學的四大文類。除了有特定形式、特定結構的詩、小說、戲劇以外，剩下的就都是散文。

17 世紀法國劇作家「莫里哀」（Malière）的劇本《假想病》中有一場戲，是鄉紳和教授的對話。

> 教授：「散文就像我們平日說的話。」
> 鄉紳：「如果我說，彼得，去把我的拖鞋拿來，這也是散文嗎？」
> 教授：「不錯。」
> 鄉紳：「天啊！我說了一輩子的散文，我自己還不知道。」

事實上，西方對散文的認知，跟我們是一樣的。散文是指正常的說話和寫作的形式。散文不受格律限制。我們中文裡有「文言文」。文言文裡所呈現的散文，像《古文觀止》裡的散文，也可以形容為：自自然然的，一般書面語的寫作形式，不受格律的限制。

在文學的領域裡，我們所說的「散文」，是指「文學的散文」，作品裡要有足夠的文學動作、文學技巧，或者說，作品裡有足夠的「文學活動」，能給我們「文學的滿足」的那種散文。

再說「兒童的」這個概念。

從兒童文學創作的觀點來看，這個概念包含兩個意義。一，讀者是兒童的。二，寫給兒童的。美國一位兒童文學作家，因為他也從事評論，特別強調兒童文學創作是「for children」，至於 about 不 about children，並不重要。因此，「兒童散文」的寬鬆的定義，應該是：兒童文學作家寫給兒童欣賞的散文。或者更簡單的說：「寫給兒童欣賞的散文」。它不能超越兒童的知識、經驗和語文能力太多。

三、兒童散文的精神傳統

一位兒童文學作家，在寫作的時候，心目中應該有孩子。

舉三位英國兒童文學作家的例子：

寫《小布熊溫尼》的英國作家 A.A.Milne，他的幼兒故事是寫給三歲的兒子「聽」的。寫《柳林中的風聲》的 Kenneth Graham，他的這本兒童文學創作，是寫給外出旅行的五歲兒子聽的。寫《金銀島》的 R. L. Stevenson，是一位和氣的繼父。他這部冒險故事，是寫了準備唸給妻子帶來的三個孩子「聽」的。

這是兒童文學的精神傳統，也應該是「兒童散文」的精神傳統。專業的兒童文學作家，心目中只有孩子，是一種常態。冰心女士的《寄小讀者》，就是一本有「寫給孩子」的自覺的書信體兒童散文集。

許多獲得兒童文學獎的西方作家，往往特別聲明他的作品不是刻意為兒童寫的。也許他們正像英國寫《格列弗遊記》的 Swift 一樣，為一般成人寫作，作品內容卻受到兒童熱烈的歡迎。他們的聲明，也可能是客氣。

相反的情形是寫《愛麗思夢遊奇境記》的 Lewis Carrol。他的書明明是為三個小女孩寫的，卻連英國女王也愛看。

這情形說明了一個事實：好的文學作品，無論是為大人寫的，還是為小孩子寫的，作品裡都必須有一些基本的好東西，那就是「趣味」。

四、兒童散文和知識的結合

有一位作家，寫了一篇散文〈包餃子〉。一位有科學激情的評論家評論這篇散文說：讀完了五千字，仍然學不會包餃子，可見這篇文學作品是沒有什麼用處的廢物。

這篇作品，寫的是一位寡母和她的獨生子的故事。兒子對母親的嚴厲管教不滿，18 歲高中畢業一度離家出走，後來寄居在親戚家。母親去探望，他一直逃避見面。母親仍然盡她支持兒子求學的責任，兒子並不感激。兒子大學畢業以後，到美國讀書，不再跟母親聯絡。在美國結婚，也不通知母親。親戚們一再勸誡，才勉強讓母親知道他的越洋電話。母親打電話去，第一次是兒子接聽，反應冷淡。從第二次起，就改由兒媳婦接聽。兒媳婦也因此知道了他們母子的不睦。母親一再失望，終於決心自己好好過日子，當作自己沒有這個兒子。

四年以後，母親忽然接到兒子的越洋電話，只喊了一聲「媽」就哽咽著說不下去了。兒媳婦替兒子接下去說：年底兒子要帶一家人回鄉過年，要帶兩個孩子給奶奶看，而且回家一定要吃母親從前為他包的餃子。除夕的前一天，母親買好一切材料，動手為兒子包「童年吃過的那種餃子」。她一邊包餃子，一邊掉淚。

文學自有文學的內容，文學自有文學的天地。文學並不負有教人如何包餃子的責任。

我對於文學和知識的結合，看法是：科學讀物應該寫的「文學化」一點，使人樂意和知識接近，可以刺激讀者的好奇心，那是屬於「應用文學」的範圍。

文學有文學的內容，那些內容是寫不完的。文學本身並不空洞，不必一定要乞靈於知識的填充。文學是心靈的、人性的、常識的、生活的、富於想像力和理想的。「應用文學」是可以提倡的，但是提倡的理由並不是因為文學太空洞的。

五年前迪茂國際出版公司翻譯出版的《好奇的大自然觀察家》，原書撰稿人都是科學家。他們的文字具有美感，有些地方閃耀著文學的光芒。這就是「應用文學」的典範。

五、兒童散文的是題材和寫作

美國作家 Merrian Moore，對文學創作，說過幾句話：

- 敏銳的感覺，造成藝術家。
- 對事物有無窮的好奇心和興趣，不斷觀察、研究、思考，形成了作品的「內在力量」。
- 藝術創作，不應該矯揉造作，賣弄學問。

這幾句話，似乎也是為「兒童散文」說的。散文的題材，幾乎不受任何限制。19 世紀英國散文作家 Lamb，連耳朵、烤豬、窮親戚，都可以拿來作散文的題材。

現代美國兒童文學作家為孩子寫的散文，寫雪，寫風，寫樹，寫家，寫海灣，題材來自生活，都是很好的兒童散文。

兒童散文不要寫得太長。太長不但容易失去張力，而且容易引起兒童的閱讀疲勞。喝一杯咖啡很有味，喝一缸咖啡就沒意思了。

國內兒童散文的面貌是什麼樣呢？我們實在很需要由閱讀量很豐富的鑑賞家，從兒童散文的觀點，編出幾本《兒童散文選》來。這是一件很值得做的事情。

除了編選集以外，獎勵也是必要的。關於兒童散文的獎勵，「陳國政兒童文學獎」已經在做了。

我的兒童散文漫談，就在這裡結束。我希望我的漫談，不給我帶來「立法委員」的不良形象。我說出我平日的思考，目的只是跟大家互相交換。謝謝大家。

——選自《語文教育通訊》第 16 期，1998 年 6 月

純真的境界
林良一生的探索與追求

◎林武憲*

今年（編按：2012 年）7 月 13 日，第 36 屆金鼎獎頒獎，林良先生以《純真的境界》獲兒童及少年圖書獎人文類獎項。他上臺頒獎的時候，全場觀眾都起立致敬，向這位臺灣兒童文學的標竿、臺灣兒童文學的導師、臺灣兒童文學的大家長和領航人，表示最高的敬意，感謝他陪伴許多人走過童年的歲月，走過青年到老年的不同時光。

《純真的境界》是林良先生去年 10 月出版的一本兒童文學論述。「純真的境界」也是兒童文學家林良和散文家子敏六十多年來的美學追求，他不斷的探索、追求「純真」，這純真就是善，就是美。

林良的生平

1924 年 10 月 10 日，林良生於廈門，排行老大，有兩個弟弟，一個妹妹。父名林慕仁，母親吳寶釵。祖籍是福建同安。出生後不久，他就隨父母到日本神戶居住。林慕仁先生繼承父業，成為一家專營中日間貿易的公司股東。他創立「光明工業社」，製造香水、雪花膏、爽身粉等。又投資煤炭業、餐館、牧場、書店、製冰廠等，都具創意。由於父親的多方經營，又喜愛閱讀、研究，對子女的教養很有一套，除了使林良的生活經驗更豐富以外，林慕仁先生也成為林良少年時代的「指路人」，影響他的價值觀和

---

*兒童文學工作者、詩人、臺語文作家、語文教育研究者、編輯。曾任教育部國臺語教材編選委員、國藝會審查委員、中華民國兒童文學學會常務監事等，曾任顧問於信誼基金會、遠流出版公司、洪建全教育文化基金會等。

人生觀。

林良六歲的時候，就讀神戶華僑小學的附屬幼稚園。七歲時，林良的父親因為父母、弟妹相繼過世，中日戰爭又不可避免，就把一家人帶回廈門。他又從幼稚園念起，直到小學畢業。他的童年拍毽子、堆雪人，念日本、廈門、國語兒歌，聽外婆講故事，看故事書，過得很幸福。小學畢業那年，中日戰爭爆發，他們一家開始逃難，去過香港、越南。1939 年全家回到廈門對面的鼓浪嶼。他在英國教會辦的英華書院就讀初中和高中，未及畢業即因逃難而輟學。林良後來所接受的兩項較高的學校教育，包括畢業於國立師範大學國文系國語專修科，以及私立淡江大學的英國語文學系，都是在繁忙的工作中，以「半工半讀」的方式完成的。

日本攻陷廈門後，林家逃到漳州，林良找到工作，在小學教了兩年書。林良 21 歲那年的夏天，他的父親在九龍江游泳時，為了救起溺水的年輕人而遇難。喪父的悲痛，使林良消極，覺得人生沒意義，放逐自己。弟妹都去上班養家，他卻呆在家裡，做著作家夢，在母親和弟妹的呵護支持下筆耕。抗戰勝利後，林家又回到廈門，林良找到在《青年日報》社工作的機會，擔任報社記者及「青天」副刊的編輯。

1946 年，國民政府為了接收臺灣，決定在臺灣推行國語運動，以利施政。教育部在廈門招考一批到臺灣推行國語的人員，應考的人要會說臺灣話，才可以做翻譯。林良的家鄉話廈門話和臺灣話很相近，很容易的考上了。考上以後，他就離開廈門，隻身來臺，進入「臺灣省國語推行委員會」的研究組，做國語和閩南語的對照研究，被派到第一女中，教老師說國語，也被派到省教育廳，教督學們說閩南語。

1948 年 10 月 25 日，臺灣省國語推行委員會創立《國語日報》，性質是一份國語教材，特色是全部注音。所以「臺灣省國語推行委員會」可以說是《國語日報》的前身，也可以說是「國語日報的搖籃」，林良就這樣從國語推行委員會轉到《國語日報》社工作，擔任兒童版編輯，與小讀者結緣，開始為兒童寫作。因為缺稿的時候，就要自己提筆上陣。他在國語日報由編輯到主編、編譯主任、出版部經理、發行人兼社長，最後擔任董事長兼發行人，2005 年退休，在報社任職 56 年。由於他的工作與志趣合一，寫書、編書、出版書，和推廣兒童文學，出版了許多優良兒童讀物，「為臺灣讀者開拓閱讀視野，亦為臺灣童書出版的發展奠下基石，貢獻及影響至為深遠。」因此行政院新聞局於 2003 年 10 月頒給他首屆「終身成就金鼎獎」。

林良的創作歷程和藝術表現的特殊性

「搖搖搖，搖到外婆橋。」林良的母親，用手指指著書上一個一個的字，用國語教他念兒歌，再用家鄉話解釋給他聽。林良的外婆，也常常一個字一個字的教他念童謠，還常常講廈門的民間故事給他聽。這些歌謠和故事，成為深植在林良心田裡的「文學種子」。

林良的爸媽和舅舅，都是「無可救藥的愛書人」。他的爸爸喜歡買化學方面的書。母親的藏書是一部部的章回小說。舅舅是英美文學的熱愛者，書櫥裡有一排排原版英美文學名著。在爸媽和舅舅的影響下，他也喜歡看書和逛書店。每個週末，他跟爸爸常結伴到書店去選書、買書，他爸爸還曾經跟人合夥開過舊書店呢。

愛看書的林良，常常會想「我現在看書，將來也要寫出幾本書來，這就是所謂的立志吧。」

從小學六年級開始，林良就有半夜爬起來寫兩三百字的習慣。中學時代，他和兩個同學當壁報編輯，三個人就把壁報當成寫作練習簿。這機會讓他嘗到作品發表的樂趣，開始向報社投稿，磨練出被退稿也不氣餒的態度，寫作也漸漸成為他生活的一部分。他父親去世後，他決定在家裡「賣文度日」，當一個「作家」。他的「作家夢」就是那時候形成的。他戰後擔任報社記者兼副刊編輯的那段時間，寫了不少以大海為題材的詩，也寫了一些散文，還規劃寫一部長篇小說。他的作品，有的寄給當編輯或主編的同學發表，有的就發表在自己編的副刊上，因為文章刊出率很高，「作家夢」漸漸成形了。

林良擔任國語日報兒童版編輯，除了為兒童寫作外，偶爾也在報上寫些散文。他在臺灣發表的第一篇散文是〈回來，小黑！〉，寫一隻黑狗和一個工友的情誼，時間大約是 1943、1944 年之間。（編按：應為〈「老李，回來！」〉，《聯合報・副刊》6 版，1953 年 12 月 2 日）

1964 年，國語日報的家庭版開設「茶話」專欄，由何凡、洪炎秋與林良共同執筆，林良在專欄裡用「子敏」當筆名。從此以後，他就用「子敏」來發表散文，用本名來寫兒童文學作品，只有少數例外。如《今天早晨真熱鬧》、《黃人白人黑人》等書的作者，也是子敏。林良在「茶話」及報紙副刊發表的文章，先後編成《小太陽》、《和諧人生》、《在月光下織錦》等十多本散文集。跟其他作家不同的是，一般作家大都是文章篇數夠了，就集結出書，他是依主題、題材來編選成冊，效果集中，廣受好評。《小太陽》在純文學就印了 100 刷，後來還有麥田版、格林版等多種版本，不但得了「中山文藝獎」，並且入選「臺北之書」，可見受歡迎的程度。

林良喜歡小孩子，喜歡為孩子講故事，寫東西。他第一個為孩子寫的專欄是在《國語日報》上的「看圖說話」，從 1951 年開始，到現在一直沒有間斷，大約有 6000 篇以上，數量很驚人。已經出書的，只是一小部分而已。「看圖說話」多是兒歌、童詩。林良還為兒童寫故事、寫散文、寫廣播劇、寫小說，寫圖畫書、寫科普讀物，不止是寫，還改寫《兒女英雄傳》，翻譯很多很多外國兒童文學名著。

他平日有了感觸，就隨時筆記下來，當作備用的題材，經過一番思考後有所得了，再轉化為寫作的題目，放進題庫裡。寫稿前，不打草稿，先擬大綱，想好了，一下筆就順著大綱走。每個句子想好了才寫，很少邊想邊寫，也很少修修改改。他寫作的靈感是不斷努力得來的，是不斷的苦思的結果，是在工作時才出現的，不是憑空得來的。

林良退休前，每天下班後，主要的事情就是看書和寫作。他很早以前，就養成一定的創作習慣，晚飯後，休息一會兒，約 10 點入睡，12 點起床，看書、寫作 3 小時後再睡。如果是週末，就要為「茶話」或「夜窗隨筆」的專欄寫到天亮，星期天早上再補眠。一篇差不多要寫 5 個小時。寫作的時候，要不斷的喝飲料，茶、咖啡、牛奶或果汁都好，就是不喝白開水，至少要在開水裡加點糖才行。最近喜歡喝奶茶。他說：「不喝水，好像自己會乾掉，會寫不出東西來。」他還說：「這都是太太寵出來的。」這一定的創作習慣，不受情緒好壞的影響，「病也要寫，疲勞也要寫，放棄睡眠也要寫。『絕不爽約』變成一種習慣，同時，也養成一種不向任何『理由』屈服的韌性。」這一定的創作習慣，使他六十多年來，無論是「看圖說話」，還是「茶話」、「夜窗隨筆」等專欄，都沒開過天窗，都能準時刊出。即使是出國，也會先寫好稿子，充分表現他的敬業和職業道德，謹守承諾，絕對負責。這一定的創作習慣，也為他帶來了驚人的產量——「看圖說話」約 6000 篇；「茶話」1380 篇左右，每篇 3000 字；「夜窗隨筆」從 1993 年 8 月 2 日起到現在，快 1000 篇了。「茶話」加「隨筆」，就超過 560 萬字，這還不包括他為別人的新書寫的序或其他的專欄或其他報刊的邀稿。

林良作品的特性

林良的創作歷程，從他擔任《國語日報》兒童版編輯算起，已經整整 64 年了。他右手寫兒童文學，左手寫散文，不管是兒童文學的林良還是現代散文的「子敏」，都堅持運用「真實的現代語言」來寫作。他喜歡「日常生活的語言」，他主張用淺白的口語來寫作，很注重語言文字的聽覺意義。如《今天早晨真熱鬧》，他的原稿其實寫的是《今天早上好熱鬧》，現在的書名是何容改的。林良強調文章的臨場感，要讓讀者好像看到了、聽到了作家的語言表演。他不堆砌華麗的詞藻，也極少用現成的「成語」——已經不新鮮，像「被磨損的錢幣」。他的兒童讀物和現代散文，從標點符號到遣詞鍊句，處處都有「令人驚喜的組合」。我們如果把他寫的「好句子」彙整起來，就可以編一本「白話修辭學」或「林良修辭學」，顯示白話也能「白得有味兒」，「白得出色」，「白得美」，「白得豐富」，不讓文言專美。譬如：林良不寫「群山」，也不寫「群山環抱」，他會寫「一座山、兩座山、很多很多的山。」他會寫「這裡一座山，那裡一座山，前前後後都是山。」當別人寫「怒髮衝冠」，他寫的是——「豎起的頭髮頂著帽子」。

林良作品的另一特色是大量的使用「引號」，應鳳凰說：「翻開子敏的幾本散文集，一眼望去，書頁之間，「角角特別多」，像織布一樣……子敏用最普通的日常語言，表達出文字的韻味，這化腐朽為神奇的本領，就是他的引號——子敏不斷的加上引號，等於大句子中套著小句子，母句裡套著子句，像一座玲瓏寶塔，令讀的人再三玩味。」

試著找幾個例子：

> 文學的特質，就是用語言去表達「除了語言以外再也沒法兒表達」的迷人的「感覺」和「經驗」。文學要征服的，偏偏就是那個「非筆墨所能形容」的禁地。這是作家的「定命」。

> 她一方面要忙自己的梳洗和早餐，一方面要招呼「不知光陰似箭」的老三慢吞吞的吃早點，一方面要催我這個「堅決反對每分鐘心跳超過六十九下」的新哲人快拿報紙進廁所，一方面要去市場買「怎麼今天又吃這個」的菜。

林良的引號除了可以做比較複雜的句子，讓句子變長，並且產生趣味以外，還可以改變詞語原來的詞性，或改變固有語詞，自創新詞，還是讓固有的語詞有新義，例如：

> 斯諾使我們的家「年輕」過，「歡笑」過。
>
> 「弱者，你們的名字是父母」。「萬事起頭易」。

我「東山再起」的披上外衣，懷著「終於有機會獻出我的『私房錢』的喜悅」衝出了大門。

「小時候」對她來說，是「遙遠的過去」，對我，實在只是「昨天」。

除了語言淺白、愛用引號以外，林良還喜歡用連續性的詞語：

茶，柚子，月餅，排列在茶几上等人。

大衣，棉被，厚夾克，使我體重增加，冬天成為我的肥胖季節。

吃東西的時候，最快樂，手忙，臉笑。好味道！

現代人品嘗風景，最不喜歡陰暗。草坪，陽光，排列有序的樹，開闊的視野，是現代風景的主題……「曲徑通幽」似乎已經不太受歡迎了。

注重聽覺意義和音樂性是林良語言的另一特色：

車前方有一團隱約的金光，那就是太陽。只是雨絲不斷，烏雲不散，使人心亂。

我只有聽，靜靜的。

圓圓肥肥軟軟的斯諾。

以上的例子都是散文裡的句子，都有內韻（行中韻），念起來很好聽。

以「今天早上好熱鬧」為例，有「ㄠ」韻的字就有三個——「早、好、鬧」，他的詩歌的押韻，除了押一般的尾韻以外，還押行中韻、頭韻和頭尾交互押韻，韻式變化很多。

林良語言的淺白不等於淺薄，他的單純也不等於單調，儘管語言通俗，內容並不通俗，他用通俗的語言把深刻的思想、豐富的內容表現出來。譬如：「人人耳朵裡響著震耳欲聾的『空洞！空洞！』的機器聲。」他用「空洞！」的字音和標點模擬機器聲和機器帶給人的感覺，實在很妙，很有意味。

林良的成就

林良的成就是多方面的，分別來說：

在文學創作和翻釋方面

林良右手寫兒童文學，左手寫散文，寫作是他生活的重心。兒童文學的創作，以兒歌、童詩較多，另外有廣播劇、童話、生活故事、科普讀物和圖畫書等，類型頗多，已出版的約 180 冊，其中《林良的詩》等 10 冊入選臺灣（1945～1998）兒童文學 100，可見其分量。1997 年 5 月，上海辭書出版社出版的《臺灣兒童詩精品選評》，由名詩人聖野編選，收 58 位詩人的作品 213 首，林良有 20 首入選，是最受好評的。他的兒童文學作品《兩朵白雲》、《今天早晨真熱鬧》等很多編入臺灣、中國的小學語文教材、國語實驗教材和各種選集，有的譯成韓文，有的有作曲家譜曲。2010 年 6 月，中國重慶出版社出版了他的詩歌選集《蝸牛的風景》，8 月就二刷了。翻譯方面，有《孩子的美德書》等 160 冊，其中《又醜又高的莎拉》和《傷心書》、《蜘蛛和蒼蠅》，先後獲得「好書大家讀」1999 年和 2004 年的最佳少兒讀物獎。

在現代散文方面，《小太陽》、《月光下織錦》、《陌生的引力》、《鄉情》、《豐富人生》、《小方舟》、《現代爸爸》、《彤彤》，如果再加上一本小品散文或散文極短篇的《人生二十講》，就有十本。這些書中，《小太陽》得中山文藝獎，印了 100 多刷，還入選「臺北之書」。《鄉情》有中興文藝獎的肯定。林良的散文，寫親情，寫友情，寫世間之情，跟讀者分享他的人生體驗和生活智慧，溫馨感人，有情趣，有理趣，有幽默，那很有個性的語言，特別的語言風格，讓人印象非常深刻。張默、管管等編散文選集，把林良列為十大散文家之一，這是另一種肯定，肯定他成為現代散文創作的新成員。

在兒童文學的播種和推廣方面

林良為教育廳兒童讀物寫作研究班長期授課，並擔任小組指導教授，也為慈恩兒童文學研習營及各縣市的教師研習講課，培育寫作研究人才無數。陳正治、馮輝岳、陳木城、張水金、林武憲等都曾是他的學生。他寫書、譯書、編書、評論、介紹，樣樣做得很好。他又參與中華民國兒童文學學會的創立，並擔任第一任理事長，舉辦各種活動，帶動臺灣兒童文學的發展，功勞很大。他是播種者、開拓者、領航人、導師。他寫《淺語的藝術》、《陌生的引力》和《純真的境界》，也是臺灣兒童文學理論的建立者，國語日報《兒童文學週刊》的創刊、出版，牧笛文學獎的設立，也有他的貢獻。他先後榮獲信誼基金會「幼兒文學特別貢獻獎」、文建會「國家文藝兒童文學特別貢獻獎」、楊喚兒童文學獎「兒童文學特殊貢獻獎」、新聞局的「金鼎獎終身成就獎」，都跟他獻身兒童文學創作、推廣有關。

在語文教育方面

林良擔任《國語日報》語文週刊編輯的時候，受邀去中國廣播公司主持「國語閩南語對照教學」，自 1966 年到 1972 年，長達 6 年。聯合國教科文組織訂定「世界母語日」後，母語教學更受重視。他開始在「語文教室」版編寫「閩南語說話教材」，從 2002 年 6 月 7 日到 2012 年 5 月 25 日，共寫了 494 課。

林良除了詩歌、散文、童話故事編入國內外中小學教材外，他擔任國立編譯館國小國語教科書編審委員，長達 24 年。不只是任編審委員，還負責中年級教材的編寫，他「淺語的藝術」兒童文學理念，自然的會影響到教材的編寫，讓教材裡的兒童文學作品增多，更口語化，更有可讀性；教條、口號的課文，相對的減少了。有三篇碩士論文可以表現林良在語文教育方面的貢獻，一是陳志哲〈林良的兒童文學理念在小學語文教材上的運用〉，二是李先雯〈林良散文運用於國小高年級閱讀教學之研究〉，三是林玉華的〈林良散文在國小寫作教學的應用——以國小三年級為例〉。國小語文教育，主要的就是兒童文學的教育，尤其是閱讀教學的部分。林良為各縣市教師、社會人士講課，介紹兒童文學，除了是兒童文學的推廣以外，也有提升語文教育的功效。

結語

「淺語的藝術」是林良為兒童文學所下的定義。身兼語文教育工作者的他，並不是一味求淺，而是要「淺而有味」，是建設的，不是破壞的。他筆下的淺語，仍然重視語法的正確，文字的美感，以及文學的尊嚴。

「純真的境界」是一切文學藝術的峰頂。在青年時期做著「作家夢」的林良，現在已經夢想成真了，他已經爬到文學的高峰上。他已出版的創作有 190 本左右，翻譯大約 160 本，如果把這些書加上不同版本的，還有編的教材和兒童讀物，一本一本的排列起來，那一定是一個很壯觀的隊伍。他在文學方面的成就，是一點一滴累積起來的，從無到有，從少到多，變成令人不敢相信的數字，這絕對不是光靠犧牲睡眠就能寫得出來。他的恆心、毅力，「愚公移山」的精神（馬景賢語），實在很了不起！

去年 12 月 13 日，第一屆全球華文文學星雲獎頒獎典禮上，林良先生榮獲特別獎，他在致詞時許諾：「不會讓筆停下來！」目前，每週的《國語日報》還有四個專欄等著他——看圖說話、小亨利、淘氣的阿丹和夜窗隨筆。另外，《國語日報週刊》還有「童詩花園」。林先生寫作熱情不減，他的筆始終年輕，我們每個禮拜都可以在國語日報和他相見。

寫作，對林良來說，是一種自我的建設，是永遠的探索：「純真的境界」是他永遠的追求。他是一位探路的人、領航的人，我們感謝他帶我們進入親切、純真的文學世界！也希望他的好書能伴隨更多的讀者成長。

感謝國家圖書館張懿文小姐、國語日報社林瑋小姐和新港國小楊琳雅小姐的大力協助！

——選自《第十六屆國家文藝獎頒獎典禮專刊》

臺北：國家文化藝術基金會，2012 年 10 月

子敏七十

◎何凡*

「光陰似箭，日月如梭。」小學時上「作文」課，老師出了題目以後，久思無從起筆，及至想到前面八個字，立刻振筆疾書，以下文思就跟著來了。那時當堂作文，看看教室掛鐘在走，又急又怕，的確有「光陰似箭」之感。近來聽說林良（子敏）將有古稀之慶，不禁驚覺日子過得真快，怎麼搞兒童文學的老朋友一下子就七十了，這不又是「日月如梭」了嗎？

我於民國 37 年底攜家來臺，洪炎秋先生要我到《國語日報》工作，在編輯部初識林良。那時他年方廿五，是「衣破無人補」的單身漢，終日徜徉植物園（國語日報社址），並在電臺教國語，是推行國語的得力幹部。見到我這個來自北平正宗「國語人」，自然談得來。自此我們一直共事 43 年，到前年我退休時才分手，但仍保持適當的聯繫。

《國語日報》於民國 53 年成立出版部，是國內報社正式設部出書的第一家，也是臺灣出版注音兒童讀物的專門店。子敏學貫中西，熱愛兒童文學，主持這個部門自然適當。到現在出版部出版了上千種著、譯的兒童書，受到小讀者及其家長的廣泛歡迎。因為報社在國語大師何容教授督導下，重視白話文的純正通暢與國語的發音正確，使兒童看了不致學到不通的文句和偏差的國語。出版部出版的大人看的書籍也不少，例如《古今文選》，即有很多大學選作教材。民國 63 年出版《國語日報辭典》，由於暢銷，被人利用做郵包，傷了謝東閔先生的手。出版部等於一個書店，連編

*何凡（1910～2002），本名夏承楹，江蘇江寧人。著名的「玻璃墊上」專欄作家、編輯家。曾任《聯合報・副刊》主筆、《國語日報》社長，1991 年自《國語日報》常務理事兼發行人職務退休。

印帶推銷，事情很繁雜。子敏執簡御繁，措置裕如。他外表從容和緩，不像炒股票那樣的緊張忙碌，其實手上事情很多，只是無聲的一一解決而已。最近他在〈談忙〉一文（載九月號《講義》月刊）中，談到他在忙得幾十件事情擠在一起的時候，還有人來指責他太懶，因為那人託辦之事還沒有做。他只有「含笑忍受」；因為「能夠寬恕別人的無禮，這就是聖賢工夫」。他發現「忙」的價值是「能使一個人的氣概接近豪傑的境界」。所以從子敏的外表不能看出他是一個忙人，這正如北平俗話所說：「包子有肉不在褶兒上。」於此我卻願以「年齡先進」身分提醒子敏，我以為人在青壯年當「能者多勞」，老年即應「智者多閒」，排除雜務，不再「我為人人」，時間收歸自用，精力妥為節約，名利之心沖淡，個人自由增加，延長並安度餘年，才是首要任務。子敏對寫作有恆心，從他力撐「茶話」28 年一事上可以看出。他在「茶話故事」（載 8 月 16 日《國語日報》）一文中說，民國 54 年 8 月我建議在《國語日報》「家庭」版闢一「茶話」專欄，由洪炎秋、子敏與我輪流執筆，每人每週交稿一篇。這樣寫了十幾年，炎秋與我先後「賴債」，只剩下子敏一人按時交稿。他這樣獨力支持約十年，才宣布更名為「夜窗隨筆」，繼續寫下去。我想他有理由早就這麼做，而「自說自話」這麼久，是他為人謙虛、隨和的表現。

樂茝軍在她的〈風格獨特的人〉〈載 8 月 23 日「中副」〉一文中說子敏為文「不疾不徐，娓娓道來」，形容十分恰當。她對子敏的按時交稿頗為感激。文中說：「我要發稿時，稿子一定就已經放在我桌上了。十多年來每週如此，我從不擔心，就像從不擔心每天的日出一樣。」我在「聯副」寫了三十多年專欄也都能按時交稿，但是卻不是「娓娓道來」，而是「匆匆刷出」。我想這和寫作時間有些關係。白天下筆，難免受到種種干擾。子敏多在夜間寫作，沒有電話、掛號信或收報費等事來攪和，自然容易一揮而就。現在他在「夜窗」之下，繼續已有 28 年的專欄寫作，如他所說的在「磨鍊我的恆心」，成功可以預期。

子敏的隨筆〈小客人〉（載 8 月 6 日《國語日報》），記述女兒櫻櫻的小家庭在新竹，每逢週末都帶著外孫女筠筠開車到臺北探望外公外婆。筠筠四歲半，最愛和七十子敏扮演「出國旅遊」的遊戲。筠筠排定的旅程是爺兒倆各提兩隻隱形衣箱，從客廳走到院子。子敏說：「還是回去吧！」兩人就回到客廳，扔下箱子，躺進沙發，都喘氣說：「累死我啦！」有一天一連這樣「出國」了 17 次，子敏不得不首先叫停，因為真是「累死」了。寫到這裡，不由得想到四十多年前子敏和報社另外幾位單身同事，每逢舊曆除夕都到我家來過年，情形猶如昨日。現在子敏已經在享受「出國弄孫」之累，歲月催人，在不知不覺中，大家都老之已至了。

近年子敏經常出國開會或旅遊，大陸即去過數次。都有遊記刊出。我曾有改行為遊記作者的志願，那就是排定日程，先將要去的國家的史地研究清楚，打好了底兒，出勤後一路觀察、採訪、攝影、作筆記，回來寫遊記。現在國人觀光外國預計今年將達 500 萬人次，與人口百分比居世界第一、二位，正需要提供學識與導遊的書籍以壯行色，並提高遊客品質。子敏所寫的大陸遊記都很可讀，不過因為那是隨隊出勤，馳車觀景之作，不免有些「快餐」的味道，如果他專心來做這個工作，應當是一把好手。

我與子敏共事四十多年，雙方沒有紅過臉，因為他像是一個「吵不起架來」的人。但是這並不是表示沒有主見，有時也可以看出他的「外圓內方」的一面，就是說時不爭辯，做時還是有自己的一定之規，這一點像是得自他的何容老師的真傳。像這樣得「人和」的人，可以為團體減少很多麻煩，因為今日情勢是事情好做人難處，子敏「處世無奇但率真」（從前北平常見的「門聯」句，上聯為「傳家有道維存厚」），吵鬧不起來，事情就好辦了。

今子敏七十之年忽焉已至，多年老友理當行出秀才人情，在白紙上寫黑字祝賀。國人現已進入聯合國定義的「高齡社會」階段，我相信西洋人的「黃金時代永遠在我們的前面」的積極說法，即使我們已經七老八十，但是似箭的光陰前面還有長長的黃金射程，謹以此義與子敏共勉。

——選自《聯合報》，1993 年 10 月 3 日，37 版

永遠的小太陽——林良

◎王宇清*

今年春天，林良先生離開了工作 56 年的國語日報，為了向前輩致意，本刊特別邀請林先生在兒童文學界的工作夥伴及好友，專文書寫與林良先生的情誼，作為對臺灣兒童文學導師榮退的祝福！

林良（1924 年 10 月 10 日～），兒童文學作家。筆名子敏，福建省同安縣人，國立臺灣師範大學國文系國語科、淡江大學英文系畢業。曾任《國語日報》兒童副刊編輯、編譯主任、出版部經理、發行人兼社長（1993～1995）、董事長（1995～2005），臺灣書店《小學生》雜誌主編，教育廳《小學生》半月刊主編，國立臺灣師範大學兼任講師，「中華民國兒童文學會」第一任理事長等職務；此外亦曾參加教育廳「兒童讀物編輯小組」的寫作，以及講授第一屆板橋國小教師研習會成立的「兒童文學寫作班」課程。1946 年發表第一篇作品〈我們是六個〉於福建廈門《青天》副刊，1946 年來臺後任職《國語日報》，開始為兒童寫作至今。1957 年由「寶島出版社」出版其第一本作品《舅舅照相》，是林良圖畫書創作的起點。1965 年《國語日報》家庭版開設「茶話」專欄，由洪炎秋、何凡、林良輪流撰寫，筆名「子敏」便是這個時候取的。

林良自幼便喜愛閱讀兒童讀物，以這種對孩子及兒童文學的熱愛為基礎，創作出無數深受小讀者喜愛的作品；著名的散文集《小太陽》寫的是三個女兒童年生活的點滴，平易近人的口吻，幽默生動的筆調，把瑣碎的

*兒童文學工作者，發表文章時為臺東大學兒童文學研究所碩士生。

生活化為趣味盎然的文學，林良多年在兒童文學上耕耘不懈，曾獲中國語文學會中國語文獎章、省教育廳中華兒童叢書最佳寫作獎、聯合國兒童基金會駐華聯絡處兒童讀物金書獎、民國 62 年中山文藝創作獎、信誼基金會「兒童文學特別貢獻獎」及文建會「國家文藝特別貢獻獎」肯定。他的兒童文學作品遍及多種文類，有散文、兒歌、童詩、兒童故事、翻譯、論述等，豐富精采；廣為讀者所知的作品有：《小琪的房間》、《小太陽》、《小方舟》、《我要大公雞》《我家有隻狐狸狗》、《七百字故事》、《兒女英雄傳》、《淺語的藝術》……等，不勝枚舉。林良寫作大部分取材自家庭生活的小事，再以純粹流暢的白話，風趣又含哲理的道出家居生活景象，讓人讀了津津有味；他作品中洋溢的那種為兒童而寫、寫出童稚樂趣的用心，足為兒童文學作家的表率。

——選自《中華民國兒童文學學會會訊》第 21 卷第 4 期，2005 年 7 月

在月光下寫《小太陽》
子敏訪問記

◎夏祖麗*

瘦瘦的個子，一頭微卷的短髮，一張瘦削立體的臉，尖尖的鼻子架著一副近視眼鏡，臉上老是掛著「親切而謙和」的笑容。說起話來永遠是慢聲慢調，抑揚頓挫有條不紊的。一看到他就讓人感覺到，他如果不是教書的，就必定是寫文章的。這就是子敏，典型的中國書生的樣子。

子敏的名字是近十年來才開始在臺灣文壇上出現的。民國 61 年，純文學出版社出版了他的第一本散文集《小太陽》，民國 62 年這本書獲得中山文化基金會的文藝創作獎。後來他又出版了《和諧人生》、《在月光下織錦》和《陌生的引力》等書，子敏的名字漸漸響亮了起來。

自從《小太陽》出版後，子敏散文中所表現的別緻的思想，「一個大男人寫家」的獨特風格，受到很多人的喜愛。而他獨創的「散文引號」也廣受注意和爭議。有人贊成，也有人反對，但是不論如何，他的「小太陽」式的散文，確有他的獨特風格，也多少給文壇帶來一番新氣象。

雖然子敏在臺灣文壇上出現只有短短的十年，但是他的寫作生涯早自 30 年前就開始了。

那年他 22 歲，剛自學校畢業，在廈門的《青年日報》做記者，並編「青天」副刊。那時他寫的文章範圍很廣，詩、散文、短篇小說，他都寫。

民國 35 年，子敏到了臺灣，進入國語推行委員會的研究組，做的是國

*作家。發表文章時為純文學出版社總編輯。

語和閩南語對照的研究工作。

不久，國語日報創刊，子敏主編兒童副刊，從那時開始為兒童寫作，一直到今天。

在這期間，子敏也偶爾給報紙寫些散文。他記得他在臺灣報紙所刊登的第一篇散文，是在民國 42、43 年間的聯合副刊上，那篇文章題目是「回來，小黑！」描寫一條黑狗和一個工友的親切友誼。（**編按：應為〈「老李，回來！」〉，《聯合報・副刊》6 版，1953 年 12 月 2 日**）

民國 56 年，國語日報家庭版開設「茶話」專欄，由洪炎秋、何凡和子敏三人輪流撰寫。十年來，「茶話」一直未停，而子敏的創作力也就從「茶話」而源源不斷產生出來。

早年，子敏寫兒童讀物一直是用本名——林良，寫到「茶話」時才取名「子敏」。一直到今天，他寫兒童讀物仍用「林良」的本名。

「子敏」的筆名由何而來？他當初取這個名字有一個很「天真」的動機，那就是：古人叫「子」什麼的多得很，今人叫「子」什麼的也不少，像他的老上司何容先生字「子祥」，梁容若先生字「子美」，於是他也就挑了一個，取名「子敏」。如今，「子敏」也成了他的字。

十年來，寫「茶話」成了他的固定工作之一。他通常是在星期六晚上熬夜寫，星期天早上再補睡一個早覺。他說：「不論多忙、多累，我每個星期都一定要寫『茶話』，因此這也成為我寫作上的一種磨練，而寫作的興趣也就從這種磨練中培養出來了。」

他認為自己之所以對寫作有興趣，主要是感覺到寫作的樂趣，而這種樂趣有兩個來源；那就是運用語言來表達各種感受，和細心去體會人生所得到的各種心得，使之成為寫作材料。

《小太陽》、《和諧人生》、《在月光下織錦》、《陌生的引力》及「茶話」中所看到的子敏寫作材料，幾乎大部分都是來自家庭中的種種小事。孩子、妻子、鄰居、狗……。以純粹的白話文，風趣又含哲理地道出家中小事，他能把一本「家庭流水帳」化為純正的文學是他寫作中成功的地方。事實上，認得子敏的人都覺得他寫的一點也不假，他對「家」的感受一點也不勉強。因為在真實生活中，他的確是一個很愛家的男人。

記得他寫過一篇文章，題目是「餵」，他用散文的筆法把煩人又勞神的對小嬰孩的「餵」，寫得那麼美，卻又不脫離現實和真實：

「『餵』是一個偉大的字。『餵』是把銀色的小調羹，裝著一小口生命的食糧。『餵』是一隻仁慈的手；曾經拿劍，曾經拿筆，但是在拿著小銀調羹的時候，它發出聖潔的光輝。『餵』是一顆充滿愛的心，它在忍受『愛的折磨』的時候，有一種令人崇拜讚頌的無窮的耐性。

「一個小孩子在享受『餵』的時候，他是在享受上一代的愛。他會用種種想得出來的方法，儘量把這個『人生階段』拖長。如果可能的話，每個小孩子都希望能被大人餵到老。

「『餵』的內容太豐富了。它包括人間一切的愛和溫暖……

「『餵』是要講故事的。『餵』是要不停的轉移陣地的，大門口，書桌上，臺階上，水溝邊。『餵』的時候要看人、看狗，看雲、看天。餵一口飯要答應她一個『願望』，餵完那一碗飯，我『債臺高築』，幾乎欠她整個世界。……

「這個使我『柔腸寸斷』的『被餵人』，現在已經成為捧著講義，站在我的書桌邊，跟我討論甚麼是『母音』，甚麼是『子音』，甚麼是『半元音』的『國際音標人』了。……」

曾有一個讀者看了他的「餵」之後，對人說：「看到子敏那麼可愛的『餵』，想到自己每天『餵』得連吼帶叫的一副瘋狂狀，真是愧對子女。」

對於「一個大男人寫家」，他有他的解釋和看法。他說：

「我寫『家』，目的並不是想向讀者報告我的家事。聽一個大男人不停的談自己的太太，自己的孩子，甚至家中的那條狗，是沒有什麼意義的。我並不希望讀者來讚美我的家庭，我寧願聽到讀者讚美我的文章。

「我覺得，文學就是由語言表達所造成的一種情趣，這使我們覺得讀文學作品是種享受，因此我對題材沒有嚴格的要求。有人寫文章一定要選奇特的題材，要寫個人獨特的經驗，或是發掘某一個特定社會中的秘密。我個人覺得作品只要有文學趣味就夠了，捉住什麼題材都一樣。我平日很忙，無法去獵得任何一種特殊的經驗，而家中事是最易得來的材料，我的寫作題材多半是『家』的原因也就在此。何況我這種『寫作的活動』是自己去費力爭取來的，好不容易找到了寫作的時間，就沒有時間去捉奇特的題材了。」

坐在潔淨的大辦公室中，子敏慢條斯理地談著他的作品。一口純正的國語（不是北平話），幾乎找不出一個錯音錯字，就連平常人常唸成「ㄚ」的阿字，他也是按國音標準發成「ㄚˋ」音，恐怕這就是多年來研究國語和閩南語發音的成績吧！多年前，他前在廣播電臺主持國語和閩南語對照教學，教了六年。據說，最近中國廣播公司又把他的錄音帶在清晨五時的節目中播放出來。

子敏對語言的興趣是受了父親的影響，他記得小時候在廈門時，父親會說上好多種語言，國語、閩南話、上海話、廣東話、英語、日語。後來他的作品也多半用活語言和純正的口語來寫。

他說：「我的家鄉廈門是個港口，輪船出出進進很多，廈門人處在這個五方雜處的環境中，學會了尊重方言。在我的印象中，廈門人多半會一種以上的方言。而且為了適應生活，廈門人的耳朵成了天生的『譯意風』。」

在子敏的作品中所表現的思想多半是美好的、積極的、樂觀的，即使繁雜瑣碎的開門七件事，在他筆下也是可愛的。他不否認他本人對人生是採取一種肯定的態度，對人生的根本是不懷疑的。他認為人與人是可以和諧生存的，社會就如一個林場，林中的每一棵樹自己都可以求向上的發展，而不一定要吞食旁邊的樹。人與人不爭，也就能夠生活得很好。他的『和諧人生』也就是從這個觀念出發來寫的。

他自認自己的作品是接近「健康寫實」的路線，讀者們可以當作一種「無害的讀物」來看。他寫作時常注意到的一點就是，心情不好時不寫，不要把壞心情帶入作品中。因此他常常睡一覺起來再寫，這樣子，滿腦子就都是好主意了。

廚川白村曾說過「文學是苦悶的象徵」，怎麼樣才能把快樂健康的人生帶入到作品中呢？子敏沉思了一下說：

「我常有的習慣是喜歡在安靜的時刻來回味自己曾接觸過的東西，觀察過的事物，記取其精華，而成為另外一種色彩。我認為用回味的態度來接觸生活，可以排掉其中乏味無聊的部分，而長留住令人動心的主體。」

他不否認生活中也有憂愁和苦悶，但是把自己當做第三者來觀察生活，就能真正體會到那種情趣。

他也曾過過一段苦日子：那年他 17 歲，日本攻陷廈門，他們全家逃難到漳州。沒有錢，父親要出外謀生，他是老大，也要找事做來幫助家計，生活十分困難。但他並不覺得那種艱苦的歲月留給他什麼「慘痛或惡劣」的回憶，甚至任何「挫折感」，反而慶幸自己有個受磨練的機會。他說：「十七、八歲是最理想的受磨練的年齡，那段日子對我是很有意義的。但我並不贊成太年輕就受苦難磨練，那太殘忍了。」

在白天，子敏幾乎無法寫作，車聲、人聲，他所有的精神又要集中在辦公室裡。因此他寫作幾乎全是在深夜；絕對的安靜和與人隔絕是他寫作的要求。

他認為深夜的利用較有彈性，不是晚睡就是早起。晚睡是熬到深夜才睡，早起是吃過晚飯就睡，到半夜 12 點再起來寫。「不斷的抽煙」和「不斷的沖咖啡」是他寫作時養成的習慣。如果寫到天亮，他通常要抽上半包煙，用掉一小壺開水。

他曾經說過，由動物的眼中看一個真正在寫作的男人，樣子實在跟一隻坐在太陽地裡捉蝨子的大猩猩差不多：抓耳撓腮，呶嘴皺眉，除了手有些小動作以外，幾乎什麼事也不做。

在寫作時，他不愛打草稿，因此每個句子總要想好久才寫下，很少邊想邊寫的。普通一篇 3000 字的稿子，他要寫上 5 個鐘頭，他認為他寫作的速度是比較慢的。

在子敏的作品中，他的「散文引號」是很獨特而與眾不同的，也是一般人對他作品爭議最多的一點。能體會他的引號用意的人，很喜歡他這種寫法；不能體會的人，就覺得是多餘的了。還有的人，看了半天猜不透引號內詞句的用意何在，心中難免懊惱。但是不論贊成與否，許多人都漸漸發覺，在看多了子敏的「引號」文章後，常常會不知不覺地受了他的影響，也用起引號來了。

子敏認為他喜愛用引號是在國語日報養成的。國語日報是適合從剛識字的兒童到成人看的報紙，文字要求簡潔明白，對於一些特殊的詞句，就用引號引出，使讀者一看就明白，不會與上下文攪在一起。因此他最初用引號的目的是為了使句子清楚，後來慢慢發展成引號中的話都別有用意了。

同時，有了引號可以做比較複雜的句子，而產生不同的趣味。**他舉例說：早上起來做了一個「你早」式的微笑，他對「昨天一早就吃了五根油條的事情」非常不滿**。做這種「複雜」的句子，對自己來說是一種樂趣，同時也會感染到讀者。

另外，對一些被破壞了的習慣用語，他也喜歡用引號來負責。比如「馬虎」常被說成「馬馬虎虎」,「乾淨」常被寫作「乾乾淨淨」，而他就把「理智」也寫成「理理智智」，這是一般人不用的寫法，他怕自己這種破格的用法會把讀者帶壞，因此就用引號來負責，使讀者有所區分。

他說：

「現代人說話、寫文章，改變真實語言的例子很多。比如形容一個人穿的衣服說：他穿的衣服是很『歐洲』的。這種把名詞做形容詞用，有時是習慣而必要的事。我自己也常常寫怪句，但絕不怪到破壞語言。

「有人批評我的作品中加引號，不是太瞧不起讀者，便是對讀者的估計過高。因此我現在有一種傾向，就是儘可能少用引號，但是何者用，何者不用，其分寸是很難把握住的。因此要完全脫離引號也是不可能的。我希望以後我們的鉛字也有像英文一樣的斜體字，這樣就可以不用引號了。」

寫作、看書幾乎是子敏下班後生活的全部。子敏所採的讀書方式是「大量閱讀」。他說：「我習慣每一本書一定要看完，即使再吃力，再艱澀也要讀下去，至少也要像『檢閱儀隊』一樣，每一字都不放過的看過去。

「通常我是每一段時期對某種書產生興趣，於是就『大量吞下』。我很少死記或苦記書中某一部分，因為書籍本身只不過是參考資料。」

他看的書多半是屬於文學作品、文學史、語言學、兒童文學和文學理論方面的書。他喜歡廣泛的閱讀各類的書籍，而不只是讀少量或權威性的書。他認為這種整體瀏覽不容易養成偏見，也不會固執於某一點與人爭辯不休，可以使自己開明一點。

最近，子敏的舊家拆掉改建公寓，於是他們搬了家。搬家時他才發覺，藏書竟然佔去了全部家當的十分之四。新家比較小，而且也不會住久，於是那一箱箱用「長壽香煙」紙盒裝的書，就原封不動的堆在那裡，高高的落起來像一堵城牆。

這些書有一半是人家送的，一半是他十餘年來零零碎碎買的。通常他買書是沒有特定目標的，看到想買的就買，新書、舊書他都買。書買回來後他並不立刻看，先找個空隙塞進去。等到有空時擬個讀書計劃，再把同類的書搬出來一口氣看完，雖然他身邊有許多未看的書，但他相信遲早都會看到的。

寫稿、看書之外，他還有兩個嗜好，那就是看電影和打乒乓球。他說：

「看電影是我的一種個人興趣，因此就不太可能『扶老攜幼』全家出動去看，大部分都是我獨自一個人看，外國片、中國片我都看。最近我看了許多國語動作片，一般說來中國動作片處理得很靈活，娛樂效果很高。」

他曾存了好幾千張「本事」，貼成七、八大本，一直到年初搬家時才扔掉。

每個星期，子敏固定練習三次乒乓球。這也可以說是他平日除了走路外，唯一的運動。他很喜歡這種「半固定」的，不必跑來跑去的不激烈運動，十餘年來他一直沒有斷過練習。曾看過子敏在乒乓球場上的球姿，一開打起來聲勢洶洶，頗有大將之風，與他平日寫作、做人、說話的溫和派迥然不同。

目前，子敏是《國語日報》出版部的經理，主持兒童讀物的出版工作。二十餘年來，他的工作一直是和兒童有關的，而他自己也一直在寫兒童讀物，他曾出版了幾十本兒童讀物。

他在《國語日報》上撰寫的「看圖說話」一直是很受小孩和家長歡迎的。所謂「看圖說話」，就是根據圖畫為小孩子寫幾句簡單的話，帶著點孩子的口氣，讓孩子學說話用的。

在日常生活中，子敏也是愛孩子的，這是眾所周知的事。他仍是在他周圍許多現在已經長大的年輕人心目中的「林叔叔」（並非「林叔叔講故事」中的林瀅），那個風趣、幽默又會說故事的「林叔叔」。他也是當年《國語日報》許多年長同事的孩子們心目中的「叔叔的偶像」，給他冠上這個封號，可以說是實至名歸的。

有很多人都覺得，他長得很像「淘氣的阿丹」漫畫中的阿丹的爸爸——戴著眼鏡，瘦瘦長長的個子，親切而有趣。也可能就是因為他的個性，才會使人把他和那個漫畫中的有趣人物聯想在一起。

他曾說，一個人能和孩子做朋友，和年輕人相處就不會太困難。他說：

「我對年輕人是沒有反感的，長髮、喇叭褲我都贊成，和年輕人相處我沒有敵對或說教的心情。只是我盼望這一代的中國青年能堅毅一點，不要那麼容易失望，那麼容易把一切過錯推給環境。」

他認為夫妻之間應該像朋友一樣，父母子女之間也應該像朋友，如果家庭中能達到這種「大朋友」、「小朋友」的程度，含有一種親近而尊重的意味，那麼家庭中就不會有太大的不和諧存在了。

對於現代的父母教育孩子的方式，他有兩個觀點：如果只在要求省事、有效率的方式上著眼，他不反對對孩子帶點希望他們服從的教育法。因為針對現代父母生活忙碌的情況下，我們不能批評這種教育法不對。

但是他的想法比較偏重理想，那就是，在可能的範圍內多給孩子體驗、嘗試的機會。比如孩子想摸蠟燭，就讓他們去嚐嚐燙到手的滋味。有時他會刻意的幫助孩子去做這一類的事，雖然明知是沒有結果的、是浪費時間的，但他希望孩子們在體驗過後再去選擇。

由於喜愛孩子，經常和孩子接觸，和孩子聊天，子敏寫起兒童故事來並不感到吃力。甚至他的散文中也有許多「童話」，描寫得生動而真實。他說：

「一般人對小孩說話只注意話的形式，也就是孩子『說了些什麼？』而忽略了『他藏在心裡的是什麼？』『他想說而說不出來的是什麼？』或是『想說而不好意思說出來的是什麼？』為了怕讀者不懂，於是許多大人作者就會替孩子寫出一句合文法的句子，替他造出一句週全的話來。

「其實，有時孩子們不週全的話也是很有意思的，我多半是像錄音機一樣，把他們真實的話記錄下來，再用暗示的辦法寫出情境，讀者把情境與話配合起來，就會體會出其中的意思和趣味了。」

因此也有人說，子敏的作品有兩種類型：一種是寫給小孩看的兒童故事；一種是寫給成人看的兒童故事。

隨著名氣，近來年向子敏索稿的人越來越多。本來是「玩票」的他，已嚐到了逼稿的滋味了，他形容稿債多實在是「痛苦不堪」。他說：

「起先寫稿完全是興趣，用自己的題目、自己的方式來寫，不管任何形式或規矩。但索稿者往往有附帶條件的，於是『用還債的心情』來寫『有種種限制的稿子』，實在痛苦。

「話雖如此，我還是喜歡朋友要我寫稿子的，雖有『幾度掙扎』，但結果也都如期交稿，很少有『賴稿』事件的。」

現在，他在寫作上沒有什麼特定計劃，只希望目前的生活情況能改變，不要那麼忙，那麼他就可以多方面去嘗試寫作了。正如他在《小太陽》的序文〈大男人寫家〉中說過：

「我辛辛苦苦的執筆發掘家庭生活的情趣，有時竟熬夜到天亮，心中是有一個宏願。我希望讀者受了我的感染，也能深切體會到自己家庭生活的情趣，真誠的去愛自己的家。我是帶領一家人跟一條狗，為讀者服務。」

民國 65 年 4 月

——選自夏祖麗《握筆的人——當代作家訪問記》

臺北：純文學出版社，1977 年 12 月

把和諧奉為人類新宗教

◎姚儀敏*

「為了愛，夢一生」，這是一首排行榜上頗受歡迎的流行曲，對於子敏，

這幾個字可以改成——為了當作家，夢一生。

這個夢最後成真，並成為他一生無悔的追求——

林良就是子敏，子敏就是林良，這是讀者知道得很清楚的一件事，有什麼可疑之處嗎？有。林良和子敏這兩個名字，其實還是不一樣！

叫「林良」的這個人，他用原名寫兒童文學給孩子們看，他在他的「作文」裡跟小朋友交朋友，多年來連寫帶譯，總共出了一百多本讀物，早已成為許多孩子最崇拜的「寫書人」。

但是叫「子敏」的這一位，卻以清晰的表達和冷靜的觀察見長，思考並反省人性與人際的一些問題，發掘人生美的一面來啟發讀者，是成人案頭枕邊的莫逆之交。

雖然，寫童話的一隻手，就是寫散文的那一隻（不像余光中能右手新詩，左手散文，左右開弓），但畢竟深深吸引幼兒的童趣，截然不同於複雜的成人趣味。他的作品既能同時「招徠」這兩類書客，想必別有祕訣吧！

「阿婆畫圖」並不矛盾

子敏說：「我在寫成人作品時，心態和一般作家一樣，表達方式較自由；但是寫給兒童的文章，就得提醒自己，想到面對的讀者是誰，看不看

*發表文章時為《中央月刊》主編，現為國防大學通識教育中心講師。

得懂？在表達方式與詞彙運用上，都有相當限制。

「比方，太過陌生的詞彙要避免去用，如果我想說『經濟困難』，就必須改成孩子理解的『家裡很窮』或『沒有飯吃』……諸如此類。我從記憶裡去尋找特定年齡層的小朋友傾訴，才能控制詞彙。

「為孩子寫作時，由於心情比較輕鬆，容易在生活周遭發現新鮮的趣味；因此我在為大人寫作時，也往往受到兒童文學的影響，較少使用生僻艱澀的文字。」這正是「子敏體」風格的由來。

也因如此，「子敏」的散文，和「林良」的兒童文學般同樣的流暢自然，趣味豐富，充滿了深厚的關愛訊息。就像一個拿鋤頭種田的鄉下阿婆竟然也能畫圖，雖令人驚訝，但阿婆無論用鋤頭或是用畫筆，記錄的都是一種勤勞知足、樂天惜福的生活方式，一種鄉土的生活哲學，二者就顯得很調和，不矛盾了。

是啊！就像為人善良熱忱的林良，即使他不懂爬格子，不是作家「子敏」也一樣受人喜愛，因為，不管他叫什麼，寫怎樣的文章，都是那個對生活有很多感覺，對生命不吝於關愛的人。

「文以載道」的散文家

子敏，本名林良，福建同安人，民國 13 年 10 月 10 日生，師範大學國語專修科畢業、淡江大學英文系學士。曾任《國語日報》編輯，兼任師大講師，現為《國語日報》出版部經理。

在《國語日報》大樓四樓、林良寬敞素雅的辦公室裡見到他，這位瘦瘦的、帶著詩人氣質的男子，讓人嗅不到一點「經理」派頭和氣味。他溫和肯定的眼神，智慧可親的面容，雖傳達了成功的氣度，但這種「成功」是屬於人格上的，與職位的高低並無關聯。

我記得他在文章中曾這樣表白：「『成功』的正當解釋，只能說是一種心理狀態，因為世界上找不出客觀的標準來衡量成功——」

他那些溫馨動人的文章，是不是也刻意要把自己塑造成一個道德「敲鐘人」的角色，達到「文以載道」的標準？

「是的。」他並不諱言自己用心良苦：「我的寫作方向是經過思考的。譬如我寫《和諧人生》一書時，和諧人生就是我思想的主題。我日日夜夜所思所想的，一直環繞著一群很有趣味的題目：人應該怎麼樣才能夠避免『互相使對方不快樂』？我應該怎麼樣才能夠使別人『不可能使我不快樂』？我應該怎麼樣才能夠避免自己成為『使別人不快樂的人』？我在日常生活上學習避免痛苦，更進一步探求和諧人生的祕訣。

「我有時候從事實出發，不知不覺的進入抽象，玩起『概念的積木』。我有時候從概念出發，不知不覺的進入事實，回憶起悠悠的往事。我的思想的紀錄，就是這本書裡的幾篇短文章，也就是我寫作散文的一個主要方向。」

他的前半生

子敏散文中呈現的意境雖如大海般寧靜深遠，然而他的前半生也曾歷經海上不可避免的風浪襲擊，行過陰暗崎嶇的一段程途。戰爭、流離與貧窮的滋味，年輕時代的他都遍嘗過。

我們可以從《鄉情》一書全部的文字中，勾勒一張他的「半生」年表——

他出生於廈門，後遷居日本，六歲在神戶的華僑小學附屬幼稚園就讀一學期，那所學校是以廣東話為主要語言。七歲那年，中日戰爭即將爆發，他那愛國實業家父親毅然攜眷返國，提倡愛用國貨運動。八歲，他在廈門大同國小正式入學，由於他舅舅也在此教書，加上校內許多遊樂器材，如腳踏車等，都是子敏父親所捐贈，因此他在學校受到相當多的矚目和照顧。

中學時代，就讀鼓浪嶼同文書院初中部，僅一年，因為中日抗戰緣故輟學，逃難至香港，住在碼頭邊，不久又遷居越南。一年後他們全家回到鼓浪嶼，他父親在此經營一家餐廳，他則插班進入英國教會辦的英華書院；後來，因太平洋戰火蔓延至鼓島，他又隨著家人逃至內地漳州，在一所小學裡找了一個教職工作糊口，並支撐他那歷經流離之苦的家庭。

在漳州的第三年，他父親不幸在九龍江游泳失事，離開了人間。身為家中長子的他，卻在這同時做起了偉大的作家夢。當時他家裡曾落難至連叫一擔柴火的錢都沒有，只能買些零星木條湊合著用的地步。

抗戰勝利後，他在 22 歲那年離開家鄉，到臺灣來。

鼓勵大家多「儲蓄」快樂

前半生的生活磨難，並沒有把子敏塑造成一個滿肚子苦經的人。相反的，他把所「結餘」的負面情緒，很智慧的轉化成一筆筆積極而樂觀的「生活利息」，足以在後半生讓他過著不虞匱乏的日子。

對處世哲學有一套獨到見解的子敏，常鼓勵大家多多「儲蓄」快樂。這項祕訣在於與人相處時，跳出對立立場來處理那種微妙的關係，這也是他在散文裡慷慨與大家分享的一個主要話題。

「基本上，我感覺人跟人對立，是種很痛苦的經驗。一方的勝利，不啻代表著另一方的挫敗，我們為什麼不能用交換位置的想法體貼對方呢？」因此他苦口婆心的提醒讀者，把和諧的觀念裝進腦裡，嘴裡，口袋裡，時常帶著它。

他舉例，「樹木都是向上成長，去爭取各自需要的陽光和空氣，人也該多向它們學習，各人有各自的追求，而不必互相傷害爭奪。為了小小的爭執，我們常須償付極大的代價，因小失大，多划不來。這種破壞和諧所付出的代價，是人際『交易』上不能不計算的成本。」因此他常說，在生氣時若能不發作，或打點折扣的發作，所收到的美果值千金！

他深信使人類不快樂的是「人」，一個不快樂的小世界，是他自己，以及他周圍那一群對和諧觀念一無所知的人所造成。因此，他把和諧奉為人類的新宗教、新信仰。讀子敏的文章如果事先沒有這些概念，要進入他的世界便困難得多。

一段不褪色的回憶

子敏說過：「曾經發生過的事情永不消失，曾經相逢過的人永不分開。」他的記憶好像阿拉丁神話中的寶庫一樣，把往事收藏得那麼好，只要隨時喊一聲：「芝麻，開門！」就源源不絕出現，鮮明如昔，教人吃驚。

讀者對他筆下那些童年的回憶：親友、鄉人，以及一切……熟悉得不能再熟悉，也很好奇他真能記得這些事——

「我不能否認，兩個經度的空間，幾十年的時間，是一種距離。但是，對我來說，空間和時間的隔離並沒有太大的意義。

「親切的鄉人，從來沒離開過我。我走在臺北的衡陽街就像童年走在廈門的中山路；每一個對我含笑點頭的人，彷彿都是當年呼我小名的鄉人的化身。陽光、潮聲、船影、港灣、沙灘、花樹：時常從永恆裡湧回我心中的不只是這風景，所謂『鄉情』，所以難忘，是對風景裡的人的牽掛。」

而他這項「反芻」往事的能力，是他父母在他很小的時候就幫他培養起來的。他們常引導子敏觀察身邊的鉅細事物，譬如牽牛花，他學會注意到牆上共開了幾朵，有幾朵還在含苞待放，哪一朵比較大，哪一朵快凋萎了，都逃不過細心者的掌握。「這就是讀者所謂驚人記憶力的由來！」

是的，曾經發生過的事情永遠不消失，曾經相逢過的人永不會分開。我們似乎該學學他，用一種柔軟而寬闊的胸懷，把生活包藏在不褪色的回憶裡，隨時拿來檢視一下，看看有什麼要改善的地方，有什麼對不住自己的地方——

一生無悔作家夢

青年時代的子敏，曾經在強大的現實壓力下，固執的決心在家裡「賣文度日」，當一名作家。這個「作家夢」從形成到完成雖然中間備嘗艱苦，但他很願意以過來人的身分，述說給有志於此的讀者參考。

他想做個寫書的人，跟童年時代喜歡書有關。他童年受影響最多的三個人：父親、母親和舅舅，都是「無可救藥的愛書人」，無形中，培養出他喜好逛書店、看書的一大樂趣，使他產生對書的莫大崇拜。

「我小時常想，我現在看書，將來也要寫幾本書出來，這就是所謂的立志吧。我自小就有一個夜裡爬起來寫二、三百字才睡得著的習慣；直到現在，我仍習於夜間寫作，同時並不一定是為投稿而寫。」

中學時代，他和幾個同學合力辦班刊，貼在教室後面的公告欄上，結果不久寫作和畫圖都成為他的責任。

他剛開始在外投稿時，文章能登上報紙就夠興奮的，從沒想到還有稿費的問題，甚至他的作品常用筆名發表，時常偏勞主編在文後附上請示作者姓名啟事，他多半理都不理，也因此從無稿費可拿。

「像我們從前那樣的家庭，是忌諱談錢的。」在他還沒有成為作家，就已深染上中國傳統文人士大夫那套忌諱。

原來有稿費這麼回事

子敏和稿費，還有一段「相識」的因緣。

有位主編朋友曾向子敏邀稿，他寫了一篇有關他父親過世後，他們母子一家人如何度過難關的文章。發表出來，那位主編朋友請他既吃飯又喝咖啡，還外帶看了一場電影，最後並塞了十幾塊錢給他，他這才知道，寫稿有這麼些好處，原來還有稿費這回事。

他的童年玩伴裡，因有許多日後從事編輯工作的，因此他常被邀稿，文章刊出率極高，慢慢的就寫出一點格局，他那當作家的夢想也在「一舉出書天下知」下，終於完成了。

出書對寫作者而言，是莫大的鼓勵，他以林良本名所寫的《我要大公雞》，和以子敏筆名出版的《小太陽》二書，是他在兒童及成人文學領域中的奠基石。這個基礎，不但使他堅定了要走的方向，也拓展了他的作家生涯。

他曾獲獎多次，分別於民國 59 年獲得中國語文學會「中國語文獎章」，60 年省教育廳中華兒童叢書「最佳寫作獎」，及聯合國兒童基金會駐華聯絡處「兒童讀物金書獎」，62 年的「中山文藝創作獎」。他那「子敏體」的筆調，更如同他的為人般成為一塊招牌，在充滿人性的味道之外，很「科學」、精確的把意念表達出來。

忠於表達的寫作祕訣

「我是一個習慣運用現代語言來思想的人，所以我的思想紀錄不必經過甚麼翻譯的過程。我的『思想』在紙上，在嘴上，在腦子裡，完全是同一個版本。」

他最擔心的，不是他的白話文不夠「白」，而是用白話來記錄他那會拐彎的思想時，他就沒辦法叫他的白話不拐彎。

「寫作既來自於我的思考活動，因此我不喜歡跟隨某一模式，譬如寫一片葉子，就必須是我自己所觀察得到的印象，而不是從古人作品裡翻出現成的東西表達。」

「忠於表達」，是子敏的一項寫作祕訣。

「可惜現在學校裡的作文課，多是訓練學生當祕書，而非訓練作家。」兩者有什麼差異？「祕書的能力，是要能一搖筆桿，詞句就跟著跑出來，無非把一些尺牘指南、成語大全熟背即可。但是寫作則是一門專業領域，必須摒棄撿現成的惡習，學著去感覺、去聆聽、去碰觸自己的回應，甚至於避開別人說過寫過的一切。」

塑造自己的創作風格，也許讓子敏投下許多年的時間，許多夜的睡眠，許多磅的體重，但是他的成就是無可替代的，具有數量計算不出來的價值。

藝術的人生觀

子敏常在他的文章裡宣揚一種藝術的人生觀：「人生就跟文章一樣，『意味』重於『字數』。」

他說，看電影看得入迷的人，絕不會抬起手腕來看錶；打牌打得入迷的人，也不會發現厚窗帘外早已經是第二天的日正當中了。一個人必須先懂得「進入時間」，才配談「利用時間」；同樣的，一個人必須先學會踏實生活，才能夠進一步的享受生活。

究竟他有甚麼樣的人生觀，成就了這套哲學呢？

他思索了片刻，道：「第一，我認為人類對宇宙時空的組合，基本上仍是無知的，儘管科學家給了我們很多數據上的線索，有一個開始思考的方向。究其實，我們對於一切仍是無知。但這並不意味我們就必須放棄，其實我們不妨承認無知，而繼續探索……

「第二，我覺得人生本質上應屬於一種建設，如能從事自我建設，才更了解生命的價值。對於生命，若要產生價值與意義，只是建設一途。因此一般人其實不一定要有太多的哲學思考，只要有所建設（哪怕只是集集郵、種種花的建設），都能讓我們覺得自己活得滿有意義、心安理得的。」

寫作，就是林良對他自己所做的一項自我建設。

生命的主題何在

從上面的訪談中，讀者可以發現，子敏對於人生這個課程的用功，和他對寫作所下的工夫是一樣多。

正如他所說：「使我動心的是人這個會思想的動物思索時候的高貴神態——不管他思索的是甚麼，不管他的思索有了些甚麼收穫，他那認真行使人類『特權』的高貴神態，真是尊嚴像帝王，純真像嬰孩！」

聰明的讀者會發現他真正的意思是：

人，才是生命的主題，是作家筆下永遠的主角。

——選自《中央月刊》第 24 卷第 11 期，1991 年 11 月

——2015 年 9 月修改

懷抱童心的文學耕耘者

專訪林良先生

◎劉叔慧*

略顯單薄的身形，臉上從容不迫的微笑，第一次和林良先生在他素淨雅潔的辦公室見面，絲毫沒有初見文壇前輩的拘謹不安，他安閒的招呼我們，以一副「將自己交給我們」的合作態度來面對這次訪談。這樣的初次印象，讓一個採訪變成溫馨有趣的聊天，可以不拘束的談天說地，在娓娓的敘說裡，捕捉到一個永不衰老的純真心靈——懷抱童心的子敏。

織錦的文人

林良，筆名子敏，福建同安縣人，民國 13 年 10 月 10 日生。六歲以前住日本神戶，六歲自日本回國住在廈門，因為他的整個少年時期都在廈門度過，故而至今他仍視廈門為他的第一故鄉。民國 35 年，子敏來到臺灣，在國語推行委員會工作，後來《國語日報》成立，他主編兒童副刊，從此與兒童文學結下不解之緣，成為他終生致力的工作。

「兒童副刊是我的第一個工作，原本我就喜歡寫作，甚至想寫長篇小說。所以如果副刊缺稿就自己披掛上陣。也因此發現了為小孩子寫作的困難。」子敏說話的語調不疾不徐，條理分明的回溯這段記憶。「美麗的辭藻都派不上用場，因為讀者是孩子，必須用他們的語言來和他們交談，因此，如何用淺顯的語言文字來從事文學創作，便成為一個挑戰。」

用孩子的話寫作，說來容易，做起來方知其中難處。當時年輕的子敏

---

*發表文章時為淡江大學中國文學系碩士生，現為日初出版社總編輯。

還未結婚，報館很多同事的小孩在附近上學，下課後便聚集報館等著和父母一道回家。子敏因之結織了一群對他影響頗深的小朋友。「我聽他們說故事，和他們溝通，在這樣的過程中，學習到許多生活用語，而且小孩子的感情真摯，常常給大人的思考帶來許多啟發。因為接觸到這樣一群小朋友，寫作時腦中似乎就有著具體的讀者形象。」子敏和他的小朋友們至今仍有聯繫。只要有一顆溫暖誠摯的心，時間不但不是阻隔，且會讓情意更加綿續深厚。

或許因為對兒童文學的投注，子敏的筆尖常帶童趣，他的文字以淺顯清新的風格一以貫之。不論是寫給小孩或大人看，他喜歡在日常的生活用語中去提煉出哲理與趣味。他的文學深摯而不嚴肅，生動而不膚淺，就像他在題材的擇取上，亦多自生活裡來，將平凡瑣屑的家常，化腐朽為神奇的寫成一篇篇語帶深趣的文章。

喜歡在夜間寫作的子敏，形容自己的創作是「在月光下織錦」，對生活懷有深情的子敏，確是平實的為生活加工，將現實的一切素材，織成錦繡還諸天地。

文字的藝術

「寫文章要如目親睹，不論是印象的呈現或思考的表達，多用自己的話來寫，以平易的語言來傳達感覺的個別差異，這即是一種創造性。這種具象、具體的文學表現方式，是我自己認為受到兒童文學的良好影響。」子敏對日常白話文的重視，在他的許多文章中都可見到，他自己亦身體力行的以創作來貫徹他對文字運用的主張。

由於強調文章的臨場感，子敏在視覺、聽覺的捕捉上，常有出人意表的靈敏。畫面的構成充滿鮮明的意象，使子敏的散文讀來如在眼前，文字的淺白生動拉近了讀者與作者之間的距離，使閱讀成為一種「分享」。所以子敏曾說過：「現代散文如果也有特色的話，那就是它不但已經從特定的內容裡解放出來，同時也從『文學辭藻論』裡解放出來。它以積極的文學態度去運用真實語言，驅遣真實語言去做文學創作活動，鑄造新語詞，建立新的修辭系統。」對於文學的運用，子敏自有其獨到的見解。

這個由兒童文學寫作得來的領會和見解，完整的呈現在《淺語的藝術》一書中，這本兒童文學的論著，雖然說的是相關於兒童文學的特質、寫作態度及技巧等，但事實上即是子敏對文學創作的意見，表現了他所堅持的「文學生活化，生活文學化」的寫作風格。平淡的文字中自有其嚴謹的架構及深邃的意旨，這即是子敏散文的魅力所在。

然而無論多麼精妙的文字驅策力，更重要的是一顆觀察敏銳的心，具備充分體味生活的能力，方能在平凡發現不平凡。誠如子敏自己所云：「不平凡的遭遇，獨特的生活場景，那樣的文學作品固然可以拓寬我們間接經驗的領域，不過那種『拓寬』，是文學對我們的拓寬。我們用文學的態度處理平凡的日常生活，卻是我們拓寬了文學的領域。」正是這樣一份別出心裁的用意，儘管子敏的散文中沒有曲折離奇的愛恨情仇，沒有轟轟烈烈的境遇事蹟，但其間的生活滋味，即便是人際間的爭執，或是瑣碎的衣食行住，都饒有意味，讀來清新可喜，因其正是我們生活中隨處可得的趣味，子敏引領我們用另一雙眼睛去感覺生活的細緻之處。

通過通俗平易的題材，子敏以多姿的文采創造了一個溫馨的散文世界。

溫暖的小太陽

子敏曾任《國語日報》編輯、師範大學兼任講師，並於民國 50 年至 54 年主編教育廳《小學生》半月刊。現任《國語日報》出版部經理，主持兒童讀物的出版工作。民國 56 年起，《國語日報》家庭版開設「茶話」專欄，由何凡、洪炎秋和子敏三人輪流撰寫，至今專欄猶在。工作和寫作對於子敏而言，已是一體的兩面，相輔相成的組成他生命中的重要部分。他曾獲「中國語文學會中國語文獎章」、省教育廳中華兒童叢書最佳寫作獎、聯合國兒童基金會駐華聯絡處兒童讀物金書獎，以及 62 年的中山文藝創作獎。

縱觀子敏的作品，幾乎集中心力在為孩子寫書，他的兒童文學著作有上百部。相較之下，他寫給「大人」看的書，在數量上就嫌少了一點，主要有《小太陽》、《在月光下織錦》以及《陌生的引力》、《和諧人生》等散文集，其中最為知名且為人讚美的便是《小太陽》。

熱愛家庭的子敏，以細膩溫厚的筆調記錄他的家庭生活，他的妻子、女兒、狐狸狗。我們認為瑣碎單調的家庭生活，在子敏細緻有情的觀照下，呈現出另一種全新的面貌。雖然這是一本散文集，而且內容僅局限幾個家人及環繞他們所發生的情事，然而通篇讀來，人物的鮮活、情節的趣味，絕不亞於一部結構完整的小說。

子敏的《小太陽》喚起了我們對家庭的溫情，讓我們重新正視我們習以為常的尋常事物，在固定的軌道中發掘新的趣味。這是子敏散文的特色。因此，櫻櫻、琪琪、瑋瑋就熟悉得好像自己家人一般，而他們共度的喜怒哀樂酸甜苦辣，也成為一篇篇溫暖的散文，牽動我們對家的依戀。

「文如其人」這句話對子敏而言恰如其分，他的文章所流露的善良明朗，正是文人可貴的赤子之心，「作家是為我們思考的人，從人的立場，對人的生活，對人生作深入的思考，讀者期待從作品中讀到作者的思考，這個真誠的期待一直存在，作家應該為這期待做些什麼。」子敏如是說。在文學漸成消費品的社會趨勢下，子敏看待文學的嚴肅態度楚令人覺得可貴。

文學與生活

談起對現今文學潮流的看法，子敏有感慨亦有寬容，「現代作家在寫作技巧上比較講究，和以前較樸素的表達方式不同，可能受到國外作品的影響，特別重視呈現的方式及技巧的嘗試。然而文學作品對人們而言，似乎愈來愈具遊戲性及消費性，相對的較缺乏思考性。」子敏的看法反映著他個人的文學觀點，不在作品中說教，讓讀者藉由作品被題材感動。無論如何花俏、炫目的技巧，終究要負載一個實質的具體內涵，與生活相結合。

氣定神閒的子敏，儘管忙碌，生活中頻繁的開會及工作，佔據了他大部分的時間，但他仍持續的寫作，除了每週一次的「茶話」專欄，以及《國語日報》兒童版隔天刊出的「看圖說話」之外，他還計畫著為孩子寫一個長篇童話。另外也有出書的計畫，將發表過的散文稿結集出版。

在兒童文學的翻譯、寫作、出版的領域中，他毫無倦態，樂在其中，支持他不斷工作和寫作的力量，大概就是一顆永遠活力充沛的童心。「雖然現在的孩子較早熟，但純真可愛的孩子仍很多很多，由於資訊流通管道的改變，現在的父母和孩子可說是共同閱讀和共同成長，不再是以前絕對的權威管教。因此在傳遞人生經驗的方式上也漸有不同。童年的閱讀是很重要的，循序漸進的讓孩子成長，讓明朗健康的生命態度，作為他人生的基調，這是每一個兒童文學作家的任務。」始終和孩子生活在一起的子敏，以孩子的眼睛看待世界，以孩子的語言表達及描述這個世界。這也是子敏的文章能始終貫穿著一種恬淡安適的氣質的緣故。

將近兩個小時的閒談，子敏的溫厚從容，教人如沐春風，前輩文人的澹雅睿智，具體的示範著一種難能可貴的文人氣質。在現今喧嘩的文學表現中，更顯其謙和的風華。一個屬於家庭的男人，一個屬於孩子的作家，一個屬於讀者的文人，子敏的生命情調寄託在他生動活潑的文學作品中，自成一道清泉，奔湧在每一個讀者的心頭。

真誠與善意，子敏的文學世界如是美好。

——選自《文訊》第 94 期，1993 年 8 月

林良的生命哲學

◎項秋萍*

筆下如春風和煦的作家子敏，也就是《國語日報》的董事長林良，是許多青少年和初出社會年輕人的「大朋友」。透過報紙媒體，常有沮喪悲觀的年輕人寫信給他，一吐心中鬱悶；而他總以「人生是一種建設」這句話鼓勵他們。

他教年輕人要把自己的生活內容一點一滴、實實在在地建設起來，不一定要偉大，有意義較重要。譬如蒐集火柴盒，從一、兩個蒐集到幾百個；譬如存錢，從 50 元存到兩萬元；在這個過程中，往往能體會到有生活目標的紮實感，一旦完成，也對自己的毅力重新肯定。

林良常對年輕人說：「碰到了挫折，與其沮喪空想，不如做一點事情。手邊找幾本書，下決心看完，也算是做了一點事，總比空過日子好。」

「生命絕沒有多餘的一分一秒可以浪費。」林良從小就對這點體悟深刻。小學畢業那年，正逢蘆溝橋事變，因為父親是愛國商人，被定位為抗日分子。從戰事一吃緊，全家就開始逃難。林良清楚記得，日軍登陸廈門鼓浪嶼那天，他和家人搭乘最後一班英籍商船離開廈門。難民實在太多了，如何裝載也載不完，船長只好下令收起跳板。船上的人不死心，紛紛把繩索拋給未上船的親人，希望把他們吊上來。林良親眼看見跟他年齡相近的孩子，因為抓不穩繩子而落海，在海面紛亂的舢板間沒頂。

逃難期間，經常遇見飛機轟炸。有一回，林良在路旁找一位熟識的剪刀匠磨剪刀，聽見警報，大家各自躲避，空襲解除，他又跑回原處找，沒

---

*發表文章時為《講義》雜誌編輯，現為天下文化特約主編。

想到剪刀匠已經被炸得肚破腸流。

戰爭中所遇見的人生無常、流離失所曾經使他沮喪，但沮喪後的反省卻使他憬悟：生命不能浪費。因此，在二十一、二歲之前，他雖然一直流浪搬遷，從廈門到香港、越南，再輾轉來臺，經常遇見一切不上軌道、明天不可預測的困境，但他從來沒有停止過今天的充實和建設。他曾經在鄉下的小學教過書，在報館做基層工作，都覺得有事可做很快樂。

生活安定後他從事寫作，無論是寫散文，或在兒童文學的創作及翻譯方面，都以多產著稱，亦來自於生命不能浪費，時時努力建設的理念。

「從前物資貧乏，有人可以過得很滿足、很自在，」他說，「現在生活條件好，還是有人不愉快。」林良發現，現代人的不快樂，大多數來自沒有真正的人生目標，所以常把注意力放在人我間的對待上。誰說了一句不中聽的話，誰對我的態度不好，就在意得不得了。

「人的心靈也是需要建設的，」林良說。他認為，碰到人我關係的挫折不應該忍耐、逃避了事，而要用積極的態度訓練自己的度量，主動處理，表達歉意或是突破僵局。「忍並不健康，忍沒有目標，忍是不知道要做什麼；人生有限，不能等待，應該起而行。」

在林良心目中，人生中除了疾病與貧窮，其他問題都可以寬宏的度量減輕痛苦。而寬宏的度量來自於自我反省、自我轉變和自我調整。

「千萬不要用某一階段的經驗處理人生全程、全方位的事，」林良說。他經常看見父母和叛逆期少年的爭執、拉鋸、混亂、掙扎，彼此非常痛苦。他認為，孩子在經歷成長的狂飆，父母也可以順應而調整，很快的，這段時間會過去，孩子又回到父母身邊。「人生是一種建設」，不僅對年輕人如此，對大人也一樣，一番風雨一番晴，每個階段都建設不完。

——選自《講義》第 103 期，1995 年 10 月

文學領域的拓寬者
子敏散文試論

◎黃武忠[*]

「文如其人」這句話，對散文家子敏來說，是可以成立的。他的作品醇厚溫馨，充滿著積極與樂觀；而他的人有著中國書生「溫柔敦厚」的本色，進取的臉上寫著和諧，講話慢條斯理，語言略帶磁性，與他的散文一樣有吸引人的地方。夏祖麗曾如此的形容他：

「瘦瘦的個子，一頭微卷的短髮，一張瘦削立體的臉，高高的額頭，尖尖的鼻子上架著一副近視眼鏡，臉上老是掛著『親切而謙和』的笑容。說起話來永遠是慢聲慢調，抑揚頓挫有條不紊。一看到他就讓人感覺到，他不是教書的，就是寫文章的，絕不會是做生意的。這就是子敏，一個典型的中國書生的樣子。」[1]

這番描述頗為生動貼切。至於子敏的性格，從他作品中流露出來的是，具有質樸堅毅，擇善固執，處事明確果斷。（《鄉情》）但也具有體貼入微，心思細密的特點。（《小太陽》）因此可以說，子敏具有 O 型和 A 型的雙重性格。讀完他的作品之後，我一直這樣認為。

有一次遇見子敏，特地請教他的血型，他回答說：「在大陸時，我一直以為是 A 型，到了臺灣驗血的結果，才知道自己的血型是 O 型。」這種 O 型中帶有 A 型性格的特質，在子敏作品中表露無遺。其筆下的「真」，從此可見一斑。

---

*黃武忠（1950～2005），臺南人。評論家、散文家、小說家。曾任臺灣電影製片廠主任祕書、文建會第二處處長，發表文章時為《幼獅月刊》主編。

[1]參閱夏祖麗，〈子敏的「引力」〉，《書評書目》第 36 期（1976 年 4 月）。

子敏，本名林良，福建同安縣人，民國 13 年（1924）10 月 10 日生。六歲以前住日本神戶，六歲從日本回國，居住廈門，孕育一個豐厚多姿的少年時代，至今子敏仍把廈門當作是他的第一故鄉。

他的小學、中學，都在廈門度過的，在這裡有太多的人、事、物，值得他罣記惦念。雖然曾因逃難而到香港、及漳州等地，但這些地方畢竟是短暫的居住，當然比不上用整個少年時代去奔馳的廈門那般，給他繫上一份濃濃的鄉情。

民國 35 年，子敏到了臺灣，在國語推行委員會，後來《國語日報》成立，便轉入《國語日報》工作，主編兒童副刊，開始兒童文學創作迄今。

子敏是他用來寫散文的筆名，而寫兒童文學作品或一些討論的文章，用的是本名林良。這些年來，林良在兒童文學界是個響亮的名字。馬景賢說：

「談到兒童文學，他是一位辛勤的播種者。30 年來，如果他心全放在寫小說、寫散文、寫詩上面，他的成績不會太差。但他卻花相當多的時間去為孩子而忙碌。他認為一個作家為孩子寫書，是一件天經地義的事。」[2]

也因為他有這種「為孩子寫書」的堅定信念，三十餘年來，共寫了一百六十餘冊兒童文學作品，光是這個數目，都會叫人驚羨，何況這些作品，又多的是好作品。

相形之下，他寫給大人讀的作品，就少了些，至目前為止，共有七本。

1.小太陽

2.和諧人生

3.在月光下織錦

4.陌生的引力（以上四本為純文學出版社印行）

5.鄉情（好書出版社）

[2]參閱馬景賢，〈從一首小詩談林良先生〉，《兒童圖書與教育雜誌》第 1 卷第 5 期（1981 年 11 月）。

6.認識自己（幼獅文化公司）

7.淺語的藝術（國語日報出版部）

前五本是純散文，《認識自己》是少年讀物，《淺語的藝術》是一本理論性的文學作品。

林良在兒童文學上的成就，已獲兒童文學界肯定，並有數十篇專文評介，本文不再贅述。至於林良以子敏為筆名所創作的散文作品，也頗受文壇的討論與重視。本文擬就其純散文作品，逐一探討。今歸納其特色分述於後：

一、平和樂觀的人生態度

從作品中，我們得知子敏經歷過大時代的洗禮，有著離亂逃難的悲苦經驗。尤其是在動亂中父親過世，除了要面對這突如其來的哀傷之外，他必須負起家庭生計的責任，他一一地承受下來，卻無絲毫怨懟。可貴的是，當他寫自己的時候，宛如在訴說別人的故事，毫無情緒化的激動筆觸，完全客觀的敘述。我想他的情感是經過壓抑、兌化與昇華的，否則憑他的遭遇，在他筆下怎不見激憤、消極與悲觀？反而是樂觀進取、平和美好，展現人性優美的一面，夏祖麗說：

「在子敏的作品中所表現的思想多半是美好、積極、樂觀的，即使是繁雜瑣碎的開門七件事也是可愛的。他不否認他本人對人生是採取一種肯定的態度，對人生的根本是不懷疑的。他認為人與人是可以和諧生存的，社會就如一個林場，林中的每一棵樹自己都可以向上發展，而不一定要吞食旁邊的樹。人與人不爭，也就能夠生活得很好。」[3]

廖宏文也曾提到：

「子敏的作品，結構緊密，析理清明，筆尖常帶真情，文章如行雲流水，舒卷自如。最難能可貴的是，子敏有一顆世人遺落已久的『童心』。他

[3]參閱夏祖麗，〈子敏的「引力」〉，《書評書目》第36期。

無論說理、敘事、寫人、描景或抒情，總是用一種純潔真摯的語言文字來表達。因此在他的筆下，這個人間世沒有罪惡，在他眼中，這個星球是宇宙中最美好的；他的心中充滿對生命綿綿無盡的愛與希望，和樂觀進取的精神。」[4]

的確，在子敏作品中充滿和諧與樂觀，而這種和諧與樂觀源自於他內心洋溢著「愛」，愛這個世界，愛世界上的所有人，於是心胸開闊，包容、體諒，自然無所謂憤怒與怨懟。

子敏曾提示我們，不能忘記聖經裡兩句有名的關於「愛」的定義：「愛是恆久忍耐」，「愛是不輕易發怒」。不輕易發怒使人「和諧」，恆久忍耐教人「體諒涵容」，「和諧」使人生美好，「體諒涵容」會讓人化消極的愁怒為積極進取的動力。因此，說子敏作品中展現美好樂觀的精神，倒不如說他作品裡蘊涵著無盡寬廣的「愛」。

二、散文人間味的寫作觀

子敏的文字是相當白話的，在他作品中很少有成語出現，當然更少有濃妝豔抹的裝飾文字，他的語言宛如一個少女般清新活潑，不落俗套。他的這種白話，不是像白開水般的淡而無味，他脫離了「貴族文學」的艱澀濃豔，而成就了「真實語言」的親切自然。林武憲說：

「……書裡活潑的筆觸，新穎的比喻，豐富的聯想，能使人對熟悉的事物感到很新鮮、很有意思，發出會心的微笑，流下快樂的眼淚。如果不喜歡白話的人讀了，也許就會改變他們一向對白話的看法——他們認為：『白話是一種鬆散、膚淺、粗糙的語言，白話不是文學的語言。』」[5]

的確，子敏的白話文，給人不一樣的感覺，他的白話經過鍛鍊，字句在平淡中有甘味、有著「豪華落盡見真純」的生趣。他的白話風格，或許與他從事兒童創作有關。因此，他似乎反對「文學辭藻論」，他說：

[4]參閱廖宏文，〈在月光下織錦——子敏的散文世界〉，《國語日報》，1983 年 6 月 7 日，6 版。
[5]參閱林武憲，〈《小太陽》的修辭技巧〉，《中國語文》第 33 卷第 4 期（1973 年 1 月）。

「現代散文如果也有特色的話，那就是它不但已經從特定的內容裡解放出來，同時也從『文學辭藻論』裡解放出來。它以積極的文學態度去運用真實語言，驅遣真實語言去做文學創作活動，鑄造新語詞，建立新的修辭系統。現代散文不但把它的觸鬚伸向了宇宙人生每一個接觸得到的角落，而且也起用了真實的語言。」[6]

從這段話，我們似乎可以瞭解子敏是贊同起用現代人「真實語言」來寫作的人。這種以現代人語言寫作的觀念，不但使文字淺暢易懂，也大大豐富了語言的內容。

另外，子敏所提出的「散文人間味」的寫作觀，不但開闊了文學的視野，也拓寬了文學創作的領域。他告訴我們：

「現代散文有千百種可寫的題材，有千百種風姿。我想提出來的是其中的一個新的發展，那就是有意的拿平凡的日常生活做寫作題材，然後以文學的態度來處理這些題材。這個新的發展，往往使散文洋溢著動人的人間味。」[7]

我們都知道特殊的經驗和遭遇，寫來容易感人，而身邊瑣碎的事物，平凡的生活題材，拿來寫作，而且要能生動感人，這不是件容易的事。可是子敏做到了，他的《小太陽》一書，真正實踐了他的想法，一個大男人寫家，是何等冒險的事，然而他卻寫的這般真實可愛。他又說：

「不平凡的遭遇，獨特的生活場景，那樣的文學作品固然可以拓寬我們間接經驗的領域，不過那種『拓寬』，是文學對我們的拓寬。我們用文學的態度處理平凡的日常生活，卻是我們拓寬了文學的領域。」[8]

子敏用文學的態度來處理日常生活，以文學的筆觸，真實的語言來記錄，寫下了不少動人的篇章。這些文章雖然無華麗的辭藻，但卻充滿著溫馨自然的人間味，可讀、可愛、可感。從子敏的身上，我們確信寫作題材

---

[6]參閱子敏，〈現代散文人間味〉，《幼獅文藝》第 261 期（1975 年 9 月）。
[7]同註 6。
[8]同註 6。

的寬廣，因此他堪稱是「文學領域的拓寬者」。

三、純熟的文字運用技巧

子敏以白話處理平凡生活中的題材，而能吸引人，其純熟的文字技巧，是重要的因素。他的修辭技巧，林武憲已有專文討論，其文字修辭造詣頗深，信手拈來就有令人驚喜的句子。這裡不再贅談他的修辭，僅就其它文字運用技巧略作分析：

（一）無限開展的藝術

剛開始寫作的人，對於一個題目常有受局限的感覺——寫幾段文字便寫盡了。因此，有著開展不了的困境，而使該篇作品了無生機。但子敏的散文，卻有無限開展的可能。如他寫〈薄冰〉（《小太陽》，頁 58）一文，從一個惡夢開始，寫他兩個女兒上學的情形，一層一層，一件又一件的述說下去，把「父母心」寫得淋漓盡致，好像他有說不完的經驗。因此，讀他的散文，宛如看一個細胞的成長，由一變二，由二而四，漸漸擴大，充滿無限的生機。

（二）生動要素的掌握

一篇文章之所以生動，當然有許多因素，但前人歸納出其中最重要的只有三項：

起落

詳略

表裡[9]

我們姑且以此要項來讀子敏的散文，今以〈牧羊人〉這篇為例（此篇收入《鄉情》一書，頁 71），他描寫這個牧羊人——金旺叔的文字很多，現取此段文字析之。他寫道：

---

[9]參閱王鼎鈞，《作文七巧》（自印，1984 年 8 月），頁 20。

> 父親跟金旺叔從山上走下來。我看到的金旺叔，穿的是汗衫，褲腿挽到膝蓋上，光腳，戴著草笠，手裡搖著一枝細竹子，腳步輕快，臉上有笑容，跟他到我家裡去的那種拘束不安的樣子完全不同。那陽光，那山坡上的怪石，那青草，似乎都是為他設置的。他是那一片山坡真正的主人似的，臉上充滿謙和跟自信。他很高興的招呼我們，滔滔的說著話。我很驚訝：一個人只要能活在對他合適的環境裡像樹種在合適的上壤裡，本來枯萎了的，就能一下子變得挺拔。

雖然短短的一段話，但是起伏變化、活潑生動。現在將這段文字分解一下：

1.父親跟金旺叔從山上走下來。（落）

2.我看到的金旺叔。（起）

3.穿的是汗衫，褲腿挽到膝蓋上，光腳，戴著草笠，手裡搖著一枝細竹子，腳步輕快，臉上有笑容。（起、表、視覺）

4.跟他到我家去的那種拘束不安的樣子完全不同。（落、裡、心之感覺）

5.那陽光，那山坡上的怪石，那青草，似乎是為他設置的。（起、表、視覺）

6.他是那一片山坡真正的主人似的，臉上充滿謙和跟自信。（表、視覺）

7.他很高興的招呼我們，滔滔的說著話。（起、聽覺）

8.我很驚訝：一個人只要能活在對他合適的環境裡像樹種在合適的土壤裡，本來枯萎了的，就能一下子變得挺拔。（落、心之感覺）

文章除了有起、有落，有表裡之外，亦有詳略。作者對金旺叔描述的文字有好幾段，就是本文中所舉的這段，對金旺叔的外表、臉上笑容、內心的感覺都寫出來了，這是「詳」。而那山坡上多麼豐富，要寫的景物何其多？可是在這裡他卻只用「那陽光，那山坡上的怪石，那青草」短短的幾個字敘述一下而已，這是「略」。文中有「起落」，文字自然產生流動，有「表裡」，自然就產生變換，有「詳略」，也就會有輕重，如此渾然天成。這就是子敏文章不呆板，充滿變化而有生氣的原因。

（三）顏色感與音樂節奏感的捕捉

讀子敏的散文，給我有兩種感覺，一是色彩鮮明，好像在讀一張層次分明的圖畫一般，很是吸引人。另一是音樂節奏的捕捉，增加了文字生動的氣氛，雖無氣勢雄渾的交響樂，卻常有清脆的小樂章，叫人讀來輕鬆愉快。也因為子敏對顏色與節奏的精確捕捉，使散文中的景物立體似的站起來，也使字句充滿動感。且從《小太陽》一書中舉出幾個例子。

1.「銅鼓手在屋瓦上不停的敲鼓點子，節奏很快。」這個寫颱風過境的句子，使我們感覺雷雨交加，風吹雨打。

2.「只覺得眼前一堆密密麻麻的小黑點，晃得人眼花。牠們越飛越遠，像是要去追回殘月。」好淒美的一幅圖畫，是迷濛、昏黯的色調。

3.「起來走動，就像大軍過境，棉袍背後一片殘破景象：交椅成躺椅，花盆成車輪，字紙簍盡情傾吐，所有直立的家具都成為橫臥的擺設。」聲音與畫面的感覺都寫出來了。

他的散文中，多的是這種例子。主要是子敏本身很重視聽覺與視覺的捕捉。他在《陌生的引力》書序中說：「文學的妙境，應該是可以用視覺，同時也可以用聽覺來捕捉的。不然的話，那就是一種『文學的損失』。」難怪子敏能把文字的畫面感和音樂節奏感捕捉的這般精確，因為他相當的重視這種感覺。

以上所談是子敏散文所以能用平凡的白話，寫出不平凡篇章的理由。這些理由——無限開展的藝術，起落、表裡、詳略的掌握，顏色感與音樂節奏感的精確捕捉。——都是使子敏散文生動不俗的主因。

概括來說，平和樂觀的人生態度、散文人間味的寫作觀、純熟的文字運用技巧，構成了子敏的散文特色——白而不俗、淺暢簡練、真情流露、活潑生動。

子敏以他成熟的文字技巧，為我們開拓了寫作的領域，其成就應該是肯定的。尤其是他對自己有著一番期許，追求文學的理想，其精神也是可敬的。他說：

「我有我自己的『文學理想』，我看得見深埋在自己心中的理想像深埋在地底下的金礦。我應該是一個專心挖掘的礦夫。」[10]

他的確是個相當認真的礦夫，可以預期的，子敏必會挖出更多更好的金礦。也將為散文花園植更多的樹，開更美的花。

——選自《散文季刊》第 3 期，1984 年 7 月

[10]參閱子敏，〈另外一種苦行僧〉，《在月光下織錦》（臺北：純文學出版社，1974 年 5 月），頁 1。

論林良的兒童散文

◎林淑芬*

壹、前言

一、什麼是兒童散文

以往兒童文學的「散文」是一種文類的形式，它和韻文、戲劇並列為兒童文學的三大類型，凡是不用韻，句型自由如口語，均是散文類型，如童話、故事等。例如在吳鼎《兒童文學研究》一書中，依形式將兒童文學分成有散文形式、韻文形式、戲劇形式與圖畫形式等四類[1]。另外在林守為的《兒童文學》一書中，也是將兒童文學分為散文、韻文、戲劇三大類[2]。其中沒有「散文」這文類（**編按：林守為對散文的小類中，未包括為兒童撰寫的散文**）。

近年兒童文學作品的快速成長，兒童讀物的增加，各種兒童文學作品以各種不同的面貌出現，其中給兒童看的散文，或是適合兒童看的散文越來越多，因此有學者將「兒童散文」列屬散文中的一種類型，如同林文寶、徐守濤、陳正治、蔡尚志等人合著的《兒童文學》中所分類的一樣，散文類型下分有散文、故事、寓言、神話、童話、小說等類，這裡的「散文」並不等同於成人的散文的，而是屬於兒童欣賞的散文。這樣的分類也

---

*國小教師。

[1]詳見吳鼎《兒童文學研究》（臺北：遠流出版社，1980 年 10 月），頁 79。其中散文形式的兒童文學包括童話、故事、寓言、小說、神話、傳記、遊記、日記、笑話等小類，並沒有「兒童散文」這一類型。

[2]詳見林守為《兒童文學》（臺北：五南圖書出版公司，1988 年 7 月），頁 19～20。其中散文下又分有兒童故事、童話、神話、小說、寓言、遊記、傳記、笑話。

逐漸成為一種固定的模式。

關於「兒童散文」這名稱，在林良早在《淺語的藝術》（1976 年）中曾提出過，林良說：

> 「兒童散文」就是指為兒童寫作的「散文」。
>
> ——《淺語的藝術》，頁 201

除此，他也鼓勵兒童文學作家重視「兒童散文」的寫作，因為散文這種形式的文學體式的基礎，它和一般的語言最相近，可以引導孩子進入文學的境界。因為沒有格律的限制，所以散文最接近生活用語，這種文學形式能讓讀者在如生活語言般的文句中，獲得文學的趣味，在散文中得到文學的啟蒙，這是散文的最大作用，兒童散文也是一樣。但是兒童散文必須有一個特點，就是「執筆者要有『為兒童而寫』的自覺」。「兒童散文」是以兒童能體會的語言，與兒童能了解的內容來創作的。

截至目前臺灣兒童文學界關於「兒童散文」的特質和定義，大都採用林良所說的「寫給兒童欣賞的散文」為主要依據。

二、林良的兒童散文作品

怎樣的兒童文學作品才是兒童散文？在民國五、六十年時並沒有「兒童散文」一詞出現時，但是有兒童散文的類型，如林良在《淺語的藝術》一書中提出了幾種：

> 每一期的兒童刊物裡，都會有一篇簡短的「編者的話」或者「每月的話」或者「我們的話」或者「跟小朋友談談」。在這類「談話」形式的散文裡，執筆人已經有「為兒童而寫」的自覺，已經明確的認清讀者對象是小孩子。這可以算是目前我們已經有了的「兒童散文」的一種。……從很多年以前的「寄小讀者」到後來的「給小讀者」、「給小朋友的信」，以及其他的書信體專欄，也是「兒童散文」的一種。

還有其他各種知識性的兒童讀物，跟孩子講科學的，講歷史的，講地理的，講作文方法的，也都應該列入「兒童散文」的範圍。這是因為作者在寫作的時候，都很清醒的知道讀者對象是小孩子，都知道自己是為孩子寫作的。

——《淺語的藝術》，頁 203～204

由以上林良對於兒童散文的認定與特質的說明來歸納林良的兒童散文作品，可以說除了兒童詩、兒歌、童話、兒童故事、小說、劇本外，都是屬於兒童散文的範疇。

林良擅長散文，所以他的兒童散文作品數量也不少。兒童散文類型出版品如下表：

書名	出版社	出版時間
哪裡最好玩	小學生雜誌社	1966.03
會說話的鳥	省教育廳	1968.06
影子和我	省教育廳	1969.02
聯合國兒童基金會和你	省教育廳	1970.06
爸爸的十六封信	省教育廳	1971.11
我有兩條腿	省教育廳	1974.07
草和人	省教育廳	1974.07
家	省社會處	1974.08
黃人白人黑人	省教育廳	1975.04
小時候	省教育廳	1975.09
鈴聲叮噹	省教育廳	1975.10
媽媽	信誼出版社	1978.07
老師的節日	華僑出版社	1978.10

雙十節	華僑出版社	1978.10
清明節	華文協進會	1979.10
中秋節	華文協進會	1979.10
過新年	華文協進會	1979.10
端午節	華文協進會	1979.10
爸爸	信誼出版社	1980.08
河馬在這裏	國語日報社	1988.06
從水牛到鐵牛	農委會	1992.06
田家風景	農委會	1993.06
茶葉故事	農委會	1994.06
水景	農委會	1994.06
我會打電話	光復圖書出版社	1994.08
笑	光復圖書出版社	1994.08
新農具	農委會	1995.06
林良的散文	國語日報社	1996.06
鄉土小吃	農委會	1996.09

另外中華兒童叢書出版《看》(1976 年)其中〈看〉，與《一窩夜貓子》(1976 年)裡〈一窩夜貓子〉和《東方少年》(1992 年 2 月)〈春天〉都是林良的兒童散文作品，還有散見於選集或報章雜誌中，如《兒童文學作家創作選集》(兒童圖書出版社，1974 年 11 月)中收錄有林良的〈山〉。目前林良仍持續在《國語日報》或《小作家月刊》發表兒童散文。

貳、林良兒童散文的主要類型

一般文學的分類角度的不同，而有所差異，近來在《兒童文學》(五南)將散文分為敘事、抒情、說理與寫景四種類型，但是若以林良的兒童散文來看，並不能夠完全包含，但是為了研究的需要，針對林良的兒童散文做一分類的工作，採用的方式是參考現代散文的方式，一方面考慮林良作品內容與特色，將林良的兒童散文分有知識散文、敘事散文、說理散文、抒情散文、寫景散文、狀物散文六大類。

一、知識散文

在中華兒童叢書中，介紹知識為主如科學的、氣象的、醫學的、生物的等兒童讀物十分豐富，在林良的《淺語的藝術》中提出這種知識性的兒童讀物，跟孩子講科學的、講地理的、講學作文的，都應該納入兒童散文的範圍，因為這種有「為孩子寫作」的自覺，就是一種兒童散文。

對於介紹專門的知識，要兒童明白體會，作者必須從兒童的舊經驗中，引導兒童來理解新知識，這樣知識散文傳遞新知識的功能才算達成。林良為中華兒童叢書寫過不少傳達知識的書，其中以童話方式呈現的如《彩虹街》介紹紅藍黃三原色，《小圓圓和小方方》說明方與圓的幾何特質。以散文方式來傳達科學與自然的知識的有《會說話的鳥》、《我有兩條腿》、《草和人》、《影子和我》、《黃人白人黑人》等。

《會說話的鳥》介紹幾種會說話的鳥，並且說明如何教鳥說話。以淺易明白的文辭來說明，配合圖片的解說，讓讀者對於會說話的鳥有初步的了解。

《影子和我》以小女孩為第一人稱的方式來敘述，介紹產生影子的原因，陽光下的影子、光源的距離和影子長短的變化。

《我有兩條腿》將抽象的數字具象化，將平時所見的事物和數字相連起來，作為認識數字的方法，一方面也介紹了動物的基本構造。例如二是人有兩條腿，三是三輪車有三個輪子、四是小狗四條腿，五是梅花五個花瓣，六是水仙六個花瓣，七是北斗七星，八是蜘蛛八隻腳，九是太陽系九大行星，十是螃蟹十隻爪等。

《草和人》、《黃人白人黑人》是傳達了較專門的科學知識，如《草和人》介紹了平時熟悉的草，還介紹了草的作用，草的分類，和人與草的關係。《黃人白人黑人》是以人類科學的方法來辨別不同的人種，與介紹世界的人種分布情形。林良以舉例譬喻的解說方式，讓讀者可以深入淺出的對於草和人種的知識有深一層的了解。例如《草和人》的內容分有十章節：1.說說「草」；2.甚麼是「草」；3.世界到處都有「草」；4.野火燒不盡的「草」；5.農人種草；6.人吃「草」；7.人看「草」；8.「草」幫助人；9.人幫助「草」；10.為「草」辛苦為「草」忙，這樣的標題充滿趣味性。用引號的原因是這裡介紹的「草」其實指的是「禾本科」裡的植物，包括稻、麥、玉米、甘蔗、竹子等等，不單只是我們一般人觀念中在地上看到的野草雜草。因此「人吃草」、「人看草」、「農人種草」，在作者的刻意安排下，成為有吸引力的標題。

《河馬在這裏》介紹了瀕臨絕種的保護動物河馬的生活與環境遭遇破壞的情形，是以動物園的河馬當是第一人稱的擬人法來敘述。

行政院農委會出版的《田園之春》叢書，介紹了臺灣農家生活，林良為這叢書寫了《稻草人》、《田家風景》、《水景》、《鄉土小吃》、《從水牛到鐵牛》、《新農具》以及《茶葉故事》共七本書，這些敘述農家風景、生活以及跟農業相關的機器等，林良以各種不同的方式來呈現，比如《稻草人》是童話，其餘則以散文的敘述方式來表現。

知識散文除了清楚明白外，讓所要傳達的知識變得生動有趣，是作者應該注意的。林良在傳達知識的散文不管是介紹簡單數字概念，或者是較深奧的人類學知識，都能夠以生動有趣的方式來描寫，讓讀者在輕鬆有趣的文字中獲得知識。

二、敘事散文

在《有情樹》（幼獅，2000 年）這一本兒童散文選集中，編者馮輝岳提出近年臺灣的兒童散文有兩種普遍的現象：一是敘事散文為主，一是從童年生活取材。這種情形在林良兒童散文作品中正是如此。

在林良的兒童散文中，敘事的散文的確占有大部分的比例，這是因為敘事比較容易將作者要傳達的意思表達出來，而兒童也比較喜歡這樣的文章。在《林良的散文》中收有 35 篇文章，其中有 29 篇敘事散文[3]，而這 29 篇中，有 22 篇童年生活題材[4]。

林良童年的生活讓讀者不覺得有距離感，因為他選擇童年生活中有趣或感人的事物為描述的重點。例如〈想家〉，這是描寫林良 19 歲第一次離家找工作的情景。〈做生意〉描寫一次和弟弟賣水球的情形，〈小小電影院〉寫和弟弟在家放映電影向表弟妹收費的趣事，〈第一次坐汽車〉寫第一次坐「黑頭汽車」的優越感，〈小植物園〉敘述林良利用小空地種植的情形，〈我的書法課〉寫自己寫書法字「一」的情形，生動有趣的筆調將林良的童年，勾勒出一個快樂無憂無慮的世界。

在《林良的散文》中除了童年散文外，其餘的就是敘述生活的小事，從小事中引發出感想和啟示。例如〈魚鳥狗〉敘述太太照顧孩子曾養過的小寵物，就像關心孩子一樣，愛屋及烏的心態，說明了母親的愛心。〈撿球的小紳士〉描寫一個連續按門鈴到家中撿球的小男孩，明白了自己要換地方打球的小故事。〈划船〉描寫小時候有划船的經驗，長大後仍然愛划船，而儘管自己有多年的划船經驗，小女兒對於爸爸的划船技術依然不信任，就在父親表演過後，才坐上爸爸划的船。這樣的生活其實人人都有，但是趣味與否，全看個人的心境了。小小的生活細節，都變成寫作的題材，可見林良平時就喜歡觀察與思考，才能將這些平常的題材寫得這麼生動有趣。

另外林良在幼兒讀物上所撰寫的散文，也生動有趣、平易近人。如《爸爸》（信誼）以簡單的語句，從小孩的立場與口吻介紹爸爸在家庭裡的工作。

---

[3]29 篇包括〈想家〉、〈看海〉、〈坐輪船〉、〈倒爬滑梯〉、〈撿球的小紳士〉、〈小小電影院〉、〈做生意〉、〈雨和我〉、〈魚、鳥、狗〉、〈「兩座」啦〉、〈看電影〉、〈古老的果園〉、〈小植物園〉、〈坐馬車〉、〈划船〉、〈井〉、〈跳車〉、〈第一次坐汽車〉、〈鬥蟋蟀〉、〈風箏〉、〈雨天和晴天〉、〈鳥聲〉、〈練腳力〉、〈山中〉、〈大量閱讀〉、〈第一次認字〉、〈狀元餅〉、〈破雨傘〉、〈我的書法課〉。

[4]〈撿球的小紳士〉、〈雨和我〉、〈魚、鳥、狗〉、〈划船〉、〈雨天和晴天〉、〈鳥聲〉、〈破雨傘〉七篇是非童年生活題材。

《我會打電話》（光復）以第三人稱敘述觀點，來描述媽媽教小女孩學打電話的經過。

《笑》（光復）是以描述笑給人感覺就像花開、像晴天、像太陽，所以要常笑。

中華兒童叢書的《聯合國兒童基金會和你》詳盡的說明聯合國基金會的成立和功能，主要重在介紹，趣味性較不足。《鈴聲叮噹》介紹了鈴和鐘的作用，舉出有關的鈴鐘典故，全面性廣泛的介紹鈴和鐘，可讓讀者對於鈴和鐘有初步的了解。

《一窩夜貓子》是一本兒童散文集，其中第一篇是林良的〈一窩夜貓子〉，本文以自述的方式，描述了家庭生活：因為自己晚睡，接著太太和女兒們一個個跟著晚睡，成了「一窩夜貓子」。作者因此無法再享受沒人打擾的清靜夜晚。幽默風趣的筆調，將家人生活融洽的情形，生動的表現出來。也將一位忙碌的父親想找個屬於自己的時間的渴望，淋漓盡致的呈現在文字中。

《看》也是一本多名作家的兒童散文集，其中林良撰寫的〈看〉這一篇文章曾在教師研習會兒童讀物寫作班中列為講義一篇範文，在當時因為兒童散文仍是一個待摸索的文學類型，因此〈看〉成為當時兒童散文創作的範本，馮輝岳說：

> 民國 65 年 3 月，我參加臺灣省國校教師研習會辦理的兒童文學寫作班，除了聆聽諸位專家的講演和寫作心得外，並大量閱讀主辦單位提供的文章資料。印象最深刻的是，在這一大堆資料中，收錄了一篇林良的兒童散文〈看〉；而這一年教育部徵文的散文得獎作品中，幾乎有一半是模仿〈看〉的寫作方法和表現技巧。……
> 〈看〉在那個年代，像一粒種子，自然成了兒童散文的範例。在這之

後，也才有了萌芽的跡象……[5]

〈看〉是作者描寫自己看到的事物與所引發的感想，從小嬰兒看到燈光、看到媽媽，小學生看到學校、操場後產生有趣的聯想，也因為「看」得到了許多寶貴的知識和經驗。

林良在講評小學生文章時，這樣說著：

不會觀察的人，看到的世界是平面的，沒味道的。可是，會觀察的人卻能看到一個格外不同的世界。

——《名家教你學作文》，頁 29

用心去看，才能看到一些好東西。用心去看，就是「觀察」。有了足夠的觀察，才有東西寫，才能寫得好。

——《名家教你學作文》，頁 44

〈看〉不僅表達了林良對於觀察的喜愛，「看」是生活習慣，他用心看世界，所以覺得世界是美好的：

不要認為這世界是沒甚麼意思的。你覺得沒意思，是因為你忘了去看。這世界是越看越有意思，越看越叫人愛看的。

——《看》，頁 9

三、說理散文

林良的《爸爸的十六封信》屬於說理散文，是一本以書信結構方式來呈現的說理散文。描述父親寫給女兒的信，告訴女兒做人處事的道理。林良曾說明這本書的寫作經過：

[5]馮輝岳，〈談七十年代以前的兒童散文〉，《國語日報》，1999 年 5 月 23 日，13 版。

> 這本書的誕生，是由於當時教育廳「中華兒童叢書」主編潘人木女士的建議。
> 她說：「小孩子進入青少年期，就要開始面對生活中的種種實際問題。你能不能為他們寫一本書，就是把你的人生經驗傳遞給他們？」[6]

林良工作忙碌，有時對於女兒林櫻所提出的疑問，無法即時回答，因此會在工作到一段落後，寫小紙條為女兒作解答。也因為有這樣的經驗，所以就用這種書信的方式來設計這一本書。

> 我要以櫻櫻曾經向我提出的「人生問題」為基礎，重新為每一個「人生問題」好好的再為她寫一封信。我還要像「小說」的設計那樣，以櫻櫻的名義寫一篇短序，說明這些「信」的來歷。[7]

這種寫給女兒的信中有著父親的期許和渴望，除了傳達人生的道理外，還能感受到流露在文辭間的父親的親切關懷。本文中分有 16 篇（序除外），每一封信前有標題，即是探討的問題，文中以直述的方式傳達做人處事的道理，以下列舉幾篇文章重點：

> 一旦養成了專心的好習慣，想做什麼，就能定下心來做什麼，再也沒有任何東西妨礙得了你。
>
> ——〈專心的人是活神仙〉，頁 12
>
> 只有樂觀的人才能夠追求理想。有理想的人生，才是豐富的人生。
>
> ——〈「樂觀」使你萬事如意〉，頁 16
>
> 朋友能增長你的知識，擴充你的生活經驗，所以朋友真像是一本一本的好書。

[6]林良，〈我與《爸爸的十六封信》〉，《國文天地》第 6 期（1985 年 11 月），頁 56～59。
[7]同前註。

——〈朋友就像一本一本的好書〉，頁 32

文章中是父親對於女兒的期許，同時也是父親的做人處事原則。林良樂觀、負責、有自信，這樣積極的生活態度，在他的作品中時常出現，而這些也正是孩子的好模範。

這 16 篇說理散文中，林良舉了好幾個例子來說明，例如小時候自己不敢上臺演講，利用請假來逃避；小時候，同伴邀他一起去偷荔枝；美國「代爾卡尼基」溜狗的故事；報紙上一個高中榜首的讀書故事；電視中一個救火員說的話等等。在述說道理的過程中，這些事例成為重要的潤滑劑，讓讀者能夠從例子中對於做人處事的道理更加明瞭。

四、抒情散文

林良的用語在傳達知識上明白易懂，在敘事上令人親歷其境，說理上使人心悅誠服，抒情方面，則是委婉而有趣。例如《小時候》（省教育廳）以 17 件小時候愛做的事，來表達童年的樂趣，和孩子的天真模樣。

> 小時候，
> 我喜歡穿爸爸的大西服跟大皮鞋。
> 我在臥室裡走來走去，
> 好像我已經是一個大人。
> 我覺得做大人很神氣的，
> 所以希望自己趕快長大。

——頁 5

《媽媽》帶有詩味，屬於幼兒看的散文。將媽媽的意義表現出來，雖然是給幼兒看的圖畫書，但是在文字安排上，那種優雅清新的用語，將媽媽跟子女親密關係表現出來。先介紹狗、貓、牛、馬、鳥、雞、袋鼠、鴨都有個媽媽在身邊。「我」也有媽媽：

我也有媽媽。媽媽大。我小。

小時候，媽媽抱著我。

小時候，媽媽餵我飯。

小時候，媽媽教我走路。

小時候，媽媽帶我出去玩。

媽媽做好吃的東西給我吃。

媽媽買新衣服給我穿。

媽媽喜歡我。我喜歡媽媽。

小狗，小貓，小雞，小鴨，你們看，這是我的媽媽！

結尾以帶有炫耀的口氣介紹了自己的媽媽，因為媽媽幫「我」做了好多事，是其他動物的媽媽做不到的。這種美滿幸福的感覺，在孩子的心目中十分重要，也正是安全感的來源。

五、寫景散文

觀察是平時作家的工作，普通的景物在作家筆下有著不一樣的表現味道。林良善於觀察也喜歡觀察，對於寫景散文擅長以近鏡頭、慢鏡頭的方式來帶領讀者深入觀察那些細微、容易遺漏的景物。他的文筆多樣。有時候採用白描，以真切平實的描述將景物呈現出來。例如〈古街〉：

我們的住家，是三層的小洋房，而且有一個種了大樹的庭園。住家門前是新開的大馬路，馬路對面就是中山公園。跟我們家同一溜兒的，也都是三四層高的花園洋房。

——《林良的散文》，頁 65

林良的文筆，有時候特重修辭技巧。如《田家風景》、《水景》是以如詩般的散文將農家鄉村的景色描寫出來。

> 大雨來了，要給大地一次淋浴，洗亮了一片一片的樹葉，洗綠了一座一座的青山。
>
> ——《水景》

將大雨比喻成淋浴，近景「樹葉」、遠景「青山」，兩個層次的描寫，加入了色彩的安排，讓農家的景致更加迷人。

> 寂靜的池塘，是田間最美的角落，像一杯迷人的綠酒。青青的池草那麼綠，團團的荷葉那麼綠，漂游的浮萍也是那麼綠。
>
> ——《水景》

將池塘比喻成一杯綠酒，以類疊方式將池草、荷葉、浮萍的綠排比出來，如詩如畫，十分動人。

> 田家的美，是因為有山，是因為有水，是因為有樹，是因為有雞鴨的叫聲，是因為有孩子的歡笑。
>
> ——《田家風景》

這裡連用了五個類句，將田家的景物：山、水、樹、雞鴨、孩子點出來，文句簡單，卻營造出言有盡意無窮的境界來。

又如〈春天〉(《東方少年》，1992 年 5 月)，文中描寫春天的雨是如何下的：

> 千千萬萬、萬萬千千的雨點兒，在雲裡排好了一行一行的隊伍，整整齊齊的等著，安安靜靜的等著，他們的領隊，細聲的問「春天」，說：「春天，春天，你要我們怎麼做？」
>
> 春天說：「我不要你們呼叫，我不要你們成群結隊向地上猛衝。我要你們

> 排成細長的隊伍，一個一個，按照順序，斯斯文文的，輕輕柔柔的，向地上飄落。我不許你們碰壞地上的任何東西。現在地上的東西都是新的，都是我最愛惜的。」
>
> 雨點兒的領隊說：「你的意思我們懂。你是要我們輕輕的，像仙女跳舞似的，像羽毛飄落似的，不發一點聲音的走下去，把大地弄得濕潤濕潤的，是不是？」
>
> 「春天」說：「這就是我的意思。細細的，像頭髮似的。輕輕的，像跳舞似的。」

「按照順序」、「斯斯文文」、「輕輕柔柔」、「像仙女跳舞」、「像羽毛飄落」這樣擬人的方式將春天對雨點的要求，用類疊、譬喻的修辭法把春雨綿綿的景象描寫出來，十分優美動人，令人激賞，這是寫景散文不可多得的佳作。

另外〈山〉(《兒童文學作家創作選集》，兒童圖書出版社）也有精采的描寫。

> 那座山有兩個山頭，一個高，一個矮，就像一個披著綠毯子的爸爸跟一個披著綠毯子的孩子，面對面靜靜的坐在那兒。那孩子，是一個很大很大的孩子。那爸爸，是一個更大更大的大人。

兩座山頭，聯想成爸爸和孩子，具象的描寫使得山的景色多了人情味在。

> 山頭上有很大的風。風一吹，所有的樹葉都沙沙沙沙的說起話來了。這邊是沙沙沙沙，那邊也是沙沙沙沙，到處都是沙沙沙沙。就像這樣子沙沙沙沙……。

用了重複的排列方式，將樹葉被風吹的聲音，生動的摹寫出來。有著音樂的美，也有如詩的韻味。

六、狀物散文

林良狀物的散文要屬《鄉土小吃》這一本書了。這是介紹臺灣的傳統小吃，採取重點的描述方式。小吃種類有貢丸、蚵仔煎、肉羹、擔仔麵、肉圓、虱目魚湯、蚵仔麵線、豆花、麵茶、牛舌餅、烤番薯、爆米花、燒肉粽等等，以簡單的幾句話將小吃的特色勾勒出來，例如〈擔仔麵〉：

> 淺淺的小碗，稀疏的一把麵，一小隻撥殼的蝦，一小撮肉末兒，看起來很平常。可是只要澆上了湯，那味道就很不一樣，矮矮的攤子前，食客圍坐在矮矮的凳上，到過臺南的人，都忘不了這景象。
>
> ——頁 8

以帶有押韻的句子，將擔仔麵的主要材料詳細寫出來，也描述了吃擔仔麵的情景，非常生動有趣。又如〈肉圓〉：

> 白白亮亮的皮兒，形狀像個圓圓的寶盒。從滾燙的油鍋裡撈起，用剪刀在皮兒上剪開一個十字，露出肉丁、筍絲做的餡兒。撒點兒香菜末，澆上一匙甜辣醬，吃起來說不出的味道有多好！
>
> ——頁 10

這樣的描述讓吃過的人深深回味，也讓沒有吃過的人躍躍欲試。以描寫臺灣的鄉土小吃為題材，除了讓兒童認識臺灣鄉土小吃外，也讓兒童了解臺灣的傳統食物營養可口，不比外來的薯條漢堡遜色。

參、林良兒童散文的特色

林良除了兒童文學的創作外，他以子敏為筆名的成人散文也聞名於臺灣文學界，像早年和洪炎秋、何凡合著的《茶話》，以及個人散文集《小太陽》、《月光下織錦》、《和諧人生》、《豐富人生》、《鄉情》、《現代爸爸》、《小方舟》、《陌生的引力》等都是林良的散文作品。目前仍在每週一的《國語日報》上看到「夜窗隨筆」子敏專欄。這些都是林良對於散文的努力成就。

相對的他在兒童散文的創作上，就比較隨性，並沒有固定的兒童散文出品，民國 85 年國語日報出版的《林良的散文》算是比較近期的兒童散文作品。從這一本散文集中，可以看到屬於兒童看的兒童散文，不管在內容上或是形式上，較容易了解，也充滿了童趣。但是在早期帶有傳遞知識性質的散文，卻有另一番風味，以下就內容與形式兩大方面來探討林良的兒童散文特色。

一、內容

（一）主題

從林良為兒童寫的散文式讀物中大略可分析出他的兒童散文有兩大主題，一是傳遞知識為主題，一是分享生活經驗為主題兩種。

1. 傳遞知識的主題

兒童散文有這樣的主題和臺灣推廣科學知識有關係，所以在中華兒童叢書有許多作家以文學的語言將自然、科學知識介紹給兒童，林良就是其中一個。在傳達知識的散文中，林良以有個人風格的說解方式，以文學性高的語言，以有趣的筆調，使得生硬的知識平易近人。例如教育廳出版的《會說話的鳥》、《影子與我》、《我有兩條腿》、《草和人》、《黃人白人黑人》、《聯合國兒童基金會和你》，以及農委會出版的《茶葉故事》、《新農具》、《從水牛到鐵牛》、《鄉土小吃》，國語日報社出版的《河馬在哪裡》等，都是含有傳遞知識的主題在。

在《影子與我》中除了介紹影子形成和光源的關係外，作者仍在文中提示了親情的可愛，這麼多的影子，最喜歡媽媽的影子。《黃人白人黑人》在了解人種的類別和分布情形外，並能夠摒除種族歧視。《從水牛到鐵牛》

介紹了從前與今日農作方式的改變，藉以了解農人的辛苦。《鄉土小吃》介紹了十幾種臺灣的鄉土小吃，含有認同本土的含意在。諸如此類的散文，在內容中多少都含有作者個人主觀意識，期望兒童得到新知，也期望兒童擁有完美的人格。

另外還有介紹我國傳統節日的《過新年》、《清明節》、《端午節》、《中秋節》等，則是以介紹節日活動和有關的歷史人物，來讓兒童對於自己的文化有認同感，這種以介紹活動和配合歷史傳說故事的內容，也是屬於這一傳遞知識的主題。

2. 分享生活經驗的主題

大部分的散文都是從生活出發，尤其兒童散文更是如此，因為兒童的生活經驗不如成人，所以成人的生活經驗與處事的方法都是可用兒童散文來傳達。林良的《爸爸的十六封信》，即是父親將自己對於待人處事看法傳達給女兒知道，提出了自己的經驗和女兒分享，期望女兒有所體驗，進而改善。這樣的書信體散文，在信裡，表面是作者與女兒的溝通，但是作者在傳達做人處事的道理時，為了避免讀者有說教的感覺，所以設定了「櫻櫻」為傳達意念的對象，也因為這一層關係，讓讀者感受到了父親的教誨和關懷，並滿心接受。

《小時候》則是將小時候最喜歡的事物，與讀者分享，表現美好童年時光，讓讀者讀後有所同感，從中得到回憶童年的快樂。

〈看〉可以說是林良如何獲得寫作材料，與獲得生活趣味的說明書。從〈看〉中林良描述從「看」中產生聯想，從聯想中得到想像的快樂。文中說上課時間，放在外頭的小三輪車像不動孩子，站在那裡喘氣休息。大樹好像一隻大手掌，替一座小房子遮住太陽光。看被打來打去的球，看那一包把人壓得喘不過氣的米，看狗拉人出門，看小小孩帶著父親散步……等等，以不同的觀察角度來看生活中的各種事物，就會發現生活中，處處都是新鮮有趣的事物。這不但傳達了自己的「看」，更教讀者如何去「看」。

《林良的散文》一書中，35 篇小文章中，都是描寫生活經驗，呈現生活中對人有所啟發的事件，或有趣的事件來啟發讀者。例如〈小小電影院〉中作者和弟弟利用父親買回來的電影放映機，開起了小小電影院。只開張一天，觀眾只有兩人，但是仍然樂在其中，表現了兒童想要獨立的一面，與達成目的後的滿足感。〈做生意〉描寫作者和弟弟拿父親工廠製作的氣球囊來灌水，做成水球後拿到大門口做生意。最後「第一次做生意就賺了一個銅板。」感到很有成就感，這種孩童單純又容易得到的快樂是作者要表現的，雖然氣球囊免費，但是花了好多心血灌水球，又在大門口站了一上午，才賺到一個銅板。照成人的立場來看，這是不合成本的生意，但是孩童單純的想法，和容易得到快樂是作者意圖表達出來的。

林良寫〈雨和我〉：

> 我喜歡在下雨天打傘出去買東西。我喜歡聽雨聲像聽音樂，看雨像看一幅新畫的水彩。尤其喜歡在雨天看書，因為雨中的大地顯得格外寧靜。
>
> ——頁 46

從自己的生活經驗中，示範讀者如何找出生活的樂趣。另外也在描寫童年的活動中體驗出人情的道理來，如〈鬥蟋蟀〉，描寫作者如何一心一意要贏大表哥的蟋蟀，為好勝心作祟，以致於忘記最重要的親情關係，就在贏了表哥的蟋蟀後，表哥以兄長的身分告訴作者：

> 蟋蟀鬥，我們不鬥。我的蟋蟀也給你。

作者以這一句話作文章的結束，把之前描寫蟋蟀雄壯威武的精采，轉換成這樣的角度，把自己的經驗分享給讀者，也點醒了過分在乎輸贏，容易喪失更重要的東西。

這樣的生活經驗分享，不僅分享了經驗，也從中獲得了啟示。

（二）題材

從上節中，可以看到林良的敘事散文篇數最多，其次是知識散文，再者為說理散文、寫景散文、抒情散文，最少的是狀物散文。

除了知識散文有特定的題材外，林良的散文題材大部分來自現今生活的體會與觀察，與童年生活的回憶。例如《林良的散文》中 35 篇散文中，有 25 篇取材自童年生活，十篇取材自現今生活。

兒童對於成人的生活是感興趣的，尤其在回溯童年的趣事時，常能引起讀者的好奇，馮輝岳曾提過：

> 童年，隔了那麼久遠，令人懷念與嚮往。不管貧困、落後、歡喜、憂愁，它像每個人的寶藏，取之不盡，用之不竭。每個人的童年時空相異，展現出來的是一幅幅動人的童年景象，和一樁樁童年趣事。對現代孩童而言，有的曾看過、經歷過，有的全然陌生，兒童讀後，或覺溫馨而引發共鳴，或覺新奇而心生嚮往，這大約是寫童年的兒童散文，帶給兒童的閱讀效果。[8]

林良的童年生活多采多姿，七歲以前在日本生活，回廈門後，因為家境富裕，使得生活經濟不匱乏，不愁吃穿，和表兄弟姊妹時常一起遊玩。這樣的童年生活其實和現今的兒童是相近的，但是對於民國十多年的時代而言，林良算是個富家少爺，他的家庭因為戰爭的關係，所以變得貧困，但是在林良的兒童散文中從不提自己辛苦的那一面，而是擷取有趣、好玩、新鮮的一面來和讀者分享。例如〈第一次坐汽車〉中說明自己第一次坐汽車的感覺，「就像小魚進了大鯨魚的肚子」，在當時坐得起汽車的都是有錢人家，現今汽車是一種很普遍的交通工具，兒童讀來自有體會。滑梯是國小校園裡必備的遊樂器材，每個孩童都有溜滑梯的經驗，〈倒爬滑梯〉

[8]馮輝岳，〈給兒童看的童年散文〉，《國語日報》，1999 年 6 月 13 日，13 版。

是描想作者學表弟從滑梯溜下的那一面倒爬上去的經驗，膽子小卻好勝的作者，把自己的感覺描述出來，相信這樣的題材，在曾有過類似經驗的讀者，一定深有同感。

在他的描述中小至鬥蟋蟀，大至坐馬車坐渡輪，從賣水球到開小小電影院。在敘事中帶有抒情，在趣味中帶有意涵，正是林良的散文特色。

除了童年生活回憶外，還有從現今生活取材。大部分散文多從生活取材，從生活經驗中提煉出令人心動的細節或是事件，並將自己的感想加以陳述。例如〈看〉即是說明林良從生活的「看」中，得到許多感觸，除了描述看什麼外，他也說明「看」後的感覺。

> 我喜歡看樹，不是「這種叫甚麼樹」、「那種叫甚麼樹」那樣的看樹。我看到有一棵樹好像一隻大手掌，替一座小房子遮住太熱的陽光。我看到溪邊有一棵樹，好像一隻白鷺鷥低頭在那兒喝溪水。有些樹，就是葉子都掉光了，還是那副歡天喜地的樣子。還有些樹，只要有風，他就跳舞跳得很好。有些樹排隊排得很直。有些樹不能叫他們排隊，他們喜歡有自己的樣子……。
>
> ——頁 7

細心的觀察和聯想、體會，使得看到的樹，充滿新奇。而這樣的觀察與思考，也是林良散文的創作題材。〈春天來了〉，春天是很多人創作過的題材，但是林良將春天能擬人化是個指導者、上司的身分來呈現，不再像「春姑娘」溫柔的刻板形象，而是一位有強勢作風，但很愛孩子的一個擬人化人物。

> 「春天」對滿大的北風說：「你們走吧，這裡已經沒有你們的事情了！」那些冰冰的、涼涼的、力氣很大的、叫聲很高的北風都不敢再吵鬧，一個個靜悄悄的溜了。……

「春天」拍拍手，轉動他的身子，面向東、面向南、面向西、面向北，和氣的說：「你們聽著，你們這些小草聽著，穿上你們綠色的小圍裙，從凍硬了的地裡走出來！手拉著手，一起出來！把這一塊硬硬的、光禿禿的大地，變成一塊綠綠的、軟軟的地毯。」

林良改變以往他人形容的春天的溫柔模樣，彷彿是一位老師，一名上司一樣命令大地改變形象，這成了這篇散文的最大特色。而這些題材，全是來自生活中的「看」與深入觀察和思考而來。

二、形式

在形式上從結構、敘述人稱與語言應用三方面來探討。

（一）結構

有人認為散文的「散」就是散漫，想到什麼寫什麼，不必太講究章法布局，但是在兒童散文中，仍在學習階段的兒童讀者，需以有層次、有條理的說解方式，才能讓兒童了解，作者在文章的結構要求上似乎要比一般散文更為注重。從林良的散文也可以分析出幾種常用的結構方式。

1. 陳述事件多以順敘法

順敘法的應用是依時間的先後，來做陳述先後的依據。讀者可以隨著文字的閱讀，明白事件先後與始末。在《林良的散文》一書中，敘事散文類都是應用這種結構方式。例如〈練腳力〉，描寫父親帶作者走路到鄉下的過程，從廈門島中心點開始走，到了目的地「呂厝」後，再回到市區的廣東館子吃飯。隨著時間先後，採重點的描寫，結局是以大快朵頤忘了腳酸來做有趣的結束。《我會打電話》也是以順敘方式描寫一個母親如何教會孩子打電話。

在介紹傳統節日活動的文章，如《清明節》也是以這種方式，如：

清明節的早上，爸爸媽媽提著籃子，帶著安安到公路車站去搭車。……車子停在山腳下，許多人都下了車。……安安走了一段山路，就到了爺爺的墳前。……大家把爺爺的墳打掃得乾乾淨淨。……媽媽燒著紙錢。……大家坐下來休息。……安安跟爸爸媽媽下山。……

這樣的掃墓活動以時間先後呈現出來，讓讀者隨著文字發展，對於清明掃墓的活動，有了初略的了解。

2. 善用並列方式呈現文章內容

並列方式是將兩段以上的題材或描寫對象呈現文章內容。

在知識散文中，屬於介紹傳遞的性質，例如《會說話的鳥》介紹了八哥兒、鸚鵡、秦吉了、烏鴉等會說話的鳥類，《影子和我》陳述了上、中、下午的影子變化、在樹蔭下、在路燈下、在家裡、燈下、點蠟燭時、月亮下等等狀況中的影子。《聯合國兒童基金會與你》介紹聯合國的設置、兒童基金會的由來、兒童基金會的作用、臺灣兒童基金會的工作內容等幾大方面來介紹。《我有兩條腿》介紹了與二到十、十到三數字有關的動植物特徵。《草和人》說明草的性質、草的作用、草的益處、人如何利用草，如何保護草來敘述。《鈴聲叮噹》介紹了風鈴、鐵馬、鈴噹、串鈴、鐘等有關的典故和作用。

在抒情散文中，《小時候》描述回憶 17 樣小時候最喜歡的事物：聽軍營的喇叭聲、穿爸爸的衣服鞋子、樹上的家、在床裡玩、看雲、坐爺爺的大椅子、看火車、踩沙子、放紙船、抱小雞兒、滾鐵環、看船、到舊城玩、吃魚丸湯、在積水的院子玩、偷彈姑姑的鋼琴、樓梯下的家等等，描述相關的事物來構成這篇散文。

《爸爸》以爸爸在家做了哪些事，說明爸爸的家庭功能，和一家之主的形象。《媽媽》以牛、馬、鳥、小雞、袋鼠、鴨等這些動物的媽媽如何照顧孩子，以及媽媽如何照顧自己來做相對比較。《笑》這文章以形容珍珍、堅堅、麗麗、浩浩、珠珠、邦邦這六個人的笑和不笑給人的印象，「珍珍笑了像花開」、「堅堅笑了，好像大晴天」、「麗麗笑了，好像亮亮的月亮」、「浩浩笑了，好像一個小太陽」、「珠珠的笑聲，好像鳥兒唱歌」、「邦邦的笑聲像喇叭」這樣六條線索來陳述，最後以「我的朋友們，臉上都有可愛的笑容。我跟他們在一起真是好開心！」總合以上並列的感想，來說明笑給人容易親近，給人快樂的感覺。

《從水牛到鐵牛》以兩條並列線索來進行，一是爺爺告訴「我」水牛如何幫助農作，一是爸爸告訴「我」鐵牛如何幫助農作。是以對話方式進行，從爺爺、爸爸的口中介紹水牛與鐵牛的功用。《新農具》、《鄉土小吃》、《茶葉故事》都是介紹新知為主，都以並列方式來呈現內容。

3. 以三段式組織說理散文

三段式，即是以開頭呈現問題，中段發展問題，結尾總結問題三大段為文章的組織架構。《爸爸的十六封信》多以這種結構方式呈現。開頭大都是針對女兒櫻櫻所提出的問題，或是父親看到女兒某種行為，有所感觸來引出申論的內容。這是因為這本書中以書信體的方式來敘述，因此就像一般書信一樣，書信的內容是有所目的。

中段則提出相反的或相似的例子來做例證，例如〈不敢站起來說話的人〉是以父親看到女兒演說比賽獲得亞軍，心裡為她高興，而舉出自己在小學時不敢上臺說話的實例來鼓勵並讚美女兒。〈誰都怕失敗，但是……〉從女兒考試考壞了，傷心難過的樣子，舉出了自己第一次教書被校長痛罵的慘痛經驗，來告訴女兒不要怕失敗。

這些舉例，因為同理心的作用，讓人深有同感，使得所傳達做人處事的道理容易被接受，也從實例中得到良好的示範和說明。

（二）敘述人稱觀點

散文的敘述觀點常帶有「我」的立場存在，但是以作者是成人的立場傳達感想，有些時候讓兒童讀來有距離感。所以作者有時以自己的身分作為敘述的人稱，有時降低年齡以小孩的口吻介紹，讓兒童產生親切感。這必須配合文章內容，改變人稱觀點，而且在口氣上，也需全文配合。這種情形在林良的兒童散文中可以看出以下幾種類型。

1.「我」是作者

這樣的敘述人稱觀點有《草和人》、《鈴鐺叮噹》、《聯合國兒童基金會和你》、《我有兩條腿》、《黃人白人黑人》、《爸爸的十六封信》、《鄉土小吃》、《新農具》、《茶葉故事》、《林良的散文》等，文中的「我」是作者為敘述人。例如：

> 我是一個忙碌慣了的人，每天心裡想的都是工作工作工作。
>
> ——〈庭院〉，《林良的散文》
>
> 我們也應該像科學家一樣，用追求「知識」的心情來看「人種」，不要有偏見。
>
> ——《黃人白人黑人》
>
> 我不能告訴你，這個人是什麼樣子，但是我能告訴你，他是怎麼樣關心小孩子。
>
> ——《聯合國兒童基金會和你》

2.「我」是兒童

在《爸爸》、《媽媽》、《笑》、《影子和我》、《從水牛到鐵牛》都是以兒童的口氣來陳述。例如：

> 早上，太陽出來了，爸爸也起來了。我和媽媽送爸爸出門。
>
> ——《爸爸》
>
> 我也有媽媽。媽媽大。我小。
>
> ——《媽媽》
>
> 有一回，我叫妹妹拿著蠟燭，幫我把影子照在牆上。妹妹說我的影子長得跟我一模一樣，鼻子好看，嘴也漂亮。
>
> ——《影子和我》
>
> 我的爺爺是一個農人。他喜歡在田裡工作。他從小就跟著曾祖父學種

田，慢慢的，把種田的本領都學會了。

——《從水牛到鐵牛》

這種以孩子口氣來敘述，是從兒童的眼光來看事情，比較單純，也充滿童心和童趣。

3.「我」是旁觀第三者

這是一種客觀敘述的方式，以旁觀者不帶評論，只描寫事實的一面，通常在文章中，沒有「我」的名稱出現。如《過新年》、《清明節》、《端午節》、《中秋節》、《我會打電話》等都是以第三者來敘述。例如：

爸爸忙著打掃屋子，媽媽也忙著打掃屋子。安安說：大家忙著打掃屋子做甚麼呢？

——《過新年》

媽媽給外婆打電話，珍珍在旁邊聽。不知道外婆說什麼有趣的話，媽媽聽了笑哈哈。

——《我會打電話》

4.「我」是動物

這種以動物的自述方式，作者模擬動物的口氣來敘述，較有趣味。《河馬在這裏》即是用這種方式，敘述作者回應小男孩的話，藉以表達河馬的生存環境重要性。例如：

你看了我的模樣，大吃一驚，說：「好醜，好醜！」

真不好意思，我實在很醜。我有一張大臉，偏偏鼻子、眼睛、耳朵都那麼小，連我自己也覺得難看。我的名字叫「河馬」，意思是河裡的馬。其實我跟馬不同類。我跟豬同類，當然難看。

以動物自述的方式來說明自然生態保育的重要，比用作者身分說明來得有趣多了。

（三）語言運用

林良提出對兒童散文的語言使用：

> 為兒童寫散文，要善用比喻，善用描寫，刺激兒童的想像，期待兒童的反應和共鳴。不必炫學的動用生澀的、難懂的、艱深的詞藻，儘量避免阻隔了自己和小讀者之間的相互感應。
>
> 運用兒童聽得懂的，感受得到的語言，或者是運用生動的淺語為孩子寫散文，應該是兒童散文的一個特色，也是兒童文學的一個特色。[9]

比喻與描寫可以增加文辭的生動，使得讀者更容易了解內容，刺激想像。以下例子可以看出他語言運用的兩種特色：善用比喻與善用描寫。

1. 善用比喻

用比喻可以讓抽象難懂的觀念變成具象易明瞭，可以讓平淡的事物變得活潑生動，所以林良廣泛的使用比喻。如：

> 我能夠叫鐵環滾得快，也能夠叫鐵環滾得慢。我能夠叫鐵環聽我的指揮。滾鐵環的時候，我好像開一部汽車。
>
> ——《小時候》，頁 23
>
> 滾鐵環的遊戲，在控制鐵環滾動快慢，就像大人開汽車一樣，可快可慢。有些人很喜歡聽電話鈴，他們認為電話鈴好像「朋友的笑聲」，電話鈴聲一響，就好像是有好朋友要來看他了。
>
> ——《鈴聲叮噹》，頁 34

[9]林良，〈談兒童散文〉，《語文教育通訊》第 16 期（1998 年 6 月）。

> 鬧鐘鈴像一個忠實的朋友，隨時提醒我們應該準備做甚麼事。
>
> ——《鈴聲叮噹》，頁35

從喜歡聽電話而在聽到電話聲比喻成「朋友的笑聲」；時間一到，鬧鐘就會響的特性比喻成「忠實的朋友」。這種擬人的比喻法，讓人覺得貼切有同感。

> 有一種孤零零的感覺，爬上我的心頭。我很害怕，就像在幼稚園沒準備好就溜下了滑梯，不知道會掉落在什麼地方。
>
> ——〈為什麼大家不理我？〉，《爸爸的十六封信》，頁6

用突然溜下滑梯的感受來比喻心裡孤零零的感覺。把抽象的感受，具體的表現出來。

> 你到書房來看我的時候，你的樣子就像一個手裡舉著白旗的降兵。不，不像。你的樣子就像一個投降敵人的敗兵，現在放出來，回到故鄉，想找人訴說自己的委屈。
>
> ——〈人人都有自己的難題〉，《爸爸的十六封信》，頁68

用以比喻女兒又睏又累，可是又得面對明天將考試的四本書的情景，以降兵的模樣比喻女兒當時的形象。

> 有些草，它的花軸尖銳像刺刀。有些草，它的花軸柔細像頭髮。
>
> ——〈甚麼是「草」？〉，《草和人》，頁10
>
> 那葉片，像頭髮，剪短了還會長。
>
> 外國人住家門前的草地，是要常常剪的。就像我們人類要常常理髮一樣。

住家門前的草地，一定要「剪平頭」才漂亮。如果讓它隨便長，就要變成「一頭亂髮」了。

——〈野火燒不盡的「草」〉，《草和人》，頁 31

以頭髮比喻成葉片，「剪平頭」來形容整草地的動作，十分有趣味。

綠草像一條綠色的大毯子。

我們應替輪流休息的地上蓋上一條綠色的大毯子，讓它安心靜養，好好的睡一覺。等它養足精力，一覺醒來，再繼續替人類服務。

——〈「草」幫助人〉，《草和人》，頁 61

用毯子蓋住睡覺的人，來比喻用種植綠草來讓土地休息，睡覺養足了精神比喻土地休養的道理，用這種深入淺出比喻方式讓小讀者了解。

在我們小孩子眼中，那輛轎車實在太大了。我們先後鑽進轎車，就像小魚進入鯨魚的肚子。

——〈第一次坐汽車〉，《林良的散文》，頁 96

小魚進入和鯨魚的肚子，用來比喻小孩坐進大汽車裡，這種有想像的比喻，充滿趣味。

2. 注重描寫

林良說：「『描寫』的優點是：不但作者自己看到，也讓讀者『看到』。」[10]對於事物有精采詳細的描寫，才能讓讀者有親眼目睹的感覺。精采的描寫則需要細心的觀察和體會。

---

[10]《名家教你寫作文》，頁 85。

> 描寫一樣東西，應該把那東西寫得好像「看得見」似的。這樣，讀的人才會有深刻的印象。如果只寫下一些自己的「意見」，讓讀的人好像「看不到什麼」，那就不是很好的描寫了。
>
> ——《名家教你學作文》，頁 214

在閱讀林良的兒童散文時，在動作、事物心裡活動上都有精采的描寫。例如寫動作的：

> 我模仿他的樣子，一步一步往上爬，越爬越高，越高越怕。快爬到滑梯頂上的時候，悄悄向旁邊一看，看到自己離地那麼高了，心裡害怕起來，不敢再往上爬，也不敢翻轉身子往下溜。
>
> 我停留在半空，不上不下，雙腿發抖，漸漸的撐不住了。忽然腳底下一滑，雙手也鬆開了，只好閉上眼睛，什麼都不管了。我的身子直往下溜，我也失去了知覺。
>
> ——〈倒爬滑梯〉，《林良的散文》，頁 18

把短短倒爬滑梯的動作和害怕的感覺仔細描寫出來，讓讀者看到了這一位膽子不大卻不服輸，而運動神經又不太好的小男孩倒爬滑梯的糗樣子。

> 車子快到我們家門口，他就已經站在車門邊，左手拉住門邊的把手，右腿垂到門邊的踏板外，車子還在前進，他用鞋尖去碰觸路面，探測車子的速度和路面的高低。
>
> 他忽然一撒手，右腳剛踩到路面，左腳立刻向前邁出一步。他的身子微微向後仰，雙腳順著車行的方向連續邁出幾個小步，然後再收腳站穩。車子走遠了，他也轉身舉手向我們打招呼。
>
> ——〈跳車〉，《林良的散文》，頁 92

作者在描述這段記憶已經跟事實相隔六七十年，但是作者能將這段動作，手與腳的細節描寫得這麼清楚，這麼詳細，原因乃是仔細觀察過，甚至我們還能想像，作者曾經躍躍欲試學跳車，才會對於跳車的動作，觀察得這麼詳細。而這樣清楚的描寫，也給讀者「看到」跳車的情況。

還有林良寫小時候寫毛筆的情形：

> 我在小學裡雖然也寫過毛筆字，但根本不懂使用毛筆，不知道怎樣運用筆毫。
>
> 寫一個「一」字，我只知道把筆毫往紙上一按，然後向右邊一拖，看看長度夠了，就立刻把筆拿開。這樣寫出來的「一」字，就像一小段兩頭都被人扯斷的草繩。
>
> ——〈我的書法課〉，《林良的散文》，頁 144

從「一按一拖」的動作，加上令人發笑的比喻「被人扯斷的草繩」，真是把一個不會寫毛筆字的小孩樣子，活生生的呈現在文字上。

肆、結語

「兒童散文」這個兒童文學類型，因為作品的出品越來越多，也越來越精采，表現方式有別於童話、故事、小說等，在近年來才漸漸被認為兒童文學的其中一個類型。

其實早在 1976 年時，林良就在《淺語的藝術》一書中提到了「兒童散文」，而「兒童散文」的特質即是「為兒童寫作的散文」，兒童散文的作者有「為兒童寫作的自覺性」的存在，因此書信體的、為兒童說歷史、科學、作文的，都應是屬於兒童散文的一種。

林良的兒童散文作品不少，在早期為中華兒童叢書撰寫數本以傳達知識介紹新知的散文，他以個人特殊的文辭，將科學、自然、人類學等，以淺白的文字加以述說，讓新知識更為平易近人。除了這類知識散文外，敘事散文是林良的散文大宗，敘事散文在兒童散文中比例較高，這是因為兒童對於敘事較有興趣。在《林良的散文》一書中多是以敘事為主。

說理散文有感人的例證，讀來頭頭是道，不覺生硬。寫景散文中，多帶有抒情，狀物散文如《鄉土小吃》把臺灣有名的小吃，形容得色香味俱全。

在知識散文、敘事散文、說理散文、抒情散文、寫景散文與狀物散文六種類型中，以敘事散文篇數最多，寫景、狀物最少。

林良以子敏為筆名創作的成人散文，聞名於文學界，在兒童散文也可以看出林良獨特的風格：在主題上，他選擇傳達知識與分享生活經驗給讀者，傳達知識是文學的重要功能，尤其對於仍在學習階段的兒童而言；分享生活經驗，是將大人的生活處事經驗和感想給孩子明白，對於沒有完善的社會價值觀與判斷力的兒童來說，如何待人接物，如何挖掘生活的樂趣是生活中重要的課題。

在題材上，林良以自己的現實生活和童年生活來提煉，選擇美好又具有啟發性的事件來陳述，讓讀者分享了林良的生活感想，也分享了他的童年回憶。

在兒童散文的形式上，多以順敘法的方式來呈現時間的先後，他在組織文章內容時，常用多條材料並列的方式層遞性的鋪排，因此在文章中條理性高，意義的表達清楚明白，讓讀者容易了解。在語言使用上，善用比喻和描寫，刺激兒童的想像，讓兒童有共鳴，所以林良的散文處處可見巧妙的比喻和精采的描寫，而這樣的特色也在其他文體類型看到。

總觀林良的兒童散文，套用他對兒童散文的特質分析：「有為兒童寫作的自覺」，正因如此，林良的兒童散文淺顯讓兒童易懂，讓兒童親近文學、科學，讓兒童在閱讀散文中，可以學習到做人處事的道理，讓兒童可以在閱讀散文中獲得快樂。這些其實就是兒童文學的功能，但是在林良的兒童散文中，更加明顯化了。

——選自《兒童文學資深作家作品研討會——林良先生作品討論會論文集》
臺北：行政院文建會，2000 年 10 月

《小太陽》裡愛的世界

◎簡宛[*]

正如作者在序裡所寫的，大男人寫家，開始時，我對這本書並沒抱什麼特別好感，只是一向看多了女作家的「身邊瑣事」也想看看「家」在男人的筆下是如何表現的？在每天週而復始，柴米油鹽，乳瓶尿布裡，是否另能創出一片綺麗的天地來？

一看下去，馬上就被吸引住了，同樣是寫家，寫孩子，寫現實生活中的點點滴滴，但是作者的幽默感，豁達的心胸，恬淡的人生觀，在紛擾、忙亂的現實裡，畫出了一片樂園，使讀者也分享到他生活中的情趣，就像他在第一篇〈一間房的家〉所寫的一樣：「我們知道我們這個只有一個房間的家，夜裡也有燈光，我們的窗戶也會發出光明，成為群星裡的一個。……我們既然不能有一個像家的房子，就讓我們盡心盡性愛這個只有一個房間的家吧！」多麼坦坦蕩蕩的心懷，不怨天不尤人，那種「不可救藥」的達觀，真不是每個人都學得來的。

《小太陽》一書，是子敏先生所著，純文學出版社出版，我不認識作者，但是看了收集在書裡的 45 篇文章後，我不僅覺得認識了他，而且和他的家，他的孩子，甚至是他的狗都成了朋友。作者的文筆，不僅幽默風趣，而且生動有力，絲毫沒有抄襲堆砌之感，他的字彙非常豐富，因此運用自如，他的形容詞都是自己造的，像「媽媽老是把爸爸看成一片玻璃」，意思是爸爸那會這般脆弱（頁 77），又像形容小白狗——斯諾「蓬鬆的白

---

*本名簡初惠。散文家、兒童文學工作者。美國北卡羅萊納州洛麗中文學校與北卡書友會創辦人，曾任海外華文女作家協會會長、中央大學駐校作家，發表文章時於伊利諾大學圖書館進修，現為簡宛文教中心主持人。

毛裡『藏著很多空氣』，看起來非常健美，可是一下水，白毛貼身，看起來像十隻白老鼠，簡直可以放在孩子的鉛筆盒裡」（頁 91），諸如這種簡明清晰的句子，都是非常親切有力，也是兒童文學中最成功的白話文，讓孩子們看了也會愛不釋手。

在 45 篇中，寫得最多的是瑋瑋——他的小女兒，也許在那種渾沌初開，似懂非懂的年紀裡，最叫人操心分神，他們的破壞力和探險精神，相信每位做父母的都領受過，如果沒有足夠的愛心，不要說父親，母親也會給折磨得蓬頭垢面，心煩氣躁，（很榮幸的，我也正在忍受「霸道的一歲半」和「愛的折磨」）但是作者能以寬厚的愛心，在忍受「充滿善意的折磨」和「充滿怒意的甜蜜」之餘，讓讀者也欣賞到「霸道的兩歲」，並且更體會到孩子們純稚的心聲。

在〈霸道的兩歲〉中——「瑋瑋最恨的是當電視孤兒，家中開電視的時間是她暴露『完全沒有教養』的時刻，他會溺褲，會把屎拉在地板上，會裝死⋯⋯」。

「看書，她搶書，寫稿，她搶筆⋯⋯去洗澡，她跟進洗澡間來，搬椅子爬上洗臉盆玩水，一分鐘以後你不得不光著身子把她從洗臉盆裡撈出來。」（頁 12）

在〈寂寞的球〉中，我們可以看到那處處碰壁的小人兒，她是寂寞的瑋瑋，在最需要人陪伴的年齡，偏偏遇上家裡的大建設時代⋯⋯對瑋瑋來說，這真是她童年的「冰河期」。她的家是由一個「在書堆裡露出筆尖和鼻尖的爸爸」，一個「忙個不停的八臂媽媽」，「一個端書凝神，念念有詞的櫻櫻」，一個「不聲不響拿鋼筆在紙上刻字的二姐」，還有她自己，共同組成的（頁 157）。作者的疚然和莫可奈何的心境，不也是大多數都市中忙碌的父母之寫照？

但是瑋瑋是可愛的，在〈瑋瑋小事〉、〈老三的地方〉以及〈瑋瑋和斯諾〉中，她的聰明和精靈令人愛煞，我想每個那樣年紀的孩子都有那種魔力，白天把父母折磨得怒髮衝冠，滿臉倦容，但是躺在床上回想起來，卻都是充滿痛苦的甜蜜，我相信子敏先生是最了解這種天下父母心，而且表達得最淋漓盡致的一位。

除了寫瑋瑋外，我們也讀到了這位父親「富有了解的心」，他幫大女兒櫻櫻，二女兒琪琪，解決功課上的困難，設法找出遺失的東西（〈丟〉，頁116），在緊張忙碌的生活中，全家仍設法來個〈金色的團聚〉（頁 36），每年都丟下壓人的工作，功課，外出旅行，像〈南下找太陽〉以及〈到金山去〉，寫盡了都市人對鄉野之喜悅和那種「忘我」的境界，茲摘錄〈到金山去〉的一段，可以看出作者幽默的文筆……

> 整年在「馬路兩旁的大樓所造成的深溝」裡爬行的「城市之鼠」，一旦到了郊外，對眼中所看到的一切事物，都會泛起一種「奇妙感」。
>
> 有一次我參加一個參觀團參觀一個製酒廠。那些由喜悅而變得興奮，好奇，天真的團員，嘴裡不停的發出「這是什麼？」的問句，對一切都覺得新鮮。大隊走到一條走廊上，一個進入忘我狀態的團員，很熱心的指著牆角的一樣東西，很虔敬的請教接待人員。下面是對話：
>
> 「這是什麼？」
>
> 「掃帚。」
>
> 「做什麼用？」
>
> 「掃地。」
>
> 「酒廠特別定製的？」
>
> 「街上買的。」
>
> 「真了不起！」
>
> 「哪裡，哪裡。」
>
> 火車到了市郊，我又聽到了孩子們嘴裡發出那種「參觀團員」式的驚呼：
>
> 「人！」
>
> 「房子！」

「山！」

「草！」

「樹！」

「狗！」

我也很稚氣的伸出「放假不拿筆」的手，指著窗外的高空，出我意料的喊一句：「天！」

太太很諒解的，在有節拍的鐵輪聲中，向我點頭微笑，安慰我不必為我的舉動慚愧。為了報答她，我在她歡呼「腳踏車！」的時候，也很同情的微笑點頭，鼓勵她不必為說出去的話後悔。（頁 112～114）

像這種不落俗套的描寫，不僅寫出了愉快的心境，而且在驚嘆號中，也看到了景色，讓讀者去分享他們「忘我」的心境，與之大聲歡笑，拍案叫絕，其他如〈大〉、〈洗澡〉等篇，也都是諧而不謔，把全世界的人都會的「大」寫得恰到好處，在此不再贅述，請大家自己去欣賞吧！

在〈備考〉、〈暑假雜感〉、〈打架教育〉等篇中，我們看到了這位父親的原則，他是愛孩子的，但絕不是溺愛，他希望他們考上學校，可是絕對尊重孩子的個體，培養孩子的自尊，我很贊成他的一句話——一個孩子在還沒有「堅強的站起來」以前，在還沒有「發現自己」以前就接受「禮讓教育」是很危險的。這種教育如果逐漸滲透了她的性格，就會使她喪失「征服環境」的能力（頁 175）。對於我們中國固有的古訓——孔融讓梨，以及「打落門牙和血吞」的忍讓哲學，提出了一個合理的疑問。如果每一位父親，能時時接近孩子，關心孩子，尊重孩子，又何必擔心「代溝」的產生？

在全書中，寫得較少但卻是分量最重的是作者的「半人」，從第一篇〈一間房的家〉到〈她〉、〈半人〉以及〈女廠長〉，充分的表現了作者大丈夫的風範，就如他在序裡所寫的「妻子的關懷」「兒女的親切」特別容易激動他「感激」的心情。他並沒有把「愛」和「感激」掛在嘴上——但是在他的文字間，我們讀出了他的心聲。

也許我對《小太陽》這本書有特別的偏愛，我常常喜歡讀到精彩處，朗誦給家人共享，像〈小太陽〉、〈家裡的詩〉等都是很親切、很可愛的。當然，就文學價值看，《小太陽》一書，並非什麼巨著，它的內容只限於家，它的寫法也並未講求什麼複雜的技巧，但是因為寫的是真實的事，又因為作者的愛心和有力的文筆，它可以說秉賦了「真、善、美」的本質，我們並不要每天讀文學名著，讀哲理、聖經，就像我們受不了每天吃大魚大肉一樣，《小太陽》一書，就像「清粥小菜」，雖沒有魚肉的豐富營養，但是吃了「欲罷不能」，絕不會有油膩倒胃之嫌。

今天，在大家議論「代溝」，「女權運動」以及「暴力」的威脅時，《小太陽》一書應該推廣到每一個家庭去，它沒有說教，也沒有大道理，它只是提出了常常被我們忽略了的「生活的情趣」和那種每個人都有，不必用錢買，不必到夜總會去尋覓的「愛心」。

1973 年 11 月於伊州

作者附註：本文完稿時，欣聞子敏先生所著《小太陽》榮獲中山文藝獎，我相信不僅作者得到最大的鼓勵，讀者們更感到欣喜。在此特恭賀子敏先生，並祝福他可愛的一家人。

——選自《書評書目》第 9 期，1974 年 1 月

「織錦」
談子敏的散文

◎應鳳凰[*]

子敏的散文總是這麼流暢，這麼白話；假如子敏的散文是完成在胡適先生的五四時代，在胡先生高喊「文學大眾化」的旗幟下，子敏必然是一名最切實最驍勇的戰將了——他這一手純粹而流暢的白話文，該使一切艱深聱牙的文言文支持者，不戰而降。只是，五四運動到現在已隔半個世紀了，大家尤其不必在文學形式上再求什麼解放。何況，子敏絕不像個斬將搴旗的刀筆作家，他倒更像一個和藹蘊藉的現代儒生。

看過《書評書目》的信箱欄介紹了《小太陽》，經過書店時便特為的找來翻看一下。看了序言，又看完第一篇的〈一間房的家〉，頗為感動；公共汽車來了，依依不忍放下。〈一〉文再看了一遍，盤算著下個月如何買下這本書。

看過子敏先生的散文，使人想到英國詩人「華滋華斯」。英國某文評家說他是 Simple in diction, Plain in style—— 簡單的詞藻，平實的文體——這句話同時也可以套用來形容子敏的散文。不同的是「華滋華斯」以簡單的文句寫大自然，寫田園詩，而子敏用來寫甜蜜的家庭，寫妻子兒女。子敏的身邊大小事，就是他自己的大自然，自己的田園。

子敏的散文是「涓涓流水」型的，不是長江大浪的氣勢磅礴；是「苦口婆心」型的，不是尖銳的高聲怒吼。《在月光下織錦》（純文學出版的子敏第三本散文集）裡，有一篇叫〈燒開水〉——燒開水很可以拿來形容他

---

[*]筆名項青。發表文章時為中央銀行職員，曾任臺北教育大學臺灣文化研究所教授，現已退休。

特殊的散文風格。他做的是一件最普通最平實的東西，可是，他作出來就是有那麼一點別致，一點不同；你看他儘寫一些「無聊事」，可是讀起來不會無聊。他專寫一些身邊瑣事，像母親廚房裡的柴米油鹽——可是這些平凡的東西，做出來的幾道菜卻不難吃。

或者，關鍵就在這麼一點點「調配的工夫」吧——比如他這樣耐心，細心、用心的運用文字的「火候」。

「我寫作，像古代的『織錦人』，細心、認真，心中充滿了喜悅。……月出而作，月入而息。」(〈自序〉，頁 3）而子敏先生織出來的錦，不是一片很耀目的五彩屏風，是一幅比較耐人尋味的黑白山水。

樸素型的散文不一定篇篇都感人，一下子疏忽就會變成無味且細碎繁瑣；否則，這一類散文寫的人何止千千萬萬，也不會只少數成功如朱自清一兩人了。余光中先生曾有一篇批評散文的文章叫〈剪散文的辮子〉：他認為一篇好散文，流利是太起碼的條件了：「……他們的散文洗得乾乾淨淨的，毫無毛病，也毫無引人入勝的地方。由於太乾淨，這類散文既無變化多姿起伏有致的節奏，也無獨創的句法和新穎的字彙……」(《消遙遊》，頁 35）

如果子敏不是拿「織錦」的心情在寫散文的話，他的作品很可能就要流於「白開水似的散文」——淡而無味了。他的苦心，可以在三本散文集中，加得過多的引號上看出來。他多麼想把句子的陳腐意義，化腐朽為神奇；他多麼花心思，想使詞與詞之間，有更新鮮的解釋與安排。但引號太多了，像《在月光下織錦》裡：

> 畫花的那「藍」色，是「颱風眼」裡的天空那種「突來的寂靜」的藍，給人一種「深遠」的感覺。
>
> ——〈藍色的花〉，頁 25
>
> 中國人相信月亮是「有情」的……，
>
> ——〈中國的月亮〉，頁 48

雖然使我「因此」不能看風景，但是也「因此」使我獲得了「樹影」。

——〈樹影〉，頁 69

以上這些，是隨手抄舉的，絕不是故意挑他引號的毛病。翻開書頁，一眼望去，「角角」特別多的幾頁——果然頗有「織布」的圖案。

子敏那種流露在作品中的樸素，敦厚的氣息，流暢之中，很有中國典型書生的溫柔蘊藉。讀者能在無形中感覺他不但是好脾氣的父親，更兼和藹體貼的丈夫，親切隨和的同事。

楊振聲先生說朱自清的散文是：「風華從樸素出來，幽默從忠厚出來，腴厚從平淡出來」(〈朱自清先生與現代散文〉)。從《小太陽》一系列的散文，我們可以看到相似的風格。子敏先生在繞了又繞的文字之中，是如何的想表達出很條理很一貫的意思——換句話說，他極苦口婆心的在表達「很健康」的思想。我說「很健康」並沒有取笑的意思，但我們盼望他慢慢能寫出比健康更深沉，比敘事更「文學」的東西來。

——選自《書評書目》第 18 期，1974 年 10 月

淺談《淺語的藝術》裡的「淺」

◎洪志明*

為了要讓小朋友容易閱讀，林良先生寫給小朋友看的書，不管是小說、故事、圖畫書，或是兒歌、童詩，都寫得很淺。或許，他已經養成寫文章給小朋友看時，要把他意思講得很簡單、很清楚的習慣了。然而，難能可貴的是他寫給大人看的理論，也寫得很淺，寫得很沒有「深度」，一點也不讓讀者有產生「文字障」的機會。

《淺語的藝術》是林良先生寫的兒童文學論文集，文中寫了很多有關兒童文學的寫作技巧，它告訴人家怎樣寫童話、怎樣寫故事、怎樣寫童詩、怎樣寫兒童散文……等等各種形式的兒童文學作品。當然，他另外的目的是勸人們寫文章給小孩子看時，要寫得很淺，不可以用小孩子不懂，或是不習慣的文字，這樣小朋友才容易接受文章裡所表達的情意，才能享受到閱讀的快樂。

照理《淺語的藝術》應該是一本不太淺的書籍，因為他不是寫給小朋友看的書，也不是一本文學創作，而是一本專門討論文學技巧的理論，理論怎麼可能淺呢？沒想到林先生處理起來，卻變成了一篇好像在和讀者談心的散文一般，淺白又有意味。

「用這樣簡單的文字，會寫出很高深的道理嗎？」讀這本書時，一開始很容易令人產生了這樣的錯覺。可是事實卻告訴我們，文字雖然用得很簡單，可是文字裡面的道理，卻一點也不簡單，只是更容易閱讀，更容易讓讀者誤以為自己閱讀論文的領悟力提高了而已。

---

*兒童文學工作者，發表文章時為國小教師，現已退休。

有時候不禁要問，作者是用什麼方法，把「這麼好的道理，寫得這麼淺白，這麼容易閱讀呢？我們要怎樣才能像他一樣，寫出淺而有味的作品呢？」

我想林良先生的理論作品，所以會這樣淺白有味，這樣深得人心，應該是他把要求人家表現在文學世界的理想，表現在他的理論世界裡。

印象中，理論總是比作品接近教條化的，尤其是大部分的理論，都是在告訴讀者我們該怎樣，不該怎樣，該遵守怎樣的規則，不該遵守怎樣的規則，所以總是給人們一些刻板的印象。

讀林良的《淺語的藝術》時，我們卻發現林先生不只是在寫文學作品時，極力的避免使用「教條」似的寫作方式；就是在寫「教條式」的文學理論時，也盡量的使用他自己強調的「有力的刻畫」，來軟化他所提出來的道理，使他所提出來的道理，更容易閱讀。

他在《淺語的藝術》這本書裡提到：「在文學的世界裡，感化力是由『有力的刻畫』產生的。『教條』在一切文學作品裡恰好最能摧毀那『感化力』，軟化文學作品裡的『力量』。」

所以他用下列的詞句，來刻畫他的理論，來說明兒童文學家所擁有的「廣大世界」。來讓大家明白兒童文學的創作世界是十分有趣的。他說：

> 兒童文學作家最令人羡慕的一點，是他擁有一個廣大的文學世界。如果你走訪一個兒童文學作家，請教他最近在忙什麼，你就可以得到一個你料想不到的，很有趣味的答覆。……你最可能聽到的：
>
> 我正在寫一條小拖船。
> 我正在寫一座小房子。
> 我正在寫五百頂帽子。
> 我正在寫一隻蛤蟆，一隻鼴鼠，一隻水老鼠的事情。
> 你知道「大拇指」嗎？那是個男的。現在我動筆寫的是一個女的，只有

這麼點兒大。

我正在寫一隻猴子走進摩天大樓。

我正在寫「白烏鴉」。

我正在寫一條鯨魚。

我正在寫三隻金魚。

我正在寫風。

我正在寫兩朵雲。

藉著刻畫兒童文學家所作的事情，林先生讓讀者明白兒童文學家所擁有的廣大世界是多麼廣大。

不藉教條來說明寫作的道理，而是利用文學的刻畫技巧，讓讀者明白寫作的道理。或許，這就是林先生寫理論性文章時，讓讀者錯以為自己的領悟力提高的原因吧！或許這就是林先生寫的理論文章，脫離理論所給人家刻板印象的原因吧！或許，這就是林先生寫的理論，容易說服讀者的原因吧！

讀林良理論性的文章，沒有讀論文的感覺。我想這是大家共通的想法。

像林良一樣，把文章寫得淺而有味，相信是所有兒童文學工作者共通的願望吧。讓我們遵循林先生的方法，寫一些兒童容易閱讀，而又有深意的作品，來美化兒童的生活吧！

——選自中國海峽兩岸兒童文學研究會編《林良和子敏》

臺北：業強出版社，1993 年 10 月

深人淺語

讀《陌生的引力》

◎亮軒*

愛讀散文的人，對於子敏的「　」絕不會陌生。這本書當然也不例外。

子敏的引號自有其引力，在他《茶話》、《小太陽》、《和諧的人生》諸書中，「　」很發揮了「　」的味道，不過移之以討論文學問題，尤其是語言問題，就有點彆扭。而這本書正是以討論這些問題為主，看起來便不如子敏其他的書那麼動人。當然，這一類的題材，就是不用「　」也未必能寫得好，但在這裡，「　」至少給讀者造成了兩種困擾。

第一、是「讀」的問題。任何一種標點符號，至少都會令讀者在讀的時候停頓一下。「　」太多，讀起來便不能順暢，文氣自然受損。在作者而言，無非是要表明「　」中的尋常語詞，有其非比尋常的意義，希望讀者特別用心想一想，不要會錯意了。可是大部分「　」中的詞句，就是沒有「　」，相信讀者也能體會得出來。「　」太多，讀起來便不得不步步為營，好容易一步步挨到篇尾，在精疲力竭之餘，又感到為那些「　」白費了不少的力氣。從這一點看，作者未免低估了讀者的感應力。

第二、是了解的問題。子敏先生創造了一些在「　」中的現代語典，如「戴著枷鎖跳舞」、「意味捕捉」、「抵埠的趣味」之類。語典總有較複雜的背景，不論這個典是文言還是白話。讀者一碰到這種另有所指的語典，便不得不思索一下「　」中究竟何所指，明明是一個簡單的「走動」，卻要

---

*本名馬國光。散文家，曾任世新大學口語傳播學系副教授，現已退休。

仔細分辨一下此「走動」與彼「走動」不同之所在。如果對他的文章不太熟悉，記得不太清楚，便只好不求甚解的帶過。這方面，作者又未免高估了讀者。而以上提到的兩點，卻與子敏提倡的白話精神不符，在那麼抒情的筆觸中，接二連三的遭遇到如此的困擾，無異乎正在興致勃勃的品一杯好茶，偏偏一再吃到茶葉渣子，是很煞風景的。

能用抒情的方式談一談一般人心目中嚴肅的文學問題，沒有對文學由衷的愛好跟對生活極度的誠懇，很難辦到。子敏以其多年來漸進漸深的認識，把一些看似平常的問題，作深入淺出的剖析，很符合他在〈深人的淺語〉一文中揭示的原則。不過這些文章雖然力求淺顯明白，其中滋味主要仍然是給真為文學付出過感情，下過工夫的過來人看的。他大多用大題小作的方式處理素材，幾乎每一篇都可以發展成萬字以上的論文，讀者若已經具備了開闊的基礎，讀起來便會因別有領悟而趣味盎然。基於同樣的理由，本書也宜於單篇的欣賞，慢慢咀嚼，要是一氣讀完，便成了不折不扣的走馬看花。

問題是在這個太空時代裡，又有多少人捨得下馬逗留呢？

——選自《書評書目》第 23 期，1975 年 3 月

林良先生兒童文學理論初探

◎徐守濤*

壹、前言

林良先生是兒童文學界的泰斗，著作等身，人人尊重。他的作品，深入淺出，從不套用成語，但每字每句，都極盡推敲，令人由衷佩服。林先生的創作，態度謹嚴，為成人創作時，他用筆名「子敏」，為兒童文學寫作時，他卻用本名「林良」，所以閱讀作品時，只要一看作者名字，你就知道文章的性質。

林先生溫文儒雅，文如其人，他聰明睿智，觀察入微，但又不失幽默風趣，閱讀他的作品，可說是一大享受。不但是「沉醉其中，如見其人，如臨其事」，更享有參與其中的樂趣，真讓人回味無窮。兒童文學界在他的領導和努力下，才走出了今天的康莊大道。為了探討林先生的創作理念，本人嘗試從林先生的作品中找出他的理論看法，以供同好參考。本文主要是從《淺語的藝術》、《兒童讀物研究》和其他的相關作品中尋找，希望藉此深入了解其理論依據，以便作未來兒童文學創作發展的參考。

貳、林良先生的兒童文學創作觀

林先生對文學的看法，有其獨特的眼光，他認為文學是有思想的，是訴諸感覺的、是重視技巧的，是紮根在知識上的。茲分析如下：

---

*兒童文學工作者，發表文章時為屏東師範學院（今屏東大學）語文教育學系副教授，現已退休。

一、文學的定義

（一）文學是有思想的

林先生認為文學是有思想的。他說：

「每一篇文學作品都含有一個『思想』或者說，它本身就是一個『思想』——那『思想』都是用文學方式來表達的。因此，文學作品裡的思想，往往比論文裡的思想更動人，更有震撼力，更深刻。」[1]

（二）文學是訴諸感覺的

文學是訴諸感覺的。林先生說：

「所謂文學的方法，都是『訴諸感覺』的，所以容易有力、動人。」[2]

又說「『沒有感覺的思想』,『不可感的思想』，不管那思想多正確，如果不是用純正的文學方法來寫的，就不是純文學作品。」[3]「動人的文學作品，往往是由深切的感受來的，——當然中間不能缺少『語言的美感活動』。」

（三）文學是重視技巧的

文學的創作是強調技巧的。林先生說：

「文學創作應該重視技巧的運用。那技巧使作品發出感人的力量，發出令人動心的光彩，我們接觸文學作品，不就是為了接觸那力量，接觸那光彩嗎？」[4]

（四）文學是紮根在知識上的

文學必須紮根在知識上，林先生說：

「再傑出的文學作品，也必須建立在廣大的常識的基礎上，清醒的『常識人』覺得一部作品不妥當的時候，他是用不著接受甚麼『現代文藝批評訓練』的。就算那作品美得驚人，『常識人』只能退讓到承認它有『不

---

[1]林良，〈兒童文學裡的純文學〉,《淺語的藝術》(臺北：國語日報社，1997 年 5 月，第一版第七刷)，頁 40。
[2]林良，〈兒童文學裡的純文學〉,《淺語的藝術》，頁 43。
[3]林良，〈兒童文學裡的純文學〉,《淺語的藝術》，頁 44。
[4]林良，〈兒童文學的文學性〉,《淺語的藝術》，頁 46。

妥當的美』。所謂妥當不妥當，往往牽扯到作品對人群的影響的問題。」[5]

由上可知，林先生對文學獨到的見解，正一針見血的點出了文學的特質，那就是紮根在知識、思想、感覺和表達技巧上的。優良的文學，就必須具備以上條件。

二、何謂兒童文學

兒童文學是專屬於兒童的文學，林先生認為它具備以下幾種特質：

（一）兒童文學是專為兒童創作的

林先生認為兒童文學是特定的文學，它的讀者就是兒童，他說：

「凡是為兒童寫而又適合兒童欣賞的文學作品，才是『兒童文學』」[6]，「『兒童文學』並不指兒童自己創作的文學作品」[7]，「『兒童文學』跟『兒童自己的文學創作』教學活動是兩個不同的層次。『兒童自己的文學創作』，這種有益的教學活動，不能取代了『兒童文學』。」[8]

（二）兒童文學必須飽含「文學性」

兒童文學必須是文學，兒童文學雖然具有教育性，但也不能沒有文學性，他說：「兒童文學創作必須飽含著『文學性』。兒童文學創作可洋溢著『教育性』——一切文學作品都必須是『文學』的，就連『教育文學』也必須是『文學』的——如果我們談的是『文學創作』。」[9]

（三）兒童文學不能只講藝術

兒童文學的創作，不能像成人文學一樣，只談藝術，不談影響，林先生說：

「我們為兒童寫作，不能單講文學藝術而不顧慮到它能產生的影響。這是兒童文學跟其他文學在性質上的基本差異，不過這種差異，並不影響

---

[5]林良，〈兒童文學的文學性〉，《淺語的藝術》，頁 49。
[6]林良，〈兒童散文〉，《淺語的藝術》，頁 198。
[7]林良，〈兒童散文〉，《淺語的藝術》，頁 200。
[8]林良，〈兒童散文〉，《淺語的藝術》，頁 201。
[9]林良，〈兒童文學的文學性〉，《淺語的藝術》，頁 51。

到它文學的本質。」[10]

（四）兒童文學反映的是「理想人生」

兒童文學中所反映的人生是「理想的人生」與成人文學中反映的「現實人生」不完全相同，所以林先生說：

「在『文學』世界裡『兒童文學』所要反映的必然是『理想的人生』，『成人文學』所要探討的『最嚴肅的主題』，但是在兒童文學世界裡，一個作家所深入探討的『最嚴肅的主題』卻是『人』的善良、仁愛跟智慧。——在『文學』世界裡，『兒童文學』所要反映的必然是『理想的人生』，『成人文學』所反映的卻應該是『現實的人生』。」[11]「在兒童文學的世界裡，『寫好人』是必然的，也是必需的；而且可以透過『善的演示』這種暗示的方式來達成，不必仰賴『說教』，不必一定要接觸『現實人生』的醜惡面，因為我們相信『暖室裡的花苗是禁不起暴風雨摧殘的』。」[12]

（五）兒童文學是從遊戲中啟發兒童

兒童文學是遊戲文學，是從遊戲中吸引兒童、啟發兒童，林先生說：

「兒童文學是『在遊戲中啟發兒童』或『寓文學於故事』，原因是『說故事』在對兒童的教育上是一種很有價值的方法。兒童在聽故事、說故事、看故事的活動中，可以學習語言文字的運用，可以獲得許多生活常識，可以接近許多正確的觀念，在一般『文學的世界』裡，當然認為『對人生的啟發』比純粹的遊戲有價值得多。但在『兒童文學』的世界裡，不但不看輕含有『遊戲』性質的故事，而且承認『故事』是跟兒童純真的天性非常接近。」[13]

由上可知，兒童文學不但具有文學的特質，更深入要求它適合兒童的心理、程度、需要和影響，啟發兒童，讓兒童心中充滿了善良、理想和美。

三、兒童文學的種類及創作理念

---

[10]林良，〈水滸傳跟蕩寇志〉，《淺語的藝術》，頁 60。
[11]林良，〈在兒童文學裡寫好人〉，《淺語的藝術》，頁 66。
[12]同前註，頁 67。
[13]林良，〈文學跟故事〉，《淺語的藝術》，頁 109。

在林先生的作品中，他認為兒童文學包含散文、兒童詩、故事、童話、小說、戲劇和圖畫書。至於神話和寓言，這是古代成人的產品，它們是很好的兒童文學素材，需要經過改寫才能適合兒童閱讀，因為兒童並不懂甚麼大道理，他們只知道有趣、好玩罷了。他更深一層的分析神話說：

「神話的美，是一種想像的美。我們所以重視神話，是因為神話是人類傑出的『想像活動』的遺產，人類早已積聚了一大筆知識的財富，這主要的是指科學。人類也早已積聚了一大筆『想像』方面的財富，這主要的是指文學。」[14]又說：「想像力的培養，都在童年期，這是因為兒童純潔的心境，最適合接受想像的美，最適合『直覺』想像的美。——兒童文學繼承了神話文學的精神，保全了人類奇異能力之一的想像力，使它繼續生長。」[15]

對於寓言，他的看法是：「寓言裡的角色，百分之九十是動物，這些動物，會說會想，會互相『鬥心眼兒』。這種情形，正跟『童話世界』裡那種『一切的一切都是人』的質素相吻合。但是每一個寓言都以深刻的思想做背景，含有一個『實用的人生哲學』。它成為成人喜愛的讀物，是必然的。我們審視『寓言世界』，就知道寓言大半等於『動物演出的格言』。許多寓言所含的哲理，不是兒童所能體會的。但是『由動物演出』這一部分，卻深深受到兒童的喜愛。許多含義深刻，但是情節太過簡單，或只有對白的短小寓言，並不能進入兒童文學的園地。進入的，都是情節多變，『動物演出精采』的幾篇。〈龜兔賽跑〉受兒童歡迎的是『烏龜和白兔那一場長途賽跑』和『萬萬料不到烏龜會奪錦標』，對寓言作者急於提出的『驕者必敗』，兒童卻不一定體會得到。」[16]

此外在各類兒童文學類型中，林先生也有他不同的看法。茲分述如下：

---

[14]林良，〈神話跟兒童文學〉，《淺語的藝術》，頁 153。
[15]同前註，頁 156。
[16]林良，〈童話的特質〉，林文寶主編，《兒童文學論述選集》（臺北：幼獅文化，1989 年 5 月），頁 139。

（一）散文

林先生說：「兒童散文指的是為兒童寫作的『文學的散文』。這種散文是向兒童傳達自己的『動人的人生經驗』，但是作者必須運用兒童能體會的題材，運用能激起兒童心理反應的語言。」[17]，「我們從散文研讀中，體會到一般的日常語言除了實用價值以外，還能具有『文學價值』。我們學習到語言的『另一種方式』的運用。」[18]，「只有在散文的欣賞中，我們才能觀察到人人共同使用的一般語言，落在不同的作家的手裡，竟能產生完全不同的風格。我們從『語言』進入『文學』，我們享受到『學習語言』的報酬，都從散文開始。」[19]

（二）兒童詩

林先生認為：「成人為兒童寫詩，應該運用兒童熟悉的語言來寫作，取材於兒童的生活經驗，導引小讀者進入充實豐美的想像之境。兒童詩不應該有甚麼公式，最好是讓作者自由經營自己的體式。兒童詩的可愛，在它的短小、明朗、有味。尤其是『有味』，它是所有童詩作者無論醒著或入夢最該去摘取的星星。」[20]

（三）故事

林先生對故事的解釋是：「『故事』的含義是：由許多『事情』組成的有機體。」[21]又說：「『故事』是有機的排列『事情』。一個『遊戲性』極高的故事，通常都暗含著一條迷人的，有力的『趣味線』，吸引讀者去『追蹤』，一直到那個作家把故事做一個有力的結束。」[22]又說：「凡是比較單純，比較簡略，比較適合幼年兒童閱讀，含有『為幼兒安排』的意味的，是『兒童生活故事』。」[23]

---

[17]林良，〈兒童散文〉，《淺語的藝術》，頁 205。
[18]林良，〈兒童散文〉，《淺語的藝術》，頁 202。
[19]林良，〈兒童散文〉，《淺語的藝術》，頁 202。
[20]林良等，〈林良的童詩觀〉，《童詩五家》（臺北：爾雅出版社，1985 年 6 月），頁 2。
[21]林良，〈尋找一個故事〉，林文寶主編，《兒童文學論述選集》，頁 43。
[22]同前註，頁 44。
[23]林良，〈童話的特質〉，林文寶主編，《兒童文學論述選集》，頁 141。

（四）童話

林先生對童話的看法是：「童話的特質是『純真』，童話世界是一片純真世界——在童話世界裡，『不可能』是不存在的。」[24]又說：「一般的故事所描寫的是一個『人的社會』，童話所描寫的卻不僅僅限於『人的社會』。童話反映一個更大的社會——『天地萬物的社會』」[25]又說：「『發掘一切萬物的人性』，這句奇怪的話恰好是童話寫作的基本原則。——童話的價值，並不由『寫得熱鬧不熱鬧』來評估。它的價值，應該是一種『隱喻』的價值。那價值，應該以是否具有豐富的人情來評估。」[26]所以在童話世界裡，它是由五種積木構成的，那就是：「第一種積木是『物我關係的混亂』，第二種積木是『一切的一切都是人』，第三種積木是『時空觀念的解體』，第四種積木是『超自然主義』，第五種積木是『誇張的觀念人物』的塑造。」[27]

（五）小說

林先生認為：「『兒童故事』，當它趨向複雜，所敘述的不只是單純的事件，加深對於『心』的刻畫，融入作者的個性，作者特殊的風格，比較適合少年閱讀的時候，它發展成少年小說。」[28]又說：「好的小說能使本來清醒的讀者更清醒，能使感覺本來敏銳的讀者更敏銳。好的小說作家對人是有益的，它啟發了讀者，使讀者對人生更有深刻的體會，使讀者對美的感受力更敏銳。」[29]

（六）戲劇

林先生說：「戲劇是一種藝術，它是感化的，它是透過『美感教育』來淨化人生的。——兒童劇的特色，是能呈現出孩子眼中的世界，跟孩子想像中的世界。換句話說，戲劇的基本色彩是充滿兒童的生活經驗，充滿兒童的想

---

[24]林良，〈一個純真的世界〉，《淺語的藝術》，頁 133。
[25]林良，〈童話從那裡來〉，《淺語的藝術》，頁 141。
[26]同前註，頁 146。
[27]林文寶等，〈童話的特質〉，林文寶主編，《兒童文學論述選集》，頁 127～130。
[28]同前註，頁 141。
[29]林良，〈少年小說的任務〉，《淺語的藝術》，頁 184。

像。」[30]又說：「兒童劇裡的對話，也就是劇本裡的語言，應該真實，應該注意到孩子的接受能力，應該配合情景來運用，同時應該注意到形式上的美。」[31]

（七）圖畫書

林先生認為：「『兒童圖畫書』是『必須靠圖畫來互相闡釋』的敘事詩。——在『圖畫故事』的園地裡，所謂『成功的作品』有極複雜的含義，那就是一個好畫家對一篇好文章的『成功的表達』，那份『光榮』是屬於畫家的，但卻是建立在『一篇好故事』的基礎上。」[32]

在林先生筆下，兒童文學項目繁多，從基本的散文到兒童詩、故事、童話、小說、戲劇，都有它獨特的見解，同時也點出它們的創作特質。

四、兒童文學的藝術價值

談到兒童文學的藝術價值，林先生首先談到兒童文學的語言，和兒童文學的趣味性，玆分析如下：

（一）語言藝術

林先生認為，文字語言是作品成功的重要因素，兒童程度有限，經驗不足，白話文是我手寫我口，應是最適合兒童的語言，也最容易被他們吸收，所以他認為兒童文學的語言藝術，應建立在以下基礎上：

1. 現代語言

他說：「為現代兒童寫作，當然要用現代語言，——現代語言可以說是現代兒童最熟悉的語言，也就是兒童文學最佳的媒介物。」[33]

2. 兒童的真實語言

林先生說：「兒童文學是為兒童寫作的，它的特質之一是『運用兒童所熟悉的真實語言來寫』。這個界說，好是好，不過也容易引起初次嘗試兒童文學寫作的人的『過激行為』，使他寫出來的作品叫人沒法兒接受。第一種

---

[30]林良，〈孩子不讀的兒童文學傑作〉，《淺語的藝術》，頁 194。
[31]林良，〈孩子不讀的兒童文學傑作〉，《淺語的藝術》，頁 195。
[32]林良，〈圖畫裡的世界〉，《淺語的藝術》，頁 128。
[33]林良，〈兒童文學——淺語的藝術〉，《淺語的藝術》，頁 22。

『過激行為』就是在形式上過分強調『為兒童而寫』，在行文的時候，處處製造『為兒童寫作』的形式，彷彿作者面前真的站著一個『兒童』。——第二種『過激的行為』，是迷信有一種屬於兒童的特殊的『兒童語言』，而且認為這種特殊的『兒童語言』早已存在，只等我們去發掘，以便運用在兒童文學的寫作上，作為兒童文學的『理想語言』。——其實兒童只不過是對某些常聽到的『保姆語詞』，在學習語言的階段裡喜歡重複使用罷了。我們在兒童文學作品中可以適當的加以運用，增加『語言的趣味』。如果竟認為有某一種特殊的，自給自足的『兒童語言』存在，而希望純粹用那種特殊的語言來寫作，那就是一種『過激的行為』了。兒童所使用的語言，本質上也就是大人所使用的語言。那種夢中想的，純粹的『兒童語言』，是不夠用來敘事，不夠用來說理，更不夠用來抒情的。」[34]

3. 創新的語言

林先生認為：「文學作品裡的出色語言，應該是跟日常生活裡的語言『相同得非常不同』，『不同得非常相同』。這才是一個值得追求的目標。這目標就是：使日常語言有味兒。」[35]又說「文學不過是『日常語言』以上的，『更有力』的『不平凡的語言表達』罷了。——生氣不說生氣，竟說『怒髮上衝冠』，這『怒髮上衝冠』確實比『生氣』更具震撼力。」[36]

4. 淺語的藝術

林先生對淺語的看法如下：「兒童對國語的使用，跟成人有程度上的差異，兒童所使用的，是國語裡跟兒童生活有關的部分，用成人的眼光來看，也就是國語裡比較淺易的部分——這『淺語』，也就是兒童文學作家展露才華的領域。」[37]又說：「兒童文學使用的也是『淺語』，但是這『淺語』並不排斥文學技巧。他跟正宗的文學創作一樣，也是『淺語的藝術』。」[38]

---

[34]林良，〈兒童文學——淺語的藝術〉，《淺語的藝術》，頁 19～22。
[35]林良，〈作者的語言跟個性〉，《淺語的藝術》，頁 34。
[36]林良，〈兒童文學裡的純文學問題〉，《淺語的藝術》，頁 38～39。
[37]林良，〈兒童文學——淺語的藝術〉，《淺語的藝術》，頁 23。
[38]林良，〈兒童文學——淺語的藝術〉，《淺語的藝術》，頁 28。

（二）趣味營造

兒童文學是遊戲的文學，也是趣味的文學，所以趣味的營造是非常重要的。寫作時，必須注意技巧的表達，人物的刻畫和兒童們能懂的幽默，林先生提醒我們要注意以下幾點：

1. 敘述技巧

他說：「『敘述』，就是把一件事情『寫』出來，讓讀者也『親眼看到』。」[39]又說：「『敘述的藝術』往往也就是『伏筆的藝術』。一篇好的故事，對讀者來說，那是『時間的藝術』，——對作者來說，敘述的藝術卻是『空間的藝術』。作者所經營的是在稿子的『甚麼地方』提到『甚麼事情』。藝術的真正含義是『對材料的巧妙處理』。因此『敘述』的藝術也是這樣：對一件事實的巧妙處理。」[40]

2. 動物刻畫

兒童文學作品中除了「人」之外，最主要的就是『動物』，而動物都是有靈性的，因此動物的刻畫非常重要。林先生認為：「兒童文學家寫動物的方法，是一件很有趣味的事，——

第一種方法，是『把動物當純粹的動物看待』，貓就是一隻貓，狗就是一隻狗，牠們都是真實生活裡的真實動物。作家在寫作的時候，心中洋溢著對動物的愛。在這個『心中充滿了愛』的作家筆下，動物都以真實的姿態出現。兒童在閱讀的時候，會『感受』到那種『愛動物』的情操，對真實生活中的動物發生了濃厚的興趣。

第二種方法是使『動物具有高度的靈性』。在這種類型的作品裡，動物已經不是純粹的『動物』。作家處理的，不僅僅是動物外在的行動，同時也嘗試探索動物的『內心生活』，像探索『人』的內心一樣。『動物』在作品裡，都有高度的智慧，能『感應』人的思想跟感情。

第三種方法，就完全進入了『童話世界』了，這種方法就是『讓動物

[39]林良，〈忽然和這個時候〉，《淺語的藝術》，頁 98。
[40]同前註，頁 103。

也使用我們人類的語言』。動物在這種類型的作品裡，就成了『超自然的動物』，成了童話動物。」[41]

3. 文學趣味

「從文學的觀點看，兒童所能感受到的文學的趣味，跟成人所能感受到的文學的趣味，是不同的文學的趣味，但相同的都是『文學的趣味』。——兒童文學的特質是：1.他運用『兒童語言世界』裡的『語詞團』，從事文學的創作。2.它流露『兒童意識世界』裡的文學趣味。」[42]

兒童文學的藝術價值，是根植在作者對語言的運用和趣味的營造上，文學作品必須能為兒童接受，所以寫作時要用現代語言、真實語言、創新語言和藝術語言來吸引兒童。此外，趣味的營造也需要迎合兒童心理，用兒童熟悉的意識世界，和喜愛動物的特質來創作，因此作品中的動物刻畫，也是非常重要的。

五、對兒童文學工作者的建議

兒童文學因為是特定的文學，它跟成人文學有很大的差距，所以在創作時必然有其限制，林先生建議作家、翻譯家、批評家要注意以下事項：

（一）作家

他說：「一個兒童文學家，在寫生活故事、童話、少年小說這種『故事文學』之前，應該花點時間在真實的人生中，在真實的社會裡去尋找令人動心的角色跟令人動心的事件，拿來作他的題材；應該盡量避免由主題出發，然後著手編造一切的那種方式。」[43]此外，他對兒童詩、童話、小說作家都有一些建議。

1. 兒童詩作家

他說：「一個理想的兒童詩作者，要有三個條件：第一，他是一個詩人。第二，他了解孩子。第三，他愛孩子。另外一個說法，一個理想的兒

---

[41]林良，〈寫貓寫狗〉，《淺語的藝術》，頁 81～84。
[42]林良，〈論兒童文學的藝術價值〉，張雪門等，《兒童讀物研究》（臺北：小學生雜誌社，1965 年 4 月），頁 99～106。
[43]林良，〈尋找一個故事〉，《淺語的藝術》，頁 119。

童詩作者要有『詩心』，要有『童心』，要有『愛心』。」[44]

2. 童話作家

他說：「一位優秀的童話作家，常常也是一位『由孩子的天真的情感』裡發掘『美』的廣義的詩人。」[45]又說：「一個童話作家應該知道：1.孩子說些甚麼話。2.孩子怎麼說話。3.遇到這樣的事情，孩子會說些甚麼。4.這樣的事情，孩子會怎麼去敘述。他應該『知道』，卻不是去模仿。所以要『知道』，因為他想『知道』自己的特殊的意思，特殊的說法，孩子『可能或不可能』懂。」[46]

3. 小說作家

他說：「小說家有三個條件。第一，他的編故事的技巧。第二，他的散文。第三，他的啟發別人的能力。……要成為好小說家，還要具備第三種能力，那就是啟發別人的能力。這個小說家要能在生活中探討人生的意義，要能提升讀者的心靈，使讀者進入較高的人生境界，使讀者領悟了一點兒什麼。[47]又說：「一個小說家是一個『永恆的觀察者』，因為他必須不停的『尋找』。」[48]又說：「好的小說家批評人生並不採用議論的形式。他把議論化成藝術的形象，讓藝術形象組成更深刻的批評。」[49]

（二）翻譯家

林先生說：「一個翻譯工作者要達到『信』、『達』、『得體』這三個要求，最好具備三個條件：一、熟悉原作品所使用的那種外國語言。不但要熟悉那種語言的語音構造、語詞構造、語法構造，而且要熟悉那種語言的文化背景。……二、熟悉跟原作品性質相同的那一類作品，包括用原作品那種語言寫的，跟用本國語言寫的。……三、熟悉本國語言，意思就是：

[44]林良，〈從詩到兒童詩〉，《淺語的藝術》，頁 164。
[45]林良，〈童話的特質〉，林文寶主編，《兒童文學論述選集》，頁 132。
[46]同前註，頁 134。
[47]林良，〈尋找一個故事〉，林文寶主編，《兒童文學論述選集》，頁 44。
[48]同前註，頁 46。
[49]林良，〈少年小說的任務〉，《淺語的藝術》，頁 184。

能夠用本國語言寫作。」[50]又說：「翻譯者在追求『信』、『達』、『得體』的時候，是以『本國語言不受破壞』為先決條件。如果為了翻譯而支解本國語言，那種翻譯是不該進行下去的。——得到讚美的翻譯，通常那語言仍然是得體的本國語言，只是那內容是外國的內容。『看不出是一篇翻譯』這樣的讚美的真正含義就是：『他運用本國語言運用得多麼出色！』」[51]又說：「翻譯者必定會在外國作品中遭遇到陌生的外國觀念，是本國語言所沒有的。翻譯者會被迫『創造新詞』。在『創造新詞』的時候，翻譯者不要只顧到『視覺辨認』的方便而忘了更緊要的『聽覺辨認』——理想的『造詞』，應該是『聽』得清楚，而且不會跟其他語詞聲音相混的。」[52]

（三）批評家

林先生認為：「現代的文學批評，重視的是『對作品的闡釋』，也就是對『創作活動的闡釋』。一個批評家在批評一部作品以前，必須對那部作品進行『最精到的閱讀』。他要一遍一遍的讀那部作品，直到他領會得夠多，甚至發現了許多原作者不自覺的特色，然後才動筆分析那部作品。」[53]又說：「儘管一個兒童文學批評家的基本任務實在是『鼓勵欣賞』，現在我們不得不要求他也參加『鼓勵創作』的工作。他能做到兩件事是：一、對國外傑出的兒童文學創作來寫文學批評。二、為國內已露『曙光』的兒童文學創作寫『善意的建議』。——為了鼓勵創作，兒童文學批評家還有一件事情可做，那就是為國內的作品寫『善意的建議』。批評家可以努力發掘國內兒童文學創作的美質，加以褒揚。」[54]

參、結論

根據以上的探索，本人發現林先生對兒童文學的創作理念是明確而清

[50]林良，〈熟悉的語言新穎的運用〉，《淺語的藝術》，頁 209～210。
[51]林良，〈熟悉的語言新穎的運用〉，《淺語的藝術》，頁 213。
[52]林良，〈熟悉的語言新穎的運用〉，《淺語的藝術》，頁 214～215。
[53]林良，〈精到的閱讀〉，《淺語的藝術》，頁 218。
[54]同前註，頁 220～221。

楚的，他不但強調兒童文學必須具備文學的基本要素，同時更處處從兒童讀者的立場出發，追求的是理想的人生，更要求作品應具有遊戲性、趣味性和淺語的藝術，這一切都跟成人文學只追求藝術和反映人生不同。至於各種分類作品，他也根據不同性質的作品，發表不同的意見。例如：童話，他認為童話不限於「人的社會」而是更大的「天地萬物的社會」。不過站在創作者的立場，他認為兒童詩、小說、都不能用形式來限制，而是應走出個人的風格、特質；兒童劇則須強調「兒童眼中的世界，和想像中的世界」。這一切都在強調文學對兒童的啟發和教育。

本篇論文，只從林先生部分理論作品去探討，尚未能從創作中去一一印證，若有機緣，當更深入，相信收穫更多。

參考書目

・林良，《淺語的藝術》，臺北：國語日報社，1997 年 5 月，第一版第七刷。

・林文寶主編，《兒童文學論述選集》，臺北：幼獅文化，1989 年 5 月。

・張雪門等，《兒童讀物研究》，臺北：小學生雜誌社，1965 年 4 月。

・林良等，《童詩五家》，臺北：爾雅出版社，1985 年 6 月。

——選自《兒童文學資深作家作品研討會——林良先生作品討論會論文集》
臺北：行政院文建會，2000 年 10 月

評林良的兒童故事作品
兼論故事化處理技巧

◎洪文珍*

書　　名：大白鵝高高
作　　者：林良
繪　　圖：呂游銘
出 版 者：臺灣省政府教育廳
出版時地：民國 60 年 12 月 31 日臺中縣
規　　格：20.5cm×17cm
頁　　數：36 頁
類　　別：故事
適用年齡：二年級

書　　名：汪小小學畫
作　　者：林良
繪　　圖：吳昊
出 版 者：臺灣省政府教育廳
出版時地：民國 69 年 11 月臺中縣
規　　格：20.5cm×17cm
頁　　數：36 頁
類　　別：故事

*發表文章時為臺東師範學院（今臺東大學）語文教育學系副教授，現已自臺東大學語文教育研究所教授職退休。

適用年齡：低年級

書　　名：小鴨鴨回家
作　　者：林良
繪　　圖：陳英武
出 版 者：臺灣省政府教育廳
出版時地：民國 65 年 11 月 30 日臺中
規　　格：20.5cm×17cm
頁　　數：36 頁
類　　別：故事

書　　名：第二隻鵝
作　　者：林良
繪　　圖：
出 版 者：臺灣省政府教育廳
出版時地：民國 65 年 11 月臺中
規格：20.5cm×17cm
頁　　數：
類　　別：故事

書　　名：貓狗叫門
作　　者：林良
繪　　圖：朱海翔
出 版 者：臺灣省政府教育廳
出版時地： 民國 70 年 6 月 30 日
規格：20.5cm×17cm
頁　　數：76 頁

類　　別：故事

書　　名：金魚一號‧金魚二號
作　　者：林良
繪　　圖：陳雄
出 版 者：國語日報出版部
出版時地： 民國 65 年 4 月臺北市
規　　格：20.5cm×17cm
頁　　數：48 頁
類　　別：故事

書　　名：家具會議
作　　者：林良
繪　　圖：曹俊彥
出 版 者：臺灣省政府教育廳
出版時地：民國 76 年 6 月 1 日臺中
規　　格：20.5cm×17cm
頁　　數：44 頁
類　　別：故事

一、前言

文學作品結構的形式有很多種，其中之一是故事。故事化是一種使用得很普遍，而且能激起並把握讀者興趣的文學技巧。凡能把故事說得緊湊動人，使讀者覺得自己生活於其中，讀者自然而然會接受作者所傳的主題與感情。

兒童很喜歡聽故事，因此故事化也廣泛用於兒童讀物中。漫畫、圖畫故事、小說類的讀物，均逃不出故事，非小說類（知識性讀物），也往往將它故事化。因為直接傳述，引不起小孩子閱讀的興趣，將知識與概念，溶在生動的故事中，隨著情節的進展，兒童在不知不覺中，接受了作者所傳達的概念。

林良先生寫兒童讀物，對淺語的掌握與運用已達爐火純青。在作品中，很能把握兒童的心理，並對兒童有所啟示。因此，不只是小孩子喜歡閱讀，就是大人，也愛不釋手。林良先生的感性甚佳，是個優秀的散文家。筆者想進一步知道，他是否也是個編故事的能手。從故事化這個角度剖析他的作品，將可得到答案。

二、故事化的三個要素

故事化的三要素是：1.人物；2.情節；3.步度。人物是構成故事的主體，故事能否動人，主要決定於人物，因為我們得靠人物來表演。也只有人物寫活了，才能賦予故事與情節以意義和價值。讀者所以會對故事感興趣，是因為他同情與關切人物，想知道人物說什麼，想做什麼，他們命運又怎麼了。作家在現實社會中，從事精密的觀察，找到值得一寫的人物，選擇他的主要性格，他的情緒反應方式，思考方式，生活方式，他的生理特徵與心理特徵等。然後安排故事，透過情節的開展，彰顯人物的個性。

故事和情節都是小說結構形式之一。佛斯特認為故事是按時間順序安排的事件的敘述，情節也是事件的敘述，但重點在因果關係上。趙滋蕃先生對這兩個術語，作了一個巧妙的比喻，情節像包裝好了的故事；而故事，卻像未包裝的鬆散情節。此處所謂包裝，是指對一序列事件，予以有效的安排、調整、剪裁與聯貫之意。林良認為故事的含義是：由許多「事情」組成的有機體。這種有機的排列應指「情節」。這是筆者對「故事化」的解釋，必須把「故事」化作「情節」，方能成為具藝術價值的好作品。

關於情節，下列兩種解釋最簡明，也普遍為小說理論家接受。

（一）亞里斯多德：情節等於衝突加解決

（二）佛斯特：按照因果關係，而安排的「事件群」的敘述

亞里斯多德講的是情節構成的基本要件，以及一張一弛節奏感的形成，指向內容。佛斯特講的是情節構成的基本方式，「事件群」集合的客觀規律，指向形式。這兩種解釋，同樣可以滿足讀者的好奇心，回答讀者們追問「為什麼」的要求。

所謂步度（Pace）乃指情節進展的節奏。一般來說，寫給少年看的小說，步度宜快速，讀者的年齡越小，步度越快。說給兒童聽的故事，或寫給兒童看的故事，都不宜花太多的時間去描述人物與場景，如果穿插太多的思緒刻劃或冗長的說明，小孩子馬上會出現不安的扭動或跳讀。寫給兒童看的讀物，（尤其是低年級的），更要注意多用動作，少用描繪、說明，這樣故事的進展才會明快。

三、林良筆下的人物

小說家最重要的本領是創造人物，為人物塑造與眾不同的個性。兒童文學作家在故事化的作品中，仍須將人物寫成特殊的個人，方能予讀者真切、生動的感覺，留下深刻的印象。

林良故事化的作品中，能予人深刻印象的人物只有汪小小、大力王五、大白鵝高高。汪小小，人符其名，小得騎小白狗，小得讓大人一手握住抓起，小得可以裝在鳥籠裡。就因為他這麼小，可以用來耍把戲，所以才會叫人起歹心，將他抓去賣。汪小小另一個特性是鎮靜有機智，臨危不緊張不害怕，作者安排被抓去關起來的場面，透過小小的動作與言語來表現這個特性。與小小成對比的是大力王五，身體大，力氣大，一手可以提起一個人，就像提著兩隻小雞。一大一小成為鮮明的對比，這種設計，簡單描繪，予人深刻的印象。

用疊字為人物命名，又與人物的特性相符是林良創造人物的一大特色。除汪小小外，大白鵝高高也是。大白鵝高高，牠的頭和小男孩笛笛的肩膀一般高。而「高高」類似鵝的叫聲，屬於疊音狀聲詞。伸長脖子，「高

高」叫幾聲，張開翅膀，追狗鴿人，顯出高高的威武與神氣。小朋友在岸邊追過來，高高卻在池塘中游過去，由東岸到西岸，再由西岸到東岸，八個小孩都沒法子叫高高上岸，高高真是淘氣極了。最後高高的小主人笛笛將萵苣綁在竹竿的一頭，引高高上岸，這種超出一般小朋友的聰明，也很能吸引小朋友。

小鴨鴨回家，只寫小鴨鴨不聽話，牠為什麼異於其他的小鴨，林先生並未交代，不能予人實感。

金魚一號，金魚二號，兩個小女孩安安和珍珍，爸爸、媽媽均未賦予個性。金魚一號喜歡跳水，金魚二號愛繞圈子，已賦予特性，因為是出自人物之口，也未能予人深刻的印象。不讓金魚活動，不能使人覺得可愛。讀者感到可愛的是安安與珍珍。

第二隻鵝，是由哥哥講弟弟養鵝的故事。弟弟的個性未彰顯出來。大白鵝因為未賦予名字，雖然費了不少筆墨描繪它的威武，但這些直接刻畫，也不能予人獨特的感覺。

《家具會議》，這個懶惰的男人，覺得不做事最舒服，家事一概不做，既髒且亂，是個獨特的人。雖然只有首段和尾段出現，已能給人清晰的印象。如果再為這個男人取個與懶相符的名字，給讀者的印象會更深刻。

《貓狗叫門》、瑋瑋與琪琪只能顯出她們具有愛心，喜歡小動物，能愛貓狗。這也僅止於類型，未寫出個性。

《綠池的白鵝》(《兒童世界》第 2 期，民國 58 年 1 月 15 日出版)，運用不少人物刻畫的技巧，寫出兩隻不同個性的鵝，第一隻白鵝高貴、謙虛、真摯；第二隻鵝和氣、親熱、友愛。前者令小孩子尊敬，不敢去碰鵝毛，後者讓小孩子快樂，喜歡親近。這一篇寫得細膩感人，尤其安排場面，讓第二隻鵝及小孩子自行活動，透過對話、獨白，彰顯兩隻鵝的特性。

林良先生很喜歡寫鵝，對鵝的觀察入微，鵝已經活在他內心中，所以也能活在筆下。稍加變化，就成不同作品。《綠池的白鵝》、《大白鵝高高》

兩本作品，均能就鵝的習性與體態，點明特色，並賦予個性，汪小小，懶惰的男人和白鵝是令林良動心的角色，這四本書都是「因人設事」發展成的作品。

《第二隻鵝》、《貓狗叫門》這兩本則是因事擇人的作品，小孩子養鵝、養貓、養狗是令林良動心的事件。

《小鴨鴨回家》、《金魚一號・金魚二號》則是由主題出發，編造出來的故事。

「因事擇人」寫成的故事，雖然不會是壞作品，但畢竟不易成為藝術價值高的作品。由主題出發，編造故事，更不易寫成好作品。主要的原因是人物寫不活，讀者對作品中安排的故事也不會感興趣。

四、問題揭示得太晚

寫給中低年級看的兒童文學作品，絕大部分採簡單情節，曲折與變化不會太大。簡單的情節通常包含三部分：首、中、尾三段。在首段中，作家須介紹主要人物，建立時空背景、揭示人物面臨的問題。這些都是讀者進入正式情節之前，所必須強調的事項。到了中段，讀者很清楚問題癥結的所在，此時作家所要做的是：安排細節，增強糾葛，完成最後衝突，故事露出端倪。中段可說是主要人物解決問題的過程。在尾段，作家交代解決問題的辦法，故事正式結束。總之，簡單的情節構成，必須包括問題的揭示與解決。

以下就從簡單的情節構成，來剖析林良先生的作品。

（一）《大白鵝高高》，敘述小男孩笛笛和大白鵝高高的故事，首先介紹笛笛和高高出場，接著安排三個事件：高高嚇走狗及高伯伯，到市場用嘴去鴿萵苣葉，把一筐子萵苣打翻，撒了一地。這三個事件寫出高高的淘氣。第三個事件也是解決問題的伏筆。直到第 19 頁（本書只有 35 頁）才開始揭示問題，第 24 頁「太陽都快下山了，八個小孩子急得不得了，不知道該怎麼辦才好。」這既是高潮也是問題，26 頁開始進入結尾，笛笛想出引高高到岸邊的方法。作者這樣安排，乃是為了彰顯高高的淘氣以及笛笛的聰明。

（二）《汪小小學畫》、敘述汪小小學畫救了他。本書的問題是汪小小被歹徒抓走，關在鳥籠裡，準備賣給耍把戲的人。也是在中間才揭示問題，解決是在汪小小拿起炭筆和紙，畫下簡明位置圖，叫小白帶回給他父親汪王網，汪王網請大力王五追隨小白，救出汪小小。

就問題的揭示與解決，本篇比大白鵝高高安排得好。這兩篇均見衝突，安排人物陷入困境，汪小小較動人心弦，也較吸引小孩子。

《汪小小學畫》，在情節的安排上有兩處不完滿。一是第二個場面，「元宵節」晚上，小小騎小白去看花燈。怎麼突然出現「元宵節」？在時間的銜接上覺得突兀，若在第一個場面先交代快過年了，就不會有這種感覺。另外在結尾並未處置這兩位買賣人口的壞人，小讀者可能會問，這兩位壞人後來怎麼了？

（三）《小鴨鴨回家》是寫小鴨鴨不聽媽媽的話，吃了不少苦頭才回到家，放聲大哭，並說：「以後一定聽媽媽的話」。本書教訓意味很濃，沒有新意而且言已盡。好的作品應含不盡之意於言外，叫人能沉思、回味。例如美國作家 Syd Hoff 自寫自畫的「海豹」（Sammy）寫一隻海豹想走出動物園，看看外面的世界，動物園管理員同意牠出去走一圈，最後牠回到動物園的時候說：「沒有一個地方像家那麼好。」這是作者要告訴讀者的話，雖簡單卻饒有意味，不含教訓。

本書問題揭示較早，解決的過程障礙較多，在最緊張的一刻解決了問題。主人柯大叔突然出現，抱起被野貓追趕的小鴨鴨，送牠回家。這神來一筆，卻令人覺得不自然，也不合理，如果開頭交代柯大叔養了這些鴨子，就不會顯得如此牽強。

寫動物要能寫活，必須安排能顯現這種動物習性的事件，並藉機描寫步態與姿態。林良先生寫《小鴨鴨回家》，卻忽略了這一點。另外在問題的設計上，與其一路有驚無險下去，不如設置一個困境，主要人物生命有了安危，更能吸引讀者的注意與關懷。例如德國作家伯哈德・那斯特（Bernhard Mast）寫的《不聽話的小羊》，故事內容和《小鴨鴨回家》很相似，就作了這樣的安排。

（四）《金魚一號・金魚二號》、本書敘述爸爸仔細觀察，無法分辨兩隻顏色一樣，大小相同的金魚，女兒安安、珍珍告訴他如何分辨。

就情節的畫分而言，本書寫得最好。揭示問題與解決問題的過程，很明顯的表現在首中尾三段。情節的安排自然合理，而且用對話、獨白來開展，首尾兩段寫得較生動。中段，解決問題的過程，平鋪直敘，跳不出如何分辨金魚一號、金魚二號，沒有安排懸疑，吸引不了讀者。就情節的進展而言，中段最弱。中段是作者想達成文學的目標，帶領孩子做想像的活動。為了設法區分金魚一號、金魚二號，爸爸想出為金魚掛金牌子，戴黑、白的帽子，穿綠、黃背心，但都不知如何去做。由於都用敘述，不是用動作來呈現，且小孩子的觀察是自由的、直覺的，對大人的想像不感興趣。況且作者安排安安、珍珍都已知道答案，小朋友感到興趣的是結果而不是過程，林良先生寫得很用心，恐怕達不到預期的文學目標。因為故事說得不生動，不具趣味性，說服力自然降低。

（五）《第二隻鵝》先寫弟弟如何和鵝建立深厚的感情，直到中段的最後才揭示問題。弟弟和大白鵝的感情深厚，當大白鵝走失後，弟弟像失落至寶似的，成天悶悶不樂，任憑哥哥怎麼勸都不開心。解決問題也在尾段，哥哥將大白鵝抬頭挺胸走路的模樣畫了下來，因為神氣畫得很像，弟弟看了就笑了，心情也一天一天的好起來，過年前又有人來賣鵝，弟弟說他要再養一隻鵝。這就是弟弟的第二隻鵝。

在最後才揭示問題，並顯明題目，應是散文的寫法。書名《第二隻鵝》書中卻只寫第一隻鵝，小說家不會這樣著墨。《第二隻鵝》是篇很好的散文，但不是一篇好的故事。

就啟示兒童而言，《第二隻鵝》是一篇很好的作品。心愛的動物（或東西）走失了，還可再買來養，照樣可使自己快樂，不必這樣難過。這一番話，恐怕中、低年級的學生不太能體會出來，就閱讀對象而言，本書更適合高年級的學生。

（六）《家具會議》寫一個懶得做家事的男人，把家弄成大垃圾箱，由綠色大沙發倡議大家動手合作清洗，經過一夜，家具都煥然一新。這個男人回來後，幾乎不敢相信這是自己的家，於是悟出很多道理。

本書也很富啟發性，作者所要告訴兒童的話，見於最後一頁，連續四句獨白，筆者以為點得太清楚，反而沒有餘味。如果只說故事而不明示意義，讓兒童自行想像、推理，體會作者的意思，將更有價值。

在結構上，本書超越單一結構。一個故事，卻出現兩條結構線。家具召開會議，自動清洗是主線，懶惰的男人出去回到家是副線。本書應是講一個懶於清洗衣物、家具的男人覺悟的故事。竟然將近五分之四的篇幅寫家具會議、計劃、行動，主要人物竟然只在開場跟結尾出現。很明顯的，作者寫本書的用意在懶惰男人的覺悟，覺悟的過程卻落入家具的會議與行動，這樣的覺悟顯得突兀與薄弱。

作者寫《家具會議》，最得意的應該是他的想像，各種家具都會飄，本書也當是由此構想發展成的。不可否認，這是很獨特的想像，由於描述生動，很能引起小朋友的興趣。這個想像有趣，但不太能顯示意義，只好選一個懶惰的男人來填首尾，這樣就令人有硬湊上去的感覺。就這個男人而言，他並沒有悔悟的動機，問題出在那裡，還不知道呢！

《家具會議》的主題與寫作重點不能密切配合，因此不能收到效果集中。讓我們看一篇主題與此相近的作品，美國作家唐‧佛利曼（Don Freman）寫了一本《不愛理髮的人》，這本書情節的安排就很巧妙，作者選擇哈巴狗、剪刀、修剪樹木，三個和修剪有關的場面，「小拖把」以為該理髮的是哈巴狗、草地，該修剪的是樹木，而不是他的頭髮。最後溜進雜貨店，躲到放拖把的一角，一個忘了帶眼鏡的近視老太太來選拖把，抓起「小拖把」的頭髮，「小拖把」大叫「放手！」「我不是拖把，我是小孩。」這下子，小拖把才下決心，跑入理髮廳理髮。作者安排情節來彰顯主要人物，把握修剪這條線，使得結構緊密，效果集中。

（七）《綠池的白鵝》寫兩隻有個性的鵝，第一部分介紹竹林出來的白鵝——高貴、令人尊敬。第二部分介紹灌木中出來的白鵝——親切，令人覺得溫和。第三部分，兩隻鵝鼓起勇氣，去邀對方住在一起。兩隻鵝互敬互愛，遂成為一對美麗的白鵝。本文側重描述個性，故事性也較弱，問題也是最後才呈現。情節呈靜態進展，沒有曲折。

（八）《貓狗叫門》寫瑋瑋和琪琪姊妹收養貓、狗的故事。這對姊妹很喜歡小動物貓和狗，爸媽卻反對在家裡養貓狗。衝突就發生在此，過程只是女兒盼望留下貓狗，媽媽卻把貓狗逐出門外，貓因為跳到桌上舔菜，被放逐出去，最後收留會看門的小白狗。對於問題的揭示也慢了些。由於收養的對象不同，第一隻母貓和五隻小貓被逐走就不再出現，第二次收養的小貓又是另外一隻。由貓再轉向狗，對象改變，較不具單一的效果。

五、節奏緩慢

寫兒童讀物，節奏要求明快，因此宜多用動作來開展情節，描繪個性，盡量刪減不必要的筆墨，也就是少用敘述、說明。而且要避免段落太長。

就這一點來論，缺點最多，讀者較不感興趣的是「第二隻鵝」。全篇只見兩處對話，一段接近一頁的有四處。由於多用敘述、說明，又想將事情交代清楚，自然段落就長，節奏也緩慢下來。其實凡與主要人物不相關的皆可省略，例如開端，賣鴨鵝的鄉下人及媽媽不必浪費筆墨，省作「媽媽給他買了一隻小鵝，弟弟非常喜歡。」不更簡明？

《金魚一號・金魚二號》首尾二段均用動作呈現，中段自 17 至 29 頁，作者描繪金魚的眼睛、嘴、尾巴；又想出給金魚分缸、繫絲帶、戴帽子，連用敘述，步度自然緩慢，也降低了趣味性。

《小鴨鴨回家》，中段開始，描寫小鴨鴨受苦的情狀。「河水流得那麼急，小鴨又沒多少力氣，可是他真下了水，多麼粗心大意……他差點撞到一塊石頭上，好危險啊！……」這是一段優美的詩，但呈現小鴨鴨的驚險，則嫌拖沓，不夠簡明有力。下面在水中的兩段，也不能令讀者捏一把汗。這些都可改寫，使更完美。

《汪小小學畫》，大力王五與汪王網的對話（第 7 頁）可以刪省，因與情節的進展無關。第 11 頁，爸爸講的話也可省，因為情節不往此發展，不必在上面浪費太多筆墨。

《家具會議》，開端連用三頁，直接說明這個男人如何的懶與髒亂。優秀的小說家不會將主要人物的一切，一下子完全抖出來給讀者聽。寫了三頁，留給讀者的印象不如兩位朋友來訪的幾句對話。這頁的穿插，跟中段運用呈現，由家具自行活動，較為鮮活。

最令讀者覺得囉嗦，不簡潔明快的是《貓狗叫門》。雖然讓人物自行活動，但穿插太多的思緒刻畫，過程也寫得過於詳細，很簡單的情節，卻拖泥帶水寫了一大堆，情節不夠緊湊明快，讀者不太容易看下去。

這本書的六個標題，地下室、廚房、橫巷、後窗、大門、客廳等六處均顯不出故事的內容，除地下室可吸引人外，其他五個均不能引起讀者閱讀的動機。另一作品《家具會議》亦訂有小標題，就比較吸引人，也可看出故事的內容。

六、結論

「小說」畢竟與「散文」不同。優秀的小說家必然善於觀察人物、社會，擇取深刻的人物與事件，編一個生動的故事來啟導人類。最後以深厚的散文基礎，運用獨特的語言予以正確傳述。近代小說家必須同時兼具「說故事者」與「演員」的雙重任務。同情的了解別人，使自己和別人打成一片，有觀察入微的心靈能力，乃小說家情感上的大稟賦。不這樣，無法使筆下的人物富有生命。這些條件，也是故事化的兒童文學家所須具備的。

林良優美生動，淺顯有致的散文，真是令人由衷的敬佩。用疊字為人物命名，並與其特性相符，林良有獨到之處，但能活在讀者腦中的人物不多。情節的安排與設計是林良較弱的一環，幾乎每部作品都可找到毛病，沒有一部作品會令人拍案叫絕，讚美不已。至於啟發兒童，林良也很注意，但往往過於明白，甚至流於說教，不能達到言有盡而意無窮，叫讀者深思回味不已。

但不可否認，這些瑕疵，往往被他的語言特色罩住，一般的讀者不易發覺，所以仍然深深喜愛他的作品。

（原刊《兒童圖書與教育雜誌》，第 1 卷第 5 期，民國 70 年 11 月）

——選自《兒童文學評論集》

臺東：臺東師院語文教育學系，1991 年 1 月

現代都市與古典中國
林良詩的兩種面貌

◎徐錦成[*]

壹、前言

不管在成人文學或兒童文學的領域中，林良先生都有相當顯要的成就。以文類而言，涵蓋面更廣及詩、散文、童話、兒歌、論述及翻譯等。要研究如此豐富的林良作品，研究者若非下過一番功夫，實在很難面面俱到。這篇文章，雖然也想討論林良的作品，但並沒有太大的企圖。筆者將研究範圍集中在「林良的詩」，希望藉著本文的討論，有助於讀者深入欣賞林良詩中的兩種面貌——現代都市與古典中國。

不管寫詩者同不同意，詩，可以分為「成人詩」與「兒童詩」確是眾多批評者的共識。林良寫詩，具體的說，他寫成人詩，也寫兒童詩。

1968 年 6 月，林良出版了他的第一本童詩集《動物和我》；1973 年 8 月，又以筆名「子敏」出版了第二本童詩集《今天早晨真熱鬧》；這兩本書都由「臺灣省政府教育廳」所出版。

這兩本詩集，其實可以說是兩首「組詩」。《動物和我》歌詠了一堆小動物（公雞、火雞、鴿子、小麻雀、馬、鴨子、貓、螢火蟲、水牛、山羊、白兔、老鼠、金魚、狗、綠毛蟲及猴子）；《今天早晨真熱鬧》則以「鄉下」為主題，帶出「風」、「太陽」、「母雞」、「小雞兒」、「鳥兒」、「蜜蜂」、「鴿子」、「鴨子」、「火雞」、「牛」、「羊」、「豬」、「狗」、「貓」與「孩

---

[*]發表文章時為臺東師範學院（今臺東大學）兒童文學研究所碩士生，現為高雄應用科技大學文化創意產業系副教授。

子」等副題。林良這兩本「年代久遠」的「少作」，已出現注重押韻、用字淺顯等特色。事實上，這些特點在往後的林良詩作中仍然顯而易見。林良初試啼聲，成績不俗。然而，或許是受限於「小學生補充教材」的定位[1]，比諸林良日後的作品，這兩本「寫貓寫狗」（借用林良一篇文章的篇名）的詩集，內容其實並沒有什麼深度。

1980 年代以後，林良的詩較有規模的發表，共有四次。

那一次是 1985 年 6 月「爾雅」出版的《童詩五家》這本書，這本書是個合集，共收錄林良、林煥彰、林武憲、謝武彰、杜榮琛等五位詩人的詩作，其中林良的「童詩」共收 29 首。《童詩五家》出版不到一年，1986 年 5 月，林良便出版了一本名為《兒童詩》的個人詩集，這本書是僅有 32 頁的小書，收詩 15 首，因為採用大開本（16 開本）、彩色插圖、精裝版等印刷方式，因此也有人也將它視為「圖畫書」。

1993 年 8 月，由林煥彰主編、民生報社出版的《借一百隻綿羊——一九九三年海峽兩岸兒童文學選集‧臺灣童詩卷》，內收詹冰、林良等 20 位詩人的詩作各若干首，其中包括林良的童詩 13 首，可算是林良作品第三次較具規模的呈現。而同年 10 月由「國語日報社」出版的《林良的詩》，是林良的第二本詩集，收詩 38 首，則可說是林良至今最近、也最富質量的一批詩作。

以上所列這四本詩集（兩本專集、兩本合集），可說是現今要探討林良詩的最重要文本。但話說回來，這四本詩集中，詩作重複收錄的情況不少，林良的詩，嚴格說來並不算多。[2]

---

[1]《動物和我》的封底，標示適讀年齡為「一年級」；《今天早晨真熱鬧》則標示為「二年級」。

[2]《童詩五家》收詩 29 首，分別是〈蘑菇〉、〈煙斗〉、〈星星和月亮〉、〈夢〉、〈風車〉、〈蜻蜓〉、〈刺蝟〉、〈晚上〉、〈小船〉、〈風鈴〉、〈母牛〉、〈小船〉、〈鵝〉、〈雲和月〉、〈金魚〉、〈蝸牛〉、〈夏天的蟬〉、〈菊花〉、〈小狗〉、〈媽媽〉、〈白鷺鷥〉、〈大雨傘〉、〈海水浴場〉、〈社區〉、〈荷花池〉、〈落葉〉、〈樹〉、〈小雨傘〉及〈金魚的舞步〉。

《兒童詩》收錄 15 首，分別是〈小船〉、〈蜻蜓〉、〈風鈴〉、〈家〉、〈蝸牛〉、〈煙斗〉、〈星星和月亮〉、〈大狗和小狗〉、〈看〉、〈木偶〉、〈樹〉、〈電梯〉、〈豆芽〉、〈家〉及〈書〉。其中〈小船〉、〈蜻蜓〉、〈蝸牛〉、〈煙斗〉、〈星星和月亮〉等五首已見於《童詩五家》一書；而〈風鈴〉和〈樹〉這兩首，與《童詩五家》中所收的〈風鈴〉和〈樹〉亦僅有幾個字的更動，可視為前作的「修訂版」。

而從這四本詩集來看，我們可以發現，其中有三本——《童詩五家》、《兒童詩》、《借一百隻綿羊——一九九三年海峽兩岸兒童文學選集・臺灣童詩卷》——都在書名或副書名上註明出「童詩／兒童詩」這樣的字眼，唯一沒作此種標示的書，是《林良的詩》這本詩集。這本詩集所收錄的 38 首詩，不管就主題、內容、語言來看，林良確實並未將讀者設定／局限為兒童。但正由於林良以「兒童文學家」知名，熟稔兒童文學箇中三昧，因此，這本「不（專）為兒童所寫」的詩集，意義就更為特殊。

此外，這本詩集還有一個特殊之處，就是在每一篇詩作之後，都附有一篇一、兩百字的「賞析」文字，且執筆者均為詩壇名家[3]。有趣的是，這些「賞析」文字中，有一部分確實具有「為兒童賞析」或「將這些詩視為兒童詩」的性格或傾向[4]。但歸根究柢，這些「賞析」文字畢竟出自他人之手，並不能代表林良本人的意見。

筆者寫作此文，事先並未設限「僅」討論林良的「兒童詩」或「成人詩」，但必須說明，本文所談的幾首詩，全部出自《林良的詩》這本詩集，這本書共收錄 38 首詩，並依主題的相近分為七小輯，依序是「城市裡的日子」、「鄰家的小孩」、「詩神」、「一杯茶」、「金魚」、「等待牽牛花」與「田

《借一百隻綿羊——一九九三年海峽兩岸兒童文學選集・臺灣童詩卷》收詩 13 首，分別是〈絲瓜〉、〈葡萄〉、〈駱駝〉、〈牽牛花〉、〈獅子〉、〈啄木鳥〉、〈蝸牛（一）〉、〈蝸牛（二）〉、〈沙發〉、〈貝殼〉、〈野貓〉、〈午睡〉及〈路燈〉。其中除〈絲瓜〉一首外，其餘 12 首後均收錄在《林良的詩》一書中。

《林良的詩》收詩 38 首，並依主題分為七輯。依序是第一輯「城市裡的日子」，收錄〈城市裡的日子〉、〈金星〉、〈廚房〉、〈聽〉、〈聲音〉、〈半夜〉、〈候診室〉、〈公共汽車〉等八首。第二輯「鄰家的小孩」，收錄〈鄰家的小孩〉、〈那個孩子〉、〈我們常常害怕〉、〈計程車〉、〈爸爸回家〉等五首。第三輯「詩神」，收錄〈詩神〉、〈看月〉、〈書〉、〈貝殼〉、〈風鈴〉等五首。第四輯「一杯茶」，收錄〈一杯茶〉、〈沙發〉、〈午睡〉、〈路燈〉等四首。第五輯「金魚」，收錄〈金魚〉、〈駱駝〉、〈野貓〉、〈啄木鳥〉、〈蝸牛（一）〉、〈蝸牛（二）〉、〈獅子〉等七首。第六輯「等待牽牛花」，收錄〈等待牽牛花〉、〈牽牛花〉、〈荔枝〉、〈葡萄〉等四首。第七輯「田園」，收錄〈田園〉、〈溪水〉、〈初夏〉、〈雨〉及〈下雨天〉等五首。

[3]這些詩人包括許悔之、高大鵬、蕭蕭、白靈、陳木城、林煥彰、陳斐雯等人。每人撰文若干篇。此外，本書「序文」〈紅塵無礙，自在自得——林良先生寫詩印象〉的作者為詩人陳義芝。

[4]例如高大鵬在賞析〈我們常常害怕〉這首詩時，說這首詩「充滿童趣」。（頁 24）陳木城賞析〈計程車〉時也談到：「大人的世界，有時候小孩子是無法了解的。」（頁 26）林煥彰賞析〈葡萄〉，更讚嘆：「林先生懂得孩子們的想法。他用最簡單的文字就捉住了他們的心。」（頁 76）等等。

園」。而究竟這些詩該算是「兒童詩」或「成人詩」，原本就非本文的重點，囿於篇幅，本文亦將不作這方面的探討。

貳、現代都市

《林良的詩》的七輯詩中，第一小輯就是「在城市裡的日子」。這一小輯收錄了八首詩，依序是〈城市裡的日子〉、〈金星〉、〈廚房〉、〈聽〉、〈聲音〉、〈半夜〉、〈候診室〉及〈公共汽車〉。而這八首詩之所以湊在一起，理由便是他們共同的主題——現代都市。

〈城市裡的日子〉是全書的首篇：

大電影院裡有
白天裡的黑夜，
大體育館裡有
黑夜裡的白天。
在大火車站裡活躍的
那群螞蟻，
並不看見歸鴉才回家，
並不聽見雞啼才出門。
我們只關心有電沒電，
並不關心窗簾背面的
太陽月亮星星。
只有鐘的馬啼聲
使我們振奮，
只有日光燈
象徵我們的耕耘。

這首詩共有 15 行，中間雖未分段，但依內容來看，我們可以將這首詩分為兩部分，第一部分是前八行，第二部分是後七行。

前四行運用「光」與「暗」的強烈對比，筆法簡單但內蘊深刻地描繪出城市生活的特色，下筆頗見功力。但第六行將都市裡的人群露骨地譬喻為「螞蟻」，未免含蓄不足。前八行可說是詩人客觀的描述，詩人並未將自己的角色帶入詩中。

但第九行出現了「我們」這樣的字眼，讀者便知，詩人自己其實也是在都市紅塵中打滾的一員。從最後四句「只有鐘的馬蹄聲／使我們振奮，／只有日光燈／象徵我們的耕耘。」可見，這首詩的基調明朗、樂觀。也幸虧如此，才使得我們讀詩，不至於對詩人產生「可憐身是眼中人」的感概。

〈金星〉是另一首描繪都市生活的佳作：

我在
月亮已經落下
太陽還沒升起的
清晨，
開門到院子裡去
撿報紙
拿牛奶，
抬頭看見金星在
剛發白的東方
金光閃閃，
在月亮已經下班
太陽還沒上班的
時刻，
在東方的天空值勤。

誠如高大鵬在這首詩的「賞析」中所說的：「這首詩是以現代人的眼光和上班族的心情寫天象」[5]。形容「日升日落」的方法有千百種，但都市裡的詩人丟給我們的是「下班」、「上班」、「值勤」這些現代詞彙。如此寫法，無疑相當「寫實」，而從這裡亦不由令人想起，「寫實」做為一種風格，有時確實與「浪漫」難以調和。

但現實本來就不為「浪漫」而存在。居鬧市，若想享受／感受清風、明月，有時真是需要一些「心遠地自偏」的浪漫。浪漫有了，若再加點想像力，腐朽也能化神奇。林良有首〈聽〉，就充分展現出詩人的浪漫與想像力：

我傾聽
淙淙的
像是從
幽暗的竹林裡
靜靜流出
進入陽光
流過山坡的青草
朵朵的野花
流過岩石
忽然瀉落成
小瀑布
濺起大珠小珠
帶著琴韻琴聲
的
鄰家髒水溝

[5]林良，《林良的詩》（臺北：國語日報社，1993年10月），頁4。

排水的聲音。

若不是最後兩句將我們帶回現實生活，我們幾乎就要相信這是一首清新甜美的「田園詩」了。身處都市中的詩人寫出這樣的詩，雖說本於詩人超凡的想像力，但詩人若非能自在觀想，恐怕是難得有此「詩意」的。陳義芝替這本詩集所寫的「序」，題目叫做〈紅塵無礙，自在自得〉[6]，與我所說的詩人「需要一些『心遠地自偏』的浪漫」，都是這個意思。

此外，像〈半夜〉這首詩，讀來也讓人感到有點「大隱隱於市」的禪意：

公寓抽水機馬達的
吼叫
剛剛停息，
公寓機車群馬達的
吼叫
還沒發動，
這個大都市，
這個大機器間，
半夜裡出現了
現代的古代，
有一陣清風，
有一個月亮，
有一個寧靜的天空。

清風、明月與寧靜的天空，自古有之，所以詩人會說：「半夜裡出現了／現代的古代」。

[6]林良，《林良的詩》，頁 1。

而既然講到「古代」，不妨就讓我們順著這個路子，談談林良詩的另一面貌：「古典中國」吧！

參、古典中國

林良寫過一首〈看月〉：

月亮掛在屋簷
像掛在榕樹梢
像掛在廣播電臺的
鐵塔尖
一樣美。
我們的民族是
一個愛月的民族。
在月色好的日子，
我常常推門去看月
像一個唐朝人
在長安。

林良的詩，精采處常在轉折，或者說得更清楚點，常在轉折之後所迸現的驚喜。前述的〈聽〉是一例，〈看月〉又是一例。

這首詩可分三段來解。第一段是前五行。林良「看月」，不是在山林、田野，而是在現代都市，所以詩中會出現「廣播電臺的／鐵塔尖」這樣的詞彙。但林良「不薄今人愛古人」，所以他會說月亮不管掛在「屋簷」、「榕樹梢」或「廣播電臺的鐵塔尖」，都「一樣美」。六、七兩行是第二段。承上啟下，短而有力，但缺失在不夠含蓄。最後四句則完全點出詩意：「在月色好的日子，／我常常推門去看月／像一個唐朝人／在長安。」簡簡單單的四句，便將我們從「現代都市」帶進「古典中國」。

唐朝是中國詩輝煌燦爛的時代，一個詩人心嚮唐朝，原是極其自然的事。但林良筆下的唐朝之所以與眾不同，乃在於它不僅是一個代表「古典」的意象，更具有奪胎換骨之後的現代風情。

詩人有一首〈金魚〉，前半闋是這樣的：

玻璃缸拘束了水。
水限制了你
活動的領域。
你像一首格律詩，
更像唐人的絕句，
在重重的束縛裡
游出了
種種的水舞。

還有一首〈荔枝〉，開頭也說：

在唐朝，
你騎著搭拉搭拉的快馬
從嶺南飛跑到長安，
愛音樂的皇帝在等待，
美麗的貴妃也在等待。

不管是詠金魚或嘆荔枝，詩人都三句話無忘唐朝、不離中國，原因無他，實乃因為詩人已將「傳統」與「現代」鎔鑄一爐，因此，無事不可中國、無時不是唐朝。

而在林良所有的詩作中，對詩人的「詩觀」以及「古典中國情懷」說得最坦白的一首，無疑首推〈詩神〉：

我的詩神並不是
你用梵娥林的嗓音
呼喚著的那個
繆思啊繆思。
我的詩神是很中國的。
他頭上有些白髮
像荒野有些積雪。
他額上有深深的
思想鑿成的峽谷。
他的神態像——
像騎驢到長安去的杜甫。

「我的詩神是很中國的。」——這句話不僅坦白，簡直是露骨了。如果不是因為我們已經看了好幾首「很中國的」林良的詩，這句話恐怕未必能那麼美、那麼有力、那麼自然。但白靈賞析這首詩時，說它「簡單 11 句即表白了詩信仰的複雜糾結」、「作者對中國文學傳統的篤定信念令人欽佩」，仍是中肯的看法。[7]

肆、結論——兼談林良的「淺語」詩風

詩人蕭蕭在賞析〈公共汽車〉時這麼說：「日常生活所見，沒有一項不可入詩。我想這是林良先生所信守的原則。」[8]環境影響每一個人——當然包括詩人。所謂「情動而言形」[9]，一個人若具詩心，日常生活的確無處不

---

[7]林良，《林良的詩》，頁 32。但白靈在這篇「賞析」中也說：「這是一首有關文學信仰的『宣言詩』。作者對某些詩人以『西方詩神』馬首是瞻頗不以為然，尤其對提倡『非縱的繼承，乃橫的移植』的西化主義者更期期以為不可，乃寫此詩自明。」如此讀詩，犯了「以意逆志」的毛病，以猜測詩人作詩的原始意圖來解詩，這點筆者便無法苟同。
[8]同前註，頁 16。
[9]劉勰，〈體性篇〉，《文心雕龍》。

是詩。林良的詩經常歌詠都市生活，這當然與他自己生活在台北這個大都會脫不了干係。

而詩人的古典文學素養顯然是深厚的，因此，他能「自在自得」地大量運用中國古典詩裡的豐富詞彙與典故來成就自己的詩。而古典涵養之於林良，實亦不僅止令他作詩時能「出口成章」而已，「我常常推門去看月／像一個唐朝人／在長安。」能發此語，顯見詩人與「古典」早已融為一體，不分你我了。

林良詩的兩種風貌——「現代都市」與「古典中國」——大抵便是這樣形成的。

詩人陳義芝在為《林良的詩》所寫的「序」〈紅塵無礙，自在自得〉一文中談到：

> 我讀林良先生的詩，特別能夠感受到那種紅塵無礙自在自得的難言之趣。他的詩近乎「成詩為寫心」的邵康節，也同讀其詩可知其道的白居易相通。[10]

說林良的詩「紅塵無礙，自在自得」，實為中允之論。而以邵康節、白居易比諸林良，則更是一針見血之見。我在談〈城市裡的日子〉、〈看月〉、〈詩神〉等詩時，幾番提到林良的詩「露骨」、「不夠含蓄」，說得清楚一點，林良詩的特色之一，便是太過「白話」（淺白）了。白居易的詩「婦孺皆曉」，事實上林良的詩也不遑多讓。

眾所周知，林良曾經提倡「淺語的藝術」。所謂「淺語」，依林良自己的說法，「也就是國語裡比較淺易的部分」[11]，「所有的文學作品，都是用藝術技巧處理過的『淺淺的文字』」[12]。如果「淺語」是林良大半生的寫作歷

---

[10]林良，《林良的詩》頁 2。
[11]林良，〈兒童文學——淺語的藝術〉，《淺語的藝術》（臺北：國語日報社，1973 年 8 月），頁 23。
[12]林良，〈兒童文學——淺語的藝術〉，《淺語的藝術》，頁 28。

程所孜孜矻矻追求的，則求仁得仁，夫復何言？況且，許多現代詩正因為晦澀、複雜、艱深等「特色」而未能廣迎讀者，林良的淺白詩風，誰曰不宜是一帖良藥？

但「婦孺皆曉」的「淺語」詩是否就可稱為好詩呢？這恐怕就不是詩人自身的主觀意願所能定論了。林良的詩若說仍有令人遺憾之處，該在於此。他的詩太過淺、太過白，多了一些露骨的表態，少了三分含蓄的詩意。要改正這樣的缺失，則林良要學習的榜樣恐怕不該是白居易，而是他心目中的「詩神」杜甫吧！[13]

參考書目

・林良，《林良的詩》（臺北：國語日報社，1993 年 10 月）。

・林煥彰主編，《借一百隻綿羊——一九九三年海峽兩岸兒童文學選集・臺灣童詩卷》（臺北：民生報社，1993 年 8 月）。

・林良文；陳聆圖，《兒童詩》（臺北：國語日報社，1986 年 5 月）。

・林良，林煥彰，林武憲，謝武彰，杜榮琛合著，《童詩五家》（臺北：爾雅出版社，1985 年 6 月 20 日）。

・林良，《淺語的藝術》（臺北：國語日報社，1973 年 8 月）。

・子敏文；郭吉雄圖，《今天早晨真熱鬧》（臺北：臺灣省政府教育廳，1973 年 8 月）。

・林良文；賴宏基等圖，《動物和我》（臺北：臺灣省政府教育廳，1968 年 6 月）。

——選自《兒童文學資深作家作品研討會——林良先生作品討論會論文集》
臺北：行政院文建會，2000 年 10 月

[13]林良先生在〈兒童文學——淺語的藝術〉一文中，列舉了幾位唐朝詩人的作品說明「淺語」，包括杜甫、韋莊、李商隱、李白、白居易等。關於杜甫，林良的看法是：「杜甫的詩的內容是以日常生活裡的瑣事做基礎的，他的語言也都是當時的淺語。杜甫詩的好，好在他所運用的文學技巧。……杜甫的藝術，實在是動人的『淺語的藝術』。」（見《淺語的藝術》，頁 25）但這點筆者無法認同。杜甫的詩風與白居易絕對無法相提並論，「秋興八首」的繁複意象，在白詩中決不可見，事實甚明。林良先生籠統地將五位詩人都歸納在「淺語」的旗幟下，實在有待商榷。

林良先生兒歌創作研究

◎林武憲

前言

林良先生從 1950 年代開始為兒童寫作，他活到老，寫到老，不但寫得久，寫得多，也寫得好。他寫圖畫書、寫故事、寫童話、寫小說、寫劇本、寫詩、寫散文、寫兒歌。他不斷的寫，寫，寫，寫了兩百多本書。林淑芬在〈林良的兒童文學作品研究〉結論說「這些創作作品中，以兒歌的數量最多」[1]除了數量最多以外，可能也是他的兒童文學作品中最有成就的一項。本文探討他對兒歌的看法，從兒歌的題材、內容到形式、整理分析其類型、表現手法與特色。

林良的兒歌資料

林良於 1946 年來臺，先在國語推行委員會工作，1948 年 10 月 25 日《國語日報》創刊，轉到《國語日報》，1953 年 8 月 22 日起主編兒童版，1959 年 9 月 1 日，林良開始發表〈看圖說話〉，天天見報。〈看圖說話〉是先從各種雜誌畫刊剪集圖片，「再根據兒童對圖片可能有的感受撰稿。字數多少是不一定的」，有一句話的，有一段話的，也有不少成篇的兒歌。〈看圖說話〉於 1962 年 1 月印行第一輯十本，每本有 30 篇，其中兒歌數量不等。第三冊全部都是兒歌。1962 年和 1971 年又印行第二輯、第三輯。

[1]見林淑芬，〈林良的兒童文學研究〉（臺北市立師範學院應用語文研究所碩士論文，2000 年 6 月），頁 338。

1975 年印行《我會讀書》，也是十冊，不一樣的是，每冊按題材分類。如第一冊是《我愛小狗》，第二冊是《白兔・貓・老鼠》，第九冊是《好吃的・好玩的》，第十冊是《花・海》。1997 年又印《林良的看圖說話》，有 100 首兒歌。如果把四十多年來已經發表的，已結集的 41 本和沒有結集出版的，從中挑出兒歌來，那一定是非常驚人的數量。現在以第三冊的《看圖說話》做代表，來看看林良已印行的兒歌集。

書　名	出版單位	出版日期	篇數
看圖說話③	國語日報社	1962.01	30 首
小動物兒歌集	將軍出版社	1975.10	20 首
我會讀	快樂兒童漫畫週刊社	1979.06	48 首
你幾歲	信誼出版社	1985.01	11 首
犀牛坦克車	親親文化出版社	1988.08	13 首
林良的看圖說話	國語日報	1997.07	100 首
鱷魚橋	臺灣麥克出版社	1998.02	15 首

《鱷魚橋》有 12 首跟《林良的看圖說話》相同，所以實際的篇數是 225 首。就已出版的部分來看，如果仔細分析統計，應該有五、六百首以上。

林淑芬的〈林良的兒童文學作品研究〉不將早期的《看圖說話》列為兒童作品，而把《從小事情看天氣》當作兒歌。事實上，《從小事情看天氣》是韻文沒錯，有兒歌的樣子，只是少了兒歌的味道，不太能引起美感，可不可以算兒歌，是值得商榷的。

林良寫兒歌，也譯兒歌。如果翻譯是一種「再創作」的話，似乎也應列出他翻譯的兒歌集：

書　　名	出　版　單　位	出版日期	頁　數
青蛙先生的婚禮	國語日報社	1966.08	30 頁
香菜阿姨兒歌集	純文學出版社	1978.04	48 頁
老鼠阿斑兒歌集	純文學出版社	1978.04	48 頁

本文要探討的兒歌，也包括沒有列入統計的，其他《看圖說話》或《我會讀書》裡的作品。

林良對兒歌的看法

林良對兒歌的看法，表現在慈恩兒童文學營童詩兒歌專題的講課〈詩・童詩・兒歌〉以及後來的兒歌寫作經驗談——〈觀察和思考〉裡。他說：古代的「童謠」，是一種純粹的「成人文學」。現代人心目中的「兒歌」，是指幼小時跟著祖母、母親，或者女性長輩，一句一句學來的「歌仔」。兒歌的傳統，強調對「人間生活」的描述。「對兒童的最佳形容是：為幼兒寫的有律動、有韻腳，而且含有遊戲性的作品。」

他認為「兒歌的特色是句子簡短，節奏分明，具有押韻的趣味」，「特別重視語言的律動，句末的押韻、重疊的趣味，本質上是一種遊戲」。

談到兒歌的創作，他說：句子要短，每行最好是三個字到五個字，要有律動感。要適當的運用狀聲、疊字和押韻，要具有喜感，要跟兒童生活有關。他又說：兒歌的難，難在「又要自然，又要有味」。好的兒歌，應該能把一種趣味傳遞給孩子。……為教學目的或教育目的而寫的「應用兒歌」，最容易忽略「情趣」，但是至少不要放棄對「遊戲趣味」的追求。

以上把林良對兒歌的看法、主張，稍做整理、剪接，以便能有更深入的了解和印證。

林良兒歌的類型

林良的兒歌，數量很多，據估計，至少有 1000 首以上。因為他的「看圖說話」專欄，持續四十多年不斷，已經超過 10000 篇了，而已經出版的，《看圖說話》三輯和《我會讀書》共 40 冊，有 1200 篇，其中兒歌有多少，一直沒有人分析、整理、統計。另外，選輯印行的詩歌集，總數也不到 300 篇，詩的部分，占八十幾首，所以還有等待挖掘、發現的「金礦」。

就已出版的部分來看，從題材、性質、內容、功用來整理、歸類，可以分為以下幾種類型，每類只舉一首為例，以省篇幅。

一、遊戲的

林良很注重兒歌的「遊戲性」，他的兒歌，除了表現遊戲性以外，也寫人或小動物的遊戲，如〈玩球的海狗〉、〈比比誰重〉寫六隻老鼠和一隻小豬坐翹翹板。〈彈鋼琴〉寫兩隻老鼠在琴鍵上跑步。下面一首〈踩高蹺〉：

昨天我很矮，
今天我很高。
我的法寶
　就是踩高蹺。
昨天我很矮，
今天我很高。
你要是不相信，來來來，
比一比就知道。

——《我會讀》，頁 25

二、知識的

林良的兒歌，寫小動物的占多數，這些兒歌中，有不少是知識歌，「希望幼兒能認識小動物的名稱，獲得點滴有關這種小動物的知識」，像《小動物兒歌集》20 首都是知識歌，介紹小動物的名字、形態和習性。如〈蝴蝶〉：

蝴蝶蝴蝶，
你是一個漂亮小姐。
你的花裙很好看，
一定花了不少錢。
你沒有牙齒，
嘴上只有一個小管子。
你把管子伸直，
咕嚕咕嚕喝花汁。
看看花汁已經喝完，
就把那管子輕輕一捲。
你到處飛，
把花朵看成玻璃杯。
我們家的花園，
變成你的冰果店。

這首兒歌，寫蝴蝶很漂亮，像個穿花裙的小姐，也寫蝴蝶沒牙齒，嘴上有小管子，可以喝花汁。

三、逗趣的

林良的兒歌，逗趣、幽默的很多，請看一首〈小白狗〉：

小白狗，
小傻瓜，
站在門口
　　學看家。

客人來了，

　　張嘴咬，

小偷來了，

　　搖尾巴。

——《我會讀》，頁 33

這首兒歌，寫小白狗的傻，後半有顛倒歌的趣味。

《看圖說話》裡有一首寫小糊塗的，他媽媽叫他買四兩油半斤肉，他買的卻是半兩油四斤肉，也很逗趣。

四、教育的

林良的兒歌，也有部分是富有教育意義，但是教育意味並不濃，不是直接說教的，如〈發脾氣〉說發脾氣「倒不如出去跳一跳／跑一跑／還可以鍛鍊身體」。

除了跟品格教育、安全教育有關的外，也有跟健康教育有關的，例如〈咳嗽〉：

咳咳咳咳

　　真難過。

你沒錯，

他沒錯，

只怪自己

　　踢被窩。

咳咳咳咳

　　我的錯。

——《我會讀》，頁 6

五、抒情的

兒歌也可以抒發情感、表現願望，據林淑芬的研究，在《犀牛坦克車》和《林良的看圖說話》中，有 5 首、22 首，占 40%以上，數量也不少。如〈小雞出生〉：

好高興，
我能來到
這個世界上！
一睜開眼，
就看到了亮光，
我的心中，
開始有了願望：
一個願望，
兩個願望，
……………
……………
一百個願望！

——《犀牛坦克車》，頁 13

這首兒歌，寫小雞破殼而出的心情與願望。

六、生活的

林良的兒歌，很多從兒童生活取材，如《你幾歲》裡，跟家庭生活有關的，幾乎占了一半，《林良的看圖說話》中的生活歌，也有四分之一，數量不少。如〈你幾歲〉：

你幾歲？
不知道。

你姓什麼？

不知道。

你住在哪裡？

不知道。

你的名字叫什麼？

媽媽叫我乖寶寶！

——《你幾歲》

這首兒歌，寫幼兒的純真可愛，是幼兒生活中可愛的插曲。

七、童話的

林良的兒歌，有不少是有情節的，有了情節，可以充實內容，發展形式，增加趣味，形成童話歌、故事歌，也有將童話，寓言改寫成的，如〈獅子和老鼠〉、〈老國王〉、〈雞蛋人〉、〈傑克種黃豆〉等。〈傑克種黃豆〉：

傑克種黃豆，

　黃豆長得快，

一天又一夜，

　長到青天外。

傑克爬藤蔓，

　一爬爬上天。

天上有巨人，

　住在大宮殿。

巨人有母雞，

　會下金雞蛋。

傑克偷了雞，

　巨人拼命追。

傑克逃下地，

　砍斷了藤蔓。

巨人掉下來，

　摔了個稀爛！

——《看圖說話③》

八、謎語的

林良在《看圖說話》裡，為蠟燭、雞蛋、盆子等寫過一些謎語兒歌：

一個漂亮的小姑娘，

頭上戴著紅花兒，

身上穿了一件白衣裳。

人家小孩兒，

　越長越高。

這小姑娘，

　越變越小。

想想是誰吧？

　原來是枝小洋蠟！

——《看圖說話③》，頁 15

林良兒歌的句法

林良的兒歌，有形式很整齊，用三字句、五字句、六字句、七字句寫成的。也有三四、四五、四六、五六、三七、三五七等混合形式的，也有以多音節語詞來寫作，每行字數不等，長長短短，打破傳統句法格式，沒有規律的自由式作品。有的兒歌，一行只有一個字、兩個字的，如「咱！」「牛奶／稀飯／還不夠」，也有一行就超過十個字的，如「你穿著關公一樣的綠袍子」(〈螳螂〉)、「再兇的敵人也不敢衝上來」，也有一句十二字分成兩行的，如「你是橫著走出跑道／去找觀眾」(〈螃蟹〉)。《小動物兒歌集》裡，句式上的解放，增加了抒寫的自由和節奏上的彈性，呈現了參差錯落之美。

林良兒歌的句法，可以歸納為齊一式、長短式（混合式）、自由式三種，各舉兩例：

齊一式

〈狐狸和母雞〉

狐狸拜訪母雞，
帶來一份大禮：
是個粗粗麻袋，
裡面裝些穀粒。

母雞看也不看，
狠狠瞪他一眼：
休想拿些穀粒，
來換我的雞蛋！

——《林良的看圖說話》，頁 61

〈鴨子〉

大鴨子，
大腳丫，
八字步，
慢慢跨。
不感冒，
嗓子啞，
笑起來，

嘎嘎嘎。

——《看圖說話》

〈狐狸和母雞〉是較少見的六字句,〈鴨子〉是常見的三字句,兒歌語言的基本形式。前面的〈傑克種黃豆〉是五字句。《林良的看圖說話》中〈白文鳥〉是五字句,〈柳條〉、〈貓咪〉、〈蝸牛先生〉是七字句。林良的兒歌,整齊均衡的其實也不少。

長短式(混合式)

〈小鴨兄弟〉

小鴨哥哥

　　小鴨弟,

兄弟連心

　　感情好。

哥哥說甚麼,

弟弟都說好。

弟弟說甚麼,

哥哥都說好。

從來不知道,

甚麼叫爭吵。

——《犀牛坦克車》,頁 26

〈天鵝〉

黑天鵝,

　　白天鵝,

在水面上

　　輕輕游過。

柳條好像簾子,

天鵝好像訪客。

柳條裡面好幽靜，

進去看看有什麼。

——《林良的看圖說話》，頁 36

〈小鴨兄弟〉是七字句和五字句混合的，〈天鵝〉是三、四、六、七字句混合成的。

自由式

〈螃蟹〉

螃蟹螃蟹，

你的殼兒硬得像鐵。

你拿著兩個大鉗子，

可是你實在沒有膽子。

你看見人就往旁邊躲，

連一句大話也不敢說。

你要是參加賽跑，

大家一定會笑彎了腰。

人家是拼命的往前衝，

你是橫著走出跑道

　　　　去找觀眾。

——《小動物兒歌集》，頁 24

〈白鷺鷥〉

水牛寬大的背，

一直是我

最喜歡的表演臺。

我不會

唱歌跳舞什麼的，
我表演的是
我這身美麗的羽毛
有多白！

——《林良的看圖說話》，頁 9

〈螃蟹〉是用散文句來寫兒歌，打破傳統三五七的句法格式，一行八字九字，末句 12 字排成兩行，想怎麼寫就怎麼寫，非常自由。〈白鷺鷥〉由四句構成，字數是 6、11、10、16 字，排成八行，更是灑脫、自由。

林良兒歌的押韻

在詩歌裡，按一定規律，在句頭、句尾或句子裡使用韻母相同或相近的字，使聲韻和諧優美。就是押韻。一般兒歌的創作，只注意押尾韻，通常是一韻到底。林良喜歡桑德堡、史蒂文生的詩，念過淡江文理學院英文系（1966～1970），受到英文詩歌的影響，也押頭韻、行中韻、頭尾交互押韻。在押韻的形式方面，有連珠韻、隔行韻、交叉韻（交韻）、雙疊韻（隨韻）、連環韻（抱韻）、多字韻，韻的組成方式，多姿多樣。他押韻，力求自然，絕不勉強，必要時要變換韻式或換韻，韻有密有疏，變化多端。

頭韻（句首韻）：在歌行的第一個字押韻。林良的兒歌，在尾韻以外，常常還押頭韻，《小動物兒歌集》就有，在《林良的看圖說話》中較多。

〈壁虎〉
壁虎壁虎，
你喜歡在牆上散步。
你爬牆好像走馬路，
一定是學了中國功夫。
你一伸舌頭，

就能捉住一隻小蚊子。
你一縮舌頭，
蚊子就進了你的肚子。
你吃東西又準又快，
像嘴饞的人
　　在飯桌上搶菜。

——《小動物兒歌集》

〈鴕鳥〉
我的模樣很醜，
。
比起孔雀差太多。
說我的醜丫頭，
。
我沒什麼話好說。
。
可是我的腿很長，
。
跑起來飛快，
只有歐洲的羚羊，
才敢跟我賽一賽。

——《林良的看圖說話》，頁 37

在〈壁虎〉裡，有七行押頭韻。在〈鴕鳥〉裡，前五行有頭韻。

行中韻：在句中押韻，也稱行內韻、內韻。

〈好同伴〉

烏龜夜裡睡不著，

。　　　　　。

出來散步看月亮。

。　　　。

遇到貓頭鷹，

烏龜很高興：

。

我愛看月亮，

你也愛看月亮；

我睡不著，

你也睡不著。

——《林良的看圖說話》，頁 37

這首兒歌的韻式是多樣的，有頭韻，第一節的頭韻是「ㄨ」韻，第二節的頭韻是甲乙甲乙的交叉韻。尾韻方面，三四行「鷹」「興」押韻，五六換「ㄤ」韻，七八行轉「ㄠ」韻，第一二行有行中韻，「烏」和「不」，「出」和「步」相押。

「蓬鬆尾巴搖哇搖」（〈博美狗〉）

「看看行不行」（〈比比誰重〉）

「擔心要翻船」（〈樹葉船〉）

「別急別急沒關係」（〈樹葉船〉）

頭尾交互押韻：

〈黑和白〉

大水牛，

白鷺鷥，

一個黑，

一個白，

兩個合得來。

白的使黑的更黑，

黑的使白的更白。

——《林良的看圖說話》，頁 57

這首兒歌末三行的頭尾，「來」跟「白」，「黑」跟「黑」，就是頭尾交互押韻。二三行的「鷺」和「一」也是通押（中華新韻有「支」韻，中國呂晴飛的《新詩用韻手冊》無，併入「衣」韻，支衣算通押）另外，還有行中韻「歌」韻，「黑」和「白」也有內韻，唸起來很有意思，有繞口令的趣味，非常難得。

人家偏偏說我

做的是輕鬆工作！

——〈稻草人〉，《林良的看圖說話》，頁 34

非洲大羚羊

樣樣都很強。

——〈大羚羊〉，《林良的看圖說話》，頁 30

常常結伴看風景，

靜靜游水不出聲。

——〈鴛鴦〉，《林良的看圖說話》，頁 107

被牠捉到了

可不得了！

——〈小老鼠〉，《看圖說話㉒》，頁 2

多字韻：無論是頭韻、尾韻或內韻，連著兩字以上押韻，都是多字韻。

〈比比誰重〉

一隻老鼠

沒有小豬重。

兩隻三隻

也還是太輕。

四隻五隻

再加上一隻，

總共六隻

看看行不行。

〈比比誰重〉裡，「總共」、「看看」連著兩字有內韻。

〈啄木鳥〉

啄木鳥

敲木頭，

看看木頭好不好；

木頭好，

趕快拿去做桶子。

。。。

木頭不好，

我就幫你捉蟲子。

。。。

「做桶子」和「捉蟲子」連著三字，隔行押韻。

如果從韻的組成方式來看，除了一般的連珠韻（甲甲甲甲式）每行都押的外，還有隔行韻等數種。

隔行韻（甲乙丙乙），也叫隔句韻，隔一行、二行相押。大部分是偶數行入韻，一三行不押，第一行也可入韻。

〈博美狗〉

小博美，

△

長得美，

。

長得好，

屋子裡，

到處跑。

△ 。

叫牠表演

牠也辦得到，

。

前腳搭在矮凳上，

蓬鬆尾巴搖哇搖。

。

——《林良的看圖說話》，頁8

〈不是蚯蚓〉

小孩子，

快放下！

。

用不著搶，

用不著打架。

。

那不是蚯蚓，

吃了不消化。

。

那是人家的鞋帶，

把你的眼睛睜大！

——《林良的看圖說話》，頁 15

〈博美狗〉頭韻「小」和「到」相押，尾韻「好」和「跑、到、搖」相押。其他如〈斑馬〉、〈漂亮的花豹〉、〈媽媽〉都是。交叉韻（甲乙甲乙），也叫交錯韻或交韻，也就是奇數行跟奇數行相押，偶數行跟偶數行相押，頭韻、尾韻都有。

在〈駝鳥〉那首兒歌，第一節一三行的「醜」和「頭」，二四行的「多」和「說」押韻。第二節，「長」和「羊」押，「快」和「賽」押。

雙疊韻（甲甲乙乙），也叫隨韻。林良的《小動物兒歌集》大都採兩行一韻的雙行體方式押韻。《林良的看圖說話》也有押這種韻的：

〈兩條毛蟲〉

一條毛蟲上樹，

一條毛蟲下樹。

他們在樹上碰頭，

覺得好像很面熟。

你長得跟我一樣，

我跟你也很相像。

到底我們誰像誰，

我們算不算同類？

這首兒歌，採兩行一韻，八行有四個韻，韻式為甲甲乙乙丙丙丁丁。

連環韻（甲乙乙甲），也叫抱韻，也就是一四行，二三行分別入韻。

〈小白鵝〉

兩隻小白鵝

。

游到了岸邊，

△

就像：

△

兩條小白船

。

走進了港灣。

——《我會讀》，頁 17

〈小房子〉

草地上

有一間小房子。

白牆，紅瓦，

黃門，綠窗戶。

誰看了都說漂亮，

誰看了誰了誰都想租。

誰在那裡頭住？

。

是大明星，

是小富翁，

△

還是白雪公主？

——《看圖說話》

〈小白鵝〉前四行的頭韻，〈小房子〉末四行的尾韻，都是連環韻。

〈麻雀〉

天上一個太陽，

水中一個太陽。

三隻小麻雀，

站在池邊看。

黑雲遮住太陽，

麻雀嘰嘰叫嚷：

好好的太陽

怎麼只剩一半？

——《林良的看圖說話》，頁 19

這首歌的後面五行，第四行的「看」和末行的「半」押韻，中間三行押另一個尾韻，這是抱韻的變式，韻式是甲乙乙乙甲。同書中的〈河馬和烏龜〉前五行也類似。

雜體韻：各類韻式相雜，如交隨相雜，隨抱相雜等。

〈鴛鴦〉

鴛鴦湖上，

有一對鴛鴦，

常常結伴看風景，

靜靜游水不出聲。

鴛鴦先生

關心鴛鴦太太。

鴛鴦太太

關心鴛鴦先生。

兩顆心，

永遠在一起。

兩個影子，

永遠不分離。

——《林良的看圖說話》，頁 107

〈鴛鴦〉這首兒歌，有雙疊韻（隨韻），有連環韻（抱韻），也有交叉韻（交韻），是隨抱交相雜的雜體韻。

林良兒歌的表現手法

林良兒歌的表現手法，除一般熟知的比喻、擬人、問答、直述的以外，有下列幾種：

一、反覆法

〈母牛〉

叮噹叮噹，

母牛掛著鈴鐺。

叮噹叮噹，

母牛在公路旁。

叮噹叮噹，

母牛在山坡上。

——《童詩五家》

這首兒歌，「叮噹叮噹」再三出現，音韻很美，由近到遠。「母牛在公路旁」、「母牛在山坡上」是事件和句式的反覆。

〈小松鼠〉

小松鼠，

大尾巴。

搖一搖，

嘩啦啦！

大尾巴，

小松鼠，

晃一晃，

呼嚕嚕！

小松鼠，

尾巴大。

小松鼠，

大尾巴！

——《看圖說話㉒》，頁 3

這首兒歌，「小松鼠」、「大尾巴」一再反覆，使松鼠的大尾巴凸顯出來，還有動作和聲音，富有韻律美。

二、排比法

〈金魚跳舞〉

金魚穿了

　　大紗裙，

在水裡跳舞。

跳得那麼輕，

跳得那麼柔，

跳得那麼慢，

跳得那麼好看！

——《犀牛坦克車》，頁 8

這首兒歌，用一連串結構相同的語句，來形容金魚舞姿的美妙。

三、對照法

〈洗澡〉

小康康

　　愛洗澡，

身體乾淨，

　　精神好。

小髒髒

　不愛洗澡，

身體不乾淨，

　精神也不好。

——《我會讀》，頁 22

愛洗澡跟不愛洗澡是互相對立的，放在一起，互相比較，使主題更鮮明、突出。

四、回文法

〈日曆〉

我問你，

　小日曆！

小日曆，

　我問你：

今天是

　幾月幾日

　　星期幾？

——《我會讀》，頁 37

這首兒歌，前兩行的詞序顛倒，造成一種回環往復的效果，增強音樂性。

五、借代法

兩條腿坐著三條腿。

膝蓋上放著一條腿。

忽然來了四條腿，

爬上三條腿，

叼走膝蓋上的那條腿。

兩條腿追四條腿，

搶回來那一條腿。

怎麼那麼多腿？

原來是：

人、凳子、狗，

還有一隻大火腿。

——《看圖說話③》，頁 16

這首兒歌，借人物的部分來代替整體，產生幽默風趣的效果。

在〈鴛鴦〉那首兒歌裡，「兩顆心／永遠在一起／兩個影子／永遠不分離」分別用心和影子來代替鴛鴦先生跟鴛鴦太太，啟發人們的聯想，牽動人們的感情，效果很好。

六、倒裝法

〈青蛙〉

四條腿，

一隻青蛙。

許多腿，

許多青蛙。

青蛙青蛙

開大會。

青蛙青蛙
呱呱呱。

——《我會讀》，頁 46

「一隻青蛙四條腿」變成「四條腿，一隻青蛙」，倒裝後產生了趣味。

七、誇張法

〈小蝸牛〉
小蝸牛
　走得慢，
走半天，
只走了一寸半。
他媽媽叫他
　　回家吃中餐。
他拼命的趕
到了家，
正好趕上吃晚飯。

——《我會讀書⑦》，頁 1

這首兒歌，為了強調小蝸牛的慢，短短的一寸半，他就要走半天，這當然是誇張，本來是要回家吃中餐，卻變成吃晚飯了。

八、層遞法

〈誰在彈琴〉
叮叮噹，
　噹叮叮，
誰彈鋼琴真好聽！

狗騎驢子，
貓騎狗，
公雞站在貓頭頂。
瞧一瞧，
　看個清。
啊！
原來是主人的女兒
——小玲玲！

——《看圖說話③》，頁 30

驢子、狗、貓、公雞疊羅漢，由低到高，有次序，層層遞升，終於看清誰在彈琴了。

九、幻想法

〈恐龍〉
要是我有
　　　一隻恐龍，
我要帶牠去散步，
讓我的同學
　　　　羨慕羨慕。
要是舉行
　　　寵物比賽，
我要帶牠去報名，
讓那些職員
　　　大吃一驚。

——《林良的看圖說話》，頁 52

〈恐龍〉是用幻想的方式，想像自己如果有一隻恐龍要怎樣。

〈長頸鹿〉

我的四條腿實在太細了，

要是能變粗就好了。

我的膀子實在太長了，

要是能變短就好了。

一隻短膀子粗腿的長頸鹿，

走起路來一定很舒服。

——《鱷魚橋》

這首兒歌，想像自己是長頸鹿，對自己不滿意，希望能變好，也是用幻想的方式，創造出來的。

十、摹擬法

摹繪人和物的聲音、色彩、形狀的表現法。

〈犀牛坦克車〉

犀牛老大哥，

像輛坦克車，

轟隆轟隆往前衝。

天也動，

地也動，

嚇得我一顆心

撲通撲通撲通通。

——《犀牛坦克車》，頁 19

〈小布熊〉

小布熊

很可愛：

大大的眼睛，

圓圓的腦袋。

胖胖的身子，

傻傻的樣子。

小孩子看了

　　都喜歡他，

小孩子看了

　　都說他很乖。

——《我會讀書⑨》，頁 28

〈犀牛坦克車〉摹繪犀牛走路和人心跳的聲音。〈小布熊〉「大大的眼睛／圓圓的腦袋／胖胖的身子／傻傻的樣子」描寫小布熊的外形，除了描寫外形外，也有增強韻律的效果。

林良兒歌的主題

林良寫兒歌，有他想要傳達的中心思想。他兒歌的主題，可歸納為愛、美與其他。

一、愛：林良的兒歌，寫母愛、寫手足之情，寫小動物的可愛和小孩對動物的愛心，寫出動物世界和社會良善美好的一面。

二、美：《林良的看圖說話》裡，〈表演〉寫的是海豚，〈白鷺鷥〉寫的是白鷺鷥表演美麗的羽毛，〈漂亮的花豹〉寫花豹怎麼愛漂亮，〈夏天的池塘〉寫荷花展示新款的時裝。〈兩隻黑貓〉寫「月亮那麼美／不許把它吃掉」。〈彈鋼琴〉、〈空中的音樂〉、〈金魚跳舞〉的主題都是美。

三、其他：〈五隻小豬〉寫出豬媽媽的自信，〈鴕鳥〉寫鴕鳥模樣醜，但是對跑步有自信，〈鸚鵡說話〉寫鸚鵡後有自己的語言，〈鱷魚橋〉與小鱷魚為要過河的小老鼠搭橋，寫助人，〈白鴿〉寫環保，〈母雞〉寫兩隻母雞為孩子搶蚯蚓，兩家的小雞說：「媽媽媽媽不要搶／把蚯蚓交給我們／我們知道怎麼分」表現大人要讓孩子自己解決問題。

林良兒歌的特色

一、風貌多樣

林良的兒歌，在分行、排列上，最有特色。在歌行的排列方面，有平頭的、齊腳的、高低的（樓梯式），就整首來看，有均齊的、對稱的、參差的。他擅於利用分行、跨句、空格來調整音節、節奏，也使得形貌變化多端。像七字句的兒歌，有的七字一行，有的七字排成兩行或三行，排成不同的樣子，齊腳的和起伏的。在空格上，有低一格、兩格、三格、四格的，句頭的高低起伏，使句子錯落有致。

〈兔子和紅蘿蔔〉

兔子愛吃紅蘿蔔，
　　紅蘿蔔不錯，
日子好過的時候，
　　　昨天一個，
　　　今天一個，
要是沒有紅蘿蔔，
　　　昨天難過，
　　　今天難過。

〈老國王〉

老國王
　去打獵，

不小心，

　摔下馬，

坐在地上哭，

　哇哇哇哇哇！

黑武士

　來救他：

　　國王國王快上馬！

　　　請你不要哭；

　　　　滿臉的眼淚，

　　　　　不怕人笑話！

——《看圖說話①》

上面兩首，分別是齊腳的和樓梯式的。

〈小甲蟲的家〉

小甲蟲穿了

　　紅花衫，

歡迎你到她家

　　去參觀：

葉子是她的

　　小房間，

全都鋪上了

　　綠地毯。

——《犀牛坦克車》，頁 11

這首兒歌有四句，每句八、九字，排成八行，次行低三格，低三格加上跨行，可以強調語意，增加懸疑性，也讓節奏舒緩，句式更整齊。

〈長頸鹿喝水〉

長頸鹿，

吃樹葉，

伸直脖子張張嘴。

長頸鹿，

要喝水，

八字分開兩條腿。

——《林良的看圖說話》，頁 87

這首兒歌分兩篇，句法是三三七，兩節完全對稱，呼應。

二、語言淺白，風格獨特

林良的兒歌語言，淺白、鮮活、純淨、簡潔，不避新詞，「晨跑」、「時裝」、「模特兒」、「消音器」、「巧克力」、「七四七」、「小跟班」、「中國功夫」、「百萬富翁」、「木偶奇遇記」，都寫進他的兒歌裡。他嘴裡怎麼說，筆下就怎麼寫，像「看看媽媽買了什麼菜」、「我不會／唱歌跳舞什麼的」這樣的句子，並不稀奇。他的兒歌，有不少八、九字以上的長句子，節奏較舒緩。一行從一字到十一字都有，收放自如，卻也有只用五個字就寫成的〈冰淇淋〉：

冰冰涼涼，

涼涼冰冰，

冰淇淋

　　好涼！

涼涼冰冰，

冰冰涼涼，

冰淇淋

好冰！

——《我會讀》，頁 16

這首兒歌，有八行，總字數有 26 字，其實只用了五個字，除了題目「冰淇淋」三個字以外，只有「好」跟「涼」兩字，真是精簡奇妙！

在語言的運用方面，非常簡潔，像「雨傘雨傘／好同伴」省了「我的」。「毛毛蟲／好羡慕蝴蝶／恭恭敬敬／喊一聲姊姊」省了「見了蝴蝶」。「母雞／母雞／好母親」、「小番茄／小弟弟／大番茄／小哥哥」、「小蘑菇／小雨傘／把一把／很好看」，也都有所省略，十分精簡。

三、規模較大，較有深度

一般兒歌，大都在十行以內，林良的兒歌，十行以上的不少。《小動物兒歌集》裡的〈蝴蝶〉有 14 行，〈蜘蛛〉、〈跳蚤〉、〈蟑螂〉、〈蚱蜢〉都是 12 行。

林良的兒歌，淺中有深，有理趣，像「白的使黑的更黑／黑的使白的更白」，像〈貓咪〉:「好想吃魚／沒魚吃／好想吃魚／很難過／拿把剪刀／剪些魚／光是看看也不錯」，改變心情，找事做，也適合中高年級的念。

四、富有音樂美

林良的兒歌，非常注重韻律和節奏，他擅於用韻，韻式特別多，押得很自然，沒有被韻牽著走。他用耳朵創作，注意聽覺意義和是否順口悅耳動聽，也注意語音的輕重，句式的長短。歌行的起伏：疊韻詞、象聲詞的運用，以及詞語句的反覆、回文，像「嚇得我一顆心／撲通撲通撲通通」。增強韻律的效果，富有音樂美。

〈買菜〉

寶寶聽話，

　　寶寶乖，

看看媽媽

買了什麼菜。

紅的紅，

綠的綠，

紅紅綠綠一大籃，

越看越好看。

這首〈買菜〉,「紅」和「綠」的複疊，有很好的效果，不是強調什麼菜，而是注意菜的色彩。有新的角度，新的感覺。

五、富有詩意，歌詩難分

林良的兒歌，富有詩意，與兒童詩沒有很明顯的界限。他在創作的時候，只是把想要表達的那點情趣、意思表達出來，不管它是兒歌還是童詩，他認為那是研究者的事，他並沒有「我現在要寫一首兒歌（或童詩）」的創作自覺。《童詩五家》裡的〈母牛〉，馮輝岳認為是兒歌[2]，另一首〈蝸牛〉「短短的一小時／我已經走了五寸半」，吳宜婷認為「將這首作品歸為兒歌並無不妥」（見其碩士論文，頁 203），林煥彰則認為是詩，見仁見智。

《林良的看圖說話》自序說是一本「有圖的兒歌，有圖的童詩」，序歌「看圖說話／看圖說話／看看圖畫學說話／圖畫細細的看／兒歌輕輕的唸／唸了一遍又一遍／一遍一遍唸不完」似乎又肯定這是一本兒歌集了。

《林良的看圖說話》中的〈柳條〉，林淑芬就認為它是一首童詩，另一首〈睡午覺〉,「也可當作童詩來看」（見〈林良的兒童文學作品研究〉，頁66～67），所以他的詩歌作品，因為界限不清，讓研究者傷腦筋，現代文學中也有文體之間滲透和融合的問題。

六、有情節，有幽默感

林良的兒歌，大都有情節，有童話，不空乏，增加具體、可感的成

[2]馮輝岳，〈兒歌的模聲〉,《兒歌研究》（臺北：臺灣商務印書館，1989 年 11 月），頁 9。

分，顯出情趣和幽默，像「你的名字叫什麼？媽媽叫我乖寶寶」，「什麼時候到？你問火車就知道」，像小蝸牛吃中餐變成吃晚飯的故事，貓咪剪魚，都有情節跟幽默。

七、獨創性

林良寫兒歌，沒有沿用傳統兒歌習慣的表現方式，他吸收外國詩歌的優點，走出自己的一條路來。他的兒歌有自己的樣子，無論是排列、分行、押韻，語言的運用趣味，都與眾不同，形成自己的風味，有自己的聲音、色彩與氣味，這是他兒歌最大的特色。

八、同一題材，一寫再寫

林良寫蝸牛、白鵝、小狗、白鷺鷥的詩歌很多，可以編成專題兒歌集或詩歌集，他不斷的變換角度，選取新的表現角度、新的主題或改變情節，不同的構思，不同的表現，就寫出一首一首不一樣的作品來。像寫蝸牛的兒歌，有寫蝸牛「你要搬家／最方便／說走就走／不用發愁」的，有寫小蝸牛遇到大黃牛的，有寫小孩子要跟小蝸牛賽跑。小蝸牛說：「好好好，我跟你賽跑。我不跟你比快，我要跟你比慢。」也有「你早上說要出門／還沒走到大門口／太陽已經下了山」。《林良的看圖說話》有寫蝸牛家庭晨跑的，也有參加蝸牛運動會，得了很多金牌的〈蝸牛先生〉，牠「賽跑永遠拿第一」。

再看看不一樣的鴿子：

〈小白鴿〉

小白鴿
　飛得慢，
一邊飛，
　一邊看：
這是植物園，
這是圖書館，

這是臺北

　　火車站。

——《我會讀》，頁 44

〈白鴿〉

好多工廠

冒出濃濃的黑煙。

白鴿看了很難過：

黑煙會不會

染黑我的翅膀？

我從空中過，

會不會變成黑鳥？

——《林良的看圖說話》，頁 10

兩本兒歌集出版的時間相隔 16 年，時代不一樣，主題不一樣。其實，主要的不是寫什麼，不一定要寫別人沒寫過的或自己沒寫過的題材，而是怎麼寫，選什麼角度表現什麼更重要。

結語

林良從「看圖說話」開始，寫了數十年的兒歌，創造了他獨特的兒歌世界。這個兒歌世界很寬廣，有很多各式各樣跟別人不一樣的兒歌。他把平凡的事物寫得很不平凡，他反映美好的事物，創造美妙的童話世界，寫出富有形式美、音樂美、語言美、想像美的兒歌，表現的手法很豐富，可以看到不一樣的語言表演。細心的讀者，一定可從他的兒歌作品，體會出他的細膩、敏感、從容與幽默，看出他的速寫功夫，他兒歌的美是到處都有的，就等待讀者去細細品嘗、發現！

引用及參考資料

- 陳正治，《中國兒歌研究》，臺北：啟元文化公司，1984 年 8 月。
- 陳正治，《兒童詩寫作研究》，臺北：五南圖書出版公司，1995 年 5 月。
- 林文寶編，《認識兒歌》，臺北：中華民國兒童文學學會，1991 年 12 月。
- 林淑芬，〈林良的兒童文學作品研究〉，臺北：臺北市立師範學院應用語文研究所碩士論文，2000 年 6 月。
- 林良等著，《慈恩兒童文學論叢（一）》，臺北：慈恩出版社，1985 年 4 月。
- 林武憲編，《兒童文學詩歌選集》，臺北：幼獅文化事業公司，1989 年 5 月。
- 林武憲，〈兒歌的認識和創作〉，馬景賢編，《認識兒童文學》，臺北：中華民國兒童文學學會，1985 年 12 月，頁 57～68。
- 林武憲，〈新時代的兒歌集〉，《國語日報兒童文學週刊》第 229 期，1976 年 9 月 5 日。
- 吳宜婷，〈臺灣當代兒歌研究 1945～1995〉，臺北：中國文化大學中國文學研究所碩士論文，1996 年 6 月。
- 林怡佳，〈林良的作品與其創作特質之探討〉（屏東師範學院，1996 年 5 月）。
- 張淑瓊，〈聲音與顏色的遊戲〉，《聯合報・讀書人》，1998 年 3 月 30 日，47 版。
- 林武憲，《兒童文學與兒童讀物的探索》（彰化：彰化縣立文化中心，1993 年 6 月）。
- 朱先樹等編著，《詩歌美學辭典》（成都：四川辭書出版社，1989 年 9 月）。
- 馮輝岳，《兒歌研究》（臺北：臺灣商務印書館，1989 年 11 月）。

感謝國家圖書館曾堃賢先生、林良先生、林敏東小姐提供資料。

——選自《兒童文學資深作家作品研討會——林良先生作品討論會論文集》
臺北：行政院文建會，2000 年 10 月

我愛讀〈看圖・說話〉

◎蔡榮勇*

雖然不知道兒童文學家林良先生從什麼時候開始寫作〈看圖・說話〉，卻知道《國語日報》在民國 51 年為〈看圖・說話〉出版成冊，這套書購買於民國71年，那時已經是「第13版」，可見它是多麼受到大人小孩的喜愛。

筆者從民國 68 年方才致力於兒童文學的教學研究，也從這時開始訂閱《國語日報》。每天打開《國語日報》，第一件事情就是閱讀〈看圖・說話〉。何容說：「〈看圖・說話〉注意的是正確語言習慣的培養和國字的活潑運用。」的確林良先生使用兒童日常生活的語言，捕捉兒童忽略的美感，幾句話中散發出淡淡的詩味，吸引著小朋友幻想的翅膀。

〈看圖・說話〉可能是第一位為幼兒和一年級寫作的兒童詩，假如從民國 51 年算起，到現在最少寫了一萬首以上的作品，不知要寫掉多少枝的原子和幾公尺的稿紙。

從開始讀〈看圖・說話〉，就養成了剪貼的習慣。現在就介紹幾首自己偏愛的作品。

小鴨鴨真好玩

小鴨鴨，

　真好玩，

細細的黃毛，

　扁扁的嘴。

---

*兒童文學工作者、詩人，發表文章時為國小教師，現已退休。

走起路來，

擺擺擺，

唱起歌來，

鴨鴨鴨

小弟弟給牠水，

小妹妹餵牠蝦。

兄妹兩個

多麼喜歡牠

——選自《看圖・說話》第一集

林良先生把鴨子的形態，幾筆鉤勒，一幅可愛好玩的小鴨鴨的圖畫就完成了。同時，疊字「鴨鴨」、「細細」、「扁扁」、「擺擺擺」和「鴨鴨鴨」都使用得適當鮮活，是那樣的貼切自然。第二段則是描寫兄妹喜歡小鴨鴨的行為和心情。

章魚

找隻章魚

來作伴兒，

陪我練習

毛筆字。

牠吐墨汁兒，

我練字。

把牠的墨汁兒

都用完，

我就變成一個

柳公權。

——八十・五・四

林良先生永遠保持一顆孩子稚子的心，由章魚聯想到小孩子練習毛筆字，不但把「章魚」的特性描寫了出來，也告訴孩子只要肯努力練字，成為書法家「柳公權」，不是一件困難的事，全詩聞不到「教訓」的焦味。開頭第一行「找隻章魚」，最為吸引人。

小提琴

小提琴的聲音
　　　很柔美，
比我的聲音
　　　還好聽
我把我
　　想說的話，
告訴了小提琴。
小提琴就
　一句一句的
　替我說出來。

林良先生是孩子的知音，他把孩子拉小提琴陶醉在其中的感情，自自然然表達了出來。讀完了這首詩，你心中馬上現出小孩子拉小提琴的圖畫。全詩分為兩段，前一段先提出小提琴的聲音「柔美好聽」，後一段則加以求證，「我把我想說的話，告訴了小提琴」，語氣是那麼的貼切，感情是那麼的逼真。

梳子

頭髮亂了，
　找梳子。
心亂了，

找好朋友。
好朋友的話，
也是一種
很好
很好的
梳子。

由「頭髮亂了」，聯想到「心亂了」；用梳子梳「頭髮」，聯想到「好朋友」也是一種很好的梳子。「亂髮」和「梳子」的關係，「心亂」和「好朋友」的關係；經過林良先生美的想像，亂髮、梳子、心亂和好朋友，組合成一個連環的關係，同時也把抽象的好朋友具體化，且由梳頭髮的動作，轉化成「安慰朋友」的意象。

林良先生說：「兒童詩有兩個美質，一個是能使用可以跟兒童相互溝通的語言，而且句句都能跟兒童互相會心；另一個美質是對兒童心靈的滋潤和化育。」

我，已不再是兒童，可是我讀了十幾年，仍然能享受到心靈的滋潤和化育。

期待將來能把林良先生三十幾年寫作的〈看圖・說話〉分門別類，再配上活潑的插畫，那將是低年級小朋友進入詩的花園，走起來最愉快的小徑。

——選自中國海峽兩岸兒童文學研究會編《林良和子敏》
臺北：業強出版社，1993 年 10 月

試析《懷念》的文類定位和小說技巧

◎藍涵馨*

一、前言

《懷念》一書是林良先生應當時《國語日報》「兒童」版主編蔣竹君女士之邀，為小讀者寫的一個長篇作品，約有十萬多字。林良先生在自序中寫道：「本來我心中有一個『小孩子跟一隻鵝』的故事，不過還沒有醞釀成熟。……但是總有一隻白狐狸狗跑進我的故事裡來，嘴裡喊著：『寫我，寫我，寫我！』這隻白狐狸狗，就是『斯諾』。」（頁 2）於是產生了這樣的作品，一個以狗的觀點來看這個撫養牠的家庭和牠在這個家庭生活的故事。提起這個長篇在《國語日報》「兒童」版連載的時候，林良先生也不禁說道：「有許多家長、許多小讀者，寫信向我致意，我非常感激。」（頁 3）又據中華民國兒童文學學會所編《中華民國臺灣地區兒童文學工作者名錄》中有關林良先生重要作品的出版記載，《懷念》一書出版於 1975 年 4 月。但我此次根據的是 1990 年 2 月新一版的版本來探討。

接觸到這本書，發現這本書到目前文類的分類混淆，於是想一窺究竟。先釐清它文類定位的問題，再進而從文類的角度來探討。

二、文類混淆的理由

一般來說，少年小說就是以描述少年成長所面臨的種種問題為主，所

*發表文章時為臺東大學兒童文學研究所碩士生，現為國小教師。

以有少年小說即是成長啟蒙小說一說。而少年小說的分類，有依篇幅長度來分，也有依內容屬性來分，但是不管如何畫分，少年小說中少年（少女）的成長卻是一個不變的關注焦點。當然這當中也會因為作者處理題材的手法而導致深淺度的不同。有些技術上的改變或作家本身所使用的文字風格，會使小說作品有散文的氣味兒，我覺得林良先生是很明顯的例子。我們細看《懷念》會發現它的章節架構：1.我的名字叫「斯諾」；2.我的「家」；3.我的「日子」；4.冷冷清清的前院；5.守夜；6.「爸爸」；7.「媽媽」；8.大小姐；9.二小姐；10.三小姐……。其實它每一個章節就是一個單篇散文味的故事，總結起來給讀者對這個家庭整體的觀感，藉由斯諾的眼，來了解這個家庭每一個人的特質及發生在這個家庭平日的生活。拿曹文軒《根鳥》的章節架構來對比，我們可以發現《根鳥》分為五章，每一章的標題，都以地名命名。看過這部小說的人，很容易可以從這些地名，去勾勒根鳥在每一階段不同的際遇以及成長的歷程。每一章配合著場景與人物，做特色上的區別，再由主角根鳥做一全場橫向的貫穿。不同的兩個作家不同的處理方法，就給讀者很不同的感覺。雖然這兩本書，皆以分章命名的方式進行，但是《懷念》的章節架構本身的連結性就不像《根鳥》那麼緊密。再加上林良先生本身的散文風格，和小說中主角斯諾的成長歷程並不那麼明顯，也不同於傳統的動物小說，動物的犧牲儀式，導致少年（少女）的成長。因此我想在文字的風格和情節安排的非傳統性，是第一個導致這部作品分類不同的理由。另外，針對情節安排，我想《懷念》一文先是在《國語日報》連載，爾後再集結成冊；跟《根鳥》是有計畫的鋪陳，兩者本身在出版的形式上就有所區別。分章連結性的緊密度，應該跟這個也有關係。

除了從情節的安排和文字風格的呈現特殊，另外一個文類混淆的理由，也可以說是特色，就是敘述觀點是以一隻狗的觀點來寫。林良在《懷念》的序中寫道：「……我決定採取這個『童話觀點』來寫我的長篇，因此我也給這本書一個副標題：『一隻狗的回憶錄』。……我必須假定這本書是一隻狗寫的。這是一種『文學上的可能』。……我這隻『會寫稿子的狗』，邊寫邊想，回憶我在一個小家庭裡生活六年的往事。……我很滿意自己能有半年的時間去體會一隻狗『可能有』的感情跟思想。換句話說，我很高興我能有半年的時間把自己變成一隻白狐狸狗。」有人亦根據林良先生自己所言的「童話觀點」，將《懷念》一書劃歸童話。我們知道事實上，林良先生並沒有真正的成為斯諾，他只是以他溫婉的眼光去揣摩斯諾如何去看這個家庭，而這隻斯諾也就只是林良先生的「障眼法」而已，讀畢全書，我們可以很清楚的知道斯諾就是作者本人。只是藉由這樣的敘述觀點，可以讓小說中的事件，與作者本身有點距離，也可以讓讀者隨斯諾的眼，客觀的看到全部的事件。這個敘述觀點，是很大的特色，有人因此將《懷念》一書劃歸童話。但我還是傾向將這本書想成運用「童話觀點」寫成的兒童小說。

三、它為什麼是小說？

（一）眾說紛紜

談到《懷念》這本書的歸類，讓我想到李潼「臺灣兒女系列」中，有一本書叫做《阿罩霧三少爺》。這本書創作的形式也有一些變化，李潼先生讓阿琛三少爺身邊的虎子（一隻貓）、石獅、楊桃、東南風、玉杯、懷爐和六條內褲，也跳出來自己講話。因為這樣的創作形式，所以許建崑先生在書前寫了一篇導讀「把歷史軼聞搬上童話舞臺」，用「童話舞臺」來涵括這樣的少年小說。《懷念》一書，運用一隻狗的觀點來寫，是屬於童話還是小說？創作者到可以不去細想這個問題，可是研究者卻不知道該用什麼角度去細看，因此產生文類定位的問題。林淑芬小姐的碩士論文〈林良的兒童文學作品研究〉是根據書中自序而將本書劃歸於「童話」，在頁 155 中她寫道：「根據文章內容是以狗的自述來描寫這種『超自然主義』的幻想性文章，本文是屬於童話類型。」另外在臺東師院兒童文學研究所所整理的「臺灣地區 1945～1998 年兒童文學一百本評選活動」候選書目中，將這本書歸入小說書目編號第 106 篇次，顯然把它視為小說。而野渡刊登在《國語日報》民國 75 年 4 月 13 日〈懷念——一隻狗的回憶錄讀後〉中，寫道：「……它不是白狐狸狗斯諾的傳記，因為他寫的是林府爸爸、媽媽、櫻櫻、琪琪、瑋瑋、斯諾六口人五年間大大小小的事情，狗的部分又不超過一半，所以筆者（野渡）覺得稱為家庭小說較為適當。它是小說，因為裡面六個重要人物是原形的。它是小說，因為主題不像生活故事那樣單純。它是小說，因為其中重要人物斯諾是個狗形人，與林府那隻真正的斯諾不大一樣。它不是動物小說，因為斯諾只是林家的一份子，不是眾星拱月的主角。……動物小說的主角必須有與眾不同的表現，斯諾不過遇到一個值得懷念的好主人而已。『柳林中的風聲』、『誰是賊』、『夏洛蒂的網』、『小老鼠史都華』、『天鵝的喇叭』中，雖然有種種動物扮演故事，卻不是動物小說，因為那些動物已非原形。……作者說他用的是『童話觀點』，其實他所用的是『小說觀點』。」野渡先生則認為《懷念》是小說，且是家庭小說，但不是動物小說。筆者覺得眾說紛紜，是一個有趣的現象。因此想釐清這個疑問。

（二）童話與小說的區別

根據林文寶先生《兒童文學故事體寫作論》一書，對童話與兒童小說分別下了以下的定義：「童話的世界是一片純真的想像世界；童話所描寫不僅限於人的社會，童話反映一個天地萬物的社會，並由此發掘一切萬物的人性。而童話之所以能吸引人，主要的原因就在這裡。」[1]「小說是以人物活動為中心的散文形式的故事。小說中所構想的人物活動，往往代表一個時代的風尚，一種理想的實現，或揭發人生的特點及弱點，闡揚人生的意義及價值。兒童時期，感情豐富，理性的發展，尚未達到成熟的階段，小說有引導兒童邁向成長之路的力量。」[2]蔡尚志先生《童話創作的原理與技

[1]林文寶，〈第五章・童話〉，《兒童文學故事體寫作論》（臺北：毛毛蟲兒童哲學基金會，1994 年 1 月），頁 214。
[2]同前註，頁 314。

巧》說到童話的特質：「童話不同於其他別種故事體兒童文學作品的重要質素，就是『幻想』。不論古典童話、作家童話或小說童話，『幻想』都是它們不可或缺、極其明顯的特質。」[3]另陳正治先生在《童話寫作研究》中，綜合了十家的童話定義，認為童話的主要條件有：兒童、趣味、幻想、故事。因此提出「童話是專為兒童編寫，以趣味為主的幻想故事。」[4]童話的幻想性似乎是大家公認最特殊的童話特質。林文寶先生《兒童文學故事體寫作論》同一書中，對於動物小說有如下的解釋：「動物小說：這是以動物為主角的小說。一般說來有兩種形式，其一把動物人格化，使他們具備跟人一樣的心情和感情。如肯尼斯・葛拉罕姆（Kenneth Grahame）的《柳林中的風聲》（張劍鳴譯，國語日報社，民國 61 年 12 月）；其二是根據動物的實態，把自然的姿態用小說的形式描述出來；如德國鄧納葆（H. M. Denneborg）的《小揚和野馬》（宣誠譯，水牛出版社，民國 59 年 1 月）。」[5]根據以上幾種定義，我認為童話與小說是有區別的，童話重在幻想，而小說則重在運用任何的藝術技巧（其中包括虛構或是幻想的藝術手法），使人讀起來感覺它是真實的，也就是說它的真實感。

（三）歸類

因此，根據以上的看法，我蠻贊同野渡先生的意見，如果以童話來論，《懷念》一書的幻想性似乎還沒有到萬物皆人的地步，斯諾不過遇到一個值得懷念的好主人，全部的幻想焦點不過是以狗的觀點來寫人的生活，稱之為童話，我覺得尚待考慮。反之，以篇幅和小說的定義來看，《懷念》確實是野渡先生所講的有散文味兒的家庭小說，這是針對本書的內容所下的分類。不同於野渡先生，筆者亦認為這是一本動物小說，只是動物味不那麼重罷了。我們可以說沈石溪因為他的背景和經驗而形成他獨特的動物

[3]蔡尚志，〈第一章第二節・童話的特質〉，《童話創作的原理與技巧》（臺北：五南圖書出版，1996 年 6 月），頁 27。
[4]陳正治，〈第一章第一節・童話的定義〉，《童話寫作研究》（臺北：五南圖書出版，1997 年 7 月，初版四刷），頁 7。
[5]林文寶，《兒童文學故事體寫作論》，頁 323。

小說；難道林良先生依據家庭經驗而寫得有關「家狗」的故事，就不屬於動物小說嗎？我相信不同的作者是可以憑個人不同的生活經驗，創造出不同味兒的動物小說。就形式而言，是屬於動物人格化的動物小說。因此它既可為家庭小說，又可為動物小說，兩者是不相違背的。至此，我認為《懷念》是一本用「童話觀點」寫的散文味的兒童小說。

四、主題

讀完這整本書，作者想要告訴我們的主題是什麼？我想除了表達出斯諾對「爸爸」家的忠心和情意，也讓我們看到一個家庭家人間相處的情誼，藉由這隻狗的連繫，讓全景圖在讀者眼前散開。林良先生在自序中寫到：「為什麼我要寫這本書？支持我寫這本書的力量是甚麼？我想，最好的答案是：我要送小讀者一樣禮物——一隻狗。狗是小孩子最好的朋友，可是這世界上有許多小孩子都得不到狗。我同情沒有狗的小孩子，所以我要讓小孩子讀了這本書以後，成為『斯諾』的朋友，至少有一隻狗在心中。」（頁 3）書中第 19 單元「第六年」有這樣的一段話：「我知道他們是很愛我的，可是我能幫他們什麼忙？我把他們乾乾淨淨的家弄得很髒，我吵得他們不能讀書寫字，我讓『媽媽』累上加累，我使『爸爸』心亂。最使我不安的，是我老是讓『爸爸』『媽媽』兩個人心裡覺得他們有罪，沒有好好照顧我。如果我真是一隻忠義的狗，那麼我就應該悄悄離開這個家。如果我捨不得離開，我會害了他們，我會成為他們的拖累。……我也知道『媽媽』會覺得好像忽然失去了什麼，每天夜裡一聽到院子裡有什麼動靜，會念叨著：『要是斯諾在家就好了。』我也知道『爸爸』會責備自己說：『狗是人類最忠實的朋友，但是人類卻是狗的最不忠實的朋友。』」（頁 260）另外，書末藉由斯諾來寫一封信給「爸爸」全家，將「爸爸」、「媽媽」、櫻櫻、琪琪、瑋瑋細數祝福過一遍，可以看成整本書的總結。文末還說自己現在在山上，山上到處都是竹林。斯諾說道：「山上風大，但是我喜歡站在山頂上聽風聲。那風的聲音好聽極了，你可以把它想成各式各樣你愛聽的聲音。我最常聽到的，就是你們喊我的那種親切的叫聲：『斯諾斯諾斯諾斯諾！』這聲音，會伴著我過完這一輩子。祝你們快樂！你們的『斯諾』敬上。」（頁 292）看到這兒，我們不禁要感嘆萬物的有情，就連一隻小狗都如此的體諒人，人們應該更有情才對。作者想藉此讓小朋友看了以後，知道愛護且更珍惜動物。而作者對斯諾的虧欠感，也藉由這樣的書寫來安慰緩和自己。

五、人物

這本書總共有六個人物，分別是斯諾、「爸爸」、「媽媽」、大小姐櫻櫻、二小姐琪琪和三小姐瑋瑋。我們都可以藉由文中的描寫來了解他們的形象或性格。而透過斯諾這個貫穿人物，將讀者對這整個家的觀感組合起來。「我的名字叫『斯諾』。這個『名字』，就是『爸爸』替我取的。我小時候是長得很漂亮的，肥肥的，軟軟的，一身白毛像雪。我的臉也生得很英俊，輪廓鮮明，雙眼有神。我只承認自己有一個小缺點，就是我的腿比一般的狐狸狗短了一點，像是哈巴狗的腿。這就是說，我並不是純種的狐狸狗，不過這不能算是我的過錯。」（頁 9）這是斯諾對自己的描述。對於「爸爸」這個家的男主人，文中有很多時候描寫到他跟家裡小孩的互動，像跟瑋瑋玩猜拳、講笑話給三個孩子聽等……。但筆者以下這個形象描寫印象最深：「我看見『爸爸』靜靜的坐在一張書桌的前面，桌子上有幾張紙。『爸爸』手裡拿著一枝筆，在那張紙上寫東西。書桌上堆滿了書。書桌四周有幾個書架，書架上也擺滿了書。靠近『爸爸』左手的地方，有一個玻璃的菸灰缸，上面放著一根點著了的香菸，香菸的一頭有一點小紅光，小紅光的四周冒出絲絲的白煙來。『爸爸』寫了一會兒，就伸手去拿香菸，放在嘴裡吸一口，那小紅光亮了一點。『爸爸』拿開香菸，就有一口白煙從他嘴裡吐出來。他寫得很專心，不知道我就在房門外看他。」（頁 68）我總是猜想這是不是作者林良先生在夜深人靜的時候，寫稿的模樣。文中的「爸爸」顯然就是作者林良先生自己。而「媽媽」的形象描寫如下：「『媽媽』管理這個家的方法是這樣：白天，大家出門去上班、念書。下午回家以後，各人去做自己的事，讀的讀，寫的寫，不要為家事操一點心。所有的家事，都由她一個人做，從炒菜到開飯到洗澡到鋪床，她全都給大家安排好了。這樣一來，她就成了全家最忙的一個人了。她有八隻手，能同時忙著各式各樣的家事。她像一個指揮官，不停的發命令。『大家可以吃飯啦！』『你可以去洗澡了。』『你可以準備去睡了。』『你可以去刷牙了。』『你可以吃一點水果了。』」（頁 80）對於女主人「媽媽」的賢淑能幹描寫生動。而「爸爸」跟「媽媽」的互動又是如何呢？我們端看以下的描寫：「『爸爸』的心全在他的書上跟稿子上，對別的事情全不操心，聽到一聲命令，比如說，『可以吃飯啦！』他就迷迷瞪瞪的從書房走出來，去坐在飯桌旁邊，張開嘴就吃起來。聽到『可以洗澡了！』他就迷迷瞪瞪的從書房走出來，伸手接過換洗衣服，走進洗澡間去。他可以全神貫注的做自己的事，用不著擔心天塌下來。天塌下來，自然會有人通知他：『天要塌了，快站起來，躲到防空洞裡去！』他只要照著做就可以了。因為有『媽媽』這樣保護，所以『爸爸』常常能自由自在的用腦子，像和尚『入定』，心裡沒有一點雜念。我學櫻櫻的口氣說一句話：『我覺得爸爸是很福氣的。』」（頁 81）至於大小姐櫻櫻是一個什麼樣的女孩兒？「我的大小姐櫻櫻是一個很和氣的女孩子。她不淘氣，很少像三小姐瑋瑋那樣的欺侮我。她學校裡的功課很忙，沒工夫來照顧我，但是遇到放假日，她一定會來陪我，跟我說話。我最喜歡學校裡的老師天天叫她背書，因為每天下午背書的時候，她會搬一把小藤椅到走廊上來，坐在我身邊，右手拿著課本，左手輕輕的拍著我的頭。……櫻櫻的脾氣有許多地方跟『爸爸』是一樣的。……」（頁 91）「櫻櫻，我知道你是最想念『斯諾』的人。你性情柔順，而且已經懂得在『爸爸』『媽媽』苦惱的時候說幾句安慰的話。」（頁 289）二小姐琪琪的描寫如下：「『爸爸』是一個很喜歡孩子的父親，他了解他的三個孩子。有一次他說：『琪琪有一個科學頭腦，喜歡做實驗。她很相信別人的話——我的意思是說，不管別人告訴她什麼，她都很高興的記在心裡，馬上去試試。她真是躍躍欲試。試不靈了，她才肯不相信。……』」（頁 103）「琪琪，我知道你是一個有出息的孩子。你從小就跟人不同。你不怕寂寞，你做功課很用心，有創造的才能。……」（頁 290）三小姐瑋瑋又是怎麼的個性？「『爸爸』說過，三小姐瑋瑋是我的敵人，這句話實在說得很有意思。如果我不是他們家的狗，如果我是別人家的狗，我恐怕早就要咬瑋瑋一口。瑋瑋實在是一個不懂得怎麼樣疼狗的孩子。她愛狗，所以就玩狗。完全把我當作玩具。」（頁 113）「喂，瑋瑋！……你太淘氣啦。為什麼總喜歡纏住『爸爸』，一步也不許他離開？……可是你為什麼每天還要出功課給爸爸做，叫他也跟你一樣寫一份作業交給你批改？你應該讓爸爸多休息休息。……」（頁 290）我們可以從這些文句中去看出人物的各個特色，例如：斯諾的忠心、爸爸的溫和、媽媽的賢慧、櫻櫻的溫柔、琪琪的獨立以及瑋瑋的調皮。每個人物都有典型的特色，很容易讓人分辨。

六、情節

這本書的情節，就如同我上面曾經提及過的，各單元之間的緊密性並不一定。如果我們刪掉部分的章節如：13.散步、17.「人」的生活或是將某些單元對調。如 1.我的名字叫「斯諾」和 2.我的「家」對調；15.感冒和 16.過生日對調，基本上也是可以的。但是整體來看，整個章節架構還是有時間順序，情節的推展乃是從斯諾取名、被買回家到在家中與家人的相處，到最後離開「爸爸」家到山上看豬。從目錄中我們且看作者如何推展故事，1.我的名字叫「斯諾」、2.我的「家」、3.我的「日子」從斯諾的取名、到媽媽如何將它買回家，到「爸爸」家後第一次看到牠，三個小孩如何的歡欣高興牠的加入，且展開了未來的生活。4.冷冷清清的前院、5.守夜寫的是斯諾在「爸爸」家的生活經驗談。6.「爸爸」、7.「媽媽」、8.大小姐、9.二小姐、10.三小姐，每個單元介紹一位家裡的成員。第 11 單元客廳裡的日子到第 18 單元狗醫院，都在接續第 4、5 單元，描述斯諾在爸爸家的生活，不同的是這幾個單元內多了很多家庭成員之間互動的描述。第 19 單元第六年，描寫家人漸漸忙碌後，開始疏於照顧斯諾。到第 20 單元我的新家，描寫斯諾轉贈給鄰居張伯母。最後的一個單元一封信，由於後來斯諾又轉贈兩次，與爸爸家已經失去連絡，藉由斯諾想寫的這封信，表達牠對「爸爸」家眾家族成員的懷念和祝福。以故事的開展來看，第 1 單元到第 3 單元，應屬於「首」；第 4 單元到第 18 單元，應屬於「中」；第 19 到 21 單元，應屬於「尾」。故事中有關衝突與解決的問題，擺在第 19 單元爸爸家的成員開始忙碌，斯諾面臨離開的危機。最後兩個單元可以看到斯諾不斷面臨轉贈的解決方式。這是整部作品中，比較大的衝突點。

七、文字風格

林良先生的文字風格就是「淺語」。不管是他創作的故事、童詩、或是兒童散文，在文字的運用上都不會咬文嚼字，而顯得清新淺白。就連這一本兒童小說《懷念》在文字上的風格上，也沒有什麼艱深難懂的字，並且稟承了他一貫「淺語的藝術」寫的淺，但關懷的深。也許看慣了林良先生的散文，看完了散文《爸爸的十六封信》再接著看兒童小說《懷念》，總覺得那樣的文字風格似乎連成一氣，而林良先生寫給櫻櫻的 16 封信，呼應到《懷念》中大小姐櫻櫻的溫柔，不但人物形象更加鮮明，而文氣的連貫，也產生出散文味兒的兒童小說。

八、結語

從書名來看，我總認為《懷念》兩字取得好。從作者的角度來看，林良先生因為懷念這隻「斯諾」而寫了這本書。從作品的內容來看，書末「斯諾」懷念爸爸家而寫了一封信給家族成員。不管是人懷念狗，還是狗懷念人，撇開童話觀點，即使我們知道狗懷念人，還是人懷念狗，但是這種懷念，卻交織出一個有情的家庭、溫暖的社會。除了上述提及的兒童散文《爸爸的十六封信》和兒童小說《懷念》，不妨將子敏這時期的成人散文《小太陽》給涵括進去，我們可以發現 1970 年代，林良先生的創作好像都圍繞著親情這個話題而寫，家庭生活變成了他創作一個很重要的來源。從這三本書的閱讀反推回去，應該可以認識一下當時的林良先生吧！

從小說技巧，看《懷念》一書。目的不在於對文類混淆的問題做解決，有的是對自己看待這部作品的釐清。也希望藉由這些角度的觀察，對作品做更深一步的分析，提供給讀者參考，而不吝指正。

參考書目

- 林良，《爸爸的十六封信》，臺北：臺灣省政府教育廳，1971 年 10 月。
- 子敏，《小太陽》，臺北：純文學出版社，1972 年 4 月。
- 野渡，〈《懷念——一隻狗的回憶錄》讀後〉，《兒童文學週刊》第 8 輯第 701～801 期，1986 年 4 月 13 日。
- 林良，《懷念——一隻狗的故事》，臺北：國語日報出版部，1990 年 2 月。
- 中國海峽兩岸兒童文學研究會企畫．編輯，《林良和子敏》，臺北：業強出版社，1993 年 10 月。
- 林良，《林良的散文》，臺北：國語日報社，1996 年 6 月。
- 蔡尚志，《童話創作的原理與技巧》，臺北：五南圖書出版，1996 年 6 月。
- 陳正治，《兒童文學》，臺北：五南圖書出版，1996 年 9 月。
- 陳正治，《童話寫作研究》，臺北：五南圖書出版，1997 年 7 月，初版四刷。
- 林淑芬，〈林良的兒童文學作品研究〉，臺北：臺北市立師範學院應用語言文學研究所碩士論文，2000 年 6 月。

——選自《兒童文學資深作家作品研討會——林良先生作品討論會論文集》
臺北：行政院文建會，2000 年 10 月

論林良的翻譯觀與兒童觀

以譯作《醜小鴨》為例

◎陳宏淑*

一、前言

林良是臺灣兒童文學界的大家長，也是散文家，他以本名創作兒童文學，以筆名「子敏」創作成人文學，其作品包括兒歌、童詩、童話、劇本、成人散文等。他曾擔任國語日報社董事長，亦曾獲「中山文藝創作獎」及「國家文藝基金會特殊貢獻獎」等榮譽，行政院新聞局也於 2003 年頒發金鼎獎終身成就獎，肯定林良對臺灣兒童文學的貢獻。根據得獎者簡介的資料，林良的著作有散文集八冊，兒童文學論文集一冊，兒童文學創作及翻譯二百餘冊。以這樣的資歷與出版數量來看，林良對臺灣兒童文學發展的貢獻良多。

行政院文建會曾於 2000 年舉辦兒童文學資深作家林良作品研討會，並將研討會中針對林良作品所發表的論文集結成冊。林淑芬的碩士論文〈林良的兒童文學作品研究〉亦針對林良的家世、經歷、文學作品分析，全面探討林良的創作理念與作品特色。然而，無論是林良先生作品討論會論文集，或是林淑芬的碩士論文，探討重點都放在林良的創作作品，對於林良的翻譯作品並未深入研究。根據林淑芬參考國家圖書館作家著作目錄整理的書目，從 1957 年至 1999 年，林良的翻譯作品有 54 本。而根據全國圖書書目資訊網與博客來網路書店的資料，自 2004 年至 2006 年，林良的翻譯

*發表文章時為臺灣師範大學翻譯研究所博士生，現為臺北市立大學英語教學系助理教授。

作品就有 27 本之多，而且全部都是繪本，不難看出林良近年來對繪本翻譯的投入。以他在臺灣兒童文學界的地位，其譯作對國內兒童文學頗具指標作用，本文希望藉由林良的翻譯作品以及他對翻譯的論述，來探討他的兒童文學翻譯觀，特別是他對繪本的翻譯觀，以及他的兒童觀。

二、翻譯觀

林良於 1976 年寫過一本兒童文學論文集《淺語的藝術》，闡述了他對兒童文學的看法與觀念，其中有一章專門討論兒童文學的翻譯，歸納其論點大約可分成四點。首先他採用嚴復的「信」、「達」、「雅」，作為兒童文學工作者翻譯時的信條。林良認為所謂的「信」，就是對原書的內容要忠實；所謂「達」，就是要徹底了解原書的內容；所謂「雅」，原本指語言要優美，但解釋為「得體」或「生動」更符合現代人的要求。其次，他認為譯者應熟悉外國語言及其文化背景，並且要熟悉與原作品性質相同的同類作品，包括外國的及本國的。同時也要熟悉本國語言，不寫沒有文法句的作品。再者，翻譯國外作品，對本國兒童及兒童文學工作者都有好處。對前者而言，可以了解外國文化，對後者而言，可以接觸新題材與新技巧。最後，他強調應該重視本國語言的完美無暇，重視「得體」，以免兒童學到割裂破碎的本國語。到了 1999 年，林良翻譯了短篇少年小說《又醜又高的莎拉》，在〈譯者的話〉中，他再提翻譯三難「信」、「達」、「得體」。又說，翻譯有一畏，就是害怕與原文對照，等於是「外國媳婦見公婆」（頁 7），對照之下，所有的「不忠實」就會原形畢露，無所遁逃。由此看來，林良仍以嚴復的信達雅作為翻譯的標準。

（一）繪本翻譯觀

林良於 2005 至 2006 年為格林文化出版公司譯寫「安徒生 200 年珍藏繪本」，全套一共十本。在其中一本《野天鵝》的導讀中，林良談到自己翻譯這套安徒生童話繪本的作法。歸納其論點可分成以下五點：1.重視圖畫的詮釋功能，文字力求口語化，要讓中低年級小朋友容易聽懂看懂；2.適當刪節或改寫，使故事更好看。繪本形式無法承載大量文字，所以需刪去細節描述而保留故事主幹即可。另外，太多描寫反而阻礙讀者自己的想像；3.有時需要為了插畫而增添原作中沒有的文字，這是為了讓大家注意到精采的畫面；4.民間故事中的刻板印象應該淡化處理，例如避免讓故事中繼母的形象典型化成壞人；5.考慮到兒童的理解能力而篩選詞彙，把比較陌生的字眼改為比較熟悉的字眼，例如「披甲」改為「外套」。

從 1976 年到 2006 年，林良的翻譯觀似乎有所轉變，從原本的講求忠實，轉變為可以刪節、改寫、增添。不過須注意的是，這套安徒生童話是以繪本的形式出版，因為要配合繪本的圖畫與頁數限制，也因為繪本的目標讀者是中低年級小朋友，所以林良特別採用刪節或改寫的策略。因此，封面上寫的是林良「譯寫」，而非林良「翻譯」。如果說「譯寫」的目的是希望兒童能更理解更懂得欣賞作品，這樣的「譯寫」行為，背後或許隱含成人想要「教育」兒童的一種心態（Oittinen 2000：77）。在林良的論點中，可以察覺他以一種「教育者」的身分在說話，這或許與他長久以來辦報推動語文教育的背景密切相關。

我們對「譯寫」的定義，要先視我們的「翻譯」的定義而定。如果我們認為「翻譯」的目標是「忠實」，那麼「譯寫」的目標想必有別於「忠實」。依照奧特寧（Riitta Oittinen）的看法，「翻譯」與「改編」最大的不同，並不在於兩者具體的差異有多大，而在於我們的態度與觀點（2000：80）。似乎要在「譯寫」的鬆綁之下，林良才能勇於擺脫信達雅的束縛而放手揮灑。要一位才氣洋溢的作家為另一位作家翻譯，成為別人的影子，隱藏自己的風格，等於是一種自我壓抑。如果不壓抑自己，就得背負上「不忠實」的罪名，那麼將自己的翻譯稱為「譯寫」，似乎就可以解套，讓自己的才情創意得以發揮。

（二）譯寫與翻譯

有趣的是，這正反映出林良的翻譯觀依然偏於傳統，一般說來，這也是兒童文學界的普遍看法。正如奧特寧所說，研究兒童文學的學者會把

「翻譯」和「改編」明顯劃分開來，而研究翻譯的學者則認為兩者很難截然劃分開來（2006a：42）。對於翻譯研究者而言，所有的翻譯其實都是一種「改寫」，譯者不可能是透明的，譯者在翻譯過程中所選擇的策略與決定，其實都是在譯者本身意識形態及其社會規範下的產物。林良刻意將「翻譯」與「譯寫」加以區分，表示其心中仍有「忠實」的一道標準。遵照這樣的標準，就是「翻譯」的行為，若不遵照這樣的標準，則屬於「譯寫」的行為。

表面上看來，「譯寫」賦予譯者的空間更大，譯者可以自由發揮，不遵照「忠實」這道標準，譯者下起筆來應當更為輕鬆，不必覺得綁手綁腳，所以作品品質應該會更好。但事實上，「譯寫」畢竟不是「自由創作」，在譯者的案頭上或心中，終究還是有一個「原文」的存在。「忠實」與「自由」之間的尺度與一致性，在某種程度上，使得「譯寫」變得比忠實翻譯更難。這就好像譯者常覺得改別人的譯稿比自己翻譯棘手，因為牽一髮動全身。「譯寫」也是一樣，如果把文學作品視為一個整體，作品裡的每個元素環環相扣，改變了其中的幾個元素，又要維持作品原本的圓滿和諧，便突顯了「譯寫」困難之處。有些部分維持忠實翻譯，有些部分自行改寫，若沒有將全文前後對照反覆檢視，就可能出現矛盾或不一致的問題。

以林良的譯作《醜小鴨》為例，便出現幾處「譯寫」造成的不一致，首先出現的是邏輯不一致。書中提到醜小鴨跟著一家人住到農場，但是因為他長得醜，所以農場的動物都討厭他，大家都希望他走開，離他們遠一點，於是醜小鴨便離開了農場。在描述他離開農場這一段，原文只有短短的一句：Da løb og fløi han henover Hegnet.（Andersen 2007：33）。赫淑爾特（Jean Hersholt）的英文譯本[1]亦是短短一句：So he ran away; and he flew

[1]哥本哈根大學東亞研究所所長兼漢學家埃格羅（Egroe）從世界各地的譯本中，評選出最優秀的兩種版本，一本是美國作家赫淑爾特（Jean Hersholt）所翻譯的，一本就是葉君健的譯本（劉瑩366）。此外，南丹麥大學（University of Southern Denmark）的安徒生研究中心（Hans Christian Andersen Center）官方網站也提到赫淑爾特的英文譯本受到多人公認為標準譯本。

over the fence.（Andersen 2005：201）。中文版的三個重要譯本[2]也都只有一句：

葉君健譯文：於是他飛過籬笆逃走了。（83）

林樺譯文：於是他飛過籬笆跑掉了。（6）

任溶溶譯文：牠最後逃走了，在飛撲過籬笆時……。（207）

在林良筆下，這短短一句鋪陳成了好幾句：

醜小鴨在農場裡住不下去了。他下決心要逃出這個可怕的地方。他趁著大家不知道，半飛半爬的翻過農場的籬笆，身子一落地，就拼命的往前跑。（9）

一個平鋪直敘的句子，在林良的生花妙筆之下，變成一個充滿動作感的畫面，但是邏輯上卻出現了不一致。這段文字似乎強調了醜小鴨拼命想要逃出這個地方，還得趁著大家不知道的時候逃出。但是農場裡的動物其實一直以來就想叫他滾開，甚至林良自己也加上一段原文沒有的陳述：

……農場裡所有的鴨子，也越來越討厭醜小鴨。大家在一起商量，想把醜小鴨從農場裡趕出去。（9）

在這樣的邏輯下，醜小鴨何必「逃」得那麼祕密又拼命？他的離開不正是大家所樂見的嗎？這樣的矛盾，可能是由於譯寫不全然是創作，在翻譯與創作混合夾雜下，便可能產生這樣邏輯不一致的現象。

[2]安徒生童話在臺灣與大陸都有多種中文譯本，在大陸有三個譯本是影響最大的權威譯本，分別是葉君健、林樺、任溶溶的譯本（韓進 2）。葉君健與林樺的譯本皆譯自丹麥原文，兩人皆因為翻譯安徒生童話的貢獻獲得丹麥女王授予「丹麥國旗勳章」。任溶溶為大陸資深兒童文學作家與翻譯家。

另外，圖文不一致也是「譯寫」可能造成的情況。由於繪畫者與譯寫者對故事各有詮譯，譯寫者刪節的部分，或許可能是繪畫者忠於原作的部分。例如醜小鴨在冬天來臨時，怕湖水結冰，就繞著圈子游泳，圈子愈變愈小，醜小鴨昏倒了，身體跟冰塊凍結在一起。一個農人發現醜小鴨，使用木鞋把冰塊打破，將醜小鴨帶回家照顧。林良在譯寫這一段時，並沒有提到木鞋：

> 第二天一大早，一個農人看到了醜小鴨，就跑過去把他抱回家，交給太太照顧。(23)

然而繪畫者的插圖卻沒有忽略木鞋這項救命工具：

由此可以推測，繪圖者安嘉拉茉（Roberta Angaramo）在繪圖時，根據的文本應該是比較忠於原作的版本。而林良在譯寫時，手邊或許也沒有圖畫得以搭配思考。在各行其是的情況下，林良刪掉了木鞋的描述，結果可能讓讀者看到這幅圖時，不知道為什麼農人的一隻木鞋沒有穿在腳上，而是放在一旁。林良在前述有關這套繪本的翻譯策略時，提到「有時需要為

了插畫而增添原作中沒有的文字，這是為了讓大家注意到精采的畫面」，對照這幅圖畫，不禁讓人覺得不解。這點或許是編輯作業的問題，但確實突顯出「譯寫」可能造成的圖文不一致。

由此可知，「譯寫」看似自由，但其困難在於整部作品必須注意到一致性，譯作的文字風格、內容情節、插圖都要能緊緊相扣，互相搭配，當譯者想要縮短本文或降低文本的複雜程度時，文本的整體感可能就會直接受到影響（Shavit 125）。譯者要意識到這個層面，才能讓改寫的譯作有完整的新風貌。

（三）以讀者為中心

由於採用較自由的「譯寫」，捨棄了忠實的「翻譯」，自然也就無所謂忠於「作者」，而轉向以「讀者」作為考量的對象。根據施萊爾瑪赫（Friedrich Schleiermacher）的說法，譯者在翻譯時有兩個選擇，一個是盡量不打擾原作者而將讀者移近作者，另一個是盡量不打擾讀者而將作者移近讀者（25）。林良顯然是選擇後者。早期他提到要避免兒童學到割裂破碎的本國語文，後來自述繪本翻譯策略時，他也提出要重視圖畫詮譯，力求文字口語化，以及適度刪節以符合兒童興趣等等，皆可看出他的翻譯是以兒童讀者為中心。

為了符合兒童讀者的能力、程度、興趣，林良無論是創作或翻譯，都十分強調「淺語」，他寫的兒童文學論文集書名便是「淺語的藝術」，強調為兒童寫作時，要用淺白的語文，同時要兼顧文學之美。文字淺化的觀點，在他論及安徒生繪本翻譯時也再次提出。這種淺化的傾向，其實也符合童書翻譯的規範（norm）。童書的譯者向來就享有比成人書的譯者更多操縱文本的空間，譯者操縱時所遵循的規範不外乎以下兩點：1.調整文本，使其對兒童適當而有用，也就是符合社會上所認知的具有教育意義上的益處；2.調整情節、角色、語言，以符合社會上對兒童閱讀與理解能力的認知（Shavit 113）。這兩種規範在歷史上不同時期有不同的注重程度，在過去將兒童文學視為教育工具的時代，第一項規範格外受到重視，但近年來，隨著童書愈來愈多元開放，社會的焦點轉而重視第二項規範。奧沙利文（Emer O'Sullivan）也提出，根據讀者的能力而調整譯文，許多文學批評者認為這是一種正當的干預（91）。

在林良的社會地位與大量譯作影響之下，這種調整更顯得名正言順。

但如果我們進一步觀察他的安徒生童話「譯寫」，會發現淺化的不僅是文字，安徒生作品細膩的場景描述，隱晦不明的深層意涵，對死亡主題的碰觸，似乎也都隨著林良的譯筆而淺化了。以下我們來看幾個例子。

1. 簡化與淺化

首先要談安徒生細膩的景物描寫。林良早在尚未翻譯這套繪本之前，就曾經為文談過安徒生的寫作風格。他提到故事中的「描寫」部分，往往把故事打斷（1995：7）。而在《野天鵝》的導讀中，林良又提出繪本無法承載大量文字，所以必須刪減這些枝節，而細膩的風景描寫，會阻礙故事主幹的進行，也就不符合兒童聽故事的興趣。於是，林良把景物的描寫刪節簡化了。以《醜小鴨》的故事開頭為例，與其他中文全譯本比較，可看出林良將複雜的風景描寫，刪減為簡單幾句。

葉君健譯文：

> 鄉下真是非常美麗。那時正是夏天，小麥是黃澄澄的，燕麥是綠油油的；乾草在綠色的牧場上堆成垛，鸛鳥邁著又長又紅的腿在散步，喋喋不休地講著埃及話。這是它從它母親那裡學到的一種語言。在田野和牧場的周圍有些大森林，森林裡有一些很深的池塘。的確，鄉間是非常美麗的。（78）

林樺譯文：

> 鄉間景色真是美妙極了，夏天到了！穀粒一片金黃，燕麥綠油油的，乾草在綠色的草場上高高地垛成堆，鸛鳥閒散地踱著。他的紅腿長長的，

說著埃及話，這種話是從他的母親那裡學來的。田裡和草場都是大樹林，樹林中間有很深的湖，可不是，鄉間真是美麗極了！（1）

任溶溶譯文：

鄉間這時候正是可愛的夏天天氣，黃澄澄的小麥，綠油油的燕麥，加上牧場上的乾草垛，看上去真是美極了。鸛鳥邁著牠紅色的長腿踱來踱去，嘰哩咕嚕說著埃及話，這是從牠媽媽那裡學來的。麥地和牧場被大樹林包圍著，樹林中有些深水塘。在這兒鄉間走走實在是叫人心曠神怡。（205）

林良譯文：

夏天的鄉下，有金色的陽光，有綠色的大地，真是美麗極了。（1）

大幅刪節風景的描述，可能是遷就繪本的頁數限制，但如果與上誼出版社的安徒生童話典藏系列《醜小鴨》互相對照，會發現同樣是譯本形式，繁複的風景描述雖然簡短，但譯者黃瑋琦的譯文仍能保持優美而不淺化的風格：

黃瑋琦譯文：

夏日的田野與草原在溫暖的陽光照射下，散發出耀眼的金黃色光芒。（1）

由此可見，同樣是繪本，同樣以中低年級兒童為目標讀者，林良的譯文顯然比較淺易。這一向是他對兒童文學創作的理念，身分雖然從作家變成譯者，他依然執著的是「淺語的藝術」。刻意的簡化或淺化，柯普蘭

（Justine Coupland）認為這樣的「簡單」（simplicity）通常意味著非原創的敘述，往往只是將思想或行動扼要說明（Hunt 101）。這樣的「淺語」，反映出「教育」思惟重於「文學」思惟。

2. 添加解釋

其次談的是安徒生隱晦不明的意涵。在林良的譯筆下，這些意涵被明白解譯給兒童讀者聽。醜小鴨有一次看到兩隻大雁被獵人射殺，獵狗在搜尋時看見醜小鴨，不過獵狗並沒有咬他，只是聞一聞他，然後就離開了。在這一段情節中，無論是安徒生的原文，或是赫爾淑特、葉君健、林樺、任溶溶的譯文，都沒有說明為什麼獵狗不咬醜小鴨，而把這個部分留給讀者自己去思考。不知林良是否擔心兒童讀者無法想出答案，所以特別加了一段解釋的文字：

> 醜小鴨不知道獵狗為什麼會放過他。其實獵狗放過他，是因為聞出來他不是一隻大雁。可是醜小鴨告訴自己說，獵狗放過他，是因為看他太醜，所以才不吃他。（15）

這樣的解釋文字，同樣也反映出林良認為兒童讀者理解能力的認知是有限的，所以需要成人伸出援手加以解釋。但或許原文中沒有明說的部分，有時候是刻意要留給讀者去填補的，這也是閱讀之所以有趣的地方。把這些地方明講出來，也就剝奪了讀者自行推論思考的樂趣。對照林良在受訪時所說「考慮到兒童的理解能力而篩選詞彙，把比較陌生的字眼改為比較熟悉的字眼」，可以肯定的說，林良在寫作或翻譯時，會考慮到讀者的認知能力，但從另一方面來說，在他的眼中，兒童讀者的理解能力是有限的，所以需要成人的幫助，才能理解文本的意義。

3. 刪除「尋死」情節

最後要談的是林良對死亡議題的處理。故事中醜小鴨經過漫長的冬天之後，有一天又看見那些尊貴美麗的天鵝，他決定勇敢飛向他們，覺得與其被農場上的雞鴨啄死，被餵食的女僕踢死，或是被嚴寒的冬天凍死，他寧可被這些天鵝啄死。於是他主動飛向他們，然後低頭準備受死，此時才從水中倒影發現自己變成了天鵝。這段文字表現出醜小鴨想接近天鵝的渴望多麼強烈，即使可能會送死，他也在所不惜。這裡可以看出醜小鴨對於追求高貴美好的渴望已經遠超過對死亡的恐懼，即便是付出生命他也願意。這種將負面意味的「死亡」與「高貴、聖潔、美好」連結在一起，在安徒生的其他故事也曾出現。《人魚公主》、《賣火柴的小女孩》、《勇敢的錫兵》三個故事最終結局都是死亡，同樣都富有靈魂「向上昇華」的深層意涵。然而在林良筆下，醜小鴨卻是先發現自己原來是天鵝，然後才敢放心的游向其他天鵝，使得原作中醜小鴨無懼死亡追求昇華的深層意義無法呈現：

> 春天到了，醜小鴨也長大了。有一天，他展開翅膀，飛進一個大公園，看見三隻白天鵝從池邊的樹蔭裡向他游過來。醜小鴨一直以為自己長得很難看，不敢看他們，趕緊把頭低下去。(25)
> 這時候，他在水面上看到自己的倒影，就像照鏡子一樣。原來他已經不是那隻又難看又惹人厭的醜小鴨，他是一隻美麗的白天鵝！他從來沒想到，事情會是這個樣子！他本來想放聲大哭，但是他沒有這樣做。他只是抬起頭，臉上帶著笑容，向三隻美麗的白天鵝游過去。(26)

這裡可以看出，林良刻意刪去醜小鴨原本「低頭受死」的情節。在林良譯寫的上述其他三個故事中，在「死亡」議題的處理上並沒有刻意迴避或改寫結局，何以林良要在《醜小鴨》故事中刪去此情節？兩種情形相較之下，醜小鴨與其他故事主角對於死亡的最大差別在於他主動迎接死亡，而其他故事主角則是被動接受死亡。在葉君健的譯本中，醜小鴨說：「請你們弄死我吧！」（91）；在任溶溶的譯本中，醜小鴨說：「把我啄死吧。」（91）。赫淑爾特的英文譯本中醜小鴨更直接的說“Kill me!”（204）。或許是這種求死的舉動讓林良深感不妥，擔心會對兒童有不良影響，所以才會刪除醜小鴨這樣的言語舉動。

從淺化與簡化的例子，可以看出林良認為兒童語言能力有限；從添加解釋的例子來看，則可看出林良認為兒童的理解能力有限。由於這套繪本的目標讀者是中低年級的小朋友，甚至是尚未識字需要大人朗讀的幼兒，以教育者的高度來衡量這些兒童的語言與理解能力，很自然的會認為他們無法接受複雜的元素。另外，「尋死」情節所可能造成的示範作用，也促成了林良的改寫。這樣的處理也反映出林良認為兒童判斷能力有限，很容易不加思索模仿危險的行為或動作。從這些改寫的部分來觀察，可以進一步探索其背後是隱藏著怎樣的兒童觀。

三、兒童觀

奧斯特（Anette Oster）提到譯者在翻譯兒童文學時，除了文化和語言差異之外，譯者的兒童觀也是很重要的因素。譯者經常想到的問題是：如果敘述時沒有提供具體的例子，兒童能了解多少？哪些故事適合說給兒童聽？（150）在探討過林良的翻譯觀之後，我們可以更進一步察覺，他的翻譯觀是以特定的兒童觀為基礎所形成的，有怎樣的兒童觀，造就出他怎樣的翻譯策略。從上述例子可以看出，林良的「譯寫」策略背後隱藏著他對兒童的觀感。文字要淺化，是因為兒童的語文能力有限；要添加解釋，是因為兒童的理解能力有限；刪除「尋死」情節，是因為兒童判斷能力有限，可能會受到影響而模仿。

然而究竟什麼是兒童？兒童具有怎樣的特質？要定義兒童的本質之前，或許正如奧伯斯坦（Karin Lesnik-Oberstein）所言，成人必須先得說明、陳述。傳達所謂的「成人」與「非成人」具有怎樣的理想典範與特質（26）。再進一步說，所謂的「兒童」其實是成人意識或潛意識所投射所建構出來的，是一種模糊的概念，因為並沒有單一對象可以指稱為我們要描述的「兒童」。從作者或譯者的筆下反映出的兒童，其實是作者或譯者本身想像的理想兒童，而非實際的兒童。以下我將說明何以這樣想像中的理想兒童其實是不存在的。

首先，要對「成人」或「兒童」下定義，是非常困難的事。因為這不是兩個個體，而是兩種族群。複雜的是，各自的族群之中，彼此之間又存在著許多差異。兒童究竟能不能接受複雜的文字、情節、議題？每個兒童的能力其實依個人的認知發展、成長背景、教育程度都會有所不同。當我們提出「兒童」這個概念的時候，彷彿把他們視為能力相同的族群，但事實上，在這個族群中，每個兒童的能力並不全然相同，我們只看到兒童的「共同性」，卻忽視他們之間其實也存在著「差異性」，就像每一個成人讀者之間存在著差異一樣。我們如何能將他們的能力程度全部一視同仁？

再者，「成人」與「兒童」之間的界線並不明確，究竟幾歲是兩者之間的分水嶺？在法律規定、玩具商、出版業、食品業、流行音樂界、父母眼中，恐怕對於「兒童」的年齡界定都不一樣。即使各自定義出界線，在現代社會中，成人與兒童的彼此越界，已經是司空見慣的事。成人書籍出現繪本化的趨勢，蒐集 Hello Kitty 的顧客往往是成人比兒童還多，而另一方面，兒童不聽兒歌只聽流行音樂，在網路上玩著充滿成人世界愛恨情仇的線上遊戲。在瞬息萬變的現代，我們對於「兒童」的形象認定，似乎難以找到一致的答案。

最後，兒童是否就是能力不如成人的讀者？華許（Jill Paton Walsh）認為，成人具有較多經驗，在某種程度上，閱讀能力的確是勝過兒童，但是從另一方面來看，成人的經驗卻也可能讓他們不如兒童，因為成人的反應可能是平淡無聊的，但兒童的反應可能會是新鮮敏銳的（Oittinen 2006b：89）。史都特（Birgit Stolt）也認為，成人經常低估兒童的能力。其實兒童具有想像力，也具有對事物的直覺，而且兒童極願意接觸新鮮、奇異、困難的事物（73）。弗律茲（Hans-Ludwig Freese）更提出，兒童的能力並不比成人弱，他們具備的只是和成人不一樣的能力（Oittinen 2006b：89）。

將文字淺化或添加解釋，彷彿將兒童視為未成熟的個體，或是能力不足的「次人類」（subhuman）。但成人對兒童能力的了解其實都只是假設，我們如何能為兒童決定他們有能力閱讀什麼？懷特（E. B. White）認為有些作家刻意避免使用他們覺得兒童不知道的字詞，這麼做等於讓文章的力道盡失，也會讓讀者覺得無聊。兒童喜歡接受嘗試各種新鮮事物，只要文字的情境脈絡能吸引他們的注意力，他們就會特別喜愛讓他們能絞盡腦汁的字詞（140）。而根據奧沙利文的看法，兒童在閱讀時，就如同在日常生活中一樣，經常會遇到看不懂、聽不懂的地方，但是兒童會發展自己的策略去處理這樣的問題，例如略過或利用上下文來猜測（95）。尤其是年幼的兒童，他們每天聽大人說的話，其中本來就有許多字彙是半猜半懂的，這樣的過程正是兒童學習社會化的歷程，成人或許應該思考是否經常低估了兒童運用策略來理解話語的能力。

最後，在刪除「尋死」情節的同時，成人以兒童的保護者自居。林良曾在《淺語的藝術》書中談到文學與道德的衝突。他認為如果想為兒童選擇優良的兒童文學創作，可以從具有「文學性」的作品中，挑選富有教育價值的。或者從富有教育價值的作品中，挑選那寫得最動人的。他可能必須拋棄一些寫得很動人的，例如把「自殺」寫得很神祕、很迷人、很美麗的作品（50）。由此可看出「自殺」在林良的觀念裡，是兒童文學裡不該出現的題材。兒童不應該碰觸「尋死」的念頭。同理可證，不難想像迪士尼的「小美人魚」為什麼會改變結局，讓人魚公主最後與王子結婚，從此過著幸福快樂的生活。這意味著成人要給兒童的是一個粉紅色甜美世界，不願意讓兒童碰觸到真實世界的議題，因為怕兒童脆弱的心靈無法承受。此時，成人是強者，兒童是弱者。這些操縱的背後，反映出的意識形態是成人有權決定兒童適合或不適合碰觸的議題。成人與兒童之間的權力關係立即明朗化，從某種程度來看，成人的篩選與干預，幾乎等於是一種檢查制度（censorship）。有些人對檢查制度抱持肯定的看法，認為這樣才能保護兒童純潔的心靈，也能維持整個社會的福祉（West 507）。但是兒童畢竟是生活在現實社會裡，父母或師長不需要也不應該讓兒童生長在無風無雨的溫室裡。與其說是保護兒童，會不會其實為的是成人權力意志的實踐？

四、結語

林良一生奉獻於兒童文學與語文教育，無論其平易近人的作品，或是其溫柔敦厚的為人，都為許多人所景仰稱道。在此對其繪本譯作與翻譯觀提出評論，絕非有意質疑他的貢獻，而只是想提供一個「沒有完美譯者」的觀念。當然，僅以《醜小鴨》一書來評論林良的翻譯觀及兒童觀，其實有以偏概全的危險，我應當更廣泛的閱讀與分析他的譯作，才能更有說服力。不過當許多研究者或評論家專注於討論林良的創作作品時，對其翻譯作品避而不談，是否意味著不願意打破「完美的」理想典範？或是認為「翻譯」地位不如「創作」，所以譯作沒有討論的必要？無論原因為何，所謂「完美」的譯者並不存在，無論是「翻譯」或是「譯寫」，其實都是「再創作」，而且其困難不亞於「創作」，這是我藉由林良的譯寫《醜小鴨》想突顯的觀點。

其次，我對於所謂的「兒童」的觀念提出了疑問。從林良談論「翻譯」的文章，或是從他的譯作，可以看出他以兒童讀者為導向，採取淺化、簡化、歸化的翻譯策略。他心目中的兒童讀者，不喜歡細膩的景物描寫，需要成人添加解釋以理解文本，而且不宜接觸「尋死」的觀念。對此我想提出的是另一種可能，那就是所謂的「兒童」其實是成人建構出來的形象，他們是否真如成人想像的那麼簡單、無助、脆弱，其實是需要再重新思考的問題。在個體之間存在差異的情況下，在成人兒童界線不明的情況下，以及「兒童能力不如成人」其實也是一種假設的情況下，所謂的「兒童」已是一個模糊的形象，遑論界定他們能接受什麼或不能接受什麼。

這樣的界定其實反映出成人心目中存有「理想兒童」的形象，這樣的兒童需要成人給予協助、教育、保護。如果真有這樣的理想兒童存在，那也是因應成人的期望而形塑出來的，在這樣的期望下，兒童的喜好與能力其實受到了限制。在許多原始部落中，年紀很小的孩子就要協助父母，男孩很早就拿弓箭小刀狩獵，女孩也挑水生火帶小孩，這些孩子如同成人一樣被看待並賦予責任[3]。文明社會的成人則認為年幼的孩子不應該接觸水火或尖銳物品，因為怕孩子會受傷，以這樣的預期心理來養育孩子，是不是可能讓預言自我應驗，使得意外事故始終是兒童十大死因之首？與原始部落的孩子互相對照，或許並不是這些孩子比我們的孩子更天賦異稟，而是我們的期望塑造出孩子有限的能力。

在成人以協助者、教育者、保護者自居的同時，也暴露出成人與兒童之間不平衡的權力關係。從某種程度來看，成人似乎更喜歡孩子保持在純真、脆弱、無助的狀態，使得成人的干預師出有名，因為一切都是為了孩子好。童書從翻譯到出版到購買，幾乎都是成人在為兒童做決定，但成人的決定真的是為兒童好嗎？還是成人自滿於其掌握的權力而不自知？相較於早期兒童文學充滿道德訓示，現在的兒童文學無論在題材或文字上都已非常多元化，不過相較於歐美各國的發展，國內出版的童書相對上依然偏於保守，有關戰爭、性愛、種族、政治等敏感議題的童書，在市場上難得一見。經典作品的一再回籠出版，也顯示這是出版社寧願選擇較為安全的選項。

林良對於「翻譯」與「兒童」的觀念，與我提出的論點相較之下，相對的比較傾向保守。以林良在國內兒童文學界的指標作用，他的觀念極可能成為一種隱形的規範，影響許多童書創作者、翻譯者、評論者。近年來林良對童書翻譯的努力眾所皆知，我無意質疑林良在兒童翻譯時的良善美意，但我想提出的是，在良善美意的底層，是否可能存在著盲點，而身為成人的我們卻未曾察覺。如果成人能以更開放更平等的態度來看待「翻譯」這個活動與「兒童」這個對象，如果成人能將手中的權力稍微放開，讓童書的題材與文字擁有更多可能，或許我們會發現，兒童具有我們原本無法想像的潛力，而童書翻譯也能呈現更豐富多元的面貌。

[3]可參考萊德羅芙（Jean Liedloff）的 *The Continuum Concept: In Search of Happiness Lost*，作者花了兩年半的時間，深入南美洲的原始部落，親身體驗印第安原住民的生活方式。

引用書目

- 安徒生（Hans Christian Andersen）著；葉君健譯，《安徒生童話選》，香港：三聯書店，2000 年。
- ——；林樺譯，《安徒生故事全集 1》，臺北：聯經出版公司，2005 年。
- ——；任溶溶譯，《安徒生童話全集 1》，臺北：臺灣麥克，2005 年。
- ——；林良譯寫；辛西亞（Cinzia Ratto）繪圖，《野天鵝》，臺北：格林文化，2005 年。
- ——；林良譯寫；安嘉拉茉（Roberta Angaramo）繪圖，《醜小鴨》，臺北：格林文化，2005 年。
- ——；黃瑋琦譯，《醜小鴨》，臺北：上誼文化公司，2005 年。
- 全國圖書書目資訊網。2007 年 8 月 14 日。http://nbinet2.ncl.edu.tw
- 杜榮琛等著，《兒童文學資深作家作品研討會——林良先生作品討論會論文集》，臺北：中華民國兒童文學學會，2000 年。
- 林良，〈談談安徒生〉，《中華民國兒童學會會訊》第 21 卷第 6 期，1995 年 11 月，頁 5～8。
- ——，〈為安徒生童話寫話本〉，野天鵝導讀，誠品網路書店，2007 年 8 月 14 日。http://eslitebooks.com/Program/Object/Article.aspx?ARTICLE_ID=1112327110468
- ——，《淺語的藝術》，臺北：國語日報，1994 年。
- 林淑芬，〈林良的兒童文學作品研究〉，臺北：臺北市立師範學院應用語言文學研究所碩士論文，2000 年 6 月。
- 施萊爾瑪赫（Friedrich Schleiermacher）著；伍志雄譯，〈論翻譯的方法〉（“On the Different Methods of Translating”），張南峰編，《西方翻譯理論精選》，香港：香港城市大學出版社，2000 年，頁 19～27。
- 麥拉克倫（Patricia MacLachlan）著；林良譯，《又醜又高的莎拉》（*Sarah, Plain and Tall*），臺北：三之三文化，2005 年。
- 博客來網路書店，2007 年 8 月 14 日。http://www.books.com.tw

- 劉瑩，〈安徒生童話的詩化特質——以《人魚公主》為例〉，《第四屆全國兒童文學與兒童語言學術討會論文集》，臺中：靜宜大學，2003 年，頁 365～397。
- 韓進，〈安徒生童話在中國的百年版本之旅〉。《中華讀書報》。中國網。2005 年 3 月 25 日。2007 年 8 月 14 日。http://big5.china.com.cn/chinese/RS/821148.htm
- Andersen, Hans Christian. "Den grimme Ælling." ("The Ugly Duckling") 14 Aug. 2007. http://www.adl.dk/adl_pub/pg/cv/ShowPgText.xsql?p_udg_id=95&p_sidenr=30&hist=fmD&nnoc=adl_pub33
- ——. *Hans Christian Andersen: The Complete Stories.* Trans. Jean Hersholt. London: The British Library, 2005.
- Hans Christian Andersen Center. "The Complete Andersen Editional Info." 14 Aug. 2007. http://www.andersen.sdu.dk/vaerk/hersholt/om_e.html
- Hunt, Peter. *Criticism, Theory, and Children's Literature.* Oxford: Basil Blackwell, 1991.
- Lesnik-Oberstein, Karin. *Children's Literature: Criticism and the Fictional Child.* Oxford: Clarendon Press, 1994.
- Liedloff, Jean. *The Continuum Concept: In Search of Happiness Lost.* Cambridge, MA: Perseus Books, 1985.
- Oittinen, Riitta. "No Innocent Act: On the Ethics of Translating for Children." *Children's Literature in Translation: Challenges and Strategies.* Eds. Jan Van Coillie and Walter P. Verschueren. Manchester, UK: St. Jerome, 2006. pp. 35-45.
- ——. "The Verbal and the Visual: On the Carnivalism and Dialogics of Translating for Children." *The Translation of Children's Literature: A Reader.* Ed. Gillian Lathey. Clevedon, UK: Multilingual Matters, 2006. pp. 84-97.
- ——. *Translating for Children.* New York: Garland, 2000.
- Oster, Anette. "Hans Christian Andersen's Fairy Tales in Translation." *Children's Literature in Translation: Challenges and Strategies.* Eds. Jan Van Coillie and Walter P. Vershueren. Manchester, UK: St. Jerome, 2006. pp. 141-155.
- O'Sullivan, Emer. *Comparative Children's Literature.* Trans. Anthea Bell. London:

Routledge, 2005.

- Shavit, Zohar. *Poetics of Children's Literature.* Athens, Georgia: University of Georgia Press, 1986.
- Stolt, Birgit. "How Emil Becomes Michel: On the Translation of Children's Books." *The Translation of Children's Literature: A Reader.* Ed. Gillian Lathey. Clevedon, UK Multilingual Matters, 2006. pp. 67-83.
- West, M. I. "Censorship." *Encyclopedia of Children's Literature.* Ed. Peter Hunt. London: Routledge, 1996. pp. 498-507.
- White, E. B. "On Writing for Children." *Paris Review* 48 (1969): 140.

——選自《國立臺北教育大學語文集刊》第 13 期，2008 年 1 月

林良，淺語藝術的倡導者

◎林煥彰*

林良先生，他是「淺語藝術」的倡導者；他使用日常淺顯的生活語言，做為寫作的表達工具，為成人寫作，也為小孩寫作。他寫作的文類，大致包括散文、小說、童話、兒童詩歌、論述等；他寫給大人看的散文或隨筆，大都用筆名——子敏發表；寫給兒童看的所有兒童文學作品，用的名字——林良，就是本名；這個原則，他一直沒有改變。因此，應該說，林良不僅是「淺語藝術」的倡導者，還應該說是「淺語藝術」的忠實奉行者。

林良提倡「淺語藝術」，他有一本論述的書，談兒童文學寫作的專著，書名用的就是《淺語的藝術》。這本書，在臺灣的兒童文學界，應該是無人不知、無人不曉的，可奉為現代兒童文學理論經典之書；在臺灣兒童文學界，能夠把兒童文學作品寫好的作家，據我觀察其使用的語言和文學藝術成就，大多和「淺語藝術」有關；如果不是直接受到林先生「淺語藝術」的影響，也極可能是有自覺地使用「口語化」的語言在從事為兒童寫作。

林良有一本著名兒童小說——《我是一隻狐狸狗》（原名《懷念》），可說是他唯一的一本兒童小說。據說他書中寫的那隻小白狗，是真實的故事，故事中的小白狗，就是他們養的。牠有一個很美很可愛的名字，叫「斯麥」，就是從英文的「smile」的譯音來的，是微笑的意思，所以你會感覺有這樣名字的小白狗，叫起來是多麼的親切，難怪他們一家五口多少年

*詩人、畫家、兒童文學工作者。曾創辦《龍族詩刊》、《布穀鳥兒童詩學季刊》、《兒童文學家》雜誌等。曾任泰國《世界日報》與印尼《世界日報》副刊主編、中華民國兒童文學學會理事長、中國海峽兩岸兒童文學研究會創會理事長、亞洲兒童文學學會臺北分會會長，現為《兒童文學家》雜誌發行人及《乾坤詩刊》發行人兼總編輯。

之後，對牠還是那麼懷念。我們也可以想像這隻小白狗，做為他們家的一員，是多麼的幸福，受到寵愛和重視。你說誰能拒絕「微笑」呢！這讓我聯想到，韓國為什麼會把「微笑」用漢字寫成「美笑」，同時也使用漢音「美笑」來發音，以不懂韓語的我來說，聽在耳裡都特別感到親切又甜美。所以，「淺語藝術」的效用是很大的，連韓國人使用漢字都能懂得轉用成如此貼切又生動。

林良最具代表性的一本兒童散文集，應該就是《小太陽》。在臺灣，只要是喜歡閱讀的人，也一定會知道這本書，並且一讀再讀；這本《小太陽》，從初版到現在，差不多已印了一百三十多版；三、四十年來，它已成為三四代人共讀的一本好書。所以，稱林良為「小太陽」之父，應該也沒有人會反對。誰不想心中永遠能擁有一顆、象徵充滿希望、溫暖的「小太陽」呢？再說他的小童話故事《兩朵小白雲》，幾十年來，它們一直都在我腦海中悠悠漫游著，也讓我產生了美麗的夢想、憧憬著人生就應該要有如此從容自在的優游……

的確，林良給人有一種優游儒雅的風範，因為他擁有一種從容的、良好的、「慢的」生活方式，我稱它為「慢的哲學」的生活方式。他做什麼都有條理：講話不急，吃東西不急，走路不急，寫文章也不急，做事更不急，可以說，什麼都不急。他的這種「不急」的「慢的哲學」，養成了他一輩子都在寫作，從不停下來休息，任何時候，他都可以靜下心來寫作。這是非常好、非常了不起，也很令人羨慕的一種人生態度。

林良所有的兒歌、兒童詩，或如順口溜的小品韻文，有數以萬計的作品，都出自這一個著名的專欄——「看圖說話」；60 年來，讀過《國語日報》的四五代人，應該可以說：都讀過林先生這一類用現代口語、有自然押韻，可以朗朗上口的幼兒詩歌，如《小紙船看海》、《小動物兒歌集》等，都是非常受低幼兒童及其父母歡迎；因為這類數量龐大的作品，每天有機會讀它，就是開啟低幼兒學習語言、說話、閱讀的最好機會，甚至於也因此可以啟發低幼兒增加使用詞彙、練習寫作的興趣和提升表達的能力。

我一向喜歡拿林良的一些幼兒詩歌來和大家分享，欣賞他「慢的哲學」的好處。其實，我說的他的「幼兒詩歌」，說法也不是很準確，為什麼？因為好的文學作品，往往不是因為它淺顯的語言而決定了它的「悅讀」對象，換句話說，低幼兒童能讀的詩歌，成人或老人長者來讀，一樣津津有味；下面我就引幾首林先生寫蝸牛和一首寫沙發的詩，一起分享，也做為本文的結束——

《蝸牛》（一）：別的動物快是快，／但是／牆頭上有些什麼，／誰也沒有我知道得多／——蝸牛說。

《蝸牛》（二）：不要再說我慢，／這種話／我已經聽過幾萬遍。／我最後再說一次：／這是為了交通安全。

《沙發》：人家都說，／我的模樣好像表示／「請坐請坐」。／其實不是；／這是一種／「讓我抱抱你」的／姿勢。

——選自《光明日報》，2014 年 10 月 24 日，15 版

輯五◎

研究評論資料目錄

作家生平、作品評論專書與學位論文

專書

1. 中國海峽兩岸兒童文學研究會編　林良和子敏　臺北　業強出版社　1993 年 10 月　224 頁

本書收錄歷年來對於子敏的評論，共 44 篇：1.林煥彰〈認識林良和子敏——序《林良和子敏》〉；2.王金選〈孩子們的小太陽——林良老師速寫〉；3.木子〈先認識子敏，後拜識林良〉；4.方素珍〈林良先生愛說笑〉；5.方梓〈不用成語的散文家〉；6.杜榮琛〈我印象中的——林良先生〉；7.余治瑩〈願做那抹綠〉；8.沙白〈一顆善良的童心——向林良先生拜七十壽〉；9.李潼〈小太陽·常青樹——林良〉；10.周慧珠〈慈悲自在〉；11.林海音〈漫寫林良老弟〉；12.林煥彰〈從他送我「小花籃」開始——寫我認識的林良先生〉；13.林婷婷〈林良和子敏〉；14.林仙龍〈淡淡的緣〉；15.林芝〈我見到了他〉；16.林瑋〈憶心頭點滴往事〉；17.林琪〈我的爸爸〉；18.林櫻〈我的父親〉；19.金波〈和林良先生相遇〉；20.洪志明〈淺談《淺語的藝術》裡的「淺」〉；21.洪汛濤〈和林良先生見面〉；22.帥崇義〈我所認識的林良老師〉；23.馬景賢〈從一首小詩談林良先生〉；24.徐守濤〈我所認識的子敏先生〉；25.陳正治〈兒童文學界的巨人〉；26.陳啟淦〈十項全能的人〉；27.陳木城〈簡筆速寫林良〉；28.陳伯吹〈隔海祝壽〉；29.夏祖麗〈在月光下寫《小太陽》——子敏訪問記〉；30.彭琬玲〈妙筆寫童心——林良與幼兒文學結緣半世紀〉；31.張水金〈林緣〉；32.華霞菱〈從不敢開口到娓娓而談的林良先生〉；33.管家琪〈我心目中的「小太陽」〉；34.蔣竹君〈《看圖·說話》的無名作者〉；35.樊發稼〈林良先生印象〉；36.蔣榮勇〈我愛看《看圖·說話》〉；37.鄭雪玫〈我認識的林良先生〉；38.劉靜娟〈寬容的眼睛·赤子的心〉；39.樂茝軍〈風格獨特的人〉；40.潘人木〈書迷傳〉；41.賴慶雄〈牽引〉；42.薛林〈不要只是守廟的幾個和尚尼姑——以林良先生的話壽林良先生〉；43.簡宛〈《小太陽》裡愛的世界〉；44.蘇尚耀〈亦師益友的林良先生〉。

2. 中國海峽兩岸兒童文學研究會編　耕耘者的果樹園：林良先生序文選集　臺北　業強出版社　1993 年 10 月　283 頁

本書收錄林良先生為各類著作所寫的序文。全書分為 2 大部分，第 1 部分為兒童文學，其下分 10 類：1.理論類；2.童話類；3.詩歌類；4.少年小說類；5.兒童散文類；6.翻譯類；7.發刊辭類；8.選集類；9.插畫類；10.其他，第 2 部分為成人文學（散文類）。

3.〔中華民國兒童文學學會〕　兒童文學資深作家作品研討會——林良先生作品討論會論文集　臺北　行政院文建會　2000年10月　121頁

本書包含4部分：1.專題演講，收杜子〈林良先生及其作品〉；2.論文發表，收有林武憲〈林良先生兒歌創作研究〉、徐錦成〈現代都市與古典中國——林良詩的兩種面貌〉、徐守濤〈林良先生兒童文學理論初探〉、藍涵馨〈試析《懷念》文類定位和小說技巧〉、林淑芬〈論林良的兒童散文〉；3.座談引言，收有馬景賢〈我的「室友」林良〉、陳正治〈神仙生活與責任生活的美好結局〉、張清榮〈和沐春風〉、陸又新〈林良「看圖說話」的寫作藝術〉、林芳萍〈走進太陽山——看一棵樹的樣子〉、方素珍〈「八卦」林良〉、黃瑞田〈永恆的小太陽〉、蔡清波〈無量歡喜心——記兒童文學推手林良先生〉；4.專門訪問，收蔡佩玲〈永遠的小太陽——林良專訪〉。

4. 林　瑋　永遠的小太陽：林良　臺北　遠見天下出版公司　2013年11月　211頁

本書為林良之女林瑋以簡明的敘事手法為其父所寫之傳記。全書共4章：1.神戶的幼年生活；2.廈門的童年生活；3.中學生涯和逃難生活；4.從鼓浪嶼到臺灣。正文前有〈用童心為孩子織夢〉，正文後附錄「林良大事年表」。

學位論文

5. 林淑芬　林良的兒童文學研究　臺北師範學院應用語言文學研究所　碩士論文　陳正治教授指導　2000年6月　373頁

本論文以兒童文學理論對林良的作品進行整理分析，探討林良的創作理念和作品特色。本文共10章：1 緒論；2.林良的家世背景與人生經歷；3.林良的兒童文學創作觀；4.林良的兒歌；5.林良的兒童詩；6.林良的童話；7.林良的兒童故事；8.林良的兒童散文；9.林良的兒童廣播劇劇本；10.結論。正文後附錄〈林良著作年表〉。

6. 陳志哲　林良的兒童文學理念在小學語文教材上的運用　花蓮師範學院語文科教學碩士班　碩士論文　羅秋昭教授指導　2003年6月　210頁

本論文採文獻分析、作品內容分析、實際訪談等方法，探討林良的兒童文學理念，瞭解林良的兒童文學理念在語文教材上運用的情形，歸納林良的兒童文學理念運用。全文分8章：1.緒論；2.背景分析；3.林良兒童文學之特色；4.林良編輯語文教課書之理念；5.林良兒童文學理念在語文教材內容上之呈現；6.林良兒童文學理念在語文教材形式上之呈現；7.教課書使用者對於林良編輯語文教材之意見；8.結論。正文後附錄〈專訪林良先生（一）：談兒童文學理念〉、〈專訪林良先生（二）：談語文教材編輯理念〉、〈林國樑教授訪談實錄〉、〈李鍌教授訪談實錄〉、〈林良先生兒童文學著作年表〉、〈林良先生為「九年一貫」語文教材修訂之手稿（翰林版）〉、〈民國以後小學語文教育政策一覽表〉、〈國語教科書內容問卷調查〉、〈國語教科書內容問卷調查統計表〉。

7. 黃雅炘　　林良散文研究　臺北教育大學語文與創作學系　碩士論文　張春榮教授指導　2006 年　164 頁

本論文藉由分析林良的作品特色、主題內涵與藝術經營，檢視林良的散文創作，並評價其在兒童散文、現代散文及現代散文上的成就。全文共 5 章：1.緒論；2.林良的生平及其創作；3.林良散文的主題內涵；4.林良散文的藝術經營；5.結論。

8. 李先雯　　林良散文運用於國小高年級閱讀教學之研究　新竹教育大學人資處語文教學碩士班　碩士論文　黃雅莉教授指導　2007 年 11 月　220 頁

本論文研究林良散文實施閱讀教學的歷程及成效，針對研究者任教的一班五年級學生進行十六次的閱讀教學活動，以閱讀和討論為主要教學方式。全文共 6 章：1.緒論；2.文獻探討；3.實施文本的探究——林良散文的特色；4.研究設計與方法步驟；5.實施過程——研究的歷程與發現；6.結論與建議。

9. 洪培雯　　林良童詩之研究　臺南大學語文學系國語文教學碩士班　碩士論文　李漢偉教授指導　2008 年 5 月　224 頁

本論文以林良童詩為研究對象，藉此了解童詩的創作與意涵。全文共 6 章：1.緒論；2.林良及其童詩觀；3.林良童詩的內容探討；4.林良童詩的意象與形式；5.林良童詩的表現技巧；6.結論。

10. 蕭立馨　　林良散文研究——以家庭書寫為對象　嘉義大學中國文學系　碩士論文　王玫珍教授指導　2009 年 5 月　134 頁

本論文以林良的散文為研究主題，並以家庭書寫為探討對象。透過對林良本身的寫作背景、創作理念，和其散文作品的主題內涵、藝術技巧等各項層面來加以分析，並給予林良在現代臺灣文壇史上的定位。全文共 5 章：1.緒論；2.林良的生平及其文學主張；3.林良家庭書寫散文之主題；4.林良家庭書寫散文之形式分析；5.林良家庭書寫散文之特色與成就。正文後附錄〈林良訪問稿〉。

11. 林玉華　　林良散文在國小寫作教學的應用——以國小三年級為例　屏東教育大學中國語文學系　碩士論文　余昭玟教授指導　2009 年 7 月

269 頁

本論文旨在探究林良散文的特色，首先分析其文章的開頭與結尾；其次，探究其敘事技巧。最後匯結林良這兩方面寫作的特色，挑選適合國小三年級學童寫作教學的範文，引導學童認識其寫作的架構，增進寫作中敘事的技巧。全文共 6 章：1.緒論；2.林良的文學經歷及創作世界；3.林良散文篇章架構的設計；4.林良散文敘事的技巧；5.林良散文在國小寫作教學的應用；6.結論與建議。

12. 林詩恩　林良兒童詩歌語言風格研究　臺中教育大學語文教育學系　碩士論文　周碧香教授指導　2011 年 6 月　233 頁

本論文以語言風格學的方法，對林良的兒童詩歌作品做聲韻、詞彙和句法三方面的客觀分析，如實的描述和統計，歸納出林良兒童詩歌的語言風格特色。全文共 7 章：1.緒論；2.林良與兒童詩歌；3.語言風格學概述；4.林良兒童詩歌的音韻風格；5.林良兒童詩歌的詞彙風格；6.林良兒童詩歌的句法風格；7.結論。正文後附錄〈專訪林良先生：談對於兒童詩歌的觀點及對自身作品的探析〉。

13. 李雅惠　林良兒歌《看圖說話‧樹葉船》音韻風格研究　彰化師範大學國文學系　碩士論文　張慧美教授指導　2012 年　340 頁

本論文從「語言風格學」的角度，歸納分析林良《看圖說話‧樹葉船》，從韻腳和句中韻的形式、高比例頭韻的安排及豐富多樣的聲母相諧形式、音韻和聲調重疊形式等，探究如何在淺語的基礎下，創作作家文學語言使用上所形成的音韻風格。全文共 6 章：1.緒論；2.林良生平及語言風格學簡介；3.從韻母的形式看林良兒歌之音韻風格；4.從聲母的安排看林良兒歌之音韻風格；5.從重疊形式看林良兒歌之音韻風格；6.結論。

14. 張明玉　林良童詩於國小國語文教學之應用研究　臺北市立教育大學中國語文學系　碩士論文　陳光憲教授指導　2013 年 1 月　149 頁

本論文旨在探討林良童詩的主題、寫作內涵、特色以及意象分析，並且實際運用在國小國語文教學之中。全文共 5 章：1.緒論；2.林良生平與童詩創作；3.林良童詩題材分類及其特色；4.林良童詩在國語文教學上之應用；5.結論。正文後附錄〈林良採訪稿〉。

15. 陳佩芬　林良的文學理念與散文創作　佛光大學文學系　碩士論文　陳信元教授指導　2014 年　150 頁

本論文以林良的文學理念與散文為研究對象，從成長背景與創作經歷，探析出林良的創作淵源，再透過其文學觀點掌握其創作的內涵，同時焦點放在作品本身，探討其散文內涵精神，並剖析寫作技巧與藝術成就，最後評定特色與價值。全文共 6 章：1.緒論；2.林良的生平與文學創作歷程；3.林良的文學理念；4.林良散文的題材及特色；5.林良散文創作的藝術表現；6.結論。

作家生平資料篇目

自述

16. 林　良　　編後小記　七百字故事第一集　臺北　國語日報社　1957 年 9 月〔1 頁〕
17. 林　良　　編後小記　七百字故事第二集　臺北　國語日報社　1959 年 8 月〔1 頁〕
18. 林　良　　給小讀者　看圖・說話（第一集）　臺北　國語日報附設出版部　1962 年 1 月　〔1 頁〕
19. 林　良　　給小讀者　看圖・說話（第二集）　臺北　國語日報附設出版部　1962 年 1 月　〔1 頁〕
20. 林　良　　給小讀者　看圖・說話（第三集）　臺北　國語日報附設出版部　1962 年 12 月　〔1 頁〕
21. 林　良　　編後小記　七百字故事第三集　臺北　國語日報社　1963 年 11 月〔1 頁〕
22. 林　良　　給小讀者　看圖・說話（第四集）　臺北　國語日報附設出版部　1968 年 4 月　〔1 頁〕
23. 林　良　　給小讀者　看圖・說話（第五集）　臺北　國語日報附設出版部　1968 年 4 月　〔1 頁〕
24. 林　良　　給小讀者　看圖・說話（第六集）　臺北　國語日報附設出版部　1968 年 4 月　〔1 頁〕
25. 林　良　　給小讀者　看圖・說話（第七集）　臺北　國語日報附設出版部　1968 年 4 月　〔1 頁〕
26. 林　良　　給小讀者　看圖・說話（第八集）　臺北　國語日報附設出版部

1968年4月 〔1頁〕
27. 林 良 給小讀者 看圖·說話（第九集） 臺北 國語日報附設出版部 1968年4月 〔1頁〕
28. 林 良 給小讀者 看圖·說話（第十集） 臺北 國語日報附設出版部 1968年4月 〔1頁〕
29. 林 良 給小讀者 看圖·說話（第十一集） 臺北 國語日報附設出版部 1970年4月 〔1頁〕
30. 林 良 給小讀者 看圖·說話（第十二集） 臺北 國語日報附設出版部 1970年4月 〔1頁〕
31. 林 良 給小讀者 看圖·說話（第十三集） 臺北 國語日報附設出版部 1970年4月 〔1頁〕
32. 林 良 給小讀者 看圖·說話（第十四集） 臺北 國語日報附設出版部 1970年4月 〔1頁〕
33. 林 良 給小讀者 看圖·說話（第十五集） 臺北 國語日報附設出版部 1970年4月 〔1頁〕
34. 林 良 給小讀者 看圖·說話（第十六集） 臺北 國語日報附設出版部 1970年4月 〔1頁〕
35. 林 良 給小讀者 看圖·說話（第十七集） 臺北 國語日報附設出版部 1970年4月 〔1頁〕
36. 林 良 給小讀者 看圖·說話（第十八集） 臺北 國語日報附設出版部 1970年4月 〔1頁〕
37. 林 良 給小讀者 看圖·說話（第十九集） 臺北 國語日報附設出版部 1970年4月 〔1頁〕
38. 林 良 給小讀者 看圖·說話（第二十集） 臺北 國語日報附設出版部 1970年4月 〔1頁〕
39. 林 良 給小讀者 看圖·說話（第二十一集） 臺北 國語日報附設出版部 1971年6月 〔1頁〕

40. 林　良　給小讀者　看圖・說話（第二十二集）　臺北　國語日報附設出版部　1971 年 6 月　〔1 頁〕
41. 林　良　給小讀者　看圖・說話（第二十三集）　臺北　國語日報附設出版部　1971 年 6 月　〔1 頁〕
42. 林　良　給小讀者　看圖・說話（第二十四集）　臺北　國語日報附設出版部　1971 年 6 月　〔1 頁〕
43. 林　良　給小讀者　看圖・說話（第二十五集）　臺北　國語日報附設出版部　1971 年 6 月　〔1 頁〕
44. 林　良　給小讀者　看圖・說話（第二十六集）　臺北　國語日報附設出版部　1971 年 6 月　〔1 頁〕
45. 林　良　給小讀者　看圖・說話（第二十七集）　臺北　國語日報附設出版部　1971 年 6 月　〔1 頁〕
46. 林　良　給小讀者　看圖・說話（第二十八集）　臺北　國語日報附設出版部　1971 年 6 月　〔1 頁〕
47. 林　良　給小讀者　看圖・說話（第二十九集）　臺北　國語日報附設出版部　1971 年 6 月　〔1 頁〕
48. 林　良　給小讀者　看圖・說話（第三十集）　臺北　國語日報附設出版部　1971 年 6 月　〔1 頁〕
49. 林　良　從學說話到學作文——《一顆紅寶石》的序　一顆紅寶石　臺北　小學生雜誌社　1962 年 10 月　〔3 頁〕
50. 林　良　《兒童讀物研究》序——談談這本書的誕生和性質　兒童讀物研究　臺北　小學生雜誌畫刊社　1965 年 4 月　頁 3—10
51. 林　良　《兒童讀物研究》序——談談這本書的誕生和性質　耕耘者的果樹園：林良先生序文選集　臺北　業強出版社　1993 年 10 月　頁 1—9
52. 林　良　《童話研究》序——對本書誕生經過的親切回味　童話研究　臺北　小學生雜誌畫刊社　1966 年 5 月　頁 1—7

53. 林　良　《童話研究》序——對本書誕生經過的親切回味　耕耘者的果樹園：林良先生序文選集　臺北　業強出版社　1993 年 10 月　頁 11—16

54. 林　良　子敏鳴冤　又來廢話　臺中　中央書局　1966 年 9 月　頁 159—160

55. 林良編寫　介紹「我的書」　我的書（第一集）——鳥獸蟲魚　臺北　國語日報社　1972 年 4 月　〔頁 1〕

56. 林良編寫　介紹「我的書」　我的書（第二集）——水果蔬菜　臺北　國語日報社　1972 年 4 月　〔頁 1〕

57. 林良編寫　介紹「我的書」　我的書（第三集）——花草樹木　臺北　國語日報社　1972 年 4 月　〔頁 1〕

58. 林良編寫　介紹「我的書」　我的書（第四集）——家具・用品　臺北　國語日報社　1972 年 4 月　〔頁 1〕

59. 林良編寫　介紹「我的書」　我的書（第五集）——身體・衣服　臺北　國語日報社　1972 年 4 月　〔頁 1〕

60. 林良編寫　介紹「我的書」　我的書（第六集）——建築・車輛　臺北　國語日報社　1972 年 4 月　〔頁 1〕

61. 林良編寫　介紹「我的書」　我的書（第七集）——天空・氣候　臺北　國語日報社　1972 年 4 月　〔頁 1〕

62. 林良編寫　介紹「我的書」　我的書（第八集）——親人・職業　臺北　國語日報社　1972 年 4 月　〔頁 1〕

63. 林良編寫　介紹「我的書」　我的書（第九集）——數目字　臺北　國語日報社　1972 年 4 月　〔頁 1〕

64. 林良編寫　介紹「我的書」　我的書（第十集）——注音符號　臺北　國語日報社　1972 年 4 月　〔頁 1〕

65. 子　敏　大男人寫「家」——《小太陽》的序　小太陽　臺北　純文學出版社　1972 年 4 月　頁 1—5

66. 林　良　大男人寫「家」——《小太陽》的序　耕耘者的果樹園：林良先生序文選集　臺北　業強出版社　1993年10月　頁215—219
67. 子　敏　大男人寫「家」——《小太陽》的序　小太陽　武漢　湖北少年兒童出版社　2006年1月　頁8—12
68. 林　良　大街小巷都走走　書評書目　第10期　1974年1月　頁3—14
69. 子　敏　不「嚴肅」的論文——《和諧人生》的序　和諧人生　臺北　純文學出版社　1974年3月　頁1—5
70. 子　敏　不「嚴肅」的論文——《和諧人生》的序　和諧人生　臺北　純文學出版社　1975年11月　頁1—5
71. 林　良　不「嚴肅」的論文——《和諧人生》序　耕耘者的果樹園：林良先生序文選集　臺北　業強出版社　1993年10月　頁221—225
72. 子　敏　不「嚴肅」的論文——《和諧人生》的序　和諧人生　臺北　麥田出版・城邦文化公司　1997年4月　頁4—7
73. 林　良　不「嚴肅」的論文——《和諧人生》的序　和諧人生　臺北　麥田出版　2014年8月　頁9—13
74. 林　良　給小朋友　我愛小狗　臺北　國語日報附設出版部　1975年4月〔1頁〕
75. 林　良　給小朋友　白兔・貓・老鼠　臺北　國語日報附設出版部　1975年4月〔1頁〕
76. 林　良　給小朋友　馬・牛・羊　臺北　國語日報附設出版部　1975年4月〔1頁〕
77. 林　良　給小朋友　大象・獅子　臺北　國語日報附設出版部　1975年4月〔1頁〕
78. 林　良　給小朋友　雞・鴨・鵝　臺北　國語日報附設出版部　1975年4月〔1頁〕
79. 林　良　給小朋友　小鳥・大鳥　臺北　國語日報附設出版部　1975年4月〔1頁〕

80. 林　良　給小朋友　蝸牛・烏龜　臺北　國語日報附設出版部　1975 年 4 月　〔1 頁〕
81. 林　良　給小朋友　人　臺北　國語日報附設出版部　1975 年 4 月　〔1 頁〕
82. 林　良　給小朋友　好吃的・好玩的　臺北　國語日報附設出版部　1975 年 4 月　〔1 頁〕
83. 林　良　給小朋友　花・海　臺北　國語日報附設出版部　1975 年 4 月　〔1 頁〕
84. 林　良　送給孩子一隻狗——《懷念》序　懷念——一隻狗的回憶錄　臺北　國語日報社　1975 年 5 月　〔3 頁〕
85. 林　良　送給孩子一隻狗——《懷念》的序　懷念——一隻狗的故事　臺北　國語日報社　1990 年 2 月　頁 1—3
86. 林　良　送給孩子一隻狗——《懷念》序　耕耘者的果樹園：林良先生序文選集　臺北　業強出版社　1993 年 10 月　頁 115—117
87. 林　良　送給孩子一隻狗——原序　我是一隻狐狸狗　臺北　國語日報社　2003 年 1 月　頁 5—8
88. 林　良　送給孩子一隻狗——原序　我是一隻狐狸狗——臺灣兒童文學館・林良美文書坊　福州　福建少年兒童出版社　2014 年 7 月　頁 3—6
89. 林　良　原序——送給孩子一隻狗　我是一隻狐狸狗　臺北　國語日報社　2015 年 12 月　頁 4—6
90. 林　良　獻給家長和老師　小紙船看海　臺北　將軍出版公司　1975 年 10 月　頁 2—3
91. 林　良　獻給家長和老師　小動物兒歌集　臺北　將軍出版社　1976 年 4 月　頁 2—3
92. 林　良　獻給家長和老師——《小動物兒歌集》序　耕耘者的果樹園：林良先生序文選集　臺北　業強出版社　1993 年 10 月　頁 85—86

93. 林　良　介紹這本書——獻給家長和老師　金魚一號・金魚二號　臺北　國語日報出版社　1976年4月　頁1—2
94. 林　良　一個更廣大的文學世界——《淺語的藝術》序　淺語的藝術　臺北　國語日報社　1976年7月　〔5〕頁
95. 林　良　一個更廣大的文學世界——《淺語的藝術》序　耕耘者的果樹園：林良先生序文選集　臺北　業強出版社　1993年10月　頁21—25
96. 子　敏　子敏小傳　中國當代十大散文家選集　臺北　源成文化圖書供應社　1977年7月　頁444—447
97. 子　敏　在兒童文學裏寫好人——分析〈綠池的白鵝〉　中國當代十大散文家選集　臺北　源成文化圖書供應社　1977年7月　頁474—481
98. 子　敏　獻給少年的書——《認識自己》序　認識自己　臺北　幼獅文化公司　1977年10月　頁1—2
99. 子　敏　獻給少年的書　認識自己　臺北　幼獅文化公司　1995年6月　頁2—4
100. 林　良　《認識自己》序　耕耘者的果樹園：林良先生序文選集　臺北　業強出版社　1993年10月　頁127—128
101. 林　良　介紹「中國民間節日故事」　屈原的故事　臺北　國語日報附設出版部　1978年12月　〔1頁〕
102. 林　良　「故事」使你想到許多事——介紹《十個故事》這本書　十個故事：交通安全教育補充讀物　臺北　國立編譯館　1979年6月　頁2
103. 子　敏　三本「第一本書」　青澀歲月　臺北　爾雅出版社　1980年7月　頁5—6
104. 子　敏　新鮮多汁的水蜜桃——《陌生的引力》的序　陌生的引力　臺北　純文學出版社　1981年9月　頁1—5
105. 子　敏　新鮮多汁的水蜜桃　風簷展書讀　臺北　純文學出版社　1985年1月　頁191—194

106. 林　良　新鮮多汁的水蜜桃——《陌生的引力》的序　耕耘者的果樹園：林良先生序文選集　臺北　業強出版社　1993 年 10 月　頁 233—237
107. 子　敏　新鮮多汁的水蜜桃——《陌生的引力》的序　陌生的引力　臺北　麥田出版公司　1997 年 9 月　頁 7—11
108. 林　良　新鮮多汁的水蜜桃——《陌生的引力》序　陌生的引力　臺北　麥田出版　2015 年 6 月　頁 9—13
109. 子　敏　永遠不消失——《鄉情》的序　鄉情　臺北　好書出版社　1982 年 3 月　頁 1—6
110. 林　良　永遠不消失——《鄉情》序　耕耘者的果樹園：林良先生序文選集　臺北　業強出版社　1993 年 10 月　頁 251—256
111. 子　敏　永遠不消失——《鄉情》的序　鄉情　臺北　麥田出版・城邦文化公司　1997 年 12 月　頁 5—10
112. 林　良　永遠不消失——《鄉情》的序　鄉情　臺北　麥田出版　2015 年 7 月　頁 9—14
113. 子　敏　另外一種苦行僧——《在月光下織錦》的序　在月光下織錦　臺北　純文學出版社　1982 年 5 月　頁 1—4
114. 林　良　另外一種苦行僧——《在月光下織錦》序　耕耘者的果樹園：林良先生序文選集　臺北　業強出版社　1993 年 10 月　頁 227—231
115. 子　敏　另外一種苦行僧——《在月光下織錦》的序　月光下織錦　臺北　麥田出版公司　1997 年 6 月　頁 7—10
116. 林　良　另外一種苦行僧——《在月光下織錦》的序　月光下織錦　臺北　麥田出版　2015 年 6 月　頁 9—12
117. 子　敏　由照片看歲月——《小太陽》重排前言　小太陽　臺北　純文學出版社　1983 年 6 月　頁 1—8
118. 林　良　由照片看歲月——《小太陽》重排前言　耕耘者的果樹園：林良先生序文選集　臺北　業強出版社　1993 年 10 月　頁 207—213
119. 子　敏　由照片看歲月——《小太陽》重排前言　小太陽　武漢　湖北少

年兒童出版社　2006 年 1 月　頁 1—7

120. 林　良　和小孩子同歌同遊——序《童詩五家》　童詩五家　臺北　爾雅出版社　1985 年 6 月　頁 1—3

121. 林　良　和小孩子同歌同遊——序《童詩五家》　耕耘者的果樹園：林良先生序文選集　臺北　業強出版社　1993 年 10 月　頁 93—95

122. 林　良　林良——童詩觀　童詩五家　臺北　爾雅出版社　1985 年 6 月　頁 2

123. 子　敏　思索兩個問題　人生船　臺北　爾雅出版社　1985 年 7 月　頁 62—63

124. 子　敏　說故事的論文——《豐富人生》的序　豐富人生　臺北　好書出版社　1985 年 7 月　頁 1—8

125. 子　敏　說故事的論文——《豐富人生》的序　豐富人生　臺北　黎明文化公司　1986 年 10 月　頁 1—8

126. 林　良　說故事的論文——《豐富人生》序　耕耘者的果樹園：林良先生序文選集　臺北　業強出版社　1993 年 10 月　頁 259—265

127. 子　敏　說故事的論文——《豐富人生》初版的序　豐富人生　臺北　麥田出版・城邦文化公司　1997 年 1 月　頁 5—11

128. 林　良　說故事的論文——《豐富人生》初版的序　豐富人生　臺北　麥田出版　2015 年 7 月　頁 7—13

129. 林　良　作者的話——獻給家長和老師　快樂少年　臺北　正中書局　1985 年 10 月　頁壹—貳

130. 林　良　作者的話——獻給家長和老師　快樂少年　臺北　正中書局　2003 年 7 月　頁 7—8

131. 子　敏　輕鬆的人生論文——序《和諧人生》重排本　和諧人生　臺北　純文學出版社　1985 年 10 月　頁 3—11

132. 林　良　我與《爸爸的十六封信》　國文天地　第 6 期　1985 年 11 月　頁 56—57

133. 林　良　我與《爸爸的十六封信》　爸爸的十六封信　臺北　國語日報社　2006年7月　頁114—118

134. 林　良　我與《爸爸的16封信》　爸爸的16封信——臺灣兒童文學館・林良美文書坊　福州　福建少年兒童出版社　2014年7月　頁102—105

135. 林　良　我與《爸爸的十六封信》　爸爸的16封信——獻給會思想的你　臺北　國語日報社　2015年10月　頁146—150

136. 林　良　我為什麼要寫作　聯合報　1986年3月12日　8版

137. 子　敏　大街小街都走走　讀書樂——書評書目選集　臺北　財團法人洪健全教育文化基金會　1986年3月　頁15—31

138. 子　敏　介紹這本書　名家為你選好書——四十八位現代作家對青少年的獻禮　臺北　國語日報附設出版部　1986年7月　頁1—3

139. 林　良　序——讓文學滋潤兒童的心靈　現代兒童文學精選　臺北　正中書局　1986年11月　〔3〕頁

140. 林　良　讓文學滋潤兒童的心靈——《現代兒童文學精選》序　耕耘者的果樹園：林良先生序文選集　臺北　業強出版社　1993年10月　頁181—183

141. 子　敏　人生旅伴——《小方舟》的序　小方舟　臺北　好書出版社　1987年6月　頁1—9

142. 林　良　人生旅伴——《小方舟》序　耕耘者的果樹園：林良先生序文選集　臺北　業強出版社　1993年10月　頁267—274

143. 子　敏　人生伴侶——《小方舟》的原序　小方舟　臺北　麥田出版　1998年3月　頁7—13

144. 林　良　人生旅伴——《小方舟》的原序　小方舟　臺北　麥田出版　2015年8月　頁9—16

145. 林　良　有情有義的女豪傑——十三妹　兒女英雄傳　臺北　東方出版社　1987年9月　〔2頁〕

146. 子　敏　流亡・教書・寫愛國詩　當我 20（上）　臺北　皇冠出版社　1988 年 8 月　頁 43—49
147. 子　敏　教書緣　緣　臺北　純青出版社公司　1988 年 8 月　頁 10—16
148. 林　良　我的婚禮　文訊雜誌　第 38 期　1988 年 10 月　頁 13—15
149. 林　良　我的婚禮　結婚照　臺北　文訊雜誌社　1991 年 5 月　頁 75—80
150. 林　良　我的兒童文學觀——為孩子寫作　聯合報　1989 年 4 月 3 日　21 版
151. 林　良　為孩子寫作　聯合報　1983 年 4 月 4 日　8 版
152. 林　良　介紹這本書——獻給家長跟老師　黑貓黑・白狗白　臺北　國語日報附設出版部　1990 年 6 月　〔2 頁〕
153. 子　敏　追求兩代關係的和諧——《現代爸爸》序　現代爸爸　臺北　好書出版社　1990 年 7 月　頁 1—6
154. 林　良　追求兩代關係的和諧——《現代爸爸》序　耕耘者的果樹園：林良先生序文選集　臺北　業強出版社　1993 年 10 月　頁 275—280
155. 子　敏　追求兩代關係的和諧——《現代爸爸》的序　現代爸爸　臺北　麥田出版　1998 年 5 月　頁 7—11
156. 子　敏　聲音和心意　明道文藝　第 173 期　1990 年 8 月　頁 7—11
157. 子　敏　快樂的旗手　攀登生命的高峰　臺北　業強出版社　1990 年 12 月　頁 54—55
158. 林　良　一個好的開始　名家教你學作文　臺北　國語日報社　1993 年 3 月　〔2 頁〕
159. 林　良　寫序生涯　耕耘者的果樹園：林良先生序文選集　臺北　業強出版社　1993 年 10 月　頁 3—5
160. 林　良　《小紙船看海》的序——獻給家長和老師　耕耘者的果樹園：林良先生序文選集　臺北　業強出版社　1993 年 10 月　頁 55—56
161. 子　敏　一個文學的設計——我寫《爸爸的十六封信》的經過　中學課本上的作家　臺北　幼獅文化公司　1994 年 10 月　頁 2—4
162. 子　敏　海的孩子（文學原鄉）　臺灣新生報　1996 年 9 月 4 日　17 版

163. 子　敏　　《小太陽》的故事——《小太陽》第三個版本序　小太陽　臺北　麥田出版公司　1997年1月　頁3—6
164. 子　敏　　我的文學筆記——《陌生的引力》第二個版本序　陌生的引力　臺北　麥田出版公司　1997年9月　頁3—5
165. 林　良　　我的文學筆記——《陌生的引力》第二個版本序　陌生的引力　臺北　麥田出版　2015年6月　頁5—7
166. 子　敏　　當彼此都心靜——序麥田版《月光下織錦》　月光下織錦　臺北　麥田出版公司　1997年6月　頁3—5
167. 林　良　　當彼此都心靜——序麥田版《月光下織錦》　月光下織錦　臺北　麥田出版　2015年6月　頁5—7
168. 子　敏　　海的孩子　文學原鄉　臺北　正中書局　1998年10月　頁1—5
169. 子敏講；吳月蕙記　　小太陽的誕生　中央日報　1999年5月7日　18版
170. 子敏講；吳月蕙記　　小太陽的誕生　拿起筆來，你就是作家：文學到校園演講集　臺北　中央日報出版社　1999年11月　頁131—137
171. 子　敏　　第三童年——序《彤彤》　彤彤　臺北　國語日報社　2002年8月　頁3—8
172. 林　良　　為一本書換新裝——《快樂少年》新版序　快樂少年　臺北　正中書局　2003年7月　頁2—6
173. 子　敏　　序——永遠的小太陽　小太陽（繪本版）　臺北　格林文化公司　2003年10月　頁6—7
174. 林　良　　序——永遠的小太陽　小太陽（兒童版）　臺北　格林文化公司　2009年7月　頁4—7
175. 子　敏　　「爸爸」角色的轉型——《現代爸爸》第二個版本序　現代爸爸　臺北　麥田出版　1998年5月　頁3—5
176. 林　良　　「爸爸」角色的轉型——《現代爸爸》第二個版本序　現代爸爸　臺北　麥田出版　2015年8月　頁5—7
177. 子　敏　　進入動物的世界——《小方舟》第二個版本序　小方舟　臺北

麥田出版 1998 年 3 月 頁 3—5
178. 林 良 進入動物的世界——《小方舟》第二個版本序 小方舟 臺北 麥田出版 2015 年 8 月 頁 5—7
179. 林 良 要有自己的味道 文訊雜誌 第 223 期 2004 年 5 月 頁 43
180. 林 良 欣賞別人的優點 綠池白鵝 臺北 小魯文化公司 2006 年 1 月〔1 頁〕
181. 林 良 閱讀故事，親近美德 早安豆漿店 臺北 國語日報社 2006 年 4 月 頁 2—3
182. 林 良 閱讀故事，親近美德 早安豆漿店——臺灣兒童文學館・林良美文書坊 福州 福建少年兒童出版社 2014 年 7 月 頁 1—2
183. 林 良 閱讀故事，親近美德 早安豆漿店——林良給青少年的 31 種智慧態度處方 臺北 國語日報社 2015 年 10 月 頁 4—5
184. 林 良 千里之行，始於足下 會走路的人 臺北 國語日報社 2006 年 4 月 頁 2—3
185. 林 良 千里之行，始於足下 會走路的人——臺灣兒童文學館・林良美文書坊 福州 福建少年兒童出版社 2014 年 7 月 頁 1—2
186. 林 良 千里之行，始於足下 會走路的人——林良給青少年的 30 個品格打造計畫 臺北 國語日報社 2015 年 10 月 頁 4—5
187. 林 良 關於這本書 小紙船看海 臺北 聯合報公司民生報事業處 2006 年 6 月〔2〕頁
188. 林 良 關於這本書 小紙船看海 臺北 聯經出版公司 2010 年 10 月〔2〕頁
189. 林 良 關於這本書 小紙船看海——臺灣兒童文學館・林良童心繪本 1 福州 福建少年兒童出版社 2013 年 7 月〔2〕頁
190. 林 良 關於這本書 小動物兒歌集 臺北 聯合報公司民生報事業處 2006 年 6 月 頁 44—45
191. 林 良 關於這本書 小動物兒歌集 臺北 聯經出版公司 2010 年 10 月

〔2〕頁
192. 林 良 關於這本書 小動物兒歌集——臺灣兒童文學館・林良童心繪本 1 福州 福建少年兒童出版社 2013 年 7 月 頁 44—45
193. 林 良 關於這本書 我要一個家 臺北 聯合報公司民生報事業處 2006 年 8 月 〔2〕頁
194. 林 良 關於這本書 我要一個家 臺北 聯經出版公司 2010 年 10 月 〔2〕頁
195. 林 良 關於這本書 我要一個家——臺灣兒童文學館・林良童心繪本 1 福州 福建少年兒童出版社 2013 年 7 月 〔2〕頁
196. 林 良 關於這本書 汪汪的家 臺北 聯合報公司民生報事業處 2006 年 8 月 〔2〕頁
197. 林 良 關於這本書 汪汪的家 臺北 聯經出版公司 2010 年 10 月 〔2〕頁
198. 林 良 關於這本書 汪汪的家——臺灣兒童文學館・林良童心繪本 1 福州 福建少年兒童出版社 2013 年 7 月 〔2〕頁
199. 〔方家瑜記錄整理〕 聽小紅鞋說故事 永恆的童趣——童書任意門導覽手冊 臺北 信誼基金出版社 2006 年 6 月 頁 14
200. 林 良 孩子也會想事情——《爸爸的十六封信》新版序 爸爸的十六封信 臺北 國語日報社 2006 年 7 月 頁 3—6
201. 林 良 孩子也會想事情——《爸爸的 16 封信》新版序 爸爸的 16 封信——臺灣兒童文學館・林良美文書坊 福州 福建少年兒童出版社 2014 年 7 月 頁 1—3
202. 林 良 孩子也會想事情 爸爸的 16 封信——獻給會思想的你 臺北 國語日報社 2015 年 10 月 頁 4—7
203. 林 良 文風拂面話城南 魂夢雪泥：文學家的私密臺北 臺北 臺北市文化局 2007 年 2 月 頁 21—26
204. 子 敏 人人可以思考人生——《豐富人生》第二個版本序 豐富人生

臺北　麥田出版・城邦文化公司　1997 年 1 月　頁 3—4

205. 林　良　人人可以思考人生——《豐富人生》第二個版本序　豐富人生　臺北　麥田出版　2015 年 7 月　頁 5—6

206. 子　敏　山川歲月兩隔離——《鄉情》第三個版本的序　鄉情　臺北　麥田出版・城邦文化公司　1997 年 12 月　頁 3—4

207. 林　良　山川歲月兩隔離——《鄉情》第三個版本的序　鄉情　臺北　麥田出版　2015 年 7 月　頁 7—8

208. 子　敏　好想法帶來好日子——《和諧人生》第三個版本序　和諧人生　臺北　麥田出版・城邦文化公司　1997 年 4 月　頁 1—3

209. 林　良　好想法帶來好日子——《和諧人生》第三個版本序　和諧人生　臺北　麥田出版　2014 年 8 月　頁 6—8

210. 林　良　林良說畫——我曾經像一個畫家　林良的私房畫　臺北　臺灣麥克公司　2005 年 6 月　〔2 頁〕

211. 林　良　貼心說一說　彩虹街　臺北　國語日報社　2008 年 2 月　頁 38

212. 林　良　貼心說一說　小琪的房間　臺北　國語日報社　2008 年 2 月　頁 38

213. 林　良　貼心說一說　今天早上真熱鬧　臺北　國語日報社　2008 年 2 月　頁 38

214. 林　良　貼心說一說　我有兩條腿　臺北　國語日報社　2008 年 2 月　頁 38

215. 林　良　貼心說一說　小圓圓和小方方　臺北　國語日報社　2008 年 4 月　頁 38

216. 林　良　貼心說一說　汪小小學畫　臺北　國語日報社　2008 年 4 月　頁 38

217. 林　良　貼心說一說　影子和我　臺北　國語日報社　2008 年 4 月　頁 38

218. 林　良　貼心說一說　從小事情看天氣　臺北　國語日報社　2008 年 8 月　頁 38

219. 子　敏　貼心說一說　小鴨鴨回家　臺北　國語日報社　2008 年 9 月　頁 38

220. 子　敏　貼心說一說　金魚一號・金魚二號　臺北　國語日報社　2008 年 9 月　頁 38

221. 林　良　林良爺爺談作文　林良爺爺談作文——作文預備起！　臺北　城邦文化事業公司　2008 年 9 月　頁 2—3

222. 子　敏　〈我會飛〉大師說　大師在家嗎　臺北　國語日報社　2008 年 10 月　頁 22

223. 林　良　獻給「學習閱讀的孩子」　看圖說話・青蛙歌團　臺北　國語日報社　2009 年 6 月　頁 6—7

224. 林　良　獻給「學習閱讀的孩子」　看圖說話・月球火車　臺北　國語日報社　2009 年 6 月　頁 6—7

225. 林　良　有圖的兒歌・有圖的童詩　看圖說話・樹葉船　臺北　國語日報社　1997 年 7 月　頁 2—3

226. 林　良　有圖的兒歌・有圖的童詩　看圖說話・青蛙歌團　臺北　國語日報社　2009 年 6 月　頁 4—5

227. 林　良　有圖的兒歌・有圖的童詩　看圖說話・月球火車　臺北　國語日報社　2009 年 6 月　頁 4—5

228. 林　良　永不嫌老的故事——《七百字故事》的故事　林良爺爺的七百字故事　臺北　國語日報社　2010 年 3 月　頁 7—9

229. 林　良　自序——這本書的誕生　林良爺爺你請說　臺北　幼獅文化公司　2010 年 6 月　頁 2—3

230. 林　良　給家長和老師的話——生活書寫樂趣多　林良爺爺你請說　臺北　幼獅文化公司　2010 年 6 月　頁 4—5

231. 林　良　給小朋友的話——六個生活故事　林良爺爺你請說　臺北　幼獅文化公司　2010 年 6 月　頁 6—7

232. 林　良　《我是一隻狐狸狗》序文——為《懷念》的第三個版本而作　我

是一隻狐狸狗　臺北　國語日報社　2003 年 1 月　頁 2—4

233. 林　良　《我是一隻狐狸狗》序文——為《懷念》的第三個版本而作　我是一隻狐狸狗——臺灣兒童文學館・林良美文書坊　福州　福建少年兒童出版社　2014 年 7 月　頁 1—2

234. 林　良　一隻狗的回憶錄——為《懷念》的第三個版本而作　我是一隻狐狸狗　臺北　國語日報社　2015 年 12 月　頁 7—8

235. 林　良　與小讀者談心：我喜歡小孩，也喜歡寫作　與鴿子海鷗約會——林良精選集　臺北　九歌出版社　2011 年 7 月　頁 14—19

236. 林　良　自序——為《小太陽》作生日　小太陽（經典紀念版）　臺北　麥田出版・城邦文化公司　2011 年 9 月　頁 11—12

237. 林　良　自序——為《小太陽》做生日　小太陽——臺灣兒童文學館・林良美文書坊　福州　福建少年兒童出版社　2014 年 7 月　頁 9—10

238. 林　良　給讀者的一封信　國語日報　2011 年 10 月 16 日　5 版

239. 林　良　希望這本書對你們有一些幫助　林良爺爺的 30 封信　臺北　國語日報社　2011 年 10 月　頁 6—10

240. 林　良　希望這本書對你們有一些幫助　林良爺爺的 30 封信——臺灣兒童文學館・林良美文書坊　福州　福建少年兒童出版社　2014 年 7 月　頁 2—6

241. 林　良　找回自己的童心　純真的境界　臺北　國語日報社　2011 年 10 月　頁 10—13

242. 林　良　新版序——一個更廣大的文學世界　淺語的藝術　臺北　國語日報社　2011 年 10 月　頁 3—9

243. 林　良　天地萬物，各有特性　蝸牛強強　臺北　螢火蟲出版社　2012 年 2 月　〔1 頁〕

244. 林　良　用活的語言寫的故事　人間福報　2012 年 10 月 14 日　B4 版

245. 林　良　作者序——《小東西的趣味》　小東西的趣味　臺北　國語日報

社　2012年10月　頁14—16

246. 林　良　作者序——《更廣大的世界》　更廣大的世界　臺北　國語日報社　2012年10月　頁16—18

247. 林　良　得獎感言　第十六屆國家文藝獎頒獎典禮專刊　臺北　財團法人國家文化藝術基金會　2012年10月　頁37

248. 林　良　希望大家喜歡這本書　我喜歡　臺北　國語日報社　2012年12月　頁6—7

249. 林　良　五篇散文‧多少往事　林良爺爺憶兒時　臺北　幼獅文化公司　2013年5月　頁4—9

250. 林　良　如果狗會說人話：《我是一隻狐狸狗》　國語日報　2013年6月16日　6版

251. 子　敏　後記　永遠的孩子　臺北　財團法人國語日報社　2013年8月　頁332—334

252. 林煥彰　悅讀林良‧發現淺語之美　國語日報　2013年9月22日　4版

253. 林　良　用心迎接每一個「今天」　今天真好！　臺北　國語日報社　2013年12月　頁6—7

254. 林　良　生活中處處是散文　雨天的心晴：林良給青少年的56個愛的鼓勵　臺北　國語日報社　2014年9月　頁6—9

255. 林　良　為小孩寫作　國語日報　2014年10月12日　7版

256. 林良，林瑋講；顏訥記錄整理　生活與工作，處處是文學　文訊雜誌　第348期　2014年10月　頁170—177

257. 林　良　為《小太陽》作生日　小太陽‧經典紀念珍藏版　臺北　麥田出版‧城邦文化公司　2015年4月　頁11—12

258. 林　良　《月光下織錦》新版序　月光下織錦　臺北　麥田出版　2015年6月　頁3—4

259. 林　良　《陌生的引力》新版序　陌生的引力　臺北　麥田出版　2015年6月　頁3—4

260. 林　良　《鄉情》新版本的序　鄉情　臺北　麥田出版　2015 年 7 月　頁 3—5

261. 林　良　《豐富人生》新版本的序　豐富人生　臺北　麥田出版　2015 年 7 月　頁 3—4

262. 林　良　《和諧人生》新版序　和諧人生　臺北　麥田出版　2014 年 8 月　頁 3—5

263. 林　良　我的動物散文——《小方舟》第三個版本的序　小方舟　臺北　麥田出版　2015 年 8 月　頁 3—4

264. 林　良　永遠的探索——《現代爸爸》第三個版本的序　現代爸爸　臺北　麥田出版　2015 年 8 月　頁 3—4

265. 林　良　追求兩代關係的和諧——《現代爸爸》的序　現代爸爸　臺北　麥田出版　2015 年 8 月　頁 9—13

266. 子　敏　子敏小傳　臺灣十大散文家選集　香港　曉林出版社　〔未著錄〕　頁 242

他述

267. 洪炎秋　子敏不冤　又來廢話　臺中　中央書局　1966 年 9 月　頁 161—166

268. 洪炎秋　告子敏一狀　又來廢話　臺中　中央書局　1966 年 9 月　頁 155—157

269. 林小戀　林良給兒童一個豐盈的世界　出版家　第 56 期　1977 年 4 月　頁 20—21

270. 林淑蘭　子敏致力於國語文學化——用淺近的語文寫作　中央日報　1978 年 12 月 13 日　11 版

271. 封德屏　林良不是小兒科　他是誰？　臺北　號角出版社　1979 年 2 月　頁 55－58

272. 馬景賢　從一首小詩看林良先生　兒童圖書與教育雜誌　第 1 卷第 5 期　臺北　1981 年 11 月　頁 11—12

273. 馬景賢　從一首小詩談林良先生　林良和子敏　臺北　業強出版社　1993年10月　頁105—110
274. 林海音　寫「家」的大男人　聯合報　1983年5月27日　8版
275. 林海音　寫「家」的大男人　剪影話文壇　臺北　純文學出版社　1984年8月　頁47—49
276. 林海音　林良／寫「家」的大男人　林海音作品集・剪影話文壇　臺北　遊目族文化公司　2000年5月　頁46—48
277. 王晉民，鄺白曼　子敏　臺灣與海外華人作家小傳　福州　福建人民出版社　1983年9月　頁208—209
278. 徐開塵　子敏寫小說・林良寫兒童文學——兩人都受歡迎・其實就是一人　民生報　1984年4月30日　9版
279. 隱　地　作家與書的故事：子敏　新書月刊　第13期　1984年10月　頁74—76
280. 隱　地　子敏　作家與書的故事　臺北　爾雅出版社　1985年11月　頁123—133
281. 應鳳凰　「在月光下織錦」的子敏　文藝月刊　第185期　1984年11月　頁20—29
282. 應鳳凰　「在月光下織錦」——子敏　筆耕的人　臺北　九歌出版社　1987年1月　頁15—28
283. 簡宗梧　子敏（一九二四—）　中國現代散文選析2　臺北　長安出版社　1985年3月15日　頁647—650
284. 林　櫻　我與「爸爸的十六封信」——我所認識的子敏先生　國文天地　第6期　1985年11月　頁57—58
285. 林　櫻　我的爸爸　爸爸的十六封信　臺北　國語日報社　2006年7月　頁119—122
286. 林　櫻　我的爸爸　爸爸的16封信——臺灣兒童文學館・林良美文書坊　福州　福建少年兒童出版社　2014年7月　頁107—109

287. 林　櫻　我的爸爸　爸爸的 16 封信——獻給會思想的你　臺北　國語日報社　2015 年 10 月　頁 151—154

288. 林　琪　我與「爸爸的十六封信」——我所認識的爸爸　國文天地　第 6 期　1985 年 11 月　頁 58—59

289. 林　琪　我所認識的爸爸　爸爸的十六封信　臺北　國語日報社　2006 年 7 月　頁 123—124

290. 林　琪　我所認識的爸爸　爸爸的 16 封信——臺灣兒童文學館・林良美文書坊　福州　福建少年兒童出版社　2014 年 7 月　頁 111—112

291. 林　琪　我所認識的爸爸　爸爸的 16 封信——獻給會思想的你　臺北　國語日報社　2015 年 10 月　頁 155—156

292. 林　瑋　我與「爸爸的十六封信」——爸爸這個人　國文天地　第 6 期　1985 年 11 月　頁 59

293. 林　瑋　爸爸這個人　爸爸的十六封信　臺北　國語日報社　2006 年 7 月　頁 125—126

294. 林　瑋　爸爸這個人　爸爸的 16 封信——臺灣兒童文學館・林良美文書坊　福州　福建少年兒童出版社　2014 年 7 月　頁 113—114

295. 林　瑋　爸爸這個人　爸爸的 16 封信——獻給會思想的你　臺北　國語日報社　2015 年 10 月　頁 157—159

296. 李金蓮　累積的真理——子敏二十歲讀到：「千里之行，始於腳下」　幼獅文藝　第 383 期　1985 年 11 月　頁 40—42

297. 彧　扉　林良——心寬面善，溫文爾雅　出版情報　第 12 期　1989 年 4 月　12—13 頁

298. 　美　子敏寫人・物以類聚　民生報　1989 年 6 月 24 日　26 版

299. 徐開塵　文友兼球友・何凡帶動子敏　民生報　1990 年 6 月 7 日　14 版

300. 姚儀敏　把和諧奉為人類新宗教的子敏　中央月刊　第 24 卷第 11 期　1991 年 11 月　頁 99—104

301. 李　潼　小太陽長青樹——林良　臺灣時報　1992 年 10 月 2 日　22 版

302. 李　潼　小太陽・長青樹——林良　林良和子敏　臺北　業強出版社　1993年10月　頁31—34

303. 李　潼　小太陽長青樹——林良　風範：文壇前輩素描　臺北　正中書局　1996年10月　頁34—37

304. 何　凡　子敏七十　聯合報　1993年10月3日　37版

305. 何　凡　壽子敏七十　何其平凡——何凡散文　臺北　三民書局　2002年2月　頁71—75

306. 張娟芬　子敏七十・童心一顆——兒童文學家林良過壽・大小朋友齊聚一堂　中國時報　1993年10月4日　8版

307. 謝武彰　後記　耕耘者的果樹園：林良先生序文選集　臺北　業強出版社　1993年10月　頁281—283

308. 林煥彰　認識林良和子敏——序《林良和子敏》　林良和子敏　臺北　業強出版社　1993年10月　頁3—5

309. 王金選　孩子們的小太陽——林良老師速寫　林良和子敏　臺北　業強出版社　1993年10月　頁1—4

310. 木　子　先認識子敏，後拜識林良　林良和子敏　臺北　業強出版社　1993年10月　頁5—8

311. 方素珍　林良先生愛說笑　林良和子敏　臺北　業強出版社　1993年10月　頁9—12

312. 方　梓　不用成語的散文家　林良和子敏　臺北　業強出版社　1993年10月　頁13—18

313. 杜榮琛　我印象中的——林良先生　林良和子敏　臺北　業強出版社　1993年10月　頁19—22

314. 余治瑩　願做那抹綠　林良和子敏　臺北　業強出版社　1993年10月　頁23—26

315. 沙　白　一顆善良的童心——向林良先生拜七十壽　林良和子敏　臺北　業強出版社　1993年10月　頁27—30

316. 周慧珠　　慈悲自在　林良和子敏　臺北　業強出版社　1993 年 10 月　頁 35—38
317. 林海音　　漫寫林良老弟　林良和子敏　臺北　業強出版社　1993 年 10 月　頁 39—44
318. 林海音　　漫寫林良老弟　林海音作品集・春聲已遠　臺北　遊目族文化公司　2000 年 5 月　頁 200—203
319. 林煥彰　　從他送我「小花籃」開始——寫我認識的林良先生　林良和子敏　臺北　業強出版社　1993 年 10 月　頁 45—50
320. 林婷婷　　林良和子敏　林良和子敏　臺北　業強出版社　1993 年 10 月　頁 51—56
321. 林仙龍　　淡淡的緣　林良和子敏　臺北　業強出版社　1993 年 10 月　頁 57—60
322. 林　瑋　　憶心頭點滴往事　林良和子敏　臺北　業強出版社　1993 年 10 月　頁 69—74
323. 林　琪　　我的爸爸　林良和子敏　臺北　業強出版社　1993 年 10 月　頁 75—76
324. 林　櫻　　我的父親　林良和子敏　臺北　業強出版社　1993 年 10 月　頁 77—82
325. 林　櫻　　我的父親林良　講義雜誌　1996 年 10 月　頁 56—57
326. 金　波　　和林良先生相遇　林良和子敏　臺北　業強出版社　1993 年 10 月　頁 83—88
327. 洪汛濤　　和林良先生見面　林良和子敏　臺北　業強出版社　1993 年 10 月　頁 95—98
328. 帥崇義　　我所認識的林良老師　林良和子敏　臺北　業強出版社　1993 年 10 月　頁 99—104
329. 徐守濤　　我所認識的子敏先生　林良和子敏　臺北　業強出版社　1993 年 10 月　頁 111—114

330. 陳正治　兒童文學界的巨人　林良和子敏　臺北　業強出版社　1993年10月　頁115—120
331. 陳啟淦　十項全能的人　林良和子敏　臺北　業強出版社　1993年10月　頁121—124
332. 陳木城　簡筆速寫林良　林良和子敏　臺北　業強出版社　1993年10月　頁125—130
333. 陳伯吹　隔海祝壽　林良和子敏　臺北　業強出版社　1993年10月　頁131—134
334. 彭琬玲　妙筆寫童心——林良與幼兒文學結緣半世紀　林良和子敏　臺北　業強出版社　1993年10月　頁151—158
335. 張水金　林緣　林良和子敏　臺北　業強出版社　1993年10月　頁159—162
336. 華霞菱　從不敢開口到娓娓而談的林良先生　林良和子敏　臺北　業強出版社　1993年10月　頁163—166
337. 管家琪　我心目中的「小太陽」　林良和子敏　臺北　業強出版社　1993年10月　頁167—170
338. 蔣竹君　「看圖・說話」的無名作者　林良和子敏　臺北　業強出版社　1993年10月　頁171—174
339. 樊發稼　林良先生印象　林良和子敏　臺北　業強出版社　1993年10月　頁175—182
340. 鄭雪玫　我認識的林良先生　林良和子敏　臺北　業強出版社　1993年10月　頁191—194
341. 劉靜娟　寬容的眼睛・赤子的心　林良和子敏　臺北　業強出版社　1993年10月　頁195—198
342. 樂茝軍　風格獨特的人　中央日報　1993年8月23日　16版
343. 樂茝軍　風格獨特的人　林良和子敏　臺北　業強出版社　1993年10月　頁199—202

344. 潘人木　書迷傳　林良和子敏　臺北　業強出版社　1993 年 10 月　頁 203—204

345. 賴慶雄　牽引　林良和子敏　臺北　業強出版社　1993 年 10 月　頁 205—208

346. 薛　林　不要只是守廟的幾個和尚和尼姑——以林良先生的話壽林良先生　林良和子敏　臺北　業強出版社　1993 年 10 月　頁 209—212

347. 蘇尚耀　亦師亦友的林良先生　林良和子敏　臺北　業強出版社　1993 年 10 月　頁 221—224

348. 陳　音　七十有愛，人生更從容——作家林良是快樂老人　中央月刊　第 26 卷第 12 期　1993 年 12 月　頁 70—72

349. 邱文通　鄉土教育正在作，親子教育他在行——林良的小太陽，光熱未減　民生報　1995 年 10 月 9 日　18 版

350. 項秋萍　林良的生命哲學　講義　第 103 期　1995 年 10 月　頁 126—127

351. 楊錦郁　打開心窗，讓陽光潑灑進來——林良和他的小太陽　溫馨家庭快樂多　臺北　健行文化出版公司　1996 年 2 月　頁 25—32

352. 李玉娟　倒數計時器——子敏和書之間的橋樑　中央日報　1996 年 3 月 6 日　21 版

353. 許素華　子敏——悠遊的小天地　中華日報　1997 年 5 月 26 日　15 版

354. 陳文芬　子敏代表作新版面世溫暖新讀者　中國時報　1998 年 6 月 4 日　11 版

355. 吳晶晶　永遠的小太陽　中央日報　1998 年 12 月 15 日　22 版

356. 寧英如　子敏鼓勵創作・體現生命意義　中央日報　1999 年 4 月 18 日　10 版

357. 耕　雨　子敏代表作清淡有味　臺灣新聞報　2000 年 2 月 25 日　B7 版

358. 黃資府　喜歡子敏　中央日報　2000 年 6 月 10 日　22 版

359. 賴美玲　我學會了愛　中央日報　2000 年 7 月 28 日　22 版

360. 可　可　看見太陽　中央日報　2000 年 8 月 5 日　22 版

361. 劉芳助　林良享受半夜醒著　中國時報　2000 年 8 月 24 日　35 版
362. 〔人間福報〕　林良・兒童文學大家長——臺灣文壇長青樹・創作六十年不輟　人間福報　2000 年 10 月 20 日　5 版
363. 馬景賢　我的「室友」林良　兒童文學資深作家作品研討會——林良先生作品討論會論文集　臺北　中華民國兒童文學學會　2000 年 10 月　頁 91—92
364. 陳正治　神仙生活與責任生活的美好結局　兒童文學資深作家作品研討會——林良先生作品討論會論文集　臺北　中華民國兒童文學學會　2000 年 10 月　頁 93—94
365. 張清榮　和沐春風　兒童文學資深作家作品研討會——林良先生作品討論會論文集　臺北　中華民國兒童文學學會　2000 年 10 月　頁 95—96
366. 林芳萍　走進太陽山——看一棵樹的樣子　兒童文學資深作家作品研討會——林良先生作品討論會論文集　臺北　中華民國兒童文學學會　2000 年 10 月　頁 99—100
367. 方素珍　「八卦」林良　兒童文學資深作家作品研討會——林良先生作品討論會論文集　臺北　中華民國兒童文學學會　2000 年 10 月　頁 101—103
368. 黃瑞田　永恆的小太陽　兒童文學資深作家作品研討會——林良先生作品討論會論文集　臺北　中華民國兒童文學學會　2000 年 10 月　頁 104—105
369. 蔡清波　無量歡喜心——記兒童文學推手林良先生　兒童文學資深作家作品研討會——林良先生作品討論會論文集　臺北　中華民國兒童文學學會　2000 年 10 月　頁 106—107
370. 王景山　子敏　臺港澳暨海外華文作家辭典　北京　人民文學出版社　2003 年 7 月　頁 881—882
371. 周慧珠　寫童話的人　人間福報　2004 年 2 月 7 日　14 版

372. 〔陳萬益選編〕　子敏　國民文選・散文卷 2　臺北　玉山社出版公司　2004 年 8 月　頁 46
373. 徐開塵　享受尋常生活內容，林良，寫作計劃先顧兒童　民生報　2005 年 4 月 22 日　A13 版
374. 方素珍　好友說畫——珍藏林良　林良的私房畫　臺北　臺灣麥克公司　2005 年 6 月　〔2 頁〕
375. 林　瑋　女兒說畫——從填色開始的畫畫遊戲　林良的私房畫　臺北　臺灣麥克公司　2005 年 6 月　〔2 頁〕
376. 彤　彤　孫女說畫——外公陪我畫畫　林良的私房畫　臺北　臺灣麥克公司　2005 年 6 月　〔2 頁〕
377. 〔編輯部〕　文如其人的林良　林良的私房畫　臺北　臺灣麥克公司　2005 年 6 月　〔3 頁〕
378. 方家瑜　簡單的文字，不簡單的事——林良　永恆的童趣——童書任意門導覽手冊　臺北　信誼基金出版社　2006 年 6 月　頁 12—13
379. 賴素鈴　名人與玩具——兒童文學作家林良　民生報　2006 年 7 月 10 日　B6 版
380. 林　櫻　《爸爸的十六封信》與我——寫於新版　爸爸的十六封信　臺北　國語日報社　2006 年 7 月　頁 7—9
381. 林　櫻　《爸爸的 16 封信》與我——寫於新版　爸爸的 16 封信——臺灣兒童文學館・林良美文書坊　福州　福建少年兒童出版社　2014 年 7 月　頁 4—6
382. 林　櫻　《爸爸的十六封信》與我　爸爸的 16 封信——獻給會思想的你　臺北　國語日報社　2015 年 10 月　頁 8—10
383. 陳義芝　紅塵無礙，自在自得——林良寫詩印象　文字結巢　臺北　三民書局　2007 年 1 月　頁 32—34
384. 周慧珠　林良的書房——書的歸處　人間福報　2007 年 9 月 15 日　16 版
385. 〔封德屏主編〕　子敏　2007 臺灣作家作品目錄　臺南　國立臺灣文學館

2008年7月 頁22

386. 〔鹽分地帶文學〕 前輩作家寫真簿——林良 鹽分地帶文學 第18期 2008年10月 頁20

387. 張夢瑞 和諧人生中的小太陽——文風獨樹一格的林良 人間福報 2008年11月8日 8—10版

388. 張夢瑞 大丈夫的畫像——林良樂當小太陽 臺灣光華雜誌 第34卷第4期 2009年4月 頁106—113

389. 趙瑜婷 創作熱情無止盡・林良今分享 國語日報 2010年10月2日 2版

390. 金 容 林良爺爺與兒童文學 文訊雜誌 第301期 2010年11月 頁131

391. 張桓瑋 小太陽依然如此溫暖——「林良爺爺與兒童文學」講座紀實 文訊雜誌 第302期 2010年12月 頁104—107

392. 林皇德 月光下的織錦人——林良 國語日報 2010年12月4日 5版

393. 林皇德 林良——月光下的織錦人 用愛釀成篇章：臺灣文學家的故事 臺南 國立臺灣文學館 2011年7月 頁85—88

394. 周姚萍 兒童文學界的長青樹・林良（1—3） 國語日報 2011年3月22—24日 11版

395. 佐渡守 林良爺爺傳授閱讀撇步 中國時報 2011年4月3日 E4版

396. 孫小英 印象中的林良先生 小太陽（經典紀念版） 臺北 麥田出版・城邦文化公司 2011年9月 頁3—10

397. 孫小英 印象中的林良先生 小太陽——臺灣兒童文學館・林良美文書坊 福州 福建少年兒童出版社 2014年7月 頁1—8

398. 孫小英 印象中的林良先生 小太陽・經典紀念珍藏版 臺北 麥田出版・城邦文化公司 2015年4月 頁3—10

399. 林欣誼 林良歡度88歲・童心大發誦兒歌 中國時報 2012年10月7日 A12版

400. 陳智華　88 歲出書・林良：自救要靠閱讀　聯合報　2012 年 10 月 7 日　AA3 版

401. 劉盈慧　小太陽林良・手稿捐國圖　聯合報　2012 年 10 月 10 日　A4 版

402. 趙瑜婷　林良：取材生活・苦思才有得　國語日報　2012 年 11 月 1 日　1 版

403. 蕭仁豪　傳誦文學之美——「為臺灣文學朗讀〉系列之一——溫暖的小太陽——林良　新活水　第 46 期　2013 年 2 月　頁 55

404. 劉偉瑩　永遠的孩子・林良用童心看世界　國語日報　2013 年 8 月 19 日　16 版

405. 馮季眉　文學情・赤子心　永遠的孩子　臺北　財團法人國語日報社　2013 年 8 月　頁 4—8

406. 王詣筑　看圖說話 50 載・林良勤創作　國語日報　2013 年 10 月 29 日　2 版

407. 金　容　「永遠的小太陽」林良 90 暖壽　文訊雜誌　第 336 期　2013 年 10 月　頁 140

408. 林　瑋　用童心為孩子織夢　永遠的小太陽：林良　臺北　遠見天下出版公司　2013 年 11 月　頁 4—6

409. 趙靜瑜　林良、鄭明進聯手・水果列車出發　中國時報　2014 年 10 月 5 日　A12 版

410. 張子樟　淺談淺語　國語日報　2014 年 10 月 5 日　7 版

訪談、對談

411. 夏祖麗　子敏的「引力」　書評書目　第 36 期　1976 年 4 月　頁 6—15

412. 夏祖麗　在月光下寫《小太陽》——子敏訪問記　握筆的人——當代作家訪問記　臺北　純文學出版社　1977 年 12 月　頁 1—20

413. 夏祖麗　在月光下寫《小太陽》——子敏訪問記　林良和子敏　臺北　業強出版社　1993 年 10 月　頁 135—150

414. 林　芝　訪問林良——我見到了他[1]　幼獅少年　第 81 期　1983 年 07 月　頁 58—61

415. 林　芝　我見到了他——訪林良　望向高峰：速寫現代散文作家　臺北　幼獅文化公司　1992 年 12 月　頁 1—7

416. 林　芝　我見到了他　林良和子敏　臺北　業強出版社　1993 年 10 月　頁 61—68

417. 林　芝　滿心童趣、字字溫馨的林良　漫卷詩書：伴你我成長的現代作家　臺北　正中書局　2005 年 2 月　頁 11—25

418. 林良等[2]　座談——兒童文學未來的發展　文訊雜誌　第 11 期　1984 年 5 月　頁 205—258

419. 大　由　子敏談兒童文學創作應有的心理調適　幼獅文藝　第 388 期　1986 年 4 月　頁 22—23

420. 潘麗珠採訪；陳毓璞記錄　在月光下織錦的人——訪林良先生談兒童文學　國文天地　第 49 期　1989 年 6 月　頁 10—15

421. 陳維信　四個境界——子敏談《小太陽》的愛與婚姻　聯合文學　第 64 期　1990 年 2 月　頁 72—74

422. 劉叔慧　懷抱童心的文學耕耘者——專訪林良先生　文訊雜誌　第 94 期　1993 年 8 月　頁 94—97

423. 許建崑　愛坐火車的林良　牛車上的舞臺　臺中　臺中市立文化中心　1994 年 6 月　頁 210—212

424. 張　力　和子敏（林良）舅舅敘談（1—2）　新青年　1994 年第 10—11 期　1994 年　頁 36—37，46—47

425. 莊宜文　聆聽歲暮的聲音，資深前輩作家現況報導〔子敏部分〕　聯合報　1997 年 12 月 16 日　41 版

426. 蔡佩玲　永遠的小太陽——林良專訪　兒童文學資深作家作品研討會——

[1]本文後改篇名為〈滿心童趣、字字溫馨的林良〉。

[2]與會者：林良、林鍾隆、張法鶴、馬景賢、洪文瓊、游復熙、楊思諶、鄭雪玫、林煥彰、蔣家語、陳美儒、黃樹滋、謝武彰、劉廉蓉、薛茂松、宋建成、鄭明進；紀錄：林柔慈。

林良先生作品討論會論文集　臺北　中華民國兒童文學學會　2000 年 10 月　頁 108—121

427. 張志樺　國家臺灣文學館週末文學對談「兒童文學：你的孩子是他的讀者」——林良與馬景賢　中華民國兒童文學學會會訊　第 23 卷第 1 期　2007 年 1 月　頁 26—30

428. 張志樺　兒童文學——你的孩子是他的讀者　遠方的歌詩：十二場臺灣當代詩、散文與兒童文學的心靈饗宴：國立臺灣文學館・第六季週末文學對談　臺南　國立臺灣文學館　2008 年 9 月　頁 320—343

429. 林麗如　一起走遍千山萬水——資深作家談書寫與閱讀——林良：持續讀書、寫書、說書　文訊雜誌　第 264 期　2007 年 10 月　頁 87—88

430. 蕭立馨　林良訪問稿　林良散文研究——以家庭書寫為對象　嘉義大學中國文學系　碩士論文　王玫珍教授指導　2009 年 5 月　頁 126—134

431. 林良等[3]　兒童少年讀物與閱讀（1—2）　國語日報　2010 年 5 月 23，30 日　4 版

432. 林詩恩　專訪林良先生：談對於兒童詩歌的觀點及對自身作品的探析　林良兒童詩歌語言風格研究　臺中教育大學語文教育學系　碩士論文　周碧香教授指導　2011 年 6 月　頁 128—136

433. 周昱樺　發現文字的本事——林良先生談天兒　人間福報　2012 年 1 月 1 日　15 版

434. 張明玉　林良採訪稿　林良童詩於國小國語文教學之應用研究　臺北市立教育大學中國語文學系　碩士論文　陳光憲教授指導　2013 年 1 月　頁 113—117

435. 邱祖胤　年屆 90 不停筆——林良：我是永遠的孩子　中國時報　2013 年 8 月 19 日　A16 版

[3]主持人：張子樟；與會者：林良、柏姬・當克特、馮季眉、楊茂秀、林世仁；記錄：陳玫靜。

436. 周慧珠　永遠溫暖和熙——九十作家赤子林良　人間福報　2013 年 9 月 29 日　B4—B5 版

437. 林良等[4]　在結束的地方開始——「文訊 30：世代文青論壇接力賽」第十場　文訊雜誌　第 335 期　2013 年 9 月　頁 128

438. 楊惠芳專訪　林良 90 大壽・願寫更多兒歌童話　國語日報　2014 年 10 月 10 日　16 版

439. 林靈專訪　左手寫散文，右手寫兒文——林良・永遠的小太陽　文創達人誌　第 13 期　2014 年 10 月　頁 4—12

年表

440. 子　敏　子敏創作年表　中國當代十大散文家選集　臺北　源成文化圖書供應社　1977 年 7 月　頁 447—454

441. 林淑芬　林良著作年表（1913—）　林良的兒童文學研究　臺北市立師範學院應用語言文學研究所　碩士論文　陳正治教授指導　2000 年 6 月　頁 359—372

442. 鍾欣純，賴雯琪整理　林良重要文學作品年表　小太陽（經典紀念版）　臺北　麥田出版・城邦文化公司　2011 年 9 月　頁 287—302

443. 鍾欣純，賴雯琪整理　林良重要文學作品年表　小太陽・經典紀念珍藏版　臺北　麥田出版・城邦文化公司　2015 年 4 月　頁 287—302

444. 鍾欣純，賴雯琪，林瑋整理　林良重要文學作品年表　爸爸的 16 封信——臺灣兒童文學館・林良美文書坊　福州　福建少年兒童出版社　2014 年 7 月　頁 126—138

445. 〔高慈敏編〕　紀事　第十六屆國家文藝獎頒獎典禮專刊　臺北　財團法人國家文化藝術基金會　2012 年 10 月　頁 56—59

446. 林　瑋　林良大事年表　永遠的小太陽：林良　臺北　遠見天下出版公司　2013 年 11 月　頁 210—211

[4]主持人：朱國珍；與會者：于善祿、王聰威、林良、汪俊彥、莊靈、陳夏民、劉靜娟、蔡素芬；紀錄：盛浩偉。

其他

447. 袁蘭芳　林良獲中山文藝獎金　自立晚報　1973年11月13日　2版
448. 曾清嫣　信誼幼兒文學獎揭曉——林良七十壽誕獲佳禮　聯合報　1993年2月28日　18版
449. 沈　怡　林良、林煥彰・連手推動！——籌設世界華文兒童文學資料庫　聯合報　1995年2月17日　35版
450. 李玉玲　國家文藝獎得獎名單揭曉——特別貢獻獎張繼高、申學庸、林良・三人獲殊榮　聯合報　1995年7月13日　5版
451. 中央社　子敏小太陽八本書出版　中央日報　1998年6月4日　10版
452. 江中明　《小太陽》等八書・子敏舊書新版　聯合報　1998年6月4日　14版
453. 陳文芬　子敏代表作新版面世・溫暖新讀者　中國時報　1998年6月4日　11版
454. 葉卉軒　走進林良世界・兒童文學升級　中央日報　2000年10月16日　13版
455. 〔中央日報〕　92年金鼎獎得主・林良終身成就獲殊榮　中央日報　2003年7月2日　14版
456. 陳宛茜　作家林良・獲金鼎獎終身成就獎　聯合報　2003年7月2日　B6版
457. 黃美珠　金鼎獎頒獎・國語日報林良獲終身成就　自由時報　2003年10月19日　8版
458. 〔中央日報〕　92年金鼎獎得主揭曉，林良終身成就獲殊榮　中央日報　2004年7月2日　14版
459. 陳宛茜　作家林良，獲金鼎獎終身成就獎　聯合報　2004年7月2日　B6版
460. 李坤建　金鼎獎昨在新竹舉行頒獎典禮——林良受贈終身成就獎　民生報　2004年10月19日　A6版

461. 陳玲芳　金鼎獎移師竹市舉行——與竹文學結合，林良獲頒「終身成就獎」　臺灣日報　2004年10月19日　13版
462. 賴素鈴　林良老童書新視聽，已進入數位時代了　民生報　2006年10月4日　A9版
463. 陳玉金　童書古早味，好書不寂寞　人間福報　2006年10月7日　14版
464. 金　容　老而彌堅的林良　文訊雜誌　第293期　2010年3月　頁127
465. 趙瑜婷　文學星雲獎・兒文大師林良獲特別獎　國語日報　2011年11月16日　2版
466. 趙瑜婷　林良獲特別獎・許諾不停筆　國語日報　2011年12月14日　2版
467. 劉偉瑩　林良寫出淺語美感・獲國家文藝獎　國語日報　2012年6月26日　1版
468. 劉偉瑩　「第36屆金鼎獎」林良獲獎・全場起立鼓掌　國語日報　2012年7月14日　1版
469. 趙瑜婷　林良88歲生日・兒文界詩畫祝壽　國語日報　2012年10月7日　1版
470. 楊惠芳　兒文大師林良・236件手稿捐國圖　國語日報　2012年10月9日　2版
471. 楊惠芳　林良兒文手稿・捐贈國圖　國語日報　2012年10月10日　1版
472. 趙瑜婷　林良、貝果攜手・打造詩歌繪本日記　國語日報　2013年2月1日　2版

作品評論篇目

綜論

473. 欒茝軍　享受「分享」——我讀林良的散文　國語日報　1975年6月7日　6版
474. 欒茝軍　享受「分享」　林良的散文　臺北　國語日報社　1996年6月

頁 1—3

475. 樂茝軍　享受「分享」　林良的散文　臺北　國語日報社　2010 年 3 月　頁 1—3

476. 樂茝軍　享受「分享」　雨天的心晴：林良給青少年的 55 個愛的鼓勵　臺北　國語日報社　2014 年 9 月　頁 2—5

477. 陳信元　寫家的大男人——子敏　中學白話文選　臺北　故鄉出版社　1979 年 7 月　頁 316—317

478. 陳淑琴　林良兒童文學翻譯作品中的「信」、「達」、「得體」　兒童圖書與教育雜誌　第 1 卷第 5 期　臺北　1981 年 11 月　頁 15—17

479. 林武憲　林良先生的兒童文學語言　兒童圖書與教育雜誌　第 1 卷第 5 期　臺北　1981 年 11 月　頁 18—19

480. 楊嘉琳　兒童文學中奇妙的比喻——談林良先生的比喻技巧　兒童圖書與教育雜誌　第 1 卷第 5 期　臺北　1981 年 11 月　頁 20—21

481. 洪文珍　評林良的兒童故事作品——兼論故事化處理技巧　兒童圖書與教育雜誌　第 1 卷第 5 期　臺北　1981 年 11 月　頁 24—29

482. 洪文珍　評林良的兒童故事作品——兼論故事化處理技巧　兒童文學評論集　臺東　臺東師院語文教育學系　1991 年 1 月　頁 147—167

483. 廖宏文　在月光下織錦——子敏的散文世界　國語日報　1983 年 6 月 7 日　6 版

484. 思　量　讀書與修養　消費時代　第 154 期　1983 年 7 月　頁 32

485. 黃武忠　文學領域的拓寬者——子敏散文試論　散文季刊　第 3 期　1984 年 7 月　頁 8—21

486. 黃武忠　文學領域的拓寬者——子敏散文試論　親近臺灣文學　臺北　九歌出版社　1995 年 3 月　頁 164—178

487. 徐美玲　林良經營白話的生活語句　自由青年　第 76 卷第 1 期　1986 年 7 月 15 日　頁 18—22

488. 徐　學　深入的淺語藝術——子敏散文印象　廈門文學　1988 年第 3 期

1988 年 3 月　頁 52

489. 董忠司　童詩用韻研究示例——楊喚、林良、林武憲三家童詩用韻之研究　兒童文學學術研討會論文集　臺北　臺灣省立臺東師範學院編　1988 年 5 月　頁 123—153

490. 董忠司　童詩用韻研究示例——楊喚、林良、林武憲三家童詩用韻之研究　新竹師院學報　第 3 期　1990 年 6 月　頁 1—33

491. 陳文祥　清新的風，甜美的泉——讀臺灣林良等三人的兒童詩[5]　臺灣研究集刊　1989 年第 3 期　1989 年 8 月　頁 89—93

492. 邱各容　兒童讀物寫作最豐富的——林良　兒童文學史料初稿 1945—1989　臺北　富春文化公司　1990 年 8 月　頁 251—253

493. 徐　學　鄉土派散文——子敏　臺灣新文學概觀（下）　廈門　鷺江出版社　1991 年 6 月　頁 196—197

494. 徐　學　從古典到現代——臺灣作家散文觀綜論之二〔子敏部分〕　臺灣研究集刊　1991 年第 3 期　1991 年 8 月　頁 92—98

495. 徐　學　散文創作（上）——王鼎鈞、張曉風與 70 年代的散文創作〔子敏部分〕　臺灣文學史（下）　福州　海峽文藝出版社　1993 年 1 月　頁 465—466

496. 何笑梅　兒童文學與科幻小說——兒童文學〔子敏部分〕　臺灣文學史（下）　福州　海峽文藝出版社　1993 年 1 月　頁 723—725

497. 傅林統　林良的作品意境、語言皆美　書卷　第 1 期　1993 年 3 月　頁 16—17

498. 張湘君　「有味兒」的美品珍品——談林良的序　耕耘者的果樹園：林良先生序文選集　臺北　業強出版社　1993 年 10 月　頁 7—12

499. 張超主編　子敏　臺港澳及海外華人作家辭典　南京　南京大學出版社　1994 年 12 月　頁 741

---

[5]本文比較林良、林煥彰及林武憲 3 人童詩作品之共同特色：1.樸素自然的兒童口語；2.使用孩子的對話入詩；3.自由詩，具有明顯的節奏。

500. 束沛德　人性美的深情禮贊——林良童話賞析　理論與創作　1994 年第 4 期　1994 年　頁 61—63

501. 徐　學　當代臺灣散文的生命體驗〔子敏部分〕　臺灣研究集刊　1995 年第 1 期　1995 年 2 月　頁 51—60

502. 方　忠　尋常生活的詩意呈示——子敏散文　臺港散文 40 家　鄭州　中原農民出版社　1995 年 9 月　頁 170—172

503. 王　林　日月潭邊的童心淺唱——略論當代臺灣的兒童散文創作〔子敏部分〕　臺灣研究集刊　1998 年第 2 期　1998 年 5 月　頁 79—84

504. 黃暐勝　子敏與《子敏作品集》　文訊雜誌　第 153 期　1998 年 7 月　頁 20—22

505. 林武憲　林良先生兒歌創作研究　兒童文學資深作家林良作品研討會　臺北　行政院文建會主辦，中華民國兒童文學學會承辦　2000 年 10 月 15 日

506. 林武憲　林良先生兒歌創作研究　兒童文學資深作家作品研討會——林良先生作品討論會論文集　臺北　中華民國兒童文學學會　2000 年 10 月　頁 3—34

507. 徐錦成　現代都市與古典帝國——林良詩的兩種面貌　兒童文學資深作家林良作品研討會　臺北　行政院文建會主辦，中華民國兒童文學學會承辦　2000 年 10 月 15 日

508. 徐錦成　現代都市與古典中國——林良詩的兩種面貌　兒童文學資深作家作品研討會——林良先生作品討論會論文集　臺北　中華民國兒童文學學會　2000 年 10 月　頁 35—44

509. 徐守濤　林良兒童文學理論初探　兒童文學資深作家林良作品研討會　臺北　行政院文建會主辦，中華民國兒童文學學會承辦　2000 年 10 月 15 日

510. 徐守濤　林良先生兒童文學理論初探　兒童文學資深作家作品研討會——林良先生作品討論會論文集　臺北　中華民國兒童文學學會

2000 年 10 月　頁 45—56

511. 林淑芬　論林良的兒童散文　兒童文學資深作家林良作品研討會　臺北　行政院文建會主辦，中華民國兒童文學學會承辦　2000 年 10 月 15 日

512. 林淑芬　論林良的兒童散文　兒童文學資深作家作品研討會——林良先生作品討論會論文集　臺北　中華民國兒童文學學會　2000 年 10 月　頁 66—90

513. 杜　子　林良先生及其作品　兒童文學資深作家作品研討會——林良先生作品討論會論文集　臺北　中華民國兒童文學學會　2000 年 10 月　頁 1—2

514. 陸又新　林良「看圖說話」的寫作藝術　兒童文學資深作家作品研討會——林良先生作品討論會論文集　臺北　中華民國兒童文學學會　2000 年 10 月　頁 97—98

515. 邱各容　兒童文學的常青樹——林良　播種希望的人們：臺灣兒童文學工作者群像　臺北　富春文化公司　2002 年 8 月　頁 49—54

516. 杜淑貞　林良作品的藝術　91 年度海峽兩岸當代兒童文學研討會　臺中　財團法人臺中市國語文研究學會主辦　2002 年 10 月 12 日

517. 邱各容　五〇年代的臺灣兒童文學——作家與作品〔林良部分〕　臺灣兒童文學史　臺北　五南圖書出版公司　2005 年 6 月　頁 60

518. 邱各容　七〇年代的臺灣兒童文學——作家與作品〔林良部分〕　臺灣兒童文學史　臺北　五南圖書出版公司　2005 年 6 月　頁 138

519. 杜元明　閩籍臺港散文六家談——子敏　世界華文文學研究：理論與實踐——國際學術研討會論文集　香港　中國文化出版社　2007 年 8 月　頁 183—184

520. 陳玉金　發現童年——林良先生的兒童文學創作泉源　2007 臺灣兒童文學年鑑　臺北　中華民國兒童文學學會　2008 年 6 月　頁 53—56

521. 林　良　書誕生的故事　國語日報　2009 年 6 月 28 日　5 版

522. 何貞慧　與林良先生看圖說話　國語日報　2009年7月20日　12版
523. 黃雅炘　林良散文的藝術經營　國文天地　第292期　2009年9月　頁30—42
524. 林詩恩　林良兒童詩歌重疊詞運用探析　第38屆中區中文研究所碩博士生論文研討會　南投　暨南國際大學中國語文學系主辦　2010年5月15日
525. 徐　學　深人的淺語藝術——子敏散文印象　廈門商報　2010年8月28日　A15版
526. 何貞慧　五力全開・寫兒歌變簡單　國語日報　2010年12月27日　14版
527. 趙瑜婷　林良赤子純真・奉獻兒童文學　國語日報　2011年11月27日　2版
528. 杜淑貞　站在修辭學角度析探林良淺語的修辭藝術——以散文、童詩、童話、少年小說為例　第六屆思維與創作學術研討會　臺南　臺南大學國語文學系主辦　2012年5月19日
529. 周旻樺　林良88米壽——童趣歡顏・醉心淺語藝術　人間福報　2012年10月14日　B4—5版
530. 林文寶　編者序——執著與敬重　小東西的趣味　臺北　國語日報社　2012年10月　頁4—13
531. 林文寶　編者序——執著與敬重　更廣大的世界　臺北　國語日報社　2012年10月　頁6—15
532. 林武憲　純真的境界——林良一生的探索與追求　第十六屆國家文藝獎頒獎典禮專刊　臺北　財團法人國家文化藝術基金會　2012年10月　頁38—49
533. 曾巧雲　林良：87歲兒童文學大師，以淺語藝術為兒童織錦一甲子　2011年臺灣文學年鑑　臺南　國立臺灣文學館　2012年11月　頁158
534. 喬　雪　論林良童詩的情趣美　保定學院學報　第26期第4卷　2013年7月　頁71—74

535. 朵西亞　林良：開拓臺灣兒童文學的先鋒　臺聲　2013年第6期　2013年　頁99—101
536. 劉凌波　論林良兒童文學作品中「隱含作者」的聲音　昆明學院學報　2014年第2期　2014年4月　頁21—23
537. 吳　岑　「淺語」的質樸之美——試析林良童詩的美學風格　柳州職業技術學院學報　第14卷第3期　2014年6月　頁74—77
538. 林煥彰　林良，淺語藝術的倡導者　光明日報　2014年10月24日　15版
539. 徐德榮，楊安東　論「淺語的藝術」的理念構建與實現途徑　中國海洋大學學報（社會科學版）　2015年第4期　2015年7月　頁118—123

分論

◆單行本作品

論述

《淺語的藝術》

540. 張夢瑞　林良《淺語的藝術》滋養一代代兒童　民生報　1975年10月16日　A6版
541. 黎　亮　兒童文學寫作的指標——介紹《淺語的藝術》　國語日報　1976年8月22日　3版
542. 康子瑛　介紹《淺語的藝術》　國語日報　1976年9月19日　3版
543. 尾　生　提經驗思考結晶——讀林良《淺語的藝術》　讀書筆記　臺北　出版家文化公司　1978年2月　頁270—273
544. 尾　生　提經驗思考結晶——讀林良《淺語的藝術》　愛書人　第87期　1978年9月21日　3版
545. 野　渡　林良當馬的經驗　書評書目　第95期　1981年3月　頁81—85
546. 洪志明　淺談《淺語的藝術》裡的「淺」　林良和子敏　臺北　業強出版社　1993年10月　頁89—94

547. 羅　葉　文學小聖經——評林良《淺語的藝術》　文訊雜誌　第 197 期　2002 年 3 月　頁 32—33

548. 李金蓮　久彌新 35 年‧《淺語的藝術》換新裝　中國時報　2011 年 11 月 5 日　23 版

549.〔高慈敏編〕　作品選介——《淺語的藝術》　第十六屆國家文藝獎頒獎典禮專刊　臺北　財團法人國家文化藝術基金會　2012 年 10 月　頁 54

550. 王帥乃　兒童文學寫作的智慧之鑰——《淺語的藝術》　國語日報　2013 年 7 月 7 日　4 版

《純真的境界》

551.〔高慈敏編〕　作品選介——《純真的境界》　第十六屆國家文藝獎頒獎典禮專刊　臺北　財團法人國家文化藝術基金會　2012 年 10 月　頁 55

詩

《童詩五家》

552. 陳千武　走在沙漠上看星星　笠　第 129 期　1985 年 10 月　頁 98—102

553. 林清泉　一些快樂、一些驚奇——推介《童詩五家》　國語日報　1986 年 2 月 23 日　3 版

554. 趙天儀　從童心主義出發——評林良等著《童詩五家》　中央日報　1986 年 4 月 17 日　12 版

散文

《小太陽》

555. 胡　土　和煦的《小太陽》　國語日報　1973 年 1 月 13 日　7 版

556. 林武憲　《小太陽》的修辭技巧　中國語文　第 33 卷第 4 期　1973 年 1 月　頁 26—33

557. 参　悟　我讀子敏《小太陽》　國語日報　1973 年 5 月 19 日　7 版

558. 林武憲　可愛的陽光——《小太陽》的讀後感（上、下）　國語日報

1973 年 8 月 24—25 日　7 版

559. 小野，張大春講；王之樵記　充滿創意的家庭書寫——小野談《小太陽》　中國時報　1973 年 12 月 26 日　39 版

560. 簡　宛　《小太陽》裡愛的世界　書評書目　第 9 期　1974 年 1 月　頁 102—105

561. 簡　宛　《小太陽》裡愛的世界　純文學　第 1 卷第 5 期　1982 年 6 月　頁 21—25

562. 簡　宛　《小太陽》裡愛的世界　風簷展書讀　臺北　純文學出版社　1985 年 1 月　頁 257—262

563. 簡　宛　《小太陽》裡愛的世界　國語日報　1986 年 10 月 1 日　14 版

564. 簡　宛　《小太陽》裡愛的世界　林良和子敏　臺北　業強出版社　1993 年 10 月　頁 213—220

565. 簡　宛　《小太陽》裡愛的世界　小太陽　武漢　湖北少年兒童出版社　2006 年 1 月　頁 310—316

566. 嚴　岩　永遠溫暖人間的小太陽　遠東人　第 1 期　1974 年 1 月　頁 100—101

567. 朱靜容　永不西落的「小太陽」　臺灣日報　1974 年 2 月 1 日　9 版

568. 朱靜容　不西落的「小太陽」——寫在《小太陽》一百版之前感言　書評　第 7 期　1993 年 12 月　頁 66—68

569. 李師鄭　發掘家庭生活的樂趣——讀子敏的《小太陽》後感　臺灣新生報　1975 年 4 月 3 日　10 版

570. 黃開楨　《小太陽》讀後感　臺電月刊　第 161 期　1976 年 5 月　頁 32

571. 吳昱輝　《小太陽》讀後感　勵進　第 364 期　1976 年 6 月　頁 79—81

572. 翁惠懿　林良永遠的《小太陽》　拾穗　第 550 期　1978 年 2 月　頁 62—64

573. 黃秋芳　《小太陽》　翰海觀潮　臺北　行政院文建會　1978 年 5 月　頁 157—159

574. 應鳳凰　子敏散文集《小太陽》　國語日報　1978 年 9 月 15 日　5 版
575. 應鳳凰　子敏的《小太陽》　臺灣文學花園　臺北　玉山社出版公司　2003 年 1 月　頁 165—169
576. 李士俊　暢銷書的故事——《小太陽》　愛書人　第 150 期　1980 年 8 月 1 日　4 版
577. 沈芸生　燦爛的《小太陽》　愛書人　第 156 期　1980 年 12 月　頁 3
578. 葉　伊　作家與書《小太陽》　愛書人　第 170 期　1982 年 2 月 15 日　4 版
579. 夏祖麗　大家來讀好書——《小太陽》　今天別刊　第 120 期　1983 年 1 月　頁 12—13
580. 鍾吉雄　《小太陽》的世界　中國語文　第 53 卷第 1 期　1983 年 7 月　60—63 頁
581. 鍾吉雄　《小太陽》的世界　槐廬天地寬　屏東　屏東縣文化局　2005 年 4 月　頁 82—86
582. 郭明福　最可感的幸福[6]　中央日報　1983 年 8 月 24 日　10 版
583. 郭明福　溫暖人間　琳瑯書滿目　臺北　爾雅出版社　1985 年 7 月　頁 17—19
584. 〔許燕，李敬編〕　《小太陽》　感人的書　臺北　希代出版公司　1984 年 12 月　頁 23—33
585. 何曼麗　充滿愛的小太陽　中央日報　1986 年 8 月 22 日　10 版
586. 陳信元　夏日炎炎書解悶——好書推薦——現代散文書單——子敏《小太陽》　國文天地　第 39 期　1988 年 8 月　頁 28
587. 孟東籬　生活裡的水晶玻璃——《小太陽》賞析　聯合文學　第 81 期　1991 年 7 月 1 日　頁 80—81
588. 楊　照　沉醉在家庭瑣事裡的「新父親」——子敏的《小太陽》　中國時報　1991 年 7 月 28 日　37 版

---
[6]本文後改篇名為〈溫暖人間〉。

589. 〔文藝作品調查研究小組〕　《小太陽》　心靈饗宴　臺北　國家文藝基金管理委員會　1992年6月　頁84—85

590. 〔文藝作品調查研究小組〕　《小太陽》　書林采風　臺北　國家文藝基金管理委員會　1992年6月　頁40—41

591. 林淑蓉　陪伴子女走薄冰・作家子敏與他的三個「小太陽」　中國時報　1992年12月13日　35版

592. 亮　軒　《小太陽》　錦囊開卷　臺北　國家文藝基金管理委員會　1993年6月　頁256—258

593. 徐開塵　麥田將重現《小太陽》　民生報　1996年12月12日　34版

594. 小　民　千古流傳《小太陽》　書評　第28期　1997年6月　頁22—23

595. 何永清　《小太陽》的修辭藝術（上、下）　中國語文　第84卷第6—7期　1999年6—7月　頁53—56，39—44

596. 廖薏婕　家庭中的有趣戲碼——我讀《小太陽》　用心讀書　臺南　統一夢公園生活公司　2002年1月　頁166—167

597. 陳國偉　親情與趣味——《小太陽》　文訊雜誌　第221期　2004年3月　頁62

598. 李宜真　子敏《小太陽》　多元的交響：世華散文評析　臺北　唐山出版社　2005年6月　頁16—24

599. 〔編輯部〕　導讀——超越世代的必讀名作　老三的地方　臺北　國語日報社　2009年8月　頁4—5

600. 應鳳凰，傅月庵　子敏——《小太陽》　冊頁流轉——臺灣文學書入門108　臺北　印刻文學生活雜誌出版公司　2011年3月　頁142—143

601. 〔高慈敏編〕　作品選介——《小太陽》　第十六屆國家文藝獎頒獎典禮專刊　臺北　財團法人國家文化藝術基金會　2012年10月　頁51

602. 蔡宗陽　推薦一本好書——林良《小太陽》　中國語文　第112卷第6期　2013年6月　頁103—104

603. 張　栩　淺析林良兒童散文《小太陽》中的生活化書寫　昆明學院學報　第35卷第5期　2013年10月　頁9—12
604. 江　莉　「淺語的藝術」中的意味傳達——以林良散文集《小太陽》為例　昆明學院學報　第35卷第5期　2013年10月　頁13—16

《和諧人生》

605. 胡坤仲　《和諧人生》讀後感　國語日報　1974年1月20日　7版
606. 林武憲　找到一位好朋友——《和諧人生》讀後　國語日報　1974年5月4日　7版
607. 林武憲　找到一位好朋友　風簷展書讀　臺北　純文學出版社　1985年1月　頁289—293
608. 〔文藝作品調查研究小組〕　《和諧人生》　書林采風　臺北　國家文藝基金管理委員會　1992年6月　頁55—56
609. 〔文藝作品調查研究小組〕　《和諧人生》　心靈饗宴　臺北　國家文藝基金管理委員會　1992年6月　頁57—58
610. 廖書縺　《和諧人生》　臺灣日報　1995年6月2日　11版
611. 何高鳳　《和諧人生》　書評　第29期　1997年8月　頁58
612. 袁孝康　現代勵志文學——撫慰的藝術〔《和諧人生》部分〕　臺灣勵志書籍的系譜（1950—1990）　政治大學新聞學系　碩士論文　柯裕棻教授指導　2004年1月　頁84—85
613. 吳亦蒼　「如何避免使對方不快樂」——子敏《和諧人生》與現代人文精神　通識教育——傳統學術與當代人文精神學術研討會　臺北　景文科技大學通識教育中心　2007年6月2日
614. 〔高慈敏編〕　作品選介——《和諧人生》　第十六屆國家文藝獎頒獎典禮專刊　臺北　財團法人國家文化藝術基金會　2012年10月　頁52
615. 施　羽　作家筆下的和諧人生——評子敏散文集《和諧人生》　北京教育學院學報：社會科學版　第27卷第3期　2013年6月　頁38—41

《在月光下織錦》

616. 林武憲　一個錦繡的散文世界　中國語文　第35卷第6期　1974年12月　頁92—96
617. 胡坤仲　我讀《在月光下織錦》　國語日報　1974年5月24日　7版
618. 項　青　「織錦」——談子敏的散文　書評書目　第18期　1974年10月　頁52—54
619. 〔高慈敏編〕　作品選介——《月光下織錦》　第十六屆國家文藝獎頒獎典禮專刊　臺北　財團法人國家文化藝術基金會　2012年10月　頁53

《陌生的引力》

620. 亮　軒　深人淺語——讀《陌生的引力》　書評書目　第23期　1975年3月　頁25—26
621. 凌性傑　文學的質地——林良《陌生的引力》　陪你讀的書——從經典到生活的42則私房書單　臺北　城邦文化公司　2015年11月　頁259—262

《鄉情》

622. 陳銘磻　《鄉情》　婦女雜誌　第170期　1982年11月　頁50
623. 長城沙　敘《鄉情》　大華晚報　1984年1月4日　7版
624. 鄭素玲　或許人間有永恆　中國時報　1996年10月10日　44版

《茶話選讀》

625. 〔國語日報語文中心編〕　編者的話　茶話選讀　臺北　國語日報語文中心　1984年11月　頁1—2

《林良的散文》[7]

626. 桂文亞　《林良的散文》　臺灣兒童文學100（1945—1998）　臺北　行政院文建會　2000年3月　頁190—191
627. 桂文亞　採菊東籬下・悠然見南山——林良散文《雨天的心晴：林良給青

[7]本書後改名為《雨天的心晴：林良給青少年的55個愛的鼓勵》。

少年的55個愛的鼓勵》讀後隨感　國語日報　2014年10月12日　7版

《永遠的孩子》

628. 許書寧　認識一個永遠的孩子　國語日報　2013年9月29日　5版

兒童文學

《舅舅照像》

629. 林少雯　作家的第一本書——林良的《舅舅照像》　中央日報　1999年6月28日　22版

《一顆紅寶石》

630. 林守為　兒童廣播劇的編寫——兼介《一顆紅寶石》　兒童讀物研究　臺北　小學生雜誌畫刊社　1965年4月　頁379—382

631. 曾西霸　《一顆紅寶石》　臺灣兒童文學100（1945—1998）　臺北　行政院文建會　2000年3月　頁160—161

《我要大公雞》

632. 楊隆吉　《我要大公雞》　臺灣兒童文學100（1945—1998）　臺北　行政院文建會　2000年3月　頁200—201

《哪裏最好玩》

633. 〔編輯部〕　編者的話　哪裏最好玩[8]　臺北　小學生雜誌社　1966年3月　〔1頁〕

《小琪的房間》

634. 林鍾隆　評林良《小琪的房間》　國語日報　1964年1月5日　5版

635. 曹俊彥　用心看一看　小琪的房間　臺北　國語日報社　2008年2月　頁39

《小圓圓和小方方》

636. 曹俊彥　用心看一看　小圓圓和小方方　臺北　國語日報社　2008年4月　頁39

《今天早上真熱鬧》

---

[8]本書為《小學生畫刊》第314期專號。

637. 曹俊彥　用心看一看　今天早上真熱鬧　臺北　國語日報社　2008 年 2 月　頁 39

《我有兩條腿》

638. 曹俊彥　用心看一看　我有兩條腿　臺北　國語日報社　2008 年 2 月　頁 39

《汪小小學畫》

639. 曹俊彥　用心看一看　汪小小學畫　臺北　國語日報社　2008 年 4 月　頁 39

《影子和我》

640. 曹俊彥　用心看一看　影子和我　臺北　國語日報社　2008 年 4 月　頁 39

《從小事情看天氣》

641. 曹俊彥　用心看一看　從小事情看天氣　臺北　國語日報社　2008 年 8 月　頁 39

《彩虹街》

642. 華霞菱　《彩虹街》　國語日報　1984 年 9 月 2 日　3 版

643. 華霞菱　評林良著《彩虹街》　新書月刊　第 14 期　1984 年 11 月　頁 70

644. 曹俊彥　用心看一看　彩虹街　臺北　國語日報社　2008 年 2 月　頁 39

《爸爸的十六封信》

645. 楊隆吉　《爸爸的十六封信》　臺灣兒童文學 100（1945—1998）　臺北　行政院文建會　2000 年 3 月　頁 178—179

646. 王淑芬　寫信的人是幸福的——一信一主題　國語日報　2015 年 2 月 1 日　10 版

647. 林文寶　林良與《爸爸的 16 封信》　爸爸的 16 封信——臺灣兒童文學館・林良美文書坊　福州　福建少年兒童出版社　2014 年 7 月　頁 115—125

648. 林文寶　林良與《爸爸的十六封信》　爸爸的 16 封信——獻給會思想的你　臺北　國語日報社　2015 年 10 月　頁 160—172

《懷念——一隻狗的回憶錄》[9]

649. 野 渡　《懷念——一隻狗的回憶錄》讀後　國語日報　1975年4月13日　3版

650. 小 莎　我讀《懷念》　兒童圖書與教育雜誌　第1卷第5期　臺北　1981年11月　頁21—23

651. 藍涵馨　從《懷念》談林良的文字風格與親情[10]　兒童文學資深作家林良作品研討會　臺北　行政院文建會主辦，中華民國兒童文學學會承辦　2000年10月15日

652. 藍涵馨　試析《懷念》的文類定位和小說技巧　兒童文學資深作家作品研討會——林良先生作品討論會論文集　臺北　中華民國兒童文學學會　2000年10月　頁57—65

653. 許建崑　狗朋友：使世界更柔軟〔《我是一隻狐狸狗》部分〕　閱讀的苗圃：我的讀書單　臺北　幼獅文化公司　2007年10月　頁41—42

《小時候》

654. 柯錦鋒　我讀《小時候》　國語日報　1978年3月12日　3版

《兩朵白雲》

655. 藍啟育　林良先生的《兩朵白雲》　國語日報　1976年8月15日　3版

656. 邱阿塗　評介《兩朵白雲》　國語日報　1978年4月16日　3版

《小紙船看海》

657. 鄭明進　《小紙船看海》　臺灣兒童文學100（1945—1998）　臺北　行政院文建會　2000年3月　頁202—203

《認識自己》

658. 羊 牧　《認識自己》　中央日報　1972年2月4日　10版

659. 朱榮智　成長的明燈——推介子敏著《認識自己》　書評書目　第59期　1978年3月　頁77—80

---

[9]本書後改名為《我是一隻狐狸狗》。

[10]本文後改篇名為〈試析《懷念》的文類定位和小說技巧〉。

660. 林貴真　從《認識自己》出發　聯合報　1980年10月18日　12版

661. 馬　路　領航人——《認識自己》讀後感　國語日報　1983年2月2日　7版

662. 黃武忠　推介《認識自己》　婦女雜誌　第180期　1983年9月　頁73—74

663. 莊茂禧　《認識自己》　中央日報　1986年10月12日　5版

《十個故事：交通安全教育補充讀物》

664. 陳昆乾　人人該讀的《十個故事》　國語日報　1981年1月2日　7版

《愛的故事——汪汪的家》

665. 陸趙鈞鴻　寫在《愛的故事——汪汪的家》之前　愛的故事　香港　晶晶幼童教育出版社　1985年4月　〔1頁〕

《綠池裏的大白鵝》

666. 馬景賢，鄭明進　本書賞析　綠池裏的大白鵝　臺北　理科出版社　1987年3月　〔1頁〕

《鱷魚橋》

667. 張淑瓊　聲音與顏色的遊戲——林良的《鱷魚橋》　聯合報　1998年3月30日　47版

668. 張淑瓊　聲音與顏色的遊戲——林良的《鱷魚橋》　文訊雜誌　第151期　1998年5月　頁60

《爸爸》

669. 李坤珊　導讀——寓真情與無限於平凡之中　爸爸 DADDY　臺北　信誼基金出版社　1999年11月　〔4頁〕

《林良的詩》

670. 林武憲　《林良的詩》　臺灣兒童文學100（1945—1998）　臺北　行政院文建會　2000年3月　頁154—155

《林良的看圖說話》

671. 洪志明　《林良的看圖說話》　臺灣兒童文學100（1945—1998）　臺北

行政院文建會　2000年3月　頁128—129

《庫克船長》

672. 周惠玲　大師的雙人舞——《庫克船長》　文訊雜誌　第164期　1999年6月　頁36—37

《林良爺爺你請說》

673. 曹俊彥　經驗綜合體　林良爺爺你請說　臺北　幼獅文化公司　2010年6月　頁8—9

《給史奴比的信》

674. 蕭水順　《給史奴比的信》　國語日報　2011年10月22日　9版

《與鴿子海鷗約會——林良精選集》

675. 林文寶　書寫美好的人生故事　與鴿子海鷗約會——林良精選集　臺北　九歌出版社　2011年7月　頁10—13

《林良爺爺的30封信》

676. 林武憲　給國小畢業生的禮物書——《林良爺爺的30封信》　國語日報　2013年5月26日　4版

《我喜歡》

677. 何貞慧　輕啟童年的記憶寶盒　國語日報　2012年12月23日　5版

678. 貝　果　兩個小男孩　我喜歡　臺北　國語日報社　2012年12月　頁8—9

《林良爺爺憶兒時》

679. 中　玄　讀《林良爺爺憶兒時》　更生日報　2013年12月11日　11版

《今天真好！》

680. 貝　果　有林良爺爺的童詩，真好！　今天真好！　臺北　國語日報社　2013年12月　頁8—9

《沙發》

681. 陳玉金　有味動人的童謠《沙發》　沙發　臺南，臺北　國立臺灣文學館，國語日報社　2015年12月　頁26

編著

《七百字故事》

682. 梁容若　序言　七百字故事第三集　臺北　國語日報社　1963年11月　〔1頁〕
683. 何　容　序言[11]　七百字故事（合訂本）　臺北　國語日報副設出版部　1982年10月　頁1
684. 何　容　序言　七百字故事　臺北　國語日報副設出版部　1986年5月　頁1—2
685. 何　容　用活的語言寫的故事　林良爺爺的七百字故事　臺北　國語日報社　2010年3月　頁10—11

◆多部作品

《看圖・說話》

686. 何　容　序言　看圖・說話（第一集）　臺北　國語日報附設出版部　1962年1月　〔1頁〕
687. 何　容　序言　看圖・說話（第二集）　臺北　國語日報附設出版部　1962年1月　〔1頁〕
688. 何　容　序言　看圖・說話（第三集）　臺北　國語日報附設出版部　1962年12月　〔1頁〕
689. 何　容　序言　看圖・說話（第四集）　臺北　國語日報附設出版部　1968年4月　〔1頁〕
690. 何　容　序言　看圖・說話（第五集）　臺北　國語日報附設出版部　1968年4月　〔1頁〕
691. 何　容　序言　看圖・說話（第六集）　臺北　國語日報附設出版部　1968年4月　〔1頁〕
692. 何　容　序言　看圖・說話（第七集）　臺北　國語日報附設出版部　1968年4月　〔1頁〕

[11]本文後改篇名為〈用活的語言寫的故事〉。

693. 何　容　　序言　看圖・說話（第八集）　臺北　國語日報附設出版部
1968年4月　〔1頁〕

694. 何　容　　序言　看圖・說話（第九集）　臺北　國語日報附設出版部
1968年4月　〔1頁〕

695. 何　容　　序言　看圖・說話（第十集）　臺北　國語日報附設出版部
1968年4月　〔1頁〕

696. 何　容　　序言　看圖・說話（第十一集）　臺北　國語日報附設出版部
1970年4月　〔1頁〕

697. 何　容　　序言　看圖・說話（第十二集）　臺北　國語日報附設出版部
1970年4月　〔1頁〕

698. 何　容　　序言　看圖・說話（第十三集）　臺北　國語日報附設出版部
1970年4月　〔1頁〕

699. 何　容　　序言　看圖・說話（第十四集）　臺北　國語日報附設出版部
1970年4月　〔1頁〕

700. 何　容　　序言　看圖・說話（第十五集）　臺北　國語日報附設出版部
1970年4月　〔1頁〕

701. 何　容　　序言　看圖・說話（第十六集）　臺北　國語日報附設出版部
1970年4月　〔1頁〕

702. 何　容　　序言　看圖・說話（第十七集）　臺北　國語日報附設出版部
1970年4月　〔1頁〕

703. 何　容　　序言　看圖・說話（第十八集）　臺北　國語日報附設出版部
1970年4月　〔1頁〕

704. 何　容　　序言　看圖・說話（第十九集）　臺北　國語日報附設出版部
1970年4月　〔1頁〕

705. 何　容　　序言　看圖・說話（第二十集）　臺北　國語日報附設出版部
1970年4月　〔1頁〕

706. 何　容　　序言　看圖・說話（第二十一集）　臺北　國語日報附設出版部

1971年6月 〔1頁〕

707. 何 容 序言 看圖・說話（第二十二集） 臺北 國語日報附設出版部 1971年6月 〔1頁〕

708. 何 容 序言 看圖・說話（第二十三集） 臺北 國語日報附設出版部 1971年6月 〔1頁〕

709. 何 容 序言 看圖・說話（第二十四集） 臺北 國語日報附設出版部 1971年6月 〔1頁〕

710. 何 容 序言 看圖・說話（第二十五集） 臺北 國語日報附設出版部 1971年6月 〔1頁〕

711. 何 容 序言 看圖・說話（第二十六集） 臺北 國語日報附設出版部 1971年6月 〔1頁〕

712. 何 容 序言 看圖・說話（第二十七集） 臺北 國語日報附設出版部 1971年6月 〔1頁〕

713. 何 容 序言 看圖・說話（第二十八集） 臺北 國語日報附設出版部 1971年6月 〔1頁〕

714. 何 容 序言 看圖・說話（第二十九集） 臺北 國語日報附設出版部 1971年6月 〔1頁〕

715. 何 容 序言 看圖・說話（第三十集） 臺北 國語日報附設出版部 1971年6月 〔1頁〕

《小太陽》、《和諧的人生》、《在月光下織錦》

716. 李惠純 子敏的書〔《小太陽》、《和諧的人生》、《在月光下織錦》部分〕 青年戰士報 1974年7月27日 8版

「我會讀書」第一輯——《我愛小狗》、《白兔・貓・老鼠》、《馬・牛・羊》、《大象・獅子》、《雞・鴨・鵝》、《小鳥・大鳥》、《蝸牛・烏龜》、《人》、《好吃的・好玩的》、《花・海》

717. 何 容 介紹「我會讀書」 我愛小狗 臺北 國語日報附設出版部 1975年4月 〔1頁〕

718. 何 容 介紹「我會讀書」 白兔・貓・老鼠 臺北 國語日報附設出版部 1975年4月 〔1頁〕

719. 何 容 介紹「我會讀書」 馬・牛・羊 臺北 國語日報附設出版部 1975年4月 〔1頁〕

720. 何 容 介紹「我會讀書」 大象・獅子 臺北 國語日報附設出版部 1975年4月 〔1頁〕

721. 何 容 介紹「我會讀書」 雞・鴨・鵝 臺北 國語日報附設出版部 1975年4月 〔1頁〕

722. 何 容 介紹「我會讀書」 小鳥・大鳥 臺北 國語日報附設出版部 1975年4月 〔1頁〕

723. 何 容 介紹「我會讀書」 蝸牛・烏龜 臺北 國語日報附設出版部 1975年4月 〔1頁〕

724. 何 容 介紹「我會讀書」 人 臺北 國語日報附設出版部 1975年4月 〔1頁〕

725. 何 容 介紹「我會讀書」 好吃的・好玩的 臺北 國語日報附設出版部 1975年4月 〔1頁〕

726. 何 容 介紹「我會讀書」 花・海 臺北 國語日報附設出版部 1975年4月 〔1頁〕

《小太陽》、《和諧的人生》、《在月光下織錦》、《陌生的引力》

727. 小 民 好書耐千讀〔《小太陽》、《和諧的人生》、《在月光下織錦》、《陌生的引力》部分〕 書評書目 第97期 1981年6月 頁86—87

《日本這個國家》、《野心勃勃的日本》

728. 熊先舉 序言 日本這個國家 臺北 國立編譯館 1984年12月 〔2頁〕

729. 熊先舉 序言 野心勃勃的日本 臺北 國立編譯館 1986年1月 〔2頁〕

《小太陽》、《鄉情》

730. 林皓敏　「引號」小太陽〔《小太陽》、《鄉情》部分〕　中央日報　2000年7月6日　22版

《爸爸》、《爸爸的十六封信》、《現代爸爸》

731. 許建崑　爸爸加油〔《爸爸》、《爸爸的十六封信》、《現代爸爸》部分〕　閱讀的苗圃：我的讀書單　臺北　幼獅文化公司　2007年10月　頁89—95

單篇作品

732. 藍　溪　關於〈綠池白鵝〉　國語日報　1974年5月5日　3版

733. 馮　嶽　我讀林良先生的〈看〉——兼談「兒童散文」　國語日報　1976年4月11日　3版

734. 沈　謙　平實之中見真情——評子敏〈人緣〉　幼獅少年　第81期　1983年7月　頁64—67

735. 沈　謙　平實之中見真情——評子敏〈人緣〉　獨步，散文國：現代散文評析　臺北　讀冊文化出版社　2002年10月　頁43—48

736. 簡宗梧　藍田玉迷人的暈光——子敏散文〈划船〉探討　師友　第210期　1984年12月　頁42—43

737. 簡宗梧　藍田美玉的暈光——評子敏的〈划船〉　庚辰雕龍　臺北　三民書局　2000年8月　頁135—141

738. 簡宗梧　〈一間房的家〉簡析　中國現代散文選析2　臺北　長安出版社　1985年3月　頁654—655

739. 劉福勤　〈一間房的家〉賞析　臺灣散文鑑賞辭典　太原　北岳文藝出版社　1991年12月　頁355—357

740. 毛東耕　讀文三札〔〈一間房的家〉部分〕　臺港與海外華文文學評論和研究　1995年第3期　1995年9月　頁58—60

741. 簡宗梧　〈今天和明天〉簡析　中國現代散文選析2　臺北　長安出版社　1985年3月　頁660—661

742. 蔡孟樺　〈今天和明天〉編者的話　波光裡的夢影　臺北　香海文化公司　2006 年 9 月　頁 327—329

743. 簡宗梧　〈火車〉簡析　中國現代散文選析 2　臺北　長安出版社　1985 年 3 月　頁 667—668

744. 許　燕　〈二弟〉　親情就是根　臺北　希代書版公司　1986 年 2 月　頁 17—26

745. 〔鄭明娳，林燿德主編〕　〈小太陽〉賞析　給你一份愛——親情之書　臺北　正中書局　1989 年 10 月　頁 59—60

746. 〔鄭明娳，林燿德主編〕　〈小太陽〉　有情四卷——親情　臺北　正中書局　1989 年 12 月　頁 134

747. 鄭明娳　子敏〈女廠長〉欣賞　青少年散文選　臺北　業強出版社　1990 年 6 月　頁 65

748. 劉福勤　〈「純真」好〉賞析　臺灣散文鑑賞辭典　太原　北岳文藝出版社　1991 年 12 月　頁 361—363

749. 蘇國書　〈想家〉引讀　林良的散文　臺北　國語日報社　1996 年 6 月　頁 2

750. 蘇國書　〈想家〉引讀　林良的散文　臺北　國語日報社　2010 年 3 月　頁 2

751. 琹　涵　〈看海〉引讀　林良的散文　臺北　國語日報社　1996 年 6 月　頁 6

752. 琹　涵　〈看海〉引讀　林良的散文　臺北　國語日報社　2010 年 3 月　頁 6

753. 王金選　〈坐渡輪〉引讀　林良的散文　臺北　國語日報社　1996 年 6 月　頁 10

754. 王金選　〈坐渡輪〉引讀　林良的散文　臺北　國語日報社　2010 年 3 月　頁 10

755. 潘人木　〈倒爬滑梯〉引讀　林良的散文　臺北　國語日報社　1996 年 6

月　頁16

756. 潘人木　〈倒爬滑梯〉引讀　林良的散文　臺北　國語日報社　2010年3月　頁16

757. 馬景賢　〈撿球的小紳士〉引讀　林良的散文　臺北　國語日報社　1996年6月　頁20

758. 馬景賢　〈撿球的小紳士〉引讀　林良的散文　臺北　國語日報社　2010年3月　頁20

759. 馮輝岳　〈小小電影院〉引讀　林良的散文　臺北　國語日報社　1996年6月　頁24

760. 馮輝岳　〈小小電影院〉引讀　林良的散文　臺北　國語日報社　2010年3月　頁24

761. 張子樟　〈做生意〉引讀　林良的散文　臺北　國語日報社　1996年6月　頁28

762. 張子樟　〈做生意〉引讀　林良的散文　臺北　國語日報社　2010年3月　頁28

763. 潘人木　〈庭院〉引讀　林良的散文　臺北　國語日報社　1996年6月　頁34

764. 潘人木　〈庭院〉引讀　林良的散文　臺北　國語日報社　2010年3月　頁34

765. 張子樟　〈小石子兒〉引讀　林良的散文　臺北　國語日報社　1996年6月　頁37

766. 張子樟　〈小石子兒〉引讀　林良的散文　臺北　國語日報社　2010年3月　頁37

767. 洪志明　〈上班路〉引讀　林良的散文　臺北　國語日報社　1996年6月　頁41

768. 洪志明　〈上班路〉引讀　林良的散文　臺北　國語日報社　2010年3月　頁41

769. 馬景賢　〈雨和我〉引讀　林良的散文　臺北　國語日報社　1996 年 6 月　頁 44

770. 馬景賢　〈雨和我〉引讀　林良的散文　臺北　國語日報社　2010 年 3 月　頁 44

771. 蘇國書　〈魚、鳥、狗〉引讀　林良的散文　臺北　國語日報社　1996 年 6 月　頁 48

772. 蘇國書　〈魚、鳥、狗〉引讀　林良的散文　臺北　國語日報社　2010 年 3 月　頁 48

773. 張子樟　〈「兩座」啦！〉引讀　林良的散文　臺北　國語日報社　1996 年 6 月　頁 51

774. 張子樟　〈「兩座」啦！〉引讀　林良的散文　臺北　國語日報社　2010 年 3 月　頁 51

775. 琹　涵　〈看電影〉引讀　林良的散文　臺北　國語日報社　1996 年 6 月　頁 54

776. 琹　涵　〈看電影〉引讀　林良的散文　臺北　國語日報社　2010 年 3 月　頁 54

777. 蘇國書　〈古老的果園〉引讀　林良的散文　臺北　國語日報社　1996 年 6 月　頁 60

778. 蘇國書　〈古老的果園〉引讀　林良的散文　臺北　國語日報社　2010 年 3 月　頁 60

779. 洪志明　〈古街〉引讀　林良的散文　臺北　國語日報社　1996 年 6 月　頁 64

780. 洪志明　〈古街〉引讀　林良的散文　臺北　國語日報社　2010 年 3 月　頁 64

781. 林煥彰　〈小植物園〉引讀　林良的散文　臺北　國語日報社　1996 年 6 月　頁 68

782. 林煥彰　〈小植物園〉引讀　林良的散文　臺北　國語日報社　2010 年 3

月　頁 68

783. 蘇國書　〈坐馬車〉引讀　林良的散文　臺北　國語日報社　1996 年 6 月　頁 74

784. 蘇國書　〈坐馬車〉引讀　林良的散文　臺北　國語日報社　2010 年 3 月　頁 74

785. 林煥彰　〈划船〉引讀　林良的散文　臺北　國語日報社　1996 年 6 月　頁 78

786. 林煥彰　〈划船〉引讀　林良的散文　臺北　國語日報社　2010 年 3 月　頁 78

787. 馮輝岳　〈井〉引讀　林良的散文　臺北　國語日報社　1996 年 6 月　頁 81

788. 馮輝岳　〈井〉引讀　林良的散文　臺北　國語日報社　2010 年 3 月　頁 81

789. 洪志明　〈初見臺北〉引讀　林良的散文　臺北　國語日報社　1996 年 6 月　頁 85

790. 洪志明　〈初見臺北〉引讀　林良的散文　臺北　國語日報社　2010 年 3 月　頁 85

791. 蘇國書　〈跳車〉引讀　林良的散文　臺北　國語日報社　1996 年 6 月　頁 90

792. 蘇國書　〈跳車〉引讀　林良的散文　臺北　國語日報社　2010 年 3 月　頁 90

793. 琹　涵　〈第一次坐汽車〉引讀　林良的散文　臺北　國語日報社　1996 年 6 月　頁 94

794. 琹　涵　〈第一次坐汽車〉引讀　林良的散文　臺北　國語日報社　2010 年 3 月　頁 94

795. 張子樟　〈鬥蟋蟀〉引讀　林良的散文　臺北　國語日報社　1996 年 6 月　頁 98

796. 張子樟　〈鬥蟋蟀〉引讀　林良的散文　臺北　國語日報社　2010 年 3 月　頁 98

797. 王金選　〈風箏〉引讀　林良的散文　臺北　國語日報社　1996 年 6 月　頁 102

798. 王金選　〈風箏〉引讀　林良的散文　臺北　國語日報社　2010 年 3 月　頁 102

799. 蘇國書　〈雨天和陰天〉引讀　林良的散文　臺北　國語日報社　1996 年 6 月　頁 108

800. 蘇國書　〈雨天和陰天〉引讀　林良的散文　臺北　國語日報社　2010 年 3 月　頁 108

801. 馮輝岳　〈鳥聲〉引讀　林良的散文　臺北　國語日報社　1996 年 6 月　頁 111

802. 馮輝岳　〈鳥聲〉引讀　林良的散文　臺北　國語日報社　2010 年 3 月　頁 111

803. 桒　涵　〈練腳力〉引讀　林良的散文　臺北　國語日報社　1996 年 6 月　頁 114

804. 桒　涵　〈練腳力〉引讀　林良的散文　臺北　國語日報社　2010 年 3 月　頁 114

805. 馮輝岳　〈山中〉引讀　林良的散文　臺北　國語日報社　1996 年 6 月　頁 118

806. 馮輝岳　〈山中〉引讀　林良的散文　臺北　國語日報社　2010 年 3 月　頁 118

807. 李炳傑　〈大量閱讀〉引讀　林良的散文　臺北　國語日報社　1996 年 6 月　頁 124

808. 李炳傑　〈大量閱讀〉引讀　林良的散文　臺北　國語日報社　2010 年 3 月　頁 124

809. 洪志明　〈小書庫〉引讀　林良的散文　臺北　國語日報社　1996 年 6 月

頁 128
810. 洪志明　〈小書庫〉引讀　林良的散文　臺北　國語日報社　2010 年 3 月　頁 128
811. 馮輝岳　〈第一次認字〉引讀　林良的散文　臺北　國語日報社　1996 年 6 月　頁 131
812. 馮輝岳　〈第一次認字〉引讀　林良的散文　臺北　國語日報社　2010 年 3 月　頁 131
813. 蘇國書　〈狀元餅〉引讀　林良的散文　臺北　國語日報社　1996 年 6 月　頁 136
814. 蘇國書　〈狀元餅〉引讀　林良的散文　臺北　國語日報社　2010 年 3 月　頁 136
815. 王金選　〈破雨傘〉引讀　林良的散文　臺北　國語日報社　1996 年 6 月　頁 140
816. 王金選　〈破雨傘〉引讀　林良的散文　臺北　國語日報社　2010 年 3 月　頁 140
817. 馬景賢　〈我的書法課〉引讀　林良的散文　臺北　國語日報社　1996 年 6 月　頁 143
818. 馬景賢　〈我的書法課〉引讀　林良的散文　臺北　國語日報社　2010 年 3 月　頁 143
819. 洪富連　子敏〈綠書包〉　當代主題散文的研究　高雄　復文圖書出版社　1998 年 4 月　頁 123—127
820. 〔編輯部〕　空間漫步〔〈散步大道〉部分〕　階梯作文 2　臺北　三民書局　1999 年 10 月　頁 129—131
821. 陳清俊　童詩中的月亮〔〈星星和月亮〉部分〕　國文天地　第 184 期　2000 年 9 月　頁 11
822. 蕭　蕭　子敏〈孩子是一顆奇異種子〉賞析　開拓文學沃土　臺北　聯合文學出版社　2005 年 3 月　頁 57—58

823. 夏婉雲　　時間的擾動——從意向性與時間性分析兩首童詩〔〈白鷺鷥〉部分〕　臺灣詩學學刊　第7期　2006年5月　頁31—55

824. 蔡孟樺　　〈憶父親〉編者的話　穿越生命長流　臺北　香海文化公司　2006年9月　頁100—101

825. 馬景賢　　〈同班同學〉　爸爸星　臺北　幼獅文化公司　2007年5月　頁23—29

826. 蕭　蕭　　蕭蕭按語：〈從羞辱中找回尊嚴〉　活著就是愛　臺北　幼獅文化公司　2007年10月　頁47—49

827. 林黛嫚　　〈文風拂面話城南〉賞析　閱讀文學地景・散文卷　臺北　行政院文建會　2008年4月　頁40

多篇作品

828. 邱阿塗　　〈讓路給小鴨子〉和〈小鴨子回家〉　國語日報　1978年7月23日　3版

829. 蔡榮勇　　我愛讀〈看圖・說話〉　林良和子敏　臺北　業強出版社　1993年10月　頁183—190

830. 〔陳萬益選編〕　〈小太陽〉、〈我的「白髮記」〉賞析　國民文選・散文卷2　臺北　玉山社出版公司　2004年8月　頁56

831. 向　陽　　導讀：子敏〈小太陽〉、〈和諧人生〉　二十世紀臺灣文學金典：散文卷（第一部）　臺北　聯合文學出版社　2006年5月　頁218—219

作品評論目錄、索引

832. 〔編輯部〕　關於本書作者批評及專訪目錄索引——子敏　中國當代十大散文家選集　臺北　源成文化圖書供應社　1977年7月　頁551

833. 〔封德屏主編〕　子敏　臺灣現當代作家評論資料目錄（一）　臺南　國立臺灣文學館　2010年11月　頁82—101

其他

834. 沈惠芳　　《又醜又高的莎拉》　民生報　1974年7月3日　5版

835. 李　潼　應徵來的新媽媽——評《又醜又高的莎拉》　文訊雜誌　第162期　1999年4月　頁31—32

836. 呂姿玲　緩緩流盪的樂音——評《又醜又高的莎拉》　文訊雜誌　第167期　1999年9月　頁22

837. 張子樟　在欣賞中學習——《雲雀》讀後隨想（上、下）　國語日報　1999年9月12，19日　13版

838. 游復熙　波特女士與英國湖區〔《波特童話全集》〕　風簷展書讀　臺北　純文學出版社　1985年1月　頁595—601

839. 陳璐茜　《小貓頭鷹》——小孩子都很會想　聯合報　1998年6月29日　41版

840. 劉素珠　和兒童探討黑夜的一本書——《討厭黑夜的席奶奶》　書評　第59期　2002年8月　頁69—71

841. 陳宏淑　論林良的翻譯觀與兒童觀——以譯作《醜小鴨》為例　國立臺北教育大學語文集刊　第13期　2008年1月　頁1—25

國家圖書館出版品預行編目資料

臺灣現當代作家研究資料彙編. 67, 子敏 / 陳信元編選.
-- 初版. -- 臺南市 : 臺灣文學館, 2015.12
面； 公分
ISBN 978-986-04-6390-3 (平裝)

1.子敏 2.傳記 3.文學評論

863.4 104022851

【臺灣現當代作家研究資料彙編】67

子敏

發行人 陳益源
指導單位 文化部
出版單位 國立臺灣文學館
地　址／70041 臺南市中西區中正路 1 號
電　話／06-2217201　傳　真／06-2218952
網　址／www.nmtl.gov.tw　電子信箱／pba@nmtl.gov.tw

總策畫 封德屏
顧　問 林淇瀁　張恆豪　許俊雅　陳信元　陳義芝　須文蔚　應鳳凰
工作小組 白心瀞　呂欣茹　郭汶伶　陳欣怡　陳映潔　陳鈺翔　張傳欣　莊淑婉
編　選 陳信元
責任編輯 陳鈺翔
校　對 呂欣茹　陳鈺翔　張傳欣　莊淑婉
計畫團隊 財團法人台灣文學發展基金會
美術設計 翁國鈞・不倒翁視覺創意
印　刷 松霖彩色印刷事業有限公司

經銷展售 國家書店松江門市（02-25180207）
國立臺灣文學館－雪芙瑞文學咖啡坊（全面 85 折優惠，06-2214632）
國立臺灣文學館藝文商店（全面 85 折優惠，06-2216206）
三民書局（02-23617511、02-2500-6600）
台灣的店（02-23625799）　府城舊冊店（06-2763093）
南天書局（02-23620190）　唐山出版社（02-23633072）
草祭二手書店（06-2216872）　五南文化廣場（04-22260330）

初版一刷 2016 年 3 月
定　價 新臺幣 500 元整
第一階段 15 冊新臺幣 5500 元整　第二階段 12 冊新臺幣 4500 元整
第三階段 23 冊新臺幣 8500 元整　第四階段 14 冊新臺幣 5000 元整
第五階段 16 冊新臺幣 6000 元整
全套 80 冊新臺幣 24000 元整

GPN 1010500055（單本）　ISBN 978-986-04-6390-3（單本）
1010000407（套）　978-986-02-7266-6（套）

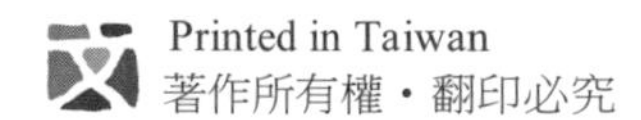